LE PÉRIPLE
DE BALDASSARE

DU MÊME AUTEUR

Aux éditions Grasset

LE Iᵉʳ SIÈCLE APRÈS BÉATRICE, 1992.
LE ROCHER DE TANIOS, 1993 (Prix Goncourt).
LES ÉCHELLES DU LEVANT, 1996.
LES IDENTITÉS MEURTRIÈRES, 1998.

Aux éditions Jean-Claude Lattès

LES CROISADES VUES PAR LES ARABES, 1983.
LÉON L'AFRICAIN, 1986.
SAMARCANDE, 1988 (Prix des Maisons de la Presse).
LES JARDINS DE LUMIÈRE, 1991.

AMIN MAALOUF

LE PÉRIPLE
DE BALDASSARE

roman

BERNARD GRASSET
PARIS

A Andrée

CAHIER I

Le Centième Nom

Quatre longs mois nous séparent encore de l'année de la Bête, et déjà elle est là. Son ombre voile nos poitrines et les fenêtres de nos maisons.

Autour de moi, les gens ne savent plus parler d'autre chose. L'année qui approche, les signes avant-coureurs, les prédictions... Parfois je me dis : qu'elle vienne ! qu'elle vide à la fin sa besace de prodiges et de calamités ! Ensuite je me ravise, je reviens en mémoire à toutes ces braves années ordinaires où chaque journée se passait dans l'attente des joies du soir. Et je maudis à pleine bouche les adorateurs de l'apocalypse.

Comment a débuté cette folie ? Dans quel esprit a-t-elle d'abord germé ? Sous quels cieux ? Je ne pourrais le dire avec exactitude, et pourtant, d'une certaine manière, je le sais. De là où je me trouve, j'ai vu la peur, la peur monstrueuse, naître et grossir et se répandre, je l'ai vue s'insinuer dans les esprits, jusque dans celui de mes proches, jusque dans le mien, je l'ai vue bousculer la raison, la piétiner, l'humilier, puis la dévorer.

J'ai vu s'éloigner les beaux jours.

Jusqu'ici j'avais vécu dans la sérénité. Je prospérais, embonpoint et fortune, un peu plus chaque saison ; je ne convoitais rien qui ne fût à portée de ma main ; mes voisins m'adulaient plus qu'ils ne me jalousaient.

Et soudain, tout se précipite autour de moi.

Ce livre étrange qui apparaît, puis disparaît par ma faute...

11

La mort du vieil Idriss, dont personne ne m'accuse, il est vrai... si ce n'est moi-même.

Et ce voyage que je dois entreprendre dès lundi, en dépit de mes réticences. Un voyage dont il me semble aujourd'hui que je ne reviendrai pas.

Ce n'est donc pas sans appréhension que je trace ces premières lignes sur ce cahier neuf. Je ne sais pas encore de quelle manière je vais rendre compte des événements qui se sont produits, ni de ceux qui déjà s'annoncent. Un simple récit des faits ? Un journal intime ? Un carnet de route ? Un testament ?

Peut-être devrais-je d'abord parler de celui qui, le premier, a éveillé mes angoisses à propos de l'année de la Bête. Il s'appelait Evdokime. Un pèlerin de Moscovie, venu frapper à ma porte il y a dix-sept ans, à peu de chose près. Pourquoi dire à peu près ? j'ai la date exacte sur mon registre de marchand. C'était le vingtième jour de décembre 1648.

J'ai toujours tout noté, et d'abord les infimes détails, ceux que j'aurais fini par oublier.

Avant de franchir ma porte, l'homme avait fait le signe de croix avec deux doigts tendus, puis il s'était baissé pour ne pas heurter l'arceau de pierre. Il avait un épais manteau noir, des mains de bûcheron, des doigts épais, une épaisse barbe blonde, mais des yeux minuscules et un front étroit.

En route vers la Terre Sainte, il ne s'était pas arrêté chez moi par hasard. On lui avait donné l'adresse à Constantinople, en lui disant que c'était ici, seulement ici, qu'il avait des chances de trouver ce qu'il cherchait.

"J'aimerais parler au signor Tommaso."

"C'était mon père, dis-je. Il est décédé en juillet."

"Dieu l'accueille en Son Royaume !"

"Et qu'Il accueille aussi les saints morts de votre parenté !"

12

L'échange avait eu lieu en grec, notre unique langue commune, bien que ni moi ni lui, à l'évidence, ne la pratiquions couramment. Échange hésitant, mal assuré, en raison du deuil, pour moi encore douloureux, pour lui inattendu ; et aussi du fait que, lui parlant à un "papiste apostat" et moi à un "schismatique égaré", nous avions à cœur de ne prononcer aucune parole qui pût froisser les croyances de l'autre.

Après un bref silence commun, il reprit :

"Je regrette beaucoup que votre père nous ait quittés."

Ce que disant, il promenait son regard dans le magasin, cherchant à sonder ce fouillis de livres, de statuettes antiques, de verreries, de vases peints, de faucons empaillés ; et se demandant — en lui-même, mais il aurait pu tout aussi bien s'exprimer à voix haute — si, mon père n'étant plus là, je pouvais être malgré tout de quelque secours. J'avais déjà vingt-trois ans, mais mon visage, rondelet et rasé, devait avoir encore des reflets enfantins.

Je m'étais redressé, le menton en avant.

"Mon nom est Baldassare, c'est moi qui ai pris la succession."

Mon visiteur ne manifesta par aucun signe qu'il m'avait entendu. Il promenait encore son regard sur les mille merveilles qui l'entouraient, avec un mélange d'enchantement et d'angoisse. De tous les magasins de curiosités, le nôtre était, depuis cent ans, le mieux fourni et le plus renommé d'Orient. On venait nous voir de partout, de Marseille, de Londres, de Cologne, d'Ancône, comme de Smyrne, du Caire et d'Ispahan.

Après m'avoir toisé une dernière fois, mon Russe dut se faire une raison.

"Je suis Evdokime Nicolaïevitch. Je viens de Voronej. On m'a fait grand éloge de votre maison."

J'empruntai aussitôt le ton de la confidence, c'était alors ma façon d'être affable.

"Nous sommes dans ce commerce depuis quatre générations. Ma famille vient de Gênes, mais il y a très long-temps qu'elle est installée au Levant..."

Il hocha plusieurs fois la tête, voulant dire qu'il n'ignorait rien de tout cela. De fait, si on lui avait parlé de nous à Constantinople, c'est la première chose qu'on avait dû lui apprendre. "Les ultimes Génois dans cette partie du monde..." Avec quelque épithète, quelque geste évoquant la folie ou une extrême originalité transmise depuis toujours de père en fils. Je souris et me tus. Lui-même se tourna aussitôt vers la porte, hurlant un prénom et un ordre. Un serviteur accourut, un petit homme corpulent en habit noir bouffant, la tête dans un bonnet plat, les yeux à terre. Porteur d'un coffret dont il souleva le couvercle pour en retirer un livre, qu'il tendit à son maître.

Je crus qu'il avait l'intention de me le vendre, et fus aussitôt sur mes gardes. Dans le commerce des curiosités, on apprend très tôt à se méfier de ces personnages qui arrivent avec des airs d'importance, déclinent leur généalogie et leurs nobles fréquentations, distribuent des ordres à gauche à droite, et qui, au bout du compte, veulent seulement vous vendre quelque vénérable bricole. Unique pour eux, et donc, par voie de conséquence, unique au monde, n'est-ce pas? Si vous leur en proposez quelque prix qui ne correspond pas à celui qu'ils s'étaient mis en tête, ils s'offusquent, se disent non seulement grugés, mais insultés. Et finissent par s'éloigner en proférant des menaces.

Mon visiteur n'allait pas tarder à me rassurer : il n'était chez moi ni pour vendre ni pour marchander.

"Cet ouvrage vient d'être imprimé à Moscou il y a quelques mois. Et déjà tous ceux qui savent lire l'ont lu."

Il m'indiqua du doigt le titre en lettres cyrilliques, et se mit à réciter avec ferveur : "kniga o vere...", avant de s'aviser qu'il fallait me traduire : "Le livre de la Foi une, véritable et orthodoxe." Il me regarda du coin de l'œil pour voir si cette formulation avait retourné mon sang de papiste. J'étais impassible. Au-dehors comme au-dedans. Au-dehors le sourire poli du marchand. Au-dedans le sourire narquois du sceptique.

"Ce livre annonce que l'apocalypse est à nos portes!"

Il me désigna une page, vers la fin.

"Il est écrit ici en toutes lettres que l'antéchrist apparaîtra, conformément aux Écritures, en l'an du pape 1666."

Il répéta ce chiffre à quatre ou cinq reprises, en escamotant chaque fois un peu plus le "mille" du début. Puis il m'observa, attendant mes réactions.

J'avais, comme tout un chacun, lu l'Apocalypse de Jean, et m'étais arrêté un moment sur ces phrases mystérieuses du treizième chapitre : "Que celui qui a l'intelligence compte le nombre de la Bête. Car son nombre est un nombre d'homme et son nombre est six cent soixante-six."

"Il est dit 666 et non 1666", suggérai-je timidement.

"Il faut être aveugle pour ne pas voir un signe aussi manifeste!"

Un signe. Que de fois ai-je entendu ce mot, et celui de "présage"! Tout devient signe ou présage pour qui est à l'affût, prêt à s'émerveiller, prêt à interpréter, prêt à imaginer des concordances et des rapprochements. Le monde regorge de ces infatigables guetteurs de signes – j'en ai connu dans ce magasin! des plus enchanteurs comme des plus sinistres!

Le nommé Evdokime semblait irrité de ma relative tiédeur, qui à ses yeux trahissait à la fois mon ignorance et mon impiété. Ne voulant pas le froisser, je dus faire un effort sur moi-même pour dire :

"Tout cela est, à la vérité, étrange et inquiétant..."

Ou quelque phrase de ce genre. Rassuré, l'homme reprit :

"C'est à cause de ce livre que je suis venu jusqu'ici. Je cherche des textes qui puissent m'éclairer."

Là, je saisissais, en effet. J'allais pouvoir l'aider.

Je me dois de dire que la fortune de notre maison au cours des dernières décennies s'est bâtie sur l'engouement de la chrétienté pour les vieux livres orientaux – surtout grecs, coptes, hébraïques et syriaques – qui semblaient renfermer les plus anciennes vérités de la Foi, et que les cours royales, notamment celles de France et d'Angleterre, cherchaient à acquérir pour appuyer leur point de vue dans les querelles entre les catholiques et les tenants de la Réforme. Ma famille a écumé depuis près d'un siècle les monastères d'Orient en quête de ces manuscrits, qui se trouvent aujourd'hui par centaines dans la Bibliothèque royale de Paris ou la Bodleian Library d'Oxford, pour ne citer que les plus importantes.

"Je n'ai pas beaucoup de livres qui parlent spécifiquement de l'Apocalypse, ni surtout du passage qui mentionne le nombre de la Bête. Cependant, vous avez ceci..."

Et je passai en revue quelques ouvrages, dix ou douze, dans diverses langues, détaillant leur contenu, énumérant parfois les têtes de chapitre. Je ne déteste pas cet aspect de mon métier. Je crois avoir le ton et la manière. Mais mon visiteur ne montrait pas l'intérêt que je pensais susciter. Chaque fois que je mentionnais un livre, il manifestait par des petits gestes des doigts, par des échappées du regard, sa déception, son impatience.

Je finis par comprendre.

"On vous a parlé d'un livre précis, n'est-ce pas?"

Il prononça un nom. En s'embrouillant dans les sonorités arabes, mais je n'eus aucun mal à comprendre. Abou-Maher al-Mazandarani. A vrai dire, depuis un moment, je m'y attendais.

Ceux qui ont la passion des vieux livres connaissent celui de Mazandarani. De réputation, car très peu de gens l'ont eu entre les mains. Je ne sais toujours pas, d'ailleurs, s'il existe vraiment, et s'il a jamais existé.

16

Je m'explique, car je vais bientôt avoir l'air d'écrire des choses contradictoires : lorsqu'on se plonge dans les ouvrages de certains auteurs célèbres et reconnus, on les voit souvent mentionner ce livre ; pour dire qu'un de leurs amis, un de leurs maîtres, l'avait eu autrefois dans sa bibliothèque... Jamais, en revanche, je n'ai relevé, sous une plume respectée, une confirmation sans ambiguïté de la présence de ce livre. Personne qui dise nettement "je l'ai", "je l'ai feuilleté", "je l'ai lu", personne qui en cite des passages. Si bien que les négociants les plus sérieux, ainsi que la plupart des lettrés, sont persuadés que cet ouvrage n'a jamais existé, et que les rares copies qui apparaissent de temps à autre sont l'œuvre de faussaires et de mystificateurs.

Ce livre légendaire s'intitule *Le Dévoilement du nom caché*, mais on l'appelle communément *Le Centième Nom*. Quand j'aurai précisé de quel nom il s'agit, on comprendra pourquoi il a été depuis toujours si convoité.

Nul n'ignore que, dans le Coran, sont mentionnés quatre-vingt-dix-neuf noms de Dieu, certains préfèrent dire des "épithètes". Le Miséricordieux, le Vengeur, le Subtil, l'Apparent, l'Omniscient, l'Arbitre, l'Héritier... Et ce chiffre, confirmé par la Tradition, a toujours induit, chez les esprits curieux, cette interrogation qui semble aller de soi : n'y aurait-il pas, pour compléter ce nombre, un centième nom, caché ? Des citations du Prophète, que certains docteurs de la loi contestent mais que d'autres reconnaissent pour authentiques, affirment qu'il y a bien un nom suprême qu'il suffirait de prononcer pour écarter n'importe quel danger, pour obtenir du Ciel n'importe quelle faveur. Noé le connaissait, dit-on, et c'est ainsi qu'il avait pu se sauver avec les siens lors du Déluge.

On imagine aisément l'attrait extraordinaire d'un ouvrage qui prétend livrer un tel secret en ce temps où les hommes redoutent un nouveau Déluge. J'ai vu défiler dans mon magasin toute sorte de personnages, un carme déchaux, un alchimiste de Tabriz, un général ottoman, un kabbaliste de Tibériade, qui tous étaient à la recherche de ce livre. J'ai toujours estimé de mon devoir d'expliquer à ces gens pourquoi, à mon sens, ce n'était qu'un mirage.

D'ordinaire, lorsque mes visiteurs ont fini d'écouter mon argumentation, ils se résignent. Les uns désappointés. Les autres rassurés ; s'ils ne peuvent avoir ce livre, ils préfèrent croire que personne d'autre au monde ne l'aura...

La réaction du Moscovite ne fut ni l'une ni l'autre. Au début, il eut l'air amusé, comme pour me faire comprendre qu'il ne croyait pas un mot de mes boniments de marchand. Quand, agacé par ses mimiques, je décidai de m'interrompre, il murmura, soudain grave, et même suppliant :

"Vendez-le-moi, et je vous donnerai à l'instant tout l'or que je possède !"

Mon pauvre ami, avais-je envie de lui dire, vous avez de la chance d'être tombé sur un marchand honnête. Ce ne sont pas les escrocs qui vont manquer pour vous délester bientôt de votre or !

Patiemment, je me remis à lui expliquer pourquoi ce livre, à ma connaissance, n'existait pas ; et que seuls prétendent le contraire des auteurs naïfs et crédules, ou alors des aigrefins.

A mesure que j'argumentais, son visage se congestionnait. Comme un malade condamné à qui l'on aurait voulu expliquer, calmement, sourire aux lèvres, que le remède dont il attend la guérison n'a jamais été composé. Je voyais dans ses yeux, non la déception ou la résignation, non plus l'incrédulité, mais la haine, fille de la peur. J'abrégeai mes explications, pour atterrir sur une conclusion prudente :

"Dieu seul connaît la vérité !"

L'homme ne m'écoutait plus. Il s'était avancé. De ses puissantes mains il m'avait empoigné par les vêtements, attiré vers lui, écrasant mon menton sur sa poitrine de géant. Je crus qu'il allait m'étrangler, ou me fracasser le crâne contre le mur. Fort heureusement, son serviteur s'approcha, lui toucha le bras et lui chuchota quelque chose à l'oreille. Des paroles apaisantes, je suppose, car son maître me lâcha aussitôt, pour me repousser d'un geste dédaigneux. Puis il sortit du magasin en marmonnant une imprécation dans sa langue.

Je ne l'ai plus jamais revu. Et j'aurais sans doute fini par oublier jusqu'à son nom si son passage n'avait marqué le commencement d'un étrange défilé de visiteurs. J'ai mis du temps à m'en rendre compte, mais aujourd'hui j'en suis certain : après cet Evdokime, les gens qui venaient au magasin n'étaient plus les mêmes, ils ne se comportaient plus du tout de la même manière. Le pèlerin de Moscovie ne portait-il pas dans les yeux cette terreur, que d'aucuns qualifieraient de "sainte"? Je la décelais à présent dans tous les regards. Et avec elle cette attitude d'impatience, d'urgence, cette insistance angoissée.

Ce ne sont pas que des impressions. Là, c'est le marchand qui parle, les doigts sur son registre : après la visite de cet homme, il ne s'est plus passé un jour sans qu'on vienne me parler d'apocalypse, d'antéchrist, de la Bête et de son nombre.

Pourquoi ne pas le dire crûment, c'est l'apocalypse qui a assuré le gros de mes recettes au cours des dernières années. Oui, c'est la Bête qui m'habille, c'est la Bête qui me nourrit. Dès que son ombre se profile dans un livre, les acheteurs accourent de partout, bourses déliées. Tout se vend à prix d'or. Les ouvrages les plus érudits comme les plus fantaisistes. J'ai même eu sur mes rayons certaine *Description minutieuse de la Bête et des nombreux monstres de l'Apocalypse*, en latin, avec quarante dessins à l'appui...

Mais si cet engouement morbide assure ma prospérité, il ne manque pas de m'inquiéter.

Je ne suis pas homme à suivre les folies du moment, je sais raison garder quand autour de moi l'on s'agite. Cela dit, je ne suis pas non plus de ces êtres obtus et arrogants qui se forment des opinions comme les huîtres forment leurs perles, puis se referment dessus. J'ai mes idées, mes convictions, mais je ne suis pas sourd à la respiration du monde. Cette peur qui se répand, je ne puis l'ignorer. Et même si j'étais persuadé que le monde devient fou, cette folie non plus je ne pourrais l'ignorer. J'ai beau sourire, hausser les épaules, pester contre la bêtise et la frivolité, la chose me perturbe.

Dans le combat qui oppose en moi la raison à la déraison, cette dernière a marqué des points. La raison proteste, ricane, s'entête, résiste, et j'ai encore suffisamment de lucidité pour observer cet affrontement avec quelque recul. Mais, justement, ce reste de lucidité me contraint à reconnaître que la déraison me gagne. Un jour, si cela continue, je ne serai plus capable d'écrire de telles phrases. Peut-être même reviendrai-je fouiller ces pages pour effacer ce que je viens d'écrire. Car ce que j'appelle aujourd'hui déraison sera devenu ma croyance. Ce personnage-là, ce Baldassare-là, s'il venait un jour à exister, à Dieu ne plaise !, je l'exècre et le méprise et le maudis avec tout ce qu'il me reste d'intelligence et d'honneur.

Mes propos, je le sais, ne sont guère empreints de sérénité. C'est que les bruits qui envacarment le monde se sont insinués chez moi. Des propos comme ceux d'Evdokime, je les entends désormais dans ma propre maison.

Par ma faute, d'ailleurs.

Il y a un an et demi, mon commerce ne cessant de prospérer, je décidai de faire appel aux deux fils de ma sœur Plaisance pour qu'ils viennent m'aider, qu'ils s'initient à la fréquentation des objets rares, et se préparent à prendre un jour ma succession. De l'aîné, surtout, Jaber, j'attendais beaucoup. Un jeune homme appliqué, minutieux, studieux, déjà presque érudit avant même d'avoir atteint l'âge mûr. A l'inverse de son cadet, Habib, peu porté aux études, toujours à vagabonder dans les ruelles. De celui-ci, j'attendais peu. Du moins espérais-je l'assagir en lui confiant ses premières responsabilités.

Peine perdue. Habib est devenu, en grandissant, un incorrigible séducteur. Constamment assis près de la fenêtre du magasin, l'œil à l'affût, il distribue compliments et sourires, et s'absente à toute heure pour de mystérieux rendez-vous dont je devine aisément la teneur. Que de jeunes femmes du quartier, au moment d'aller remplir leur jarre à la source, trouvent plus court le chemin qui passe devant cette fenêtre... Habib, "bien-aimé", les noms sont rarement innocents.

Jaber demeure, quant à lui, au fond du magasin. Son visage ne cesse de blanchir tant il reste à l'abri du soleil. Il lit, copie, prend note, range, consulte, compare. Si ses traits quelquefois s'illuminent, ce n'est pas grâce à la fille du cordonnier qui vient d'apparaître, au bout de la rue, et qui s'avance, l'allure nonchalante; c'est parce qu'il vient de découvrir, à la page deux cent trente-sept du *Commentaire des commentaires*, confirmation de ce qu'il avait cru deviner, la veille, à la lecture de *L'Ultime Exégèse*... Les ouvrages abscons, rébarbatifs, moi je me contente de les survoler, par obligation, et encore, non sans d'innombrables stations de soupir. Lui pas. Il semble s'en délecter, comme s'il s'agissait des plus juteuses friandises.

Tant mieux, me disais-je au début. Je n'étais pas mécontent de le voir aussi appliqué, je le donnais en exemple à son frère, et commençais même à me décharger sur lui de certaines tâches. Les clients les plus tatillons, je n'hésitais pas à les lui confier. Il restait des heures à débattre avec eux, et bien que le commerce ne soit pas sa préoccupation première, il finissait par leur faire acheter des montagnes de livres.

Je n'aurais eu qu'à m'en féliciter s'il n'avait commencé à me tenir lui aussi, et avec la ferveur de son âge, des propos irritants sur la fin des temps, qui serait imminente, et sur les présages qui l'annonçaient. Était-ce l'influence de ses lectures ? ou de certains clients ? Au début, je crus qu'il me suffirait de lui tapoter l'épaule en lui demandant de ne pas prêter foi à ces balivernes ; le garçon était d'apparence docile, et je crus qu'il m'obéirait en cela comme en d'autres choses. C'était mal le connaître, et mal connaître surtout notre époque, ses passions et ses obsessions.

A en croire mon neveu, rendez-vous serait pris, depuis toujours, avec la fin des temps. Ceux qui se trouvent aujourd'hui sur terre auront le douteux privilège d'assister à ce macabre couronnement de l'Histoire. Il n'en éprouve lui-même, à ce qu'il me semble, ni tristesse ni abattement. Plutôt une sorte de fierté, sans doute mêlée de peur, mais également d'une certaine jubilation. Chaque jour il découvre dans une nouvelle source, latine, grecque ou arabe, confirmation de ses prévisions. Tout converge, affirme-t-il, vers une date unique, celle-là même que citait déjà – que j'ai eu tort de lui en parler ! – le livre russe de la Foi. 1666. L'année qui vient. "L'année de la Bête", comme il se plaît à l'appeler. A l'appui de sa conviction, il aligne une batterie d'arguments, de citations, de computs, de savants calculs, et une interminable litanie de "signes".

Quand on cherche des signes, on en trouve, tel est toujours mon sentiment, et je tiens à le consigner une fois de plus ici avec mon encre, pour le cas où, dans le tourbillon de folie qui s'empare du monde, je finirais un jour par l'oublier. Signes manifestes, signes éloquents, signes troublants, tout ce que l'on cherche à démontrer finit par se vérifier, et on trouverait tout autant si l'on cherchait à démontrer le contraire.

Je l'écris, je le pense. Mais je n'en suis pas moins secoué à l'approche de "l'année" dite.

J'ai encore à l'esprit une scène qui s'est déroulée il y a deux ou trois mois. Nous avions dû travailler assez tard, mes neveux et moi, pour l'inventaire d'avant l'été, nous étions tous les trois exténués. Je m'étais affalé sur une chaise, les bras en demi-lune autour de mon registre ouvert, près de moi une lampe à huile qui commençait à faiblir. Quand, soudain, Jaber vint se pencher de l'autre côté de la table, sa tête touchant la mienne, et ses mains s'appuyant sur mes coudes jusqu'à me faire mal. Sa face entière rougeoyait et son ombre démesurée couvrait les meubles et les murs. Il chuchota d'une voix d'outre-tombe :

"Le monde est comme cette lampe, il a consumé l'huile qui lui était allouée, il ne reste que la dernière goutte. Regarde ! La flamme vacille ! Bientôt le monde s'éteindra."

La fatigue aidant, et aussi tout ce qui se dit autour de moi sur les prédictions de l'Apocalypse, je me sentis soudain comme écrasé sous le plomb de ces paroles. Je crus que je n'aurais même plus la force de me redresser. Et que je devrais attendre, ainsi prostré, que la flamme s'étrangle sous mes yeux, et que les ténèbres m'enveloppent...

Lorsque la voix de Habib s'éleva derrière moi, rieuse, gouailleuse, ensoleillée, salutaire :

"Boumeh ! Ne vas-tu pas cesser de torturer notre oncle ?"

"Boumeh", "hibou", "oiseau de malheur", c'est ainsi que le cadet surnomme son frère depuis l'enfance. Et en me relevant, ce soir-là, soudain perclus de courbatures, je jurai de ne plus jamais l'appeler autrement.

Pourtant, j'ai beau crier "Boumeh !", et pester, et marmonner, je ne puis m'empêcher d'écouter ses paroles, qui font leur nid dans mon esprit. Si bien qu'à mon tour, je me mets à voir des signes là où, hier, je n'aurais vu que des coïncidences ; coïncidences tragiques ou édifiantes ou amusantes, mais j'aurais juste grommelé quelques syllabes d'étonnement alors qu'aujourd'hui je sursaute, je m'agite,

23

je tremble. Et je m'apprête même à détourner le cours paisible de mon existence.

Il est vrai que les événements de ces derniers temps ne pouvaient me laisser indifférent.

Ne serait-ce que cette histoire avec le vieil Idriss!

Me contenter de hausser les épaules comme si tout cela ne me concernait pas n'aurait pas été sagesse, mais inconscience et aveuglement du cœur.

Idriss était venu chercher refuge dans notre bourgade de Gibelet il y a sept ou huit ans. En haillons, presque sans bagages, il paraissait aussi pauvre que vieux. On n'a jamais su avec précision qui il était, d'où il était parti, ni ce qu'il avait fui. Une persécution? Une dette? Une vengeance de familles? A ma connaissance, il n'avait confié son secret à personne. Il habitait seul, dans une masure qu'il avait pu louer pour une somme modique.

Ce vieillard donc, que je n'avais pas souvent rencontré, et avec lequel je n'avais jamais échangé plus de deux mots d'affilée, se présenta le mois dernier au magasin serrant contre sa poitrine un gros livre que, maladroitement, il me proposait d'acheter. Je le feuilletai. Un banal recueil de versificateurs sans renom, d'une calligraphie tremblante et irrégulière, mal relié, mal conservé.

"C'est un trésor sans pareil, dit pourtant le vieil homme. Il me reste de mon grand-père. Jamais je ne m'en serais séparé si le besoin dans lequel je me trouve..."

Sans pareil? Il devait y avoir le même dans la moitié des maisons du pays. Voilà un livre qui me restera sur les bras, me dis-je, jusqu'au jour de ma mort! Mais comment aurais-je pu éconduire un pauvre hère qui avait ravalé fierté et pudeur pour obtenir de quoi subsister?

"Laissez-le-moi, hajj Idriss, je vais le montrer à quelques clients qui pourraient être intéressés."

Je savais déjà comment j'allais procéder. Exactement

comme aurait fait mon père, Dieu ait son âme, s'il était encore à ma place. Par acquit de conscience, je m'imposai de lire quelques-uns des poèmes. Ainsi que je l'avais vu au premier coup d'œil, des œuvres mineures, çà et là quelques vers bien ciselés, mais dans l'ensemble l'ouvrage le plus commun, le plus ordinaire, le plus invendable qui fût. Dans le meilleur des cas, si j'avais un client féru de poésie arabe, je pourrais en obtenir six maidins, plus probablement trois ou quatre... Non, j'avais pour ce livre un meilleur usage. Quelques jours après la visite d'Idriss, un dignitaire otto- man de passage vint m'acheter divers objets ; et comme il insistait pour que je lui accorde une remise de courtoisie, je lui offris ce livre en prime, ce qui le contenta.

J'attendis une petite semaine, puis j'allai trouver le vieil homme. Dieu que sa maison était sombre ! Et Dieu qu'elle était démunie ! Je poussai le portillon au bois effrité, pour me retrouver dans une pièce au sol nu, aux murs nus. Idriss était assis à terre, sur une natte couleur de boue. Je m'assis en tailleur à son côté.

"Un haut personnage est passé dans mon magasin, et il s'est montré heureux quand je lui ai proposé votre livre. Voici la somme qui vous revient."

Je ne lui avais rien dit de faux, notez bien ! Je ne sup- porte pas de mentir, même si, par ce que j'omettais de dire, je trichais quelque peu. Mais enfin, je ne cherchais qu'à préserver la dignité de ce pauvre homme en le traitant en fournisseur plutôt qu'en quémandeur ! Je sortis donc de ma bourse trois pièces d'un maidin, puis trois pièces de cinq, en faisant mine de calculer au plus juste.

Il écarquilla les yeux.

"Je n'en espérais pas tant, mon fils. Pas même la moi- tié..."

J'agitai un doigt en l'air.

"Il ne faut jamais dire cela à un commerçant, hajj Idriss. Il serait tenté de vous gruger."

"Avec vous, je ne risque rien, Baldassare efendi! Vous êtes mon bienfaiteur."

Je commençais à me lever, mais il me retint.

"J'ai encore quelque chose pour vous."

Il disparut quelques instants derrière la tenture, puis revint, porteur d'un autre livre.

Encore, me dis-je? Peut-être a-t-il toute une bibliothèque dans l'autre pièce. Dans quoi, diable, me suis-je embarqué?

Comme s'il avait entendu ma protestation muette, il s'empressa de me rassurer :

"C'est le dernier livre qui me reste, et je tiens à vous l'offrir, à vous et à personne d'autre!"

Il me le posa sur les paumes, comme sur un lutrin, ouvert à la première page.

Doux Seigneur!

Le Centième Nom!

Le livre de Mazandarani!

Si je m'attendais à le trouver dans une telle masure!

"Hajj Idriss, c'est un livre rare! Vous ne devriez pas vous en séparer ainsi!"

"Il n'est plus à moi, il est à vous, maintenant. Gardez-le! Lisez-le! Moi, je n'ai jamais pu le lire."

Je tournai les pages avec avidité, mais il faisait trop sombre, et je ne pus rien déchiffrer de plus que le titre.

Le Centième Nom!

Dieu du Ciel!

En sortant de chez lui, le précieux ouvrage sous le bras, j'étais comme en état d'ébriété. Se pourrait-il que ce livre, que le monde entier convoite, se trouve à présent en ma possession? Que d'hommes sont venus des extrémités de la terre à sa recherche, auxquels je répondais qu'il n'existait pas, alors qu'il se trouvait à deux pas de chez moi, dans la plus misérable des masures! Et voilà que cet homme que je connais à peine m'en fait cadeau! Tout cela est si troublant, si inimaginable ! Je me surpris à rire tout seul, dans la rue, comme un simplet.

J'étais ainsi, grisé mais encore incrédule, lorsqu'un passant m'interpella.

"Baldassare efendi !"

Je reconnus tout de suite la voix du cheikh Abdel-Bassit, l'imam de la mosquée de Gibelet. Quant à savoir comment lui-même a pu me reconnaître, alors qu'il est aveugle de naissance et que je n'avais pas dit un mot...

J'allai vers lui, et nous nous saluâmes avec les formules d'usage.

"D'où venez-vous, pour avoir ce pas dansant ?"

"De chez Idriss."

"Il vous a vendu un livre ?"

"Comment le savez-vous ?"

"Pour quelle autre raison seriez-vous allé chez ce pauvre homme ?" dit-il en riant.

"C'est vrai", avouai-je en riant de la même manière.

"Un livre impie ?"

"Pourquoi serait-il impie ?"

"S'il ne l'était pas, c'est à moi qu'il l'aurait proposé !"

"A vrai dire, je ne sais pas encore grand-chose de ce que peut contenir ce livre. Chez Idriss, il fait trop sombre, et j'attends d'être chez moi pour le lire."

Le cheikh tendit la main.

"Montrez-le-moi !"

Il a en permanence sur ses lèvres entrouvertes comme un sourire en attente. Je ne sais jamais quand il sourit pour de vrai. Toujours est-il qu'il prit le livre, le feuilleta pendant quelques secondes devant ses yeux clos, puis le rendit en disant :

"Il fait trop sombre, ici, je ne vois rien !"

Et il rit cette fois sans retenue, en regardant le ciel. Moi je ne savais pas si la politesse me commandait de m'associer à sa jovialité. Dans le doute, je me contentai d'un toussotement léger, à mi-chemin entre le rire rentré et le raclement de gorge.

"Et quel est donc ce livre?" demanda-t-il.

A un homme qui voit, on peut cacher la vérité; mentir est quelquefois une habileté nécessaire. Mais à celui dont les yeux sont éteints, mentir est misérable, une bassesse, une indignité. Par un certain sens de l'honneur, et peut-être aussi par superstition, je me devais de lui dire la vérité; que j'enveloppai toutefois de prudents conditionnels:

"Il se pourrait que ce livre soit celui qu'on attribue à Abou-Maher al-Mazandarani, *Le Centième Nom*. Mais j'attends d'être chez moi pour vérifier son authenticité."

Il frappa trois, quatre fois, le sol avec sa canne, en respirant bruyamment.

"Pourquoi aurait-on besoin d'un centième nom? Moi, on m'a appris depuis l'enfance tous les noms dont j'avais besoin pour prier, pourquoi aurais-je besoin d'un centième? Dites-le-moi, vous qui avez lu tant de livres dans toutes les langues!"

Il sortit de sa poche un chapelet de prière, et se mit à l'égrener nerveusement en attendant ma réponse. Que répondre? Je n'avais pas plus de raisons que lui de plaider pour le nom caché. Je me sentis obligé cependant d'expliquer:

"Comme vous le savez, certains prétendent que le nom suprême permet d'accomplir des prodiges..."

"Quels prodiges? Idriss possède ce livre depuis des années, quel prodige a-t-il accompli en sa faveur? L'a-t-il rendu moins misérable? Moins décrépit? De quel malheur l'a-t-il préservé?"

Puis, sans attendre ma réponse, il s'éloigna en balayant l'air et la poussière de sa canne indignée.

Lorsque je rentrai chez moi, mon premier souci fut de

cacher le livre à mes neveux; surtout à Boumeh, tant j'étais persuadé que s'il le voyait, s'il le palpait, il entrerait aussitôt en transe. Je glissai donc l'objet sous ma chemise, et une fois à l'intérieur le glissai encore, à l'insu de tous, sous une vieille statuette extrêmement fragile que j'affectionne particulièrement et que j'avais interdit à quiconque de bouger, ou même seulement d'épousseter.

C'était samedi dernier, le 15 août. Je me promettais de consacrer la journée dominicale à un examen scrupuleux du livre de Mazandarani.

Dès que je me fus levé – assez tard, comme tous les dimanches, à l'heure des mécréants –, je passai par le petit couloir qui relie ma chambre au magasin, pris le livre et m'installai à ma table avec une trépidation d'enfant. J'avais fermé la porte de l'intérieur pour que mes neveux ne viennent pas me surprendre, et rabattu les rideaux pour décourager les visiteurs. J'étais donc au calme et au frais, mais en ouvrant le livre je me rendis compte que je n'avais pas assez de lumière. Je décidai donc de rapprocher ma chaise de la grande fenêtre.

Pendant que je la déplaçais, on frappa à la porte. Je lâchai un juron et prêtai l'oreille, dans l'espoir que l'importun se découragerait et passerait son chemin. Hélas, on frappa encore. Non d'un doigt timide, mais du poing, avec autorité, et avec insistance.

"J'arrive", criai-je. Je me dépêchai de remettre le livre sous la statuette antique avant d'aller ouvrir.

Cette insistance m'avait donné à penser qu'il pourrait s'agir d'un personnage de haut rang, et c'en était un. Le chevalier Hugues de Marmontel, émissaire de la cour de France. Un homme de vaste culture, fin connaisseur des choses de l'Orient, et qui était déjà venu maintes fois chez moi au cours des dernières années, pour effectuer d'importants achats.

Il se rendait, dit-il, de Seyde à Tripoli, d'où il s'embarquerait pour Constantinople, et il ne pouvait envisager de traverser Gibelet sans frapper à la porte de la noble demeure des Embriaci. Je le remerciai de ses paroles comme de sa sollicitude, et l'invitai bien entendu à entrer. J'écartai les rideaux, et le laissai flâner au milieu des curiosités comme il aime à le faire. Je le suivais seulement à distance pour répondre à d'éventuelles questions, mais en évitant de l'importuner par des explications qu'il n'aurait pas requises.

Il feuilleta d'abord un exemplaire de la *Geographia sacra*, de Samuel Bochart. "Je l'ai acquis dès sa publication, et je m'y replonge sans arrêt. Enfin un livre qui parle des Phéniciens, vos ancêtres... je voulais dire les ancêtres des gens de ce pays."

Il fit deux pas, puis s'arrêta net.

"Ces statuettes sont bien phéniciennes, n'est-ce pas? D'où viennent-elles?"

Je fus fier de dire que c'était moi qui les avait trouvées et déterrées, dans un champ proche de la plage.

"J'ai une grande tendresse pour cet objet", avouai-je.

Le chevalier dit seulement: "Ah!", étonné qu'un négociant puisse parler en ces termes d'un objet proposé à la vente. Un peu froissé, je me tus. Et attendis qu'il se tournât vers moi pour me demander pourquoi cette tendresse. Quand il le fit, je lui expliquai que ces deux statuettes avaient été enterrées jadis l'une à côté de l'autre, et qu'avec le temps, le métal s'était rouillé de telle manière que les deux mains se retrouvent à présent comme soudées l'une à l'autre. J'aime à penser qu'il s'agit là de deux amants que la mort avait séparés mais que la terre et le temps et la rouille ont réunis l'un à l'autre, indissociablement. Tous ceux qui les voient parlent de deux statuettes; moi je préfère en parler comme s'ils n'étaient qu'une seule – la statuette des amants.

Il tendit la main pour la saisir, et je le suppliai d'être circonspect, car le moindre choc pourrait les séparer. Estimant sans doute que je ne lui avais pas parlé avec suffisamment d'égards, il m'intima de manipuler plutôt ma statuette moi-même. Je la portai donc, avec d'infinies précautions, pour la rapprocher de la fenêtre. Je croyais que le chevalier me suivrait, mais lorsque je me retournai, il se tenait toujours à la même place. Dans ses mains *Le Centième Nom*.

Il était blême, et je le devins tout autant.

"Depuis quand l'avez-vous ?"

"Depuis hier."

"Ne m'aviez-vous pas dit un jour qu'à votre avis, ce livre n'existait pas."

"Je l'ai toujours pensé. Mais j'ai dû vous prévenir aussi que des faux circulaient de temps à autre."

"Celui-ci serait-il l'un de ces faux ?"

"Sans doute, mais je n'ai pas encore eu le loisir de m'en assurer."

"A quel prix le proposez-vous ?"

Je faillis répondre : "Il n'est pas à vendre !", mais je me ravisai. Jamais il ne faut dire cela à un personnage de haut rang. Parce qu'il vous rétorque aussitôt : "Si c'est ainsi, je vais vous l'emprunter." Et alors, pour ne pas le froisser, vous devez faire confiance. Bien entendu, il y a de fortes chances que vous ne revoyiez plus jamais le livre, et le client non plus. Je l'ai abondamment appris à mes dépens.

"En fait, balbutiai-je, ce livre appartient à un vieux fou qui vit dans le plus misérable taudis de Gibelet. Il est persuadé qu'il vaut une fortune."

"Combien ?"

"Une fortune, vous dis-je. C'est un dément !"

A cet instant, je remarquai que mon neveu Boumeh se trouvait derrière nous, et qu'il observait la scène, muet, interloqué. Je ne l'avais pas entendu entrer. Je lui demandai de s'approcher pour que je le présente à notre éminent visiteur. J'espérais ainsi faire dévier la conversation pour tenter d'échapper au piège qui se refermait. Mais le chevalier se contenta d'un bref hochement de tête avant de répéter :

"Combien, ce livre, signor Baldassare? Je vous écoute!"

Quel chiffre allais-je lancer? Les ouvrages les plus précieux, je les vendais six cents maidins. Quelquefois, très exceptionnellement, le prix montait jusqu'à mille, qui font autant de sols tournois...

"Il en veut quinze cents! Je ne vais quand même pas vous vendre ce faux à un tel prix!"

Sans rien dire, mon visiteur délia sa bourse et me compta la somme en bonnes pièces françaises. Puis il tendit le livre à l'un de ses hommes, qui s'en alla l'enfouir au milieu des bagages.

"J'aurais voulu également prendre ces statuettes aux bonnets dorés. Mais je suppose que le peu d'argent qui me reste n'y suffira pas!"

"Pour les deux amants, ils ne sont pas à vendre, je vous les offre. Prenez-en soin!"

Je proposai ensuite à Marmontel de le retenir à déjeuner, mais il déclina l'invitation, sèchement. Un homme de son escorte m'expliqua que le chevalier devait reprendre la route au plus vite s'il voulait atteindre Tripoli avant la nuit. Son vaisseau allait appareiller dès le lendemain à destination de Constantinople.

Je les raccompagnai jusqu'à la porte de Gibelet sans obtenir de l'émissaire un mot de plus, ni un regard d'adieu.

A mon retour, je vis Boumeh qui pleurait, en serrant les poings de rage.

"Pourquoi lui as-tu donné ce livre? Je ne comprends pas!"

Je ne comprenais pas non plus pourquoi j'avais agi de la sorte. En un moment de faiblesse, j'avais perdu à la fois *Le Centième Nom*, la statuette que j'affectionnais, et l'estime de l'émissaire. Plus encore que mon neveu, j'aurais eu des raisons de me lamenter. Mais il fallait bien que je me justifie, vaille que vaille.

"Que veux-tu? Les choses se sont passées ainsi! Je n'ai pas pu faire autrement! Cet homme est tout de même l'émissaire du roi de France!"

Mon pauvre neveu sanglotait comme un enfant. Alors je le pris par les épaules.

"Console-toi, ce livre était un faux, toi et moi nous le savons."

Il se dégagea brutalement.

"Si c'était un faux, nous avons commis une escroquerie en le vendant à un tel prix. Et si, par miracle, il n'était pas faux, alors il ne fallait pas s'en séparer pour tout l'or de la terre! Qui te l'avait vendu?"

"Le vieil Idriss."

"Idriss? Et à quel prix?"

"Il me l'avait donné."

"Alors, il ne voulait sûrement pas que tu le vendes."

"Même pour quinze cents maidins? Avec cet argent, il pourrait s'acheter une maison, des habits neufs, engager une servante, peut-être même se marier..."

Boumeh n'avait pas le cœur à rire. Il a rarement le cœur à rire.

"Si je comprends bien, tu as l'intention de donner tout cet argent à Idriss."

"Oui, tout, et avant même de le faire entrer dans notre caisse!"

Je me levai aussitôt, mis les pièces dans une bourse en cuir, et sortis.

Comment le vieil homme allait-il réagir?

Allait-il me reprocher d'avoir vendu ce qui devait être un cadeau?

Allait-il voir au contraire dans l'incroyable somme que je lui apportais un cadeau du Ciel?

En poussant le portillon de sa masure, je vis, assise sur le seuil, une femme du voisinage, le front dans les mains. Je lui demandai, par politesse, avant d'entrer, si hajj Idriss était là. Elle releva la tête et me dit seulement :

"Twaffa." Il est mort !

J'en suis persuadé, son cœur a cessé de battre à la minute même où j'ai cédé son livre au chevalier de Marmontel. Je ne parviens plus à chasser cette idée de ma tête !

Ne m'étais-je pas demandé comment allait réagir le vieil homme à ce que j'avais fait ? Sa réaction, à présent, je la connaissais !

Est-ce la mauvaise conscience qui m'égare ? Hélas, les faits sont là, la coïncidence est bien trop probante. J'ai commis une lourde lourde faute, et il me faudra la réparer !

L'idée ne me vint pas tout de suite que je devrais poursuivre ce livre jusqu'à Constantinople. D'ailleurs, je ne suis toujours pas convaincu de l'utilité de cette expédition. Mais je me suis laissé persuader qu'il n'y avait rien de mieux à faire.

D'abord, ce furent les jérémiades de Boumeh, mais je m'y attendais trop, j'en étais d'avance agacé, et elles n'ont guère pesé dans ma décision. D'autant qu'il voulait partir sur-le-champ, l'insensé ! A l'entendre, tout ce qui venait d'arriver, c'était autant de signes envoyés par le Ciel à mon intention. Ainsi, la Providence, désespérée de me voir insensible à ses manifestations, aurait sacrifié la vie de ce pauvre homme dans le seul but de m'ouvrir enfin les yeux.

"Ouvrir les yeux sur quoi ? Que suis-je censé comprendre ?"

"Que le temps presse ! Que l'année maudite est à nos portes ! Que la mort rôde autour de nous ! Tu as eu ton salut et le nôtre dans tes mains, tu as eu *Le Centième Nom* en ta possession et tu n'as pas su le garder !"

"De toute façon, je ne peux plus rien faire. Le chevalier est déjà loin. Cela aussi est l'œuvre de la Providence."

"Il faut le rattraper! Il faut se mettre en route tout de suite!"

Je haussai les épaules. Je ne voulais même plus répondre. Il n'était pas question que je me prête à de tels enfantillages. Partir maintenant? Chevaucher toute la nuit? Pour que nous nous fassions égorger par les coupeurs de route?

"Quant à mourir, je préfère mourir l'année prochaine avec le reste de mes semblables plutôt que de précéder ainsi la fin des temps!"

Mais le garnement ne démordait pas.

"Si nous ne pouvons plus le rattraper à Tripoli, nous pourrons toujours le rejoindre à Constantinople!"

Soudain, derrière nous, une voix enjouée.

"A Constantinople? Boumeh n'a jamais eu, de sa vie, une aussi belle idée!"

Habib! Lui aussi se mettait de la partie!

"Te voilà donc revenu de tes vagabondages? Je savais bien que le jour où ton frère et toi vous entendriez enfin sur quelque chose, ce serait pour ma perte!"

"Moi, je me moque de vos histoires de fin du monde, et ce satané livre ne m'intéresse pas. Mais depuis longtemps je rêve de la Grande Cité. N'est-ce pas toi qui m'as dit que lorsque tu avais mon âge, ton père, notre grand-père Tommaso, avait voulu que tu connaisses Constantinople?"

L'argument ne valait rien, il était totalement hors de propos. Mais il a su me toucher en mon point le plus faible, la vénération que j'ai pour mon père depuis sa mort, pour tout ce qu'il disait, pour tout ce qu'il faisait. En écoutant Habib, j'eus la gorge serrée, mes yeux se figèrent, et je m'entendis murmurer :

"Ce que tu dis est vrai. Peut-être devrions-nous y aller."

Le lendemain eut lieu au cimetière musulman l'inhumation d'Idriss. Nous n'y étions pas nombreux – mes neveux et moi, trois ou quatre voisins, ainsi que le cheikh Abdel-Bassit, qui dirigeait la prière, et qui vint me prendre par le bras, à la fin de la cérémonie, pour me demander de le raccompagner chez lui.

"Vous avez bien fait de venir, me dit-il alors que je l'aidais à enjamber le muret qui borde le cimetière. Ce matin, je me demandais si j'allais devoir l'enterrer seul. Ce malheureux n'avait personne. Ni fils ni fille, ni neveu ni nièce. Aucun héritier – mais il est vrai que s'il en avait eu un, il n'aurait rien pu lui léguer. Son unique héritage, c'est à vous qu'il l'a fait. Ce livre de malheur..."

Cette observation me plongea dans un abîme de contemplation. J'avais vu ce livre comme un cadeau de remerciement, nullement comme un legs; mais en un sens, il l'était – ou, en tout cas, il l'était devenu. Et je m'étais permis de le vendre! Le vieil Idriss, en sa nouvelle demeure, me pardonnera-t-il?

Nous cheminâmes un long moment en silence sur une route montante, caillouteuse, et sans ombre. Abdel-Bassit dans ses pensées, moi dans les miennes – dans mes remords, plutôt. Puis il me dit, en ajustant son turban sur la tête :

"J'ai appris que vous nous quittiez bientôt. Où allez-vous?"

"A Constantinople, si Dieu veut."

Il s'arrêta, tendit la tête de côté comme pour guetter la clameur de la cité lointaine.

"Stamboul! Stamboul! A ceux qui ont des yeux, il est difficile de dire qu'il n'y a rien à voir de par le monde. Et pourtant, c'est la vérité, croyez-moi. Pour connaître le monde, il suffit de l'écouter. Ce que l'on voit dans les voyages n'est jamais qu'un trompe-l'œil. Des ombres à la poursuite d'autres ombres. Les routes et les pays ne nous apprennent rien que nous ne sachions déjà, rien que nous ne puissions écouter en nous-mêmes dans la paix de la nuit.''

L'homme de religion n'a peut-être pas tort, mais ma décision est déjà prise, je partirai! Contre mon bon jugement, et un peu même à mon corps défendant, – je partirai! Je ne peux me résoudre à passer les quatre mois qui viennent, puis les douze mois de l'année fatidique, assis dans ma boutique de marchand à écouter des prédictions, à consigner des signes, à essuyer des reproches, et à ressasser mes craintes et mes remords!

Mes convictions, elles, n'ont pas changé; je continue à maudire la sottise et la superstition, je demeure persuadé que la lanterne du monde n'est pas sur le point de s'éteindre...

Cela dit, moi qui doute de tout, comment pourrais-je ne pas douter également de mes doutes?

Nous sommes aujourd'hui dimanche. L'inhumation d'Idriss a eu lieu lundi dernier. Et c'est demain, à l'aube, que nous prendrons la route.

Nous partirons à quatre, moi, mes neveux, ainsi que Hatem, mon commis, qui s'occupera de l'attelage et des provisions. Nous aurons dix mulets, pas un de moins. Quatre nous serviront uniquement de montures, les autres portant les bagages. Ainsi, aucune bête ne sera trop chargée, et nous irons, si Dieu le veut, à bonne allure.

Mon autre commis, Khalil, honnête mais peu débrouillard, restera ici pour s'occuper du magasin au côté de Plaisance, ma brave sœur Plaisance, qui ne voit pas d'un bon œil ce voyage impromptu. Se séparer ainsi de ses deux fils et de son frère l'attriste et l'inquiète, mais elle sait qu'il ne servirait à rien de s'y opposer. Pourtant, ce matin, alors que nous étions tous pris dans la fièvre des ultimes préparatifs, elle vint me demander s'il ne serait pas préférable de retarder notre départ de quelques semaines. Je lui rappelai qu'il fallait absolument traverser l'Anatolie avant la saison froide. Elle n'a plus insisté. Tout juste murmura-t-elle une prière, et se mit-elle à pleurer en silence. Habib s'employa alors à la taquiner, cependant que l'autre fils, plus horrifié qu'attendri, la sommait d'aller vite laver ses yeux à l'eau de rose, car les larmes de la veille, dit-il, sont de mauvais augure pour le voyage.

Lorsque j'avais parlé à Plaisance d'emmener ses enfants avec moi, elle ne s'y était pas opposée. Mais il fallait bien que les scrupules maternels finissent par s'exprimer. Il n'y a que Boumeh pour penser que les larmes d'une mère peuvent attirer le malheur...

*Pages écrites
dans ma maison de Gibelet
à la veille de mon départ*

J'avais rangé mon cahier, mon encre, mes calames et ma poudre buvarde pour les emporter en voyage, mais je dois les reprendre dès ce dimanche soir sur ce même bureau. C'est qu'un incident grossier s'est produit en fin d'après-midi qui a failli remettre en cause notre départ. Il s'agit là d'une affaire qui m'exaspère au plus haut point, qui m'humilie, même, et que j'aurais bien voulu passer sous silence. Mais je me suis promis de tout confier à ces pages et je ne m'y déroberai point.

A l'origine de tout ce tumulte, une femme, Marta, que l'on appelle ici, avec un léger clin d'œil, "la veuve". Elle avait épousé, il y a quelques années, un individu que tout le monde savait être un voyou ; issu, d'ailleurs, d'une famille de voyous, tous escrocs, chapardeurs, maraudeurs, détrousseurs, naufrageurs, tous sans exception, grands et petits, aussi loin que remontent les souvenirs ! Et la belle Marta, qui était alors une fille délurée, espiègle, indomptable, malicieuse mais pas du tout mauvaise graine, s'était éprise de l'un d'eux – un dénommé Sayyaf.

Elle aurait pu avoir n'importe quel parti dans cette ville, moi-même – pourquoi le nier ? – j'aurais bien voulu d'elle ! Son père se trouvait être mon barbier, et un compagnon que j'appréciais. Lorsque j'allais chez lui, le matin, pour me faire raser, et que je la voyais, je repartais en chantonnant. Elle avait dans la voix, dans la démarche, dans les cils du regard, ce je ne sais quoi qui fouette l'homme vivant. Mon inclination n'avait pas échappé à son père, et il m'avait laissé entendre qu'il serait ravi et flatté d'une telle alliance. Mais la gamine s'était entichée de l'autre ; un matin l'on apprit qu'elle s'était laissé enlever, et qu'un prêtre sans dieu les avait mariés. Le barbier en mourut de chagrin quelques mois plus tard, léguant à sa fille unique une maison, un verger, et plus de deux cents sultanins d'or.

L'époux de Marta, qui n'avait jamais travaillé de sa vie, eut alors l'idée de se lancer dans le grand commerce et d'affréter un bateau. Il persuada sa femme de lui confier les économies de son père, jusqu'à la dernière piécette, et s'en fut au port de Tripoli. On ne devait plus jamais le revoir.

Au début, on raconta qu'il avait fait fortune avec un chargement d'épices, qu'il s'était fait construire toute une flotte, et qu'il projetait de venir parader devant Gibelet. Il paraît que Marta passait alors toutes ses journées avec ses amies face à la mer, à l'attendre, toute fière. En vain, – ni flotte, ni fortune, ni mari. Au bout de quelque temps, d'autres rumeurs, bien moins glorieuses, commencèrent à circuler. Il aurait péri dans un naufrage. Ou alors, devenu pirate, il aurait été pris par les Turcs et pendu. Mais l'on prétendait aussi qu'il s'était ménagé un repaire côtier aux environs de Smyrne, et qu'il y avait à présent femme et progéniture. Ce qui mortifiait son épouse, qui n'était jamais tombée enceinte au cours de leur brève vie commune, et que l'on dit stérile.

Pour l'infortunée Marta, seule depuis six ans déjà, ni mariée ni libre, sans ressources, sans frère ni sœur, sans enfants, surveillée par toute sa belle-famille de voyous de peur qu'elle ne songeât à souiller l'honneur de l'époux vagabond, c'était un calvaire de chaque jour. Alors elle s'était mise à clamer, avec une insistance qui frisait la folie, qu'on lui avait appris de bonne source que Sayyaf était mort, et qu'elle était donc veuve, bien veuve ; mais lorsqu'elle s'était vêtue de noir, la famille dudit défunt s'était acharnée sur elle, l'accusant de porter malheur à l'absent. Après avoir reçu quelques coups dont chacun avait pu voir les traces sur son visage et sur ses mains, "la veuve" s'était résignée à mettre de nouveau des habits de couleur.

Elle ne s'avoua pas vaincue pour autant. Ces dernières semaines, elle aurait confié, dit-on, à certaines de ses amies, qu'elle nourrissait le dessein de se rendre à Constantinople, afin de vérifier auprès des hautes autorités si son mari avait bien péri, et de n'en revenir que munie d'un firman sultanien prouvant qu'elle était veuve et libre de refaire sa vie.

Et il semble bien qu'elle ait mis sa menace à exécution. Ce dimanche matin, elle n'était pas à la messe; elle aurait quitté Gibelet dans la nuit, emportant vêtements et bijoux. Aussitôt, certains chuchotements ont fleuri, qui me mettent nommément en cause. C'est irritant, c'est offensant, et puis surtout — devrais-je aller jusqu'à jurer, la main sur l'Évangile? — c'est tout simplement faux, faux, faux. Je n'ai pas échangé la moindre parole avec Marta depuis des années; depuis les funérailles de son père, il me semble. Tout au plus l'ai-je saluée quelquefois dans la rue, en posant furtivement mon doigt sur mon couvre-chef. Rien d'autre. Pour moi, le jour même où j'ai appris son mariage avec ce voyou, la page était tournée.

Pourtant, à en croire la rumeur, je me serais entendu secrètement avec elle pour la convoyer jusqu'à Constantinople; et comme il m'était impossible de l'emmener au vu et au su de la bourgade entière, je lui aurais conseillé de partir avant moi, et de m'attendre en quelque endroit convenu, où je la récupérerais. On va jusqu'à prétendre que c'est à cause d'elle que je ne me suis plus marié, ce qui n'a rien à voir avec la vérité, comme j'aurai peut-être un jour l'occasion de m'en expliquer...

Pour fausse qu'elle soit, l'histoire a des allures de vérité, et il me semble que la plupart des gens y croient. A commencer par les frères du mari de Marta, qui se disent convaincus de ma culpabilité, insultés par mes prétendues manigances, et décidés à venger leur honneur. Cet après-midi, le plus agité d'entre eux, le dénommé Rasmi, a fait irruption chez moi en brandissant un fusil, et en jurant qu'il allait commettre l'irréparable. Il fallut mon sang-froid et celui de Hatem, mon commis, pour le dompter. Il exigeait que je retarde mon départ pour démontrer ma bonne foi. Il est vrai que j'aurais, de la sorte, balayé rumeurs et soupçons. Mais pourquoi devrais-je donner des gages d'honnêteté à un clan de voyous ? Et puis, jusqu'à quand aurais-je dû remettre le voyage ? jusqu'à ce que Marta réapparaisse ? Et si elle était partie pour de bon ?

Habib et Jaber se montrèrent hostiles à tout délai, et je crois que j'aurais perdu leur estime si j'avais faibli. D'ailleurs, pas un instant je n'ai été enclin à céder. J'ai seulement pesé le pour et le contre comme il était judicieux de le faire, avant de répondre fermement non. Alors l'homme nous annonça qu'il allait partir avec nous demain. Il tenait, dit-il, à s'assurer par lui-même que la fugitive ne nous attendait pas dans quelque hameau des environs. Mes neveux et mon commis étaient outrés, et ma sœur encore plus, mais je les ai raisonnés. "La route appartient à tous ! Si cet homme a décidé de suivre la même direction que nous, nous ne pouvons l'en empêcher." Je dis cela à voix haute, en appuyant sur chaque mot, afin que l'importun comprenne que s'il fait la route en même temps que nous, il ne la fait pas en notre compagnie.

Je surestime sans doute la subtilité du personnage, et il ne faudra certainement pas compter sur ses bonnes manières. Mais nous sommes quatre et il est seul. Sa présence dans notre sillage m'agace plus qu'elle ne m'inquiète. Fasse le Ciel que nous n'ayons pas à affronter au cours de notre voyage des créatures plus redoutables que ce fanfaron moustachu !

Au village d'Anfé, le 24 août 1665

Les environs de Gibelet n'étant pas sûrs au crépuscule, nous attendîmes qu'il fasse clair pour passer la porte. Le dénommé Rasmi était déjà là, prêt à nous emboîter le pas, tirant sur la bride pour faire patienter sa bête. Il semble avoir choisi pour ce voyage une monture bien nerveuse qui, je l'espère, va le lasser très vite de notre train.

Dès que nous fûmes sur la route côtière, l'homme s'écarta de nous pour escalader un promontoire, d'où il promena son regard sur les environs en se lissant la moustache des deux mains.

L'observant du coin de l'œil, je me demandai pour la première fois ce que cette malheureuse Marta avait bien pu devenir. Et j'eus soudain honte de n'avoir pensé à elle jusqu'ici que pour évoquer le désagrément que sa disparition me causait. C'est de son sort que j'aurais dû m'inquiéter. N'aurait-elle pas commis quelque acte désespéré ? Peut-être la mer rejettera-t-elle un jour son corps sur la plage. Alors s'arrêteraient les chuchotements. Quelques rares larmes seraient versées. Puis l'oubli.

Et moi, est-ce que je pleurerais cette femme qui avait failli être la mienne ? Elle me plaisait, je la voulais bien, je guettais jadis ses rires, son déhanchement, ses mèches, le tintement de ses bracelets, j'aurais pu l'aimer tendrement, la serrer contre moi chaque nuit. Je me serais attaché à elle, à sa voix, à son pas, à ses mains. Elle aurait été auprès de moi, ce matin, à l'heure du départ. Elle aussi aurait pleuré, comme ma sœur Plaisance, et cherché à me faire renoncer au voyage.

Grisé par les secousses de ma monture, mon esprit voguait, de plus en plus loin. Je revoyais maintenant la silhouette de cette femme que, depuis des années, je n'avais plus contemplée. Elle avait retrouvé ces œillades badines du temps béni où elle n'était encore que la fille du barbier. Je m'en voulais de ne pas l'avoir suffisamment désirée pour l'aimer. De l'avoir laissée épouser son malheur...

Son valeureux beau-frère est encore monté à plusieurs reprises sur les collines qui longent la route. Il a tourné sur lui-même, et une fois il a même appelé : "Marta ! Sors de ta cachette, je t'ai vue !" Rien n'a bougé. Cet homme a la moustache plus grosse que le cerveau !

Nous quatre poursuivions notre chemin au même rythme, sans avoir l'air de remarquer ses galops, ses sautillements, ni ses battements de jambes. Seulement, à midi, lorsque Hatem nous prépara à manger – rien que du pain plat du pays roulé avec du fromage d'ici, de l'origan, et de l'huile – je proposai à l'intrus de partager notre repas. Ni mes neveux ni mon commis n'approuvèrent ma géné-rosité ; et, vu le comportement de ce malappris, je suis bien obligé de leur donner raison. Car il s'empara de ce que nous lui tendions pour aller le dévorer seul comme une bête de l'autre côté de la route, en nous tournant le dos. Trop sauvage pour manger avec nous, mais pas assez fier pour refuser de se laisser nourrir. Piteux personnage !

Nous allons passer cette première nuit à Anfé, un village en bord de mer. Un pêcheur nous a offert le gîte et le dîner. Quand je desserrai ma bourse pour lui faire un cadeau de remerciement, il refusa, puis il me prit à part pour me demander de lui révéler plutôt ce que je savais des rumeurs concernant l'année prochaine. J'empruntai mon accent le plus docte pour le rassurer. Ce ne sont, lui dis-je, que des bruits mensongers, qui se répandent ainsi, de temps à autre, quand les hommes perdent courage. Il ne faut pas s'y laisser prendre ! N'est-il pas dit dans les Écri-tures : "Vous ne connaîtrez ni le jour ni l'heure" ?

Mon hôte était si soulagé par ces paroles que, non content de nous avoir offert l'hospitalité, il me saisit la main pour la baiser. Mes joues rosirent de honte. Ah si le brave homme savait pour quelle absurde raison j'ai entrepris ce voyage! Le faux sage que je fais!

Avant de me coucher, je me suis imposé d'écrire ces quelques paragraphes, à la lueur d'un cierge aux fumées rances. Je ne suis pas sûr d'avoir rendu compte de ce qui est important. Et il ne me sera pas facile de distinguer chaque jour le futile de l'essentiel, l'anecdotique de l'exemplaire, les sentiers borgnes des vrais chemins. Mais j'avancerai les yeux ouverts.

A Tripoli, le 25 août

Sans doute nous sommes-nous débarrassés aujourd'hui du compagnon indésirable. Mais pour rencontrer d'autres désagréments.

Ce matin, devant la maison où nous avions dormi, Rasmi nous attendait, moustache au clair, prêt à partir. Il avait dû passer la nuit dans une autre maison du village, je suppose, chez quelque brigand de sa connaissance. Quand nous nous engageâmes sur la route, il nous suivit, pendant quelques minutes. Il monta sur un promontoire, comme hier, pour inspecter les environs. Puis il tourna bride pour revenir en direction de Gibelet. Mes compagnons se demandent encore s'il ne s'agit pas d'une feinte, et si l'homme ne va pas chercher à nous surprendre plus loin. Je pense que non. Je pense que nous ne le reverrons plus.

45

A midi, nous avons atteint Tripoli. Ce doit bien être ma vingtième visite, mais je ne franchis jamais ses portes sans que m'étreigne l'émotion. C'est ici que mes ancêtres ont posé les pieds pour la première fois sur le sol du Levant, il y a plus d'un demi-millénaire. En ce temps-là, les croisés assiégeaient la ville, sans parvenir à la prendre. L'un de mes aïeux, Ansaldo Embriaco, les avait alors aidés à construire une citadelle capable de vaincre la résistance des assiégés, et avait offert le concours de ses navires pour interdire l'accès du port; en récompense, il avait obtenu la seigneurie de Gibelet.

Celle-ci demeura pendant deux bons siècles l'apanage des miens. Et même lorsque le dernier État franc du Levant fut détruit, les Embriaci surent obtenir des mamelouks triomphants le droit de conserver leur fief quelques années de plus. Nous avions été parmi les tout premiers croisés à arriver, nous fûmes les derniers à partir. Et encore, nous ne sommes pas tout à fait partis. N'en suis-je pas la vivante preuve?

Quand le sursis prit fin, et que nous dûmes abandonner aux musulmans notre domaine de Gibelet, ce qui restait de la famille décida de retourner à Gênes. "Retourner" n'est pas le mot qui convient, ils étaient tous nés au Levant, et la plupart n'avaient jamais mis les pieds dans leur cité d'origine. Mon ancêtre de l'époque, Bartolomeo, y tomba bien vite dans la langueur et l'abattement. Car si les Embriaci avaient été, à l'époque des premières croisades, l'une des familles les plus en vue, s'ils avaient eu jadis à Gênes leur quartier, leur hôtel, leur clan d'obligés, une tour à leur nom et la plus grosse fortune de la cité, ils étaient à présent supplantés par d'autres maisons devenues plus illustres, les Doria, les Spinola, les Grimaldi, les Fieschi. Mon aïeul s'estima déclassé. Il se sentait même exilé. Génois, il voulait bien l'être, il l'était, par la langue, l'habit, les coutumes; mais Génois d'Orient!

Les miens repartirent donc sur les routes de mer, jetèrent l'ancre en divers ports tels Caffa ou Kassandreia ou Chio, avant que l'un d'eux, Ugo, mon arrière-grand-père, n'eût l'idée de se replier sur Gibelet où – en échange de quelques services rendus – il obtint des autorités qu'on lui restituât une parcelle de son ancien fief. Notre maison dut faire une croix sur ses prétentions seigneuriales pour retrouver sa vocation originelle, le négoce ; mais le souvenir de l'époque glorieuse est resté. Selon les documents que j'ai toujours en ma possession, je suis, en droite ligne mâle, le dix-huitième descendant de l'homme qui conquit Tripoli.

Lorsque je me rends au quartier des libraires, comment pourrais-je ne pas caresser du regard la Citadelle sur laquelle a flotté autrefois le gonfalon des Embriaci ? Les marchands s'en amusent, d'ailleurs, qui se mettent à crier, lorsqu'ils me voient arriver : "Attention, le Génois vient reprendre la Citadelle, barrez-lui la route !" Ils sortent de leurs échoppes et me barrent effectivement la route, mais pour des embrassades sonores, et pour m'offrir à chaque pas café et sirop frais. Ce sont des gens par nature accueillants, mais je dois ajouter que je suis également pour eux un collègue compréhensif et le meilleur des clients. Quand je ne viens pas m'approvisionner ici, ce sont eux qui m'expédient, de leur propre initiative, les pièces qui pourraient m'intéresser et ne sont pas de leur ressort, c'est-à-dire, pour l'essentiel, les reliques, les icônes et les vieux livres de la Foi chrétienne. Eux-mêmes sont pour la plupart musulmans ou juifs, et la clientèle de chacun vient principalement de ses coreligionnaires, qui cherchent d'abord ce qui concerne leur propre Foi.

Justement, en arrivant ce midi dans la ville, je me rendis directement chez un musulman de mes amis, Abdessamad. Il était assis au seuil de son échoppe, entouré de ses frères et de quelques autres libraires de sa rue. Au moment où,

47

après la ronde des salamalecs, et après avoir présenté mes neveux à ceux qui ne les connaissaient pas, je fus invité à dire ce qui m'amenait, ma langue se noua. Une voix me disait que je ferais mieux de ne rien dévoiler, c'était la voix de la raison et j'aurais dû l'écouter. Entouré par ces personnes respectables, qui toutes avaient de moi une haute idée, qui me considéraient un peu comme leur doyen, sinon par l'âge et l'érudition, du moins par la notoriété et la fortune, je sentais bien qu'il ne serait pas sage d'avouer le véritable motif de ma visite. Mais j'avais également dans l'oreille une autre voix, moins sage, qui me bourdonnait : Après tout, si le vieil Idriss dans sa masure avait une copie de l'ouvrage si convoité, pourquoi les libraires de Tripoli n'en auraient-ils pas une ? tout aussi fausse, peut-être, mais qui me dispenserait de faire le trajet jusqu'à Constantinople !

Après de longues secondes au cours desquelles tous les regards s'étaient amassés pesamment sur mon front, je finis par lancer :

"L'un ou l'autre d'entre vous aurait-il parmi ses livres ce traité de Mazandarani dont on parle beaucoup, ces temps-ci, *Le Centième Nom* ?"

J'avais posé ma question du ton le plus léger, le plus détaché, le plus ironique qui fût. Mais à l'instant, le silence tomba sur la petite foule qui m'entourait ; et aussi, me sembla-t-il, sur la rue, sur la ville entière. Tous les yeux s'échappèrent au même moment, pour se porter vers mon ami Abdessamad. Qui, lui non plus, ne me regardait plus.

Il s'éclaircit la gorge, comme s'il s'apprêtait à parler, mais c'est un rire qu'il émit, un rire en saccades, un rire forcé, qu'il interrompit brusquement pour boire une gorgée d'eau. Avant de dire à mon adresse :

"Tes visites nous font toujours plaisir !"

Ce qui signifiait que celle-ci était terminée. Je me levai, tout penaud, saluai d'un mot ceux qui étaient le plus près de moi ; les autres s'étaient déjà égaillés.

En me dirigeant vers l'hôtellerie où nous allions passer la nuit, j'étais comme assommé. Hatem vint me dire qu'il allait faire quelques provisions, Habib me chuchota qu'il allait se promener du côté du port, je les laissai partir l'un et l'autre sans un mot. Seul Jaber demeura à mes côtés, mais avec lui non plus je n'échangeai pas la moindre parole. Que lui aurais-je dit? "Maudis sois-tu, Boumeh, c'est de ta faute si j'ai été humilié!?" De sa faute, de la faute d'Evdokime, d'Idriss, de Marmontel, de tant d'autres, mais avant tout de ma propre faute, c'est d'abord à moi qu'il revenait de préserver ma raison, ma réputation et ma dignité.

Je me demande cependant pourquoi ces libraires ont réagi de la sorte. Une attitude sèche, brutale pour qui les a toujours connus affables et circonspects. Je m'attendais tout au plus à des sourires amusés. Pas à une telle hostilité. Ma question avait été délicatement formulée, pourtant! Je ne comprends pas. Je ne comprends pas.

Pour avoir écrit ces lignes, je retrouve mon calme. Mais cet incident m'avait mis de méchante humeur pour le restant de la journée. Je m'en suis pris à Hatem, parce qu'il n'a pas fait les achats que je souhaitais; puis à Habib, qui est rentré de sa promenade après la tombée de la nuit.

A Boumeh, source première de ma déconvenue, je n'ai rien trouvé à dire.

En route, le 26 août

Comment ai-je pu me montrer si naïf?
La chose était sous mes yeux, et je ne l'ai pas vue!

Au moment où je me suis réveillé, ce matin, Habib n'était plus là. Il s'était levé tôt, et avait murmuré à l'oreille de Hatem qu'il devait acheter quelque chose au marché de la Citadelle, après quoi il nous retrouverait près de la porte des Bassatine, au nord-est de la cité. "Je lui souhaite d'y être avant nous, criai-je, parce que je ne l'attendrai pas une seule minute." Et je donnai sur-le-champ le signal du départ.

La porte n'est pas éloignée de l'hôtellerie, nous y fûmes bien vite. Je promenai mon regard des quatre côtés, pas de Habib en vue. "Laissons-lui le temps d'arriver", supplia mon commis, qui a toujours eu un faible pour ce garçon. "Je ne l'attendrai pas longtemps!" répondis-je en tapotant du pied. Mais je devais l'attendre, forcément. Qu'aurais-je pu faire d'autre? Nous partions pour un long voyage, je n'allais tout de même pas abandonner mon neveu en chemin!

Au bout d'une heure, alors que le soleil était bien monté dans le ciel, Hatem me cria, faussement emballé : "Voici Habib, il court, il nous fait signe, c'est un brave garçon, finalement, Dieu le garde, toujours affectueux, toujours souriant, l'important, mon maître, c'est qu'il ne lui soit pas arrivé malheur..." Tout ce babil, évidemment, pour lui éviter une gronderie! Mais je refusai de me laisser attendrir. Une heure que nous l'attendions! Il n'était pas question que je le salue ou que je lui sourie, je ne voulus même pas regarder dans la direction d'où il venait. Je patientai juste une minute de plus, le temps qu'il arrivât jusqu'à nous, puis je m'avançai dignement vers la porte de la cité.

Habib était maintenant derrière moi, je sentais sa présence, je l'entendais respirer tout près de mon oreille. Mais je continuais à lui tourner le dos. Je recommencerai à lui parler, me disais-je, quand il m'aura respectueusement baisé la main et m'aura promis de ne plus s'absenter ainsi

50

sans ma permission! Si nous devons poursuivre ce voyage ensemble, je veux savoir à chaque instant où se trouvent mes neveux!

Arrivé devant l'officier gardien de la porte, je le saluai d'une formule polie, déclinai mon identité, et glissai dans sa main la pièce d'argent adéquate.

"C'est votre fils?" demanda l'homme en désignant la personne qui me suivait.

"Non, je suis son neveu."

"Et cette femme?"

"C'est son épouse", dit Habib.

"Vous pouvez passer!"

Mon épouse?

Je ne dis rien sur le moment, et ne risquai même pas un coup d'œil vers l'arrière, pour ne pas trahir ma surprise. Le moindre bafouillage devant l'officier ottoman, la moindre hésitation embarrassée, et nous nous serions tous retrouvés en prison.

Mon épouse?

Je préférai passer d'abord la porte, m'éloigner de la douane et des soldats, en continuant à regarder droit devant moi. Puis je me retournai.

C'était Marta.

C'était "la veuve".

Vêtue de noir, et la mine réjouie.

Non, je l'avoue, je n'avais rien compris jusqu'ici, rien soupçonné. Et Habib a su y faire, je dois dire. Lui qui joue souvent de son espièglerie pour charmer femmes et hommes, il n'avait laissé échapper, au cours des dernières journées, pas le moindre sourire entendu, pas la moindre parole à double sens. Il paraissait aussi outré que moi des accusations proférées par Rasmi. Lesquelles n'étaient finalement pas aussi infondées que je l'avais cru.

Plus tard, mon neveu me dira, je suppose, comment les

choses se sont agencées. A quoi bon, d'ailleurs? Pour l'essentiel, je devine. Je devine pourquoi il s'est curieusement rangé du côté de son frère pour m'inciter à entreprendre ce voyage à Constantinople. J'imagine qu'il s'est hâté alors d'avertir "la veuve", qui a dû sentir que l'occasion était propice pour s'enfuir. Elle avait donc quitté Gibelet, puis elle avait dû passer une nuit à Tripoli, chez une cousine, ou bien dans un couvent. Tout cela paraît si limpide, je n'ai même pas besoin qu'on me fasse des aveux. Mais avant qu'on ne m'ait mis l'ensemble du tableau sous le nez, je n'avais rien vu.

Que faire à présent? Jusqu'à la fin de la journée, j'ai marché droit devant moi, le visage fermé, sans un mot. La bouderie ne résout rien, je le sais. Mais, à moins de vouloir renoncer à toute autorité sur les miens, et à toute dignité, je ne peux pas faire comme si je n'avais pas été abusé.

L'ennui, c'est que je suis oublieux de nature, et débonnaire, toujours tenté de pardonner. J'ai dû faire un effort toute cette journée pour ne pas me départir de mon attitude. Il me faut tenir encore un jour ou deux, dussé-je en souffrir plus que ceux que je cherche à punir.

Eux quatre, derrière moi, n'osent plus se parler qu'à voix basse, et c'est tant mieux ainsi.

Au village du tailleur, le 27 août

Aujourd'hui encore s'est joint à nous un compagnon inattendu. Mais cette fois un homme de bien.

Nous avions passé une nuit exécrable. Je connaissais

une auberge sur la route, mais je n'y étais pas allé depuis bien longtemps. Peut-être l'avais-je visitée en une saison plus propice, je n'avais pas gardé le souvenir de ces nuées de moustiques, de ces murs moisis et lézardés, de ces effluves d'eaux stagnantes... Je finis par passer la nuit entière à gesticuler, à taper des mains chaque fois qu'un chant menaçant tintait à mes oreilles.

Au matin, quand il fallut reprendre la route, je n'avais guère dormi. Plus tard dans la journée, je m'assoupis à plusieurs reprises sur ma monture, et faillis tomber; fort heureusement, Hatem vint se mettre tout près de moi pour, de temps à autre, me soutenir. Brave homme, finalement, c'est à lui que j'en veux le moins.

Vers midi, alors que nous marchions déjà depuis cinq bonnes heures, et que je cherchais des yeux un coin ombragé où prendre le repas, notre route se trouva soudain barrée par une grosse branche feuillue. Il eût été facile de l'écarter, ou de la contourner, mais je m'arrêtai, perplexe. Dans la manière dont elle était placée, toute droite au milieu de la route, il y avait quelque chose d'incongru.

Je promenais mon regard alentour, cherchant à comprendre, lorsque Boumeh vint me murmurer à l'oreille qu'il valait mieux prendre ce sentier qui descendait, là-bas à notre droite, pour retrouver la grand-route un peu plus loin.

"Si le vent, dit-il, a détaché cette branche de son arbre, puis l'a poussée jusqu'à cet emplacement en lui donnant cette posture, ce ne peut être qu'un avertissement du Ciel, et nous serions fous de le défier."

Je pestai contre la superstition, mais je suivis son conseil. Il est vrai que, pendant qu'il me parlait, j'avais repéré, à notre droite, dans le prolongement du sentier qu'il voulait me faire emprunter, un bocage à ma convenance. Rien que de voir, de loin, cette épaisseur de verdure, je croyais entendre l'écoulement d'une source fraîche. Et j'avais faim.

En nous engageant sur ce chemin, nous vîmes des gens qui s'éloignaient sur leurs montures, trois ou quatre me sembla-t-il. Sans doute avaient-ils eu la même idée que nous, me dis-je – quitter la route, prendre leur repas à l'ombre; mais ils chevauchaient à belle allure, fouettant les bêtes, comme s'ils nous fuyaient. Quand nous atteignîmes le bocage, ils avaient déjà disparu à l'horizon.

Ce fut Hatem qui hurla le premier :

"Des brigands! C'étaient des brigands, des coupeurs de routes!"

A l'ombre d'un noyer, un homme gisait. Dévêtu, et comme mort. Nous l'appelâmes de loin, dès que nous l'aperçûmes; il ne bougea pas. On pouvait déjà voir sur son front et sa barbe un barbouillis de sang. Je fis le signe de croix. Mais lorsque Marta cria : "Mon Dieu! Il est mort!", et poussa une lamentation, l'homme se redressa, rassuré d'entendre une voix féminine, et de ses mains il dissimula prestement sa nudité. Jusque-là, il craignait, nous dit-il, que ses agresseurs ne soient revenus sur leurs pas, par quelque remords, si l'on peut dire, afin de l'achever.

"Ils avaient placé une branche sur la route, alors j'ai préféré prendre ce sentier, me disant qu'il devait y avoir un danger par là-bas. Mais c'est ici qu'ils s'étaient embusqués. Je revenais de Tripoli, où j'étais allé acheter du tissu; je suis tailleur, de mon métier. Mon nom est Abbas. Ils m'ont tout pris, deux ânes avec leur chargement, et mon argent, et mes chaussures, et mes vêtements aussi! Dieu les maudisse! Que tout ce qu'ils m'ont volé leur reste dans la gorge, comme une arête de poisson!"

Je me tournai vers Boumeh.

"Un avertissement du Ciel, cette branche, disais-tu? Eh bien, détrompe-toi! c'était une ruse de brigands!"

Mais il refusa de se dédire :

"Si nous n'étions pas passés par ce sentier, Dieu sait ce qu'il serait advenu à cet infortuné! C'est parce qu'ils nous ont vus arriver que les malfaiteurs se sont éloignés aussi vite !"

L'homme, à qui Hatem venait de tendre l'une de mes chemises, et qui était en train de l'enfiler, approuva :

"Seul le Ciel a pu vous diriger par ici, pour ma chance ! Vous êtes des gens de bien, cela se voit sur vos visages. Seuls les gens honnêtes voyagent avec femme et enfants. Ce sont vos fils, ces deux beaux jeunes gens ? Que le Tout-Puissant veille sur eux !"

C'est à Marta qu'il s'adressait. Elle s'était approchée pour lui essuyer le visage avec un mouchoir trempé dans l'eau.

"Ce sont nos neveux", répondit-elle, non sans une légère hésitation et un bref regard dans ma direction, comme pour s'excuser.

"Dieu vous bénisse, répétait l'homme, Dieu vous bénisse tous, je ne vous laisserai pas partir avant de vous avoir offert un habit à chacun, ne me dites pas non, c'est la moindre des choses, vous m'avez sauvé la vie, Dieu vous bénisse ! Et la nuit prochaine, vous la passerez chez moi, nulle part ailleurs !"

Nous ne pouvions pas refuser, d'autant que nous sommes arrivés dans son village à la tombée de la nuit ; nous nous étions écartés de notre route pour le conduire chez lui ; après ce qu'il venait de subir, nous ne pouvions pas le laisser cheminer seul.

Il se montra fort reconnaissant, et insista pour donner, malgré l'heure tardive, un vrai festin en notre honneur. De toutes les maisons du village, on nous apporta les plats les plus délicieux, certains à la viande d'autres sans. Le tailleur est aimé et respecté de tous, et il nous a dépeints, mes neveux, mon commis, "mon épouse" et moi, comme ses sauveurs, les nobles instruments de la Providence auxquels il serait redevable sa vie entière.

Nous ne pouvions rêver d'une étape plus réconfortante,

elle a effacé les désagréments du début du voyage, et apaisé les tensions entre mes compagnons et moi.

Quand vint l'heure de se coucher, notre hôte jura à voix haute que c'est dans sa chambre que nous dormirions, "mon épouse" et moi, pendant que sa femme et lui passeraient la nuit dans la grand-pièce, avec leur fils, mes neveux, mon commis, et leur vieille servante. Je voulus refuser, mais l'homme se fâcha, il avait juré, dit-il, et je ne pouvais lui faire trahir son serment. Bien entendu, il était trop tard pour que je puisse révéler que cette personne qui voyageait avec moi n'était pas ma femme. Je me serais déconsidéré, j'aurais perdu l'estime de ces gens qui me portaient aux nues. Non, je ne pouvais faire cela, mieux valait encore simuler, jusqu'au lendemain.

Et nous nous retrouvâmes, "la veuve" et moi, dans cette chambre, séparés des autres par une simple tenture, mais bien seuls, et pour la nuit entière. A la lumière de la bougie qu'on nous avait laissée, je voyais les yeux de Marta qui riaient. Les miens ne riaient pas. Je me serais attendu à ce qu'elle soit plus gênée encore que moi. Elle ne l'était pas. Pour un peu, on l'aurait entendue s'esclaffer. C'en était indécent. J'avais l'impression d'être embarrassé pour deux.

Après quelques gestes d'hésitation, nous finîmes par nous étendre sur la même couche sous la même couverture, mais tout habillés, et bien à part l'un de l'autre.

S'écoulèrent alors de longues minutes d'obscurité silencieuse et de respiration croisée ; puis ma voisine inclina son visage de mon côté.

"Il ne faut pas en vouloir à Habib. S'il vous a caché la vérité, c'est de ma faute, c'est moi qui lui ai fait jurer de ne rien dire, j'avais peur que mes projets de fuite soient éventés, mon beau-frère m'aurait égorgée."

"Ce qui est fait est fait."

J'avais répondu sèchement. Je n'avais aucune envie

d'entamer une conversation. Mais après un court silence commun, elle reprit :

"Bien sûr, Habib a eu tort de dire à l'officier que j'étais votre femme. C'est qu'il était pris de court, le pauvre garçon. Vous êtes un homme respecté, et tout cela vous cause de l'embarras, n'est-ce pas ? Moi, votre femme ? Dieu vous en préserve !"

"Ce qui est dit est dit !"

J'avais lancé ma phrase sans réfléchir. Et c'est seulement après, quand les mots de Marta et les miens eurent retenti ensemble dans ma tête, que je me rendis compte du sens que ma phrase a pu prendre. Dans la posture cocasse où l'on nous avait placés, chaque parole devenait une dalle boueuse. "— Moi, votre femme ? – Ce qui est dit est dit !" Je faillis me reprendre, expliciter, rectifier... A quoi bon ? je me serais seulement embourbé. Alors je regardai du côté de ma voisine pour essayer de deviner ce qu'elle avait compris ; elle arborait, me sembla-t-il, la mine espiègle de ses jeunes années. A mon tour, je souris. Et esquissai dans le noir un geste de résignation.

Peut-être nous fallait-il cet échange pour pouvoir nous endormir en toute sérénité l'un près de l'autre, ni trop proches, ni trop éloignés.

Le 28 août

Au réveil, j'étais de fort bonne humeur, et "mon épouse" également. Mes neveux nous harcelèrent de leurs regards toute la journée, intrigués, méfiants ; mais mon commis semblait amusé.

Nous avions prévu de repartir à l'aube, il fallut y renoncer ; dans la nuit, la pluie s'était mise à tomber, et au matin, il pleuvait encore à verse. La journée précédente avait été nuageuse, des plus agréables pour qui se trouve sur la route, mais on sentait bien que les nuages ne se contenteraient pas de nous faire de l'ombre. Nous n'avions pas d'autre choix que de rester auprès de nos hôtes un jour et une nuit de plus ; Dieu les bénisse, ils nous font sentir à chaque instant combien notre présence leur est douce et légère.

Venue l'heure de se coucher, le brave tailleur jura de nouveau que tant que nous serions sous son toit, "mon épouse protégée" et moi-même ne dormirions pas ailleurs que dans sa chambre. Pour la seconde fois, je me laissai faire. Trop docilement, peut-être... Nous nous étendîmes, Marta et moi, l'un près de l'autre, de bonne grâce. Toujours habillés, toujours séparés. Simples voisins de lit, comme hier. A cette différence près que, désormais, nous bavardions sans arrêt, de choses et d'autres, de l'accueil de nos hôtes, du temps qu'il pourrait faire le lendemain. "La veuve" avait mis un parfum que la veille je n'avais pas senti.

J'avais commencé à lui parler un peu des raisons qui m'ont poussé à entreprendre ce voyage, quand Habib fit irruption dans notre chambre. Il s'approcha sans bruit, pieds nus, comme s'il espérait nous surprendre.

"Je viens dormir ici, dit-il lorsque je remarquai sa présence. Il y a trop de moustiques dans l'autre pièce, on se fait dévorer."

Je soupirai.

"Tu as bien fait de venir. Ici, les moustiques ne peuvent pas entrer, la porte est trop étroite..."

Avais-je laissé percer tout mon agacement ? Ma voisine colla sa tête à la mienne, pour me chuchoter, le plus bas possible :

"C'est encore un enfant!"

Elle cherchait une fois de plus à l'excuser. Peut-être voulait-elle aussi me faire comprendre que la jalousie dont Habib faisait montre ne se justifiait pas. Car je pouvais supposer que s'il avait comploté avec elle pour la faire échapper à sa belle-famille et lui permettre de se joindre à nous, ce n'était pas seulement par esprit chevaleresque, mais parce qu'il éprouverait quelque chose pour elle, et qu'elle-même ne l'aurait guère découragé, bien qu'elle ait sept ou huit ans de plus que lui.

Jaloux, je crois bien qu'il l'est. Il s'était d'abord allongé près du mur, enroulé dans sa couverture. Même s'il ne disait rien, j'entendais sa respiration irrégulière – il ne dormait pas. Sa présence m'irritait. D'un côté, je me disais que je devrais, dès demain, lui expliquer clairement que mes deux nuits au voisinage de "la veuve" n'étaient que le fruit des circonstances qu'il savait, et qu'il ne fallait pas penser à mal. D'un autre côté, je ne voyais pas et ne vois toujours pas pourquoi je devrais me justifier auprès de ce gamin. Ce n'est pas moi qui ai voulu me placer dans cette situation embarrassante! Débonnaire, je le suis; mais il ne faut pas trop me secouer les sangs! Si jamais l'envie me prenait de courtiser Marta, ce n'est pas à mes neveux que j'en demanderais la permission, ni à qui que ce soit d'autre!

Je me tournai vers elle, résolument, et lui chuchotai, pas trop bas :

"Si c'est vraiment un enfant, je le corrigerai comme un enfant!"

En m'approchant, je sentis plus fort son parfum, et l'envie me prit de m'approcher encore. Mais Habib m'avait entendu; s'il n'avait pu comprendre ce que je disais, du moins avait-il décelé un chuchotement. Alors il se poussa, rampant avec sa couverture, pour venir se coucher à nos pieds, oui, pour se coller de tout son corps à nos pieds, nous interdisant le moindre mouvement.

J'étais tenté de lui décocher un coup vigoureux, "par inadvertance", au cours de mon sommeil. Mais je préférai me venger d'une autre manière : je pris la main de Marta dans la mienne, pour la retenir, sous la couverture, jusqu'au matin.

Près de l'Oronte, le 29 août

Ce matin, il ne pleuvait plus, et nous avons pu reprendre notre chemin. J'avais très peu dormi, tant j'étais irrité par la conduite inconvenante de mon neveu.

Mais peut-être valait-il mieux que la nuit s'achevât ainsi. Oui, à y réfléchir, mieux vaut éprouver au réveil les tenailles du désir plutôt que celles du remords.

Nous avons pris congé de nos hôtes, qui nous ont encore obligés en alourdissant nos mules de provisions, de quoi suffire pour plusieurs journées de voyage. Puisse le Ciel nous donner l'occasion de leur montrer à notre tour notre hospitalité !

La route est avenante après la pluie, ni soleil, ni chaleur excessive, ni poussière qui monte. De la boue, sans doute ; mais elle ne souille que les sabots des bêtes. Nous ne nous sommes arrêtés que lorsqu'il a commencé à faire sombre.

Nous avons contourné la ville de Homs pour aller faire relâche, pour la nuit, dans un couvent construit sur les berges de l'Oronte ; j'y avais déjà séjourné jadis par deux fois avec mon père, lors d'un voyage vers Alep, à l'aller puis au retour, mais personne ici ne s'en est souvenu.

Alors que je me promenais, le soir, au bord du fleuve, dans les jardins du monastère, un jeune moine aux yeux exorbités vint m'interroger, d'une voix fiévreuse, sur les bruits qui courent à propos de l'année prochaine. Il avait beau maudire "les rumeurs mensongères" et "les superstitions", il paraissait désemparé. Il évoqua des signes inquiétants qui auraient été rapportés par les paysans du voisinage, la naissance d'un veau à deux têtes, et le brusque tarissement d'une fontaine ancienne. Il me parla aussi de femmes qui se seraient comportées d'une manière jusquelà inouïe, mais il demeura trop allusif, et j'avoue n'avoir pas bien compris ce qu'il cherchait à me décrire.

Je m'efforçai de le rassurer, du mieux que je pouvais, évoquant, cette fois encore, les Écritures, et l'incapacité des mortels à prédire le lendemain. Je ne sais si mes arguments l'ont réconforté. Sans doute lui ai-je laissé, en le quittant, un peu de mon apparente sérénité ; mais pour emporter sous mes paupières un peu de sa frayeur.

En route, le 30 août

Je viens de relire les pages que j'ai écrites ces derniers jours, et j'en suis atterré.

J'avais entrepris ce voyage pour les raisons les plus nobles, préoccupé par la survie de l'univers, par la réaction de mes semblables aux drames que l'on prédit. Et voilà qu'à cause de cette femme, je me retrouve engagé dans les venelles boueuses où se complaisent les êtres vils. Jalousies, intrigues, mesquineries – alors que le monde entier pourrait être anéanti demain !

Le cheikh Abdel-Bassit avait raison. A quoi bon parcourir le monde si c'est pour y voir ce qui est déjà en moi?

Il faudrait que je me ressaisisse! Que je retrouve mon inspiration première, que je ne trempe mon calame que dans l'encre la plus vénérable, fût-elle aussi la plus amère.

Le 2 septembre

On parle souvent du mal de mer, et rarement du mal des montures, comme s'il était moins dégradant de souffrir sur le pont d'un bateau que sur le dos mouvant d'une mule, d'un chameau ou d'un canasson.

C'est pourtant de cela que je souffre depuis trois jours, sans toutefois me résoudre à interrompre le voyage. Mais j'ai très peu écrit.

Nous avons atteint hier soir la modeste ville de Maarra, et c'est seulement à l'abri de ses murs à moitié écroulés que je me suis senti revivre, et que j'ai retrouvé le goût du pain.

Ce matin, j'étais parti flâner dans les ruelles marchandes, lorsque se produisit un incident des plus étranges. Les libraires d'ici ne m'avaient jamais vu, aussi ai-je pu les interroger sans détour au sujet du *Centième Nom*. Je n'ai récolté que des moues d'ignorance – sincère ou feinte, je ne sais. Mais devant la dernière échoppe, la plus proche de la grande mosquée, alors que je m'apprêtais à rebrousser chemin, un très vieux bouquiniste, à qui je n'avais encore posé aucune question, s'approcha de moi, tête nue, pour placer un livre dans mes mains. Je l'ouvris au hasard, et – par une impulsion que je ne m'explique toujours pas – je

me mis à lire à voix claire ces lignes sur lesquelles mes yeux
étaient tombés en premier :

> *Ils disent que le Temps mourra bientôt*
> *Que les jours sont à bout de souffle*
> *Ils ont menti.*

Il s'agit d'un ouvrage d'Abou-l-Ala, le poète aveugle de
Maarra. Pourquoi cet homme l'a-t-il posé ainsi dans mes
mains ? Pourquoi le livre s'est-il ouvert justement à cette
page ? Et qu'est-ce qui m'a poussé à en faire lecture au
milieu d'une rue passante ?

Un signe ? Mais quel est donc ce signe qui vient démen-
tir tous les signes ?

J'ai acheté au vieux libraire son livre ; sans doute sera-
t-il, au cours de ce voyage, le moins déraisonnable de mes
compagnons.

A Alep, le 6 septembre

Arrivés hier soir, nous avons dû passer cette journée entière à marchander avec un caravanier avide et retors. Il
prétendait – entre mille autres filouteries – que la présence
d'un riche négociant génois et de sa femme lui imposait de
renforcer l'escorte en engageant trois gaillards de plus. Je
répondis que nous étions quatre hommes pour une seule
femme, et que nous saurions nous défendre si les bandits
nous attaquaient. Alors il a promené son regard sur nous,
sur mes neveux aux jambes de gringalets, sur mon commis

bien civil, et s'est attardé plus que de raison sur ma bedaine de marchand prospère, avant de partir d'un rire désobligeant. J'étais tenté de lui tourner le dos une fois pour toutes, et de m'adresser à quelqu'un d'autre, mais je me suis retenu. Je n'ai guère le choix. Il aurait fallu que j'attende une semaine ou deux, que je prenne le risque de subir les premiers grands froids d'Anatolie, sans être sûr de tomber sur un convoyeur plus amène. Alors, ravalant ma fierté, je fis mine de rire avec lui en me tapotant le ventre et lui avançai la somme qu'il exigeait, trente-deux piastres – qui ne font pas moins de deux mille cinq cents maidins !

Tout en soupesant les pièces dans sa main, il chercha à me faire promettre que si nous arrivions tous à destination sains et saufs avec la marchandise, je le gratifierais de quelques pièces de plus. Je lui rappelai que nous n'avions aucune marchandise, rien que nos effets et nos provisions, mais je dus promettre de me montrer reconnaissant si le voyage se déroulait au mieux de bout en bout.

Nous partirons après-demain, mardi, à l'aube. Pour atteindre Constantinople, si Dieu l'agrée, dans une quarantaine de jours.

Le lundi 7 septembre

J'espérais, après les incommodités du voyage, et avant celles qui vont suivre, une journée d'oasis, faite seulement de repos, de fraîcheur, de flânerie, et de sérénité. Mais ce lundi me réservait tout autre chose que cela. L'essoufflement, une frayeur suivie d'une autre, et un mystère que je n'ai pas encore élucidé.

M'étant réveillé de bonne heure, j'avais quitté l'hôtellerie pour me rendre au quartier de l'ancienne tannerie, à la recherche d'un Arménien, marchand de vin, dont j'avais conservé l'adresse. Je n'eus aucun mal à le retrouver, et lui achetai deux cruches de malvoisie pour la route. En sortant de chez lui, je fus soudain en proie à un étrange sentiment. Il y avait, sur le perron d'une maison voisine, un groupe d'hommes qui devisaient en regardant à la sauvette dans ma direction. Quelque chose avait brillé dans les yeux de l'un d'eux, et c'est comme si j'avais vu luire une lame.

Plus j'avançais par les petites rues, plus je me sentais épié, poursuivi, cerné. Était-ce une simple impression ? Je regrettais à présent de m'être aventuré là tout seul, sans mon commis, sans mes neveux. Je regrettais aussi de n'être pas revenu vers l'échoppe de l'Arménien dès que j'avais senti le danger. Mais il était trop tard, deux de ces hommes marchaient devant moi, et lorsque je me retournai, j'en vis deux autres qui me coupaient la retraite. Autour de moi, la rue s'était vidée par je ne sais quel sortilège. Il m'avait semblé, quelques secondes plus tôt, que j'étais dans une rue passante, pas vraiment grouillante, mais pas vide non plus. Et maintenant, plus personne. Un désert. Je me voyais déjà transpercé par quelque couteau, avant d'être dépouillé. Ici se termine mon voyage, me dis-je en tremblant. J'aurais voulu crier à l'aide, mais aucun son ne passait ma gorge.

En cherchant désespérément du regard, tout autour de moi, quelque chemin de fuite, je remarquai, à ma droite, la porte d'une maison. En un dernier sursaut, j'en tournai la poignée, elle s'ouvrit. Il n'y avait là qu'un couloir sombre. M'y cacher n'aurait servi à rien, c'est comme si je choisissais moi-même l'endroit où je devais être égorgé. Je traversai donc le couloir, pendant que mes poursuivants à leur tour y pénétraient. Je trouvai au bout une autre porte, légèrement entrouverte. Je n'eus pas le temps de frapper, je la poussai avec mon épaule, et me jetai de toutes mes forces à l'intérieur.

Se déroula alors une scène que je ne sais par quels mots qualifier, dont à présent j'ose sourire, mais qui, sur le moment, me fit trembler à peine moins que les lames des malfaiteurs.

Il y avait dans cette maison une douzaine d'hommes, déchaussés, prosternés, en train de réciter une prière. Et moi, non content d'interrompre ainsi leur cérémonie, non content de fouler leur tapis de prière, je trébuchai dans mon élan sur la jambe de l'un d'eux, je poussai un juron venu des lointains bas-fonds de Gênes, et je m'étalai de toute ma longueur. Les deux cruches de vin se heurtèrent pendant la chute, l'une d'elles se brisa, et le liquide impie se déversa en gargouillant sur les tapis de la petite mosquée.

Dieu du Ciel! Avant même d'avoir peur, j'avais honte. Accumuler, en quelques secondes, tant de profanation, de sacrilège, de grossièreté, de blasphème! Que dire à ces hommes? Comment leur expliquer? Par quels mots leur exprimer ma contrition, mon remords? Je n'avais même plus la force de me remettre debout. Alors le plus âgé d'entre eux, qui était au premier rang et dirigeait la prière, vint me prendre par le bras pour m'aider à me relever en me disant ces paroles déconcertantes :

"Pardonne-nous, Maître, si nous ne nous occupons pas de toi avant d'avoir conclu notre prière. Mais prends la peine d'entrer là, derrière la tenture, et attends-nous!"

Étais-je en train de rêver? Avais-je mal compris? Ce ton aimable m'aurait peut-être rassuré si je ne savais pas de quelle manière on punissait d'ordinaire de telles transgressions. Mais que faire? Je ne pouvais pas ressortir dans la rue, et je ne voulais pas non plus aggraver mon cas en perturbant encore leurs prières par des excuses ou des lamentations. Je n'avais pas d'autre choix que celui d'entrer docilement derrière la tenture. Il y avait là une pièce nue, qu'éclairait une petite lucarne donnant sur un jardin. Je m'adossai au mur, la tête en arrière, et croisai les bras.

Je n'eus pas à attendre longtemps. La prière achevée, ils entrèrent tous ensemble dans ma cellule, et se placèrent en demi-lune autour de moi. Ils restèrent un moment à me contempler, sans un mot, et en se consultant du regard. Puis leur doyen me parla encore, avec la même intonation prévenante que la première fois :

"Si le Maître s'est présenté à nous de cette manière pour nous éprouver, il sait désormais que nous sommes prêts à l'accueillir. Et si tu es un simple passant, que Dieu te juge selon tes intentions."

Ne sachant pas quoi dire, je me drapai dans le silence. D'ailleurs, l'homme ne m'avait posé aucune question, même si, dans ses yeux comme dans ceux de ses compagnons, il y avait un abîme d'attente. Je me dirigeai vers la sortie en arborant une moue énigmatique, et ils s'écartèrent pour me laisser partir. Au-dehors, mes poursuivants avaient déguerpi, et je pus rentrer à l'hôtellerie sans autre accroc.

J'aimerais tant qu'on m'éclaire sur ce qui vient de se passer. Mais j'ai préféré ne rien raconter de ma mésaventure à mes proches. Il me semble que si mes neveux apprenaient à quel point j'ai été imprudent, mon autorité sur eux en serait ébranlée. Et ils s'estimeraient désormais en droit de commettre toutes les folies sans que je puisse leur reprocher quoi que ce soit.

Plus tard, je leur raconterai. En attendant, il me suffit d'avoir consigné mon secret dans ces pages. N'est-ce pas là, d'ailleurs, le rôle de ce journal ?

C'est qu'il m'arrive parfois de m'interroger : pourquoi le tenir, avec cette écriture voilée, quand je sais que jamais personne ne le lira ? quand, d'ailleurs, je souhaite que personne ne le lise ? Parce que, justement, il m'aide à clarifier mes pensées ainsi que mes souvenirs sans que j'aie à me trahir en les confiant à mes compagnons de voyage.

D'autres que moi écrivent comme ils parlent, moi j'écris comme je me tais.

En route, le 8 septembre

Hatem m'a réveillé de trop bonne heure, et j'ai encore le sentiment d'avoir un rêve à terminer. Je n'étais pas rassasié de sommeil, mais il a fallu courir se joindre à la caravane près de la porte d'Antioche.

Dans mon sommeil, des hommes me poursuivaient, et chaque fois que je croyais leur avoir échappé, je les retrouvais devant moi, qui me barraient le passage et me montraient des dents de fauves.

Après ce que j'ai vécu hier, un tel rêve ne pourrait me surprendre. Ce qui, en revanche, me surprend et me perturbe, c'est qu'au réveil j'ai continué à me sentir épié. Par qui ? Par les brigands qui voulaient me dévaliser ? Ou bien par cette étrange congrégation dont j'ai interrompu la prière ? Sans doute ne suis-je poursuivi ni par les uns ni par les autres, mais je ne puis m'empêcher de me retourner continuellement.

Pourvu que ce reste de nuit qui s'attache à ma journée s'éloigne à mesure que je m'éloignerai d'Alep !

Le 9 septembre

Ce matin, après une nuit passée sous les tentes, dans un champ jonché de vestiges anciens, de chapiteaux brisés enfouis sous le sable et sous l'herbe, le caravanier vint me demander, à brûle-pourpoint, si la femme qui m'accompagnait était bien la mienne. Je répondis que oui, en m'efforçant de paraître offusqué. Alors il s'excusa, jurant qu'il ne pensait pas à mal, mais qu'il ne se souvenait plus si je le lui avais dit.

J'en fus, pour le restant de la journée, de mauvais poil, à ressasser. Se douterait-il de quelque chose? Quelqu'un, parmi la centaine de voyageurs, aurait-il reconnu "la veuve"? Ce n'est pas impossible.

Mais peut-être aussi le caravanier a-t-il surpris quelque conversation, quelque œillade complice entre Marta et Habib, dont il aurait voulu, par sa question, me prévenir.

A mesure que j'écris ces lignes, mes doutes s'intensifient, comme si, en grattant ces feuilles, je grattais aussi de ma plume les blessures de mon amour-propre...

Pour ce jour, je ne tracerai plus aucun mot.

Le 11 septembre

Un incident s'est produit aujourd'hui, de ces incidents vils que je m'étais promis de ne plus mentionner. Mais puisqu'il me préoccupe, et que je ne puis m'en ouvrir à personne, autant l'évoquer en quelques mots...

La caravane s'était arrêtée pour que chacun puisse se

sustenter et faire une courte sieste, avant de reprendre la route à l'heure fraîche. Nous nous étions répartis au hasard, quelques voyageurs sous chaque arbre, assis ou étendus, lorsque Habib se pencha à l'oreille de Marta, lui chuchota quelque chose, et elle se mit à rire bruyamment. Tous ceux qui étaient aux alentours l'entendirent, se tournèrent vers elle, puis vers moi avec des mines apitoyées. Certains échangèrent avec leurs voisins des remarques à voix basses, qui les faisaient sourire ou toussoter, et que je ne pouvais entendre.

Ai-je besoin de dire à quel point ces regards m'ont embarrassé, et blessé, et humilié ? Sur le moment, je m'étais promis d'avoir une explication avec mon neveu, pour lui intimer de mieux se tenir. Mais que pourrais-je bien lui dire ? Qu'a-t-il fait de blâmable ? N'est-ce pas moi qui me comporte comme si le mensonge qui m'unit à Marta me donnait des prérogatives ?

En un sens, il m'en donne, si. Puisque les gens de la caravane la considèrent comme mon épouse, je ne peux la laisser se comporter avec légèreté sans que mon honneur en pâtisse.

J'ai bien fait de me confier ainsi à mon journal. A présent je sais que les sentiments qui me troublent ne sont pas injustifiés. Il ne s'agit nullement de jalousie, mais d'honneur et de respectabilité : je ne puis admettre que mon neveu chuchote en public à l'oreille de celle que chacun croit être ma femme, et qu'il la fasse s'esclaffer !

Je me demande si d'écrire tout cela m'irrite ou bien m'apaise. Peut-être l'écriture n'éveille-t-elle les passions que pour mieux les éteindre, comme à la chasse ces rabatteurs qui débusquent le gibier pour l'exposer aux flèches.

Le 12 septembre

Je suis heureux de n'avoir pas cédé à mon envie de sermonner Habib ou Marta. Tout ce que j'aurais pu leur dire aurait paru dicté par la jalousie. Pourtant, Dieu m'est témoin, ce n'est pas de jalousie qu'il s'agit! Je me serais couvert de ridicule, et je les aurais fait chuchoter et rire ensemble à mes dépens. Voulant défendre ma respectabilité, je n'aurais fait que la piétiner.

J'ai préféré réagir d'une tout autre manière. Cet après-midi, j'invitai Marta à venir chevaucher à mes côtés, et je la mis au courant des raisons qui m'ont poussé à entreprendre ce voyage. Il se peut que Habib lui en ait déjà touché un mot, mais elle n'en laissa rien paraître, se montrant au contraire attentive à mon explication, bien qu'elle ne fût pas trop inquiète, me semble-t-il, au sujet de l'année prochaine.

Je voulus donner à notre entretien une certaine solennité; jusqu'ici, j'avais considéré la présence de Marta avec nous comme un fait imposé, quelquefois agaçant ou embarrassant, quelquefois cocasse, distrayant, et quasiment réconfortant; par la confiance que je lui ai témoignée aujourd'hui, je l'ai en quelque sorte accueillie au milieu des miens.

Je ne sais si j'ai bien agi, mais notre conversation m'a apporté un sentiment de bien-être et de soulagement. En fin de compte, j'étais le seul à souffrir des tensions qui régnaient dans notre petit groupe depuis l'étape de Tripoli. Je ne suis pas de ceux qui se nourrissent de l'adversité, j'aspire à voyager en compagnie de neveux affectueux, d'un commis dévoué... S'agissant de Marta, je ne sais encore ce que je souhaite au fond de moi-même. Une sorte de voisine attentionnée? Plus que cela? Je ne peux pas écouter seulement mes envies d'homme esseulé, mais

71

chaque jour que je passe sur les routes m'incitera à les écouter davantage. Je sais que je devrais faire des efforts pour ne pas trop l'assiéger de mes attentions dont je n'ignore point les tenants dans mon âme comme dans mon corps.

Depuis que nous avons quitté la maison du tailleur, je n'ai plus passé aucune nuit seul à côté d'elle. Nous avons dormi quelquefois sous la tente, quelquefois dans une hôtellerie, mais toujours tous les cinq ensemble, ou avec d'autres voyageurs encore. Si je n'ai rien fait pour qu'il en soit autrement, il m'arrive de souhaiter qu'une nouvelle circonstance nous contraigne à nous retrouver elle et moi seuls.

A dire vrai, je le souhaite sans arrêt.

Le 13 septembre

C'est demain la fête de la Croix, et j'ai eu à ce sujet, ce soir, une grave dispute avec le caravanier.

Nous nous étions arrêtés pour la nuit dans un khan des environs d'Alexandrette, et je me promenais un peu dans la cour, pour déplier mes jambes, lorsque je surpris une conversation. L'un des voyageurs, un très vieil homme, aleppin si j'en juge par son accent, et fort pauvre si j'en juge par ses habits rapiécés, était en train de demander au caravanier à quelle heure nous partirions demain parce qu'il aimerait passer, ne serait-ce qu'un moment, à l'église de la Croix, où se trouve, selon lui, un fragment de la Vraie Croix. L'homme avait parlé timidement, et en bégayant un peu. Ce qui excita, semble-t-il, la morgue de notre caravanier, qui lui répondit du ton le plus méprisant que nous allions nous mettre en route dès les premières lueurs du jour, que nous n'avions pas de temps à perdre dans des églises, et que s'il tenait à voir un morceau de bois, il n'avait qu'à ramasser celui-ci – et il lui désigna sur le sol un bout de souche pourrie.

Alors je m'approchai, et dis à voix haute que je tenais à ce que nous restions à Alexandrette quelques heures de plus pour que je puisse assister à la messe pour la fête de la Croix.

Le caravanier avait sursauté en m'entendant, parce qu'il se croyait seul avec le vieil homme. Sans doute aurait-il évité de parler de la sorte devant témoin. Mais, après une courte hésitation, il reprit de l'assurance et me répondit – plus poliment toutefois qu'à l'autre malheureux – qu'il était impossible de retarder le départ, et que les voyageurs se plaindraient. Il ajouta même que cela causerait un préjudice à toute la caravane, et laissa entendre que je devrais payer un dédommagement. Alors je haussai le ton, exigeant qu'on m'attende jusqu'à la fin du service divin, et menaçant de me plaindre à Constantinople auprès du résident génois, et même auprès de la Sublime-Porte.

En disant cela, je prenais des risques. Je n'ai pas accès à la Porte, et le résident génois n'a pas le bras long ces temps-ci ; il a lui-même subi des vexations l'année dernière, et il serait bien incapable de me protéger ou de m'obtenir réparation. Dieu soit loué, le caravanier n'en savait rien. Il n'osa pas prendre mes menaces à la légère, et je le sentis vaciller. Si nous avions été seuls, il aurait cherché, j'en suis sûr, à arrondir les angles. Mais il y avait à présent, tout autour de nous, un cercle de voyageurs ameutés par nos haussements de voix, et devant lesquels il ne pouvait reculer sans perdre la face.

Soudain, un voyageur s'approcha de lui. Il avait une écharpe verte enroulée autour de la tête comme si nous étions au milieu d'une tempête de sable. Il posa la main sur l'épaule du caravanier, et demeura ainsi, quelques instants, à le regarder sans dire un mot – ou peut-être en a-t-il dit un, à voix basse, que je n'ai pas entendu. Ensuite, il s'éloigna, d'un pas lent.

Alors, mon adversaire, le visage comme froissé, comme endolori, cracha par terre, puis annonça :

"Par la faute de cet homme, nous ne partirons pas demain!"

"Cet homme", c'était moi. En pointant un doigt dans ma direction, le caravanier croyait désigner le coupable, mais tous ceux qui étaient là avaient compris qu'il était en train de désigner le vainqueur.

Suis-je content de ma victoire? Oui, je suis content, je suis ravi et comblé et fier. Le vieil Aleppin chrétien est venu me remercier en faisant l'éloge de ma piété.

Je n'ai pas voulu le détromper, mais la piété n'est pour rien dans ce que je viens de faire. Ce n'est pas de piété qu'il s'agit mais de sagesse profane. En temps ordinaire, je vais rarement à la messe, je ne célèbre pas la fête de la Croix, et je ne donne aux reliques que leur valeur en piastres; mais on aurait cessé de me respecter si j'avais laissé insulter de la sorte les symboles de ma religion et de ma nation.

C'est comme pour Marta. Qu'elle soit ma femme dans la réalité ou seulement dans les apparences, mon honneur s'est attaché à elle et je me dois de le préserver.

Le 14 septembre, fête de la Croix

Je ne cesse de penser à l'incident d'hier. Il est rare que je réagisse avec autant de véhémence, et j'ai un serrement au ventre, mais je ne regrette pas ma témérité.

A relire le récit que j'ai fait hier soir, il me semble que je n'ai pas suffisamment dit à quel rythme mon cœur battait. Il y a eu quelques longues secondes de bras de fer silencieux où le caravanier se demandait si j'avais autant de protections que je le disais, et où moi aussi je me demandais par quel moyen je pourrais encore me dérober à l'affrontement sans perdre la face. Bien entendu, je devais regarder l'homme dans les yeux, en lui faisant sentir que j'étais sûr de mon fait et en évitant qu'il ne perçoive ma faiblesse.

Cela dit, il y a eu également un moment où je n'avais plus peur. Un moment où j'avais quitté mon âme de marchand pour endosser celle d'un dompteur. Et de cet instant-là, fût-il des plus fugaces, je suis fier.

Est-ce ma volonté qui a emporté la décision? Est-ce l'intervention de l'Arabe à la tête ceinte? Peut-être devrais-je le remercier... Hier, je n'ai pas voulu aller vers lui, pour qu'on ne pense pas que j'étais en difficulté et que son intervention m'avait sauvé. Mais aujourd'hui, je l'ai cherché des yeux, et je ne l'ai pas trouvé.

Je ne cesse de penser à lui, et puisque je ne suis plus engagé dans aucun bras de fer, puisque ce cahier n'est pas une arène et que je n'ai plus autour de moi la foule des spectateurs, je peux écrire que j'ai éprouvé un immense soulagement lorsque cet homme est intervenu, que ma victoire est un peu la sienne, et que je suis un peu son débiteur.

Qu'a-t-il bien pu dire pour faire ainsi plier notre caravanier?

J'ai failli oublier d'écrire que je m'étais rendu, avec mes neveux, mon commis, "la veuve", et une douzaine d'autres voyageurs à l'église de la Croix. Marta avait mis, pour la première fois, une robe de couleur, celle-là même, bleue au col liséré de rouge, que je l'avais vue porter jeune fille, lorsqu'elle se rendait à l'église de Gibelet les jours de fête avec son père le barbier. Depuis qu'elle s'est jointe à nous pour ce voyage, elle ne s'était vêtue que de noir; par bravade, puisque c'était la couleur que sa belle-famille lui interdisait. Elle a dû estimer qu'à présent la bravade devenait sans objet.

Tout au long de la messe, les hommes la regardaient, les uns furtivement, d'autres avec insistance, ce qui n'a suscité en moi – Dieu m'est témoin! – aucun désagrément ni aucune jalousie.

Le 16 septembre

Un bijoutier juif d'Alep, du nom de Maïmoun Toleitli, est venu me trouver ce matin. Il avait entendu parler, dit-il, de ma grande érudition, et brûlait d'impatience de me connaître. Pourquoi ne m'avait-il pas abordé plus tôt, lui demandai-je? Il eut un silence gêné. Je compris aussitôt qu'il avait préféré laisser passer la fête de la Croix; il est vrai que certains de mes coreligionnaires, quand ils rencontrent un juif pendant cette journée, se croient obligés de se montrer haineux à son égard, comme s'il s'agissait là d'un acte de juste vengeance, et de grande piété.

Je lui fis comprendre, avec les mots qui convenaient, que je n'étais pas ainsi. Et lui expliquai que si j'avais exigé qu'on s'arrêtât un jour à Alexandrette, ce n'était pas pour faire prévaloir ma religion sur celle des autres, mais simplement pour me faire respecter.

"Vous avez bien fait, me dit-il. Le monde est ainsi..."

"Le monde est ainsi, répétai-je. S'il avait été différent, j'aurais proclamé mes doutes plutôt que mes croyances."

Il sourit, et baissa la voix pour dire :

"Lorsque la foi devient haineuse, bénis soient ceux qui doutent !"

A mon tour, je souris et baissai la voix :

"Nous sommes tous des égarés."

Nous nous parlions depuis cinq minutes à peine, et nous étions déjà frères. Il y avait dans nos chuchotements cette connivence d'esprit qu'aucune religion ne peut faire naître, et qu'aucune ne peut anéantir.

Le 17 septembre

Notre caravanier a décidé aujourd'hui de nous faire quitter la route habituelle pour nous mener au bord du golfe d'Alexandrette. Il prétend qu'une voyante lui a formellement interdit de passer par un certain endroit le mercredi, sous peine de se faire égorger, et que le retard que j'ai occasionné l'a contraint à changer d'itinéraire. Les voyageurs n'ont pas protesté – qu'auraient-ils pu dire, d'ailleurs ? Un argument se discute, une superstition ne se discute pas.

Je me suis retenu d'intervenir, pour ne pas provoquer un nouvel incident. Mais je soupçonne ce filou d'avoir dé-routé la caravane pour se livrer à quelque trafic. D'autant que les habitants du village où il nous a conduits ont une réputation exécrable. Des naufrageurs et des contreban-diers ! Hatem et mes neveux me rapportent toutes sortes de bruits. Je leur prêche la circonspection...

Mon commis a dressé la tente mais je n'ai pas hâte d'y

coucher. Marta va s'étendre seule tout au fond, en travers, et nous quatre les hommes l'un près de l'autre en lui tournant le haut du crâne. Je sentirai son parfum et j'entendrai sa respiration toute la nuit sans la voir. La présence d'une femme est parfois un tel supplice !

En attendant que le sommeil me gagne, j'étais allé m'asseoir sur une pierre pour écrire quelques lignes à la lueur d'un feu de camp, quand j'aperçus Maïmoun. Lui non plus n'était pas pressé de s'endormir, et nous partîmes faire les cent pas sur la plage. Le clapotis des vagues est propice aux confidences, et je lui racontai dans le détail mon étrange aventure à Alep. Lui qui habite cette ville, il devait bien avoir une explication. De fait, il m'en a fourni une qui, pour l'heure, me satisfait.

"Ces hommes avaient plus peur de toi que tu n'avais peur d'eux, commença-t-il par me dire. Ils pratiquent leur culte à l'insu des autorités, qui les persécutent. On les soupçonne de rébellion et d'insoumission.

"Tout le monde à Alep connaît pourtant leur existence. Leurs adversaires les avaient surnommés 'les Impatients' par moquerie, mais ce nom leur a plu et aujourd'hui ils le revendiquent. Selon eux, l'imam caché, ultime représentant de Dieu sur terre, est déjà parmi nous, prêt à se révéler quand l'heure propice sera enfin venue, pour mettre fin aux souffrances des croyants. D'autres groupes placent l'avènement de l'imam dans un avenir plus ou moins éloigné, plus ou moins indéterminé, alors que les Impatients sont persuadés que la chose est imminente, que le sauveur est là, quelque part, à Alep, ou à Constantinople, ou ailleurs, qui parcourt le monde, qui l'observe, et qui s'apprête à déchirer le voile du secret.

"Mais, se demandent ces gens, comment le reconnaître s'il l'on venait à le rencontrer ? C'est de cela qu'ils discutent constamment entre eux, m'a-t-on dit. Puisque l'imam se dissimule, et qu'il ne doit pas être repéré par ses ennemis, il faut être prêt à le trouver sous les plus inattendus des déguisements. Lui qui héritera un jour de toutes les richesses du monde, il pourrait venir en haillons ; lui qui est sage entre les sages, il pourrait se présenter sous l'apparence d'un aliéné ; lui qui est piété et dévotion, il pourrait commettre les pires transgressions. C'est pourquoi ces hommes s'imposent de vénérer les mendiants, les fous et les débauchés. Ainsi, lorsque tu t'es introduit chez eux à l'heure de la prière, que tu as proféré un juron, puis répandu du vin sur leur tapis de prière, ils ont cru que tu cherchais à les éprouver. Bien entendu, ils n'en étaient pas sûrs, mais pour le cas où tu aurais été l'Attendu, ils ne voulaient pas prendre le risque de t'accueillir mal.

"Leur croyance leur dicte de se montrer aimables avec chacun, même s'il est juif ou chrétien, parce que l'imam pourrait bien adopter, par déguisement, une Foi différente. Et même avec celui qui les persécute, ils doivent se montrer aimables, parce que ce serait, là encore, un camouflage possible..."

Mais s'ils sont aussi prévenants avec tous, pourquoi les persécute-t-on ? "Parce qu'ils attendent celui qui abattra tous les trônes, et abolira toutes les lois."

Je n'avais jamais encore entendu parler de ces étranges sectateurs... Pourtant, me dit Maïmoun, ils existent depuis longtemps. "Mais il est vrai qu'ils se font plus nombreux, et plus fervents ; plus imprudents, aussi. Parce qu'il y a ces rumeurs qui circulent sur la fin des temps, et que les esprits faibles s'y laissent prendre..."

Ces dernières paroles m'ont fait mal. Serais-je devenu moi-même l'un de ces "esprits faibles" que mon nouvel ami fustige ? Parfois, je me redresse, je maudis la superstition et la crédulité, j'esquisse un sourire de mépris, ou de pitié... alors que je suis moi-même à la poursuite du *Centième Nom* !

Mais comment pourrais-je garder ma raison entière quand les signes se multiplient sur mon parcours ? Ma récente aventure à Alep n'est-elle pas, à cet égard, des plus déconcertantes ? Ne dirait-on pas que le Ciel, ou quelque autre force invisible, cherche à me conforter dans mon égarement ?

Le 18 septembre

Maïmoun m'a confié aujourd'hui qu'il rêvait d'aller vivre à Amsterdam, dans les Provinces-Unies.

Je crus d'abord qu'il parlait en bijoutier, et qu'il espérait trouver dans cette contrée lointaine de plus belles pierres à ciseler et des clients plus prospères. Mais il parlait en sage, en homme libre et aussi en homme blessé.

"On me dit que c'est la seule ville au monde où un homme peut dire 'je suis juif' comme d'autres disent en leur pays 'je suis chrétien', 'je suis musulman', sans craindre pour sa vie, pour ses biens, ni pour sa dignité."

J'avais envie de l'interroger un peu plus, mais il paraissait si ému de m'avoir dit ces quelques mots que sa gorge était serrée et que ses yeux se sont emplis de larmes. Alors je n'ai plus rien dit et nous avons cheminé l'un près de l'autre dans le silence.

Plus tard sur la route, quand je vis qu'il était apaisé, je lui dis, la main sur son bras :

"Un jour, si Dieu veut, la terre entière sera Amsterdam."

Il eut un sourire d'amertume.

"C'est ton cœur pur qui t'inspire ces paroles. Le bour-donnement du monde dit autre chose, tout autre chose..."

A Tarse, à l'aube du lundi 21 septembre

Je parle et parle à Maïmoun pendant des heures chaque jour, je lui ai fait des confidences sur ma fortune, sur ma famille ; mais il y a deux sujets que je répugne encore à aborder de front.

Le premier concerne les véritables raisons qui m'ont poussé à entreprendre ce voyage ; à ce propos, j'ai juste dit qu'il me fallait effectuer des achats de livres à Constantinople, et il a eu la délicatesse de ne pas me demander lesquels. Dès notre première conversation, ce sont nos doutes qui nous ont rapprochés l'un de l'autre, et un certain amour de la sagesse et de la raison ; si je lui avouais maintenant que j'ai cédé aux croyances vulgaires et aux frayeurs communes, je perdrais tout crédit à ses yeux. Vais-je donc garder le secret jusqu'au terme du voyage ? Peut-être pas. Peut-être un moment viendra-t-il où je pourrai lui faire toutes les confidences sans dommage pour notre amitié.

L'autre sujet concerne Marta. Quelque chose m'a retenu de dévoiler à mon ami la vérité sur elle.

Comme à mon habitude, je n'ai rien dit de faux, pas une fois mes lèvres n'ont prononcé "ma femme", ou "mon épouse" ; je me contente de ne pas parler d'elle, et quand, de temps à autre, il me faut l'évoquer, je demeure dans le vague, préférant dire "les miens", ou "mes proches", ainsi que le font souvent, par pudeur extrême, les hommes de ce pays.

Seulement hier, j'ai franchi, il me semble, cette ligne invisible qui sépare le "laisser croire" du "faire croire". Et j'en nourris quelque remords.

Comme nous approchions de Tarse, la patrie de saint Paul, Maïmoun était venu m'apprendre qu'il avait dans la ville un cousin très cher, chez lequel il comptait dormir plutôt qu'au caravansérail avec le reste des voyageurs, et qu'il serait honoré si nous pouvions passer la nuit sous le même toit, "mon épouse" et moi, ainsi que mes neveux et mon commis.

J'aurais dû décliner l'invitation, ou tout au moins le laisser insister. Mais ma bouche répondit à l'instant même que rien ne me ferait plus plaisir. Si Maïmoun fut surpris par cette précipitation, il ne le montra pas, se disant au contraire ravi d'un tel témoignage d'amitié.

Et ce soir, donc, dès l'arrivée de la caravane, nous nous sommes tous rendus chez ce cousin, nommé Éléazar, un homme d'un certain âge et d'une grande prospérité. Sa maison en témoigne, qui s'élève sur deux étages dans un jardin de mûriers et d'oliviers. J'ai cru comprendre qu'il était dans le commerce de l'huile et du savon, mais nous n'avons pas parlé de nos affaires, seulement de nos nostalgies. L'homme ne se lassait pas de réciter des poèmes à la gloire de sa ville natale, Mossoul ; il se rappelait, les larmes aux yeux, ses ruelles, ses fontaines, ses personnages pittoresques, et ses propres bêtises de gamin ; à l'évidence, il ne s'était jamais consolé de l'avoir quittée pour s'installer ici, à Tarse, où il avait dû reprendre une affaire prospère fondée par le grand-père de sa femme.

Pendant qu'on nous préparait à manger, il appela sa fille, et lui demanda de nous indiquer notre chambre, à Marta et à moi. Il y eut alors une scène quelque peu triviale, mais que je me dois de rapporter.

J'avais remarqué que mes neveux, surtout Habib, étaient aux aguets, depuis que je leur avais fait part de l'invitation de Maïmoun. Et plus encore depuis que nous étions entrés dans la maison. Car il était évident, dès le premier coup d'œil, que ce n'était pas un endroit où l'on nous entasserait à cinq ou six dans une même pièce pour dormir. Quand Éléazar demanda à sa fille de conduire "notre invité et son épouse" à leur chambre, Habib s'agita, et j'eus l'impression qu'il s'apprêtait à dire quelque chose d'inconvenant. L'aurait-il fait? Je l'ignore. Mais j'en eus l'impression sur le moment et, pour couper court au scandale, je pris bien vite les devants, demandant à notre hôte si je pouvais lui dire deux mots en aparté. Habib eut un léger sourire rassuré – prévoyant sans doute que son oncle Baldassare, enfin venu à résipiscence, allait trouver quelque prétexte pour ne pas passer une nouvelle nuit "embarrassante". Dieu me pardonne, ce n'était nullement mon intention.

Une fois sorti avec notre hôte dans le jardin, je lui dis :

"Maïmoun est devenu comme un frère pour moi, et vous-même, son cousin qu'il aime tant, je vous considère déjà comme un ami. Seulement, je suis gêné d'arriver ainsi, à l'improviste, avec quatre autres personnes…"

"Sachez que votre visite me réchauffe le cœur, et que la meilleure façon de me manifester votre amitié, c'est de vous sentir à l'aise sous mon toit, comme si vous étiez dans votre propre maison."

Tout en alignant ces paroles généreuses, il me jaugeait du regard, quelque peu intrigué, se demandant sans doute pourquoi j'avais jugé utile de le faire lever, et de le prendre à part, pour lui dire une chose aussi banale, qui ne s'écarte guère des politesses courantes; peut-être pensa-t-il que j'avais une autre raison, inavouable – liée, sans doute, à sa religion – pour ne pas coucher chez lui, et s'attendit-il à ce que j'insiste pour m'en aller. Mais je m'empressai de céder, le remerciant de son hospitalité. Et nous revînmes au salon bras dessus bras dessous, arborant l'un et l'autre un sourire grave.

83

LE PÉRIPLE DE BALDASSARE

La fille de notre hôte était repartie à la cuisine; entre-temps, l'un des serviteurs était venu apporter des boissons fraîches et des fruits secs. Éléazar lui demanda de tout laisser sur place pour aller montrer à mes neveux leur chambre, à l'étage. Puis sa fille revint seule, quelques minutes plus tard, et il lui demanda à nouveau de nous conduire, "mon épouse" et moi, à notre chambre.

Voilà comment les choses se sont passées. Puis nous avons dîné. Après quoi, chacun est parti se coucher. Sauf moi. Je prétendis que j'avais besoin de faire quelques pas au-dehors, sans quoi je ne pourrais pas trouver le sommeil, et Maïmoun m'y accompagna, ainsi que son cousin. Je ne voulais pas que mes neveux nous voient monter Marta et moi ensemble vers la même chambre.

Cependant j'avais hâte de me retrouver auprès d'elle, et quelques minutes plus tard, je la rejoignis.

"Quand tu t'es retiré avec notre hôte, j'ai pensé que tu allais lui avouer, à propos de nous deux..."

Je la dévisageais, pendant qu'elle parlait, pour tenter de savoir si elle voulait exprimer un reproche, ou du soulagement.

"Je crois que nous l'aurions blessé si nous avions refusé son invitation, répondis-je. Tu n'es pas trop irritée, j'espère..."

"Je commence à m'habituer", dit-elle.

Et rien, dans sa voix, ni dans ses traits, ne trahissait le moindre désagrément. Ni la moindre gêne.

"Alors, dormons!"

Tout en prononçant ces mots, j'entourai ses épaules de mon bras, comme pour une promenade.

C'est un peu cela, mes nuits auprès d'elle, comme une promenade sous les arbres avec une jeune fille, quand on frémit dès que les mains se frôlent. D'être allongés ainsi l'un près de l'autre nous rend timides, prévenants, mesurés.

N'est-il pas plus délicat de voler un baiser dans cette posture ?

Étrange cour que je lui fais ! Je ne lui avais pris la main qu'à la deuxième rencontre, et dans le noir j'avais rougi. A cette troisième rencontre, je mis mon bras autour de ses épaules. Et de nouveau je rougis.

Elle redressa la tête, défit sa chevelure et l'étala toute noire sur mon bras découvert. Puis elle s'endormit sans un mot.

J'ai envie de goûter encore et encore à ce plaisir ébauché. Non que je tienne à le laisser pour toujours aussi chaste. Mais je ne suis pas las de ce voisinage ambigu, de cette complicité qui monte, de ce désir aux douces tourmentes, en un mot de ce chemin sur lequel nous avançons ensemble, secrètement joyeux, et prétendant chaque fois que c'est la Providence seule qui nous pousse l'un vers l'autre. Ce jeu-là me ravit, je ne suis pas sûr de vouloir passer de l'autre côté des collines.

Un jeu dangereux, je le sais. A tout instant, le feu peut nous envelopper. Mais que la fin du monde était lointaine cette nuit !

Le 22 septembre

Qu'ai-je donc commis de si répréhensible ? Qu'y a-t-il eu la nuit dernière à Tarse de plus que lors des deux nuits passées au village du tailleur ? Mais les miens se comportent avec moi comme si je venais de faire l'infaisable ! Tous évitent mon regard. Mes deux neveux, qui ne se parlent en ma présence qu'à voix basse, comme si je n'existais plus. Et même Hatem, qui s'empresse, certes, autour de moi comme tout commis s'empresse autour de son maître, mais il y a dans son allure, dans son expression, dans ses manières, quelque chose d'affecté, de trop obséquieux, où je lis un sourd reproche. Marta aussi semble fuir ma compagnie, comme si elle redoutait d'apparaître complice.

Complice de quoi, Dieu du Ciel? Qu'ai-je fait d'autre que jouer mon rôle dans cette comédie écrite par ceux-là mêmes qui m'accusent? Qu'aurais-je dû faire? Révéler à tous nos compagnons de voyage, et d'abord au caravanier, que cette femme n'est pas la mienne, pour qu'elle se fasse bannir et insulter? Ou alors devais-je dire à Abbas le tailleur, puis à Maïmoun et à son cousin, que Marta est bien ma femme, mais que je ne veux pas coucher auprès d'elle, pour que chacun se pose mille questions insidieuses? J'ai fait ce qu'un homme d'honneur se doit de faire, protéger "la veuve" sans profiter d'elle. Est-ce un crime si je trouve dans cette position cocasse quelque réconfort, et quelque subtil plaisir? C'est ce que je pourrais leur dire si je voulais me justifier, mais je ne leur dirai rien du tout. Le sang des Embriaci qui coule dans mes veines me dicte de me taire. Il me suffit de savoir que je suis innocent, et que ma main aimante est restée pure.

Innocent n'est peut-être pas le mot. Sans vouloir donner raison à ces morveux qui m'accablent, je me dois de reconnaître, dans le secret de ces pages, que j'ai un peu cherché les ennuis qui m'arrivent. J'ai abusé des apparences, et ce sont maintenant les apparences qui abusent de moi. Voilà la vérité. Au lieu d'avoir, en présence de mes neveux, un comportement exemplaire, je me suis laissé prendre à un certain jeu, poussé par le désir, l'ennui, les cahotements de la route, la vanité – que sais-je? Poussé également, il me semble, par l'esprit du temps, par l'esprit de l'année de la Bête. Lorsqu'on sent le monde sur le point de chavirer, quelque chose se dérègle, les hommes sombrent dans

86

l'extrême dévotion ou dans l'extrême débauche. Quant à moi, je n'en suis pas encore, Dieu merci, à de pareils excès, mais il me semble que je perds peu à peu le sens des convenances et de la respectabilité. N'y a-t-il pas, dans mon comportement envers Marta, une touche de déraison qui ne fait que grossir à chaque étape et qui me fait prendre pour une chose ordinaire le fait de coucher dans le même lit avec une personne que je prétends être ma femme, abusant de la générosité de notre hôte comme de celle de son cousin, et alors que dorment sous le même toit quatre autres personnes qui savent que je mens ? Combien de temps pourrais-je continuer sur ce chemin de perdition ? Et comment pourrais-je reprendre ma vie à Gibelet lorsque la chose se sera ébruitée ?

Voilà comme je suis ! Cela fait un quart d'heure que j'ai commencé à écrire, et déjà je m'apprête à donner raison à ceux qui me critiquent. Mais ce ne sont que des écritures, des pattes d'encre entrelacées, et que personne ne lira.

J'ai près de moi un gros cierge ; j'aime l'odeur de la cire, elle me paraît propice à la réflexion comme aux confidences. Je suis assis par terre, adossé au mur, mon cahier sur les genoux. Derrière moi, par la fenêtre couverte d'une tenture que le vent gonfle, me parviennent les hennissements des chevaux dans la cour, et parfois les rires des soldats ivres. Nous sommes dans le premier khan des contreforts du Taurus, sur la route de Konya, que nous devrions atteindre dans une huitaine de jours, si tout va bien. Devant moi les miens dorment, ou cherchent à dormir, jetés dans tous les sens. Les couvant ainsi du regard, je ne parviens plus à leur en vouloir ; ni aux fils de ma sœur qui sont comme mes propres fils, ni à mon commis qui me sert avec dévouement même quand il lui arrive de me blâmer à sa manière, ni à cette étrangère qui est de moins en moins étrangère.

Au matin de cette journée de lundi, j'étais dans de tout autres dispositions. Pestant contre mes neveux, négligeant "la veuve", chargeant Hatem de vingt commissions inutiles, je m'étais éloigné d'eux pour chevaucher paisiblement au côté de Maïmoun. Qui, lui, ne portait pas sur moi un regard différent de celui de la veille – c'est du moins l'impression que j'avais lorsque la caravane s'est ébranlée.

Au moment où nous sortions de Tarse, un voyageur qui marchait devant nous désigna du doigt une masure en ruine, près d'un vieux puits, en affirmant que c'est là que saint Paul était né. Maïmoun vint me chuchoter à l'oreille qu'il en doutait fort, vu que l'Apôtre de Jésus venait d'une famille riche, de la tribu de Benjamin, et qui possédait des tissages de tentes en poils de chèvre.

"La maison de ses parents devait être aussi vaste que celle de mon cousin Éléazar."

Comme je m'étonnais de l'étendue de ses connaissances concernant une religion qui n'est pas la sienne, il se fit modeste.

"J'ai juste lu quelques livres, pour limiter mon ignorance."

Moi aussi, de par ma profession, ainsi que par curiosité naturelle, j'avais lu quelques livres sur diverses religions actuelles, comme sur les anciennes croyances des Romains et des Grecs. Et nous en arrivâmes à comparer leurs mérites respectifs, sans qu'aucun de nous critiquât, bien entendu, la religion de l'autre.

Seulement, lorsque je dis, au cours de l'échange, qu'à mon avis l'un des plus beaux préceptes du christianisme était "Aime ton prochain comme toi-même", je remarquai chez Maïmoun un rictus d'hésitation. Comme je l'encourageais, au nom de notre amitié, et aussi au nom de nos doutes communs, à me dire le fond de sa pensée, il m'avoua :

"Cette recommandation paraît, à première vue, irréprochable, et d'ailleurs, avant même d'avoir été reprise par Jésus, elle se trouvait déjà, en des termes similaires, au chapitre dix-neuf du Lévitique, verset dix-huit. Néanmoins, elle suscite chez moi certaines réticences..."

"Que lui reproches-tu?"

"A voir ce que la plupart des gens font de leur vie, à voir ce qu'ils font de leur intelligence, je n'ai pas envie qu'ils m'aiment comme eux-mêmes."

Je voulais lui répondre, mais il leva la main.

"Attends, il y a autre chose de plus inquiétant, à mon sens. On ne pourra jamais empêcher certaines personnes d'interpréter ce précepte avec plus d'arrogance que de générosité : ce qui est bon pour toi est bon pour les autres ; si tu détiens la vérité, tu dois ramener dans le droit chemin les brebis égarées, et par tous les moyens... D'où les baptêmes forcés que mes ancêtres ont dû subir à Tolède, jadis. Cette phrase, vois-tu, je l'ai plus souvent entendue de la bouche des loups que de celle des brebis, alors je m'en méfie, pardonne-moi..."

"Tes propos me surprennent... Je ne sais pas encore si je dois te donner raison ou tort, il faut que je réfléchisse... J'ai toujours pensé que cette parole était la plus belle..."

"Si tu cherches la plus belle parole de toutes les religions, la plus belle parole qui soit jamais sortie de la bouche d'un homme, ce n'est pas celle-là. C'est une autre, mais c'est également Jésus qui l'a prononcée. Il ne l'a pas reprise des Écritures, il a juste écouté son cœur."

Laquelle? J'attendais. Maïmoun arrêta un moment sa monture pour donner à la citation une solennité :

"Que celui qui n'a jamais péché lui jette la première pierre!"

Le 23 septembre

Y avait-il, dans la phrase citée hier par Maïmoun, quelque allusion à Marta ? Toute la nuit, je n'ai cessé de me le demander. Dans son regard, aucun reproche, mais peut-être bien une subtile invitation à parler. Pourquoi aurais-je continué à me taire, d'ailleurs, puisque la parole du Christ m'absolvait, aux yeux de mon ami, du peu que j'avais pu commettre, ainsi que de mes menteuses omissions ?

J'ai donc décidé de tout lui dire, tout, dès ce matin : qui est Marta, pourquoi elle s'est retrouvée avec nous, quels rapports nous avons eus ensemble et quels rapports nous n'avons pas eus. Après l'épisode un peu grotesque qui s'est déroulé dans la maison d'Éléazar, il devenait urgent de ne plus rien dissimuler, sinon notre amitié en aurait pâti. Et puis, dans cette affaire qui se complique à chaque étape, j'allais avoir besoin des conseils d'un ami pondéré et compréhensif.

Des conseils, il ne m'en a guère prodigué aujourd'hui, malgré mon insistance, sinon celui de ne rien changer à ce que je fais et dis depuis le commencement du voyage ; mais il m'a promis de réfléchir plus intensément à la chose, et de m'en parler s'il avait quelque idée propre à m'éviter les secousses qui s'annoncent.

Ce dont je me réjouis, c'est qu'il ne m'en ait pas voulu pour tant de dissimulation, pour mes demi-mensonges. La chose paraît l'amuser au contraire. Il salue Marta avec plus de déférence encore, m'a-t-il semblé, et comme une secrète admiration.

Il est vrai qu'elle fait preuve de courage en agissant comme elle le fait. Je pense sans arrêt à moi, à mon embarras, à mon amour-propre, alors que je ne risque rien de plus que quelques ragots malveillants, ou envieux. Elle-même, dans ce petit jeu, pourrait tout perdre, même la vie.

Je ne doute pas un instant que si son beau-frère l'avait retrouvée, au début du voyage, il l'aurait égorgée sans le moindre scrupule, puis serait revenu chez les siens en se pavanant. Le jour où Marta devra rentrer à Gibelet, même munie du papier qu'elle espère, elle se retrouvera face aux mêmes dangers.

Aurai-je ce jour-là le courage de la défendre ?

Le 25 septembre 1665

Ce matin, voyant Marta à l'écart de notre groupe, solitaire, pensive, mélancolique sur sa monture, je décidai de revenir à sa hauteur, pour cheminer tout près d'elle, comme je l'avais fait il y a quelques jours. Seulement, cette fois, je voulais moins lui raconter mes craintes et mes espoirs que l'interroger et l'entendre. Au début, elle se défila et me retourna mes questions. Mais je me montrai insistant ; qu'elle-même me dise plutôt ce que fut sa vie, ces dernières années, et ce qui l'a poussée, elle, sur cette même route !

Si je m'attendais à une litanie de plaintes, je ne prévoyais pas que l'intérêt que je manifestais pour ses malheurs allait abattre en cette femme une digue et laisser déferler tant de rage. Une rage que, sous la douceur de ses sourires, je ne soupçonnais guère.

"L'on me parle sans arrêt de fin du monde, dit-elle, et l'on croit me faire peur. Pour moi le monde s'est achevé le jour où l'homme que j'aimais m'a trahie. Et après m'avoir fait trahir mon propre père. Depuis, le soleil ne brille plus pour moi, et peu m'importe s'il venait à s'éteindre. Et ce Déluge qu'on prédit ne m'effraie pas non plus, il rendrait

91

tous les hommes et toutes les femmes égaux dans le malheur. Mes égaux dans le malheur. Vivement le Déluge, qu'il soit d'eau ou de feu! Je n'aurais plus à courir sur les routes pour quémander un papier qui m'autorise à vivre, un maudit firman de là-haut pour certifier que je peux à nouveau aimer et m'unir à un homme! Je n'aurais plus à courir, ou alors tout le monde se mettra à courir dans tous les sens! Oui, tout le monde! Les juges, les janissaires, les évêques et même le sultan! Tous à courir comme des chats surpris par un feu d'été dans les herbes sèches! Ah si le Ciel me permettait de voir ça!

"Les gens ont peur de voir apparaître la Bête. Moi, je n'en ai pas peur. La Bête? Elle a toujours été là, tout près de moi, chaque jour j'ai rencontré son regard de mépris, dans ma maison, dans la rue, et même sous le toit de l'église. Chaque jour j'ai éprouvé sa morsure! Elle n'a cessé de dévorer ma vie."

Et Marta de continuer encore sur ce ton, de longues minutes. J'ai rapporté ses propos tels que je les ai retenus, sans doute pas mot à mot, mais au plus près. En moi-même je me disais : Dieu que tu as dû souffrir, femme, depuis ce temps pas si lointain où tu étais encore l'espiègle et insouciante fille de mon barbier!

A un moment, je me suis approché d'elle, pour poser ma main tendrement sur la sienne. Alors elle s'est tue, m'a adressé un bref regard de reconnaissance, puis elle a voilé son visage pour pleurer.

Pour le restant de la journée, je n'ai fait que penser à ses paroles, et à la suivre des yeux. J'ai pour elle aujourd'hui, plus qu'avant, une immense affection paternelle. J'ai envie de la sentir heureuse mais je n'oserais pas lui promettre le bonheur. Tout au plus pourrais-je jurer de ne jamais la faire souffrir.

Reste à savoir si, pour éviter de la faire souffrir, je

devrais me rapprocher encore d'elle, ou bien m'en éloigner...

Le 26 septembre

J'ai finalement raconté aujourd'hui à Maïmoun ce qui m'a conduit à entreprendre ce voyage, en le priant de me faire part, avec la franchise d'un ami, des sentiments que mes propos lui inspiraient. Je n'ai rien laissé dans l'obscurité, ni le pèlerin de Moscovie, ni le livre de Mazandarani, ni le nombre de la Bête, ni les extravagances de Boumeh, ni la mort du vieil Idriss. J'avais besoin de l'œil d'un bijoutier, rompu aux fausses brillances, et capable de distinguer le vrai. Mais il a répondu à mes interrogations par d'autres interrogations, et alourdi mes angoisses de ses propres angoisses. Ou, du moins, de celles de ses proches...

Il avait commencé par m'écouter en silence. Si rien de ce que je disais ne semblait le surprendre, il devenait à chacune de mes phrases un peu plus pensif, et comme accablé. Quand j'en eus terminé, il me prit les deux mains dans les siennes.

"Tu m'as parlé comme à un frère. C'est à moi de t'ouvrir à présent mon cœur. Les raisons de mon voyage ne sont pas si différentes de celles que tu viens de m'exposer. Moi aussi je suis parti sur les routes à cause de ces maudites rumeurs. A mon corps défendant, en pestant contre la crédulité, la superstition, les computs et les prétendus 'signes', mais je suis quand même parti, je n'ai pu faire autrement, sinon mon père en serait mort. Nous sommes, toi et moi, victimes de la déraison de nos proches..."

Lecteur assidu des textes sacrés, le père de Maïmoun est persuadé depuis de longues années que la fin du monde est imminente. Selon lui, il est écrit en toutes lettres dans le Zohar, le livre des kabbalistes, qu'en l'année 5408, ceux qui reposent dans la poussière se lèveront. Or cette année-là du calendrier juif correspond à l'an 1648 de notre ère.

"C'était il y a dix-sept ans, et la Résurrection n'a pas eu lieu. Malgré toutes les prières, tous les jeûnes, toutes les privations que mon père nous a imposés, à ma mère, à mes sœurs comme à moi-même, et qu'à l'époque nous acceptions avec ferveur, rien ne s'est produit. Depuis, j'ai perdu toutes mes illusions. Je vais à la synagogue quand il faut que j'y aille, pour me sentir proche des miens, je ris avec eux quand il faut rire, je pleure quand il faut pleurer, pour ne pas me montrer insensible à leurs joies ou à leurs malheurs. Mais je n'attends plus rien ni personne. A l'inverse de mon père, qui ne s'est pas laissé assagir. Pas question pour lui d'admettre que l'année prédite par le Zohar n'aura été qu'une année ordinaire. Il est persuadé que quelque chose s'est produit, cette année-là, dont nous n'avons pas entendu parler, mais qui se révélera bientôt à nous comme à tout l'univers."

Depuis, le père de Maïmoun ne fait que guetter les signes, notamment ceux qui concernent l'année de l'attente déçue, 1648. De fait, certains événements graves se sont passés, cette année-là – mais y a-t-il jamais eu une année sans événements graves? La guerre d'Allemagne s'est achevée; après trente ans de massacres, la paix fut conclue. Ne fallait-il pas voir là le début d'une ère nouvelle? La même année, des persécutions sanglantes ont commencé contre les juifs de Pologne et d'Ukraine, conduites par un chef de bande cosaque, et jusqu'à ce jour elles ne se sont pas arrêtées. "Autrefois, dit mon père, entre une calamité et l'autre, il y

94

avait toujours une période de répit; depuis cette maudite année-là, les calamités se succèdent en un chapelet ininterrompu, nous n'avions jamais connu un tel enchaînement de malheurs. N'est-ce pas là un signe?

"Un jour, excédé, je lui dis: 'Père, j'ai toujours cru que cette année-là devait être celle de la Résurrection, qu'elle allait mettre fin à nos souffrances, et que nous devions l'attendre avec joie et espoir!' Il me répond: 'Ces douleurs sont celles de l'enfantement, et ce sang est celui qui accompagne la délivrance!'

"Ainsi, depuis dix-sept ans, mon père a constamment été à l'affût des signes. Mais pas toujours avec la même ferveur. Parfois, il passait des mois sans en parler une seule fois, puis un événement se produisait, un malheur dans la famille, ou la peste, ou la disette, ou la visite de quelque personnage, et aussitôt la chose le reprenait. Ces dernières années, bien qu'il ait eu de graves problèmes de santé, il n'évoquait plus la Résurrection que comme une espérance lointaine. Mais depuis quelques mois, il ne tient plus en place. Ces rumeurs qui courent chez les chrétiens sur l'approche de la fin des temps l'ont mis sens dessus dessous. Des discussions interminables se déroulent au sein de notre communauté sur ce qui va arriver ou ne pas arriver, sur ce qu'il faut redouter ou appeler de ses vœux. Chaque fois qu'un rabbin de Damas, de Jérusalem, de Tibériade, d'Égypte, de Gaza ou de Smyrne passe par Alep, on se presse autour de lui pour l'interroger fiévreusement sur ce qu'il sait et ce qu'il prévoit.

"Et là, tout dernièrement, depuis quelques semaines, mon père, las d'entendre des opinions contradictoires, s'est mis en tête d'aller jusqu'à Constantinople pour solliciter l'avis d'un très vieux hakham originaire, comme nous, de Tolède. C'est lui seul qui, d'après mon père, détient la vérité. 'Qu'il me dise que l'heure est arrivée, et je quitterai tout pour me consacrer à la dévotion; qu'il me dise que l'heure n'est pas arrivée, et je reprendrai le quotidien de ma vie.'

"Comme il n'était pas question de le laisser partir sur les routes dans son état, lui qui a plus de soixante-dix ans et qui peut à peine se tenir debout, j'ai décidé que ce serait moi qui irais voir le rabbin à Constantinople, muni de toutes les questions que mon père souhaiterait poser, et de revenir avec les réponses.

"Et voilà comment je me retrouve dans cette caravane, comme toi, à cause de ces rumeurs insensées, alors qu'en notre for intérieur, nous ne pouvons que rire, et l'un et l'autre, de la crédulité des hommes."

Maïmoun est bien complaisant de comparer ainsi son attitude à la mienne. Elles ne se ressemblent qu'en apparence. Lui est parti sur les routes par piété filiale, et sans rien changer à ses convictions; alors que je me suis laissé gagner par la déraison qui m'entoure. Mais je ne lui ai rien dit de cela, pourquoi me rabaisser aux yeux d'un homme que j'estime? Et pourquoi insister sur ce qui nous distingue quand lui-même ne cesse de mettre en avant les choses qui nous rapprochent?

Le 27 septembre

L'étape d'aujourd'hui aura été moins ardue que les précédentes. Après quatre journées sur les chemins montants du Taurus, avec des passages souvent exigus, périlleux, nous avons atteint le plateau d'Anatolie; et après des khans mal tenus, infestés de janissaires soudards, chargés en principe de nous protéger des coupeurs de routes mais dont la présence, plutôt que de nous rassurer, nous obligeait à nous enfermer dans nos quartiers, nous avons eu la bonne fortune d'atterrir dans une auberge convenable, seulement fréquentée par des marchands de passage.

Notre joie s'est cependant ternie lorsque le tenancier nous a rapporté des bruits en provenance de Konya, selon lesquels la ville serait en proie à la peste et ses portes fermées à tous les voyageurs.

Pour inquiétantes, ces rumeurs ont eu le bienfait de me rapprocher des miens, qui sont venus m'entourer, attendant mon avis sur ce qu'il conviendrait de faire. Quelques voyageurs auraient déjà choisi de rebrousser chemin dès l'aube sans plus attendre; il est vrai qu'ils nous avaient rejoints à Tarse, ou, tout au plus, à Alexandrette; nous qui venons de Gibelet, et sommes déjà plus qu'à mi-parcours, nous ne pouvons céder ainsi à la première frayeur.

Le caravanier se propose de pousser un peu plus loin, quitte à modifier notre route plus tard si les circonstances l'imposaient. Le personnage me déplaît aujourd'hui autant qu'au premier jour, mais son attitude me paraît sensée. En avant donc, et à la grâce de Dieu!

Le 28 septembre

J'ai tenu aujourd'hui à Maïmoun certains propos qu'il a trouvés pertinents, ce qui m'incite à les consigner par écrit.

Il venait de me dire que les hommes se partagent aujourd'hui entre ceux qui sont persuadés que la fin du monde est proche, et ceux qui demeurent sceptiques — lui et moi étant parmi ces derniers. Je lui répondis qu'à mon

avis les hommes se partageaient aussi entre ceux qui redoutent la fin du monde et ceux qui l'appellent de leurs vœux,
les premiers parlant à son sujet de déluge et de cataclysme,
les autres de résurrection et de délivrance.

Disant cela, je pensais non seulement au père de mon
ami, et aux Impatients d'Alep, mais aussi à Marta.

Puis Maïmoun s'est demandé si, à l'époque de Noé, les
hommes s'étaient également divisés entre ceux qui applau-
dissaient le Déluge et ceux qui lui étaient hostiles.

Et nous nous sommes mis à rire, au point que nos mules
se sont effarouchées.

Le 29 septembre

Je butine de temps à autre quelques vers au hasard dans
ce livre d'Abou-l-Ala, qu'un vieux libraire de Maarra posa
dans mes mains il y a trois ou quatre semaines. Aujour-
d'hui, j'ai découvert ceux-ci :

> *Les gens voudraient qu'un imam se lève*
> *Et prenne la parole devant une foule muette*
> *Illusion trompeuse ; il n'y a pas d'autre imam que la raison*
> *Elle seule nous guide de jour comme de nuit.*

Je me suis empressé de les lire à Maïmoun, et nous
avons eu, en silence, des sourires complices.

Un chrétien et un juif conduits sur le chemin du doute
par un poète musulman aveugle ? Mais il y a plus de
lumière dans ses yeux éteints que dans le ciel d'Anatolie.

98

Près de Konya, le 30 septembre

Les rumeurs de peste n'ont, hélas, pas été démenties. Notre caravane a dû contourner la ville pour aller planter ses tentes vers l'ouest, dans les jardins de Merâm. Ici, il y a foule, car de nombreuses familles de Konya ont fui l'épidémie pour se réfugier en ce lieu à l'air sain, au milieu des fontaines.

Nous y sommes arrivés vers midi, et en dépit des circonstances, il y règne un esprit... j'allais dire "de fête"... non, pas de fête, mais de promenade insouciante et résignée. Partout, des vendeurs de sirops et de jus d'abricot font tinter les verres qu'ils viennent de rincer aux fontaines ; partout des étalages fumants qui allèchent et tentent et attirent grands et petits. Mais je ne peux détourner mes yeux de la ville toute proche, dont je vois les tours d'enceinte, dont je devine les coupoles et les minarets. Là, une autre fumée monte, qui voile tout, qui assombrit tout. Cette odeur-là ne parvient pas jusqu'à nous, Dieu merci, mais nous la sentons tous avec les narines de l'âme, et elle nous glace le sang. La peste, la fumée de la mort. Je lâche ma plume pour me signer. Avant de reprendre ma relation.

Maïmoun, qui s'est joint aux miens pour le repas, a parlé longuement à mes neveux, et un peu à Marta. Dans l'atmosphère qui régnait autour de nous, nous n'avons pu qu'évoquer la fin des temps, et j'ai eu l'occasion de vérifier que Boumeh n'ignorait rien des prédictions du Zohar concernant l'année juive 5408, qui correspond à notre année 1648.

"En l'an 408 du sixième millénaire, récita-t-il de mémoire, ceux qui reposent dans la poussière se lèveront. On les nomme les fils de Heth."

"Qui sont les fils de Heth ?" demanda Habib, qui se

plaisait toujours à étaler, face à l'érudition de son frère, sa propre ignorance.

"Dans la Bible, c'est le nom que l'on donne habituellement aux Hittites. Mais ce qui importe ici, ce n'est pas la signification du mot Heth, c'est sa valeur numérique qui, en hébreu, se trouve être justement 408."

Valeur numérique! Que cette notion m'irrite chaque fois que je l'entends! Au lieu de comprendre le sens des mots, mes contemporains se mettent à calculer la valeur des lettres; ils les agencent comme cela leur convient, ajoutent, retranchent, divisent et multiplient, et finissent toujours par atteindre le chiffre qui les étonnera, qui les rassurera ou qui les remplira d'effroi. C'est ainsi que la pensée des hommes s'effiloche, c'est ainsi que leur raison se débilite et se dissout dans les superstitions!

Je ne pense pas que Maïmoun prête foi à ces balivernes, mais la plupart de ses coreligionnaires y croient, et la plupart des miens, et la plupart des musulmans avec lesquels j'ai eu l'occasion d'en parler. Même des gens instruits, sages, en apparence raisonnables, se vantent de posséder cette science indigente, cette science des pauvres d'esprit.

Mes paroles sont d'autant plus virulentes dans ces pages que, dans la journée, lors de la discussion, je n'avais rien dit. Tout juste une moue d'incrédulité lorsque j'entendis "valeur numérique". Mais je me gardai bien d'interrompre la discussion. C'est ainsi que je suis. C'est ainsi que j'ai toujours été, depuis l'enfance. Quand une discussion se déroule autour de moi, je suis curieux de voir où elle va aboutir, qui reconnaîtra son erreur, comment chacun va répondre – ou éviter de répondre – aux arguments de l'autre. J'observe, je me délecte des choses que j'apprends, je note en moi-même les réactions des uns et des autres, sans éprouver pour autant l'envie irrépressible d'exprimer à voix haute mon opinion.

Et ce midi, si certaines remarques suscitaient en moi des

protestations muettes, d'autres choses qui se disaient m'intéressaient ou me surprenaient. Comme lorsque Boumeh me fit remarquer que c'est justement en 1648 que fut publié en Moscovie *Le Livre de la Foi une, véritable et orthodoxe*, où était mentionnée, sans ambiguïté aucune, l'année de la Bête. N'est-ce pas à cause de ce livre que le pèlerin Evdokime est parti sur les routes, qu'il est passé par Gibelet, visite qui fut suivie de tout ce défilé de clients apeurés ? C'est donc cette année-là que la Bête est entrée, si l'on peut dire, dans ma vie. Le père de Maïmoun lui disait que quelque chose s'était passé en 1648, dont on n'avait pas mesuré l'importance. Oui, je veux bien l'admettre, quelque chose s'est enclenché peut-être cette année-là. Pour les juifs, pour les Moscovites. Et aussi pour moi et pour les miens.

"Mais pourquoi fallait-il qu'on annonce justement en 1648 un événement qui est censé se produire en 1666 ? Il y a là un mystère qui m'échappe !"

"Moi non plus, je ne comprends pas", m'approuva Maïmoun.

"Pour moi, il n'y a aucun mystère", dit Boumeh avec une tranquillité agaçante.

Tous les regards allèrent bien évidemment se suspendre à ses lèvres. Il prit son temps avant d'expliquer, d'un ton hautain.

"De 1648 à 1666, il y a dix-huit ans."

Il se tut.

"Et alors ?" demanda Habib en mâchonnant ostensiblement une pleine bouchée de pâte d'abricots.

"Dix-huit, comprends-tu ? Six et six et six. Les trois dernières marches vers l'Apocalypse."

Il y eut un silence lourd, lourd, lourd. J'avais soudain l'impression que la fumée pestilentielle se rapprochait de nous, qu'elle nous enveloppait. Le plus pensif était Maïmoun, c'est comme si Boumeh venait de résoudre pour lui une énigme fort ancienne. Hatem s'affairait autour de nous, se demandant ce que nous avions tous, car il n'avait saisi que des bribes de la conversation.

Ce fut moi qui rompis le silence :

"Attends, Boumeh! Tu nous racontes des balivernes. Ce n'est pas à toi que j'apprendrai que du temps du Christ et des évangélistes, on n'écrivait pas six six six comme tu le ferais aujourd'hui en arabe, on l'écrivait en chiffres romains. Et tes trois six ne riment à rien."

"Et peux-tu me dire comment on écrivait six cent soixante-six du temps des Romains?"

"Tu sais bien. Comme ceci."

Je pris un brin de bois qui traînait, et traçai dans le sol DCLXVI.

Maïmoun et Habib se penchèrent au-dessus du chiffre que je venais d'inscrire. Boumeh ne bougea pas de sa place, et ne regarda même pas, se contentant de me demander si je n'avais rien remarqué de particulier dans le nombre que j'avais tracé. Non, je ne voyais pas.

"Ne remarques-tu pas que tous les chiffres romains sont là, dans l'ordre, et chacun une seule fois?"

"Pas tous, répondis-je trop vite. Il manque..."

"Vas-y, continue, tu es sur la voie. Il manque un chiffre au début. Le M, écris-le! Nous aurons alors MDCLXVI. Mille six cent soixante-six. Les nombres sont à présent au complet. Les années sont au complet. Plus aucune ne s'y ajoutera."

Puis il tendit la main et effaça le chiffre jusqu'à la dernière trace en murmurant quelque formule apprise.

Maudits! Maudits soient les nombres et ceux qui les cultivent!

Le 3 octobre

Depuis que nous avons quitté les environs de Konya, ce n'est pas de peste que parlent les voyageurs mais d'une curieuse fable, répandue par le caravanier lui-même, et que, jusqu'ici, je n'avais pas jugé utile de rapporter. Si je l'évoque à présent, c'est qu'elle vient de connaître un dénouement exemplaire.

L'homme prétendait qu'une caravane s'est égarée, il y a quelques années, en allant vers Constantinople, et que, depuis, elle rôde, en détresse, sur les chemins d'Anatolie, victime d'une malédiction. De temps à autre, elle croise une autre caravane, et ses voyageurs désorientés demandent qu'on leur indique le chemin, ou bien posent d'autres questions, les plus inattendues ; quiconque leur répond, ne fût-ce que d'un seul mot, attire sur lui la même malédiction, et devra errer ainsi avec eux jusqu'à la fin des temps.

Pourquoi cette caravane a-t-elle été maudite ? On dit que les voyageurs avaient affirmé à leurs proches qu'ils se rendaient en pèlerinage à La Mecque, alors qu'ils projetaient en réalité de rejoindre Constantinople. Le Ciel les aurait alors condamnés à rôder sans jamais atteindre leur destination.

Notre homme affirma qu'il avait déjà rencontré à deux reprises la caravane fantôme, mais qu'il ne s'était pas laissé abuser. Les voyageurs égarés avaient beau se presser autour de lui, lui sourire, le tenir par les manches, l'amadouer, il avait fait comme s'il ne les voyait pas, et c'est ainsi qu'il avait réussi à éviter le sortilège et à poursuivre son voyage.

A quoi pourrait-on reconnaître la caravane fantôme ? demandèrent nos compagnons les plus angoissés. Il n'y a aucun moyen, répondit-il, elle ressemble en tout aux caravanes ordinaires, ses voyageurs sont pareils à tous les voyageurs, et c'est justement pour cela que tant de gens s'y méprennent et se laissent ensorceler.

103

Au récit du caravanier, certains des nôtres haussaient les épaules, d'autres paraissaient effrayés et regardaient constamment au loin pour vérifier qu'aucune caravane suspecte n'était à l'horizon.

Je fais partie, bien entendu, de ceux qui n'ont accordé aucun crédit à ces racontars ; à preuve, depuis trois jours que ces récits se propagent de la tête de la caravane jusqu'à la queue, puis remontent de la queue à la tête, je n'avais pas jugé utile de rapporter dans mes pages cette vulgaire fable de caravanier.

Mais aujourd'hui, à l'heure de midi, nous avons bien croisé une caravane.

Nous venions de nous arrêter au bord d'un cours d'eau pour déjeuner. Commis et serviteurs s'affairaient pour ramasser les brindilles et préparer les feux, lorsqu'une caravane apparut sur une colline proche. En quelque minutes, elle fut près de nous. Un mot traversa notre troupe : "Ce sont eux, c'est la caravane fantôme." Nous étions tous comme paralysés, nous avions sur le front comme une ombre étrange, et nous ne parlions qu'à voix basse, les yeux fixés sur les arrivants.

Ceux-ci s'approchaient, bien trop vite nous semblait-il, dans un nuage de poussière et de brume.

Lorsqu'ils furent près de nous, ils mirent tous pied à terre, et coururent dans notre direction, ravis, apparemment, de retrouver des semblables et un coin de fraîcheur. Ils s'approchèrent, avec de larges sourires, s'employèrent à nous saluer, avec des formules en arabe, en turc, en persan, en arménien. Les nôtres étaient mal à l'aise, mais pas un ne bougea, pas un ne se leva, pas un ne répondit au salut qu'on lui adressait. "Pourquoi ne nous parlez-vous pas ? finirent-ils par demander. Vous aurions-nous offensés en quelque chose sans le vouloir ?" Aucun des nôtres ne bronchait.

Les autres se détournaient déjà pour partir, offusqués,

quand, soudain, notre caravanier partit d'un immense éclat de rire, auquel répondit un rire plus sonore encore de l'autre caravanier.

"Maudit sois-tu, dit ce dernier en avançant, les bras ouverts. Tu leur as encore servi ton histoire de caravane fantôme. Et ils y ont mordu !"

Un peu partout, les gens se levaient, s'embrassaient, s'invitaient les uns les autres, pour se faire pardonner.

Ce soir, on ne parle encore que de cela, et chaque voyageur prétend autour de lui que jamais il n'y a cru. Pourtant, lorsque les voyageurs de l'autre caravane s'étaient approchés, tout le monde était blême et personne n'avait osé leur adresser la parole.

Le 4 octobre

Aujourd'hui encore on m'a raconté une fable, mais celle-ci ne me fait pas sourire.

Un homme est venu me voir à l'heure du déjeuner en vociférant, en gesticulant. Il prétendait que mon neveu s'était un peu trop approché de sa fille, et il menaçait de régler l'affaire dans le sang. Hatem et Maïmoun ont essayé de le raisonner, et le caravanier est également intervenu pour le retenir, mais il devait être ravi de me voir ainsi dans l'embarras.

J'ai cherché des yeux Habib, il avait disparu. Pour moi, cette fuite était déjà un aveu de culpabilité, et je l'ai maudit pour m'avoir mis dans cette situation.

L'homme, pendant ce temps, ne faisait que hurler de

plus belle, parlant d'égorger le coupable et de répandre son sang devant la caravane entière pour que chacun sache comment on lave l'honneur souillé.

Autour de nous, l'attroupement ne faisait que grossir. Contrairement à la querelle de l'autre jour avec le caravanier, je n'avais pas cette fois la tête haute, ni l'envie de sortir victorieux. Je voulais seulement que le scandale s'arrête, et pouvoir poursuivre ce voyage jusqu'à son terme sans mettre en danger la vie des miens.

Alors je me suis abaissé à aller vers cet individu, à lui tapoter le bras, à lui sourire, à lui promettre qu'il obtiendrait satisfaction et que son honneur sortirait de cette affaire aussi pur qu'un sultanin en or. Lequel sultanin n'est, soit dit en passant, pas un parangon de pureté, vu qu'il ne cesse d'être altéré à mesure que le Trésor ottoman se vide... Cela dit, je n'avais pas fait cette comparaison par hasard, je voulais que l'homme entende parler d'or, et qu'il comprenne que je serais prêt à payer le prix de son honneur. Il vociféra encore quelques instants, mais un ton plus bas, et comme s'il ne renvoyait plus que les échos de ses derniers aboiements.

Alors je l'entraînai par le bras loin de l'attroupement. Une fois en aparté, je lui renouvelai mes excuses, et lui dis explicitement que j'étais prêt à le dédommager.

Pendant que j'entamais ainsi l'humiliant marchandage, Hatem vint me tirer par la manche pour me supplier de ne pas me laisser faire. En le voyant, l'homme recommença ses jérémiades, et je dus ordonner à mon commis de me laisser régler la chose à ma façon.

Et j'ai payé. Un sultanin, accompagné de la promesse solennelle de punir sévèrement mon neveu et de l'empêcher de tourner à l'avenir autour de ladite jeune fille.

C'est seulement dans la soirée que Habib s'est présenté devant moi. Hatem était à ses côtés, ainsi qu'un autre voyageur que j'avais déjà vu traîner avec eux. Tous les trois m'ont assuré que j'avais été victime d'une escroquerie. D'après eux, l'homme à qui j'ai donné la pièce d'or n'est pas un père éploré, et la jeune femme qui l'accompagne n'est pas du tout sa fille, mais une ribaude, et cela est de notoriété publique dans toute la caravane.

Habib a prétendu qu'il n'avait jamais rendu visite à cette femme, et en cela il me ment – je me demande même si Hatem ne l'y a pas accompagné. Mais pour le reste, je crois qu'ils disent vrai. Je leur ai tout de même assené deux belles gifles à chacun.

Ainsi, il existe dans cette caravane un lupanar ambulant, que mon propre neveu fréquente – et je ne m'en étais même pas aperçu!

Après toutes ces années dans le négoce, je demeure incapable de distinguer un proxénète d'un père éploré!

A quoi cela me sert-il de scruter l'univers si je ne sais pas voir ce qui est sous mon nez?

Que je souffre d'être fait d'une argile si frêle!

Le 5 octobre

Ce qui est arrivé hier m'a secoué plus que je ne l'aurais imaginé.

Je me sens affaibli, je me sens épuisé, étourdi, j'ai les yeux embués en permanence et tous les membres endoloris. C'est peut-être le mal des montures qui me reprend... Je souffre à chaque pas et ce voyage me pèse. Je regrette de l'avoir entrepris.

Tous les miens cherchent à me consoler, à me raisonner, mais leurs propos comme leurs gestes se perdent dans un brouillard qui s'épaissit. Ces lignes aussi se brouillent et mes doigts mollissent.

Seigneur !

A Scutari, le vendredi 30 octobre 1665

Pendant vingt-quatre jours je n'ai pas écrit une ligne. Il est vrai que j'étais à deux doigts de mourir. Aujourd'hui je reprends la plume dans une auberge de Scutari, à la veille de traverser le Bosphore pour atteindre enfin Constantinople.

Ce fut peu après l'étape de Konya que je ressentis les premiers symptômes du mal. Un vertige que j'attribuai d'abord à la fatigue du voyage, puis au désagrément que m'avait causé l'inconduite de mon neveu ainsi que ma propre crédulité. Mes ennuis demeuraient toutefois supportables et je n'en parlai pas à mes compagnons, ni même dans ces pages. Jusqu'au jour où je me sentis soudain incapable de tenir la plume et où je dus m'écarter du groupe deux fois de suite pour vomir.

Mes proches et quelques autres voyageurs s'étaient attroupés, murmurant je ne sais quelles sagesses inspirées par mon état, lorsque le caravanier vint vers moi, avec trois de ses sbires. Il décréta que j'étais atteint de la peste, rien de moins ; que je l'avais contractée assurément dans les environs de Konya ; et qu'il fallait d'urgence me séparer de la caravane. Je devrais marcher désormais tout en arrière, et à plus de six cents pas du voyageur le plus proche. Si je guérissais, il me reprendrait ; si j'étais contraint de m'arrêter, il me confierait à Dieu et ne m'attendrait pas.

Marta protesta, de même que mes neveux, mon commis, et aussi Maïmoun, et quelques autres voyageurs autour de nous. Mais il fallut s'exécuter. Moi-même, tout au long de la discussion, qui dura bien une demi-heure, je ne dis pas un mot. Je sentais que si j'ouvrais la bouche, je redeviendrais malade aussitôt. Alors je me drapai dans l'habit de la dignité blessée, tandis qu'en moi-même j'égrenais toutes les insultes génoises et souhaitais à l'homme de périr empalé!

Cette mise en quarantaine dura quatre journées entières, jusqu'à notre arrivée à Afyonkarahisar, la Citadelle noire de l'Opium, bourgade au nom inquiétant et que domine effectivement la silhouette sombre d'une citadelle fort ancienne. Dès que nous fûmes installés au khan des voyageurs, le caravanier vint me voir. Pour dire qu'il avait eu tort, que je n'étais, à l'évidence, pas atteint de la peste, qu'il avait observé que j'étais rétabli, et que je pourrais, dès le lendemain matin, réintégrer le train. Mes neveux se mirent à lui chercher querelle, mais je les fis taire. Je ne supporte pas que l'on s'en prenne à quelqu'un qui s'amende. Tout ce qu'il a mérité d'entendre, il fallait le lui dire avant. Je répondis donc courtoisement à l'homme, acceptant son invitation à revenir.

Ce que je ne lui dis pas, ni à mes proches d'ailleurs, c'est qu'en dépit des apparences je n'étais nullement guéri. Je ressentais dans les tréfonds de mon corps une fièvre diffuse qui chauffait et chauffait comme un brasier d'hiver, et j'étais étonné qu'autour de moi on n'en remarquât pas le rougeoiement sur mon visage.

La nuit suivante, ce fut l'enfer. Je tremblais et m'agitais et haletais, mes habits ainsi que mes draps étaient en eau. Dans la confusion des voix et des échos qui hantaient ma tête débilitée, j'entendis "la veuve" murmurer à mon chevet:

"Il ne repartira pas demain. S'il reprenait la route dans son état, il mourrait avant d'avoir atteint Listana."

Listana étant, dans le parler des gens de Gibelet, l'un des multiples noms qui désignent Stamboul ou Islamboul, Byzance, la Porte, Costantiniyé...

Et de fait, au matin, je ne fis aucune tentative pour me lever. Sans doute avais-je épuisé mes forces au cours des journées précédentes, il fallait laisser au corps le loisir de se raccommoder.

Mais je n'étais pas encore convalescent, loin de là. Ce que j'ai connu au cours des trois jours qui suivirent, je n'en garde que des images d'ombre. Il m'est avis que j'ai frôlé le trépas de si près que certaines articulations en demeurent raidies jusqu'à ce jour, comme ont dû l'être, jadis, celles de Lazare ressuscité. J'ai perdu dans ce combat avec la maladie quelques livres de chair comme on jette à un fauve un quartier de viande pour l'apaiser. Je n'en parle pas encore sans balbutier, je dois avoir aussi quelques raideurs à l'âme. Les mots me viennent avec peine.

Pourtant, ce qui me restera en mémoire de cette pause forcée à Afyonkarahisar, ce n'est ni la souffrance ni la détresse. Abandonné par la caravane, convoité par la mort, sans doute. Mais chaque fois que j'entrouvrais les yeux, je voyais Marta assise à mon côté sur ses jambes pliées, qui me fixait avec un sourire d'inquiétude apaisée. Et quand je refermais les yeux, ma main gauche demeurait prise dans ses deux mains, l'une en dessous, paume contre paume, serrée ; l'autre au-dessus, qui glissait parfois lentement sur le dos de mes doigts en une caresse de réconfort et d'infinie patience.

Elle n'a fait appel ni à un guérisseur ni à un apothicaire, ils m'auraient achevé plus sûrement que la fièvre. Marta m'a seulement soigné par sa présence, par quelques gorgées d'eau fraîche, et par ces deux mains qui me retenaient de partir. Je ne suis pas parti. Pendant trois jours, ainsi que je l'ai dit, la mort avait rôdé, je semblais être sa proie acquise. Puis, au quatrième jour, comme lasse, ou comme apitoyée, elle s'est éloignée.

Je ne voudrais pas donner l'impression que mes neveux ou mon commis m'avaient délaissé. Hatem n'était jamais loin, et les deux jeunes gens, entre deux promenades en ville, revenaient s'enquérir de mon état, préoccupés, contrits – un dévouement plus constant n'eût pas été de leur âge. Dieu les préserve, je ne leur reproche rien, sinon de m'avoir entraîné dans cette expédition. Mais c'est à Marta d'abord que va ma gratitude. Non, gratitude n'est pas le mot qui convient. Ce serait même, de ma part, le comble de l'ingratitude que de me contenter de dire gratitude. Ce qui a été payé en larmes ne se rembourse pas en eau salée.

Je ne mesure pas encore à quel point cette étape m'a secoué. Pour tout être, la fin du monde est d'abord sa propre fin, et la mienne m'avait semblé soudain imminente. Sans attendre l'année fatidique, j'étais en train de glisser hors du monde, lorsque deux mains m'ont retenu. Deux mains, un visage, un cœur, un cœur que je savais capable de sautes d'amour et d'obstination rebelle, mais peut-être pas d'une tendresse si puissante, si enveloppante. Depuis cette étape où nous nous étions retrouvés par quiproquo dans le même lit, mari et femme dans l'apparence, je me disais qu'une nuit, par l'inéluctable logique des sens, j'en arriverais à maquiller le désir en passion pour conduire les choses à leur terme, quitte à le regretter au lever du jour. A présent je me dis que Marta est bien plus ma femme dans la réalité que dans les apparences, et que le jour où je m'unirai à elle, ce ne sera ni par jeu, ni par ivresse, ni par emportement des sens, ce sera l'acte le plus chaleureux et le plus légitime. Qu'elle soit ou non, ce jour-là, dégagée du serment qui l'a liée jadis à son gredin d'époux.

Je dis "ce jour-là" parce qu'il n'est pas encore venu. Je suis persuadé qu'elle-même l'espère autant que je l'espère, mais l'occasion ne s'en est pas présentée. Si nous étions sur la route de Tarse, et que la nuit prochaine devait se passer

111

dans la maison du cousin de Maïmoun, nous nous serions unis par nos corps comme nous sommes unis désormais dans nos âmes. Mais à quoi bon regarder en arrière, je suis ici, aux portes de Constantinople, vivant, et Marta n'est pas loin. L'amour se nourrit de patience autant que de désir, n'est-ce pas là la leçon que j'ai apprise d'elle à Afyonkarahisar?

C'est seulement au bout de huit jours que nous reprîmes la route, en nous joignant à une caravane en provenance de Damas, où se trouvaient, curieux hasard, deux personnes de ma connaissance, un parfumeur et un prêtre. Nous fîmes halte une journée à Kutahya, et une autre à Izmit, pour atteindre Scutari aujourd'hui, en début d'après-midi. Certains de nos compagnons ont décidé de courir au bateau sans attendre ; j'ai préféré quant à moi ménager mes efforts, prendre le temps d'une sieste réparatrice, pour franchir tranquillement demain, samedi, l'ultime étape du voyage. Nous aurons passé, depuis Alep, cinquante-quatre jours en route, au lieu des quarante prévus, et soixante-neuf depuis Gibelet. Pourvu que Marmontel ne soit pas reparti déjà pour la France en emportant *Le Centième Nom* !

A Constantinople, le 31 octobre 1665

Aujourd'hui Marta a cessé d'être "ma femme". Les apparences se conforment désormais à la réalité, en attendant que la réalité se conforme un jour aux apparences.

Non que j'aie décidé, après amère réflexion, de mettre

fin à une confusion qui durait depuis deux mois, et qui m'était devenue à chaque étape un peu plus familière, mais les choses se sont passées aujourd'hui de telle sorte qu'il eût fallu tromper effrontément tout le monde pour que persiste la fiction.

Une fois traversé le détroit, dans une telle cohue de gens et de bêtes que je crus bien que l'embarcation allait sombrer, je m'étais mis à la recherche d'une auberge tenue par un Génois du nom de Barinelli, chez qui mon père et moi avions logé lors de notre visite à Constantinople il y a vingt-quatre ans. L'homme est décédé, et la maison ne fait plus auberge, mais elle appartient à la même famille, et l'un des petits-fils de l'ancien tenancier y vit encore, avec une seule servante que j'ai brièvement aperçue de loin.

Quand je me présentai au jeune Barinelli et que je déclinai mon nom, il fit un éloge émouvant de mes glorieux ancêtres Embriaci, et insista pour que nous demeurions chez lui. Puis il me demanda qui étaient les nobles personnes qui m'accompagnaient. Je répondis sans trop d'hésitation qu'il y avait là mes deux neveux ; mon commis, dehors, qui s'occupait des bêtes ; ainsi qu'une respectable dame de Gibelet, une veuve, venue à Constantinople pour certaines formalités administratives, et qui avait fait la route sous notre protection.

Je ne nie pas avoir éprouvé un serrement de cœur. Mais il ne pouvait être question pour moi de répondre autrement. La route quelquefois s'agrémente de fables, comme le sommeil s'agrémente de songes, il faut savoir ouvrir les yeux à l'arrivée.

Pour moi le réveil s'appelle Constantinople. Dès demain, dimanche, je me présenterai dans mes habits d'apparat à l'ambassade du roi de France, ou plus exactement à l'église de l'ambassade, à la recherche du chevalier de Marmontel. J'espère qu'il ne m'en a pas trop voulu de

113

lui avoir fait payer tellement cher le livre de Mazandarani. Si besoin est, je lui ferai une substantielle ristourne en échange de la permission de le recopier. Sans doute me faudra-t-il déployer, pour l'en persuader, toute mon habileté de Génois, de négociant en curiosités et de Levantin.

J'irai seul à sa rencontre, je ne fais pas suffisamment confiance à mes neveux. Un mot impétueux, ou à l'inverse trop servile, un geste d'impatience, et ce personnage si fier se cabrerait irrémédiablement.

Le premier novembre

Seigneur, par où commencer mon récit de ce jour ?

Par le début ? Je me suis réveillé en sursaut, pour aller au quartier de Péra assister à la messe de l'ambassade..

Ou par la fin ? Nous avons fait tout ce voyage de Gibelet à Constantinople pour rien...

A l'église, il y avait une foule sombre. Des dames en noir, et des chuchotements accablés. En vain je cherchai des yeux, dans l'assistance, le chevalier de Marmontel ou quelque autre visage connu. Arrivé en courant au commencement de l'office, j'avais juste eu le temps de me découvrir, de me signer, et de prendre place au bout d'une rangée, à l'arrière.

Me rendant alors compte de la tristesse extrême qui régnait, je tentai deux ou trois regards interrogatifs en direction de mon voisin le plus proche, mais il s'entêta pieusement à ne pas remarquer ma présence. Ce n'était pas seulement la Toussaint, il y avait eu, à l'évidence, un deuil récent, la mort d'un personnage éminent, et j'en fus réduit aux supputations. Je savais que l'ancien ambassadeur, Monsieur de la Haye, était depuis des années au plus mal ; emprisonné pendant cinq mois au château des Sept-Tours sur ordre du sultan, il en était sorti atteint de la maladie de la pierre, et si affaibli que le bruit de sa mort avait couru à plusieurs reprises. C'est lui, me dis-je ; et comme le nouvel ambassadeur n'est autre que son fils, la consternation que j'observais n'était nullement surprenante.

Lorsque l'officiant, un capucin, commença son éloge funèbre en vantant le personnage de haute lignée, le serviteur dévoué du grand roi, l'homme de confiance rompu aux missions délicates, et en évoquant, à mots voilés, les périls qu'encourent ceux qui remplissent leurs nobles devoirs en pays infidèle, je n'eus plus le moindre doute. Les relations entre la France et la Sublime-Porte n'ont jamais été aussi acrimonieuses, au point que le nouvel ambassadeur, nommé il y a quatre ans déjà, n'a toujours pas osé prendre ses fonctions, par crainte de subir les mêmes vexations que son père.

Chaque parole du sermon me renforçait encore dans mon idée. Jusqu'au moment où, au détour d'une longue phrase, fut enfin prononcé le nom du disparu.

Je sursautai si fort que tous les visages se tournèrent vers moi, qu'un murmure traversa l'assemblée des fidèles, et que le prédicateur s'interrompit quelques secondes, se racla la gorge, et tendit le cou, cherchant à voir si la personne tellement éplorée n'était pas un proche parent du défunt chevalier.

Marmontel !

Être justement venu à cette église pour lui parler après la messe, et apprendre sa mort !

Avoir passé deux longs mois sur les routes, à travers la Syrie, la Cilicie, le Taurus et le plateau d'Anatolie, et failli perdre la vie, dans l'unique espoir de le retrouver, et de lui emprunter, pour quelques jours, *Le Centième Nom.* Pour apprendre qu'ils ont péri l'un et l'autre, – oui l'homme et le livre, disparus, disparus en mer!

Une fois l'office terminé, je m'en fus voir le capucin, qui me dit s'appeler Thomas de Paris, et qui se trouvait en compagnie d'un négociant français fort réputé, le sieur Roboly. Je leur expliquai les raisons de mon désarroi, et leur racontai qu'à plusieurs reprises le chevalier était venu dans mon modeste magasin afin d'effectuer quelques acquisitions pour le compte de Sa Majesté. Ils en conçurent pour moi, m'a-t-il semblé, une flatteuse estime, et m'interrogèrent avec quelque anxiété sur la visite du chevalier à Gibelet, au mois d'août, sur ce qu'il m'avait dit à propos de sa dernière traversée, et sur les inquiétudes prémonitoires qu'il aurait pu nourrir.

Le père Thomas se montrait d'une infinie prudence, contrairement au sieur Roboly, lequel ne tarda pas à me confier qu'à son avis le naufrage du chevalier n'était pas dû aux intempéries, comme le prétendent les autorités, mais à une attaque des pirates, vu que la mer était calme au large de Smyrne lorsque le drame est arrivé. Il avait même commencé à me dire qu'il ne croyait pas que lesdits pirates avaient agi de leur propre chef, quand l'ecclésiastique le fit taire d'un froncement de sourcils. "Nous ne savons rien de tout cela! décréta-t-il. Que la volonté de Dieu soit faite, et que chacun reçoive du Ciel la rétribution qu'il a méritée!"

Il est vrai qu'il ne servait plus à rien de spéculer sur les véritables causes du drame, et encore moins sur les agissements des autorités sultaniennes. Pour moi, en tout cas, tout cela n'avait plus la moindre importance. L'homme que j'étais venu voir, comme le livre que j'espérais lui reprendre ou lui emprunter, reposaient désormais au royaume de Neptune, dans les entrailles de la mer Égée, ou peut-être déjà dans les entrailles de ses poissons.

Je dois avouer qu'après m'être apitoyé sur mon sort, et m'être lamenté pour avoir encouru tant de peines pour rien, je me mis à m'interroger sur le sens que pouvait avoir cet événement, et sur les enseignements que je devais en tirer. Après la mort du vieil Idriss, la disparition de Marmontel et du *Centième Nom*, ne devrais-je pas renoncer à ce livre et rentrer sagement à Gibelet?

Telle n'est pas l'opinion de notre préposé aux signes. D'après mon neveu Boumeh, le Ciel a certes voulu nous infliger une leçon – noyer l'émissaire du roi de France pour tirer l'oreille d'un négociant génois, belle logique! mais passons... – le Ciel, donc, a voulu nous punir, me punir surtout, pour avoir laissé échapper cet ouvrage alors que je l'avais en ma possession. Seulement, il ne s'agit pas de me faire renoncer, bien au contraire. Nous devrions redoubler nos efforts, être prêts à subir d'autres souffrances, d'autres déceptions, afin de mériter à nouveau la récompense suprême, le livre salvateur.

Que faire donc, selon lui? Chercher encore. N'y a-t-il pas, à Constantinople, les plus grands et les plus anciens libraires du monde entier? Il faudrait les interroger un à un, fouiller dans leurs rayons, dans leurs arrière-boutiques, et l'on finira par trouver.

Sur ce point – mais sur ce point seulement! – je ne lui donne pas tort. S'il est un endroit où l'on devrait pouvoir trouver quelque copie, authentique ou fausse, du *Centième Nom*, ce ne peut être que Constantinople.

Cette vérité n'a guère pesé, toutefois, sur la décision que j'ai prise de ne pas repartir tout de suite pour Gibelet. Une fois passé le premier choc de la nouvelle inattendue, je me suis persuadé qu'il ne servirait à rien de céder à l'abattement ni surtout d'affronter à nouveau – et en pleine saison froide! – les désagréments de la route alors que je ne suis pas encore tout à fait rétabli. Attendons un peu, me raisonnai-je, écumons les échoppes des bouquinistes et des

117

confrères négociants en curiosités, laissons aussi à Marta le temps d'effectuer ses démarches, puis nous aviserons.

Peut-être qu'en prolongeant de quelques semaines ce voyage, je lui redonnerai un sens. Voilà ce que je me dis avant de tourner cette page, et je n'ignore point que c'est là une ruse pour faire taire mon angoisse et tromper mon désarroi.

Le 3 novembre

Je pense sans arrêt à ce malheureux Marmontel, et cette nuit, pour la deuxième fois de suite, je l'ai vu dans mon rêve! Comme je regrette que, lors de sa dernière visite, nous ne nous soyons pas quittés en meilleurs termes. Lorsque je lui ai réclamé quinze cents maidins pour prix du livre de Mazandarani, il a dû, en lui-même, maudire l'avidité du Génois. Comment aurait-il pu deviner que j'avais seulement des scrupules à me séparer d'un ouvrage dont un pauvre homme m'avait fait cadeau? Mes intentions étaient des plus nobles, mais il n'a pu les deviner. Et jamais plus je ne pourrai me réhabiliter à ses yeux.

Puisse le temps émousser mon remords!

L'après-midi, je reçus dans ma chambre la visite de mon aimable logeur, le sieur Barinelli. Il avait vérifié d'abord, en entrouvrant délicatement la porte, que je ne faisais plus la sieste ; sur un signe de moi, il entra timidement en me faisant comprendre qu'il venait prendre de mes nouvelles en raison de ce qu'on lui avait appris. Puis il s'assit, le dos droit, les yeux baissés, comme pour des condoléances. Entra ensuite sa servante, qui resta debout jusqu'à ce que je l'eusse priée instamment de s'asseoir. Lui me tenait des propos de saine consolation, à la façon génoise, pendant qu'elle ne disait rien, ne comprenait rien, se contentant d'écouter son maître, tout entière tournée vers lui, comme si sa voix était la plus belle des musiques. Quant à moi, tout en faisant mine d'apprécier ce qu'il me disait des arrêts de la Providence, je trouvais plutôt ma consolation à les observer l'un et l'autre.

Ces deux-là m'attendrissent. Je n'en ai pas encore parlé dans ces pages, ayant eu trop à dire sur Marmontel, mais depuis que nous sommes ici, j'en parle souvent à mi-voix avec les miens, surtout avec Marta, et nous plaisantons gentiment à leur sujet.

Leur histoire est étrange. Je vais m'appliquer à la raconter telle que je l'ai apprise, peut-être va-t-elle me délivrer quelques instants des soucis qui m'assaillent.

Au printemps dernier, Barinelli, en se rendant au marché des orfèvres pour quelque affaire, était passé par le marché des esclaves, qu'on appelle ici Esir-pazari. Un marchand l'aborda, tenant par la main une jeune femme, dont il se mit à lui vanter les qualités. Le Génois lui dit qu'il n'avait pas l'intention d'acheter une esclave, mais l'autre insista en disant :

"Ne l'achète pas, si tu veux, mais au moins regarde-la!"

Pour en finir au plus vite, Barinelli jeta un regard à la fille, décidé à poursuivre aussitôt sa route. Mais lorsque leurs yeux se rencontrèrent, il eut, dit-il, "le sentiment d'avoir retrouvé une sœur captive". Il voulut lui demander d'où elle venait, mais elle ne comprit ni son turc, ni son italien. Le marchand expliqua aussitôt qu'elle parlait une langue que personne ici ne comprenait. Il ajouta qu'elle avait aussi un autre petit défaut, un léger boitillement, dû à une blessure à la cuisse. Il lui souleva la robe pour montrer la cicatrice, mais Barinelli la rabattit aussitôt d'une main ferme en disant qu'il la prenait telle quelle, sans avoir besoin d'en voir plus.

Il revint donc chez lui avec cette esclave, qui put seulement lui dire qu'elle s'appelait Liva. Étrangement, Barinelli se prénomme Livio.

Depuis, ils vivent ensemble la plus émouvante histoire d'amour. Ils se tiennent constamment par la main, se couvent des yeux. Livio la regarde comme si elle était, non pas son esclave, mais sa princesse, et sa femme adorée. Que de fois je l'ai vu porter sa main à ses lèvres, pour y déposer un baiser, approcher une chaise pour la faire asseoir, ou passer tendrement sa main sur ses cheveux, sur son front, oubliant nos yeux qui les regardaient. Tous les époux du monde, et tous les amoureux, seraient jaloux de ces deux-là.

Liva a les yeux bridés et les pommettes saillantes, avec cependant des cheveux clairs, presque blonds. Elle pourrait bien venir d'une peuplade des steppes. Je la crois descendante des Mongols, mais d'un Mongol qui aurait enlevé quelque sabine de Moscovie ; elle-même n'a jamais su expliquer d'où elle était ni comment elle s'est trouvée captive. Son amoureux m'assure qu'elle comprend à présent tout ce qu'il lui dit ; à voir la manière dont il le lui dit, je ne m'étonne pas qu'elle comprenne. Elle finira par apprendre l'italien, à moins que ce ne soit Barinelli qui apprenne la langue des steppes.

Ai-je déjà dit qu'elle était enceinte ? Son Livio lui interdit maintenant de monter ou de descendre l'escalier sans être à ses côtés pour lui tenir le bras.

En me relisant, je découvre que j'ai appelé Liva "sa servante". Je me suis promis de ne jamais effacer ce que j'ai écrit, mais il faut que je rectifie. Je ne voulais pas l'appeler "esclave", et j'hésitais à l'appeler concubine ou maîtresse. Après ce que je viens de raconter, il m'apparaît évident qu'elle devrait être appelée "sa femme", tout simplement. Barinelli la considère comme son épouse, il la traite bien mieux que ne sont traitées les épouses, et elle sera demain la mère de ses enfants.

Le 4 novembre

Les miens se sont éparpillés dès le matin de par la ville, chacun à la poursuite des ombres qui le hantent.

Boumeh est allé fouiner dans les échoppes des bouquinistes, où on lui a vaguement parlé d'un grand collectionneur de livres qui posséderait, dit-on, un exemplaire du *Centième Nom*; il n'a pu en savoir plus.

Habib était parti avec son frère, ils avaient traversé la Corne d'Or sur la même barque, mais ils sont revenus chacun à son heure, je doute qu'ils aient longtemps cheminé côte à côte.

Marta s'est rendue au palais du sultan pour essayer de savoir si un homme portant le nom de son mari n'a pas été pendu il y a deux ans comme pirate; Hatem l'a accompagnée, qui parle bien le turc, et se débrouille mieux que nous tous dans les arcanes; s'ils n'ont rien pu glaner jusqu'à présent sur cette affaire, ils ont obtenu quelques renseignements utiles sur la manière de procéder en pareilles circonstances, et ils reviendront à la charge dès demain.

Quant à moi, je suis reparti voir le père Thomas en son église de Péra. Lors de notre première rencontre, dimanche, je n'avais pas eu l'occasion – ni, d'ailleurs, le désir – de lui avouer clairement pourquoi la disparition de Marmontel m'affectait à ce point. J'avais évoqué en termes vagues des objets précieux que le chevalier m'aurait achetés, et dont nous devions reparler ensemble à Constantinople. Cette fois, je lui expliquai, comme à un confesseur, les véritables raisons de mon désarroi. Il me saisit le poignet, quelques longues secondes, pour que je ne dise plus un mot, tandis qu'il méditait ou priait en lui-même. Puis il me dit :

"Pour un chrétien, la seule façon de s'adresser au Créateur, c'est la prière. On se montre modeste et soumis, on Lui exprime si l'on veut des doléances et des attentes, et l'on termine par amen, que Sa volonté soit faite. A l'inverse, l'orgueilleux cherche dans les livres des magiciens les formules qui lui permettront, pense-t-il, d'infléchir la volonté du Seigneur, ou de la détourner, ils imaginent la Providence comme un vaisseau dont eux, pauvres mortels, pourraient dévier le gouvernail à leur convenance. Dieu n'est pas un vaisseau, Il est le Maître des vaisseaux et des mers et du ciel calme et des tempêtes, Il ne se laisse pas gouverner par les formules des magiciens, Il ne se laisse emprisonner ni dans les mots ni dans les chiffres, Il est l'insaisissable, l'imprévisible. Malheur à qui prétend L'apprivoiser!

"Vous me dites que le livre que Marmontel vous a acheté possède des vertus extraordinaires..."

"Non, mon père, rectifiai-je, je n'ai fait que vous rapporter les sottises qui se racontent; si je croyais moi-même aux vertus de ce livre, je ne m'en serais pas séparé."

"Eh bien, mon fils, vous avez bien fait de vous en séparer, puisque vous, qui avez voyagé à la Providence, vous voici à Constantinople, alors que le chevalier, qui avait embarqué dans ses bagages ce livre prétendument salvateur, n'est jamais arrivé! Dieu le prenne en miséricorde!"

Si je cherchais auprès du père Thomas les détails du naufrage, je n'ai rien appris de neuf; mais si je cherchais la consolation, il m'en a prodigué, et en quittant l'église j'avais le pas plus alerte, ma mélancolie de ces derniers jours s'était dissipée.

Surtout, sa dernière réflexion à propos du voyage m'avait procuré – pourquoi mentir? – un sentiment de réconfort. Aussi, le soir, dès que Boumeh fut rentré, et après l'avoir laissé spéculer sur les chances que nous avions d'obtenir une nouvelle copie du *Centième Nom*, je lançai, avec un soupir, et en m'attribuant sans vergogne la paternité de cette judicieuse observation.

"Je ne sais pas si nous repartirons avec ce livre, mais il est heureux que nous ne soyons pas venus avec."

"Et pour quelle raison?"

"Parce que le chevalier, qui voyageait justement en compagnie de ce livre..."

Marta sourit, les yeux de Hatem pétillèrent, et Habib ne se gêna pas pour rire, en posant la main sur l'épaule de son frère, qui s'écarta dédaigneusement, et qui, vexé, répondit sans me regarder :

"Notre oncle s'imagine que *Le Centième Nom* est une sainte relique faiseuse de miracles. Je n'ai jamais pu lui expliquer que ce n'est pas l'objet lui-même qui peut sauver son possesseur, mais le mot qui est caché à l'intérieur. Le livre que possédait Idriss n'était que la copie d'une copie. Et nous-mêmes, qu'étions-nous venus faire dans cette ville? Emprunter le livre au chevalier, s'il l'avait bien voulu, afin de le recopier! Ce n'est donc pas l'objet que nous cherchons, mais le mot caché."

"Quel mot?" demanda Marta, innocente.

"Le nom de Dieu."

"Tu veux dire : Allah?"

Boumeh prit pour lui répondre son ton le plus docte, le plus pédant.

"Allah n'est que la contraction de 'al-ilah', qui veut simplement dire 'le dieu'. Ce n'est donc pas un nom, juste une désignation. Comme si tu disais 'le sultan'. Mais le sultan a aussi un nom, il s'appelle Muhammad, ou Mourad ou Ibrahim ou Osman. Comme le pape, que l'on appelle Saint-Père, mais qui a aussi un nom propre."

"Parce que les papes et les sultans meurent, dis-je, et sont remplacés. S'ils ne mouraient pas, s'ils restaient toujours les mêmes, on n'aurait plus besoin de les désigner par un nom et un chiffre, il suffirait de dire 'le Pape', 'le Sultan'.."

"Tu n'as pas tort. Puisque Dieu ne meurt pas, et n'est

jamais remplacé par un autre, nous n'avons pas besoin de l'appeler autrement. Ce qui ne veut pas dire qu'il n'a pas un autre nom, un nom intime. Il ne le confie pas au commun des mortels, seulement à ceux qui méritent de le connaître. Ceux-là sont les vrais Élus, et il leur suffit de prononcer le nom divin pour échapper à tous les périls et faire reculer toutes les calamités. Vous allez me rétorquer que si Dieu ne révèle son nom qu'à ceux qu'Il a choisis, cela veut dire qu'il ne suffit pas de posséder le livre de Mazandarani pour avoir un tel privilège. Sans doute. Le malheureux Idriss a été toute sa vie en possession de ce livre, et il est possible qu'il n'en ait rien appris. Pour mériter de connaître le nom suprême, il faut faire preuve d'une piété exceptionnelle, ou d'un savoir sans pareil, ou révéler quelque autre qualité que ne partage pas le reste des mortels. Mais il arrive aussi que Dieu se prenne d'amitié pour quelqu'un que rien, en apparence, ne semble distinguer des autres. Il lui envoie des signes, lui confie des missions, lui dévoile des secrets, et transforme sa vie terne en une épopée mémorable. Il ne faut pas se demander pourquoi telle personne a été choisie et pas telle autre, Celui qui embrasse d'un même regard le passé et l'avenir n'a que faire de nos considérations d'aujourd'hui. "

Mon neveu se croit-il vraiment désigné par le Ciel ? C'est le sentiment que j'ai eu pendant qu'il parlait ainsi. Il y a dans ce visage encore enfantin, sous ce duvet clair, comme un tremblement qui m'inquiète. Le jour venu, saurai-je ramener ce garçon chez sa mère ? ou sera-ce lui qui m'entraînera encore sur les routes, comme il nous a tous entraînés jusqu'ici ?

Non, pas tous ! ce que je viens d'écrire n'est pas vrai ! Marta est venue pour ses propres raisons ; Habib par esprit chevaleresque ou par galanterie ; et Hatem n'a fait que suivre son maître à Constantinople comme il m'aurait suivi partout ailleurs. Moi seul ai cédé aux injonctions de Boumeh, et c'est à moi qu'il incombe de le refréner. Pourtant, je n'en fais rien. Je l'écoute avec complaisance alors même que je sais que sa raison est déraison et que sa foi est impiété.

Peut-être devrais-je me comporter autrement avec lui. Le contredire, l'interrompre, le railler, en un mot le traiter comme un oncle traite son jeune neveu, au lieu de manifester tant d'estime pour sa personne, pour son érudition. La vérité, c'est que j'éprouve envers lui une certaine appréhension, et même une certaine terreur, que je me dois de surmonter.

Fût-il un envoyé du Ciel ou un messager des Ténèbres, il est encore mon neveu, et je le contraindrai à se comporter comme tel !

Le 5 novembre

Je suis allé au palais du sultan avec Marta, à sa demande. J'en suis reparti aussitôt à la demande de mon commis, qui trouvait que ma présence rendait sa tâche plus ardue. Je m'étais paré de mes plus beaux habits afin de me faire respecter, je n'ai fait qu'attiser autour de nous l'avidité et la convoitise.

Nous nous étions introduits dans la première cour du palais, avec des centaines d'autres plaignants, tous aussi silencieux que s'ils étaient dans un lieu de prière. Mais c'est la terreur qu'inspire le voisinage de celui qui a sur chacun droit de vie et de mort. Jamais je n'étais entré dans un lieu semblable, et j'avais hâte de m'éloigner de cette foule qui intriguait à voix basse, qui se mouvait en rasant le sable, et qui suait la tristesse et la peur.

Hatem voulait rencontrer dans l'Armurerie un greffier qui lui avait promis certains renseignements, en échange d'une petite somme. Arrivés à la porte du bâtiment, qui avait été autrefois l'église Sainte-Irène, mon commis me demanda d'attendre à l'extérieur, de peur que le fonctionnaire, en me voyant, n'augmentât ses exigences. Mais il était trop tard. Par malchance, l'homme sortait justement à cet instant-là pour quelque affaire, et il ne manqua pas de me toiser de bas en haut. Lorsqu'il revint à son poste, quelques minutes plus tard, ses prétentions avaient été multipliées par quinze. On ne demande pas à un Génois prospère ce qu'on demande à un villageois syrien accompagnant une pauvre veuve. Les dix aspres sont devenues cent cinquante, et les renseignements furent, de plus, incomplets, car l'homme, au lieu de livrer tout ce qu'il savait, en retint l'essentiel, dans l'espoir d'obtenir une nouvelle rétribution. Ainsi, il nous apprit que, selon le registre qu'il avait consulté, le nom de Sayyaf, le mari de Marta, ne figurait pas parmi ceux des condamnés, mais qu'il y avait un deuxième registre auquel il n'avait pu encore avoir accès. Il fallut payer, et remercier, tout en demeurant dans l'incertitude.

Hatem voulait encore aller voir quelqu'un d'autre, "sous la coupole", au-delà de la porte du Salut. Il me supplia de ne pas les accompagner plus loin, et je m'éclipsai, plus amusé que vexé, pour les attendre à l'extérieur, chez un vendeur de café que nous avions remarqué à l'arrivée. Ces démarches m'exaspèrent, et je n'y serais jamais allé si Marta n'avait pas insisté. Désormais, je me dispenserai de cette corvée, et leur souhaite de réussir au plus vite, et aux moindres frais.

Ils sont ressortis au bout d'une heure. Le personnage que Hatem voulait voir lui a demandé de revenir jeudi prochain. Il est également greffier, mais à la tour de la Justice, où il reçoit d'innombrables suppliques, qu'il transmet en haut lieu. Pour prix du rendez-vous fixé, il a pris une pièce d'argent. Si je m'étais montré, il aurait exigé une pièce d'or.

Le 6 novembre, un vendredi

Est arrivé aujourd'hui ce qui devait arriver. Non pas la nuit, dans le lit de la confusion, par le biais d'une étreinte subreptice, mais en pleine matinée, alors qu'à l'extérieur les ruelles étaient grouillantes. Nous étions là, elle et moi, dans la maison du sieur Barinelli, à l'étage, penchés derrière les jalousies, à contempler le va-et-vient des gens de Galata comme deux femmes oisives. Le vendredi est ici jour de prière et, pour certains, jour de promenade, de festin, ou de repos. Nos compagnons étaient partis, chacun de son côté, et notre logeur à son tour est sorti. Nous avions entendu la porte claquer, puis nous l'avions vu avancer, avec précaution, dans la ruelle au-dessous de nous, en contournant à chaque pas des amas de gravats, lui et sa belle, enceinte et boitillante, agrippée à son bras, et qui trébucha soudain et faillit s'étaler parce qu'elle regardait son homme plus qu'elle ne regardait où elle posait ses pas. Il la rattrapa de justesse, la sermonna doucement en passant une main protectrice sur son front, et tira avec son doigt une ligne imaginaire allant de ses yeux à ses pieds. Elle fit signe de la tête qu'elle avait bien compris, et leur marche reprit, plus lente.

A les observer, nous eûmes, Marta et moi, pour leurs

déboires, un rire d'envie. Nos mains se touchèrent, puis se refermèrent l'une sur l'autre comme leurs mains. Nos regards se rejoignirent, et comme par un jeu où aucun de nous ne voulait se détourner le premier, nous restâmes ainsi, un long moment, chacun dans le miroir de l'autre. La scène aurait pu devenir risible, ou enfantine, si, au bout d'un moment, une larme n'avait coulé sur la joue gauche de Marta. Une larme d'autant plus surprenante que sur son visage le sourire ne s'était pas encore effacé. Me levant alors, je contournai la table basse où nous avions nos tasses de café encore fumantes, pour me tenir derrière elle, et pour rabattre mes bras sur ses épaules et sur sa poitrine en serrant doucement.

Elle renversa alors la tête en arrière, entrouvrit les lèvres et ferma les yeux. Elle eut, en même temps, un soupir d'abandon. Je l'embrassai sur le front, puis doucement sur les paupières, puis au coin des lèvres d'un côté, de l'autre, en m'approchant timidement de sa bouche. Sa bouche que, cependant, je ne saisis pas tout entière, mais caressai d'abord de mes lèvres tremblantes, qui ne cessaient de prononcer "Marta", ainsi que tous les mots italiens et arabes qui disent "mon cœur", "mon amour", "mon amie", "ma fille", et puis "je te veux bien".

Et nous nous retrouvâmes l'un au creux de l'autre. La maison était encore silencieuse et le monde au-dehors de plus en plus lointain.

Nous avions dormi par trois fois côte à côte, mais je n'avais pas découvert son corps, pas plus qu'elle n'avait éprouvé le mien. Au village du tailleur Abbas je lui avais tenu la main, une nuit entière, par bravade, et à Tarse elle avait étalé sa chevelure noire sur mon bras. Deux longs mois de timidités et d'ébauches, avec de part et d'autre la peur et l'espoir d'atteindre cet instant. Ai-je écrit déjà combien était belle la fille du barbier ? Elle l'est toujours autant, et elle n'a pas perdu en fraîcheur ce qu'elle a gagné en tendresse. En tendresse et en rage, je devrais dire. Aucune étreinte ne ressemble à celle qui la suivra. La sienne, autrefois, devait être à la fois gourmande et fugitive, effrontée, insouciante. Je ne l'ai pas connue, mais à bien regarder la femme et ses bras on devine l'étreinte. Aujourd'hui, elle est, oui, aussi rageuse que tendre, ses bras enlacent comme on nage vers le salut, elle respire comme si elle avait eu jusqu'ici la tête sous l'eau, et toute insouciance n'est que feinte.

"A quoi penses-tu?" lui demandai-je lorsque nous eûmes retrouvé un peu de souffle et de sérénité.

"A notre logeur et à sa servante, tout devrait les séparer, et pourtant ils me donnent l'impression d'être les plus heureux des humains."

"Nous aussi nous pourrions être les plus heureux des humains."

Elle dit "Peut-être!", avec un soupir, et en regardant de l'autre côté.

"Pourquoi seulement 'peut-être'?"

Elle se pencha au-dessus de moi, comme pour sonder mes yeux et mes pensées de plus près. Puis elle sourit, posa un baiser entre mes deux sourcils.

"Ne dis plus rien. Approche-toi!"

Elle s'étendit de nouveau sur le dos, et m'attira vigoureusement vers elle. Moi qui suis gros comme un buffle, elle me fit sentir que j'étais léger sur son sein comme un nouveau-né.

"Approche-toi!"

Son corps est devenu pour moi une patrie familière, collines et gorges et sentiers d'ombre et pâturages, terre si vaste et généreuse, et soudain si exiguë, je la serre, elle me serre, ses ongles s'enfoncent dans mon dos, s'enfoncent pour me marquer la peau de chiffres arrondis.

Le souffle coupé, je murmurai encore dans ma langue "Je te veux bien!", elle me répondit dans la sienne : "Mon amour!", puis répéta, en pleurant presque : "Amour!" Et je l'appelai alors : "Ma femme!"

Mais elle est encore la femme d'un autre, damné soit-il!

Le 8 novembre 65

Je m'étais juré de ne plus me rendre au palais, et de laisser Hatem intriguer à sa guise. Mais aujourd'hui j'ai choisi de les accompagner, Marta et lui, jusqu'à la Porte-Haute, pour les attendre la matinée entière chez le même cafetier. Si ma présence n'a aucune incidence sur les démarches entreprises, elle a acquis, désormais, une signification nouvelle. Obtenir le papier qui la rendrait femme libre ne peut plus être pour moi un souci accessoire venu s'ajouter aux véritables préoccupations du voyage, à savoir la poursuite de Marmontel et du *Centième Nom*. Le chevalier n'est plus, le livre de Mazandarani m'apparaît aujourd'hui comme un mirage après lequel je n'aurais jamais dû courir. Alors que Marta est bien là, non plus en intruse mais la plus mienne de tous les miens, comment pourrais-je l'abandonner à son sort dans les méandres ottomans? Je ne peux concevoir de revenir tranquillement au pays sans elle. Et elle-même ne pourra jamais revenir à Gibelet et affronter sa belle-famille de voyous sans un papier du sultan qui refasse d'elle une femme libre. Le lendemain même de son retour, elle se ferait égorger. Son sort est à présent lié au mien. Et comme je suis un homme d'honneur, mon sort est tout aussi lié au sien.

Voilà que j'en parle comme si c'était une obligation. Ce

n'est pas seulement une obligation, mais il y a aussi une obligation qu'il serait illusoire de nier. Je ne me suis pas uni à Marta par accident ou par une impulsion soudaine. J'ai longtemps mûri mon désir, j'ai laissé agir la sagesse du temps, puis un jour, ce vendredi béni, je me suis levé de mon siège, je l'ai prise dans mes bras en lui signifiant que je la voulais de tout mon être, et elle s'est donnée. Quel individu serais-je si, après cela, je la délaissais ? A quoi bon porter un nom aussi vénérable si je laisse un fils d'aubergiste comme Barinelli se montrer plus noble que moi ?

Puisque je suis si sûr de l'attitude que je dois adopter, pourquoi discuter alors, pourquoi argumenter ainsi avec moi-même, comme si je cherchais à me persuader ? C'est que le choix que je suis en train de faire m'entraîne bien plus loin que je ne croyais aller. Si Marta n'obtient pas ce qu'elle est venue chercher, si on refuse de lui consigner par écrit que son mari est mort, elle ne pourra plus revenir au pays, et donc moi non plus. Que ferais-je alors ? Me résignerais-je, pour ne pas abandonner cette femme, à abandonner tout ce que je possède, tout ce que mes ancêtres ont construit, pour errer de par le monde ?

Tout cela me donne le vertige, et il serait plus sage, me semble-t-il, que j'attende de voir ce que chaque jour m'offrira.

Hatem et Marta sont sortis du palais à l'heure du repas, épuisés et désespérés. Ils avaient dû débourser chaque aspre qu'ils portaient, et en promettre d'autres, sans avoir rien obtenu en échange.

Le greffier de l'Armurerie leur affirma d'entrée qu'il avait consulté le deuxième registre des condamnés, et leur soutira quelques bonnes pièces avant même de leur révéler ce qu'il y avait trouvé. Une fois l'argent payé, il leur annonça que le nom de Sayyaf n'y figurait pas. Mais ajouta aussitôt, à mi-voix, qu'il avait appris l'existence d'un troisième registre, réservé aux crimes les plus graves, et qu'il était impossible de consulter sans avoir soudoyé deux très hauts personnages. Il exigea pour cela un acompte de cent soixante aspres, mais se contenta, magnanime, des cent quarante-huit que ses visiteurs possédaient encore sur eux, en menaçant de ne plus les recevoir si jamais ils se montraient à nouveau aussi peu prévoyants.

Le 9 novembre 65

Ce qui s'est passé aujourd'hui me donne envie de quitter cette ville au plus vite, et Marta elle-même me supplie de le faire. Mais pour aller où? Sans ce maudit firman, elle ne pourrait plus rentrer à Gibelet, et c'est seulement ici, à Constantinople, qu'elle peut espérer l'obtenir.

Nous nous étions rendus, comme hier, au palais du sultan, afin de poursuivre les démarches, et comme hier, j'avais pris place au café pendant que mon commis et "la veuve", toute noyée de noir, pénétraient dans la première cour, dite "cour des janissaires", au milieu d'une foule de plaignants. J'étais résigné à attendre comme hier pendant trois ou quatre heures, perspective qui ne m'affligeait guère, vu que le cafetier me fait à présent l'accueil le plus chaleureux. C'est un Grec, originaire de Candie, et il ne cesse de me répéter qu'il est heureux de recevoir un Génois pour que nous puissions dire ensemble tout le mal que nous pensons des Vénitiens. A moi, ils n'ont jamais rien fait, mais mon père m'a toujours dit qu'il fallait les honnir, et je dois à sa mémoire de ne point varier. Au cafetier, ils ont donné de plus graves raisons de leur en vouloir ; il n'a pas dit les choses clairement, mais j'ai cru deviner, par diverses allusions, que l'un d'eux a séduit sa mère avant de l'abandonner, qu'elle en est morte de chagrin et de honte, et que lui-même a été élevé dans la haine de son propre sang. Il parle un grec mêlé de mots italiens et turcs, et nous parvenons à avoir de longues conversations entrecoupées par les commandes des clients, souvent de tout jeunes janissaires qui avalent leur café du haut de leurs montures et s'appliquent ensuite à lancer en l'air la tasse vidée, que notre homme s'évertue à rattraper au milieu des rires ; devant eux, il fait mine de s'en amuser, mais dès qu'ils s'éloignent, il croise les doigts et murmure une imprécation grecque.

Aujourd'hui, nous n'avons pas discuté longtemps. Au bout d'une demi-heure, Hatem et Marta me revinrent blêmes et tremblants. Je les fis asseoir, et boire de grandes gorgées d'eau fraîche, avant qu'ils ne puissent me raconter leur mésaventure.

Ils avaient traversé la première cour, et se dirigeaient vers la deuxième, pour se rendre à nouveau "sous la coupole" lorsqu'ils virent, près de la porte du Salut qui sépare les deux cours, un attroupement inhabituel. Sur une pierre, une tête coupée. Marta en détourna les yeux, mais Hatem n'hésita pas à s'approcher.

"Regarde, lui dit-il, le reconnais-tu?"

Elle s'obligea à regarder. C'était le greffier de la tour de la Justice, celui-là même qu'ils étaient allés voir jeudi dernier "sous la coupole", et qui leur avait donné rendez-vous pour jeudi prochain! Ils auraient bien voulu savoir pourquoi on lui avait fait subir ce châtiment, mais ils n'osèrent rien demander, et se frayèrent un passage vers la sortie en se soutenant l'un l'autre, et en se cachant le visage de peur que leur affliction ne soit interprétée comme le signe d'une complicité quelconque avec le supplicié!

"Je ne remettrai plus les pieds dans ce palais", me dit Marta pendant que nous étions sur la barque qui nous ramenait vers Galata.

J'évitai de la contredire, pour ne pas l'éprouver davantage, mais il faudra bien qu'elle l'obtienne, ce maudit papier !

Le 10 novembre

Pour chasser des yeux de Marta les images de la tête coupée, je l'ai emmenée à travers la ville. Maïmoun m'avait laissé, en repartant d'Afyonkarahisar avec la caravane, l'adresse d'un de ses cousins chez qui il pensait se loger. Je me dis que le moment était peut-être venu d'aller demander de ses nouvelles. J'eus quelque mal à retrouver la maison, qui est pourtant à Galata même, à quelques rues seulement de celle où nous sommes logés. Je frappai à la porte. Au bout d'un moment, un homme vint l'entrouvrir, et nous posa quatre ou cinq questions avant même de nous inviter à entrer. Quand, à la fin, il se décida à s'écarter et à prononcer quelques froides paroles de politesse, j'avais déjà juré en moi-même de ne pas fouler le sol de sa demeure. Il insista un peu, mais pour moi la chose était entendue. J'appris seulement de lui que Maïmoun n'était resté que quelques jours à Constantinople, et qu'il avait aussitôt repris la route sans dire où il allait — du moins son cousin ne m'a-t-il pas jugé digne de le savoir. A tout hasard, je laissai mon adresse, je veux dire celle de Barinelli, pour le cas où mon ami reviendrait avant que nous ne soyons repartis, et pour que je n'aie pas à revenir moi-même aux nouvelles chez cet homme peu accueillant.

Puis nous traversâmes la Corne d'Or pour nous rendre en ville, où Marta s'est acheté, sur mon insistance, deux beaux tissus, l'un noir mais avec des fils argentés, l'autre en soie écrue parsemé d'étoiles bleu ciel. "Tu m'as offert la nuit et l'aube", me dit-elle. Si nous n'étions pas au milieu des gens, je l'aurais prise dans mes bras.

Dans le nouveau marché aux épices, j'ai rencontré un Génois qui vient de s'y installer depuis quelques mois, et qui possède déjà l'une des plus belles parfumeries de Constantinople. J'ai beau n'avoir jamais mis les pieds dans la cité de mes ancêtres, je ne puis m'empêcher de ressentir de la fierté quand il m'arrive de croiser un compatriote respecté, audacieux et prospère. Je lui demandai de composer pour Marta le parfum le plus subtil qu'une dame ait jamais porté. Je laissai entendre qu'elle était mon épouse, ou ma fiancée, sans toutefois le dire clairement. L'homme s'enferma dans son arrière-boutique et revint avec un superbe flacon vert foncé, ventru comme un pacha avant la sieste. Il sentait l'aloès, la violette, l'opium et les deux ambres.

Quand je demandai au Génois ce que je lui devais, il fit mine de ne rien vouloir prendre, mais ce n'était que politesse de marchand. Il ne tarda pas à me dire un prix à l'oreille, que j'aurais jugé déraisonnable si je n'avais vu les yeux de Marta s'émerveiller devant le cadeau que je lui faisais.

Ne suis-je pas vaniteux de jouer ainsi au fiancé généreux, déliant sans arrêt ma bourse d'un geste conquérant, et faisant mes commandes avant même d'en demander le prix ? Qu'importe, je suis heureux, elle est heureuse, et je n'ai pas honte de ma vanité !

Sur le chemin du retour, nous nous arrêtâmes chez une couturière de Galata pour qu'elle lui prenne ses mesures.

Et encore chez un cordonnier qui exposait à l'entrée de son échoppe d'élégants escarpins. Marta protestait chaque fois, et puis se laissait faire, me sachant intraitable. Sans doute ne suis-je pas son mari légitime, mais je le suis déjà plus que l'autre, et j'assume tous les devoirs de ma charge comme s'ils étaient autant de privilèges. Il revient à l'homme d'habiller la femme qu'il déshabille, et de parfumer celle qu'il enlace. Comme il lui revient de défendre, au péril de sa vie, le pas fragile qui s'est attaché au sien.

Voilà que je me mets à parler comme un page amoureux. Il est temps que je pose la plume pour ce soir, et que je souffle sur l'encre espiègle qui scintille...

Le 14 novembre

Depuis quatre jours j'insiste et insiste auprès de Marta pour qu'elle fasse taire ses frayeurs et se rende à nouveau au palais, et c'est seulement aujourd'hui qu'elle a fini par accepter. Nous sommes donc partis, emmenant Hatem, nous avons traversé le bras de mer, nous avons marché en nous protégeant avec une ombrelle d'une pluie intermittente. Pour la distraire, je lui parlais de choses et d'autres, sur un ton enjoué, en lui montrant autour de nous les belles demeures et les accoutrements étranges des passants, et nous échangions des clins d'œil pour ne pas rire trop tôt. Jusqu'au moment où nous atteignîmes l'enceinte du palais. Son visage s'assombrit, alors, et je ne parvins plus à la dérider.

Je fis halte, comme à mon habitude, chez mon cafetier de Candie, et "la veuve" partit vers la Porte-Haute, en se retournant à chaque pas pour me lancer des regards d'adieux, comme si nous ne devions plus jamais nous revoir. Des regards qui m'arrachaient le cœur, mais il faut bien qu'elle obtienne ce satané firman, pour que nous puissions être libres et nous aimer! Je me montrai donc plus ferme que je n'étais, et lui fis bravement signe de s'en aller, de franchir la porte. Elle en fut incapable. A chaque pas, elle tremblait un peu plus, et ralentissait. Le brave Hatem avait beau la soutenir, et l'exhorter à voix basse, ses jambes ne la portaient plus. Il dut se résigner à la ramener vers moi, en la traînant presque. En larmes, effondrée, et s'excusant entre deux sanglots de s'être montrée si faible.

"Dès que je m'approche de la porte, j'ai l'impression de voir la tête coupée. Et je ne parviens même plus à avaler ma salive."

Je la consolai comme je pus. Hatem me demanda s'il devait y aller quand même. Après réflexion, je lui dis de se rendre seulement auprès du greffier de l'Armurerie, pour lui demander ce qu'il avait trouvé dans le troisième registre, et de s'en retourner aussitôt. Ce qu'il fit. Et la réponse du fonctionnaire fut celle-là même que je craignais : "Il n'y a rien dans le troisième registre. Mais j'ai appris qu'il existe un quatrième registre..." Pour sa peine, il exigea encore deux piastres. Notre malheur est devenu pour ce triste personnage une rente.

Nous repartîmes de là si découragés, si accablés, que nous fûmes incapables d'échanger trois mots sur tout le trajet du retour.

Que faire à présent? Mieux vaut laisser la nuit apaiser mes angoisses. Si toutefois je réussis à m'endormir...

Le 15 novembre

La nuit n'ayant apporté aucune solution à mon problème, j'ai voulu apaiser mes angoisses dans la religion. Mais déjà je le regrette un peu. On ne s'improvise pas croyant comme on ne s'improvise pas mécréant. Même le Très-Haut doit être las de mes sautes d'humeur.

M'étant rendu ce dimanche matin à l'église de Péra, je demandai au père Thomas, après la messe, s'il voulait bien me confesser. Estimant qu'il devait y avoir quelque urgence, il s'excusa auprès des nombreux fidèles qui l'entouraient, pour m'entraîner vers le confessionnal, et m'écouter parler – si gauchement! – de Marta et de moi. Avant de me donner l'absolution, il me fit promettre de ne plus m'approcher de "cette personne" tant qu'elle ne serait pas devenue ma femme. Il me prodigua également, au milieu de ses remontrances, quelques paroles de réconfort. Je me rappellerai ses paroles de réconfort, mais je ne suis pas certain de tenir ma promesse.

Au commencement de l'office, je n'avais nullement l'intention de me confesser. J'étais agenouillé dans la pénombre, dans un nuage d'encens, sous des ogives imposantes, à ressasser mes angoisses, lorsque l'envie m'en prit. Je crois bien que ce qui m'y a poussé est bien moins un accès de piété qu'un accès de détresse. Mes neveux, mon commis et Marta, qui m'avaient tous accompagné à l'église, durent m'attendre un long moment. Si j'avais réfléchi, j'aurais différé ma confession, pour y aller seul. Je me confesse rarement, et tout le monde à Gibelet le sait; pour me concilier le curé, je lui offre de temps à autre quelque vieux livre de prière, et il feint de croire que je pèche peu. Aussi, mon geste d'aujourd'hui équivaut-il à une confession publique, je l'ai bien vu dans l'attitude des miens lorsque je suis sorti. Les yeux de Hatem qui gloussaient; ceux de mes neveux qui tantôt me tançaient, tantôt me fuyaient; et ceux de Marta, surtout, qui criaient : "Au traître!" A ma connaissance, elle ne s'est pas confessée.

En arrivant à la maison, je jugeai indispensable de les réunir très solennellement autour de moi pour leur annoncer que j'avais l'intention d'épouser Marta dès qu'elle aurait obtenu quittance de ses premières noces, et que je venais d'en parler au capucin. Ajoutant, sans trop y croire, que si, par chance, son veuvage était constaté dans les jours qui viennent, nous nous marierions ici même, à Constantinople.

"Vous êtes pour moi comme mes enfants, et je veux que vous aimiez Marta et la respectiez comme votre propre mère."

Hatem se pencha sur ma main, puis sur celle de ma future épouse. Habib nous embrassa l'un et l'autre avec un entrain qui me mit du baume au cœur; Marta le serra longtemps contre elle, et je n'en conçus cette fois, je le jure, aucune jalousie; je suis persuadé que jamais auparavant ils ne s'étaient tenus l'un l'autre d'aussi près. Quant à Boumeh, il vint nous embrasser, lui aussi, à sa manière, plus furtive, énigmatique. Il semblait plongé dans des réflexions dont nous ne saurons jamais rien. Peut-être se disait-il que ce bouleversement imprévu était un signe de plus, une de ces innombrables perturbations des âmes qui précèdent la fin des temps.

Ce soir, au moment d'écrire ces lignes, seul dans ma chambre, j'ai un pincement de remords. Si je pouvais revivre cette journée, je la revivrais autrement. Ni confession, ni solennelle annonce. Mais peu importe! Ce qui est fait est fait! On ne contemple jamais sa propre vie du haut d'un promontoire!

Au réveil, mes remords sont les mêmes. Pour les calmer, je me dis que ma confession m'a délivré d'un fardeau qui m'oppressait. Ce qui n'est pas exact. L'acte de chair n'a pesé sur mes épaules qu'au moment où je me suis agenouillé dans l'église, pas avant. Avant, je n'appelais pas péché ce qui est arrivé vendredi. Et en cet instant je m'en veux de l'avoir appelé ainsi. Si je croyais me décharger d'un poids dans le confessionnal, je me suis, tout au contraire, alourdi.

De plus, les questions qui m'angoissaient demeurent : Où aller à présent ? Où conduire les miens ? Que suggérer à Marta ? Oui, que faire ?

Hatem est venu me dire qu'à son avis, la moins mauvaise solution serait d'obtenir de quelque fonctionnaire, contre une forte rétribution, un faux certificat attestant que le mari de Marta a bien été exécuté. Je n'ai pas repoussé la proposition d'un air effarouché comme un honnête homme aurait dû le faire, j'ai blanchi trop de cheveux en ce monde pour croire encore à la pureté, à la justice, ou à l'innocence, et même, à vrai dire, j'incline à respecter bien plus un faux certificat qui libère qu'un authentique qui asservit. Cependant, après réflexion, j'ai dit non, la solution ne m'ayant pas semblé raisonnable. Rentrer à Gibelet et m'y marier à l'église sur la foi d'un papier que je sais être faux ? Passer le restant de ma vie dans la crainte de voir s'ouvrir soudain ma porte et entrer l'homme que j'aurais prématurément enterré pour vivre avec son épouse ? A cela, je ne puis me résoudre, non !

LE CENTIÈME NOM

Le 17 novembre

Ce mardi, pour me distraire de mes angoisses, je me suis adonné à l'un de mes plaisirs favoris : partir seul par les rues de la ville et m'oublier une journée entière au marché des libraires. Mais lorsque, au voisinage de la mosquée Solimaniah, je mentionnai candidement le nom de Mazandarani à un commerçant qui me demandait ce que je cherchais, l'homme fronça les sourcils, me fit signe de vite baisser la voix, vérifia que personne d'autre que lui ne m'avait entendu, puis m'invita à entrer et ordonna à son fils de sortir pour que nous puissions parler sans témoins.

Même lorsque nous fûmes seuls, il ne parla qu'à voix très basse, au point qu'il me fallait un effort constant pour l'entendre. Selon lui, les plus hautes autorités auraient eu vent récemment de certaines prédictions concernant le jour du jugement, qui serait très proche ; un astrologue aurait dit au grand vizir que toutes les tables seraient bientôt retournées, que les repas seraient desservis, que les plus gros turbans rouleraient à terre avec les têtes qui les portaient, et que tous les palais s'écrouleraient sur ceux qui les habitent. De peur que ces bruits ne suscitent panique ou sédition, ordre aurait été donné de saisir et de détruire tous les livres qui annoncent l'imminence de la fin des temps ; ceux qui les copient, les vendent, les propagent ou les commentent sont passibles des plus sévères châtiments. Tout cela se passe sous le sceau du secret, m'assura le brave homme, qui me montra l'échoppe fermée d'un voisin qui aurait été appréhendé et supplicié sans que ses propres frères aient osé s'enquérir de son sort.

Je suis infiniment reconnaissant à ce collègue d'avoir pris la peine de me prévenir du danger, et de m'avoir ainsi fait confiance en dépit de mes origines. Mais peut-être était-ce plutôt à cause de mes origines qu'il s'est senti en confiance. Si les autorités voulaient l'éprouver ou l'espionner, ce n'est pas un Génois qu'elles lui auraient envoyé, n'est-ce pas ?

Ce que j'ai appris aujourd'hui éclaire d'un jour nouveau ce qui m'est arrivé à Alep, et me fait comprendre un peu mieux la réaction inhabituelle des libraires de Tripoli lorsque j'avais mentionné devant eux *Le Centième Nom*.

Il faudrait que je me montre plus discret, plus circonspect, et surtout que j'évite désormais de courir les libraires avec ce livre sur les lèvres. Il faudrait, oui, c'est ce que je me dis aujourd'hui, mais je ne suis pas sûr de maintenir longtemps cette attitude sage. Car si les propos de cet homme de bien m'incitent à la prudence, ils ont également pour effet d'attiser ma curiosité pour ce maudit livre qui ne cesse de me narguer.

Le 18 novembre

Aujourd'hui encore, je suis allé chez les libraires, jusqu'à la tombée de la nuit. J'ai regardé, observé, fouillé, sans toutefois m'enquérir du *Centième Nom*.

J'ai fait quelques acquisitions, et notamment celle d'un ouvrage rare que je cherchais depuis longtemps, *La Connaissance des alphabets occultes*, attribué à Ibn-Wahchiya. Il contient des dizaines d'écritures différentes, impossibles à déchiffrer pour qui n'est pas initié ; si j'avais pu l'acquérir plus tôt, je m'en serais peut-être inspiré pour tenir ce journal. Mais il est tard, j'ai déjà mes habitudes, j'ai mon propre déguisement, et je n'en changerai plus.

LE CENTIÈME NOM

Je viens de traverser, sans raison, une longue semaine de cauchemar, et la peur est encore dans mes os. Mais je refuse de partir. Je refuse de m'en aller vaincu, grugé, et humilié.

Je ne resterai pas à Constantinople plus qu'il n'est nécessaire, mais je n'en partirai pas avant d'avoir obtenu réparation pour ce que j'ai subi.

Mon épreuve a commencé le jeudi 19, lorsque Boumeh vint m'annoncer, tout exalté, qu'il avait enfin pu connaître l'identité du collectionneur qui possède une copie du *Centième Nom*. J'avais pourtant interdit à mon neveu de rechercher ce livre, mais peut-être l'avais-je fait trop mollement. Et si je lui fis encore des reproches ce jour-là, je ne pus m'empêcher de l'interroger aussitôt sur ce qu'il avait appris.

Le collectionneur en question ne m'était pas inconnu, un noble homme de Valachie, un voïvode nommé Mircea, qui avait rassemblé dans son palais l'une des plus belles bibliothèques de tout l'Empire, et qui avait même envoyé chez mon père, il y a très longtemps, un émissaire chargé d'acheter un livre de psaumes sur parchemin, merveilleusement enluminé et illustré d'icônes. Je me dis que si je me présentais chez lui, il se souviendrait de cet achat, et me dirait peut-être s'il possède une copie du livre de Mazandarani.

Nous nous rendîmes chez le voïvode en fin d'après-midi, à l'heure où les gens se lèvent de leur sieste. Boumeh et moi, seuls, tous deux habillés en Génois, et non sans que j'aie fait promettre à mon neveu de me laisser diriger la conversation. Je ne voulais pas effaroucher notre hôte en l'interrogeant d'entrée de jeu sur un ouvrage à l'authenticité douteuse, et au contenu tout aussi douteux. Il fallait donc aborder la chose par un détour.

Somptueuse au milieu des maisons turques qui l'entourent, la résidence du voïvode de Valachie usurpe quelque peu son appellation de palais ; nul doute qu'elle la doit à la qualité de son propriétaire plus qu'à son architecture ; on eût dit une demeure de cordonnier agrandie douze fois, ou douze demeures de cordonniers reprises par le même acheteur et réunies entre elles, avec, en bas, leur mur aveugle ou presque, et à l'étage leurs encorbellements en bois et leurs brunes jalousies. Mais c'est par le nom de palais que chacun la désigne, au point que l'écheveau de ruelles qui l'entoure en porte désormais le nom. J'ai parlé de cordonniers parce que c'est justement un quartier de cordonniers, de maroquiniers, et aussi de relieurs réputés, dont notre collectionneur doit être, je suppose, le plus régulier des clients.

Nous fûmes accueillis à la porte par un partisan valaque vêtu d'une longue veste de soie verte qui cachait mal un sabre et un pistolet, et dès que nous eûmes décliné noms et qualités, sans avoir eu besoin de préciser l'objet de notre visite, nous fûmes introduits dans un petit cabinet aux murs couverts de livres jusqu'au-dessus de l'unique porte. J'avais dit : "Baldassare Embriaco, négociant en curiosités et livres anciens, et mon neveu Jaber." Je me doutais bien que ma profession serait ici un infaillible sésame.

Le voïvode vint nous retrouver peu après, suivi d'un autre partisan, habillé comme le premier, la main sur la garde de son sabre. Voyant à quoi nous ressemblions, son maître lui fit signe de s'en aller tranquille, et s'assit sur un divan en face de nous. Une servante apporta aussitôt pour chacun café et sirop, posa le tout sur une table basse et sortit en refermant la porte.

Courtois, notre hôte commença par nous interroger sur les fatigues du voyage, puis se dit honoré de notre visite sans nous en demander les raisons. C'est un homme de grand âge, près de soixante-dix ans sans doute, mince, au visage émacié et orné d'un collier de barbe blanche. Il était habillé moins richement que ses hommes, juste une longue chemise blanche brodée, flottant au-dessus d'un pantalon de la même étoffe. Il parlait l'italien, et nous expliqua qu'au cours de ses innombrables années d'exil, il avait passé quelque temps à Florence, à la cour du grand-duc Ferdinand, qu'il avait dû quitter parce qu'on voulait le contraindre à se faire catholique. Il vanta longuement la finesse des Médicis, ainsi que leur générosité, avant de déplorer leur faiblesse actuelle. C'est auprès d'eux qu'il avait appris à aimer les belles choses, et résolu de consacrer sa fortune à l'acquisition des vieux livres plutôt qu'aux intrigues princières.

"Mais bien des gens, en Valachie, comme à Vienne, me croient encore en train de comploter, et s'imaginent que mes livres ne sont qu'une diversion. Alors que ces êtres de cuir occupent ma pensée de jour et de nuit. Découvrir l'existence d'un livre, le traquer d'un pays à l'autre, le cerner enfin, l'acquérir, le posséder, m'isoler avec lui pour lui faire avouer ses secrets, lui trouver ensuite dans ma maison une place digne de lui, voilà mes seuls combats, mes seules conquêtes, et rien ne m'est plus agréable que de deviser dans ce cabinet avec des connaisseurs."

Après son préambule si engageant, je me sentais en mesure de lui dire, avec les mots qui convenaient, ce qui m'amenait chez lui.

"J'ai la même passion que Votre Seigneurie, mais avec moins de mérite, puisque je fais pour les besoins du négoce ce que vous faites pour l'amour des choses. Le plus souvent, lorsque je cherche un livre, c'est pour le revendre à quelqu'un qui me l'a commandé. Seul ce voyage à Constantinople a un autre motif. Un motif qui ne m'est pas habituel, et que j'hésite à révéler à ceux qui m'interrogent. Mais avec vous, qui m'avez réservé un accueil digne de votre rang plus que du mien, vous qui êtes un authentique collectionneur et un homme de savoir, je ne prendrai aucun détour."

Et j'entrepris effectivement de parler comme je n'avais pas prévu de le faire, sans ruser ni biaiser, des prophéties concernant l'apparition prochaine de la Bête en l'année 1666, du livre de Mazandarani, des circonstances dans lesquelles le vieil Idriss me l'avait confié, comment je l'avais cédé à Marmontel, et ce qui était arrivé au chevalier en mer.

Sur ce dernier point, le voïvode hocha la tête, indiquant qu'il avait appris la nouvelle. Sur le reste, il ne réagit pas, mais lorsqu'il prit la parole après moi, il me dit qu'il avait entendu les diverses prédictions concernant l'année qui vient, et évoqua le livre russe de la Foi, que j'avais omis d'évoquer moi-même, par souci de concision.

"J'ai un exemplaire de ce livre, envoyé par le patriarche Nikon en personne, que j'ai connu jadis, dans ma jeunesse, à Nijni-Novgorod. Un ouvrage troublant, je l'avoue. Quant au livre du *Centième Nom*, il est vrai qu'on m'en a vendu une copie, il y a sept ou huit ans, mais je n'y ai pas attaché une grande importance. Le vendeur lui-même m'avait avoué qu'il s'agissait très probablement d'un faux. Je l'ai acquis seulement par curiosité, parce que c'est un de ces livres dont les collectionneurs aiment à parler lorsqu'ils se rencontrent. Comme ces bêtes fabuleuses dont causent les chasseurs au moment des agapes. Je l'ai gardé par pure vanité, je l'avoue, sans jamais avoir cherché à m'y plonger. D'ailleurs, connaissant très mal l'arabe, j'aurais été bien incapable de le lire sans l'aide d'un truchement."

"Et vous vous en êtes séparé?" demandai-je, en essayant d'éviter que les battements de mon cœur ne fassent trembler ma langue.

"Non, je ne me sépare jamais d'aucun livre. Cela fait longtemps que mes yeux ne sont pas tombés sur celui-là, mais il doit être ici, quelque part, peut-être au deuxième étage avec d'autres livres arabes..."

146

Une idée traversa mon esprit. J'étais en train de la retourner dans ma tête pour la présenter convenablement, lorsque mon neveu, transgressant mes recommandations, me prit de court.

"Si vous le désirez, je peux vous traduire ce livre en italien ou en grec."

Je lui lançai aussitôt un regard de désapprobation. Non que sa proposition fût absurde, j'allais moi-même suggérer quelque chose de ce genre, mais il y avait dans son intervention un ton abrupt qui tranchait avec notre conversation d'avant. Je craignais que notre hôte ne se rebiffe, et je vis dans ses yeux qu'il hésitait un peu sur la réponse à donner. Je trépignais. Moi, j'aurais amené la chose autrement.

Le voïvode eut pour Boumeh un sourire condescendant.

"Je vous remercie de votre proposition. Je connais toutefois un moine grec, qui lit parfaitement l'arabe, et qui aura ce qu'il faut comme patience pour traduire ce livre et l'écrire d'une belle calligraphie. C'est un homme de mon âge; les jeunes ont trop d'impatience pour de tels travaux. Mais si vous souhaitez l'un et l'autre parcourir le livre du *Centième Nom* et en recopier quelques lignes, je peux vous l'apporter. A condition qu'il ne sorte pas de ce cabinet."

"Nous vous en serions reconnaissants."

Il se leva, sortit et referma la porte derrière lui.

"Tu aurais mieux fait de te taire comme tu me l'avais promis, dis-je à mon neveu. Dès que tu as ouvert la bouche, il a abrégé la conversation. Et il se permet maintenant de nous dire 'à condition que'..."

"Mais il va nous apporter le livre, et c'est ce qui compte. C'est bien pour cela que nous avons fait le voyage."

"Qu'aurons-nous le temps de lire?"

"Nous pourrons déjà vérifier s'il est semblable à celui qui était en notre possession. Et puis je sais très bien ce que je vais y chercher en premier."

Nous étions en train de nous disputer ainsi lorsque des

147

appels nous parvinrent de l'extérieur, avec les bruits de pas d'hommes qui couraient. Boumeh se leva pour aller voir ce qui se passait, mais je le rabrouai.

"Reste assis! Et rappelle-toi que tu es dans la demeure d'un prince!"

Les cris s'éloignèrent du cabinet, puis, au bout d'une minute, se rapprochèrent à nouveau, accompagnés de coups violents qui faisaient trembler les murs de la pièce. Et d'une odeur inquiétante. N'y tenant plus, j'entrouvris la porte, et hurlai à mon tour. Les murs et les tapis étaient en feu, une épaisse fumée emplissait la maison. Des hommes et des femmes couraient en portant des seaux d'eau, et en hurlant dans tous les sens. Au moment de sortir, je me tournai vers Boumeh, et le trouvai encore à sa place.

"Restons assis, me nargua-t-il, nous sommes dans la demeure d'un prince."

Le culotté! Je le giflai à toute volée, pour ce qu'il venait de dire et pour tant d'autres choses que j'avais jusque-là retenues en moi. Déjà la fumée gagnait la pièce et nous faisait tousser. Nous courûmes vers la sortie, traversant par trois fois des barrages de flammes.

Et quand nous nous retrouvâmes dans la rue, la vie sauve, mais avec d'innombrables petites brûlures au visage et aux mains, nous n'eûmes pas le temps de souffler avant qu'un péril bien plus grave encore ne vînt nous assaillir. A cause d'un malentendu qui faillit nous coûter la vie.

Des centaines de gens du quartier s'étaient déjà agglutinés pour contempler le feu, lorsque le garde qui nous avait ouvert la porte à l'arrivée nous désigna de la main. Geste par lequel il avait voulu indiquer à son maître ou à un autre garde que nous n'étions plus dans la maison et que nous avions pu nous sauver. Mais les badauds interprétèrent ce geste d'une tout autre manière. S'imaginant que nous étions à l'origine du sinistre, et que le garde avait voulu désigner les coupables, ces gens se mirent à nous lancer des pierres. Nous fûmes obligés de courir pour échapper aux projectiles, ce qui sembla confirmer que nous étions les incendiaires et que nous cherchions à fuir après avoir accompli notre forfait. Ils se lancèrent à notre poursuite, armés de bâtons, de couteaux, et de ciseaux de cordonnerie, et il n'était plus question pour nous d'interrompre notre course pour chercher à les raisonner. Mais plus nous courions, plus nous paraissions apeurés, et plus ces gens devenaient enragés, et nombreux. C'était à présent tout le quartier qui nous courait sus. Nous ne pouvions aller bien loin. Dans quelques pas, ils nous rattraperaient. J'avais l'impression de sentir leur souffle dans ma nuque.

Soudain apparurent devant moi deux janissaires. En temps normal, à la seule vue de leurs bonnets à longues plumes tombantes, je me serais jeté dans la première ruelle à ma gauche ou à ma droite pour éviter de les croiser. Mais c'est le Ciel qui nous les envoyait à cet instant-là. Ils étaient devant une échoppe de cordonnier, et s'étaient tournés, interloqués, vers l'origine du tumulte, en posant tous deux leur main sur la garde de leur sabre. Je criai : "Amân! Amân!", ce qui veut dire "Vie sauve!", et me jetai dans les bras de l'un d'eux comme un enfant dans les bras de sa mère. D'un coup d'œil, je vérifiai que mon neveu avait accompli le même geste. Les militaires se consultèrent du regard, puis nous tirèrent vigoureusement derrière eux en criant à leur tour à la foule : "Amân!"

Nos poursuivants s'arrêtèrent net, comme s'ils venaient de heurter un mur de verre. Sauf un individu, un homme jeune qui vociférait comme un démon, et qui, à la réflexion, devait être un déséquilibré. Au lieu de s'immobiliser comme les autres, il continua dans son élan, et lança ses bras en avant pour essayer de saisir la chemise de Boumeh. Il y eut un sifflement. Je n'avais même pas vu mon janissaire dégainer, puis frapper. Je le vis seulement s'essuyer le sabre sur le dos du malheureux qui gisait à ses pieds. Il avait été atteint au bas du cou, d'une entaille si profonde que son épaule s'était éloignée du corps comme une branche élaguée. Il n'avait même pas eu un dernier soupir. Juste le bruit mat du corps déjà inerte qui chutait. Je restai un long moment les yeux fixés sur la plaie d'où montait le sang noir, bouillonnant d'une source souterraine qui mit quelque temps à tarir. Lorsque je pus enfin détacher mon regard, la foule s'était déjà évaporée. Ne restaient là que trois hommes, au milieu de la chaussée, qui tremblaient. Les janissaires leur avaient ordonné de ne pas s'enfuir comme les autres et de leur expliquer ce qui était arrivé. Ils désignèrent derrière eux les flammes de l'incendie, puis nous désignèrent, mon neveu et moi. Je dis aussitôt que nous n'y étions pour rien, que nous sommes de braves négociants en livres venus pour affaires chez le voïvode de Valachie, et que nous pourrions en apporter la preuve.

"Êtes-vous certains que ce sont eux les criminels?" demanda le plus âgé des janissaires.

Les trois hommes du quartier hésitèrent à se prononcer, de peur de mettre leur propre tête dans la balance. Finalement, l'un d'eux parla pour tous :

"On dit que ces étrangers ont mis le feu au palais. Quand on a voulu leur poser des questions, ils se sont enfuis comme seuls des coupables s'enfuient."

J'aurais aimé répondre, mais les janissaires me firent taire d'un geste, et nous ordonnèrent, à Boumeh et à moi, de marcher devant eux.

De temps à autre, je regardais par-dessus mon épaule. La foule s'était reconstituée, qui nous suivait, mais à distance respectable. Et plus loin derrière, on devinait le rougeoiement des flammes, et le tumulte des sauveteurs. Mon neveu, quant à lui, marchait tranquille, sans me lancer le moindre regard d'angoisse ni de connivence. Je suis persuadé que ce grand esprit était préoccupé par tout autre chose que mes vulgaires frayeurs de mortel injustement soupçonné d'un crime, et mené par deux janissaires à travers les ruelles de Constantinople, vers un sort inconnu.

Notre escorte nous conduisit vers la demeure d'un personnage apparemment important, Morched Agha. Je n'avais jamais entendu son nom, mais il me laissa entendre qu'il fut naguère un commandant de janissaires, et qu'il occupa à ce titre de hautes fonctions à Damas. Il s'adressa d'ailleurs à nous en arabe, un arabe visiblement appris sur le tard, et à fort accent turc.

Ce que je remarquai en premier, chez lui, ce furent ses dents. Elles étaient si fines, si élimées, qu'elles semblaient n'être qu'une rangée d'aiguilles noires. L'aspect m'en parut répugnant, mais lui-même n'en concevait, à l'évidence, ni honte ni embarras. Il les découvrait largement à chaque sourire, et il souriait sans arrêt. Il est vrai aussi que, pour le reste, son apparence était celle d'un homme respectable, bedonnant comme moi, cheveux gris sous un bonnet blanc, liséré d'argent et sans tache, barbe soignée, manières accueillantes.

Dès que nous fûmes introduits chez lui, il nous souhaita la bienvenue, et nous dit que nous avions bien de la chance que les janissaires nous aient amenés chez lui, plutôt que chez un juge, ou à la tour des prisonniers.

"Ces jeunes gens sont comme mes enfants, ils me font confiance, ils savent que je suis un homme de justice et de compassion. J'ai des amis en haut lieu, en très haut lieu, si vous me comprenez bien, et jamais je n'ai usé de mes relations pour faire condamner un innocent. Quelquefois, en revanche, j'ai fait gracier un coupable qui avait réussi à m'apitoyer."

"Je peux vous jurer que nous sommes innocents, c'est une simple méprise. Je vais vous expliquer."

Il m'écouta attentivement, en hochant la tête à plusieurs reprises comme pour compatir. Puis il me rassura :

"Vous semblez être un homme respectable, sachez que je serai pour vous un ami et un protecteur."

Nous étions dans une vaste salle meublée seulement de tapis, de tentures et de coussins. Autour de nous, outre Morched Agha et nos deux janissaires, une demi-douzaine d'hommes tous armés, qui m'apparurent d'emblée comme des militaires défroqués. Il y eut un tumulte à l'extérieur, un garde sortit, puis revint murmurer à l'oreille de notre hôte, soudain préoccupé.

"Il paraît que l'incendie s'étend. On ne compte plus les victimes."

Il se tourna vers l'un des janissaires.

"Est-ce que les gens du quartier ont vu que vous emmeniez nos amis ici ?"

"Oui, quelques hommes nous ont suivis à distance."

Morched Agha se montrait de plus en plus soucieux.

"Il faudra que nous soyons sur nos gardes pendant toute la nuit. Aucun de vous ne doit dormir. Et si on vous demande où sont nos amis, vous direz que nous les avons conduits en prison pour qu'ils y soient jugés."

Il nous adressa un clin d'œil appuyé, découvrit ses aiguilles noires, et nous dit d'un ton rassurant :

"Ne craignez rien, faites-moi confiance, ces va-nu-pieds ne mettront plus la main sur vous."

Puis il fit signe à l'un de ses hommes pour qu'on apportât quelques pistaches à grignoter. Les deux janissaires choisirent ce moment pour se retirer.

Mais je dois interrompre ici ma relation pour cette nuit. La journée a été épuisante, et ma plume commence à peser lourd. Je la reprendrai à l'aube.

Plus tard, on nous fit dîner, puis on nous montra une chambre dans la maison où nous pouvions nous coucher, mon neveu et moi, seuls. Le sommeil ne me vint pas, de toute la nuit, et à l'aube, je ne dormais toujours pas lorsque Morched Agha se pencha au-dessus de moi pour me secouer.

"Il faut se lever tout de suite."

Je m'assis.

"Que se passe-t-il?"

"La foule s'est rassemblée dehors. Il paraît que la moitié du quartier a brûlé, et qu'il y a des centaines de morts. Je leur ai juré, par la tombe de mon père, que vous n'étiez pas ici. S'ils insistent encore, je devrai laisser entrer quelques-uns d'entre eux pour qu'ils vérifient par eux-mêmes. Il faudra vous cacher. Venez!"

Il nous conduisit, mon neveu et moi, à travers un couloir, vers un placard dont il ouvrit la porte avec une clef.

"Il y a quelques marches à descendre. Faites attention, il n'y a pas de lumière. Descendez lentement, en vous appuyant sur le mur. En bas, il y a une petite salle. Je vous y rejoindrai dès que je pourrai."

Nous l'entendîmes refermer la porte du placard et tourner deux fois la clef dans la serrure.

Arrivés en bas, nous cherchâmes à tâtons une place pour nous asseoir, mais le sol était boueux et il n'y avait ni chaise ni tabouret. Je ne pus que m'adosser au mur, en priant pour que notre hôte ne nous laissât pas longtemps dans ce trou.

"Si cet homme ne nous avait pas pris sous sa protection, nous serions maintenant au fond d'une oubliette", dit soudain Boumeh, qui n'avait pas ouvert la bouche depuis des heures.

153

Dans le noir, je ne pouvais pas voir s'il souriait.

"C'est bien le moment de persifler, lui dis-je. Tu voudrais peut-être que Morched Agha nous jette en pâture à la foule enragée? Ou alors qu'il nous livre à un juge qui s'empressera de nous faire condamner pour calmer l'opinion? Ne te montre pas si ingrat! Et n'affiche pas une telle superbe! N'oublie pas que c'est toi qui m'as entraîné hier chez ce voïvode. Et que c'est également toi qui m'as poussé à entreprendre ce voyage! Nous n'aurions jamais dû quitter Gibelet!"

Je lui avais parlé non en arabe mais en génois, comme je le fais spontanément chaque fois que je me sens en butte aux adversités de l'Orient.

Il me faut reconnaître qu'avec le passage des heures, puis des jours, je me mis à tenir, en moi-même, un discours qui n'était pas tellement différent de celui de Boumeh, que j'avais soupçonné de persiflage, et taxé d'ingratitude. A certains moments, du moins; parce qu'à d'autres moments, je bénissais ma bonne étoile qui avait mis Morched Agha sur mon chemin. Je balançais constamment entre deux impressions. Parfois, je ne voyais en cet homme que le notable sage et grisonnant, préoccupé de notre sort, de notre bien-être, et s'excusant chaque fois qu'il nous causait, malgré lui, quelque désagrément; et parfois, je ne voyais plus de lui que cette bouche noire de poisson rapace. Lorsque je trouvais le temps long, et que les dangers qui nous menaçaient paraissaient éloignés, j'en arrivais à me demander s'il n'était pas absurde de se retrouver ainsi enfermés dans la maison d'un inconnu, qui n'était ni un fonctionnaire chargé du maintien de l'ordre, ni un ami. Pourquoi faisait-il cela pour nous? Pourquoi se mettait-il en mal avec les gens du quartier, et même avec les autorités, auxquelles il aurait dû nous livrer dès le premier jour? Puis il faisait ouvrir la porte du cachot, il nous appelait, nous faisait monter dans la maison, généralement de nuit, et nous faisait partager son repas et celui de ses hommes, en nous installant à la place d'honneur, en nous offrant les meilleurs morceaux de poulet ou d'agneau, avant de nous expliquer où en était notre affaire.

Hélas, hélas, nous disait-il, le péril mortel se rapproche. "Les gens du quartier surveillent constamment ma porte, persuadés que vous êtes toujours dissimulés chez moi. Par toute la ville, on recherche les responsables de l'incendie. Les autorités ont promis un châtiment exemplaire..." Si nous étions pris, nous ne pourrions même pas espérer un véritable jugement. Nous serions empalés dans la journée et exposés sur les places. Tant que nous étions cachés chez notre bienfaiteur, nous ne risquions rien. Mais nous ne pouvions rester là trop longtemps. Tous les secrets finissent par s'éventer. D'ailleurs, le juge avait envoyé son greffier pour une visite d'inspection. Il devait se douter de quelque chose.

A présent, j'écris ces phrases d'une main qui ne tremble plus. Mais pendant neuf journées et neuf nuits, je vécus le cauchemar, sans que la présence de mon sinistre neveu atténue en rien ma détresse.

Le dénouement n'eut lieu qu'hier. Après m'avoir laissé craindre que le juge pourrait faire à n'importe quel moment une perquisition en bonne et due forme, et qu'il devenait de plus en plus périlleux de m'héberger ainsi, mon hôte vint m'annoncer enfin une bonne nouvelle.

"Le juge m'a convoqué ce matin. Je suis allé chez lui en murmurant déjà ma dernière prière. Et quand il a commencé par me dire qu'il savait que vous étiez cachés chez moi, et que les janissaires le lui ont avoué, je me suis jeté à ses pieds pour le supplier de me laisser la vie sauve. Alors il m'a demandé de me relever, et il a dit qu'il approuvait mon attitude noble, puisque j'avais pris la défense de deux innocents. Car lui-même est persuadé de votre innocence. Si les esprits n'étaient pas échauffés, il vous aurait dit de sortir tout de suite la tête haute. Mais il vaut mieux se montrer prudent. Avant de sortir, il faudra se munir d'un sauf-conduit. Seule Votre Grandeur, lui dis-je, pourrait leur délivrer un tel document. Il a dit qu'il avait besoin de réfléchir, et m'a demandé de revenir le voir cet après-midi. Qu'en penses-tu?"

Je répondis que j'en étais ravi, que c'était la nouvelle la plus réconfortante qui fût.

"Il faudra que nous fassions au juge un cadeau digne d'une telle faveur."

"Bien évidemment. Quelle somme devrions-nous lui offrir?"

"Il faudra que tu y réfléchisses soigneusement, ce cadi est un personnage considérable. Il est fier, et il ne voudra pas marchander. Il va juste regarder ce que nous lui offrons. S'il le trouve suffisant, il le prendra, et nous fera remettre le sauf-conduit. S'il le trouve insuffisant, il me le jettera à la figure, et nous partirons, toi, ton neveu et moi, pour l'éternité!"

Il passa la main lentement sur son cou, d'un côté, puis de l'autre, et je fis, d'instinct, le même geste.

Combien d'argent devrais-je offrir pour avoir la vie sauve? Comment répondre à une telle question? Y a-t-il un chiffre au-delà duquel je préférerais perdre ma vie et celle de mon neveu?

"Sur moi, je ne porte que quatre piastres et soixante aspres. Je sais que c'est insuffisant..."

"Quatre piastres et demie, c'est ce qu'il faudra distribuer à mes hommes pour les remercier de nous avoir tous protégés et servis pendant dix jours."

"C'est ce que j'avais l'intention de faire. Je voulais également t'envoyer, à toi, notre hôte, notre bienfaiteur, dès que je serai rentré chez moi, le plus somptueux des cadeaux."

"Oublie-moi, je ne veux rien. Tu es ici, dans ma maison, jour et nuit, et je ne t'ai pas laissé délier ta bourse. Je ne risque pas ma vie comme je l'ai fait pour obtenir des cadeaux. Je vous ai accueillis ici toi et ton neveu parce que j'ai été persuadé dès le premier instant que vous étiez innocents. Pour aucune autre raison. Et je ne dormirai pas tranquille avant de vous savoir en sûreté. Mais au juge, il faudra effectivement trouver le cadeau qui convient, et gare à nous si nous commettons la moindre erreur d'appréciation."

"Par quel moyen faudra-t-il le payer?"

"Il a un frère, un commerçant prospère et respecté. Tu écriras à son intention une reconnaissance de dette, disant qu'il t'a livré de la marchandise, pour une certaine somme, et que tu te promets de lui payer son dû dans une semaine. Si tu n'as pas la somme chez toi, tu pourras l'emprunter."

"A condition qu'on veuille bien me prêter..."

"Écoute, mon ami! Écoute le conseil d'un homme aux cheveux blanchis! Commence d'abord par te sortir de ce mauvais pas, en gardant la tête sur les épaules. Plus tard, tu penseras aux prêteurs. Ne perdons plus de temps, je vais commencer à rédiger l'acte. Qu'on m'apporte de quoi écrire!"

Il s'informa de mon nom complet, de mon lieu de résidence habituel, de mon adresse dans cette ville, de ma religion, de mes origines, de ma profession exacte, et s'appliqua à tout calligraphier d'une main sûre. En laissant toutefois une ligne en blanc.

"Combien j'écris?"

J'hésitais.

"A ton avis?"

"Je ne peux pas t'aider. Je ne sais pas à combien s'élève ta fortune."

A combien donc s'élève ma fortune? Peut-être bien, en comptant tout ce qui doit être compté, deux cent cin-

157

quante mille maidins, soit environ trois mille piastres...
Mais est-ce bien la question à poser ? Ne faudrait-il pas savoir plutôt quelles sommes le juge a l'habitude de percevoir lorsqu'il rend des services pareils ?

Chaque fois qu'un chiffre me vient à l'esprit, ma gorge se rétrécit. Et si le magistrat disait non ? Ne pourrais-je pas ajouter encore une piastre ? Ou trois ? Ou douze ?

"Combien ?"

"Cinquante piastres !"

L'homme se montra peu satisfait.

"Je vais écrire cent cinquante !"

Il entreprit de l'écrire, et je ne protestai pas. Puis il fit signer deux de ses hommes comme témoins, ainsi que moi et mon neveu.

"Maintenant, priez Dieu pour que tout marche bien. Sinon, nous mourrons tous."

Nous quittâmes la demeure de Morched Agha hier matin à la première heure, quand les rues étaient encore peu animées, après que ses hommes eurent vérifié que personne ne nous épiait. Nous étions munis d'un sauf-conduit quelque peu sommaire en vertu duquel il nous était permis de voyager partout dans l'empire sans être inquiétés. Au bas du document, une signature où l'on ne pouvait lire qu'un seul mot, "cadi".

Nous revînmes en rasant les murs vers notre maison de Galata, sales, dépouillés, sinon comme des mendiants, du moins comme des voyageurs épuisés par plusieurs étapes successives, et qui, sur leur chemin, auraient croisé plus d'une fois la mort. Malgré notre laissez-passer, nous redoutions de nous faire contrôler par quelque patrouille, et plus encore de tomber nez à nez avec les hommes du quartier sinistré.

C'est seulement en arrivant chez nous que nous apprîmes la vérité : dès le lendemain de l'incendie, nous avions été mis hors de cause. Bien que souffrant, et anéanti par la perte de sa maison comme de ses livres, le noble voïvode avait réuni les gens de son quartier pour leur dire qu'ils nous avaient accusés à tort ; le sinistre avait été provoqué par les braises d'une pipe à eau qu'une servante avait laissée tomber sur un tapis en laine. Plusieurs personnes de sa suite avaient souffert de brûlures plus ou moins superficielles, mais personne n'avait péri. A l'exception du jeune écervelé abattu devant nous par les janissaires.

Inquiets de notre disparition, Marta, Habib et Hatem étaient venus dès le lendemain aux nouvelles, et on les avait naturellement dirigés vers la maison de Morched Agha. Qui leur avait affirmé qu'il nous avait hébergés une nuit pour nous sauver de la foule, et que nous étions repartis aussitôt. Peut-être, suggéra-t-il, avions-nous préféré quitter la ville quelque temps par peur d'être appréhendés. Notre bienfaiteur fut chaudement remercié par les miens, auxquels il fit promettre de le tenir au courant dès qu'ils auraient des nouvelles, car, dit-il, une grande amitié était née entre nous. Pendant qu'ils avaient cette courtoise conversation, nous croupissions, Boumeh et moi, dans l'oubliette sous leurs pieds, en nous imaginant que notre geôlier s'évertuait à nous faire échapper aux griffes de la foule.

"Je le lui ferai payer, dis-je, aussi vrai que je m'appelle Embriaco ! Il me rendra l'argent, et c'est lui qui croupira au cachot, à moins qu'il ne se fasse empaler."

Aucun des miens ne songea à me contredire, mais lorsque je me retrouvai seul avec mon commis, il vint me supplier :

"Mon maître, il vaut mieux renoncer à poursuivre cet homme !"

"Il n'en est pas question. Même s'il fallait remonter jusqu'au grand vizir !"

"Si un caïd de bas-quartier vous a pris votre bourse et vous a soutiré une reconnaissance de dette de cent cinquante piastres pour vous relâcher, combien croyez-vous qu'il faudra débourser dans l'antichambre du grand vizir pour obtenir satisfaction ?"

Je répondis :

"Je paierai ce qu'il faudra payer, mais je veux voir cet homme empalé !"

Hatem évita de me contredire à nouveau. Il essuya la table devant moi, ramassa une tasse vide, puis sortit, les yeux baissés. Il sait qu'on ne doit pas froisser mon amour-propre. Mais il sait aussi que chaque parole qu'on me dit creuse un sillon dans mon esprit, quoi que je réponde sur le moment.

De fait, ce matin, je ne suis plus dans les mêmes dispositions qu'hier. Je ne songe plus à me venger avant de quitter cette ville. Je veux partir, en emmenant les miens. Et je ne veux plus de ce maudit livre, il me semble que chaque fois que je m'en approcherai, un malheur se produira. D'abord le vieil Idriss, puis Marmontel. A présent l'incendie. Ce n'est pas le salut que ce livre nous apporte, mais la calamité. La mort, le naufrage, l'incendie. Je ne veux plus de tout cela, je m'en vais.

Marta aussi me supplie de quitter cette ville sans délai. Au palais, elle ne remettra plus les pieds. Elle est persuadée que les démarches qu'elle y effectuerait encore ne serviraient à rien. Elle voudrait maintenant aller à Smyrne – ne lui a-t-on pas dit un jour que son mari s'était établi de ce côté-là ? Elle est persuadée que c'est là qu'elle peut obtenir ce papier qui lui rendra sa liberté. Soit, je la conduirai à Smyrne. Si elle y trouve ce qu'elle cherche, nous reviendrons ensemble à Gibelet. Où je l'épouserai, et l'emmènerai vivre dans ma maison. Je n'ai pas envie de le lui promettre dès à présent, trop d'embûches nous séparent encore d'un tel lendemain. Mais j'aime à caresser l'idée que l'année à venir, que l'on dit être celle de la Bête et de mille prédites calamités, sera pour moi année de noces. Non pas la fin des temps, mais un autre commencement.

CAHIER II

La voix de Sabbataï

Il restait dans mon cahier bon nombre de pages blanches, mais par ces lignes j'en inaugure un autre, que je viens d'acheter sur le port. Le premier n'est plus en ma possession. Si je ne devais plus le revoir, après tout ce que j'y ai consigné depuis août, il me semble que je perdrais mon goût d'écrire, et un peu de mon goût de vivre. Mais il n'est pas égaré, j'ai simplement été contraint de le laisser au domicile de Barinelli, lorsque je l'ai quitté ce matin à la hâte, et j'ai bon espoir de le récupérer, dès cette nuit si Dieu veut. Hatem est allé le reprendre, avec quelques autres affaires. Je fais confiance à son habileté...

Pour l'heure, j'en reviens cependant aux péripéties de cette longue journée, où j'aurai subi bien des avanies. Certaines que j'attendais, d'autres pas.

Ce matin, donc, alors que je m'apprêtais à me rendre à l'église de Péra avec tous les miens, un dignitaire turc arriva en grand équipage. Sans mettre pied à terre, il envoya un de ses gens me quérir. Les habitants du quartier le saluaient tous avec déférence, et certains d'entre eux se découvraient, puis ils s'éclipsaient par la première ruelle.

Quand je me présentai, il me salua en arabe du haut de sa monture harnachée et je lui retournai son salut. Il me parla comme si nous nous connaissions de longue date et m'appela son ami et frère. Mais ses yeux froncés disaient tout autre chose. Il m'invita à venir un jour lui faire l'honneur d'une visite chez lui, et je répondis poliment que

163

l'honneur serait pour moi, tout en me demandant qui ce personnage pouvait être, et ce qu'il me voulait. Il me désigna alors l'un de ses hommes, en disant qu'il me l'enverrait jeudi prochain pour qu'il m'escorte chez lui. Méfiant, après tout ce qui m'est arrivé ces derniers jours, je n'avais aucune envie d'aller ainsi dans la maison d'un inconnu, et je répondis que je devais, hélas, quitter la ville avant jeudi pour une affaire urgente, mais que j'acceptais volontiers sa généreuse invitation pour un prochain séjour dans cette capitale bénie. En moi-même, je marmonnais : Pas de si tôt !

Soudain, l'homme tira de sa poche l'acte que mon geôlier m'avait fait signer par duperie et coercition. Il le déroula, prétendit que son nom y figurait, et se dit abasourdi que je songe à partir avant de m'être acquitté de ma dette. C'est donc le frère du juge, me dis-je. Mais il pourrait aussi bien être n'importe quel personnage puissant acoquiné avec mon geôlier, et celui-ci lui aurait destiné ma reconnaissance de dette en prétendant y inscrire le nom du frère du juge. Lequel juge n'existe sans doute que dans les affabulations de Morched Agha. "Ah, vous êtes le frère du cadi", dis-je cependant, pour me donner le temps de réfléchir, et pour signifier à ceux qui nous écoutaient que je ne savais pas bien qui était cet homme.

Son ton se durcit alors :

"Je suis le frère de qui je veux ! Mais pas celui d'un chien de Génois ! Quand vas-tu me payer mon dû ?"

Les amabilités étaient apparemment terminées.

"Permettez-vous que je voie cet acte ?"

"Tu sais très bien ce qu'il y a dessus !" répondit-il, en feignant l'impatience.

Mais il me le tendit, sans le lâcher, et je m'approchai pour lire.

"Cet argent, dis-je, ne sera dû que dans cinq jours."

"Jeudi, jeudi prochain. Tu viendras me voir avec toute la somme, sans une aspre de moins. Et si tu essaies de te défiler d'ici là, je te ferai passer le restant de ta vie en prison. Mes gens te surveilleront désormais de jour comme de nuit. Où allais-tu maintenant?

"C'est dimanche, et j'allais à l'église."

"Tu fais bien, va à l'église! Prie pour ta vie! Prie pour ton âme! Et dépêche-toi surtout de trouver un bon prêteur!"

Il ordonna à deux de ses hommes de demeurer en faction devant la porte de la maison, et s'en fut avec le reste de son équipage, en me saluant bien moins poliment qu'à l'arrivée.

"Qu'allons-nous faire maintenant?" demanda Marta.

Je ne réfléchis qu'un moment.

"Ce que nous nous apprêtions à faire avant que cet homme n'arrive. Nous allons à la messe."

A l'église, je ne prie pas souvent. Lorsque j'y vais, c'est pour me laisser bercer par les voix chantantes, par l'encens, par les images, les statues, les cintres, les vitraux, les dorures, et voguer dans d'interminables méditations, qui sont plutôt des rêveries, des rêveries profanes, quelquefois même libertines.

J'ai cessé de prier, je m'en souviens très bien, à l'âge de treize ans. Ma ferveur était tombée le jour ou j'avais cessé de croire aux miracles. Je devrais raconter dans quelles circonstances la chose s'est produite – je le ferai, mais plus tard. Trop de choses sont arrivées aujourd'hui, qui me préoccupent, et je n'ai pas l'esprit à de longues diversions. Je voulais juste signaler qu'aujourd'hui j'ai prié, et que j'ai demandé au Ciel un miracle. Je l'espérais avec confiance, et j'avais même – Dieu me pardonne! – le sentiment de l'avoir mérité. J'ai toujours été un commerçant honnête, et plus que cela, un homme de bien. Que de fois j'ai tendu la main à de pauvres personnes que Lui-même – qu'Il me pardonne encore! – avait abandonnées! Jamais je ne me suis approprié les biens des plus faibles, ni n'ai humilié ceux qui dépendent de moi pour leur subsistance. Pourquoi permettrait-Il que l'on s'acharne ainsi sur moi, que l'on me ruine, que l'on menace ma liberté et ma vie ?

Debout dans l'église de Péra, j'ai fixé sans vergogne au-dessus de l'autel l'image du Créateur, trônant comme le Zeus antique parmi les rayons d'or, et je Lui ai demandé un miracle. A l'heure où j'écris ces lignes, je ne sais pas encore si le miracle s'est produit. Je ne le saurai pas avant demain, pas avant l'aube. Mais il y a déjà eu, me semble-t-il, un premier signe.

J'avais écouté d'une oreille distraite le sermon du père Thomas, consacré à la période de l'Avent, et aux sacrifices que nous devons y consentir pour remercier le Ciel de nous avoir envoyé le Messie. Jusqu'au moment où, dans les toutes dernières phrases, il demanda aux fidèles de consacrer une prière fervente à ceux, dans l'assistance, qui devront prendre la mer dès demain, afin que leur voyage se passe sans périls, et que, par la bonté du Tout-Puissant, les éléments ne se déchaînent point. Des yeux se tournèrent vers un gentilhomme, au tout premier rang, qui tenait sous le bras un chapeau de capitaine, et qui adressa à l'officiant une légère courbette de reconnaissance.

A l'instant même, la solution que je cherchais s'imposa à mon esprit : partir tout de suite, sans même repasser par la maison du sieur Barinelli. Aller droit au bateau, embarquer, y passer la nuit, pour s'éloigner au plus vite de ceux qui nous pourchassent. Triste époque que celle où l'innocent n'a pas d'autre ressource que de s'enfuir. Mais Hatem a raison, si je commets la faute de m'en remettre aux autorités, je risque d'y laisser ma fortune et ma vie. Ces malfaiteurs paraissent tellement sûrs de leur fait, ils ne se pavaneraient pas ainsi s'ils n'avaient des complices dans les plus hautes sphères. Moi, l'étranger, "l'infidèle", "le chien génois", jamais je n'obtiendrai justice contre eux. Si je m'entêtais, je mettrais en danger ma propre vie et celle de mes proches.

En sortant de l'église, je m'en fus voir le capitaine du navire, qui s'appelle Beauvoisin, et lui demandai si, par quelque hasard, il ne songerait pas à faire escale du côté de Smyrne. A vrai dire, dans l'état d'esprit où m'avait mis depuis ce matin la visite de mon persécuteur, j'étais prêt à aller n'importe où. Mais j'aurais effrayé mon interlocuteur si je lui avais laissé sentir que je cherchais à fuir. Je fus heureux d'apprendre que le navire envisageait effectivement de faire escale à Smyrne, pour y charger quelque marchandise et aussi pour y déposer le sieur Roboly, le marchand français que j'avais rencontré en compagnie du père Thomas, et qui fait office d'ambassadeur intérimaire. Nous convînmes d'un prix, tant pour le passage que pour la nourriture, dix écus de France, qui font trois cent cinquante maidins, payables par moitié à l'embarquement, l'autre moitié à l'arrivée. Le capitaine me recommanda vivement de ne pas être en retard pour le départ, qui aura lieu aux premières lueurs du jour, et je lui répondis que pour ne prendre aucun risque nous embarquerions dès ce soir.

Ce que nous avons fait. J'ai vendu les mules qui me restaient, et dépêché Hatem chez Barinelli afin qu'il lui explique notre départ précipité et qu'il me rapporte mon cahier et quelques autres affaires. Puis je suis monté avec Marta et mes neveux à bord du navire. Où nous nous trouvons à cet instant. Mon commis n'est pas encore revenu. Je l'attends d'un moment à l'autre. Il a prévu de s'introduire chez l'aubergiste par une porte dérobée, à l'arrière, afin de tromper la vigilance de nos persécuteurs. Je fais confiance à son habileté, mais je ne suis pas sans inquiétude. J'ai mangé très légèrement, du pain, des dattes, des fruits secs. Il semble que ce soit là la meilleure façon d'éviter le mal de mer.

167

Ce n'est pourtant pas le mal de mer qui m'effraie, en cet instant. J'ai sans doute bien fait d'embarquer aussi vite, et de ne plus repasser par la maison de Barinelli, mais je ne puis m'empêcher de penser que, depuis quelques heures déjà, certaines personnes dans cette ville se sont mises à nous rechercher. Pour peu qu'elles aient le bras long, et qu'elles songent à venir chercher du côté du port, nous pourrions être cueillis comme des malfaiteurs. Peut-être aurais-je dû avouer au capitaine les raisons de ma hâte, ne serait-ce que pour qu'il se montre discret sur notre présence à bord, et qu'il sache quoi répondre si quelque douteux personnage s'en venait nous quérir. Mais je n'ai pas osé le mettre au courant de mes malheurs, de peur qu'il ne renonçât à nous convoyer.

Cette nuit sera longue. Jusqu'à ce que nous ayons quitté le port, demain matin, chaque bruit m'inquiétera. Seigneur, comment ai-je pu dériver ainsi, sans avoir commis le moindre forfait, de l'état de négociant honnête et respecté à l'état de hors-la-loi?

A ce même propos, en parlant, devant l'église, au capitaine Beauvoisin, je me suis entendu dire que je voyageais avec mon commis, mes neveux, et "ma femme". Oui, alors que j'avais, dès mon arrivée à Constantinople, mis un terme à cette duperie, voilà qu'à la veille de mon départ je remets la fausse monnaie en circulation, si l'on peut dire. Et de la manière la plus irréfléchie qui soit : ces gens en compagnie desquels je m'apprête à voyager ne sont pas les anonymes de la caravane d'Alep, il y a parmi eux des gentilshommes qui connaissent mon nom, et auxquels j'aurai peut-être un jour affaire.

Déjà, le capitaine a pu dire au père Thomas qu'il a accepté de me convoyer avec ma femme. J'imagine bien la tête de ce dernier. Tenu par le secret de la confession, il n'a pas dû rectifier, mais je devine bien ce qu'il a pu penser.

Qu'est-ce qui me pousse à agir ainsi? Les esprits simples

diront que c'est l'amour qui, prétendument, rend déraisonnable. Sans doute, mais il n'y a pas que l'amour. Il y a aussi l'approche de l'année fatidique, ce sentiment que nos actes n'auront pas de suite, que le fil des événements va se rompre, que le temps du châtiment ne viendra plus, que le bien et le mal, l'acceptable et l'inacceptable se confondront bientôt sous un même déluge, et que les chasseurs mourront au même instant que leurs proies.

Mais il est temps que je referme ce cahier... C'est l'attente et l'angoisse qui m'ont fait écrire ce soir ce que j'ai écrit. Demain j'écrirai peut-être tout autre chose.

Le lundi 30 novembre 1665

Si je croyais que l'aube m'apporterait le salut, je suis bien désappointé, et j'ai du mal à dissimuler mon angoisse à mes compagnons.

La journée entière s'est passée dans l'attente, et j'ai peine à expliquer à ceux qui m'interrogent pourquoi je reste à bord quand tous les autres passagers et membres de l'équipage profitent de l'arrêt pour écumer le marché. La seule explication que j'aie trouvé, c'est que j'ai fait, lors de mon séjour, plus de dépenses que je ne le prévoyais, que je me trouve donc à court d'argent, et que je ne voudrais pas offrir à mes neveux ni à "ma femme" l'occasion de me faire dépenser encore plus.

La raison de notre retard, c'est que le capitaine a appris dans la nuit que l'ambassadeur de France, Monsieur de la Haye, était enfin arrivé à Constantinople pour y prendre ses fonctions, cinq ans après y avoir été nommé pour succéder à son père. Pour tous les Français de cette contrée, un événement considérable, dont on espère qu'il rétablira de meilleurs rapports entre la couronne de France et celle du Grand Seigneur. On parle de renouveler les Capitulations, signées au siècle dernier entre François Ier et le grand Soliman. Notre capitaine, l'armateur, ainsi que le sieur Roboly, ont tenu à se rendre auprès de l'ambassadeur pour lui souhaiter la bienvenue et présenter leurs hommages.

J'ai cru comprendre ce soir qu'à la suite de certaines complications, l'ambassadeur n'a pas encore mis pied à terre, que les pourparlers avec les autorités sultaniennes n'ont pas encore abouti, et que son vaisseau, *Le Grand César*, mouille à l'entrée du port. Ce qui laisse craindre que nous ne partions que demain soir, au plus tôt, et peut-être même après-demain.

Se peut-il que nos poursuivants ne songent pas, d'ici là, à venir nous chercher au port ? Notre chance, c'est qu'ils nous croient repartis à Gibelet par voie de terre, et qu'ils nous cherchent plutôt du côté de Scutari, et sur la route d'Izmit.

Il est également possible que ces borgnes personnages aient usé d'esbroufe pour m'intimider, et me contraindre à les payer, mais qu'ils redoutent autant que moi les complications qui résulteraient d'un incident sur le port, avec des ressortissants étrangers que les ambassadeurs et les consuls ne manqueraient pas de protéger.

Hatem est revenu sain et sauf, mais les mains vides. Il n'a pu s'introduire chez Barinelli, la maison était surveillée du devant et des arrières. Tout au plus a-t-il réussi à faire parvenir à notre hôte un message pour lui demander de bien garder nos affaires chez lui, en attendant que nous puissions les reprendre.

Je souffre de n'avoir plus mon cahier avec moi, et d'imaginer que des yeux goujats pourraient déshabiller ma prose intime. Le voile dont je la couvre saura-t-il la protéger? Je ne devrais pas trop y songer, ni me biler le sang, ni cultiver le remords. Mieux vaut faire confiance au Ciel, à ma bonne étoile, et surtout à Barinelli, envers lequel j'éprouve la plus grande affection, et que je veux croire incapable d'agir indélicatement.

En mer, le premier décembre 1665

A mon réveil, la plus réconfortante des surprises : nous n'étions plus au port. J'avais passé une nuit de nausées et d'insomnie, et n'avais pu trouver le sommeil qu'à l'approche de l'aube, pour me réveiller au milieu de la matinée en pleine mer Propontide.

La raison de ce départ, c'est que le sieur Roboly a finalement renoncé à son voyage pour demeurer quelque temps auprès de l'ambassadeur, et le mettre au courant des choses qui se sont produites en son absence pendant qu'il assurait l'intérim. Aussi, notre armateur jugea-t-il inutile de s'attarder plus longtemps, n'ayant lui-même aucune obligation d'aller saluer Monsieur de la Haye, et n'ayant d'abord songé à le faire qu'en compagnie du sieur Roboly.

Dès que je me suis rendu compte que nous avions appareillé, mon mal de mer s'est estompé, alors que, d'ordinaire, il ne fait que s'aggraver lorsqu'on s'éloigne du port.

Si les vents nous sont favorables, et que la mer reste calme, nous serons à Smyrne, me dit-on, en moins d'une semaine. Mais nous sommes en décembre, et il serait bien étonnant que la mer reste d'huile.

Puisque je suis à présent plus serein, je vais consigner ici, comme je me l'étais promis, l'incident qui m'avait fait prendre mes distances à l'égard de la religion, et m'avait surtout fait douter des miracles.

J'ai cessé d'y croire, disais-je, à l'âge de treize ans. Jusque-là, on me voyait constamment à genoux, un rosaire à la main, au milieu des femmes en noir, et je savais par cœur les vertus de tous les saints. Plus d'une fois je me suis rendu à la chapelle d'Ephrem, humble cellule dans un roc, où vécut jadis un anachorète des plus pieux, dont on vante aujourd'hui dans le pays de Gibelet les innombrables prodiges.

Un jour, vers l'âge de treize ans, donc, au retour d'un de ces pèlerinages, alors que mes oreilles résonnaient encore d'une litanie de miracles, je ne pus m'empêcher de raconter à mon père l'histoire du paralytique qui avait pu redescendre de la montagne à pied, de la folle du village d'Ibrine qui avait retrouvé la raison à l'instant même où son front avait touché la roche froide qui fut la demeure du saint. J'étais affligé par la tiédeur que mon père affichait à l'égard des choses de la Foi, surtout depuis qu'une pieuse dame de Gibelet m'avait laissé entendre que si ma mère était morte si prématurément — je n'avais que quatre ans, et elle guère plus de vingt — c'est qu'à son chevet on n'avait pas prié avec la ferveur nécessaire. J'en voulais donc à mon père, et désirais le ramener sur le droit chemin.

Il écouta mes édifiantes histoires sans manifester ni scepticisme ni ébahissement. Un visage impassible et une tête qu'il hochait inlassablement. Quand j'eus vidé mon sac de la journée, il se leva en me tapant légèrement sur l'épaule pour que je ne bouge pas, et s'en fut prendre dans sa chambre un livre que j'avais vu plus d'une fois dans ses mains.

L'ayant posé sur la table, près de la lampe, il se mit à me lire, en grec, diverses histoires qui toutes racontaient des guérisons miraculeuses. Il omit de préciser quel saint avait opéré ces miracles, préférant, dit-il, me le faire deviner. Ce jeu me plut. Je me sentais suffisamment compétent pour reconnaître le style du faiseur de prodiges. Saint Arsène, peut-être? Ou Bartolomée? Ou Siméon le Stylite? Ou peut-être Proserpine? Je devinerai!

Le récit le plus fascinant, et qui m'avait fait pousser des alléluias, rapportait qu'un homme avait eu son poumon transpercé par une flèche, qui s'y était logée; ayant passé une nuit auprès du saint, il rêva que celui-ci l'avait touché, et au matin, il était guéri; sa main droite était fermée, et quand il la desserra, il y trouva le bout de flèche qui s'était planté dans son corps. Cette histoire de flèche me donna à croire que ce pouvait être saint Sébastien. Non, dit mon père. Je lui demandai de me laisser deviner encore. Mais il ne voulut pas prolonger le jeu, et m'annonça platement que l'auteur de ces guérisons miraculeuses était... Asclépios. Oui, Asclépios, le dieu grec de la médecine, dans son sanctuaire d'Épidaure, où d'innombrables pèlerins se sont rendus, pendant des siècles. Le livre qui contenait ces récits était la célèbre *Périégèse*, ou *Description de la Grèce*, écrite par Pausanias au deuxième siècle de notre ère.

Quand mon père me dévoila ce qu'il en était, j'en fus secoué jusqu'aux tréfonds de ma piété.

"Ce sont des mensonges, n'est-ce pas?"

"Je n'en sais rien. Ce sont peut-être des mensonges. Mais les gens y ont suffisamment cru pour revenir, année après année, chercher la guérison au temple d'Asclépios."

"Les fausses divinités ne peuvent pas opérer des miracles!"

"Sans doute. Tu dois avoir raison."

"Toi, est-ce que tu y crois?"

"Je n'en ai pas la moindre idée."

Il se leva, et s'en fut remettre le livre de Pausanias là où il l'avait pris.

Depuis ce jour, je ne suis plus allé en pèlerinage à la chapelle d'Ephrem. Je n'ai guère prié non plus. Sans être devenu pour autant un véritable mécréant. Je pose aujourd'hui sur tout ce qui prie et s'agenouille et se prosterne le même regard que mon père, désabusé, distant, ni respectueux ni méprisant, quelquefois intrigué, mais libre de toute certitude. Et j'aime à croire que le Créateur préfère, de toutes ses créatures, justement celles qui ont su devenir libres. Un père n'est-il pas satisfait de voir ses fils sortir de l'enfance pour devenir des hommes, même si leurs griffes naissantes l'égratignent un peu? Pourquoi Dieu serait-il un père moins bienveillant?

En mer, le mercredi 2 décembre

Nous avons passé les Dardanelles et nous cinglons plein sud. La mer est calme et je me promène sur le pont, Marta à mon bras, comme une dame de France. Les hommes d'équipage la regardent furtivement, juste ce qu'il faut pour me faire sentir à quel point ils m'envient, et en demeurant des plus respectueux, si bien que j'arrive à être fier de leur attitude sans en être jaloux.

Jour après jour, imperceptiblement, je me suis accoutumé à sa présence, au point que je ne l'appelle plus guère "la veuve", comme si ce sobriquet n'était plus digne d'elle; c'est pourtant dans le but d'obtenir la preuve de son veuvage que nous partons pour Smyrne. Elle est persuadée qu'elle obtiendra satisfaction; je suis, quant à moi, plus sceptique. Je crains que nous ne retombions entre les mains de quelques fonctionnaires vénaux qui nous soutireront piastre après piastre tout l'argent qui nous reste. Dans ce cas, mieux vaudra suivre le conseil que m'avait donné Hatem, et obtenir un faux certificat de décès. Je n'aime toujours pas cette solution, mais je ne l'exclus pas, en tant que recours ultime, si toutes les autres voies honnêtes se bouchaient. Il n'est pas question, en tout cas, que je revienne à Gibelet en abandonnant la femme que j'aime, et il est clair que nous ne pourrions retourner au pays ensemble sans un papier, authentique ou forgé, qui nous permette de vivre sous un même toit.

Peut-être ne l'ai-je pas assez dit encore dans ces pages, je suis amoureux maintenant comme je ne l'avais pas été dans ma jeunesse. Non que je veuille raviver les vieilles blessures, que je sais profondes et pas encore refermées malgré le passage des ans – je veux seulement dire que mon premier mariage était un mariage de raison, alors que celui que je projette avec Marta est mariage de passion. Un mariage de raison, à dix-neuf ans, et à quarante ans un mariage de passion ? Telle aura été ma vie, je ne me plains pas, je vénère trop celui dont je devrais me plaindre, et je ne puis lui reprocher d'avoir voulu que j'épouse une Génoise. C'est parce que mes aïeux ont toujours pris des femmes génoises qu'ils ont pu préserver leur langue, leurs coutumes et leur attachement à leur terre première. En cela, mon père n'avait pas tort, et de toute manière pour rien au monde je n'aurais voulu le contrarier. Notre malchance fut de tomber sur Elvira.

C'était la fille d'un négociant génois de Chypre, elle avait seize ans, et son père, comme le mien, était persuadé que son destin était de devenir ma femme. J'étais en quelque sorte l'unique jeune Génois dans cette partie du monde, et notre union semblait dans l'ordre des choses. Mais Elvira s'était promise d'elle-même à un jeune homme de Chypre, un Grec, qu'elle aimait outrageusement, et dont ses parents voulaient l'éloigner, par n'importe quel moyen. Elle vit en moi, dès le premier jour, un persécuteur, ou tout au moins un complice de ses persécuteurs, alors que j'étais aussi contraint qu'elle à ce mariage. Plus docile, plus ingénu, curieux de découvrir ces plaisirs que l'ont dit suprêmes, amusé aussi par le rituel des fêtes, mais obéissant aux mêmes injonctions paternelles.

Trop fière pour se soumettre, trop éprise de l'autre pour m'écouter ou me regarder ou me sourire, Elvira fut dans ma vie un épisode triste que seule sa mort précoce abrégea. Je n'ose dire que j'en fus soulagé. Rien, s'agissant d'elle, n'évoque pour moi le soulagement, la paix, ni la sérénité. Toute cette mésaventure ne m'a laissé qu'une tenace prévention contre le mariage et ses cérémonies, contre les femmes aussi. Depuis l'âge de vingt ans je suis veuf et j'étais résigné à le demeurer. Si j'étais plus porté sur la prière je serais allé vivre dans un couvent. Seules les circonstances de ce voyage m'ont fait remettre en cause mes méfiances enracinées. Mais si je sais mimer les gestes des croyants je demeure, dans ce domaine aussi, un homme qui doute...

Qu'il m'est pénible d'évoquer cette vieille histoire! Chaque fois que j'y repense, je recommence à souffrir. Le temps n'a rien arrangé, ou si peu...

Le dimanche 6 décembre

Depuis trois jours, la tempête, le brouillard, les grondements, les vents de pluie, la nausée, le vertige. Mes pieds se dérobent sous moi comme ceux d'un noyé. Je cherche appui sur les murs de bois, sur les fantômes qui passent. Je trébuche sur un seau, deux bras étrangers me remettent sur pied, je retombe l'instant d'après au même endroit. Pourquoi ne suis-je pas resté chez moi, dans la sérénité de mon magasin, à tracer, paisiblement, des colonnes droites sur mon registre ? Quelle folie m'a poussé au voyage ? Quelle folie, surtout, m'a fait prendre la mer ?

Ce n'est pas en croquant le fruit défendu que l'homme a irrité le Créateur, mais en prenant la mer ! Qu'il est présomptueux de s'engager ainsi corps et biens sur l'immensité bouillonnante, de tracer des routes au-dessus de l'abîme, en grattant du bout des rames serves le dos des monstres enfouis, Behémot, Rahab, Léviathan, Abaddôn, serpents, bêtes, dragons ! Là est l'insatiable orgueil des hommes, leur péché sans cesse renouvelé en dépit des châtiments.

Un jour, dit l'Apocalypse, bien après la fin du monde, lorsque le Mal aura enfin été terrassé, la mer cessera d'être liquide, elle ne sera plus qu'un continent vitrifié sur lequel on pourra marcher à pied sec. Plus de tempêtes, plus de noyades, plus de nausées. Rien qu'un gigantesque cristal bleu.

En attendant, la mer demeure mer. Ce dimanche matin, nous connaissons un moment de répit. J'ai mis des habits propres, et j'ai pu écrire ces quelques lignes. Mais le soleil à nouveau se voile de noir, les heures se mélangent, et sur notre fière caraque marins et passagers s'agitent.

Hier, au plus fort de la tempête, Marta était venue se blottir contre moi. Sa tête sur ma poitrine et sa hanche collée à la mienne. La peur était devenue une complice, une amie. Et le brouillard un aubergiste complaisant. Nous nous sommes tenus, nous nous sommes désirés, nous avons uni nos lèvres, et les gens rôdaient autour de nous sans nous voir.

Le mardi 8

Après la courte éclaircie de dimanche, nous nous retrouvons au milieu des intempéries. Je ne sais si intempéries est le mot qui convient, le phénomène est si étrange... Le capitaine me dit qu'en vingt-six ans de navigation sur toutes les mers, il n'avait jamais vu cela. Certainement pas sur la mer Égée, en tout cas. Cette espèce de brouillard poisseux qui stagne pesamment, et que le vent ne chasse pas. L'air s'est épaissi et il a pris une couleur de cendre.

Notre navire est constamment secoué, heurté, bousculé, mais il n'avance pas. Comme s'il était empalé sur les dents d'une fourche. J'ai soudain l'impression de n'être nulle part, et de n'aller nulle part. Autour de moi, les gens n'arrêtent pas de se signer, et leurs lèvres s'agitent. Je ne devrais pas avoir peur, mais j'ai peur comme un enfant la nuit dans une maison en bois, lorsque la dernière bougie s'est éteinte et que les planches crissent. Des yeux, je cherche Marta. Elle est assise, le dos vers la mer, à attendre que j'aie fini d'écrire. J'ai hâte de ranger mon écritoire pour aller lui prendre la main et la garder longtemps dans la mienne comme cette nuit-là dans le village du tailleur, où nous avions dormi dans le même lit. Elle était alors l'intruse dans mon voyage, elle en est à présent la boussole. L'amour est toujours une intrusion. Le hasard se fait chair, la passion se fait raison.

Le brouillard s'épaissit encore, et dans mes tempes le sang bat.

C'est le crépuscule à midi, mais la mer ne nous secoue plus. Tout est paisible sur le bateau, les gens ne s'interpellent pas, et quand ils parlent, c'est à voix basse et craintive comme s'ils étaient au voisinage d'un roi. Des albatros volent bas au-dessus de nos têtes, et aussi d'autres oiseaux, à plumage noir, dont j'ignore le nom, et qui poussent des cris déplaisants.

J'ai surpris Marta en train de pleurer. Elle ne voulait pas m'en dire la raison, et prétendait que c'était seulement la fatigue et les angoisses du voyage. Lorsque j'ai insisté, elle a fini par avouer :

"Depuis que nous avons pris la mer, quelque chose me dit que nous n'arriverons jamais à Smyrne."

Une prémonition ? L'écho de son angoisse, et de tous ses malheurs ?

Je l'ai vite fait taire, j'ai vite mis ma main sur sa bouche comme si je pouvais encore empêcher sa phrase de partir sur l'éther vers les oreilles du Ciel. Je l'ai suppliée de ne plus jamais prononcer une phrase pareille sur un bateau. Je n'aurais pas dû insister pour la faire parler. Mais – Seigneur ! – comment aurais-je pu deviner qu'elle était à ce point dénuée de superstition ? Je ne sais si je dois l'admirer pour cela ou bien m'en effrayer.

Hatem et Habib chuchotent sans arrêt, tantôt graves, tantôt amusés, et se taisent dès que je passe à côté d'eux.

Quant à Boumeh, il se promène sur le pont, du matin au soir, plongé dans d'insondables méditations. Silencieux, absorbé, au coin des lèvres ce sourire distant qui n'est pas un sourire. Son duvet de barbe est toujours aussi clairsemé, alors que son frère cadet se rase depuis trois ans. Peut-être ne regarde-t-il pas assez les femmes. Il ne regarde rien,

179

d'ailleurs, ni hommes ni chevaux ni parures. Il ne connaît que la peau des livres. A plusieurs reprises, il est passé près de moi sans me voir.

Mais le soir, il est venu me poser une devinette :

"Connais-tu les sept Églises de l'Apocalypse ?"

"J'ai déjà lu leur nom, il y a Éphèse, et Philadelphie, et Pergame, je crois, et Sardes, et Thyatire, ...

"C'est cela, Thyatire, c'est celle que j'avais oublié."

"Attends, cela n'en fait que cinq !"

Mais, sans attendre, mon neveu se mit à réciter, comme pour lui-même :

"Moi, Jean, votre frère et compagnon dans la persécution, dans la royauté et l'endurance avec Jésus, je me trouvais dans l'île de Patmos à cause de la parole de Dieu et du témoignage pour Jésus. C'était le jour du Seigneur ; je fus inspiré par l'Esprit, et j'entendis derrière moi une voix puissante, pareille au son d'une trompette. Elle disait : 'Ce que tu vois, écris-le dans un livre et envoie-le aux sept Églises : à Éphèse, à Smyrne, à Pergame, à Thyatire, à Sardes, à Philadelphie et à Laodicée.'"

Seigneur ! Pourquoi avais-je oublié Smyrne ?

Le vendredi 11

Le pressentiment de Marta était faux, nous sommes arrivés à Smyrne.

Puisque j'ai les pieds maintenant sur la terre ferme, je peux enfin l'écrire sans que ma main tremble : j'avais, moi aussi, tout au long de la traversée, la même impression qu'elle. Plus qu'une impression même, une atroce conviction. Et un serrement d'entrailles, que je m'efforçais bravement de dissimuler aux autres. J'avais, oui, le sentiment de m'être embarqué pour mon dernier voyage. C'est peutêtre, après tout, mon dernier voyage, mais il ne se sera pas achevé avant l'étape de Smyrne. Je me demandais seulement comment la fin surviendrait. Au début, quand la tempête s'était déchaînée, je m'étais persuadé que nous allions périr dans un naufrage. Puis, à mesure que la mer et le ciel se calmaient, et qu'en même temps ils s'assombrissaient, mes craintes devenaient plus ambiguës, moins avouables. Je n'avais plus les peurs ordinaires de tous ceux qui s'embarquent, je ne parcourais pas l'horizon à guetter les pirates, ou l'orage, ou les monstres qu'on dit, je ne redoutais pas le feu, l'épidémie, ni les voies d'eau, ni de basculer par-dessus bord. Il n'y avait plus d'horizon, plus de bord. Rien que ce crépuscule ininterrompu, rien que ce brouillard poisseux, ce bas nuage de fin du monde.

Je suis convaincu que tous mes compagnons de traversée avaient le même sentiment. Je le devinais à leurs regards de condamnés incrédules, comme à leurs murmures. J'ai aussi vu avec quelle hâte ils ont débarqué.

Dieu soit loué, nous sommes à présent sur la terre de Smyrne. C'est encore le crépuscule, il est vrai, mais le crépuscule à son heure. Depuis que nous sommes entrés dans la baie, le ciel s'est dégagé. Demain nous verrons le soleil.

A Smyrne, le samedi 12 décembre 1665

Nous avons dormi au couvent des capucins, et j'ai rêvé de naufrage. Tant que j'étais en mer, je passais mes journées dans la crainte, mais lorsque je m'endormais, je me rêvais sur la terre ferme, dans ma maison de Gibelet.

Les religieux nous ont accueillis poliment, mais sans empressement. Je m'étais pourtant recommandé du père Thomas de Paris, quelque peu abusivement, il est vrai. Si je lui avais demandé une lettre d'introduction, il me l'aurait écrite. Les choses se sont passées si vite que je ne l'ai même pas prévenu de mon départ imminent. Je ne voulais pas que mes poursuivants, à Constantinople, en se rendant à l'église, puissent savoir par sa bouche où j'étais allé. Sans doute aurais-je pu le prier de n'en rien dire, mais alors il eût fallu lui expliquer pourquoi j'étais poursuivi, et l'inciter à mentir pour me protéger... Bref, je suis venu sans recommandation, et j'ai fait comme si j'en avais une. J'ai même appelé le père Thomas "mon confesseur", description nullement mensongère, quoique abusive et quelque peu vantarde.

Mais ce n'est pas de cela que je voudrais surtout parler aujourd'hui. J'ai voulu suivre la chronologie de mes notes, parler d'abord de la nuit dernière, de mon rêve. Avant d'en arriver à l'essentiel. Aux choses étranges qui se passent dans cette ville, et qu'on me rapporte de toute part. Mes sources sont nombreuses. La principale étant un très vieux capucin, le père Jean-Baptiste de Douai, qui vit depuis vingt ans au Levant, et qui, auparavant, avait vécu quinze ans à Gênes, dont il garde la nostalgie, et qu'il vénère comme si elle avait été sa ville natale ; il se dit flatté de deviser ainsi avec un descendant des glorieux Embriaci, et il m'ouvre son cœur comme s'il m'avait connu depuis l'enfance. Mais je me fie aussi, pour ce que je vais rapporter, à d'autres étrangers que j'ai rencontrés aujourd'hui, ainsi qu'à des gens du pays.

Tous affirment qu'un homme de cette ville, un juif du nom de Sabbataï, ou Shabtai, ou encore Shabethai, s'est proclamé Messie, et qu'il annonce la fin du monde pour

LA VOIX DE SABBATAÏ

1666, en fixant une date précise, au mois de juin, je crois. Le plus étrange, c'est que la plupart des gens de Smyrne, même parmi les chrétiens ou les Turcs, et même parmi ceux qui moquent le personnage, semblent persuadés que sa prédiction se vérifiera. Jusqu'au père Jean-Baptiste en personne, qui soutient que l'apparition de faux messies est justement le signe qui confirme l'imminence de la fin des temps.

On me dit que les juifs ne veulent plus travailler, qu'ils passent leurs journées en prières et en jeûnes rituels. Leurs échoppes sont fermées, et les voyageurs sont en grande peine de trouver un changeur. Je n'ai pas pu le vérifier aujourd'hui, ni hier soir, puisque c'est leur sabbat, mais je verrai bien demain, qui est jour du Seigneur pour nous mais pas pour les juifs ni pour les Turcs. Je me rendrai à leur quartier, situé au flanc de la colline, en direction du vieux château, alors que les étrangers, qui sont ici surtout anglais et hollandais, résident en bord de mer, des deux côtés de l'avenue qui borde le port. Je pourrai voir alors de mes yeux si l'on m'a dit vrai.

Le 13 décembre 65

Les juifs crient au prodige, et pour moi, qui ai toujours vécu en pays ottoman, c'en est un : leur prétendu messie est sain et sauf, je l'ai vu de mes propres yeux sortir libre dans la rue, et chanter à tue-tête ! Ce matin, pourtant, chacun le donnait pour mort.

Il avait été convoqué chez le cadi qui fait la loi à Smyrne, et qui a l'habitude de sévir avec la plus grande rigueur dès que l'ordre public est menacé. Or, ce qui se passe à Smyrne est, pour les autorités, plus qu'une menace, un défi inouï, pour ne pas dire une insulte. Plus personne ne travaille. Pas seulement les juifs. Dans cette ville, qui est l'une de celles où se trouvent le plus de commerçants étrangers, plus rien ne s'achète ni ne se vend. Les portefaix du port ne veulent plus charger ni décharger les marchandises. Les échoppes et les ateliers sont fermés, et les gens sont attroupés sur les places, à deviser sur la fin des temps et l'anéantissement des empires. On dit que des délégations commencent à arriver des pays les plus éloignés pour se prosterner aux pieds du nommé Sabbataï, que ses partisans n'appellent pas seulement messie mais aussi roi des rois.

Je dis "ses partisans", et non pas "les juifs", car ceux-ci sont fort partagés. La plupart croient que c'est bien lui l'Attendu qu'ont annoncé les prophètes, mais certains rabbins voient en lui un imposteur, et un profanateur, parce qu'il se permet de prononcer en clair le nom de Dieu, chose prohibée chez les juifs. Ses partisans disent que rien ne peut être interdit au Messie, et que cette transgression est bien le signe que ce Sabbataï n'est pas un fidèle parmi d'autres. Les conflits entre ces deux factions se poursuivaient, semble-t-il, depuis des mois déjà, sans que la chose s'ébruitât hors de leur communauté. Mais depuis quelques jours, la controverse a pris une tout autre tournure. Des incidents ont éclaté dans les rues, des juifs ont accusé d'autres juifs d'être des mécréants, devant une foule de chrétiens et de Turcs, qui n'y comprenaient rien.

Et hier, un incident grave s'est produit, à l'heure de la prière, dans une grande synagogue qu'on appelle ici la synagogue portugaise. Les adversaires de Sabbataï y étaient rassemblés, et ne voulaient pas qu'il y vienne. Mais il est arrivé, entouré de ses partisans, et s'est mis à démolir à coups de hache la porte du bâtiment. C'est à la suite de cet incident que le cadi a décidé de le convoquer. J'ai appris la

chose ce matin, de très bonne heure, de la bouche du père
Jean-Baptiste, qui s'intéresse de près à ces événements.
C'est lui qui m'a encouragé à aller me poster devant la
résidence du cadi, pour voir arriver Sabbataï, et l'informer
de ce que j'aurais vu. Je ne me suis pas fait prier, ma curiosité s'aiguise chaque jour davantage, et je ressens comme
un privilège d'être ainsi témoin de si graves bouleversements. Un privilège et aussi – pourquoi continuerais-je à
redouter ce mot? – un signe. Oui, un signe. Comment
appeler autrement ce qui arrive? Je suis parti de Gibelet à
cause de toutes les rumeurs sur l'année de la Bête, et je me
suis vu rattrapé sur la route par une femme à qui l'on a toujours parlé de Smyrne parce que c'est justement là qu'aurait
été vu son mari pour la dernière fois! Par amour pour elle,
je me suis retrouvé dans cette ville, et voilà que je découvre
que c'est justement ici et maintenant que la fin du monde
est annoncée. Nous ne sommes plus qu'à quelques jours
de 1666, et je suis en train de perdre mes doutes comme
d'autres perdent la foi. A cause d'un faux messie, me
demandera-t-on? Non, à cause de ce que j'ai vu aujour-
d'hui, et que ma raison ne me permet plus de comprendre.

La résidence du cadi ne peut guère se comparer aux
palais de Constantinople, mais elle est de loin la plus imposante de Smyrne. Trois étages de fines arcades, un portail
devant lequel on ne passe que tête baissée, et un vaste jardin où broutent les chevaux de la garde. C'est que le cadi
n'est pas seulement juge, il fait aussi office de gouverneur.
Et si le sultan est l'ombre de Dieu sur terre, le cadi est
l'ombre du sultan dans la ville. C'est à lui qu'il revient de
maintenir les sujets dans la crainte, fussent-ils turcs, arméniens, juifs ou grecs, fussent-ils même étrangers. Pas une
semaine ne s'écoule sans qu'un homme soit supplicié,
pendu, empalé, décapité ou, si le personnage est de haut
rang et que la Porte en a décidé ainsi, respectueusement

étranglé. Aussi les gens ne viennent-ils jamais traîner trop près de la résidence.

Et ce matin même, si les badauds étaient foule dans le voisinage, ils étaient disséminés dans les ruelles du quartier, à épier, prêts à s'égailler à la première alerte. Parmi eux, de nombreux juifs en bonnets rouges, qui devisaient fiévreusement à voix basse, mais aussi beaucoup de commerçants étrangers, venus comme moi pour assister à la scène.

Soudain, une clameur. "Le voilà!" me dit Hatem, en me montrant du doigt un homme à la barbe rousse, vêtu d'un long manteau et d'un couvre-chef orné de pierreries. Lui emboîtaient le pas une quinzaine de ses proches, tandis qu'une centaine d'autres les suivaient à distance. Il marchait d'un pas lent mais décidé, comme il sied à un dignitaire, et soudain, il se mit à chanter, à voix haute, et en agitant les mains comme s'il haranguait la foule. Derrière lui, quelques adeptes faisaient mine de chanter eux aussi, mais leurs voix ne sortaient pas de leurs gorges, on n'entendait que la sienne. Autour de nous, d'autres juifs souriaient de contentement, tout en lorgnant du côté d'un petit groupe de janissaires qui montait la garde. Sabbataï passa tout près d'eux sans les regarder, et en continuant à entonner ses chants de plus belle. J'étais persuadé qu'ils allaient se saisir de lui, le malmener, mais ils se contentèrent de larges sourires amusés, comme pour lui dire: "Nous allons bien voir de quelle gorge tu vas chanter quand le cadi aura prononcé sa sentence!"

L'attente fut longue. Beaucoup de juifs priaient en secouant le buste, quelques-uns pleuraient déjà. Quant aux marchands d'Europe, certains se montraient préoccupés, d'autres paraissaient moqueurs, ou méprisants, chacun selon son âme. Même au sein de notre petite compagnie, nous n'avions pas tous la même attitude. Boumeh était tout rayonnant, tout fier de constater que la tournure des événements confirme dès à présent ses prévisions pour l'année à venir ; comme si, pour s'être montré perspicace, il aurait droit à un traitement de faveur à l'heure de l'apocalypse ! Son frère, pendant ce temps, a déjà oublié le faux messie et l'apocalypse, n'ayant d'autre souci que de lorgner une jeune juive qui se tient nonchalamment contre un mur, à quelques pas de nous, un pied déchaussé et plié ; de temps à autre, elle lance un regard à mon neveu, et sourit en se cachant le bas du visage. Devant elle, un homme, qui pourrait être son mari ou son père, se retourne parfois, les sourcils froncés, comme s'il se doutait de quelque chose, mais il ne voit rien. Seul Hatem suit, comme moi, ces galantes manœuvres dont chacun sait à l'avance qu'elles n'aboutiront à rien, mais il faut croire que le cœur souvent se nourrit de ses propres désirs, et même qu'il se vide quand il les assouvit.

Quant à Marta, elle manifesta beaucoup de compassion pour l'homme qui allait se faire condamner, puis elle se pencha vers moi pour me demander si ce n'était pas devant ce même juge de Smyrne, et dans ce même bâtiment, que son propre mari avait été conduit, il y a quelques années, avant d'être pendu. Elle ajouta, en un murmure : "Dieu lui accorde sa miséricorde !" Alors qu'elle devait penser, comme moi, d'ailleurs : "Pourvu que nous puissions en obtenir la preuve !"

Soudain, une nouvelle clameur : le condamné est sorti ! Nullement condamné, d'ailleurs, il est sorti libre, suivi de tous les siens, et lorsque ceux qui l'attendaient le virent qui souriait et leur faisait signe, ils se mirent à crier : "La droite de l'Éternel a fait éclater sa puissance !" Sabbataï leur répondit par une phrase similaire, puis il se remit à chanter, comme à l'arrivée, et cette fois bien d'autres voix osèrent s'élever, sans pour autant couvrir la sienne. Car il criait, jusqu'à s'époumoner, et sa face était rouge.

Les janissaires qui étaient en faction ne savaient quoi dire. En temps normal, ils seraient déjà intervenus, sabre levé. Mais cet homme sortait libre de chez le juge, comment pourraient-ils l'arrêter? Ils se rendraient eux-mêmes coupables de désobéissance. Alors ils résolurent de ne point intervenir. Et décidèrent même, sur un ordre crié par leur commandant, de rentrer s'abriter dans le jardin du palais. Ce mouvement de repli eut sur la foule un effet immédiat. On se mit à crier, en hébreu et en espagnol : "Vive le roi Sabbataï!" Puis on partit, en cortège, et en chantant de plus en plus fort, en direction du quartier juif. Depuis, la ville entière est en ébullition.

Un prodige, disais-je? Oui, un prodige, comment pourrais-je appeler la chose autrement? Dans ce pays on a coupé des têtes pour trente fois moins que ce que j'ai vu aujourd'hui! Jusqu'après la tombée de la nuit, des cortèges qui défilent dans tous les sens, appelant les habitants de toutes obédiences tantôt aux réjouissances, tantôt à la pénitence et au jeûne! Annonçant l'avènement des temps nouveaux, ceux de la Résurrection. Ils appellent l'année à venir non pas "l'année de la Bête", mais "l'année du Jubilé". Pour quelle raison? Je l'ignore. Ce qui paraît clair, en revanche, c'est qu'ils semblent heureux de voir s'achever ces temps qui ne leur ont apporté, disent-ils, qu'humiliations et persécutions et souffrances. Mais que seront les temps à venir? A quoi ressemblera le monde d'après la fin du monde? Faudra-t-il que nous mourions tous auparavant dans quelque cataclysme, pour que survienne la Résurrection? Ou bien sera-ce seulement le commencement d'une ère nouvelle, d'un royaume nouveau, le royaume de Dieu rétabli sur terre, après que tous les gouvernements humains auront démontré siècle après siècle leur injustice et leur corruption?

Ce soir, à Smyrne, chacun a l'impression que ce Royaume est à nos portes, et que les autres, y compris celui du sultan, seront balayés. Est-ce pour cela que le cadi a laissé Sabbataï repartir libre? Chercherait-il à ménager le souverain de demain, comme le font si souvent les hauts dignitaires lorsqu'ils sentent le vent tourner? Un marchand anglais m'a dit aujourd'hui, d'un ton entendu, que les juifs ont payé une forte somme au juge pour qu'il laisse partir "leur roi" sain et sauf. J'ai de la peine à le croire. Lorsque la Sublime-Porte aura eu vent de ce qui s'est passé aujourd'hui à Smyrne, c'est la tête du cadi qui tombera! Aucun homme avisé ne prendrait un tel risque! Faut-il croire alors ce que m'a dit un commerçant juif fraîchement arrivé d'Ancône, à savoir que le juge turc, lorsqu'il s'est trouvé en présence de Sabbataï, a été ébloui par une lumière mystérieuse, et a été pris de tremblements; alors qu'il l'avait accueilli sans se lever, et qu'il s'était adressé à lui sur un ton humiliant, il l'a raccompagné vers la sortie en lui rendant des hommages, en le suppliant de lui pardonner son comportement initial. Cela aussi, j'ai de la peine à le croire. Je suis dans la confusion, et rien de ce que j'entends ne me satisfait.

Peut-être y verrai-je plus clair demain.

Le lundi 14 décembre 1665

Aujourd'hui encore je suis tenté de crier au prodige, mais je ne voudrais pas galvauder ce mot en l'employant dans son acception vulgaire. Aussi parlerais-je plutôt d'inattendu, d'improviste et de coïncidence bénie : je viens de retrouver dans une rue de Smyrne l'homme avec lequel j'avais le plus envie de converser.

J'avais peu dormi la nuit dernière. Tout ce qui se passe me perturbe au plus haut point, je suis constamment en train de me tourner et de me retourner sur moi-même, dans ma tête comme dans mon lit, à me demander ce que je dois croire, qui je dois croire, et comment me préparer aux bouleversements qui s'annoncent.

Je me souviens d'avoir écrit la veille de mon départ que ma raison menaçait de vaciller. Comment diable pourrait-elle ne pas vaciller ? Je m'évertue pourtant sans arrêt à débrouiller les fils du mystère, sereinement, aussi sereinement qu'il m'est possible de le faire. Mais je ne peux plus m'enfermer jour et nuit dans la citadelle de la raison, les yeux fermés, les paumes pressées sur mes oreilles, à me répéter que tout cela est faux, que le monde entier se trompe, et que les signes ne deviennent signes que parce qu'on les guette.

Depuis que j'ai quitté Gibelet et jusqu'à la fin de mon séjour à Constantinople, il ne m'est arrivé, je l'admets, rien d'extraordinaire, rien qui ne puisse s'expliquer par les péripéties de la vie. La mort de Marmontel après celle du vieil Idriss ? Sur le moment, ces disparitions m'ont secoué, mais il est dans l'ordre des choses qu'un vieil homme décède et qu'un vaisseau fasse naufrage. C'est également le cas pour l'incendie au palais du noble collectionneur valaque. Dans une grande ville où tant de constructions sont en bois, de tels sinistres sont chose courante. Il est vrai que, dans chacun de ces cas, il était question du livre de Mazandarani. En temps normal, cela m'aurait titillé, intrigué ; j'aurais débité quelques adages de circonstance ; puis je serais revenu à mes préoccupations de marchand.

C'est au cours de mon voyage en mer que la citadelle de la raison s'est ébranlée, je le dis en toute lucidité. Et en toute lucidité je reconnais aussi qu'aucun incident notable n'est survenu qui puisse le justifier. Rien que des impressions, des plus vagues : ces journées anormalement obscures ; cette tempête, brusquement déchaînée et tout aussi brusquement apaisée ; et tous ces gens qui se mouvaient en silence dans le brouillard, comme s'ils n'étaient déjà plus que des âmes rôdantes.

Puis j'ai posé les pieds sur l'échelle de Smyrne. D'un pas mal assuré, mais espérant retrouver lentement mes esprits, et redevenir, dans cette ville où tant de marchands d'Europe aiment à séjourner, le marchand génois que je suis, que j'ai toujours été.

Hélas, les événements qui se produisent depuis mon arrivée ne me laissent guère le loisir de reprendre mes esprits. Je ne peux plus parler de circonstances fortuites, et faire comme si, au bout de ce voyage provoqué par la peur de l'année à venir, c'était le pur hasard qui m'avait conduit à l'endroit même où la fin des temps allait être proclamée. A Smyrne, alors qu'au moment de quitter Gibelet, je n'envisageais nullement de me rendre dans cette ville ! J'ai dû changer mon itinéraire à cause d'une femme qui ne devait même pas être du voyage. Comme si Marta était chargée de me conduire là où mon destin m'attendait. Là où, soudain, toutes les péripéties de la route prenaient enfin leur sens.

A présent, chacun des événements qui m'ont conduit jusqu'ici apparaît, sinon comme un signe, du moins comme une borne sur l'itinéraire sinueux que m'a tracé la Providence, et que j'ai suivi d'une étape à l'autre en croyant être mon propre guide. Dois-je continuer à faire semblant de prendre les décisions moi-même ? Dois-je, au nom de la raison et du libre arbitre, prétendre que c'est ma volonté qui m'a fait venir jusqu'à Smyrne, et que c'est le hasard qui m'a fait débarquer là au moment précis où l'on y annonçait la fin des temps ? Ne serais-je pas en train d'appeler lucidité ce qui n'est qu'aveuglement ? Je me suis déjà posé cette question, et il me semble que je devrais me la poser plus d'une fois encore, sans espérer de réponse...

Pourquoi suis-je en train de dire tout cela, et de débattre ainsi avec moi-même ? Sans doute parce que l'ami que j'ai retrouvé aujourd'hui m'a tenu le discours que j'aurais tenu moi-même il y a quelques mois, et que j'ai eu honte de le contredire les yeux dans les yeux, lui révélant ainsi la faiblesse de mon esprit.

Mais avant d'évoquer plus longuement cette rencontre, peut-être devrais-je relater les événements de cette journée.

Comme hier, et comme avant-hier, la plupart des gens de Smyrne n'ont guère travaillé. Dès le matin, le bruit a couru que Sabbataï avait proclamé que ce lundi était un nouveau sabbat, qui devait être observé comme l'autre. On n'a pas pu me dire s'il avait juste parlé de ce jour d'hui ou bien de tous les lundis à venir. Un marchand anglais que j'ai croisé dans la rue m'a fait observer qu'entre le vendredi des Turcs, le samedi des juifs, notre dimanche et maintenant le lundi de Sabbataï, les semaines de plein travail vont être bien ramassées. Pour l'heure, en tout cas, comme je l'ai dit plus haut, personne ne songe à travailler, à l'exception toutefois des marchands de sucreries, pour qui ces journées de réjouissances inattendues sont une aubaine. Les gens déambulent sans arrêt, pas seulement les juifs mais surtout eux, qui vont de fête en fête, de procession en procession, et qui discutent avec ferveur.

Me promenant dans l'après-midi au voisinage de la synagogue portugaise, j'ai assisté sur une petite place à une scène étrange. Une foule rassemblée autour d'une jeune femme tombée à terre devant la porte d'une maison, et qui semblait prise de convulsions. Elle prononçait des paroles saccadées, dont je n'ai rien compris, sinon quelques mots épars, "l'Éternel", "les captifs", "ton royaume", mais les gens paraissaient attentifs à chaque respiration, et quelqu'un derrière moi a expliqué succinctement à son voisin : "C'est la fille d'Eliakim Haber. Elle prophétise. Elle voit le roi Sabbataï assis sur son trône." Je me suis éloigné, alors que la jeune fille prophétisait encore. Je ne me sentais pas à l'aise. Comme si je m'étais introduit dans la maison d'un mourant sans être de la famille ni même du quartier. Et puis il faut bien croire que le destin m'attendait ailleurs. En quittant la place, je m'étais engouffré dans une enfilade de ruelles, d'un pas décidé, comme si je savais sans l'ombre d'un doute où j'allais et avec qui j'avais rendez-vous.

Je débouchai sur une rue plus large, où des gens s'étaient attroupés, regardant tous dans la même direction. Un cortège arrivait. A sa tête, Sabbataï, que je vis donc pour la deuxième fois en deux jours. Cette fois encore, il chantait à voix haute. Non pas un psaume, ni une prière, ni un alléluia, mais, étrangement, une chanson d'amour, une vieille romance espagnole. "J'ai rencontré Meliselda la fille du roi, radieuse et belle." Le visage de l'homme était roux, comme sa barbe, et son regard brillait comme celui d'un jeune homme amoureux.

De toutes les maisons de la rue, les gens avaient sorti leurs tapis les plus précieux, pour les jeter sur la chaussée devant ses pieds, si bien que pas une seule fois il n'a dû fouler le sable ou le gravier. Bien que nous soyons en décembre, il n'y a ni grand froid ni pluie, mais un soleil juste un peu voilé, qui baigne la ville et ses gens dans une clarté printanière. La scène à laquelle j'ai assisté n'aurait pu se dérouler sous la pluie. Les tapis auraient trempé dans la boue, et la romance espagnole n'aurait inspiré que larmes et nostalgie. Au lieu de quoi, en cette douce journée d'hiver, la fin du monde ne s'accompagne d'aucune tristesse, d'aucun regret. La fin du monde m'est apparue un instant comme le commencement d'une longue éternité de fête. Oui, je me demandais déjà, moi l'intrus, – mais il y avait aujourd'hui dans le quartier des juifs bien d'autres intrus que moi – si je n'avais pas eu tort de redouter l'approche de l'année fatidique. Je me disais aussi que cette période, que j'ai pris l'habitude de placer sous le signe de la peur, m'avait fait connaître l'amour, et qu'elle me faisait vivre plus intensément qu'à aucune autre époque. J'en étais même à me dire que je me sentais aujourd'hui plus jeune qu'à vingt ans, au point de me persuader que cette jeunesse se poursuivrait indéfiniment. Lorsqu'un ami est arrivé, qui m'a brouillé à nouveau avec l'apocalypse.

Maïmoun. Maudit soit-il, béni soit-il.

Dernier complice de ma raison en déroute, fossoyeur de mes illusions.

Nous sommes tombés l'un dans les bras de l'autre. Moi heureux de serrer dans mes bras mon meilleur ami juif, et lui heureux de fuir tous les juifs de la terre pour se réfugier dans les bras d'un "gentil".

Il marchait tout en queue du cortège, l'air absent, accablé. Dès qu'il m'aperçut, il sortit du rang, sans la moindre hésitation, pour m'entraîner loin.

"Partons de ce quartier! Il faut que je te parle!"

Nous dévalâmes la colline, en direction de la grande corniche où résident les commerçants étrangers.

"Il y a un traiteur français qui vient de s'installer près de la douane, me dit Maïmoun, allons souper chez lui et boire son vin."

En route, il commença à me raconter ses malheurs. Son père, pris d'une ferveur subite, avait décidé de vendre pour une bouchée de pain tout ce qu'il possédait pour venir à Smyrne.

"Pardonne-moi, Baldassare mon ami, il y a des choses que je t'ai cachées lors de nos longues conversations. Elles étaient encore secrètes, et je n'aurais pas voulu trahir la confiance des miens. A présent, tout a éclaté au grand jour, pour notre malheur. Toi, avant d'arriver à Smyrne, tu n'avais jamais entendu le nom de Sabbataï Tsevi. Sauf peut-être à Constantinople..."

"Non, lui avouai-je, même pas. Seulement depuis que je suis à Smyrne."

"Moi, je l'ai rencontré l'été dernier, à Alep. Il est resté là plusieurs semaines, et mon père l'a même invité dans notre maison. Il était bien différent du personnage que tu vois aujourd'hui. Discret, parlant avec modestie, il ne se disait ni roi ni messie et ne se pavanait pas dans les rues en chantant. Pour cela, sa visite à Alep n'a pas suscité de remous en dehors de notre communauté. Mais chez nous, ce fut le commencement d'un débat qui se poursuit encore. Parce que, dans l'entourage de Sabbataï, on chuchotait déjà qu'il était le Messie attendu, qu'un prophète de Gaza nommé Nathan Achkenazi l'avait reconnu pour tel, et qu'il se manifesterait avant longtemps. Les gens étaient et sont toujours partagés. Nous avons reçu d'Égypte trois lettres qui affirmaient toutes que cet homme était indubitablement le Messie, alors que de Jérusalem, un hakham des plus respectés a écrit pour nous dire que cet homme était un imposteur, et qu'il fallait se méfier de ses paroles et de chacun de ses gestes. Toutes les familles étaient divisées, la nôtre plus que toutes. Mon père, dès le premier instant où on lui a parlé de Sabbataï, n'a plus vécu que dans l'attente de son avènement. Alors que moi, son fils unique, la chair de sa chair, je n'y ai pas cru un seul instant. Tout cela finira très mal. Nos gens, qui vivent depuis des siècles dans la discrétion, la retenue, sans hausser la voix, se mettent soudain à crier que leur roi va bientôt gouverner le monde entier, que le sultan ottoman va s'agenouiller devant lui et lui proposer son propre trône. Oui, ils disent à voix haute des choses aussi insensées, sans penser un instant que la colère du sultan pourrait se déchaîner contre nous. Cesse de craindre le sultan, me dit mon père, lui qui a passé sa vie à craindre l'ombre du moindre fonctionnaire envoyé par la Sublime Porte! Pourquoi craindre le sultan? son règne est révolu, l'ère de la Résurrection va bientôt commencer!

"Mon père voulait absolument partir pour Constantinople, comme je te l'avais raconté, et c'est moi qui suis parti à sa place, de peur qu'il ne puisse supporter les épreuves de la route. Il avait promis de m'attendre, et moi j'avais promis de revenir avec l'opinion des plus grands ha-khams, ceux qui sont unanimement respectés par tous les nôtres.

"Moi j'ai tenu promesse, pas mon père. Dès mon arri-vée dans la capitale, j'avais entrepris de visiter l'un après l'autre les hommes les plus érudits, en prenant soin de no-ter chacune de leurs paroles. Mais mon père était trop im-patient, il ne m'a pas attendu. Un jour j'ai appris qu'il avait quitté Alep avec deux rabbins et quelques autres notables. Leur caravane est passée par Tarse deux semaines après la nôtre, puis elle a suivi la route côtière jusqu'à Smyrne.

"Avant de quitter la maison, il avait bradé tout ce que nous possédions. 'Pourquoi as-tu fait cela?' lui ai-je de-mandé. Il m'a répondu : 'A quoi nous serviraient encore quelques pierres à Alep, si l'ère de la Résurrection a déjà commencé?' 'Mais si cet homme n'était pas le Messie? Et si le temps de la Résurrection n'était pas encore arrivé?' Mon père m'a répondu : 'Si tu ne veux pas partager ma joie, tu n'es plus mon fils !'

"Oui, il a tout vendu, puis il est venu jeter l'argent aux pieds de Sabbataï. Qui, pour montrer sa reconnaissance, vient de le nommer roi! Oui, Baldassare. Mon père a été nommé roi, nous devons célébrer son avènement. Je ne suis plus le fils d'Isaac le bijoutier, mais le fils du roi Asa! Tu me dois vénération", me dit Maïmoun en se versant une bonne lampée de vin de France.

J'étais quelque peu embarrassé, ne sachant pas jusqu'à quel point je devais m'associer à ses sarcasmes.

"Peut-être devrais-je préciser, ajouta mon ami, que Sab-bataï a nommé aujourd'hui pas moins de sept rois, et hier une dizaine. Aucune ville n'a accueilli autant de rois en même temps !"

Présentés ainsi, les événements si étranges auxquels je viens d'assister apparaissent effectivement comme une désolante bouffonnerie. Dois-je croire ce que me dit Maïmoun? Aurais-je dû, au contraire, le contredire, lui expliquer pourquoi je suis moi-même ébranlé, moi qui pourtant ne croyais plus depuis bien longtemps aux miracles, et qui ai longtemps méprisé en silence ceux qui y croient.

Non, je n'ai pas argumenté avec lui, je ne lui ai pas tenu tête. J'aurais eu honte de lui avouer que moi-même, sans nullement être juif ni attendre ce qu'ils attendent, suis ébranlé par tant d'inexplicables coïncidences, par tant de signes. J'aurais eu honte de lire dans ses yeux la déception, le mépris pour cet "esprit faible" que je suis devenu. Comme je ne voulais pas non plus dire le contraire de ce que je pense, je me suis contenté de l'écouter.

Je souhaite qu'il ait raison. De tout mon être j'espère que l'année 1666 sera une année ordinaire, avec des joies ordinaires, des peines ordinaires, et que je la traverserai avec tous les miens du jour de l'an au jour de l'an comme j'en ai traversé déjà une quarantaine d'autres. Mais je n'arrive pas à m'en persuader. Aucune de toutes ces années ne s'était annoncée de la sorte. Aucune ne s'était fait précéder ainsi d'une traînée de signes. Plus elle se rapproche, plus le tissu du monde se défait, comme si ses fils allaient servir à un nouveau tissage.

Pardonne-moi, Maïmoun, mon raisonnable ami, si c'est moi qui m'égare, comme je te pardonne si c'est toi qui t'es égaré. Pardonne-moi aussi d'avoir fait mine de t'approuver, tant que nous étions attablés chez ce traiteur français, pour venir te répondre la nuit dans ces pages, à ton insu. Comment faire autrement? Les mots que l'on prononce laissent des marques dans les cœurs, ceux qu'on écrit s'enterrent et refroidissent sous un couvercle de cuir mort. Surtout les miens, que personne ne viendra lire.

Ne restent de cette année que dix-sept jours, et Smyrne est balayée de la douane jusqu'à la vieille citadelle par le vent des rumeurs. Certaines sont alarmistes : le sultan aurait personnellement ordonné que Sabbataï soit mis aux fers et convoyé sous bonne garde à Constantinople ; mais le soir, le soi-disant messie était toujours chez lui, honoré par les siens, et il aurait nommé, dit-on, sept nouveaux rois, parmi lesquels un mendiant de la ville appelé Abraham le Roux. D'autres rumeurs parlent d'un personnage mystérieux qui serait apparu à la porte d'une synagogue, un vieillard à la longue barbe soyeuse, que personne n'avait jamais vu ; interrogé sur son identité, il aurait répondu qu'il était le prophète Élie, et invité les juifs à se rassembler autour de Sabbataï.

Celui-ci a encore, selon Maïmoun, de nombreux détracteurs parmi les rabbins, et aussi parmi les riches commerçants de la communauté, mais ils n'osent plus l'attaquer en public, et préfèrent s'enfermer chez eux de peur de se faire traiter d'infidèles et de mécréants par la foule. Certains d'entre eux auraient même quitté Smyrne par la route en direction de Magnésie.

Ce midi, j'ai invité Maïmoun à dîner chez le même traiteur français. Hier soir, c'est lui qui avait tout payé. Vu que son père a bradé leur fortune, il doit être dans la gêne, ou le sera avant longtemps, mais je n'avais pas voulu le lui faire sentir, pour ne pas le froisser, et j'avais accepté de me laisser traiter. On sert dans cet endroit la meilleure cuisine de tout l'empire, et je suis ravi de l'avoir découvert. Il y a deux autres traiteurs français dans cette ville, installés depuis longtemps, mais celui-ci est le plus couru. Il n'hésite pas à vanter son vin, que les Turcs n'hésitent pas à boire. En revanche, il évite de servir du jambon, et prétend finement que lui-même ne l'apprécie guère. Je ne regrette pas d'être revenu à sa table, et tant que je serai à Smyrne, j'y reviendrai.

J'ai seulement eu tort de faire part de ma découverte au père Jean-Baptiste, qui m'a reproché de mettre les pieds sous le toit d'un huguenot, et de boire le vin de l'hérésie. Mais nous n'étions pas seuls quand il a prononcé ces paroles risibles, et je le soupçonne d'avoir dit ce que son auditoire avait besoin d'entendre. Il a suffisamment vécu au Levant pour savoir qu'un bon vin n'a pas d'autre couleur que la sienne, ni d'autre esprit que le sien.

Le 16 décembre

J'ai invité Marta ce midi chez le sieur Moineau Ézéchiel, – c'est ainsi que s'appelle le traiteur huguenot. Je ne suis pas sûr qu'elle ait apprécié la cuisine, mais elle a apprécié l'invitation, et failli abuser du vin. Je l'ai retenue à mi-chemin entre la gaieté et l'ivresse.

De retour au couvent, nous nous sommes retrouvés seuls à l'heure de la sieste. Nous avions hâte de nous serrer l'un contre l'autre, et sans aucune prudence nous l'avons fait. J'avais l'oreille constamment aux aguets, de peur que mes neveux ne viennent nous surprendre, ou l'un des pères capucins. De mon commis, je ne craignais rien, il sait ne rien voir quand il le faut, et ne rien entendre. Cette inquiétude n'a guère amoindri notre bonheur, bien au contraire. Il me semble que chaque seconde réclamait son pesant de plaisir, plus que la seconde d'avant, comme si elle allait être la dernière, si bien que notre étreinte se faisait de plus en plus vigoureuse, éperdue, violente, haletante. Nos corps sentaient le vin chaud, et nous nous sommes promis des années de bonheur, que le monde vive ou qu'il meure.

Nous étions épuisés bien avant que quiconque ne vienne. Elle s'est assoupie. J'avais envie de faire de même, mais c'eût été trop d'imprudence. Je lui ai doucement ajusté la robe, puis je l'ai cachée jusqu'au cou sous une pudique couverture. Avant de tracer ces quelques lignes sur mon cahier.

Mes neveux ne sont rentrés qu'au milieu de la nuit. Et je n'ai pas revu le père Jean-Baptiste, qui a reçu des visiteurs hier, et qui a sans doute passé la journée entière en leur compagnie. Grand bien leur fasse, à tous. Ils ont dû recueillir une brassée de rumeurs nouvelles. Moi je n'ai recueilli qu'une rosée de vin sur la bouche ravie d'une femme. Si le monde pouvait nous ignorer chaque jour comme il nous a ignorés aujourd'hui! Si nous pouvions vivre et nous aimer ainsi dans la pénombre, jour après jour, en oubliant toutes les prophéties! Et nous saouler de vin hérétique et d'amours condamnées!

Seigneur! Toi seul peux faire en sorte que Ta volonté ne soit pas faite!

Le 17 décembre

J'ai quitté aujourd'hui le couvent des capucins pour m'installer dans la maison d'un commerçant anglais que je n'avais jamais rencontré avant ce jour. Encore une de ces choses inouïes qui m'arrivent comme pour m'empêcher d'oublier que nous ne vivons pas des temps ordinaires. Me voici donc installé dans cette maison étrangère comme si elle était la mienne, et ce soir j'écris mes pages sur un bureau en bois de merisier, brillant de laque rouge et neuve, sous la lumière d'un chandelier en argent massif. Marta m'attend. Elle a ici sa propre chambre, qui s'ouvre sur la mienne, et c'est auprès d'elle, dans son lit et nulle part ailleurs, que je me coucherai cette nuit, ainsi que les nuits à venir.

Tout s'est passé très vite, comme si l'affaire avait été au préalable amplement négociée par la Providence, et que nous devions seulement nous réunir ici-bas pour la sceller d'une poignée de main. Le lieu de réunion étant, bien entendu, la table du traiteur huguenot, où je me rends désormais chaque jour, et même plus d'une fois par jour. Ce matin, j'étais seulement passé prendre une coupe de vin et quelques olives, avant d'aller dîner au couvent. Deux hommes étaient attablés, auxquels le patron m'a présenté. L'un était anglais, et l'autre hollandais, mais ils semblaient bons amis alors que leurs nations, comme on le sait, ne s'entendent guère. J'avais eu l'occasion de dire au sieur Moineau quelle activité j'exerçais, et il se fait que mon Anglais, qui se nomme Cornelius Wheeler, est également négociant en curiosités. L'autre, le Hollandais, est pasteur protestant; son nom est Coenen — un homme de haute taille, fort maigre, avec la tête chauve et osseuse comme celle des grands vieillards.

J'appris aussitôt que mon collègue s'apprêtait à quitter Smyrne en fin de journée pour l'Angleterre, son bateau se trouvant déjà à quai. La décision de partir avait été prise précipitamment, pour des raisons familiales qu'on ne m'a point spécifiées, si bien qu'aucun arrangement n'avait été prévu pour la maison. Nous étions attablés depuis un quart d'heure à peine, je devisais courtoisement avec le pasteur sur le passé des Embriaci, sur Gibelet, sur Sabbataï et les événements en cours, tandis que Wheeler ne disait pas grand-chose, et semblait à peine entendre ce que nous racontions tant il était noyé dans ses soucis. Soudain, il émergea de sa torpeur pour me demander, à brûle-pourpoint, si j'accepterais de m'installer quelque temps chez lui.

"Pour le cas où nous arriverions bientôt au règne du chaos, dit-il avec une certaine emphase, j'aimerais savoir qu'une âme noble veille sur ma maison."

Ne voulant pas accepter avec trop d'empressement, je le prévins que je n'étais à Smyrne que pour une courte période, ayant une affaire pressante à régler, et que je pourrais moi aussi plier bagage du jour au lendemain. Mais je n'avais sans doute pas objecté avec suffisamment de conviction, puisque l'homme jugea inutile de répondre à l'argument, et me demanda seulement si cela m'incommoderait de faire quelques pas avec le pasteur et lui-même afin qu'il me montrât "ma nouvelle demeure".

J'ai déjà indiqué, je crois, que le quartier des étrangers n'était qu'une avenue unique longeant la plage. S'alignent, d'un bout à l'autre, et sur les deux côtés, des magasins, des dépôts, des ateliers, une bonne centaine de maisons, quelques traiteurs à la réputation établie, et quatre églises, dont celle des capucins. Les résidences qui regardent la mer sont plus prisées que celles qui donnent sur la colline, la vieille citadelle et les quartiers où vivent les gens du pays, Turcs, Grecs, Arméniens ou Juifs. La maison de Wheeler n'est ni la plus grande ni la plus sûre, puisqu'elle est située à l'extrémité de l'avenue, et que la mer vient frapper, pour ainsi dire, à sa porte. Même quand elle est calme, comme aujourd'hui, son grondement s'entend. Par temps de houle, il devrait être assourdissant.

Ce qu'il y a de plus beau, dans cette maison, c'est la vaste pièce où je me trouve en cet instant, autour de laquelle s'alignent les chambres, et qui est ornée d'une foule de statues, de statuettes, de fragments de colonnades anciennes, et aussi de mosaïques, le tout déterré par Wheeler lui-même qui effectue ses propres fouilles et fait grand commerce de ces objets.

Ce que je contemple autour de moi, et qui me donne l'impression d'habiter sur l'emplacement d'un sanctuaire grec ou d'une villa antique, n'est assurément que le rebut du rebut, rien que des pièces fêlées, brisées, amputées, ou qui existent en triple et en quadruple. Les plus belles prises ont été, sans nul doute, acheminées vers Londres, où mon hôte les aura vendues à prix d'or. Tant mieux pour lui ! Je sais d'expérience que les gens d'ici ne veulent jamais acquérir ces vieilles sculptures ; ceux qui en ont les moyens n'en ont pas le goût, et la plupart des Turcs les dédaignent, quand ils ne s'acharnent pas à les défigurer sous prétexte de piété.

Lorsqu'il s'est embarqué aujourd'hui, et bien qu'il s'agît d'un départ précipité, Wheeler avait un grand nombre de caisses, dont la plus grosse et la plus pesante contenait, m'a-t-il dit lui-même, un magnifique sarcophage orné de bas-reliefs, découvert à Philadelphie. Après avoir accepté son invitation, il n'était évidemment pas question de le laisser repartir pour le port en compagnie du seul pasteur. Fort heureusement pour lui, car nous découvrîmes en arrivant au quai que les débardeurs refusaient de charger, quel que soit le prix qu'on leur propose. Pour quelle raison ? Je n'ai pu le savoir, mais leur entêtement participe à l'évidence de l'atmosphère générale, faite de confusion dans les esprits, de dérèglement dans les attitudes, d'universelle irritation, comme d'impunité. Je fis appel à Hatem et à mes neveux, et ainsi, à quatorze bras — en comptant ceux du pasteur et du commis de Wheeler —, les caisses purent être embarquées. Seul le sarcophage résista à nos forces, et il fallut soudoyer les matelots pour qu'ils s'y mettent à leur tour et, s'aidant de cordes, le hissent enfin à bord.

Après avoir remercié les capucins de leur accueil, et fait une offrande généreuse pour la réfection de leur église dont le mur a souffert, m'a-t-on dit, du dernier tremblement de terre, je suis venu m'installer ici avec tous les miens.

Wheeler nous a laissé dans la maison une jeune servante au regard fuyant, dont il m'a dit qu'elle était à son service depuis très peu de temps, et qu'il la soupçonnait de voler de la vaisselle et de la nourriture. Peut-être aussi de l'argent, et des habits, il ne savait pas. Si jamais l'envie me prenait de la congédier, je ne devais pas hésiter. Pourquoi ne l'a-t-il pas fait lui-même ? Je ne le lui ai pas demandé. Je ne l'ai pas beaucoup vue encore. Elle a traversé la maison à deux reprises, pieds nus, la tête baissée et enveloppée dans un châle en damier rouge et noir.

Nous nous sommes réparti les chambres. Il y en a six, sans compter celle de la servante, construite sur le toit, et à laquelle on accède par une simple échelle. Hatem a pris celle qu'occupe d'habitude le commis de notre hôte ; mes neveux ont eu chacun la sienne, de même que Marta et moi, histoire de préserver les apparences, mais je n'ai aucunement l'intention de dormir loin d'elle.

Je m'en vais d'ailleurs la rejoindre sans plus tarder.

Le 18 décembre

Reste dans la maison de Wheeler une sixième chambre, je l'ai proposée ce matin à Maïmoun.

Depuis son arrivée à Smyrne, il vit avec son père chez un certain Issac Laniado, lui-même originaire d'Alep, fervent adepte de Sabbataï et voisin immédiat de la famille dudit messie, ce qui oblige mon ami à une continuelle dissimulation. Il s'en était ouvert à moi, se demandant avec force soupirs s'il pourrait supporter encore un long sabbat en leur compagnie.

Pourtant, il a décliné mon invitation. "C'est lorsque nos proches s'égarent que nous devons demeurer auprès d'eux", m'a-t-il dit. Je n'ai plus insisté.

Dans la ville, c'est toujours le doux chaos. La peur des lois se perd, comme si le Royaume à venir devait être celui de la miséricorde et du pardon, nullement celui de l'ordre. Mais cette impunité ne provoque aucun déchaînement de passions, ni émeutes ni sang versé ni pillage. Le loup côtoie l'agneau sans chercher à le dévorer, comme il est dit quelque part dans les Écritures. Ce soir, une vingtaine de juifs, hommes et femmes, sont descendus en procession de leur quartier jusqu'au port, chantant "Meliselda, fille de roi" et brandissant des torches ; en cela, ils défiaient à la fois leur propre loi, qui leur interdit d'allumer le feu vendredi soir, et la loi du pays, qui réserve aux seuls commerçants étrangers le droit de sortir la nuit en s'éclairant de torches. Arrivés non loin de chez moi, ils ont croisé une escouade de janissaires marchant au pas derrière leur officier. Les chants ont faibli, quelques instants, avant de reprendre de plus belle, chaque troupe ayant poursuivi son chemin sans se préoccuper de l'autre.

Combien de temps durera encore cette ivresse? Un jour? Trois jours? Quarante jours? Ceux qui croient en Sabbataï affirment : pour les siècles des siècles. Une ère nouvelle va bientôt commencer, disent-ils, que plus rien ne viendra clore. La Résurrection, une fois commencée, ne s'arrêtera plus. La Résurrection ne sera pas suivie de mort.

Ce qui s'achèvera, c'est l'humiliation, c'est l'abaissement, c'est la captivité, l'exil, la dispersion.

Et moi, dans tout cela, où suis-je, et que devrais-je souhaiter ? Maïmoun reproche à son père d'avoir tout abandonné pour suivre son roi messie. N'ai-je pas fait moi-même bien pire ? N'ai-je pas quitté ma ville, mon commerce, ma vie paisible, à cause des rumeurs d'apocalypse, et sans même l'espérance du Salut ?

Ces gens, ces égarés, qui traversent la nuit du sabbat en brandissant leurs torches, ne suis-je pas aussi fou qu'eux, à défier comme je le fais les lois de la religion comme celles du prince, en m'installant au su des miens dans le lit d'une femme qui n'est pas la mienne et qui est peut-être encore celle d'un autre ? Combien de temps pourrai-je encore vivre ainsi dans le mensonge ? Et combien de temps, surtout, resterai-je impuni ?

Si la perspective du châtiment m'effleure certains moments, elle ne me détourne guère de mes désirs. Le regard de Dieu m'inquiète moins que le regard des hommes. La nuit dernière, pour la première fois, j'ai pris Marta dans mes bras sans avoir à guetter fenêtres et portes, sans que mes oreilles demeurent à l'affût d'un bruit de pas. Puis je l'ai déshabillée lentement, lentement j'ai dénoué les rubans, défait les boutons, desserré toutes les étoffes pour les faire glisser jusqu'à terre, avant de souffler la bougie. D'un bras levé et plié elle cachait ses yeux, seulement ses yeux. Je l'ai conduite par la main jusqu'au lit, où je l'ai étendue puis me suis étendu tout près d'elle. Son corps sentait le parfum que nous avions acheté ensemble chez ce Génois à Constantinople. Je lui ai chuchoté que je l'aimais et que je l'aimerais toujours. En ressentant dans son oreille le souffle de mes paroles, elle m'entoura de ses bras et m'attira vers son corps tiède en murmurant des mots de joie, de hâte, de consentement, d'abandon.

Je l'ai étreinte avec la fougue d'un amant et la sérénité

d'un époux. Aurais-je pu l'aimer ainsi s'il ne régnait autour de nous, dans cette ville, et dans le monde, une souveraine ivresse?

Le 19 décembre

Le pasteur hollandais est venu me rendre visite de bon matin, disant qu'il voulait seulement s'assurer que je me trouvais à mon aise dans la maison de son ami. Quand je lui répondis avec un certain enthousiasme que j'y vivais déjà comme si elle était mienne, il jugea nécessaire de rétorquer que je ne devais jamais oublier cependant qu'elle ne m'appartenait pas. Observation futile, dont je me suis froissé, au point de lui répondre sèchement que j'avais simplement voulu souligner ma gratitude, que je ne m'étais installé dans cette maison que pour rendre service, que je me trouvais fort bien dans le couvent des capucins et que je pourrais parfaitement y retourner. Je croyais qu'il allait reprendre son chapeau et partir, ou peut-être me sommer de partir moi-même avec toute ma tribu, mais, après un moment d'hésitation, il émit un petit rire, s'excusa, toussota, prétexta un malentendu qu'il imputa à sa méconnaissance de l'italien – que pourtant il parle aussi bien que moi! – bref, il s'amenda sans ambiguïté, si bien que lorsqu'il voulut se lever, cinq minutes plus tard, je posai ma main sur son bras en le priant de n'en rien faire, et d'attendre en ami le café que "mon épouse" nous préparait.

Après ce prélude quelque peu maladroit, nous engageâmes la conversation sur un tout autre ton, et je ne tardai pas à découvrir que j'avais affaire à un érudit et à un sage.

J'appris ainsi de lui que des rumeurs circulaient depuis des mois dans diverses villes d'Europe concernant les tribus perdues d'Israël, qui auraient fait leur apparition en Perse, et qui auraient levé une armée innombrable. On prétend qu'elles se seraient emparées de l'Arabie, auraient défait les forces ottomanes, et même progressé jusqu'au Maroc ; à Tunis, cette année, la caravane des pèlerins aurait renoncé à partir pour La Mecque, par crainte de les rencontrer en chemin. D'après Coenen, qui ne croit guère à ces rumeurs, celles-ci se seraient propagées d'abord à partir de Vienne, qu'assiègent les troupes du sultan, puis de Venise, qui est en guerre depuis trente ans contre la Sublime Porte, et qui se donne du courage en imaginant ainsi que des alliés inattendus s'apprêtent à prendre les musulmans à revers.

Le pasteur me dit que les voyageurs qui s'arrêtent à Smyrne lui apportent chaque mois des lettres en ce sens, venues de Hollande, de France, de Suède, et surtout d'Angleterre, où de très nombreuses personnes sont à l'affût de tous les événements extraordinaires qui pourraient annoncer la fin des temps et le second avènement du Christ. A cet égard, ce qui se passe dans cette ville ne pourra qu'aiguiser leur impatience.

Lorsque je lui dis que je suivais moi-même ces développements avec une grande curiosité, que j'avais déjà eu l'occasion de voir de mes propres yeux par deux fois ledit messie, que ces phénomènes ne manquaient pas de me troubler, mais qu'un juif de mes amis s'était montré quant à lui bien plus sceptique, Coenen exprima le vif souhait de le rencontrer. Je promis de transmettre son invitation à Maïmoun dès que possible.

En évoquant les choses qui m'avaient le plus troublé au cours des derniers jours, je mentionnai le fait, à mon sens inexplicable, que le cadi eût laissé repartir Sabbataï libre, dimanche dernier, et qu'aucune mesure ne fût encore prise par les autorités pour couper court aux débordements et remettre les gens au travail. Le pasteur répondit que, selon des informateurs dignes de foi, le juge avait reçu une somme considérable de la part de certains riches commerçants juifs, fidèles de Sabbataï, pour qu'il ne fasse aucun mal à ce dernier.

"Je n'ignore pas, dis-je, à quel point les dignitaires ottomans peuvent être corrompus, ni à quel point ils peuvent être mus par l'avidité. Mais, dans le cas présent, c'est le chaos qui s'installe. Dès que les événements d'ici seront connus à Constantinople, des têtes vont tomber. Croyez-vous que le cadi serait prêt à risquer la sienne pour quelques pièces d'or?"

"Mon jeune ami, on ne comprend rien à la marche du monde si l'on s'imagine que les hommes agissent toujours avec sagesse. La déraison est le principe mâle de l'Histoire."

Il ajouta qu'à son avis, si le cadi a laissé Sabbataï repartir libre, ce n'est pas seulement parce qu'on l'aurait soudoyé, c'est aussi parce qu'il aurait estimé que cet homme qui arrivait chez lui en chantant des psaumes était un fou, dangereux peut-être pour sa propre communauté, mais qui ne menaçait en rien le pouvoir du sultan. C'est ce qu'aurait rapporté au pasteur un janissaire affecté à la protection des marchands hollandais. Et c'est probablement ce que le cadi chuchote à l'oreille des janissaires pour excuser sa tolérance.

Sur un tout autre plan, j'ai remarqué aujourd'hui que mon neveu Boumeh s'était laissé pousser la barbe et les cheveux. Je ne m'en serais pas aperçu s'il n'avait pas revêtu une chemise blanche flottante qui le fait ressembler à certains derviches. Il s'absente toute la journée, et quand il revient le soir il ne parle guère. Peut-être devrais-je lui demander pourquoi il s'accoutre ainsi.

Maïmoun est venu chercher refuge dans ma maison. Je l'ai accueilli à bras ouverts, et installé dans la dernière chambre vide, que de toute manière je lui destinais. Jusqu'ici il avait décliné mon invitation, mais un incident survenu ce matin lui a fait changer d'attitude. Il en est encore tout secoué.

Son père lui avait demandé de l'accompagner chez Sabbataï. Ce n'était pas la première fois qu'il y allait, mais il s'arrangeait toujours pour demeurer à l'écart, en retrait, perdu dans la foule des fidèles, à observer de loin les témoignages d'allégeance et les manifestations de joie. Cette fois, son père, devenu "roi", exigea de lui qu'il s'approche de leur bienfaiteur et obtienne sa bénédiction. Mon ami obéit, avança les yeux baissés, baisa furtivement la main du "messie", et fit aussitôt un pas en arrière pour laisser la place aux autres. Mais Sabbataï le retint par la manche, lui fit lever les yeux, lui posa deux ou trois questions, sur un ton aimable. Puis, soudain, haussant la voix, il lui demanda, ainsi qu'à son père et à deux rabbins d'Alep qui étaient avec eux, de prononcer le Nom Ineffable de Dieu. Les autres s'exécutèrent aussitôt, mais Maïmoun, pourtant le moins pieux de tous, hésita. Il lui arrivait parfois de ne pas suivre à la lettre les préceptes de la Foi, et de marmonner les prières à la synagogue sans la moindre ferveur, comme si son cœur demeurait détaché de ce que croyaient ses lèvres. Mais de là à commettre une telle transgression, non! Il se garda donc de prononcer le Nom, pensant que Sabbataï se contenterait d'avoir été obéi par les trois autres. C'était mal le connaître. Continuant à retenir Maïmoun par la manche, le prétendu messie entreprit d'expliquer à l'assemblée qu'en ces temps nouveaux, ce qui était interdit ne l'est plus, que ceux qui croient en l'émer-

210

gence de l'ère nouvelle ne devraient pas craindre la transgression, et que ceux qui ont foi en lui devraient savoir
qu'il ne leur demanderait rien qui ne soit conforme à la
volonté réelle du Très-Haut, surtout si cela semble aller à
l'encontre de Sa volonté apparente.

A présent, tous les regards étaient tournés vers mon
ami, y compris celui de son propre père, qui lui disait
d'avoir confiance "en notre roi messie", et de faire ce qu'il
lui demandait.

"Je n'aurais jamais cru, me dit Maïmoun, que je vivrais
jusqu'au jour où mon père, qui m'a élevé dans le respect de
notre loi, me demanderait de la transgresser de la pire manière. Si une telle chose a pu arriver, si la piété se confond
ainsi avec l'impiété, c'est que la fin des temps doit effectivement être proche."

Il se perdit dans la contemplation et la mélancolie. Je
dus le secouer pour qu'il reprenne le cours de son histoire.

"Et qu'as-tu fait?"

"J'ai dit à Sabbataï que ce qu'il me demandait était grave,
et que j'avais besoin d'aller réciter quelques prières avant
de l'accomplir. Puis, sans demander sa permission, je me
suis retiré. Et dès que je me suis retrouvé à l'extérieur, j'ai
marché droit jusqu'ici."

Il me jura que tant que "cette folie" ne se sera pas cal-
mée, il ne remettra pas les pieds au quartier juif. J'approu-
vai son attitude, et me déclarai ravi de l'accueillir sous mon
toit.

Je parlai ensuite de la visite du pasteur hollandais, et lui
fis part de son désir de le rencontrer. Il ne refusa pas, mais
exprima le souhait de ne pas y aller avant quelques jours,
n'ayant, pour l'heure, aucune envie de parler à un étranger
de ce qui venait d'arriver.

"J'ai encore l'esprit tout agité, je baigne dans la confusion, et je ne voudrais pas tenir des propos que je regret-
terais demain."

Je lui répondis que rien ne pressait, et que nous ferions bien de demeurer, l'un et l'autre, à l'écart de tout ce brouhaha.

Le lundi 21 décembre 1665

Ainsi, il y aurait en pays ottoman des fonctionnaires intègres ? Je n'ose encore l'affirmer, et c'est déjà fort incongru que je puisse seulement me poser la question !

Depuis quelques jours, Marta insiste pour que nous reprenions ici les démarches entreprises à Constantinople, en espérant qu'elles s'avéreront moins infructueuses. Je suis donc allé voir le greffier de la prison de Smyrne, un certain Abdellatif, dont on m'a dit qu'il tenait registre de toutes les condamnations prononcées dans cette partie de l'Asie Mineure et dans les îles Égée. L'homme me laissa formuler ma requête, prit des notes, demanda quelques précisions, avant de me dire qu'il aurait besoin d'une semaine de recherches avant de pouvoir me donner une réponse satisfaisante. Ce qui évoqua bien entendu pour moi le souvenir désagréable de cet autre greffier, celui de l'Armurerie du palais sultanien, qui nous avait soutiré une somme après l'autre sous prétexte de consulter divers registres. Mais j'étais décidé à payer sans trop rechigner, ne serait-ce que pour montrer à Marta que je ne reculerais devant aucun sacrifice. Je demandai donc à l'homme, selon la formule en usage, "de combien il faudrait dédommager ses informateurs". J'avais déjà la main dans ma bourse. L'homme, d'un geste clair, me fit signe de l'en retirer.

212

"Pourquoi Votre Honneur paierait-il, puisqu'il n'a rien obtenu encore?"

Craignant de l'irriter si j'insistais, je me retirai en promettant de revenir dans une semaine, et en priant le Très-Haut de le rétribuer selon ses mérites, formule dont aucun honnête homme ne pourrait s'offusquer.

A Marta et Hatem, qui m'attendaient dehors, sous l'ombre d'un noyer, j'ai raconté la scène comme je viens de le faire, mot pour mot. Elle se dit confiante; peut-être le Ciel s'apprêterait-il enfin à se pencher favorablement sur son sort. Mon commis se montra plus sceptique; pour lui, l'indulgence des puissants n'est jamais que la promesse d'une plus grande calamité à venir.

Nous verrons bien. En temps normal, je me serais rangé à son avis, mais aujourd'hui je ne suis pas sans espoir. Il se passe tant de choses inouïes. Un vent d'étrangeté balaie le monde... Plus rien ne devrait me surprendre, plus rien.

Le 23 décembre 1665

Je tremble, je bafouille.

Serai-je capable de raconter les événements comme s'ils étaient arrivés à un autre, sans pousser des hurlements à chaque ligne, et sans crier sans cesse au prodige?

Peut-être aurais-je dû attendre que les émotions se soient déposées au fond de moi, sur le plancher de mon âme, comme le marc dans une tasse de café. Laisser passer deux jours, une semaine. Mais lorsque les faits de ce jour auront refroidi, d'autres seront survenus, encore brûlants...

M'en tenir donc, tant que je le puis encore, à ce que j'avais décidé. Écrire chaque jour sa peine. Un compte rendu, une date. Sans relire, tourner la page pour qu'elle soit prête à accueillir les étonnements à venir. Jusqu'au jour où elle restera blanche – la fin, ma propre fin, ou bien celle du monde.

Mais j'en reviens plutôt au commencement...

Cet après-midi, donc, ayant pu vaincre les réticences de Maïmoun, je m'en fus avec lui au domicile du pasteur Coenen. Qui nous reçut à bras ouverts, nous offrit avec le café de délicieuses sucreries turques, puis se mit à parler de Sabbataï, en termes mesurés, cherchant du coin de l'œil à apprécier les réactions de mon ami. Il rapporta d'abord des paroles fort élogieuses prononcées par le soi-disant messie à l'endroit de Jésus, dont l'âme, disait-il, était indissociablement liée à la sienne. "Je ferai en sorte qu'il prenne désormais sa place parmi les prophètes", aurait-il dit devant témoins. Maïmoun confirma que Sabbataï ne parlait de Jésus qu'en termes déférents et affectueux, et qu'il évoquait souvent avec tristesse les souffrances qui lui avaient été infligées.

Le pasteur se dit à la fois étonné et ravi par de tels propos, en regrettant que Sabbataï ne fasse pas preuve de la même sagesse lorsqu'il parle des femmes.

"N'est-il pas vrai qu'il a promis de les rendre égales à leurs époux, et de les délivrer de la malédiction d'Ève? C'est ce qu'on m'a rapporté, de source fiable. A l'en croire, les femmes devraient à l'avenir vivre totalement à leur guise, sans obéir à aucun homme."

Interrogé du regard, Maïmoun confirma sans grand empressement.

Le pasteur poursuivit :

"Sabbataï aurait même dit qu'hommes et femmes ne devraient plus être séparés, ni dans les maisons ni même dans les synagogues, et que demain, dans le royaume qu'il veut bâtir, chacun pourra aller avec qui il désire, sans restriction ni honte aucune."

"Cela, je ne l'ai jamais entendu, dit fermement Maï-moun. Ni rien de la sorte." Et il m'adressa un regard voulant dire : Baldassare, mon ami, pourquoi m'as-tu fait venir dans ce coupe-gorge ?

Alors je me levai, brusquement.

"Vous avez de bien belles choses dans cette maison. Permettriez-vous au négociant que je suis d'y jeter un coup d'œil ?"

"Bien sûr, faites !"

J'espérais que mon ami se lèverait à son tour, et qu'il profiterait de la diversion que j'avais créée pour s'éloigner d'un sujet aussi embarrassant, et interrompre ce qui était en train de devenir un interrogatoire. Mais il resta à sa place, de peur de froisser notre hôte. Il est vrai que si nous avions sauté tous les deux à pieds joints, au même moment, la dérobade eût été manifeste, et quelque peu grossière. La conversation se poursuivit donc, sans moi, qui n'en perdais cependant pas un mot, et n'inspectais meubles, livres et bibelots que d'un regard vide.

Derrière moi, Maïmoun expliquait à Coenen que la plu-part des rabbins ne croyaient pas en Sabbataï, mais qu'ils n'osaient s'exprimer clairement parce que la populace lui était tout entière acquise. Ceux qui refusaient de le recon-naître en tant que roi messie devaient se cacher, ou même quitter la ville, de peur de se faire malmener dans la rue.

"Est-il vrai que Sabbataï a dit qu'il allait se rendre dans quelques jours à Constantinople, pour prendre possession de la couronne du sultan et s'asseoir à sa place sur le trône ?"

Maïmoun parut horrifié par cette suggestion, il haussa le ton :

"Est-ce que les choses que je vous dis ont une valeur quelconque à vos yeux ?"

"Bien entendu, répondit le pasteur, quelque peu interlo-qué. Vous êtes, de tous les hommes de bien que j'ai inter-rogés, le plus précis, le plus sage, et le plus perspicace..."

"Alors faites-moi confiance si je vous dis que Sabbataï n'a jamais, à aucun moment, manifesté de telles prétentions."

"Pourtant, celui qui m'a rapporté ces propos est l'un de ses proches."

Il baissa la voix et prononça un nom, que je ne pus saisir. J'entendis seulement Maïmoun s'enflammer :

"Ce rabbin est un fou! Tous ceux qui prononcent de telles paroles sont des fous! Qu'il s'agisse des partisans de Sabbataï, qui s'imaginent déjà que le monde leur appartient, ou de ses adversaires, qui veulent sa perte à n'importe quel prix. Si de telles inepties parvenaient demain aux oreilles du sultan, tous les juifs seraient massacrés, et aussi tous les habitants de Smyrne!"

Coenen lui donna raison, avant d'enchaîner sur un autre sujet :

"Est-il vrai qu'une lettre est arrivée d'Égypte..."

Je n'ai pas entendu la suite de la question. Mon regard s'était figé. Devant moi, sur une étagère basse, à moitié dissimulée derrière un guéridon de Zélande, une statuette. Une statuette que je connaissais! Ma statuette! Ma statuette des deux amants, miraculeusement préservée! Je me suis baissé, puis accroupi, pour la prendre, pour la caresser et la retourner dans tous les sens. Aucun doute possible! Ces deux têtes coniques recouvertes d'une feuille d'or, cette étrange rouille qui a réuni les deux mains, qui les a soudées par-delà la mort... Il n'existe nulle part au monde un objet identique!

J'attendis quelques secondes, avalai deux trois fois ma salive, pour que ma voix ne me trahît pas.

"Révérend, où avez-vous pu vous procurer ceci?"

"Ah, les statuettes? C'est Wheeler qui me les a offertes."

"Vous a-t-il dit s'il les a lui-même déterrées?" fis-je innocemment.

216

"Non. J'étais en visite chez lui, lorsqu'un homme est venu frapper à sa porte pour lui vendre certains objets qu'il transportait sur son tombereau. Cornelius lui a acheté presque tout ce qu'il avait, et comme je m'étais montré intéressé par ces statuettes votives, qui viennent probablement de quelque temple antique, il insista pour m'en faire cadeau. Vous qui êtes un grand négociant en curiosités, de tels objets doivent être pour vous monnaie courante."

"J'en vois passer quelquefois, en effet. Mais celui-ci ne ressemble à aucun autre."

"Vous devez avoir l'œil pour ces objets, plus que moi. Qu'y a-t-il de particulier dans celui-ci?"

Le pasteur ne semblait pas particulièrement intéressé par ce que je racontais. Il m'écoutait et me questionnait avec juste ce qu'il faut de politesse pour ne pas paraître indifférent, se disant sans doute que j'avais les réactions normales de l'homme passionné par son négoce, et attendant que j'aie repris en silence ma tournée d'inspection pour revenir au seul sujet qui aujourd'hui l'intéressait : Sabbataï. Alors je m'approchai de lui, portant précautionneusement "les deux amants".

"Ce que cette statuette a de particulier, c'est qu'elle est formée, comme vous le voyez, de deux personnages réunis par les hasards de la rouille. C'est là un phénomène rare, et je reconnaîtrais cet objet entre mille. Pour cette raison, je puis vous affirmer avec certitude que la statuette que je tiens devant vous se trouvait, il y a quatre mois, dans mon propre magasin, à Gibelet. Je l'avais donnée gracieusement au chevalier de Marmontel, émissaire du roi de France, qui venait de m'acheter très cher un livre rare. Il avait pris la mer à Tripoli, emportant cet objet. Il a fait naufrage avant d'atteindre Constantinople. Et voici que je retrouve ma statuette sur cette étagère."

Coenen se leva, ses jambes ne supportaient plus de

demeurer pliées. Il était blême, comme si je l'avais accusé de vol, ou de meurtre.

"J'avais prévenu Cornelius Wheeler contre ces bandits habillés en mendiants qui viennent vous vendre à la sauvette des objets de valeur. Tous des malfaiteurs sans foi ni loi. Et à présent, j'ai le sentiment d'être complice de leurs forfaits, et receleur. Ma maison est souillée! Dieu te punisse, Wheeler!"

Je m'employai à le rassurer, ni lui ni l'Anglais n'avaient rien à se reprocher puisqu'ils ne savaient pas l'origine de la marchandise. En même temps, je le questionnai délicatement sur ce que le vendeur transportait en plus de mes "amants". Je voulais évidemment savoir si *Le Centième Nom* avait lui aussi survécu. N'était-il pas parti sur le même navire, dans les mêmes bagages? Un livre, je le sais, est plus mortel qu'une statuette métallique, et les naufrageurs qui ont causé la perte du navire, qui ont massacré les hommes pour s'emparer des richesses transportées, auraient bien pu conserver des statuettes couvertes d'une couche d'or et jeter un livre par-dessus bord.

"Cornelius a acheté bien des choses à cet homme."

"Des livres?"

"Un livre, oui."

Si je m'attendais à une réponse aussi claire!

"Un livre en langue arabe dont il semblait émerveillé."

Tant que le vendeur était là, me dit Coenen, son ami n'avait pas donné l'impression d'y attacher de l'importance. Mais dès que l'homme fut parti, content d'avoir pu se défaire de tant de marchandises, l'Anglais ne se retint plus; il se mit à tourner le livre et à le retourner dans ses mains, lisant et relisant la première page.

"Il avait l'air tellement heureux de son acquisition que lorsque je lui posai une question sur l'âge des statuettes, il me les offrit sur-le-champ. Malgré mes protestations, il ne

LA VOIX DE SABBATAÏ

voulut rien entendre, et ordonna à son commis d'emballer le cadeau puis d'aller le déposer chez moi. »

« Ne vous a-t-il rien dit sur le livre lui-même ? »

« Peu de chose. Qu'il s'agit d'un livre rare, et que de nombreux clients le lui réclament depuis des années, s'imaginant qu'il leur procurera je ne sais quels pouvoirs et quelles divines protections. Un talisman, en quelque sorte. Je me souviens de lui avoir dit qu'un vrai croyant n'avait pas besoin de tels artifices, et que pour gagner les faveurs du Ciel, il suffisait de faire le bien et de répéter les prières que Notre Sauveur nous a apprises. Wheeler m'a approuvé, il m'a assuré qu'il ne croyait point à ces balivernes lui-même, mais qu'en tant que marchand il était heureux d'avoir acquis un objet convoité qu'il pourra vendre à bon prix. »

Ayant dit cela, Coenen est revenu à ses jérémiades, se demandant si le Ciel lui pardonnera d'avoir accepté, en un moment d'inattention, un cadeau dont il soupçonnait la provenance douteuse. Quant à moi, je me retrouvai — et me retrouve encore en cet instant — plongé dans des dilemmes que je croyais révolus. Si le livre du *Centième Nom* n'a pas disparu, ne devrais-je pas me relancer à sa poursuite ? Ce livre est une sirène, ceux qui ont entendu son chant ne peuvent plus l'oublier. Moi, j'ai fait plus qu'entendre son chant, j'ai tenu la sirène dans mes bras, je l'ai caressée, je l'ai possédée un court moment avant qu'elle ne m'échappe pour aller vers le large. Elle a plongé, et je l'ai crue engloutie à jamais, mais une sirène ne se noie pas en mer. A peine avais-je commencé à l'oublier, la voilà qui surgit, tout près de moi, pour me faire signe, pour me rappeler à mes devoirs de soupirant ensorcelé.

« Où est ce livre à présent ? »

« Wheeler ne m'en a plus jamais parlé. Je ne sais pas s'il l'a emporté avec lui en Angleterre, ou bien s'il l'a laissé à Smyrne, dans sa maison. »

A Smyrne? Dans sa maison? C'est-à-dire dans la mienne?

Qui donc pourrait me reprocher de trembler et de bafouiller en écrivant ces lignes?

Le 24 décembre

Rien de ce que j'ai fait aujourd'hui ne constitue un crime punissable; mais sans doute était-ce un abus d'hospitalité. Fouiller ainsi de fond en comble la maison qu'on m'a confiée, comme si elle était la grotte d'un receleur! Que mon Anglais me pardonne, il fallait que je le fasse, il fallait que j'essaie de retrouver le livre qui m'a fait partir sur les routes. Sans illusions, d'ailleurs. J'aurais été fort surpris si mon collègue, ayant compris l'importance de cet ouvrage, l'avait quand même abandonné sur place. Je n'irai pas jusqu'à supposer que c'est à cause du *Centième Nom* qu'il a subitement décidé de partir en laissant sa maison et ses biens à la garde de l'inconnu que je suis. Mais je ne puis exclure d'emblée une telle hypothèse.

Coenen me dit que Cornelius Wheeler appartient à une famille de libraires qui tient boutique depuis longtemps au vieux marché Saint Paul, à Londres. Je n'ai jamais visité ce marché ni cette ville, mais pour ceux qui, comme moi, font le commerce des livres anciens, ces lieux paraissent familiers. De même que doit être familier, pour certains libraires et collectionneurs de Londres ou d'Oxford, le nom de la maison Embriaco, à Gibelet – c'est du moins ce qu'il me plaît de croire. Comme si un fil invisible reliait, par-delà les mers, ceux qui se passionnent pour les mêmes choses ; mon âme de marchand me dit que le monde serait un lieu bien plus chaleureux si les fils devenaient innombrables et que le tissage se faisait plus épais, plus serré.

Pour l'heure, toutefois, je ne me réjouis pas de savoir que quelqu'un, à l'autre bout du monde, aspire à posséder le même livre que moi, et que ce livre est à présent sur un bateau qui fait route vers l'Angleterre. Fera-t-il naufrage, comme ce malheureux Marmontel ? Je ne le souhaite pas, Dieu m'est témoin. J'aurais seulement voulu que, par quelque inexplicable sortilège, le livre fût encore dans cette maison. Je ne l'ai pas trouvé, et bien que je ne puisse pas dire que j'ai fouillé dans tous les recoins, je suis persuadé que je ne le trouverai pas.

Tous les miens ont pris part à la chasse au trésor, à l'exception de Boumeh, qui s'est absenté la journée entière. Il est souvent absent, ces derniers temps, mais je me suis bien gardé de le lui reprocher aujourd'hui. J'étais bien content qu'il ne sache pas que nous recherchions le livre de Mazandarani, ni surtout qu'il apprenne où se trouve à présent l'objet qu'il convoite plus que nous tous. C'est qu'il pourrait nous entraîner jusqu'en Angleterre à sa poursuite ! J'ai d'ailleurs fait promettre à toute la maisonnée de ne pas lui dire un traître mot de tout cela. Je les ai même menacés des pires châtiments s'ils me désobéissaient.

Dans l'après-midi, alors que nous étions tous affalés dans le salon, aussi épuisés par la déception que par la fatigue, Habib a dit : "Eh bien, nous ne l'aurons pas eu, ce cadeau de Noël !" Nous avons ri, et j'ai pensé qu'effectivement, en cette veille de la Nativité, c'eût été un bien beau cadeau pour tous.

Nous en étions encore à rire lorsqu'on a frappé à la porte. C'était le serviteur de Coenen, qui nous apportait, enveloppée dans une écharpe couleur pourpre, la statuette des deux amants. "Après ce que j'ai appris hier, je ne pouvais garder cet objet sous mon toit", disait le mot d'accompagnement.

Le pasteur n'entendait nullement nous faire un cadeau de Noël, je présume, mais c'est ainsi que son envoi nous est apparu. Rien, excepté le livre du *Centième Nom*, n'aurait pu me faire davantage plaisir.

Mais il a fallu que je dissimule la statuette aussitôt, et fasse encore promettre à tous de garder le silence. Sinon, mon neveu, en la voyant, aurait tout deviné.

Combien de temps pourrai-je lui cacher la vérité? Ne devrais-je pas apprendre plutôt à lui dire non? C'est bien ce que j'aurais dû dire dès la première fois où il m'a demandé d'entreprendre ce voyage. Au lieu de m'engager sur cette pente glissante, sans rien pour me retenir. Sauf, peut-être, le butoir des dates. Dans une semaine, l'Année...

Le 27 décembre

Une péripétie peu glorieuse s'est produite tout à l'heure. Je la consigne dans ce cahier dans le seul but de me calmer, et je n'en reparlerai plus.

Je m'étais retiré dans ma chambre très tôt pour faire quelques comptes, et à un moment, je m'étais levé pour aller vérifier si Boumeh était déjà rentré, ses absences étant devenues trop fréquentes ces derniers temps, et inquiétantes vu son état d'esprit et celui de la ville.

Ne l'ayant pas trouvé dans sa chambre, et pensant qu'il avait pu aller dans le jardin pour quelque besoin nocturne, je sortis à mon tour, et me mis à faire les cent pas sur le seuil. La nuit était douce, étonnamment douce pour un mois de décembre, il fallait prêter l'oreille pour entendre les vagues, pourtant proches.

Soudain un son curieux, comme un râle ou comme un cri étouffé. Il venait du toit, où se trouve la chambre de la servante. Je m'approchai sans bruit, et montai lentement l'échelle. Les râles se poursuivaient.

Je demande : "Qui est là?" Personne ne répond, et les bruits s'arrêtent. J'appelle la servante par son nom : "Nasmé! Nasmé!" Et c'est la voix de Habib que j'entends : "C'est moi, mon oncle. Tout va bien. Tu peux aller te rendormir!"

Aller me rendormir? Il aurait dit autre chose, je me serais peut-être montré compréhensif, j'aurais peut-être fermé les yeux, n'étant pas irréprochable moi-même ces derniers temps. Mais me parler ainsi, comme à un gâteux, ou à un pauvre d'esprit?

Je pénètre comme un fou dans la pièce. Elle est minuscule et très sombre, mais je devine les deux silhouettes, et peu à peu les reconnais. "C'est à moi que tu dis d'aller me rendormir..." Je lui débite un chapelet de jurons génois, et le gifle à toute volée. Le malappris! Quant à la servante, je lui laisse jusqu'au matin pour ranger ses affaires et s'en aller.

Maintenant que ma colère est un peu tombée, je me dis que c'est mon neveu qui méritait châtiment, plus que cette malheureuse. Je n'ignore pas quel séducteur il peut être. Mais on ne châtie jamais comme on doit, on châtie comme on peut. Chasser la servante et sermonner mon neveu, c'est injuste, je le sais. Mais que faire, sinon? Gifler la servante et chasser mon neveu?

Trop de choses se passent dans ma maison qui ne se seraient pas passées si je me comportais autrement. En écrivant cela, je souffre, mais peut-être souffrirais-je encore plus en ne l'écrivant pas. Si je ne m'étais pas autorisé à vivre à ma guise avec une femme qui n'est pas la mienne, si je n'avais pas pris tant de libertés avec les lois du Ciel et avec celles des hommes, mon neveu ne se serait pas conduit comme il l'a fait, et je n'aurais pas eu à sévir.

Ce que je viens d'écrire est vrai. Mais il est également vrai que si lesdites lois n'étaient pas aussi cruelles, ni Marta ni moi n'aurions eu besoin de les contourner. Dans un monde où tout est gouverné par l'arbitraire, pourquoi serais-je le seul à me sentir coupable de transgression? Et pourquoi serais-je le seul à éprouver du remords.

Il faudrait qu'un jour j'apprenne à être injuste sans états d'âme.

Le lundi 28 décembre 1665

Je suis retourné voir aujourd'hui ce fonctionnaire otto-man, Abdellatif, le greffier de la prison de Smyrne, et il me semble que je ne m'étais pas trompé en le disant intègre. Il l'est même bien plus que je ne l'aurais cru. Puissent les journées prochaines ne pas me contredire!

J'étais allé vers lui en compagnie de Marta et Hatem, et avec une bourse suffisamment fournie pour répondre aux exigences habituelles. Il me reçut poliment dans le bureau sombre qu'il partage avec trois autres fonctionnaires, lesquels recevaient, au même moment, leurs propres "clients"; me faisant signe de me pencher par-dessus son épaule, il me dit à voix basse qu'il avait cherché dans tous les registres disponibles sans rien trouver sur l'homme qui nous intéresse. Je le remerciai de sa peine, et lui demandai, en touchant ma bourse, combien ses recherches lui avaient coûté. Il me répondit, en élevant soudain la voix : "Ce sera deux cents aspres!" Je trouvai la somme forte, sans être néanmoins déraisonnable, ni inattendue. De toute manière, je n'avais pas l'intention de discuter, et lui déposai les pièces dans le creux de la main. Il me remercia d'une formule coutumière, et se leva pour me reconduire, ce qui ne manqua pas de me surprendre. Pourquoi cet homme, qui m'avait reçu sans daigner se lever, et sans m'inviter à m'asseoir, se levait-il à présent et me prenait-il ainsi par le bras comme si j'étais un ami de longue date, ou un bienfaiteur?

Une fois à l'extérieur, il m'ouvrit la main, y déversa toutes les pièces que je venais de lui donner, et me rabattit les doigts dessus en disant : "Vous ne me devez pas cet argent, je n'ai eu qu'à consulter un registre, ce qui fait partie du travail pour lequel je suis déjà rétribué. Allez, que Dieu vous garde, et vous fasse trouver ce que vous cherchez."

Je demeurai interloqué. Me demandant s'il s'agissait là d'un remords authentique ou d'une rouerie ottomane supplémentaire visant à obtenir plus d'argent encore, et si je devais donc insister ou bien partir, comme il m'y invitait, avec un simple mot de gratitude. Mais Marta et Hatem, qui avaient observé l'étonnant manège, se mirent à psalmodier à tue-tête comme s'ils venaient d'être témoins d'un miracle. "Béni sois-tu! Le meilleur des hommes! Le plus méritant des serviteurs du sultan notre maître! Que le Très-Haut veille sur toi et sur tes proches!"

"Cela suffit! hurla l'homme. Auriez-vous juré ma perte? Allez-vous-en, et que je vous revoie jamais plus!"

Nous nous sommes éloignés, emportant avec nous nos interrogations.

Le 29 décembre 1665

Malgré les objurgations de cet homme, je suis reparti le voir aujourd'hui. Cette fois, seul. J'avais besoin de comprendre pour quelle raison il s'était comporté ainsi. Je ne savais pas comment il allait m'accueillir, et j'avais même, tout au long du chemin qui mène du quartier des marchands étrangers jusqu'à la citadelle, le pressentiment que j'allais trouver sa place vide. D'ordinaire, on ne se souvient de ses pressentiments et on n'en parle que lorsqu'ils se vérifient. En l'occurrence, mon pressentiment était trompeur, Abdellatif était là. Une femme d'un certain âge lui parlait, et il me fit signe d'attendre un moment qu'il en ait fini avec elle. Lorsqu'elle s'en alla, il griffonna quelques mots sur son cahier puis se leva et m'entraîna au-dehors.

"Si vous êtes venu pour me redonner ces deux cents aspres, vous vous êtes dérangé pour rien."

"Non, lui dis-je, je venais seulement pour vous remercier encore de votre sollicitude. Hier, mes amis se sont mis à ululer, et je n'ai pas pu vous dire toute ma gratitude. Je fais des démarches depuis des mois, et chaque fois je suis reparti en pestant, pardonnez-moi. Grâce à vous, je suis reparti d'ici en remerciant le Ciel et la Porte, alors que je n'étais pas beaucoup plus proche de mon but. C'est si rare de nos jours de rencontrer un homme intègre. Je comprends que mes amis aient réagi de la sorte. Mais votre modestie a souffert de leur exubérance, et vous les avez fait taire."

Je n'avais pas posé clairement la question qui chatouillait mes lèvres. L'homme sourit, soupira, posa la main sur mon épaule.

"Détrompez-vous, ce n'est pas par modestie que j'ai fait taire vos amis, mais par sagesse et prudence."

Il hésita un moment, l'air de chercher ses mots. Puis il

226

promena son regard à l'entour pour s'assurer que personne
ne l'observait.

"Dans un lieu où la plupart acceptent l'argent impropre,
celui qui s'obstine à refuser apparaît comme une menace
pour les autres, comme un dénonciateur possible, et l'on
fait tout pour se débarrasser de lui. On ne s'est d'ailleurs
pas gêné pour me le dire : si tu veux garder la tête attachée
aux épaules, tu dois faire comme nous, tu ne dois te montrer
ni pire ni meilleur. Comme je n'ai pas envie de mourir, mais
que je n'ai pas non plus envie de me souiller ni de me dam-
ner, je préfère agir comme je l'ai fait avec vous. A l'intérieur
du bâtiment je me vends, et à l'extérieur je me rachète."

Étrange époque que la nôtre, où le bien est contraint de
se déguiser sous les oripeaux du mal !

Peut-être est-il temps que les temps s'achèvent...

Le 30 décembre 1665

Ce matin Sabbataï est parti pour Constantinople sans
que l'on sache quel destin l'y attend. Il s'est embarqué sur
un caïque, accompagné de trois rabbins, un d'Alep, un de
Jérusalem, et le troisième venu de Pologne, me dit-on.
Étaient également du voyage trois autres personnes, dont
le père de Maïmoun. Mon ami aurait voulu se joindre à eux
pour rester proche de son père, le soi-disant messie s'y est
opposé.

La mer paraît houleuse et des nuages noirâtres barrent
l'horizon, mais tous ces hommes sont montés à bord en
chantant, comme si la présence de leur maître à leur côté
abolissait tempêtes et houles.

Dès avant leur départ, les rumeurs étaient nombreuses, que Maïmoun me rapportait constamment de la ville haute pour me faire partager ses inquiétudes et sa perplexité. Les fidèles de Sabbataï prétendent qu'il s'en va à Constantinople pour y rencontrer le sultan, pour lui apprendre que les temps nouveaux sont arrivés, ceux de la Rédemption et de la Délivrance, et lui enjoindre de s'y soumettre sans résistance ; ils ajoutent que lors de cette entrevue, le Très-Haut allait manifester Sa volonté par un prodige retentissant, de manière que le sultan, terrorisé, ne puisse que se jeter à genoux et remettre sa couronne à celui qui serait devenu, à sa place, l'ombre de Dieu sur terre.

Les adversaires de Sabbataï prétendent, à l'inverse, qu'il n'est nullement parti en conquérant, mais que ce sont les autorités ottomanes elles-mêmes, par la voix du cadi, qui lui auraient ordonné de quitter Smyrne dans les trois jours et de se rendre à Constantinople, où il devrait être appréhendé à son arrivée. La chose est plausible, en effet, c'est même la seule thèse plausible. Quel homme sain pourrait croire, en effet, à cette entrevue miraculeuse à l'issue de laquelle le monarque le plus puissant du monde déposerait sa couronne aux pieds d'un rougeaud chantonnant ? Non, je n'y crois pas, et Maïmoun encore moins. Mais ce soir, dans le quartier juif, la plupart des gens prennent la chose pour acquise. Ceux qui ont des doutes les dissimulent, et font mine de se préparer déjà aux réjouissances.

Boumeh semble croire lui aussi que le monde est sur le point de basculer. Le contraire m'eût étonné. Dès qu'il y a une alternative, mon neveu opte pour le bras le plus sot. Sot, j'insiste, mais toujours capable d'argumenter et de nous faire réfléchir, sinon de nous désarçonner.

"Si les autorités, dit-il, envisagent d'arrêter Sabbataï dès qu'il aura remis pied à terre, pourquoi l'ont-elles laissé partir ainsi, libre, sur le navire qu'il a choisi, au lieu de l'expédier sous bonne escorte vers sa prison ? Comment

pourraient-elles être sûres de l'endroit où il débarque-
rait?"

"Que cherches-tu à nous dire, Boumeh? Que le sultan
va se soumettre sans autre cérémonie, dès que cet homme
le lui aura ordonné? Assurément, tu as perdu la raison, toi
aussi."

"La raison n'a plus qu'une journée à vivre. L'année nouvelle va commencer, l'ère nouvelle va commencer, ce qui
paraissait raisonnable paraîtra bientôt risible, ce qui paraissait déraisonnable s'imposera comme l'évidence même.
Ceux qui auront attendu le dernier moment pour ouvrir les
yeux seront aveuglés par la lumière."

Habib ricana, et moi je haussai les épaules, en me tournant vers Maïmoun pour chercher son approbation. Mais
mon ami était comme absent. Il pensait sans nul doute à
son père, à son vieux père malade et égaré, il le revoyait qui
s'embarquait sur ce caïque sans un geste d'adieu à son
adresse, sans un regard, et il se demandait s'il n'allait pas
ainsi vers l'humiliation ou la mort. Il ne savait plus que
croire, ni surtout que souhaiter. Ou plutôt si, il le savait,
mais cela ne le consolait guère.

J'ai suffisamment discuté avec lui, depuis que nous habi-
tons ensemble, pour savoir exactement comment se pose
son dilemme. Si son père pouvait avoir raison, si Sabbataï
pouvait être le roi messie, si le miracle attendu se produisait, si le sultan tombait à genoux en reconnaissant que
les temps anciens étaient finis, que les royaumes de ce
monde étaient désormais révolus, que les puissants ne
seraient plus puissants, que les arrogants ne seraient plus
arrogants, et que les humbles ne seraient plus humiliés, si
tout ce rêve fou pouvait, par la volonté du Ciel, devenir
réalité, comment Maïmoun pourrait-il ne pas en pleurer de
joie? Mais ce n'est pas ce qui va arriver, me répète-t-il.
Sabbataï ne lui inspire aucune confiance, aucun recueillement, aucune attente, ni joie aucune.

"Nous sommes encore loin de l'Amsterdam espérée", me dit-il. En riant pour ne pas pleurer.

Le 31 décembre 1665

Seigneur, le dernier jour!

Je tourne en rond depuis ce matin sans pouvoir manger, ni parler, ni réfléchir. Je rumine et ressasse sans arrêt les causes de ma frayeur. Que l'on croie ou non en Sabbataï, il ne fait pas de doute que son apparition en ce moment précis, à la veille de l'année fatidique, et en cette ville désignée par l'apôtre Jean comme l'une des sept Églises concernées au premier chef par le message de l'Apocalypse, ne peut être due entièrement à un bouquet de coïncidences. Ce qui m'est arrivé au cours des derniers mois ne peut non plus s'expliquer sans référence à l'approche des temps nouveaux, fussent-ils ceux de la Bête ou de la Rédemption, et aux signes qui les annoncent. Faudrait-il qu'une fois de plus je les énumère?

Pendant que les miens faisaient la sieste, je m'étais installé à ma table pour écrire ce que m'inspire cette journée. Je pensais écrire tout un testament, puis je m'étais arrêté à ces seules lignes s'achevant sur une interrogation, j'avais laissé ma main un long moment suspendue en l'air sans me résoudre à recommencer encore cette énumération des signes qui ont jalonné les derniers mois de ma vie et de celle des miens. J'avais fini par ranger mon écritoire en me demandant si j'aurais à nouveau l'occasion de tremper mon calame dans l'encre. J'étais sorti marcher dans des rues quasiment désertes, puis le long de la plage, tout aussi dés-affectée, et où le bruit des vagues et du vent eut la vertu de m'apaiser en m'étourdissant.

De retour chez moi, je m'étendis pour quelques minutes sur mon lit, quasiment assis tant ma tête sur les oreillers entassés restait haute. Puis me levai d'excellente humeur, résolu à ne pas laisser ma dernière journée – si elle devait être effectivement la dernière – s'écouler dans la mélan-colie et la peur.

J'avais formé le projet d'emmener ma famille entière dîner chez le traiteur français. Mais Maïmoun s'excusa, disant qu'il devait aller au quartier juif pour rencontrer un rabbin qui venait d'arriver de Constantinople, et qui allait peut-être l'informer de ce qui attendait là-bas Sabbataï et les siens. Boumeh dit qu'il allait rester enfermé dans sa chambre, à méditer jusqu'à l'aube, comme chacun de nous aurait dû le faire. Et Habib, encore à son deuil ou à sa bouderie, ne voulait pas sortir non plus. Sans me décou-rager, j'exhortai Marta à m'accompagner, et elle ne dit pas non. Elle s'en montra même ravie, comme si la date d'aujourd'hui ne l'impressionnait en aucune manière.

Je demandai au sieur Moineau de nous servir tout simplement ce qu'il avait de mieux. Le plat dont il était le plus fier, en tant que cuisinier, avec le meilleur vin de sa réserve. Comme si c'était notre dernier repas, pensai-je, sans le dire, et sans que cette perspective me perturbe outre mesure. Je crois bien que j'en ai pris mon parti.

Lorsque nous rentrâmes, comme tout le monde sem-blait dormir, je m'en fus dans la chambre de Marta, dont je loquetai la porte de l'intérieur. Puis nous jurâmes de dor-mir serrés l'un contre l'autre jusqu'au matin – ou, du moins, pensai-je mi-badin mi-terrifié, jusqu'à la chose qui tiendrait lieu de matin en l'année de la Bête. Seulement, après l'étreinte, ma compagne s'endormit et moi je perdis le sommeil. Je la gardai un long moment contre moi, une heure peut-être, puis je l'écartai doucement, me levai, me couvris, et allai reprendre mon écritoire.

Je me promettais encore de faire le bilan de ces derniers mois, d'énumérer les signes dans l'espoir que leur alignement sur la feuille me dévoilerait soudain le sens caché des choses. Mais voilà que, pour la deuxième fois aujourd'hui, j'y ai renoncé. Je me suis contenté de consigner mes banales activités de l'après-midi et du soir et à présent je n'écrirai plus rien.

Quelle heure de la nuit peut-il être? Je l'ignore. Je vais aller me glisser près de Marta, en prenant soin de ne pas la réveiller, et en espérant que mes idées s'apaiseront pour que le sommeil vienne.

Le vendredi 1ᵉʳ janvier 1666

L'année de la Bête a commencé et c'est un matin comme un autre. La même lumière derrière les volets, les mêmes bruits à l'extérieur; et j'ai entendu dans le voisinage chanter un coq.

Boumeh ne se laisse pourtant pas démonter. Il n'a jamais dit, prétend-il, que le monde allait disparaître ainsi du jour au lendemain. C'est vrai, il ne l'a jamais affirmé clairement, mais il se comportait hier comme si les portes de l'Enfer étaient sur le point de s'ouvrir. Il ferait bien de se départir de cet air dédaigneux et de s'avouer aussi ignorant que nous tous. Cela ne lui viendrait pas à l'esprit. Il en est toujours à prophétiser, à sa manière.

"C'est à leur propre rythme que les nouveaux temps se mettront en place", proclame mon neveu l'oracle.

Cela pourrait prendre un jour, ou une semaine, ou un mois, ou même l'année entière – ce qui est certain, affirme-t-il, c'est que l'impulsion est donnée, que la métamorphose du monde est en cours, et que tout sera scellé avant la fin de 1666. Lui et son frère prétendent aujourd'hui qu'ils n'ont jamais eu peur, et que moi seul, leur oncle, étais effrayé. Alors qu'hier, du matin au soir, ils respiraient avec peine et tournaient en rond avec des regards de proies traquées.

Maïmoun, qui a passé la soirée d'hier et la journée d'aujourd'hui au quartier juif, me rapporte que leur communauté de Constantinople était suspendue ces dernières semaines aux nouvelles qui leur provenaient de Smyrne, et que tous, riches et pauvres, lettrés et ignorants, saints hommes ou filous, tous, à l'exception de quelques rares sages, attendent la venue de Sabbataï avec une espérance démesurée. On nettoie les maisons et les rues, on les orne comme pour un mariage, et la rumeur se répand, comme à Smyrne, comme en bien d'autres lieux, semble-t-il, que le sultan s'apprête à déposer son turban et son diadème aux pieds du roi messie en échange de la vie sauve et d'une place dans le Royaume à venir, le Royaume de Dieu sur terre.

Le dimanche 3 janvier 1666

A l'église des capucins, le prédicateur s'acharne sur ceux qui annoncent la fin du monde, sur ceux qui glosent sur les chiffres et sur tous ceux qui se laissent abuser. Il affirme que l'année qui commence sera une année comme les autres, et se moque du messie de Smyrne. Les fidèles sourient de ses sarcasmes, mais ils se signent avec terreur chaque fois qu'il mentionne la Bête, ou l'Apocalypse.

Le 4 janvier

Ce midi, un incident s'est produit par ma faute, qui aurait pu avoir les pires conséquences. Mais j'ai eu, Dieu merci, suffisamment de présence d'esprit pour rétablir la barque qui commençait à chavirer.

J'étais parti me promener, avec Marta, et avec Hatem, et nos pas nous avaient conduits du côté de la mosquée nouvelle, où se trouvent de nombreux libraires. En contemplant leurs empilements, j'eus soudain envie de les interroger sur *Le Centième Nom*. Mes mésaventures précédentes, à Tripoli puis à Constantinople, auraient dû m'inciter à la prudence, mais mon désir de posséder ce livre fut le plus fort, et je me donnai, en toute mauvaise foi, les meilleures raisons pour me départir de ma prudence. Je me dis que dans l'atmosphère qui régnait à Smyrne, et même si l'effervescence était retombée après le départ de Sabbataï, certaines choses qui avaient pu être à un moment suspectes ou interdites seraient maintenant tolérées. Je me persuadai aussi que mes appréhensions étaient de toute manière excessives, et sans doute même injustifiées.

A présent je sais qu'elles ne l'étaient pas. A peine avais-je prononcé le nom de Mazandarani et le titre du livre, la plupart des regards devinrent fuyants, les autres soupçonneux, et quelques-uns se firent même menaçants. Rien de précis ne m'a été dit, et rien n'a été fait contre moi ; tout s'est passé de manière feutrée, insaisissable, indémontrable ; j'ai néanmoins acquis la certitude aujourd'hui que les autorités ont clairement prévenu les libraires contre ce livre, et contre toute personne qui le rechercherait. A Smyrne et à Constantinople comme à Tripoli ou Alep, et dans toutes les cités de l'Empire.

De peur d'être accusé d'appartenir à quelque fraternité secrète qui aspire à secouer le trône du sultan, je changeai aussitôt de discours et me lançai dans une description minutieuse et fantasque de la reliure du livre "telle qu'on me l'a décrite", prétendis-je, en affirmant que c'était là tout ce qui intéressait le négociant que je suis. Je doute que mon changement de discours ait su abuser mes interlocuteurs. Toujours est-il que l'un d'eux, habile commerçant, courut m'apporter de son échoppe un ouvrage dont la reliure ressemblait un peu à celle que j'avais décrite – toute en bois damasquiné, avec le titre incrusté en nacre, et de fines charnières comme celles des coffrets. J'avais déjà eu dans mon magasin un ouvrage relié de cette manière fort inhabituelle, mais ce n'était évidemment pas *Le Centième Nom*...

L'ouvrage que m'a apporté le libraire aujourd'hui parle du poète turc Yunus Emre, mort au VIIIᵉ siècle de l'Hégire, au XIVᵉ de notre ère. Je l'ai juste un peu feuilleté, pour constater qu'il ne s'agissait pas d'un simple recueil, mais d'un mélange de poèmes, de commentaires et d'anecdotes biographiques. J'ai surtout inspecté la reliure, et passé plusieurs fois mes doigts dessus pour vérifier qu'elle était correctement damasquinée, sans aspérité aucune. Et bien entendu, je l'ai acheté. Avec tous ces gens qui m'observaient, il n'était pas question que je démente les propos que je venais de tenir. Le libraire, qui me l'a vendu à six piastres, a fait une bonne affaire. Mais moi aussi. Pour six piastres, j'ai appris une leçon qui vaut mon pesant d'or : plus jamais je ne parlerai du *Centième Nom* en pays ottoman !

Le mardi 5 janvier 1666

Hier soir, juste avant de m'endormir, j'ai lu quelques passages du livre qu'on m'a vendu hier. J'avais entendu quelquefois le nom de Yunus Emre, mais n'avais rien lu de lui jusqu'ici. Cela fait des dizaines d'années que je lis des poètes de tous pays, et apprends quelquefois leurs vers, et jamais je n'avais rien lu de tel. Je n'ose dire que c'est le plus grand, mais c'est pour moi le plus surprenant.

> *Une mouche a ébranlé un aigle*
> *Et lui a fait mordre la poussière*
> *C'est là la stricte vérité*
> *J'ai vu moi-même la poussière.*

> *Le poisson a grimpé au peuplier*
> *Pour manger du goudron au vinaigre*
> *La cigogne a mis bas un ânon*
> *Quelle langue parlera-t-il ?*

Si, au réveil, j'étais heureux d'avoir découvert ce livre, la nuit m'avait cependant conseillé de ne pas le garder, mais de l'offrir plutôt en cadeau à un homme qui le méritait et qui saurait apprécier sa langue mieux que moi – Abdellatif, le greffier intègre. J'avais envers lui une dette que je tenais à acquitter, sans trop savoir quelle serait la manière la plus appropriée. Ni un bijou, ni une étoffe de valeur, que ses principes lui auraient dicté de refuser, ni un Coran enluminé, qu'un musulman accepterait mal de la main d'un Génois. Rien de mieux, me dis-je, qu'un livre profane, de lecture agréable, qu'il parcourrait de temps à autre avec plaisir, et qui lui rappellerait ma gratitude.

Au matin, donc, je partis pour la citadelle, mon cadeau sous le bras. L'homme parut d'abord étonné. Je le sentis même quelque peu méfiant, comme s'il redoutait que je lui demande en échange quelque service qui le mettrait à mal avec sa conscience. Il me jaugea lentement du regard, au point que je commençais à regretter mon geste. Mais aussitôt, son visage se détendit, il me donna l'accolade, m'appela son ami, et héla un brave homme assis près de la porte pour qu'il nous apporte du café

Quand, au bout de quelques minutes, je me levai pour partir, il m'accompagna à l'extérieur en me tenant par le bras. Il semblait encore tout ému de mon geste, auquel il ne s'attendait nullement. Avant que je ne le quitte, il me demanda pour la première fois où je résidais d'ordinaire, où je logeais à Smyrne, et pour quelle raison je m'intéressais au sort du mari de Marta. Je lui expliquai sans détour que cet individu l'avait abandonnée depuis des années, qu'elle n'avait plus de nouvelles de lui, et ne savait donc plus si elle était encore mariée ou pas. Abdellatif se montra d'autant plus désolé de n'avoir rien pu faire pour dissiper cette incertitude.

Sur le chemin du retour, je me mis à repenser à la suggestion que Hatem m'avait faite il y a quelques semaines, celle de procurer à Marta un faux certificat attestant la mort de son mari. S'il fallait recourir un jour à de tels moyens, me dis-je, ce n'est pas à ce nouvel ami, à cet homme si droit, que je pourrais demander de l'aide.

Jusqu'à présent, j'ai voulu explorer des voies moins hasardeuses. Mais combien de temps faudra-t-il encore patienter ? Combien de greffiers, combien de juges, combien de janissaires devrais-je encore interroger et soudoyer, sans jamais le moindre résultat ? Ce n'est pas la dépense qui m'inquiète, Dieu m'a abondamment pourvu. Seulement, il faudra bien rentrer à Gibelet, sans trop tarder, et il faudra bien posséder alors un document quelconque qui puisse rendre sa liberté à "la veuve". Il n'est pas question qu'elle se mette de nouveau à la merci de sa belle-famille !

Arrivé "chez moi", la tête encore bourdonnante, et trouvant que tous les miens m'attendaient pour passer à table, j'eus un moment la tentation de demander à chacun d'eux s'il ne pensait pas que le moment était venu de rentrer au pays. Mais je promenai mon regard autour de moi, et je m'imposai aussitôt silence. A ma droite était assis Maïmoun, et à ma gauche Marta. A elle, si j'avais suggéré de rentrer au pays, c'est comme si je l'abandonnais ou, pire, comme si je la livrais poings liés à ses persécuteurs ; et à lui, qui habitait à présent dans ma maison, comment dire que le moment était venu de quitter Smyrne ? C'est comme si je me disais las de l'héberger, comme si je le chassais.

J'étais en train de me faire la réflexion que j'avais eu raison de me taire, et que si j'avais ouvert la bouche sans réfléchir, je l'aurais regretté jusqu'à mon dernier jour. Lorsque Boumeh, se tournant vers moi, dit brusquement :

"C'est à Londres que nous devrions aller, puisque c'est là-bas que se trouve le livre que nous cherchons."

Je sursautai. Pour deux raisons. La première, c'est la manière dont mon neveu m'avait regardé en parlant – c'est comme s'il avait entendu la question que j'avais ravalée, et qu'il y répondait. Ce n'est qu'une impression, je le sais, une fausse impression, une impression insensée. Rien ne devrait permettre à cet illuminé de deviner mes pensées ! Pourtant, il y avait, dans son regard, dans le ton de sa voix, un mélange d'assurance et d'ironie qui me mit mal à l'aise. La seconde raison d'être surpris, c'est que j'avais fait promettre à tous de ne rien dire à Boumeh de la statuette retrouvée, et du fait que Wheeler pouvait être en possession du livre de Mazandarani. Qui a pu trahir ce secret ? Habib, bien entendu. Je le regardai, et il me regarda à son tour, droit dans les yeux, avec effronterie, avec défi. J'aurais dû m'y attendre. Après ce qui s'est passé le lendemain de Noël, la gifle qu'il a reçue et la servante chassée, j'aurais dû m'attendre à ce qu'il se venge !

238

Me tournant vers Boumeh, je rétorquai avec irritation que je n'avais aucunement l'intention de suivre à nouveau ses conseils, et que le jour où je quitterais Smyrne, ce serait pour rentrer chez moi à Gibelet, nulle part ailleurs. "Ni Londres, ni Venise, ni le Pérou, ni la Chine, ni le pays des Bulgares!" hurlai-je.

Personne autour de la table ne se hasarda à me contredire. Tous, y compris Habib, baissèrent les yeux en signe de soumission. Mais j'aurais tort de croire que cette discussion est close. Maintenant qu'il sait où se trouve le livre, Boumeh va me harceler comme il sait le faire.

Le 7 janvier

Il a plu toute la journée, en gouttelettes froides et fines, piquantes comme têtes d'épingles. J'ai passé la journée sans mettre le nez dehors une seule fois, et sans trop m'éloigner du brasero. Je ressens une douleur à la poitrine, peut-être due au froid, et qui a d'ailleurs disparu quand je me suis réchauffé. Je n'en ai parlé à personne, pas même à Marta, à quoi bon l'inquiéter?

Depuis mardi, nous n'avions plus parlé de notre retour, ni de notre prochaine destination, mais Boumeh a ramené le sujet sur le tapis ce soir. Pour dire que si nous avons entrepris ce long voyage pour retrouver le livre du *Centième Nom*, il ne serait pas raisonnable de revenir à Gibelet sans l'avoir obtenu, et de passer le restant de l'année calamiteuse à se morfondre et à trembler. Je faillis répondre sur le même ton qu'avant-hier, mais l'atmosphère était détendue et ne se prêtait guère à des paroles d'autorité, alors je préférai interroger les uns et les autres sur l'attitude à adopter.

Je commençai par Maïmoun qui, d'abord, se défendit de vouloir s'immiscer dans une affaire concernant notre famille ; puis, lorsque j'eus insisté, conseilla poliment à mes neveux de faire confiance à mon âge et à mon jugement. Un invité respectueux aurait-il pu répondre autrement ? Mais il s'attira, de la part de Boumeh, cette réplique : "Il arrive que dans une famille, le fils se comporte plus sagement que son père !" Maïmoun demeura interloqué, un court moment, avant de partir d'un grand éclat de rire. Il tapota même l'épaule de mon neveu, comme pour lui dire qu'il avait saisi l'allusion, qu'il appréciait son esprit de repartie et qu'il ne lui en voulait pas. Mais il ne dit plus un mot de toute la soirée.

Je profitai, quant à moi, de cet échange, puis des rires, pour éviter de me lancer dans une nouvelle discussion avec Boumeh au sujet de l'Angleterre. D'autant que je ressentais à nouveau cette douleur à la poitrine, et que je ne voulais surtout pas m'irriter. Marta non plus n'exprima aucune opinion. Mais lorsque Habib rétorqua à son frère : "S'il y a quelque chose à trouver, c'est ici, à Smyrne, que nous le trouverons. Je ne saurais pas vous dire pourquoi, mais c'est ainsi, je le sens. Il suffira de se montrer patients !", elle l'approuva d'un grand sourire et d'un "Dieu te préserve, tu as dit tout ce qu'il fallait dire !"

Moi, qui deviens chaque jour un peu plus soupçonneux, je me dis que l'attitude de Habib s'explique, comme toujours, par les raisons du cœur. Il s'est absenté aujourd'hui toute la journée, et hier aussi. Sa bouderie est terminée, et il doit être à nouveau dans le sillage d'une belle.

Le 8 janvier

Ce que j'ai appris aujourd'hui va dévier le cours de mon existence. Certains diront que c'est en déviant qu'une existence rejoint le cours qui, de tout temps, devait être le sien. Sans doute...

Je n'en ai encore parlé à personne, et surtout pas à Marta, la première intéressée. Je finirai par lui en parler, bien sûr, mais pas avant d'avoir longuement réfléchi, seul, sans me laisser influencer par quiconque, et décidé de la voie qu'il convient de suivre.

Cet après-midi, donc, alors que je me relevais de ma sieste, Hatem est venu me dire qu'un jeune garçon désirait me voir. Il m'apportait une note de la main du greffier Abdellatif me demandant si je pouvais l'honorer d'une visite à son domicile, dont son fils m'indiquerait la route.

Il habite non loin de la Citadelle, dans une maison moins modeste que je ne l'aurais supposé, mais qu'il partage, ai-je cru comprendre, avec trois de ses frères et leurs familles. Il y règne un va-et-vient continuel de gamins qui se battent, de femmes aux pieds nus qui les poursuivent, et d'hommes qui haussent la voix pour se faire obéir.

Une fois les politesses accomplies, Abdellatif me conduisit vers une pièce plus tranquille à l'étage, où il me fit asseoir à terre, près de lui.

"Je crois savoir où se trouve l'homme que vous cherchez."

Une de ses nièces nous apporta des boissons fraîches. Il attendit, pour continuer, qu'elle soit repartie en refermant la porte derrière elle.

Il m'apprit alors que le dénommé Sayyaf avait bien été arrêté à Smyrne, il y a cinq ou six ans, pour un larcin, mais qu'il n'était resté qu'un an en prison. Depuis, il se serait installé dans les îles, à Chio, où il aurait trouvé le moyen de prospérer par Dieu sait quels trafics.

"S'il n'a plus été inquiété, c'est qu'il bénéficie de certaines protections... Il semble même que les habitants du pays le redoutent."

Mon ami se tut quelques instants, comme pour reprendre son souffle.

"J'ai un peu hésité avant de vous faire venir, je ne suis pas censé fournir de tels renseignements à un marchand génois. Mais je m'en serais voulu de laisser un homme de bien gaspiller encore son temps et son argent à la recherche d'un voyou."

Je lui exprimai ma gratitude par toutes les formules arabes et turques qui me vinrent aux lèvres, lui donnai une longue accolade et l'embrassai sur la barbe comme un frère. Puis je pris congé sans lui laisser deviner en aucune manière dans quel désarroi il venait de me précipiter.

Que devrais-je faire à présent? Et que devrait faire Marta? Elle avait entrepris ce voyage dans le seul but d'obtenir la preuve que son mari était mort. Or, c'est l'inverse qui vient d'être établi. L'homme est bien vivant, et elle n'est plus veuve. Pourrons-nous continuer à vivre sous le même toit? Pourrons-nous jamais retourner ensemble à Gibelet? Tout cela me donne le vertige.

Je suis revenu de chez Abdellatif il y a deux heures à peine, et j'ai prétendu devant tous les miens, qui m'attendaient avec inquiétude, qu'il voulait juste me montrer une vieille aiguière en or que sa famille possédait. Marta n'a pas eu l'air de me croire, mais je ne me sens pas encore prêt à lui apprendre la vérité. Je le ferai demain, sans doute, ou au plus tard après-demain. Parce qu'elle voudra sûrement me demander mon avis sur la conduite à suivre, et que je me sens, à l'heure présente, incapable de la conseiller. Si elle était tentée de se rendre à Chio, devrais-je l'en dissuader ? Et si elle s'entêtait, devrais-je y aller avec elle ?

J'aurais bien voulu que Maïmoun soit ici, ce soir, je lui aurais demandé son avis comme je l'avais fait à Tarse, et en tant d'autres occasions. Mais il a promis de passer le sabbat avec le rabbin arrivé de Constantinople, et ne rentrera que samedi dans la nuit ou dimanche.

Hatem aussi est un homme de bon conseil, et de bon sens. Je le vois qui s'affaire, à l'autre bout de la pièce, en attendant que j'aie fini d'écrire pour venir me parler. Mais c'est mon commis, je suis son maître, et je répugne à me montrer devant lui indécis, et à ce point désemparé.

Le 9 janvier

J'ai finalement dit la vérité à Marta plus tôt que je ne l'avais prévu.

Nous nous étions mis au lit, hier soir, et je l'avais prise dans mes bras. Lorsqu'elle se blottit tête et poitrine et jambes contre moi, j'eus soudain le sentiment d'être en train d'abuser d'elle. Alors je me redressai, m'adossai au mur, la fis asseoir elle aussi et lui saisis les mains chaudement dans les miennes.

"J'ai appris quelque chose aujourd'hui, chez le greffier, et j'attendais que nous soyons seuls, toi et moi, pour t'en parler."

Je m'efforçai de prendre le ton le plus neutre, ni celui des meilleures nouvelles, ni celui des condoléances. Il eût été inconvenant, me semble-t-il, d'annoncer d'une voix contrite qu'un certain homme n'était pas mort. Un homme

243

qu'elle avait, certes, pris l'habitude de détester, mais qui n'en était pas moins encore son mari, qui fut son grand amour et qui, bien avant moi, l'avait entourée de ses bras.

Marta ne laissa transparaître ni surprise ni joie ni déception ni désarroi, rien. Elle cessa seulement de bouger. Immobile, comme une statue de sel. Silencieuse. Respirant à peine. Ses mains étaient encore dans les miennes, mais c'est parce qu'elle les avait oubliées.

Je demeurai moi-même immobile et muet. A l'observer. Jusqu'à ce qu'elle dise, sans être sortie de sa torpeur :

"Que pourrais-je lui dire ?"

Au lieu de répondre à ce qui n'était pas une vraie question, je lui conseillai de laisser passer une nuit avant de prendre la moindre décision. Elle n'eut pas l'air de m'entendre, me tourna le dos et ne dit plus rien jusqu'au matin.

Quand je me suis réveillé, elle n'était plus au lit. J'eus un moment d'inquiétude, mais dès que je sortis de la chambre je la vis dans le salon en train de frotter les poignées des portes et d'épousseter les étagères. Certaines personnes, quand elles sont saisies par l'angoisse, ne trouvent plus la force de se mettre debout, alors que d'autres, à l'inverse, s'agitent et gesticulent jusqu'à l'épuisement. J'avais cru, la nuit dernière, que Marta appartenait à la première catégorie. A l'évidence, je m'étais trompé. Sa torpeur n'aura été que passagère.

A-t-elle arrêté déjà sa décision ? A l'heure où j'écris ces lignes, je l'ignore. Je ne lui ai pas posé la question, de peur qu'elle ne se sente engagée par ce qu'elle m'avait dit dans la nuit. Il me semble que si elle était vraiment décidée à partir, elle aurait commencé à ranger ses affaires. Elle doit hésiter encore.

Je ne la presse pas, je la laisse hésiter.

Le 10 janvier

Qu'elles étaient douces ces nuits premières où nous nous étendions l'un près de l'autre en faisant mine d'obéir aux caprices de la Providence, elle jouant à être mienne et moi qui feignais de le croire. A présent que nous nous aimons nous ne jouons plus et les draps sont tristes.

Si je me montre désabusé, c'est que la décision de Marta est prise et que je ne trouve aucun argument pour l'en dissuader. Que pourrais-je lui dire? Qu'elle aurait tort d'aller voir son mari, alors qu'il réside tout près d'ici, et qu'elle a entrepris ce voyage justement pour régler cette affaire et dissiper ses doutes? Dans le même temps, je suis persuadé que rien de bon ne sortira de leur rencontre. Si cet individu décidait de faire valoir ses droits sur son épouse légitime, personne ne pourrait s'y opposer, ni elle-même, ni moi, surtout.

"Que penses-tu lui dire?"

"Je lui demanderai pourquoi il est parti, pourquoi il ne m'a plus donné de ses nouvelles, et s'il compte revenir au pays."

"Et s'il t'obligeait à rester auprès de lui?"

"S'il tenait tellement à moi il ne m'aurait pas abandonnée."

Cette réponse ne vaut rien! Je haussai les épaules, je me retirai jusqu'au bord du lit, je tournai le dos, je me tus.

Que Sa volonté soit faite! Je répète sans arrêt: Que Sa volonté soit faite! Mais je prie aussi pour que Sa volonté ne soit pas trop cruelle comme elle l'est quelquefois.

Le 13 janvier

Je déambule dans les rues, et sur les plages, parfois seul, souvent avec Maïmoun. Nous devisons de choses et d'autres, de Sabbataï, du pape, d'Amsterdam, de Gênes, de Venise et des Ottomans, – de tout, excepté d'elle. Mais aussitôt rentré à la maison j'oublie nos belles paroles et ne consigne rien. Depuis trois jours je n'ai pas écrit une ligne. Pour tenir un journal de voyage il faut cultiver des soucis multiples et moi je n'en ai plus qu'un. Je me prépare dans le recueillement à l'idée de perdre Marta.

Depuis qu'elle m'a annoncé sa décision de se rendre chez son mari, elle n'a plus rien dit. Elle n'a mentionné aucune date, et ne s'est pas préoccupée des modalités du voyage jusqu'à Chio. Serait-elle encore indécise? Pour qu'elle ne se sente pas pressée, je ne lui pose aucune question. Je lui parle quelquefois de son père, de Gibelet, et de quelques souvenirs plaisants, comme notre rencontre inopinée à la barrière de Tripoli, ou notre nuit chez le tailleur Abbas, Dieu le protège!

La nuit, je ne la prends plus dans mes bras. Non qu'elle soit redevenue, à mes yeux, la femme d'un autre, mais je ne voudrais pas qu'elle se sente fautive. J'avais même songé à ne plus dormir dans sa chambre, et à réintégrer la mienne, que j'ai très peu utilisée ces derniers temps. Après une journée de balancement, j'ai changé d'avis. J'aurais commis là une impardonnable faute d'appréciation. Mon geste n'aurait pas été celui d'un amant chevaleresque, prêt à se sacrifier pour ne pas embarrasser son amante, mais une désertion, mais un abandon, Marta y aurait vu une invitation à aller sans tarder réintégrer son "foyer".

Je continue donc à dormir auprès d'elle. Je l'embrasse sur le front et lui tiens parfois la main sans trop m'approcher d'elle. Je la désire plus qu'avant, mais je ne ferai rien

246

qui puisse l'effaroucher. Qu'elle veuille parler à son mari, et lui poser des questions qui tournent depuis des années dans sa tête, je le conçois. Rien, toutefois, ne l'oblige à y aller tout de suite. L'homme est installé à Chio depuis des années, il ne va pas s'en aller demain. Ni après-demain. Ni dans une semaine. Ni dans un mois. Non, rien ne presse. Nous pouvons encore ramasser quelques miettes sur la table avant qu'elle ne soit desservie.

Le 17 janvier

Marta avait passé la soirée dans sa chambre, à pleurer, pleurer. J'étais venu à plusieurs reprises lui caresser le front, les cheveux, et le dos des mains. Elle ne m'avait rien dit, ne m'avait pas souri, mais ne s'était pas non plus dérobée à mes tendresses.

Quand nous nous sommes mis au lit, elle pleurait encore. Je me sentais désarmé. Pour ne pas rester muet, je prononçais des phrases banales qui ne pouvaient la consoler – "Tout finira pas s'arranger, tu verras!" –, que dire d'autre?

Lorsque, soudain, elle se tourna vers moi, pour me lancer, d'un ton à la fois rageur et pitoyable :

"Tu ne me demandes pas ce que j'ai?"

Non, je n'avais aucune raison de le lui demander. Je savais bien pourquoi elle pleurait, du moins je croyais le savoir.

"J'ai du retard", m'annonça-t-elle.

Ses joues étaient couleur de cire, et ses yeux étaient arrondis par l'effroi.

Il me fallut d'innombrables secondes pour comprendre ce qu'elle cherchait à me dire.

"Tu es enceinte ?"

Mon teint devait être à présent aussi cadavérique que le sien.

"Je crois. J'ai déjà une semaine de retard."

"Au bout d'une semaine, on ne peut pas être sûr."

Elle posa la main sur son ventre plat.

"Moi je suis sûre. L'enfant est là."

"Tu m'avais pourtant dit que tu ne pouvais pas tomber enceinte."

"C'est ce qu'on m'a toujours dit."

Elle cessa de pleurer, mais demeura hébétée, la main toujours sur son ventre, à le palper. Je lui essuyai le bas des yeux avec mon mouchoir, puis vins m'asseoir tout près d'elle, au bord du lit, et la pris par l'épaule.

Si je m'efforçais de la consoler, je ne me sentais pas moins désemparé qu'elle. Ni moins fautif. Nous avions transgressé toutes les lois de Dieu et celles des hommes en vivant comme mari et femme, persuadés que nos ébats demeureraient sans conséquence. À cause de la stérilité supposée de Marta, qui aurait dû nous apparaître comme une malédiction et dans laquelle nous voyions, au contraire, une faveur du Ciel, une promesse d'impunité.

La promesse n'est pas tenue, l'enfant est là.

L'enfant. Mon enfant. Notre enfant.

Moi qui rêve d'avoir un héritier, voilà que le Ciel m'en donne un, conçu dans le sein de la femme que j'aime !

Et Marta, qui a tant souffert d'être ou de se croire stérile, voilà qu'elle porte un enfant, conçu non dans le lit du voyou avec lequel elle s'était égarée dans sa jeunesse, mais sous le toit d'un homme de bien qui l'aime et qu'elle aime !

Nous devrions éprouver l'un et l'autre la joie la plus entière, ce devrait être l'instant le plus beau de notre existence, n'est-ce pas ? Mais ce n'est pas ainsi que le monde nous impose de réagir. Nous sommes censés considérer l'enfant comme une malédiction, comme un châtiment.

Nous devons l'accueillir dans le deuil, et regretter le temps béni de la stérilité.

Si c'est cela le monde, moi je dis : qu'il périsse ! Qu'il soit balayé par un déluge d'eau ou de feu, ou par le souffle de la Bête, qu'il soit anéanti, englouti, qu'il périsse !

Lorsque, l'été dernier, Marta, chevauchant à mes côtés dans les montagnes d'Anatolie, m'avait dit qu'elle ne redoutait pas la fin du monde, mais qu'au contraire elle l'attendait, et l'espérait, je n'avais pas bien compris sa rage. A présent, je la comprends, je la partage.

Mais c'est elle qui faiblit.

"Il faut que j'aille retrouver mon mari, dans son île, au plus vite."

"Pour qu'il s'imagine que l'enfant est de lui ?"

Elle fit oui de la tête, et me caressa le front et le visage d'un air misérable.

"Mais cet enfant est le mien !"

"Tu voudrais qu'on l'appelle bâtard ?"

"Et toi, tu voudrais qu'on l'appelle fils de voyou ?"

"Tu sais bien qu'il doit en être ainsi. Nous n'y pouvons rien !"

Moi qui ai admiré Marta parce qu'elle avait osé se rebeller contre le sort, je ne pouvais dissimuler ma déception.

"On dit que l'enfant qu'elles portent donne du courage aux mères, mais toi l'enfant dans ton sein t'a rendue craintive."

Elle s'écarta de moi.

"Je manque de courage, dis-tu ? Je vais aller me remettre entre les mains d'un homme qui ne m'aime plus, qui va m'insulter et me battre et m'enfermer jusqu'à la fin de ma vie. Tout cela pour éviter que mon enfant ne soit demain appelé bâtard. C'est cette mère-là que tu appelles craintive ?"

Je n'aurais peut-être pas dû lui faire des reproches, mais je pense chaque mot que j'ai dit. Elle me rétorque qu'elle s'apprête à se sacrifier ? Le sacrifice de soi relève tout autant du courage que de la lâcheté. Le pur courage, c'est d'affronter le monde, de se défendre contre ses assauts pied à pied, et de mourir debout. S'offrir aux coups est, dans le meilleur des cas, une fuite honorable.

Pourquoi devrais-je accepter que la femme que je me suis mis à aimer s'en aille vivre avec un malfaiteur en emportant l'enfant que nous avons conçu ensemble, qu'elle n'espérait plus avoir et que je lui ai donné ? Pourquoi ? Parce qu'un curé ivrogne de Gibelet leur a posé un jour les mains sur la tête en bafouillant trois phrases rituelles ?

Maudites soient les lois des hommes, leurs simagrées, leurs chasubles et leurs cérémonies !

Le lundi 18 janvier 1666

Maïmoun, à qui je viens de me confier, donne raison à Marta, et me donne tort. Il écoute mes arguments sans les entendre, et n'a qu'une réponse à la bouche : "Le monde est ainsi !"

Il dit que ce serait folie de la laisser porter l'enfant et accoucher hors de la demeure de son époux, et qu'elle pourrait en mourir d'angoisse et de honte. Chaque jour qui passe la rendra plus fébrile, me dit-il, il ne faudrait pas que j'essaie de la retenir plus longtemps.

Pour atténuer ma peine, il se dit persuadé qu'un jour, avant longtemps, elle me reviendra. "Le Ciel dispense souvent les malheurs à ceux qui ne les méritent pas, mais parfois aussi à ceux qui les méritent", promet-il en plissant les yeux comme pour discerner le dessous des choses. Il veut dire par là que l'époux de Marta pourrait subir le sort que méritent les brigands, que la réalité pourrait rattraper la rumeur, et que la future mère de mon enfant redeviendrait alors veuve... Cela, je le sais. Tout peut arriver, bien sûr. Mais ne serait-ce pas lamentable de vivre dans l'attente de la mort d'un rival, en priant chaque jour le Ciel de le noyer ou de le faire pendre? Un homme plus jeune que moi, qui plus est! Non, ce n'est pas ainsi que j'envisage la suite de mon existence.

J'argumente, je me débats, tout en sachant que pour moi la bataille est d'avance perdue. Puisque Marta n'osera pas laisser son ventre s'arrondir sous mon toit, puisqu'elle ne songe plus qu'à aller dissimuler sa faute dans le lit d'un époux qu'elle exècre, je ne pourrai la retenir contre son gré. Ses larmes ne sèchent plus, elle semble maigrir d'heure en heure et se flétrir.

Que puis-je espérer encore? Qu'aussitôt après avoir rencontré son mari, elle décide pour quelque raison de ne pas rester chez lui, ou que lui-même la chasse. Ou encore, je pourrais payer à cet individu une certaine somme afin qu'il fasse annuler leur mariage en prétendant qu'il n'a jamais été consommé. L'homme est sensible à l'argent; si j'y mets le prix, nous repartirons ensemble de chez lui, Marta, notre enfant et moi.

Voilà que je me tisse tout un conte de fées! C'est qu'il me faut garder quelques raisons de vivre, fussent-elles illusoires. Se mentir à soi-même est parfois l'irremplaçable passerelle pour enjamber les malheurs...

Le 19 janvier

Marta m'a annoncé dans la nuit qu'elle partirait demain pour Chio. Je lui ai dit que je l'accompagnerais, et promis aussitôt de ne m'interposer en aucune manière entre elle et son mari, me contentant de rôder dans les parages pour qu'elle puisse faire appel à moi en cas d'urgence. Elle a accepté, non sans m'avoir fait jurer encore par deux fois que je ne ferais rien qu'elle ne m'ait expressément demandé, m'expliquant que son mari lui trancherait la gorge sur le pas de la porte s'il se doutait de ce qui s'est passé entre nous.

Il y a deux manières de se rendre dans l'île en partant de Smyrne. Par la route jusqu'à l'extrémité de la péninsule, après quoi on n'aurait que le détroit à franchir, guère plus d'une heure par la barge, pour atteindre la ville qui porte le nom de Chio. Ou bien par la mer tout au long, d'un port jusqu'à l'autre. C'est la solution que m'a conseillée Hatem, qui s'est amplement renseigné à la demande de Marta. Il faudrait compter une journée de voyage si le vent est propice, et deux journées s'il ne l'est pas.

Mon commis nous accompagnera, et j'avais même songé à emmener mes neveux. N'ai-je pas promis à ma sœur Plaisance de ne jamais me séparer d'eux? Mais, après avoir pesé le pour et le contre, j'ai préféré les laisser à Smyrne. Nous devons régler à Chio une affaire délicate, et je crains que l'un ou l'autre ne commette une maladresse. Peut-être aurais-je changé d'avis s'ils avaient insisté pour nous accompagner. Mais non, aucun d'eux ne me l'a demandé; ce qui m'a intrigué, je dois dire, et quelque peu inquiété. J'ai prié Maïmoun de veiller sur eux comme un père, jusqu'à mon retour.

Combien de temps resterai-je sur l'île? Je n'en sais rien.

Quelques jours? Deux ou trois semaines? Nous verrons bien. Marta reviendra-t-elle avec moi? Je l'espère encore. Réintégrer en sa compagnie "notre" maison de Smyrne m'apparaît déjà comme la plus belle chose qui puisse m'arriver, alors que j'y suis encore, en cet instant, et que je peux encore contempler ses murs, ses portes, ses tapis et ses meubles pendant que j'écris ces lignes.

Maïmoun m'a dit qu'à mon retour, il partira pour un très long voyage qui le conduira à Rome, à Paris, à Amsterdam bien sûr, et en d'autres lieux encore. Il se promet de m'en parler lorsque j'aurai l'esprit plus libre pour l'écouter. Mais aurai-je vraiment l'esprit plus libre à mon retour de Chio?

Il souhaite que je l'accompagne dans son périple. Je verrai bien. Pour le moment, le moindre projet m'épuise. Mes rêves sont circonscrits : aller à Chio en compagnie de Marta, revenir de Chio en sa compagnie.

Le 22 janvier

S'approcher en bateau de Chio, voir se dessiner peu à peu la ligne de côte, les montagnes à l'arrière et au voisinage de la mer les innombrables moulins, cela devrait alléger le cœur du voyageur comme une lente récompense. L'île se fait désirer comme une terre promise, antichambre du Ciel. Mais le voyageur forcé que je suis n'attend que le moment d'en repartir.

Tout au long de la traversée, Marta demeura silencieuse, et ses yeux évitèrent soigneusement de croiser les miens.

Pendant que Hatem, qui cherchait à me dérider, me rapportait une fable qu'on lui a racontée avant-hier au port de Smyrne, et selon laquelle il y aurait à Chio, vers l'intérieur de l'île, un couvent où vivent de fort curieuses nonnes ; comme en certains monastères, les voyageurs y seraient accueillis, mais d'une tout autre manière, puisque au cours de la nuit, ces saintes femmes viennent se glisser, dit-on, auprès des visiteurs pour leur prodiguer des attentions qui vont bien au-delà de ce qu'exige l'amour du prochain.

Je me suis hâté de démolir sèchement les illusions de mon commis en lui assurant que j'avais lu et entendu des fables similaires à propos de bien d'autres lieux. Mais lorsque je vis qu'il m'avait cru, et qu'une lueur s'était éteinte dans ses yeux, j'ai un peu regretté d'avoir ainsi cassé son rêve. Sans doute me serais-je montré plus complaisant si j'avais encore ma gaieté.

En l'île de Chio, le 23 janvier 1666

Depuis que nous sommes arrivés, Hatem passe son temps dans les échoppes, les tavernes et les ruelles du vieux port à interroger les gens sur l'homme que nous cherchons. Curieusement, personne ne semble le connaître.

Abdellatif m'aurait-il trompé ? Je ne vois pas pourquoi il l'aurait fait. Aurait-il été lui-même abusé par ses informateurs ? Peut-être ces derniers se sont-ils tout simplement trompés d'île, confondant Chio avec Patmos, ou Samos, ou Castro, que l'on disait autrefois Mytilène.

De toute manière, la tournure que prennent les événements ne me déplaît point. Encore quelques journées d'investigations, et nous retournerons à Smyrne. Marta protestera, pleurera, mais finira par s'y résoudre.

Et elle me sautera au cou le jour où je lui apporterai, acheté à prix d'or, – dussé-je y engloutir le tiers de ma fortune! – un firman attestant que son époux est bien mort. Alors nous nous marierons, et si le Ciel ne se montre pas trop acharné contre les amants, l'ancien mari aura l'obligeance de ne plus jamais mettre les pieds à Gibelet.

En nos vieux jours, entourés de nos enfants et de nos petits-enfants, nous nous rappellerions avec effroi cette expédition de Chio en remerciant le Ciel de l'avoir rendue aussi infructueuse.

Le 24 janvier

Que de charme j'aurais trouvé à cette île si j'y étais venu dans d'autres circonstances! Tout y est si plaisant à mon cœur dès que j'oublie, l'espace d'un instant, ce qui m'y a amené. Les maisons sont belles, les rues sont propres et bien dallées, les femmes déambulent avec élégance et leurs yeux sourient aux étrangers. Ici tout évoque pour moi la splendeur passée de Gênes, la citadelle est génoise, les habits sont génois, et aussi tous les plus beaux souvenirs. Même les Grecs, lorsqu'ils entendent mon nom et découvrent mes origines, me serrent contre leur cœur en maudissant Venise. Je sais qu'ils maudissent aussi les Turcs, mais jamais à voix haute. Depuis que les Génois sont partis, il y a cent ans, cette île n'a connu aucun gouvernement compatissant, les gens que j'y ai rencontrés ces derniers jours le reconnaissent tous, chacun à sa manière.

Ce matin, j'ai emmené Marta à la messe. Une fois encore – pourvu que ce ne soit pas la dernière ! – elle a franchi le seuil de l'église à mon bras, j'avais la tête fière et le cœur misérable. Nous sommes allés à Saint-Antoine, qui appartient aux pères Jésuites. Ici, les cloches des églises sonnent comme en pays chrétien, et l'on organise des processions dans les rues pour les fêtes, avec les chapes, les dais, les fanaux et les ors du Saint-Sacrement. C'est le roi de France qui a obtenu jadis du Grand Turc que le culte latin puisse se pratiquer ainsi, publiquement, et la Porte respecte encore ce privilège. Même en ce dimanche bien ordinaire, les familles les plus prospères sont arrivées pour la messe en grand cortège. A côté de moi, les gens modestes murmuraient avec plus de fierté que d'envie les noms illustres, Giustiniani, Burghesi, Castelli. Je me serais cru en Italie s'il n'y avait, à deux pas de l'église, bien en vue sur une butte, deux janissaires en faction.

Après la messe, Marta est allée parler longuement à un prêtre. Je l'ai attendue dehors, et quand elle est sortie je ne lui ai rien demandé et elle ne m'a rien dit d'elle-même. Peut-être s'est-elle seulement confessée. On pose un étrange regard sur ceux qui se confessent quand on est soi-même le péché.

Le 25 janvier

Hatem s'évertue encore à chercher notre homme, Marta le supplie de retourner chaque pierre, tandis que moi, je prie tous les saints pour qu'il ne trouve rien.

Dans la soirée, mon commis me dit qu'il a peut-être une piste. Pendant qu'il se trouvait dans une taverne du quartier grec, un marin est venu lui dire qu'il connaissait Sayyaf, lequel habite selon lui non dans la ville de Chio mais plus au sud, près d'un village nommé Katarraktis, sur la route qui mène vers la péninsule de Cabo Mastico. Pour nous y conduire, l'informateur exige un sultanin d'or. La somme me paraît outrancière, mais j'ai donné mon accord. Je ne voudrais pas que Marta me reproche plus tard de n'avoir pas tout fait pour la satisfaire. Elle se dit à présent certaine d'être enceinte, et elle voudrait retrouver son mari au plus vite, quelle que soit la vie qu'elle mènera auprès de lui. "Ensuite, Dieu disposera de nos existences comme Il l'entend !"

J'ai donc accepté de payer à l'intermédiaire, un certain Drago, la somme qu'il exigeait, et demandé à Hatem qu'il me l'amène demain, afin que je puisse le voir de mes propres yeux, l'entendre et le jauger.

Au fond de moi, j'espère encore qu'il s'agit d'un vulgaire aigrefin qui se contentera d'empocher sa lourde pièce avant de disparaître comme il est apparu. Ce doit être la première fois que le négociant que je suis supplie ainsi le Ciel qu'on le vole, qu'on lui mente et l'abuse !

Dans la nuit, j'ai voulu prendre Marta dans mes bras pour ce qui pourrait bien être la dernière fois. Mais elle m'a repoussé en pleurant et ne m'a pas une seule fois adressé la parole. Peut-être veut-elle m'habituer à ne plus l'avoir près de moi, et s'habituer elle-même à ne plus dormir au creux de mon épaule.

Son absence a déjà commencé.

Le 26 janvier

En cet instant, je suis tenté d'écrire que je suis l'homme le plus heureux d'Outremer et de Gênes, comme disait feu mon père. Mais c'est encore prématuré. Je dirais seulement que j'ai grand espoir. Oui, grand espoir, grand espoir. De récupérer Marta, de la ramener vers Smyrne, puis vers ma maison de Gibelet, où naîtra notre enfant. Fasse le Ciel que mon ardeur ne me déserte pas aussi soudainement qu'elle m'a envahi !

Si je parais si jovial, c'est que l'homme qui doit nous conduire vers le mari de Marta est passé nous voir aujourd'hui avec d'excellentes nouvelles. Moi qui souhaitais qu'il se perde dans la nature, je ne regrette plus d'avoir pu le rencontrer, lui parler et l'entendre. Oh, je ne me fais aucune illusion sur le personnage, un rat de basse taverne, et je n'ignore pas qu'il m'a raconté tout ce qu'il m'a raconté dans le seul but de me soutirer une deuxième pièce d'or, appâté sans doute par la facilité avec laquelle j'avais déboursé la première.

Mais j'en viens aux faits dont je me réjouis tant : le dénommé Drago m'a appris que Sayyaf s'est remarié l'an dernier, et qu'il sera bientôt le père d'un enfant ; sa nouvelle épouse serait la fille d'un riche et puissant notable de l'île, lequel ignore, bien entendu, que son gendre est déjà marié. Je suppose que les beaux-parents découvriront un jour bien d'autres facettes cachées de ce voyou, et se repentiront d'une telle alliance, mais – que Dieu me pardonne ! – je ne chercherai pas à leur dessiller les yeux. Que chacun paie ses propres fautes, que chacun porte sa croix, je ploie déjà assez sous le poids de la mienne. Qu'on me délivre de ce poids, et je m'en irai de cette île sans regarder en arrière.

Si ces nouvelles m'enchantent à ce point, c'est qu'elles pourraient changer du tout au tout le comportement du mari de Marta. Au lieu de chercher à la récupérer, comme il l'aurait fait s'il n'était pas remarié, Sayyaf devrait voir à présent dans sa venue sur l'île une menace pour la nouvelle existence qu'il s'est bâtie. Drago, qui le connaît bien, est persuadé qu'il serait prêt à conclure n'importe quel arrangement pour préserver sa situation ; il pourrait même aller jusqu'à signer, devant témoins, un document certifiant que son premier mariage n'a jamais été consommé, et qu'il est donc frappé de nullité. Si les choses se passent ainsi, Marta sera bientôt libre ! Libre de se remarier, libre de m'épouser, libre de donner un nom de père à son enfant.

Nous n'en sommes pas là, je le sais. Le mari de "la veuve" n'a encore rien signé, ni rien promis. Mais ce que dit Drago est le bon sens même. J'ai grand espoir, oui, et Marta, au milieu des larmes, des nausées, des prières, se hasarde à sourire.

Le 27 janvier

C'est demain que Drago nous conduira chez Sayyaf. Je dis "nous" parce que tel est mon souhait, mais Marta préfère s'y rendre seule. Elle prétend qu'elle pourra plus facilement obtenir ce qu'elle veut si elle discute en tête-à-tête avec son mari ; elle redoute qu'il ne se cabre s'il la voit entourée d'hommes et qu'il soupçonne sa liaison avec moi. Elle n'a sans doute pas tort, mais je ne peux m'empêcher d'être inquiet à l'idée qu'elle va aller se mettre − ne serait-ce que pour une heure − à la merci d'un tel voyou.

Finalement, nous sommes parvenus à un compromis qui me paraît raisonnable : nous ferons route tous ensemble jusqu'au village de Katarraktis. Il y a là, me dit-on, un petit couvent grec où bien des voyageurs font halte, qui offre du bon vin de Phyta et la meilleure nourriture, et qui a l'avantage de se trouver à quelques pas de la maison de notre homme. Nous y serions à notre aise pour attendre le retour de Marta.

Le 28 janvier

Nous voici donc au couvent, et je m'attelle à écrire pour que le temps me paraisse moins long. Je trempe la pointe de mon calame dans l'encre comme d'autres soupirent, ou protestent, ou prient. Puis je trace sur la feuille des mots amples comme dans ma jeunesse j'aurais déambulé à grandes enjambées.

Marta s'est éclipsée il y a plus d'une heure. Je l'ai vue s'engager dans une venelle. Mon cœur a tressauté, j'ai retenu mon souffle, j'ai murmuré son nom, mais elle ne s'est pas retournée. Elle avançait d'un pas ferme, comme les condamnés résignés. Drago, qui marchait devant elle, lui a indiqué une porte. Elle s'y est engouffrée, la porte s'est refermée. Je n'ai pu qu'entrevoir la maison du brigand, cachée par une enceinte et des arbres hauts.

Un moine est venu me proposer de manger quelque chose, mais je préfère attendre que Marta soit revenue et que nous prenions notre repas ensemble. De toute manière, j'ai la gorge rétrécie et l'estomac saisi, je ne pourrai rien avaler ni rien digérer tant qu'elle ne sera pas avec moi. Je suis impatient. Je me dis sans arrêt que j'aurais dû l'empêcher d'y aller, au besoin par la force. Mais quoi, je n'allais tout de même pas la séquestrer? Fasse le Ciel que mes scrupules s'estompent, qu'elle revienne saine et sauve, sinon je passerai le reste de ma vie dans le remords.

Depuis combien de temps est-elle partie? J'ai l'âme si embrumée que je me sens incapable de distinguer la minute de l'heure. Je suis pourtant un homme de patience; comme tous les négociants en curiosités j'attends parfois des semaines entières le riche client qui a promis de revenir et ne reviendra pas. Mais aujourd'hui je n'ai aucune patience. J'ai commencé à trouver le temps long dès l'instant où elle s'est éclipsée. Elle, portant l'enfant.

En compagnie de Hatem je suis allé faire un tour dans les rues malgré la pluie fine qui s'est mise à tomber. Nous sommes entrés dans la venelle, jusqu'à la porte de la maison de Sayyaf. Nous n'avons entendu aucun bruit, ni rien vu d'autre que des bribes de murs jaunâtres derrière un écran de branches de pins. La venelle se termine en cul-de-sac et nous sommes revenus sur nos pas.

J'étais tenté de frapper à la porte, mais j'ai juré à Marta de ne rien faire de la sorte et de la laisser régler ce problème à sa manière. Je ne la trahirai pas.

C'est déjà presque le crépuscule, Marta n'est pas revenue, et je n'ai toujours pas revu Drago. Je me refuse encore à mettre quoi que ce soit en bouche tant qu'elle ne sera pas avec moi. Je relis les lignes précédentes, où j'avais écris "je ne la trahirai pas", et je me demande si c'est en intervenant que je la trahirais ou en n'intervenant pas.

Il commence à faire nuit, et j'ai accepté de boire un bol de soupe où l'on m'a versé du vin rouge. De franches lampées de vin qui ont donné à la soupe une couleur de betterave et un goût de sirop frelaté pour que mes angoisses s'apaisent, que mes doigts cessent de trembler, et que j'arrête de marteler le sol. On m'entoure on me soigne on me ménage comme un grand malade ou comme un veuf éploré.

Je suis le veuf qui n'a jamais été l'époux. Je suis le père inconnu. Je suis l'amant trompé. De lâchetés en scrupules, j'ai laissé venir la nuit blême, mais à l'aube mon sang génois reviendra m'irriguer, à l'aube je m'insurgerai.

Le soleil se lève, je n'ai pas dormi, et Marta n'est pas encore revenue. Pourtant, je me domine, je garde mon discernement. Je ne suis pas aussi déchaîné que je devrais l'être. Serais-je déjà résigné à ce qui arrive? Tant mieux si les autres le croient, moi je sais de quoi je suis capable pour la retrouver.

Hatem m'a veillé toute la nuit, de peur que je ne commette un acte insensé. C'est lorsque j'ai rallumé ce cierge, déroulé l'écritoire, posé l'encrier, lissé mes feuilles, puis commencé à tracer ces quelques mots que j'ai vu la tête de mon commis basculer en arrière, la bouche ouverte.

Autour de moi, ils dorment tous, mais Marta où dort-elle? Où qu'elle soit, dans le lit d'un homme ou bien dans un cachot, je suis sûr qu'elle n'a pas fermé les yeux, et qu'en cette minute elle pense à moi comme je pense à elle.

Son visage ne me quitte pas, il est présent à mon esprit comme si je le voyais à la lumière de ce cierge. Mais je ne vois rien d'autre. Je ne parviens pas à imaginer l'endroit où elle se trouve, les gens qui l'entourent, les habits qu'elle porte ou qu'elle ne porte plus. Je parle de lit, de cachot, comme je pourrais parler de fouet, de nerf-de-bœuf, de gifles et de visage tuméfié.

Mes frayeurs vont même bien au-delà. Parce qu'il m'arrive de penser que son brigand d'époux, pour ne pas mettre en péril son nouveau mariage, pourrait songer à la faire disparaître. L'idée m'avait déjà effleuré l'esprit, hier, mais je l'avais écartée. Il y a trop de témoins, et Sayyaf ne l'ignore pas. Moi, Hatem, Drago, et même les moines, qui ont vu Marta arriver avec nous, avant que nous ne la conduisions jusqu'à cette porte. Si j'ai de nouveau peur, c'est parce que les nuits sans sommeil ravivent les angoisses. Et aussi parce que je n'arrive pas à me figurer où Marta a pu passer cette nuit.

A vrai dire, tout est possible, tout. Y compris des retrouvailles chaleureuses entre les deux époux, qui se seraient souvenus soudain de leurs amours anciennes, qui se seraient étreints avec d'autant plus de fougue qu'ils avaient l'un et l'autre bien des choses à se faire pardonner. A cause de son état, Marta ne pourrait souhaiter une issue plus réconfortante que celle d'être prise dès la première nuit. Ainsi, en trichant un peu sur les dates, elle ferait croire à Sayyaf que l'enfant est de lui.

Reste, évidemment, l'autre épouse, et les beaux-parents. Dont la présence rend impensable cette fête harmonieuse. Pour Marta, je devrais m'en lamenter ; pour moi-même je devrais peut-être m'en réjouir. Non, je ne peux m'en réjouir. Parce que je repense aux solutions extrêmes auxquelles cet homme pourrait recourir. Dans cette maudite affaire, rien ne peut me réjouir, rien ne peut me réconforter. Surtout en cette heure si matinale, si tardive, où mon esprit fatigué ne dessine plus qu'en noir. Il ne dessine plus, d'ailleurs, il barbouille.

J'arrive au bas de cette page, et je ferais bien d'en profiter pour m'étendre quelques instants, en laissant l'encre sécher seule.

CAHIER III

Un ciel sans étoiles

A Gênes, le 3 avril 1666

Pendant cinq mois j'ai relaté chaque jour, ou presque, les péripéties du voyage, et je n'ai plus la moindre trace de tout ce que j'ai écrit. Un premier cahier est resté chez Barinelli, à Constantinople; et le deuxième au couvent de Chio. Je l'avais laissé à l'aube dans ma chambre, encore ouvert à la dernière page pour que mon encre ait le temps de sécher. Je me promettais de revenir avant le soir pour rendre compte de ce qui devait se passer au cours de cette journée décisive. Je ne suis jamais revenu.

Décisive, cette journée l'aura été, hélas, bien plus que je ne l'attendais, et dans un tout autre sens que celui que j'avais espéré. Je me retrouve séparé de tous ceux que j'aime, de tous les miens, et malade. Dieu merci, la Fortune qui m'a abandonné d'une main m'a rattrapé de l'autre. Dépouillé, oui, mais comme un nouveau-né sur le sein de sa mère. Ma mère retrouvée. Ma terre-mère. Ma rive-mère.

Gênes, ma cité-mère.

Depuis que j'y suis, je songe chaque jour à écrire, pour raconter mon voyage, pour rendre compte de mes senti-ments, qui hésitent sans arrêt entre le découragement et l'exubérance. Si je n'ai rien écrit avant ce jour, c'est surtout à cause de la perte de mon cahier. Je n'ignore pas que mes mots finiront un jour dans l'oubli, toute notre existence est adossée à l'oubli, mais il nous faut au moins un semblant de durée, une illusion de permanence, pour entreprendre. Comment pourrais-je noircir ces pages, me préoccuper en-

267

core de décrire les événements et les sentiments avec les mots les plus justes, si je ne puis y revenir dans dix ans, dans vingt ans, pour y retrouver ce que fut ma vie? Et pourtant, j'écris, j'écris encore et j'écrirai. L'honneur des mortels est peut-être dans leur inconstance.

Mais j'en reviens à mon histoire. Ce matin-là, à Chio, après une nuit d'attente, j'avais résolu d'aller retrouver Marta, quoi qu'il m'en coûtât. Écrivant cela, je me fais l'impression de parler d'une vie antérieure, ayant dérivé, depuis le départ de la femme que j'aime, vers une sorte d'au-delà frelaté. Son ventre a déjà dû s'arrondir quelque peu, j'imagine, et je me demande si je verrai un jour l'enfant qui va naître de ma semence. Mais il faudrait que je cesse de gémir, il faudrait que je me ressaisisse, que je me redresse. Il faudrait que les mots que j'écris éteignent ma mélancolie au lieu qu'ils ne la ravivent, pour que je puisse tout raconter sereinement comme je me l'étais promis.

Donc, après m'être assoupi une petite heure dans l'auberge-couvent des moines de Katarraktis, je m'étais levé en sursaut, décidé à me rendre chez le mari de Marta. Renonçant à me raisonner, Hatem n'eut d'autre choix que de me suivre.

Je frappai à la porte, un garde nous ouvrit. Un géant à la tête rase, abondamment moustachu et barbu, qui nous demanda ce que nous voulions sans nous inviter à entrer. Il s'était adressé à nous dans un grec de pirates, sans la moindre formule de politesse, sans un sourire, la main tapotant un manche de poignard courbe. Derrière lui, à quelques pas, deux autres énergumènes du même acabit, moins hauts sur pattes mais leurs visages tout aussi grimaçants. Je fulminais, tandis que mon commis gardait un flegme de subalterne. Tout sourire, tout salamalecs, plus qu'il n'en fallait, à mon sens, pour de tels malotrus, il leur expliqua que nous venions de Gibelet, du pays de leur maître, et que ce dernier serait heureux de nous savoir de passage dans son île.

"Il n'est pas là!"

L'homme s'apprêtait à refermer la porte, mais Hatem ne se laissa pas décourager.

"S'il est absent, nous pourrions peut-être saluer son épouse, qui est notre parente..."

"Quand il est absent, sa femme ne reçoit personne!"

Cette fois la porte se rabattit, nous eûmes juste le temps de dérober nos têtes, nos pieds et nos doigts.

Un comportement de chacal, mais aux yeux de la loi, c'était moi, l'honnête commerçant, qui étais dans l'erreur, tandis que le voyou et ses sbires étaient dans leur droit. Marta a épousé cet homme, et puisqu'il n'a pas eu l'élégance de la rendre veuve, elle demeure sa femme; rien ne m'autorise à la lui prendre, ni même à la revoir s'il ne souhaite pas me la montrer. Je n'aurais jamais dû la laisser se livrer ainsi et se mettre sous sa coupe. J'ai beau me répéter qu'elle a fait ce qu'elle a voulu faire, et que je n'avais aucun argument pour l'en empêcher, mon sentiment de remords ne s'en atténue guère. Cela dit, si j'ai commis une faute de jugement, et si j'ai conscience de devoir l'expier, je ne me résigne pas pour autant. Payer ma faute, oui, mais d'un prix raisonnable! Il n'était pas question de laisser Marta croupir à jamais chez cet homme. Je l'avais mise dans cet embarras, il fallait que je trouve le moyen de l'en dégager.

Un moyen, lequel? Dans les brumes de mon esprit, épaissies par une nuit sans sommeil ou presque, je ne voyais qu'une faille dans la cuirasse de l'ennemi: son deuxième mariage. Ç'avait été ma toute première idée. Laisser craindre à Sayyaf que son puissant et riche beau-père local puisse apprendre la vérité; et l'amener ainsi à composer...

Je pourrais raconter sur des pages entières comment j'aurais voulu que les choses se dénouent, et comment elles se sont nouées, mais je suis encore trop affaibli et je crains de retomber dans ma mélancolie. Alors j'abrège, me contentant de relater en quelques mots la suite de cette journée de détresse.

En revenant vers l'auberge après notre brève expédition, nous aperçûmes au loin la chemise verte du dénommé Drago, qui semblait nous attendre à l'ombre d'un mur. Mais lorsque Hatem lui fit signe de s'approcher, il se retourna et détala à toutes jambes. Nous fûmes tellement surpris de son comportement que nous n'essayâmes même pas de courir à ses trousses. D'ailleurs, dans les dédales du village, nous ne l'aurions jamais retrouvé.

En un instant, tout devint limpide dans mon esprit : il n'y a jamais eu de deuxième épouse, ni de beau-père notable local, le mari de Marta s'était constamment joué de nous. Lorsqu'il avait appris que nous le recherchions, il avait dépêché auprès de nous l'un de ses acolytes, ce Drago, pour nous faire mordre à l'hameçon. En nous laissant miroiter un arrangement facile à notre avantage, il avait endormi notre méfiance. J'avais laissé partir mon amie, persuadé qu'elle allait obtenir, sans trop avoir à parlementer, l'accord de Sayyaf pour dire que le mariage n'a jamais été consommé, et demander son annulation.

L'un des moines aubergistes, à qui nous n'avions rien dit jusque-là pour ne pas trop ébruiter nos projets, partit d'un grand éclat de rire : son voisin le Gibeletais vivait notoirement avec une ribaude ramassée dans un port de Candie, et qui n'était en rien, mais en rien, la fille d'un notable de Chio.

Que pouvais-je faire encore ? Je me souviens d'avoir passé le reste de cette maudite journée et une partie de la nuit sans bouger, sans manger, feignant de chercher encore dans les recoins de ma tête de marchand génois quelque ultime parade au malheur, alors que je ne faisais que me morfondre et que me flageller.

A un moment, vers le crépuscule, mon commis vint me dire, d'un ton à la fois contrit et ferme, qu'il était temps que j'admette l'évidence, qu'il n'y avait plus rien à tenter, et que toute nouvelle démarche ne pourrait que rendre notre situation et celle de Marta plus embarrassante encore, et plus périlleuse.

Sans même relever les yeux, je rétorquai :

"Hatem, jusqu'ici, t'ai-je jamais battu?"

"Mon maître a toujours été trop bon!"

"Si tu oses me conseiller une fois encore d'abandonner Marta et de partir, je te battrai si fort que tu oublieras à jamais que j'ai pu être bon!"

"Alors mon maître ferait mieux de me battre tout de suite, car tant qu'il n'aura pas renoncé à défier la Providence, je ne renoncerai pas à le mettre en garde."

"Va-t'en! Disparais de ma vue!"

Parfois la colère est accoucheuse d'idées; pendant que je chassais Hatem, que je le menaçais, que je le faisais taire, une étincelle m'éclaira l'esprit. Elle allait bientôt confirmer les pires prévisions de mon commis, mais sur le moment elle me parut ingénieuse.

Mon dessein était d'aller voir le commandant des janissaires, pour lui faire part de certaines craintes que j'avais. L'épouse de cet homme est ma cousine, prétendrais-je, et j'ai eu vent de rumeurs selon lesquelles il l'aurait étranglée. J'y allais fort, je le sais, mais parler de meurtre était la seule manière de faire intervenir les autorités. Et puis, surtout, mes frayeurs n'étaient pas feintes. J'avais vraiment peur qu'il soit arrivé malheur à Marta. Sinon, me disais-je, pourquoi nous aurait-on empêchés d'entrer dans cette maison?

L'officier écouta mes explications, d'autant plus alambiquées que je les exprimais dans un mélange de mauvais grec et de mauvais turc, avec çà et là quelques mots d'italien et d'arabe. Lorsque je parlai de meurtre, il me demanda si c'étaient seulement des rumeurs ou bien si j'étais sûr. Je dis que j'étais sûr, sans quoi je ne serais pas venu le déranger. Il me demanda aussitôt si je serais prêt à en répondre sur ma tête. Je pris peur, évidemment. Mais j'étais décidé à ne pas renoncer. Alors, plutôt que de répondre à sa dangereuse question, je défis ma bourse et en retirai trois belles pièces, que je posai sur la table devant lui. Il les happa d'un geste d'habitué, coiffa son bonnet à plumes, et ordonna à deux de ses hommes de l'accompagner.

"Pourrais-je venir aussi?"

Je n'avais pas demandé cela sans hésiter. D'un côté, je n'avais pas trop envie de montrer à Sayyaf à quel point j'étais intéressé par le sort de sa femme, de peur qu'il ne découvrît ce qu'il y avait eu entre elle et moi. Mais, d'un autre côté, l'officier ne connaissait pas Marta, et on aurait pu lui désigner n'importe quelle femme en lui disant que c'était elle et qu'elle se portait bien; et elle-même n'oserait rien dire si elle ne me voyait pas.

"Je ne devrais pas vous emmener avec moi, je pourrais avoir des ennuis si cela se savait."

Il n'avait pas dit non, et sur ses lèvres un sourire entendu s'était dessiné, tandis que ses yeux lorgnaient la table à l'endroit où j'avais déposé les pièces décisives. Je défis ma bourse pour un cadeau supplémentaire, que je mis cette fois directement dans sa main. Pendant que ses hommes observaient le manège, qui ne semblait pas les surprendre ni les perturber.

L'escouade s'ébranla, trois militaires et moi. Sur le chemin, je vis Hatem derrière un mur qui me faisait des signes, je fis mine de ne l'avoir pas remarqué. En passant devant le couvent-auberge, je crus apercevoir à une fenêtre deux des moines ainsi que leur vieille servante, que le spectacle semblait amuser.

Nous pénétrâmes dans la maison du mari de Marta avec autorité. L'officier avait tambouriné à la porte, et hurlé un ordre, le géant chauve lui ouvrit, puis s'écarta sans rien dire pour le laisser passer. Au bout d'un moment, Sayyaf accourut, empressé, tout sourire, comme si ses amis les plus chers étaient venus lui rendre une visite impromptue. Plutôt que de demander ce que nous venions faire chez lui, il n'avait à la bouche que des mots de bienvenue. D'abord pour l'Ottoman, puis pour moi. Il se dit enchanté de me revoir, m'appela ami et cousin et frère, ne laissant deviner en rien la rage qu'il pouvait nourrir à mon endroit.

Depuis l'époque où je le voyais au pays, il avait pris de l'épaisseur sans devenir plus digne, un gros porc barbu en babouches, jamais je n'aurais reconnu sous sa graisse luisante sous ses étoffes et ses ors le garnement qui courait pieds nus dans les ruelles de Gibelet.

Par politesse, et aussi un peu par souci d'habileté, je fis mine d'apprécier ces retrouvailles, ne me dérobai pas à ses embrassades, et lui donnai même, ostensiblement, du "mon cousin". Ce qui me permit, dès que nous fûmes installés dans le salon, de demander des nouvelles de "notre cousine, son épouse, Marta khanum". J'avais fait l'effort de m'exprimer en turc, pour que l'officier ne perdît rien de notre conversation. Sayyaf me dit qu'elle se portait bien, malgré les fatigues du voyage, et expliqua à l'Ottoman qu'en épouse dévouée, elle avait traversé les mers et les montagnes pour rejoindre celui auquel le Ciel l'a donnée.

"J'espère, dis-je, qu'elle n'est pas trop fatiguée pour venir saluer son cousin."

Le mari eut l'air embarrassé; dans ses yeux je lisais qu'il s'était rendu coupable d'un acte abominable. Et lorsqu'il dit : "Si elle se sent mieux, elle se lèvera pour venir vous saluer; hier soir, elle était incapable de redresser la tête", je fus persuadé sans le moindre doute qu'il était arrivé un malheur. De rage, d'inquiétude, de désespoir, je bondis de ma place, prêt à empoigner ce criminel par la gorge; seule la vue du représentant de l'ordre me dissuada de me jeter sur lui. Je retins donc mes gestes; pas mes paroles, qui déversèrent sur cet individu et son engeance tout ce que j'avais depuis bien longtemps sur le cœur. Je l'appelai de tous les noms qu'il méritait, voyou et malfaiteur et brigand et pirate, coupeur de routes, coupeur de gorges, mari fuyard, mari indigne, qui n'aurait même pas mérité d'épousseter les escarpins de celle qui s'était donnée à lui, et lui souhaitai de mourir empalé.

L'homme me laissa dire. Il ne répondit pas, ne protesta pas de son innocence. Seulement, pendant que je m'enflammais et m'enflammais encore, je le vis faire signe à l'un de ses sbires, qui s'éclipsa. Sur le moment, je n'y prêtai guère attention, et poursuivis ma diatribe en haussant encore le ton, et en mélangeant toutes les langues, au point que l'officier, excédé, m'ordonna de me taire enfin. Il attendit que j'aie obtempéré, et que je me sois rassis, pour demander à l'autre :

"Où est ta femme, je veux la voir. Va l'appeler!"

"La voici, justement."

Et Marta fit son entrée, suivie du sbire qui s'était éclipsé. C'est alors que je compris que son mari s'était joué de moi, une fois de plus. Il tenait à ce qu'elle se montrât au bon moment, c'est-à-dire pas avant que je me fusse déconsidéré, et amplement trahi.

De toutes les erreurs que j'ai commises, c'est de celle-là que je me repens le plus, aujourd'hui encore; j'en conserverai du remords, je crois, toute ma vie. A vrai dire, je ne sais pas vraiment jusqu'à quel point j'ai pu me trahir, la trahir, trahir notre amour et notre connivence. C'est que je ne sais plus ce que j'ai pu dire sous l'effet de la rage. J'étais persuadé que ce malfaiteur l'avait tuée, tout dans son comportement semblait l'attester, et je n'entendais même plus les paroles qui sortaient de ma gorge. Lui, à l'inverse, les écoutait bien, placide et hautain, comme un juge écoutant les aveux d'une femme adultère.

Pardonne-moi, Marta, tout le mal que j'ai pu te faire! Moi, jamais je ne me le pardonnerai. Je te revois, les yeux baissés, n'osant regarder ni ton mari ni celui qui avait été ton amant. Contrite, lointaine, résignée, sacrifiée. Ne songeant plus, j'imagine, qu'à l'enfant que tu portes, souhaitant seulement que cette mascarade s'achève et que ton mari te reprenne au plus vite dans son lit pour que tu puisses le convaincre dans quelques mois que ta grossesse est de lui. Je n'aurais été dans ton existence qu'un moment de malheur, un moment d'illusion et de tromperie et de honte, mais par Dieu, femme, je t'ai aimée, et je t'aimerai jusqu'à mon dernier jour. Et je ne trouverai la paix ni dans ce monde ni dans l'autre tant que je n'aurai pas réparé les fautes que j'ai commises. Sur le moment, dans cette maison du traquenard où j'étais venu en justicier pour me retrouver en habit de coupable, j'aurais voulu, de quelque manière, revenir sur mes dires, pour éviter que ce soit toi, Marta, qui paies pour mon bavardage. Mais je me suis tu, de peur qu'en essayant de te disculper, je ne t'accable davantage. Je me suis levé, hagard, somnambule, et je suis sorti sans un mot pour toi, sans un regard d'adieu.

En revenant vers le couvent, je vis au loin le minaret du quartier turc, et l'idée m'effleura de marcher jusque-là, de grimper les marches en courant et de me lancer dans le vide. Mais la mort ne se donne pas ainsi par impulsion soudaine, moi qui ne suis ni soldat ni tueur je ne me suis jamais laissé apprivoiser par l'idée de mourir, je n'ai jamais nourri ce courage-là, et j'ai peur. Peur de la mort inconnue, peur de la peur au moment où je devrais sauter, peur de la douleur aussi quand ma tête viendrait heurter le sol, et que mes os se briseraient. Je n'aurais pas voulu non plus que mes proches soient humiliés, tandis que Sayyaf ferait la fête et boirait et danserait en obligeant Marta à taper des mains.

Non, je ne me tuerai pas, murmurai-je. Ma vie ne se termine pas encore, mais mon voyage est désormais terminé. Le livre du *Centième Nom* est perdu, Marta est perdue, je n'ai plus aucune raison ni d'ailleurs la force de parcourir le monde, je m'en vais récupérer mes neveux à Smyrne, puis, sans plus tarder, je rentrerai chez moi, à Gibelet, dans ma bonne boutique de négociant en curiosités, pour y attendre patiemment que s'écoule l'année maudite.

A mon commis, qui m'accueillit devant l'auberge, j'annonçai tout de suite mes intentions, et lui demandai d'être prêt à partir avant la fin de la journée. Nous passerions la nuit dans la ville de Chio, d'où nous repartirions dès demain pour Smyrne. De là, après avoir fait nos adieux à Maïmoun, au pasteur Coenen, et à quelques autres, nous nous embarquerions sur le premier navire en partance pour Tripoli.

Hatem aurait dû s'en montrer ravi, au lieu de quoi je vis se dessiner sur son visage les signes de la plus grande terreur. Je n'eus pas le loisir de lui en demander la raison, une voix cria derrière moi :

"Toi, le Génois !"

Je me retournai et vis l'officier avec ses hommes. Il me fit signe de venir à lui. Je m'approchai.

"A genoux, devant moi !"

Là ? Au milieu de la rue ? Avec tous ces gens qui se rameutaient déjà derrière les murets, les fenêtres, derrière les troncs d'arbres, pour ne rien manquer du spectacle ?

"Tu m'as fait perdre la face, chien de Génois, et c'est maintenant à moi de t'humilier ! Tu m'as menti, tu t'es servi de moi et de mes hommes !"

"Je vous jure que tout ce que je vous ai dit, j'en étais convaincu !"

"Silence ! Toi et les tiens, vous vous croyez toujours tout

permis, vous êtes persuadés qu'il ne vous arrivera rien parce qu'au dernier moment votre consul viendra vous sauver. Eh bien, pas cette fois! D'entre mes mains, aucun consul ne te sauvera! Quand finirez-vous par comprendre que cette île n'est plus à vous, et qu'elle appartient désormais, et pour toujours, au sultan padishah notre maître? Ôte tes chaussures, pose-les sur tes épaules, et marche derrière moi!"

Des deux bords de la route fusaient les rires des va-nu-pieds. Et quand notre misérable cortège s'ébranla, il y eut comme une atmosphère de foire dont tout le monde, hormis Hatem, semblait se réjouir, à commencer par les janissaires. Des quolibets, des you-you, et encore des rires. Pour tenter de me consoler, je me disais que j'avais de la chance de ne pas être humilié de la sorte dans les rues de Gibelet, mais en ce lieu où personne ne me connaît et où plus jamais je n'aurais à croiser le regard d'un de ces gens qui me voyaient ainsi.

A notre arrivée au poste, on m'attacha les mains derrière le dos à l'aide d'une cordelette, puis on me fit descendre dans une espèce de fosse peu profonde, creusée dans le sol du bâtiment, et si étroite qu'on aurait pu se dispenser de m'attacher pour m'empêcher de bouger.

Au bout d'une heure ou deux, on vint me chercher, on me détacha les mains et me conduisit chez l'officier. Qui semblait apaisé, et encore ravi du tour qu'il venait de me jouer. Et qui, aussitôt, me proposa implicitement un marché.

"J'hésite sur ce que je devrais faire de toi. Je devrais te faire condamner pour fausse accusation de meurtre. Le fouet, la prison, et pire encore si on ajoute l'adultère."

Il se tut. Quant à moi, je me gardai bien de répondre, mes protestations d'innocence n'auraient convaincu personne, pas même ma propre sœur. De fausse accusation de meurtre, j'étais coupable, et d'adultère, coupable aussi. Mais l'homme m'avait dit qu'il hésitait entre deux attitudes. Je le laissai poursuivre.

"Je pourrais aussi me laisser attendrir, fermer les yeux sur tout ce que tu as commis, et me contenter de t'expulser vers ton pays..."

"Je saurai me montrer reconnaissant."

Par "reconnaissant", j'entendais plutôt "persuasif". L'officier était à vendre, mais il fallait que je me comporte comme si c'était moi la marchandise dont le prix devait être déterminé. Je ne nierai pas que, lorsque les choses en arrivent à ce stade, je reprends courage. Face à la loi, celle des hommes ou du Ciel, je me sens démuni. C'est quand on commence à fixer un prix que je retrouve la parole. Dieu m'a fait riche dans une terre d'injustice, je suscite l'avidité des puissants mais j'ai aussi de quoi l'apaiser.

Nous convînmes d'un prix. Je ne sais si "convînmes" est le mot qui convient. A vrai dire, l'officier me demanda simplement de poser ma bourse sur la table. Ce que je fis sans rechigner, et je lui tendis aussitôt la main comme font les marchands lorsqu'ils veulent sceller un accord. Il hésita un moment, puis accepta de la serrer en arborant une moue hautaine. L'instant d'après, il quitta la pièce, où entrèrent ses hommes pour m'attacher à nouveau et me reconduire au cachot.

A l'aube, alors que je ne m'étais toujours pas endormi, on me banda les yeux, m'enveloppa dans une pièce de jute comme dans un linceul, et me coucha sur une brouette que l'on tira par des sentiers abrupts jusqu'à un endroit où l'on me déversa à terre sans ménagement. Je devinais que j'étais sur la plage parce que le sol n'était pas dur, et parce que j'entendais le son des vagues. Puis l'on me hissa sur un bateau à dos d'homme comme si j'étais une malle ou un ballot ficelé.

A Gênes, le 4 avril

Je m'apprête à reprendre le fil de mon histoire, assis sur la terrasse d'une maison amie, respirant les odeurs printanières, prêtant l'oreille aux doux bruits de la ville, à cette langue de miel qui est la langue de mon sang. Et cependant, au sein de ce paradis je pleure en songeant encore à celle qui est là-bas, prisonnière au ventre lourd, coupable d'avoir voulu être libre et de m'avoir aimé.

C'est bien après l'embarquement que je sus ma destination. J'avais été couché à fond de cale, et le capitaine avait reçu l'ordre de me garder le bandeau sur les yeux tant que la côte de Chio n'aurait pas disparu à l'horizon, ordre qu'il respecta scrupuleusement. Ou presque – quand il me laissa monter sur le pont, on devinait encore les crêtes des montagnes ; des marins me désignèrent même, au loin, la silhouette d'un château, qu'on me dit s'appeler Polienou ou Apolienou. En tout cas nous étions très loin de Katarraktis, et en route vers le ponant.

La manière dont j'avais été expulsé par les autorités me valut, curieusement, la confiance du capitaine, un Calabrais d'une soixantaine d'années aux longs cheveux blancs, nommé Domenico, maigre comme un chien sans maître et toujours le juron à la bouche – "Ancêtres miens !" –, toujours en train de menacer ses matelots de les pendre ou de les jeter aux poissons, mais qui se prit d'affection pour moi au point de me raconter ses rapines.

Son bateau – un brigantin – s'appelle *Charybdos*. S'il avait jeté l'ancre à Katarraktis, dont la crique n'est guère fréquentée que par les barques des pêcheurs, c'est qu'il se livre à une contrebande des plus lucratives. Je compris tout de suite qu'il s'agissait du mastic, qui n'est produit nulle part au monde excepté à Chio, et que les autorités turques réservent entièrement à l'usage du harem sultanien, où il est de mode que ces nobles dames mastiquent du matin au soir afin de se donner dents blanches et haleine parfumée. Les paysans de l'île qui cultivent cet arbre précieux que l'on nomme lentisque – et qui ressemble à s'y méprendre au pistachier d'Alep – ont l'obligation de le livrer aux autorités contre une rétribution fixée par celles-ci ; ceux qui ont un surplus cherchent à le vendre pour leur bénéfice propre, ce qui peut leur valoir de longues années de prison ou de galère, et quelquefois la mort. Mais, en dépit de cette menace, l'appât du gain demeure le plus fort, et la contre-bande s'est installée, où trempent souvent douaniers et autres représentants de la loi.

Le capitaine Domenico s'est vanté devant moi d'être le plus habile et le plus téméraire des trafiquants. Au cours des dix dernières années, me jura-t-il, il n'est pas venu moins de trente fois sur les côtes de l'île pour charger la marchandise interdite, sans jamais se laisser prendre. Il me dit clairement que les janissaires bénéficiaient de ses lar-gesses, ce qui ne me surprit guère vu la manière dont je fus expulsé.

Pour le Calabrais, défier ainsi la barbe du sultan dans son propre royaume et lui arracher les gâteries qu'il destine à ses favorites n'est pas seulement un gagne-pain, c'est un acte de bravoure, et quasiment un acte de piété. Au cours de nos longues veillées en mer, il me raconta dans le détail chacune de ses aventures, surtout celles où il avait failli être pris, dont il riait plus fort que pour les autres, et buvait des gorgées d'eau-de-vie pour se rappeler qu'il avait eu peur. Sa façon de boire m'amusait. Il posait les lèvres sur le goulot d'une gourde en peau de bête qu'il gardait toujours à portée de main, la soulevait très haut et restait un long moment ainsi, bouche en l'air, comme s'il tenait un haut-bois et qu'il s'apprêtait à souffler sa musique.

Parfois, lorsqu'il parlait des mille ruses auxquelles recourent les paysans pour échapper aux lois ottomanes, le capitaine m'apprenait des choses. D'autres fois, il ne m'apprenait rien. Je ne me rappelle plus si j'ai déjà dit que notre famille, avant de revenir à Gibelet, s'était établie à Chio, et s'était adonnée justement au commerce du mastic. Tout cela s'est arrêté du temps de mon arrière-arrière-grand-père, mais le souvenir en est resté. Les Embriaci n'oublient rien et ne renient jamais rien ; exploits guerriers ou négoce, gloires et malheurs, leurs vies successives s'ajoutent les unes aux autres comme les cernes s'ajoutent chaque année au tronc d'un chêne ; les feuilles meurent à l'automne et quelquefois les branches cassent, sans que le chêne cesse d'être lui-même. Mon grand-père me parlait du mastic comme il me parlait des croisades, il m'expliquait comment on recueillait ces précieuses larmes en incisant l'écorce du lentisque, reproduisant devant moi, lui qui n'avait jamais vu cet arbre, les gestes que son grand-père lui avait enseignés.

Mais j'en reviens au capitaine contrebandier, et au commerce périlleux auquel il s'adonne, pour dire que ses meilleures clientes sont les dames de Gênes. Non qu'elles soient plus soucieuses de leur haleine ou de la blancheur de leurs dents que les Vénitiennes, les Pisanes ou les Parisiennes. Seulement, Chio a longtemps été génoise, des habitudes ont été prises. Et bien que les Ottomans se soient emparés de l'île il y a cent ans, nos dames n'ont jamais voulu renoncer à leur mastic. Leurs hommes non plus, qui mettent un point d'honneur à se procurer l'irremplaçable denrée, comme s'il s'agissait d'une revanche sur le destin, et sur le sultan qui l'incarne. Déplacer la mâchoire de haut en bas, de bas en haut, serait-il devenu un acte de fierté ? Vu le prix que ces dames paient pour leur gomme, ce mouvement de bouche est censé révéler leur rang plus sûrement que la plus coûteuse des parures.

Que je me montre ingrat avec mon persiflage! N'est-ce pas grâce à ces dames et à leur cher mastic que je me retrouve en cet instant sur cette terrasse de Gênes au lieu de m'assécher dans une oubliette ottomane? Mâchez, dames, mâchez!

Le capitaine n'a voulu faire aucune escale dans les îles grecques, de peur que les douaniers ottomans ne songent à monter à bord. Il a cinglé droit vers la Calabre, vers une crique proche de Catanzaro, sa ville natale, où il s'est juré, me dit-il, de faire une offrande à son saint patron chaque fois qu'il revient du Levant sain et sauf. Je l'accompagnai à l'église San Domenico, ayant plus que lui encore des raisons de prier. A genoux, dans une salle froide et peu éclairée, au milieu des odeurs d'encens, je murmurai, sans grande conviction, un serment peu coûteux : si je récupérais Marta avec l'enfant qu'elle porte, je l'appellerais Domenico si c'était un garçon, et Domenica si c'était une fille.

Après cette escale, nous en fîmes trois autres en remontant le long de la botte, pour nous abriter des tempêtes et aussi pour nous ravitailler en eau, en vin, et en victuailles, avant d'atteindre Gênes.

Le 5 avril

Je m'étais toujours dit que je pleurerais un jour devant Gênes, mais les circonstances des retrouvailles n'auront pas été celles que j'avais imaginées. C'est dans cette ville que je suis né bien avant ma naissance, et de ne l'avoir jamais vue la rendait plus chère à mon cœur, comme si je l'avais abandonnée et que je devais l'aimer davantage pour qu'elle me pardonne.

Personne n'appartient à Gênes comme lui appartiennent les Génois d'Orient. Personne ne sait l'aimer comme ils savent l'aimer. Qu'elle tombe, ils la voient debout; qu'elle s'enlaidisse, ils la voient belle; qu'elle soit ruinée et bafouée, ils la voient prospère et souveraine. De son empire il ne reste rien, rien que la Corse, et puis cette maigre république côtière où chaque quartier tourne le dos à l'autre, où chaque famille souhaite la peste à l'autre, et où tous maudissent le roi catholique tout en se bousculant dans l'antichambre de ses représentants; alors que dans le ciel des Génois de l'exil brillent encore les noms de Caffa, de Tana, de Yalta, de Mavocastro, de Famagouste, de Ténédos, de Phocée, de Péra et Galata, de Samothrace et Kassandreia, de Lesbos, de Lemnos, de Samos, d'Icarie, comme de Chio et de Gibelet, — tant d'étoiles, de galaxies, tant de routes illuminées!

Mon père me disait toujours que notre patrie n'était pas la Gênes d'aujourd'hui, c'était la Gênes éternelle. Mais il ajoutait aussitôt qu'au nom de la Gênes éternelle je me devais de chérir celle d'aujourd'hui, si diminuée soit-elle, et même que je devais l'affectionner à la mesure de sa détresse, comme une mère devenue impotente. Il me conjurait surtout de ne pas en vouloir à notre ville si, au moment où je la visiterais, elle ne me reconnaissait pas. J'étais encore bien jeune et ne comprenais pas vraiment ce qu'il voulait me dire. Comment Gênes pourrait-elle me reconnaître, ou ne pas me reconnaître? Pourtant, au moment où, à l'aube du dernier jour en mer, j'aperçus au loin la ville en ses collines, les flèches tendues, les toits pointus, les étroites fenêtres, et d'abord les tours crénelées, carrées ou rondes, dont je savais que l'une portait encore le nom des miens, je ne pus m'empêcher de penser que Gênes me regardait aussi, et je me demandai, justement, si elle allait me reconnaître.

Le capitaine Domenico, lui, ne m'avait pas reconnu. Lorsque j'avais décliné mon nom, il n'avait pas réagi. A l'évidence, il n'avait jamais entendu parler des Embriaci, ni de leur rôle dans les croisades ni de leur seigneurie à Gibelet. S'il m'a fait confiance, au point de me raconter ses exploits dans la contrebande, c'est parce que je suis génois, et que je me suis fait chasser de Chio où je me garderais bien, se dit-il, de remettre les pieds. Tel ne fut pas le cas de son commanditaire génois, le sieur Gregorio Mangiavacca, qui était venu prendre livraison de la marchandise, un géant à la barbe rousse, habillé de jaune, de vert et de plumes tel un perroquet des îles, et qui eut, en entendant prononcer mon nom, un geste que je n'oublierai pas. Un geste plein d'emphase dont je faillis sourire, mais dont je finis par pleurer d'émotion.

Encore maintenant, en me remémorant cette scène, mes mains tremblent et mes yeux s'embuent.

Nous n'avions pas encore débarqué, le négociant était monté à bord avec deux douaniers, je venais de me présenter à lui, "Baldassare Embriaco, de Gibelet", je m'apprêtais à lui expliquer dans quelles circonstances je m'étais trouvé sur ce bateau, lorsqu'il m'interrompit, me prit les deux épaules dans ses mains, en me secouant comme s'il me cherchait querelle.

"Baldassare Embriaco... fils de qui?"

"Fils de Tommaso Embriaco."

"Tommaso Embriaco, fils de qui?"

"Fils de Bartolomeo", fis-je à voix basse, de peur de pouffer de rire.

"Fils de Bartolomeo Embriaco, fils d'Ugo, fils de Bartolomeo, fils d'Ansaldo, fils de Pietro, fils de..."

Et il énuméra ainsi, de mémoire, toute ma généalogie jusqu'à la neuvième génération, comme je n'aurais moi-même pas su le faire.

"Comment connaissez-vous mes ancêtres?"

Pour toute réponse, l'homme me saisit par le bras en demandant :

"Me ferez-vous l'honneur d'habiter sous mon toit?"

N'ayant aucun endroit où aller, et pas la moindre pièce de monnaie, fût-elle génoise ou ottomane, je ne pouvais que voir dans cette invitation l'œuvre de la Providence. Aussi évitai-je de recourir aux politesses convenues, aux "je ne voudrais pas...", aux "je ne devrais pas...", aux "j'ai honte de vous importuner ainsi..."; à l'évidence j'étais le bienvenu dans la demeure du sieur Gregorio, j'avais même l'étrange sentiment que, depuis des âges, il attendait mon retour sur ce quai du port de Gênes.

Il appela deux de ses hommes, me présenta à eux en prononçant Embriaco avec toujours autant d'emphase. Ils se découvrirent pieusement, et se courbèrent jusqu'au sol; puis, se relevant, me prièrent de bien vouloir avoir l'obligeance de leur désigner mes bagages, afin qu'ils puissent s'en charger. Le capitaine Domenico qui, depuis le début, assistait à la scène, fier d'avoir convoyé un si noble personnage, mais quelque peu confus de n'avoir pas réagi de lui-même lorsque j'avais décliné mon nom, expliqua à voix basse que je n'avais aucun bagage, vu que j'avais été expulsé manu militari par les janissaires ottomans.

Interprétant l'épisode à sa manière, le sieur Gregorio n'en eut que plus d'admiration pour mes veines où coulait, selon lui, le sang le plus noble; il informa ses hommes – et tous ceux qui se trouvaient à deux cents pas de nous – que j'étais ce héros qui avait bravé les lois du sultan infidèle et forcé les lourdes portes de ses geôles. Les héros comme moi ne sillonnent pas les mers avec des bagages comme de vulgaires négociants en curiosités !

Émouvant Gregorio, j'ai un peu honte de moquer ainsi sa ferveur. Cet homme n'est que mémoire, et que fidélité, et je m'en voudrais de le peiner. Il m'a installé dans sa mai-

285

son comme si elle était mienne, et comme s'il devait à mes ancêtres tout ce qu'il possède et tout ce qu'il est devenu. Alors qu'il n'en est rien, bien évidemment. La vérité, c'est que les Mangiavacca faisaient partie, jadis, du clan que dirigeaient mes ancêtres. Une famille cliente, alliée, traditionnellement la plus dévouée de toutes. Puis il y avait eu, hélas, des revers de fortune pour le clan des Embriaci — mon père et mon grand-père disaient simplement "l'albergo", comme s'il s'agissait d'une vaste maison commune. Appauvris, éparpillés dans les comptoirs de l'Outremer, décimés par les guerres, les naufrages, la peste, privés de descendance, concurrencés par des familles plus neuves, les miens perdirent peu à peu de leur influence, leur voix n'était plus entendue, leur nom n'était plus vénéré, et toutes les familles clientes les abandonnèrent pour suivre d'autres maîtres, notamment les Doria. Presque toutes, insiste mon hôte, puisque les Mangiavacca se sont transmis de père en fils, depuis des générations, le souvenir de l'époque heureuse.

Aujourd'hui, le sieur Gregorio est l'un des hommes les plus riches de Gênes. En partie grâce au mastic importé de Chio, qu'il est le seul à vendre dans toute la chrétienté. Il possède le palais où je me trouve en cet instant, près de l'église Santa Maddalena, sur les hauteurs qui dominent le port. Et un autre, plus vaste encore, semble-t-il, au bord de la rivière Varenna, où résident sa femme et ses trois filles. Les navires qu'il affrète sillonnent toutes les mers, les plus proches comme les plus périlleuses, jusqu'à la côte des Malabars et jusqu'aux Amériques. Il ne doit rien de sa fortune aux Embriaci, mais il s'obstine à honorer la mémoire de mes ancêtres comme s'ils étaient encore ses bienfaiteurs. Je me demande si, en agissant ainsi, il n'obéit pas à une sorte de superstition qui lui fait croire qu'il perdrait la protection du Ciel s'il se détournait du passé.

Quoi qu'il en soit, les choses se sont inversées, et c'est

lui à présent qui nous comble de ses bienfaits. Je suis arrivé dans cette ville comme le fils prodigue, ruiné, perdu, désespéré, et c'est lui qui m'a accueilli comme un père et qui a fait tuer le veau gras. J'habite sa maison comme si j'étais dans la mienne, je me promène dans son jardin, je m'assieds sur sa terrasse ombragée, je bois son vin, je commande à ses serviteurs, je trempe mes pointes dans ses encres. Et il trouve encore que je me comporte comme un étranger parce que hier, il m'a vu approcher d'une rose précoce et respirer son parfum sans la cueillir. Je dus lui jurer que dans mon propre jardin de Gibelet, je ne l'aurais pas cueillie non plus.

Si l'hospitalité de Gregorio a rendu ma détresse plus supportable, elle n'a pu me la faire oublier. Depuis cette maudite nuit passée dans le cachot des janissaires, à Chio, il ne s'écoule pas un jour où je n'éprouve à nouveau cette douleur à la poitrine que j'avais déjà ressentie à Smyrne. Ce n'est là, pourtant, de toutes mes souffrances, que la plus légère, je ne m'en préoccupe qu'au moment où elle me saisit, et dès qu'elle me lâche je l'oublie. Alors que la souffrance qui a pour nom Marta ne me quitte jamais, de jour ni de nuit.

Elle qui avait entrepris ce voyage pour obtenir la preuve qui la rendrait libre, la voilà désormais prisonnière. Elle s'était mise sous ma protection et je ne l'ai pas protégée.

Et ma sœur Plaisance, qui m'avait confié ses deux fils en me faisant promettre de ne jamais m'éloigner d'eux, ne l'ai-je pas trahie ?

Et Hatem, mon commis si fidèle, ne l'ai-je pas abandonné lui aussi, d'une certaine manière ? Il est vrai que je me fais moins de souci pour lui, je l'imagine parfois comme ces poissons agiles qui, pris dans les filets des pêcheurs, trouvent encore la force de s'échapper de la barque pour sauter à la mer. J'ai confiance en lui, et sa présence à Chio est plutôt rassurante. S'il ne peut rien pour Marta, il reviendra à Smyrne pour m'y attendre avec mes neveux ou pour les ramener à Gibelet.

Mais elle, Marta? Avec cet enfant dans son ventre elle ne pourra jamais s'échapper!

Le 6 avril

Aujourd'hui, j'ai passé la journée à écrire, mais pas sur ce nouveau cahier. Une longue lettre à ma sœur Plaisance, et une autre plus courte à mes neveux et à Maïmoun pour le cas où ils seraient encore à Smyrne. Je ne sais pas encore comment faire parvenir ces missives à leurs destinataires, mais Gênes est une ville que traversent sans arrêt marchands et voyageurs, et je trouverai bien un moyen avec l'aide de Gregorio.

A ma sœur, j'ai demandé qu'elle m'écrive dès qu'elle le pourrait pour me rassurer sur le sort de ses fils et de Hatem; je lui ai un peu raconté mes mésaventures, sans trop insister sur ce qui a trait à Marta. En revanche, j'ai consacré une bonne moitié des pages à Gênes, à mon arrivée, à l'accueil de mon hôte, et à tout ce qu'il a dit à la gloire des nôtres.

A mes neveux, j'ai surtout recommandé de rentrer à Gibelet au plus vite, s'ils ne l'ont déjà fait.

J'ai également insisté auprès de tous pour qu'ils m'écrivent des lettres détaillées. Mais serai-je encore ici quand arriveront leurs réponses?

Le 7 avril

Je suis à Gênes depuis dix jours et c'est la première fois que je me promène à travers la ville. Jusqu'ici je n'avais pas quitté la résidence de mon hôte et le jardin qui l'entoure, prostré, quelquefois alité, me traînant péniblement d'une chaise à l'autre, d'un banc à l'autre. C'est lorsque j'ai fait l'effort de me remettre à écrire que j'ai recommencé à vivre. Les mots sont redevenus des mots, et les roses des roses.

Le sieur Mangiavacca, qui s'était montré si emphatique sur le bateau le premier jour, s'est révélé par la suite un hôte délicat. Se doutant bien qu'après les épreuves que j'avais traversées, il me fallait une convalescence, il s'était bien gardé de me bousculer. Aujourd'hui, me sentant d'aplomb, il me proposa pour la première fois de l'accompagner au port, où il se rend chaque jour pour ses affaires. Il demanda à son cocher de nous faire passer par la place San Matteo, où se trouve le palais Doria, puis devant la haute tour carrée des Embriaci, avant de prendre la corniche jusqu'aux quais, où une foule de commis l'attendaient. Au moment de me quitter pour vaquer à ses affaires, il ordonna à son cocher de me reconduire en passant par certains lieux qu'il lui énuméra. Notamment la rue Balbi, où l'on devine encore ce que fut la munificence de Gênes. Devant chaque monument ou lieu de mémoire, le cocher se tournait vers moi pour m'entretenir et m'expliquer ce que l'on voyait. Il a le même sourire que son maître, et le même enthousiasme à parler de nos gloires passées.

Je hochais la tête, je lui souriais et, en un sens, je l'envie. Je l'envie et j'envie son maître de poser sur tout ce paysage un regard empli de fierté. Alors que je ne puis éprouver, quant à moi, que de la nostalgie. J'aurais tant voulu vivre à l'époque où Gênes était la plus resplendissante des villes, et ma famille la plus resplendissante de ses familles. Je ne me console pas de n'être venu au monde qu'aujourd'hui. Qu'il est tard, mon Dieu! Que cette terre est fanée! J'ai le sentiment d'être né au crépuscule des temps, incapable d'imaginer ce que fut le soleil de midi.

Le 8 avril

J'ai emprunté aujourd'hui à mon hôte trois cents livres de bonne monnaie. Il ne voulait pas que je lui rédige une reconnaissance de dette, mais je l'ai tout de même écrite et datée et signée en due forme. Lorsque l'échéance sera venue, il faudra encore que je me querelle avec lui pour qu'il accepte de se faire rembourser. Ce sera en avril 1667, l'année de la Bête sera passée, nous aurons déjà eu tout loisir de vérifier si ses effrayantes promesses ont été tenues. Que deviendront alors nos dettes? Oui, que deviendront les dettes quand le monde se sera éteint avec ses hommes et ses richesses? Seront-elles simplement oubliées? ou bien seront-elles prises en compte pour fixer le sort ultime de chacun? Les mauvais payeurs seront-ils punis? Ceux qui paient leur dû à l'échéance gagneront-ils plus facilement le paradis? Les mauvais payeurs qui respectent le carême seront-ils jugés avec plus de clémence que les bons payeurs qui ne le respectent pas? Voilà bien des préoccupations de marchand, me dira-t-on! Sans doute, sans doute. Mais j'ai bien le droit de me poser ces questions puisque c'est de mon sort qu'il s'agit. Cela me vaudra-t-il quelque clémence aux yeux du Ciel d'avoir été, ma

290

vie entière, un commerçant honnête ? Serai-je jugé plus sévèrement que tel autre, qui a constamment trompé ses clients et ses associés, mais qui n'a jamais convoité la femme de son prochain ?

Que le Très-Haut me pardonne si je dis les choses ainsi : je regrette mes erreurs, mes imprudences, et nullement mes péchés. Ce n'est pas d'avoir pris Marta qui me tourmente, mais de l'avoir perdue.

Que me voilà éloigné de ce que j'étais en train de dire ! J'avais commencé à parler de ma dette, lorsqu'un enchaînement d'idées m'a conduit à Marta, et à mes remords si brûlants. L'oubli est une grâce que je n'obtiendrai pas. Et que, d'ailleurs, je ne demande pas. Je demande réparation, je songe sans arrêt à la revanche qu'un jour je saurai prendre. Je pense et repense à l'épisode lamentable qui m'a fait expulser de Chio, j'essaie d'imaginer ce que j'aurais dû faire, comment j'aurais pu déjouer ruses et fourberies. Comme un amiral au lendemain d'une défaite, je ne cesse de déplacer dans ma tête les bâtiments, les escadres, les canonnières, pour trouver la conjonction qui m'aurait permis de triompher.

Aujourd'hui, je ne dirai plus rien de mes projets, plus rien sinon qu'ils respirent en moi et me font vivre.

En fin de matinée, j'ai porté le mandat à la piazza Banchi, où je l'ai déposé auprès des frères Baliani, dont Gregorio m'avait fait l'éloge. J'ai ouvert un compte sur lequel j'ai laissé presque toute la somme, ne prenant en monnaie qu'une vingtaine de florins, de quoi faire quelques petits achats et distribuer des pourboires aux domestiques de mon hôte, qui me servent de si bon cœur.

En revenant à pied vers la maison, j'avais l'étrange sensation de commencer une nouvelle vie. Dans un autre pays, entouré de gens que je n'avais jamais vus avant ces derniers jours. Et dans ma poche des pièces neuves. Mais c'est une vie à crédit où je dispose de tout sans que rien m'appartienne.

Le 9 avril

Je n'arrivais pas à comprendre pourquoi la famille de Gregorio ne vit pas avec lui. Qu'il possède deux palais ou trois ou quatre, cela ne m'étonne guère, c'est une habitude déjà ancienne chez les Génois les plus fortunés. Mais qu'il vive ainsi séparé de sa femme m'intriguait. Il vient de m'en dévoiler la raison, non sans un bégaiement de timidité bien qu'il ne soit pas de ces gens qui rougissent d'un rien. Sa dame, me dit-il, qui a pour prénom Orietina, et qui est d'une grande piété, s'éloigne de lui chaque année pendant tout le carême, de peur qu'il ne soit tenté d'enfreindre auprès d'elle l'obligation de chasteté.

Je le soupçonne de l'enfreindre tout de même, car il revient parfois de certaines visites diurnes ou nocturnes avec, dans le regard, des étincelles qui ne trompent pas. Il ne cherche d'ailleurs pas à nier la chose. "L'abstinence ne convient point à mon tempérament, mais il vaut mieux que le péché ne se commette pas sous le toit de cette maison bénie."

Je ne puis qu'admirer cette manière de composer avec les rigueurs de la Foi, moi qui feins d'ignorer les préceptes mais qui hésite toujours au seuil des transgressions majeures.

Le 10 avril

On m'a rapporté aujourd'hui des nouvelles étonnantes concernant Sabbataï et son séjour à Constantinople. Elles ressemblent à des fables mais, pour ma part, je les crois volontiers.

Ma source est un religieux originaire de Lerici, qui a passé ces deux dernières années dans un couvent de Galata, un proche cousin de mon hôte qui l'a invité à souper pour me le faire connaître, et me faire écouter son récit. "Le très vénérable frère Egidio, le plus saint, le plus érudit...", s'est enflammé Gregorio. Des "frères", des "pères" et des "abbés", j'en ai rencontré de toutes sortes, parfois des saints et souvent des filous, parfois des puits de savoir et souvent l'ignorance sans fond, depuis longtemps j'ai appris à ne les vénérer que sur pièces. J'ai donc écouté celui-ci, je l'ai observé, questionné sans préjugé, et à la fin il a su m'inspirer confiance. Il ne raconte rien qu'il n'ait vu de ses yeux, ou qui ne lui ait été certifié par des témoins irréprochables. Il se trouvait en janvier dernier à Constantinople, où la population entière était en émoi, pas seulement les juifs, même les Turcs et les divers chrétiens, étrangers ou sujets ottomans, qui s'attendaient tous aux événements les plus extraordinaires.

Le récit que nous a fait le frère Egidio pourrait se résumer comme suit. Lorsque Sabbataï arriva en mer Propontide à bord du caïque qui l'amenait de Smyrne, il fut appréhendé par les Turcs avant même d'avoir pu accoster, et ceux de son peuple qui s'étaient rassemblés pour l'acclamer furent affligés de le voir empoigné par deux officiers comme un malfaiteur. Mais lui-même n'en semblait nullement affecté et criait à ceux qui se lamentaient de n'avoir aucune crainte, car leurs oreilles allaient bientôt entendre ce qu'elles n'avaient jamais entendu.

Ces paroles redonnèrent confiance à ceux qui vacillaient; ils oublièrent ce que voyaient leurs yeux pour s'accrocher seulement à leur espoir, lequel semblait d'autant plus déraisonnable que le grand vizir voulait en personne s'occuper de cette grave affaire. On lui avait rapporté ce qui se disait parmi les fidèles de Sabbataï, à savoir que celui-ci était venu à Constantinople dans le but de s'y faire proclamer roi, et que le sultan lui-même allait se prosterner devant lui; on lui avait rapporté aussi que les juifs ne travaillaient plus, que les changeurs faisaient sabbat tous les jours, et que le commerce de l'Empire en subissait un préjudice considérable. Nul ne doutait du fait qu'en l'absence de son souverain qui se trouvait à Andrinople, le grand vizir allait prendre les mesures les plus rigoureuses, et que la tête du soi-disant messie serait promptement détachée de son tronc et exposée sur un socle haut, pour que nul ne se hasarde plus jamais à défier la dynastie ottomane, et pour que les affaires reprennent leur cours.

Mais il arriva à Constantinople ce qui était arrivé à Smyrne, et dont j'avais été témoin. Introduit auprès du personnage qui est le plus puissant de l'Empire après le sultan, Sabbataï ne fut pas accueilli par des gifles, ni par des remontrances, ni par une promesse de châtiment. Comprenne qui pourra, le grand vizir lui fit bon accueil, demanda aux gardes de détacher ses liens, le fit asseoir, conversa patiemment avec lui de choses et d'autres, et certaines personnes jurent les avoir vus rire ensemble et s'appeler "mon ami respecté".

Quand vint le moment de prononcer la sentence, ce ne fut ni la mort ni le fouet, mais une peine si légère qu'elle parut comme un hommage : Sabbataï est à présent détenu dans une citadelle, où on l'autorise à recevoir ses fidèles du matin au soir, à prier et chanter avec eux, à leur adresser sermons et recommandations, sans que ses gardiens s'interposent en aucune manière. Plus incroyable que cela encore, dit le frère Egidio, le faux messie demande parfois aux soldats de l'emmener au bord de mer pour qu'il fasse ses ablutions rituelles, et ils lui obéissent comme s'ils étaient à ses ordres, le conduisent là où il désire se rendre et attendent qu'il ait fini pour le ramener. Le grand vizir lui aurait même alloué cinquante aspres qui lui sont versées chaque jour en prison afin qu'il ne manque de rien.

Que dire de plus? N'est-ce pas là un prodige considérable, qui défie le bon entendement? Un être sensé ne mettrait-il pas en doute pareille fable? J'aurais moi-même, assurément, pesté contre la crédulité des hommes si je n'avais assisté à Smyrne, en décembre, à des événements comparables. Il est vrai qu'il s'agit cette fois du grand vizir, non d'un cadi de province, et l'exploit en est d'autant plus incroyable. Mais c'est le même prodige, et je ne puis en douter.

Ce soir, dans la paix de ma chambre, écrivant à la lumière d'un candélabre, je pense à Maïmoun, et je me demande comment il aurait réagi s'il avait entendu ce récit. Aurait-il fini par donner raison à son père, et rejoint comme lui ceux qui se nomment "les croyants" et qui nomment les autres juifs "infidèles"? Non, je ne pense pas. Il se veut homme de raison, et pour lui un prodige ne remplace pas un bon argument. S'il avait été parmi nous ce soir, il aurait retroussé les lèvres, j'imagine, et détourné le regard, comme je l'ai vu faire plus d'une fois quand la conversation ambiante l'incommodait.

De tout mon être je souhaite que ce soit lui qui ait raison, et moi qui aie tort! Pourvu que tous ces prodiges s'avèrent mensongers! que tous ces signes s'avèrent trompeurs! que cette année s'avère une année comme les autres, ni la clôture des temps révolus, ni l'ouverture des temps inconnus! Puisse le Ciel ne pas confondre les êtres de bon sens! Puisse-t-Il faire en sorte que l'intelligence triomphe de la superstition!

Je me demande parfois ce que pense le Créateur de tout ce que disent les hommes. J'aimerais tant savoir de quel côté penche Sa bienveillance. Du côté de ceux qui prédisent au monde une fin brusque, ou du côté de ceux qui lui prédisent encore une longue route? Du côté de ceux qui s'appuient sur la raison, ou du côté de ceux qui la méprisent et l'avilissent?

Avant de refermer ce cahier, je me dois de signaler sous la date d'aujourd'hui que j'ai donné au frère Egidio les deux lettres que j'ai écrites. Il repart bientôt pour l'Orient, et il a promis de les faire parvenir à leurs destinataires, sinon de ses propres mains, du moins par l'entremise d'un autre ecclésiastique.

Le 11 avril

Gregorio, mon hôte, mon bienfaiteur, songerait-il donc à me faire épouser sa fille?

C'est son aînée, elle a treize ans, et s'appelle Giacominetta. Ce soir, alors que nous nous promenions dans son jardin, il m'a parlé d'elle, me disant qu'elle était d'une grande beauté, et que son âme était plus blanche encore que son visage. Et ajoutant soudainement que si je voulais demander sa main, je ferais mieux de ne pas trop attendre, vu que les demandes allaient bientôt pleuvoir. Il riait fort, mais je sais reconnaître ce qui est rire et ce qui ne l'est pas. Je suis sûr qu'il y a longuement réfléchi, et qu'en habile négociant il a déjà son plan en tête. Je ne suis pas le jeune et beau parti dont rêvent les jeunes filles, et ma fortune ne peut guère se mesurer à la sienne. Mais je m'appelle Embriaco, et je ne doute pas qu'il serait ravi de donner un tel patronyme à sa fille. Ce serait même pour lui, je suppose, l'apogée d'une laborieuse ascension.

A moi également, une telle union n'aurait pu que sourire s'il n'y avait Marta et l'enfant qu'elle porte !

Ainsi donc, je m'interdirais de me marier par fidélité à une femme dont la vie m'a déjà séparé, et qui demeure, devant Dieu et devant les hommes, l'épouse d'un autre ?

Présentée ainsi, mon attitude paraît déraisonnable, je sais. Mais je sais aussi que telle est l'inclination de mon cœur, et qu'il serait déraisonnable d'aller à son encontre.

Le 12 avril

Gregorio s'est montré, tout au long de la journée, sombre, accablé, très peu loquace contrairement à ses habitudes, au point que je craignis de l'avoir offensé par la manière peu enthousiaste dont j'avais répondu hier lorsqu'il m'avait parlé de sa fille. Mais il ne s'agissait pas de cela. C'est tout autre chose qui l'inquiétait, des rumeurs provenues de Marseille, selon lesquelles une bataille gigantesque se préparerait entre, d'un côté les flottes française et hollandaise, de l'autre la flotte anglaise.

J'avais appris en arrivant à Gênes que le roi de France avait déclaré la guerre à l'Angleterre en janvier, mais l'on disait qu'il l'avait fait à son corps défendant, pour respecter dans les formes les clauses d'un pacte, et personne ici ne semblait croire que l'on irait jusqu'à l'affrontement. A présent, les augures ne sont plus les mêmes, on parle de vraie guerre, on parle de dizaines de bâtiments qui convergent vers la mer du Nord, transportant des milliers de soldats, et nul n'est plus inquiet que Gregorio. Il pense avoir sept ou huit navires dans les parages, certains même déjà au-delà de Lisbonne, en route vers Bruges, Anvers, Amsterdam et Londres, et qui tous pourraient être arraisonnés ou détruits. C'est le soir qu'il s'en est ouvert à moi, et je l'ai vu griffonner sur une feuille des dates, des noms, et des chiffres, anéanti comme en d'autres circonstances il a pu être exubérant.

A un moment, dans la soirée, il m'a demandé, sans relever les yeux :

"Crois-tu que le Ciel est en train de me punir parce que je ne respecte pas le carême ?"

"Tu veux dire que le roi de France aurait dirigé sa flotte contre l'Angleterre parce que le signor Gregorio Mangiavacca n'aurait pas fait table maigre au carême ? Je suis persuadé que les plus grands historiens se pencheront demain sur cette grave question."

Il demeura un moment interloqué, avant de partir d'un long éclat de rire.

"Vous, les Embriaci, vous n'avez jamais été d'une grande piété, mais le Ciel ne vous abandonne pas !"

Déridé, mon hôte, mais nullement réconforté. Parce que la perte de ses navires et de leur chargement, si elle survenait, voudrait justement dire que sa bonne étoile l'aurait abandonné.

Le 13 avril

Les rumeurs se mêlent aux nouvelles, les bruits de guerre se mêlent au vacarme de l'apocalypse attendue. Gênes s'affaire et somnole sans joie comme par temps de peste. Le printemps attend aux portes de la ville que le carême soit écoulé. Les fleurs sont encore rares, les nuits sont moites, et les rires sont étouffés. Est-ce ma propre angoisse que je contemple dans le miroir du monde? Est-ce l'angoisse du monde qui se reflète à la surface de mes yeux?

Gregorio m'a encore parlé de sa fille. Pour dire que celui qui l'épousera sera pour lui bien plus qu'un gendre, un fils. Le fils que le Ciel n'a pas voulu lui donner. D'ailleurs, ce fils, s'il l'avait eu, n'aurait eu sur ses sœurs que l'avantage du muscle et de la témérité. Pour l'intelligence subtile, pour le courage réfléchi, Giacominetta ne lui laisse rien regretter, sans parler évidemment de la tendresse filiale ni de la piété. Tout compte fait, il s'accommode bien de l'arrêt de la Providence, à condition toutefois que l'absence de fils soit compensée le jour où ses filles devront se marier.

J'ai écouté son discours comme peut l'écouter un ami, intervenant à chaque silence par des formules de bon souhait, sans rien dire qui puisse m'engager, mais sans rien non plus qui dénote la réticence ou l'embarras. S'il n'a pas cherché à en savoir plus sur mes dispositions, je ne doute pas qu'il reviendra encore et encore à la charge.

Devrais-je songer à m'enfuir?

Je pose la question d'une manière désobligeante, et ingrate, je sais. Cet homme est mon bienfaiteur, il est apparu dans ma vie au moment de la pire épreuve, pour me la rendre plus douce, pour transformer l'humiliation en bravoure et l'exil en retour. Si je crois un tant soit peu aux signes de la Providence, Gregorio en est un. Le Ciel l'a placé sur ma route pour me soustraire aux griffes du monde et d'abord à mes propres errements. Oui, c'est bien cela qu'il a entrepris, et c'est bien cela que je lui reproche. Il voudrait me détourner d'un chemin sans issue, d'une poursuite sans objet. En somme, il me propose de plier ma vie abîmée, pour en endosser une autre. Une maison nouvelle, une femme ingénue, un pays retrouvé, où je ne serais plus jamais l'étranger, l'infidèle... C'est la proposition la plus sage et la plus généreuse qu'on puisse faire à un homme. Je devrais courir à l'église la plus proche pour m'agenouiller et rendre grâce. Et pour murmurer à l'intention de mon père, dont l'âme n'est jamais loin, que je vais finalement épouser une fille de Gênes, comme il me l'a toujours demandé. Au lieu de quoi je me rebiffe, je m'estime bousculé, je me dis embarrassé, je projette de fuir. Pour aller où ? Pour aller disputer à un malfaiteur sa femme légitime ?

Mais je n'aime qu'elle !

Que le Ciel et Gregorio et mon père me pardonnent, je n'aime qu'elle !

Marta... C'est auprès d'elle que je voudrais m'étendre en cet instant, et la serrer, et la consoler, et caresser lentement le ventre qui porte mon enfant.

Le 15 avril

Mon hôte devient chaque jour un peu plus insistant, et ce séjour chez lui, qui avait commencé sous les meilleures étoiles, me pèse maintenant.

Aujourd'hui, les nouvelles du Nord étaient mauvaises, et

Gregorio se lamentait. On lui avait raconté que les Anglais avaient arraisonné des navires qui faisaient cap sur les ports de Hollande ou qui les quittaient, et que les Hollandais à leur tour, ainsi que les Français, arraisonnaient tous les navires qui fréquentaient les ports d'Angleterre. "Si tout cela est vrai, ma fortune entière va être engloutie. Je n'aurais jamais dû m'engager dans tant d'entreprises à la fois. Je ne me le pardonnerai jamais, parce qu'on m'avait averti des risques de guerre, et je n'avais rien voulu entendre!"

Je lui dis que s'il pleurait ainsi pour de simples rumeurs, il n'aurait plus suffisamment de larmes lorsque les mauvaises nouvelles arriveraient pour de vrai. C'est ma manière de consoler, et elle lui soutira un bref sourire, et une remarque affectueuse et admirative sur le flegme des Embriaci.

Mais il revint aussitôt à ses jérémiades. "Si j'étais ruiné, complètement ruiné, est-ce que tu renoncerais à demander la main de Giacominetta?"

Là, il allait trop loin. J'ignore si c'est l'angoisse qui l'égarait ainsi, ou s'il tirait profit de son drame pour m'arracher une promesse. En tout cas il parlait comme si mon union avec sa fille était une chose déjà convenue entre nous, au point que toute hésitation que je pourrais manifester s'apparenterait à une renonciation, et au pire moment, comme si j'abandonnais le navire par crainte du naufrage. J'étais outré. Oui, en moi-même, je bouillonnais. Mais que faire? J'habite sous son toit, je suis à plus d'un titre son débiteur, et il traverse une épreuve, comment pourrais-je l'humilier? De plus, ce n'est pas une faveur qu'il me demande, c'est un cadeau qu'il me fait ou croit me faire, et le peu d'enthousiasme que j'ai manifesté jusqu'à présent est déjà presque une insulte.

Je répondis d'une manière qui pouvait le consoler un peu sans me compromettre: "Je suis persuadé que dans trois jours, des nouvelles rassurantes seront venues dissiper tous ces nuages."

Interprétant mes propos comme une dérobade, il crut bon de faire, en soupirant de ses rousses narines, cette réflexion qui me parut déplacée : "Je me demande combien d'amis j'aurais encore si j'étais ruiné..."

Je rétorquai alors, en soupirant moi aussi : "Tu voudrais que je prie le Ciel de me donner l'occasion de te prouver ma gratitude ?"

Il ne réfléchit qu'un instant.

"Tu peux t'en dispenser", dit-il avec un petit toussotement d'excuse.

Puis il me prit par le bras, et m'entraîna vers le jardin où nous recommençâmes à parler comme des amis.

Mais mon irritation ne s'est pas apaisée, et je me dis qu'il est temps pour moi de songer à partir. Vers quelle destination ? Smyrne, pour le cas où les miens y seraient encore ? Non, plutôt pour Gibelet. Sauf qu'à Smyrne, avec l'aide du greffier Abdellatif, je pourrais peut-être entreprendre quelque chose pour Marta. J'y songe quelquefois, et des idées me viennent...

Je me berce d'illusions, sans doute. En moi-même je sais qu'il est trop tard pour la sauver. Mais n'est-il pas aussi trop tôt pour renoncer ?

Le 17 avril

Je me suis informé ce matin sur les bateaux en partance pour Smyrne. J'en ai trouvé un qui lève l'ancre dans dix jours, le mardi qui suit Pâques. La date me convient. Je pourrai ainsi rencontrer brièvement l'épouse de Gregorio et ses filles sans trop m'attarder au milieu de la famille rassemblée.

Je n'ai encore rien dit à mon hôte. Je le ferai demain, ou après-demain. Rien ne presse, mais il serait grossier que j'attende jusqu'à la veille de ma "désertion"...

Le 18 avril

En ce jour des Rameaux, alors qu'on fête déjà sans l'avouer la fin proche du carême, mon hôte s'est montré un peu plus rassuré sur le sort de ses navires et de leurs cargaisons. Non qu'il ait reçu des nouvelles fraîches, mais il s'est levé de meilleure humeur.

L'occasion était propice, je la saisis. Avant de lui annoncer mon départ, je lui racontai par le menu les circonstances de mon voyage, que jusqu'ici j'avais tues, ou travesties. Il faut dire que ce qui m'est arrivé ne peut être dévoilé qu'aux plus intimes des intimes. Mais il faut dire aussi que chaque fois que nous étions ensemble, il s'emparait de la conversation et ne la lâchait plus. A présent, je savais tout de lui, de ses ancêtres et aussi des miens, de sa femme et de ses filles, de ses affaires; quelquefois il avait le bavardage jovial, et quelquefois affligé, mais jamais il ne se taisait, au point que lorsqu'il me posait une question, j'avais à peine le temps d'entamer ma phrase qu'il reprenait déjà la parole. Je ne cherchais d'ailleurs pas à la lui disputer, et encore moins à m'en plaindre. Je n'ai jamais été loquace. J'ai toujours préféré écouter, et réfléchir ou faire mine, plutôt; car, à dire vrai, je rêvasse bien plus souvent que je ne réfléchis.

Aujourd'hui, pourtant, j'ai bousculé mes habitudes et les

siennes. Refusant par mille ruses de me laisser interrompre, je lui racontai tout, ou du moins tout l'essentiel et une bonne partie du superflu. Le livre du *Centième Nom*, le chevalier de Marmontel et son naufrage, mes neveux et leurs travers, Marta la fausse veuve, l'enfant qu'elle attend – oui, même cela, il fallait que j'en parle –, ainsi que mes pâles aventures en Anatolie, à Constantinople, en mer, à Smyrne, puis à Chio. Jusqu'à mes remords actuels, et mes restes d'espoir.

Plus j'avançais dans mon récit, plus mon hôte paraissait accablé, sans que je sache vraiment si c'étaient mes malheurs qui l'affectaient ainsi ou bien leurs conséquences sur ses projets. Car, sur ce point, il ne fut pas dupe. Je ne lui avais pas encore dit que je comptais partir, j'avais seulement expliqué les raisons pour lesquelles je n'étais pas en état d'épouser sa fille, ni de m'éterniser à Gênes, lorsqu'il me demanda, laconique pour une fois :

"Quand nous quittes-tu?"

Sans irritation apparente ni grossièreté, non, il ne me chassait pas. Si j'avais eu le moindre doute à ce sujet, j'aurais quitté sa maison dans la minute. Non, sa question était une simple constatation, triste, amère et affligée.

Je murmurai ma vague réponse, "Dans quelques jours", et voulus aussitôt enchaîner sur des remerciements, sur ma gratitude, ma dette envers lui. Mais il me tapota l'épaule et s'en alla déambuler seul dans son jardin.

Suis-je plus soulagé que honteux? Suis-je plus honteux que soulagé?

Le 19 avril

Le jour se lève et je n'ai pas fermé l'œil. Tout au long de la nuit j'ai mâchonné des idées inutiles qui m'ont épuisé sans m'avancer en rien : j'aurais dû lui dire ceci, plutôt que cela ; ou cela plutôt que ceci ; et puis ma honte de l'avoir blessé. J'ai déjà oublié son insistance, ses manœuvres de rustre, pour ne plus songer qu'à mes propres remords.

Ai-je vraiment trahi sa confiance ? Je ne lui avais pourtant rien promis. Mais il a su me persuader que j'avais été ingrat envers lui.

Je songe tellement à la réaction de Gregorio, au souvenir qu'il gardera de moi, que j'en oublie de me poser les seules questions qui comptent : Ai-je pris la bonne décision ? Ai-je raison de partir, plutôt que d'accepter la vie nouvelle qu'il m'offrait ? Que vais-je faire à Smyrne ? Quel mirage vais-je poursuivre ? Comment puis-je croire que je vais récupérer Marta, et récupérer mon enfant ? Si je ne cours pas vers le précipice, je cours vers le pied de la falaise, où mon chemin s'arrêtera.

Aujourd'hui, je souffre d'avoir froissé mon hôte. Demain, je pleurerai de ne pas lui avoir obéi.

Le 20 avril

Je suis atteint d'une frénésie de confidences, comme une jeune fille à ses premières amours. Moi, d'ordinaire silencieux, réputé taciturne, qui parle à l'économie et ne me confie qu'en ces pages, j'ai déjà raconté par deux fois ma vie, dimanche à mon hôte pour me justifier à ses yeux, et aujourd'hui à un parfait inconnu.

Je m'étais levé ce matin avec une idée fixe : faire à Gregorio un cadeau somptueux qui lui fasse oublier nos amertumes et nous permette de nous quitter en amis. Je n'avais aucune idée précise, mais j'avais repéré dans une ruelle voisine du port un immense magasin de curiosités que je m'étais promis de visiter "en collègue", et où j'étais persuadé de trouver l'objet idoine – peut-être une grande et belle statue antique qui prendrait place dans le jardin de la maison Mangiavacca et y rappellerait à jamais mon passage.

D'emblée, la boutique me parut familière. La disposition des marchandises y est à peu près la même que chez moi : les vieux livres couchés sur les étagères ; tout en haut, les oiseaux empaillés ; par terre, dans les coins, de grands vases ébréchés que l'on ne se résigne pas à jeter et qu'on garde, d'une année sur l'autre, en sachant bien que personne ne les achètera... Le maître des lieux me ressemble aussi, un Génois d'une quarantaine d'années, glabre, plutôt corpulent.

Je me suis présenté, et l'accueil fut des plus chaleureux. Il avait entendu parler de moi – pas seulement des Embriaci, mais de moi en particulier, certains de ses clients étant déjà passés par Gibelet. Avant même que je dise ce que je cherchais, il m'invita à m'asseoir dans une courette ombragée et fraîche, commanda à une servante des sirops glacés, et vint s'asseoir en face de moi. Lui aussi, me dit-il, les siens ont longtemps vécu outre-mer, dans diverses villes. Mais ils s'étaient rapatriés depuis soixante-dix ans et lui-même n'a jamais quitté Gênes.

Quand je lui racontai que j'étais dernièrement à Alep, à Constantinople, à Smyrne et à Chio, il eut les larmes aux yeux. Disant qu'il m'enviait d'être ainsi allé "partout", alors que lui-même rêve chaque jour des destinations les plus lointaines sans avoir jamais eu le courage de s'aventurer.

"Deux fois par jour je vais jusqu'au port, j'observe les bateaux qui partent ou qui arrivent, je parle avec les marins, avec les armateurs, je m'en vais boire avec eux dans les tavernes pour les entendre prononcer les noms des villes où ils se sont arrêtés. Tous me connaissent, maintenant, et ils doivent chuchoter dans mon dos que je suis fou. Il est vrai que je m'enivre à l'écoute des noms étranges, mais je n'ai jamais été assez sage pour partir."

"Assez fou, vous voulez dire!"

"Non, j'ai bien dit pas assez sage. Car parmi les ingrédients qui composent la vraie sagesse, on oublie trop souvent la lampée de folie."

En parlant, il avait les larmes aux yeux, alors je lui dis :

"Vous auriez voulu être à ma place, et moi j'aurais voulu être à la vôtre."

C'est pour alléger ses remords que je l'ai dit, mais – par tous les saints! – je le pensais, je le pense. J'aurais voulu, en cet instant, être assis dans mon magasin, une boisson fraîche à la main, n'ayant jamais songé à entreprendre ce voyage, n'ayant jamais rencontré la femme dont j'ai fait le malheur et qui a fait le mien, n'ayant jamais entendu parler du *Centième Nom*.

"Pourquoi cela?" demanda-t-il, pour me faire raconter mes voyages. Et je me mis à parler. De ce qui m'a conduit sur les routes, de mes joies brèves, de mes mésaventures, de mes regrets. J'ai seulement omis d'évoquer mon différend avec Gregorio, me contentant de dire qu'il m'avait généreusement recueilli à mon arrivée, et qu'avant de le quitter je tenais à lui montrer toute ma reconnaissance par un cadeau digne de sa générosité...

A ce point de notre conversation, mon collègue – je n'ai pas encore dit qu'il s'appelait Melchione Baldi – aurait dû, en bon commerçant, m'inciter à dire quel cadeau j'avais à l'esprit. Mais il faut croire que notre conversation lui plaisait, puisqu'il revint sur mes voyages pour me poser diverses questions sur ce que j'avais vu en tel endroit ou en tel autre, puis m'interrogea sur le livre de Mazandarani dont il n'avait jamais entendu parler. Après m'avoir laissé expliquer un long moment, il me demanda où je comptais aller maintenant.

"Je ne sais pas encore si je devrais rentrer directement à Gibelet, ou m'arrêter d'abord à Smyrne."

"Ne m'avez-vous pas dit que le livre qui vous a fait entreprendre ce voyage se trouve à Londres maintenant?"

"Est-ce une raison pour que je le poursuive jusque là-bas?"

"Oh non! Moi qui ai les deux pieds plantés dans le sol, de quel droit pourrais-je vous conseiller d'entreprendre un tel voyage? Mais si jamais vous décidiez d'y aller, repassez chez moi au retour pour me raconter ce que vous auriez vu!"

Nous nous levâmes ensuite, pour aller voir dans une deuxième cour, de l'autre côté du magasin, quelques statues antiques ou récentes. L'une d'elles, découverte du côté de Ravenne, me parut convenir au jardin de mon hôte. Elle représente Bacchus, ou peut-être un empereur au moment des agapes, tenant une coupe et entouré de tous les fruits de la terre. Si je ne trouve rien qui me plaise davantage, je la prendrai.

En revenant à pied chez Gregorio, j'avais le pas léger, et je me promis de repasser encore chez ce collègue si accueillant. De toute manière, il faudra bien que je revienne, pour la statue.

Faut-il que je l'offre telle quelle, ou bien devrais-je la faire construire sur un socle? Il faudrait que je demande cela à Baldi, qui doit connaître l'usage en la matière.

Le 21 avril

Gregorio m'a fait promettre de ne pas partir de chez lui sans l'en avoir averti plusieurs jours à l'avance. Je voulus en connaître la raison, mais il se fit mystérieux.

Il me demanda ensuite si j'avais opté pour une destination quelconque. Je lui répondis que j'hésitais toujours entre Gibelet et Smyrne ; et qu'il m'arrive de me demander pourquoi je n'irais pas à Londres.

Il se montra surpris de cette nouvelle lubie, mais après quelques minutes, il revint me dire que ce n'était peut-être pas une mauvaise idée. Je répondis que c'était une idée parmi d'autres, et que je n'avais encore pris aucune décision. Ce à quoi il rétorqua que je ne devais surtout pas me presser, et que lui-même serait l'homme le plus heureux au monde si mon hésitation se prolongeait encore "jusqu'à Noël".

Brave Gregorio, je crois bien qu'il pense chaque mot qu'il m'a dit.

Je crois aussi que le jour où je m'en irai de chez lui, je regretterai cette étape paisible. Pourtant, il me faut repartir sur les routes, et bien avant Noël.

Le 22 avril

La femme de Gregorio et ses trois filles sont arrivées aujourd'hui, ayant visité sept églises sur leur chemin comme l'exige la tradition du jeudi saint. La dame Orietina est maigre et sèche et toute vêtue de noir. Je ne sais si elle est ainsi pour cause de carême, mais il me semble que pour elle c'est carême toute l'année.

Elle ne devait revenir que samedi, veille de Pâques, mais elle a choisi de braver l'intempérance de son mari deux jours plus tôt. Si c'était moi son mari, à Dieu ne plaise, elle n'aurait rien eu à craindre de mes ardeurs ni pendant le carême, ni le reste du temps.

Pourquoi je parle d'elle avec tant de férocité ? Pour la raison que, dès l'instant où elle est arrivée, et alors que je m'étais joint à son mari et aux gens de la maison pour lui souhaiter bon retour, elle m'a lancé un regard qui voulait dire que je n'étais pas le bienvenu chez elle, et que je n'aurais même jamais dû franchir le seuil.

M'aurait-elle pris pour le compagnon de débauche de Gregorio ? Aurait-elle appris, au contraire, les projets de ce dernier pour moi et pour leur fille, et chercherait-elle à montrer son désaccord avec une telle initiative, ou, au contraire, son dépit pour ma réaction trop peu empressée ? En tout cas, depuis l'instant où elle est arrivée, je me suis senti étranger dans cette maison. J'ai même songé à partir sur-le-champ, mais je me suis retenu. Je ne voulais pas faire un affront à celui qui m'a accueilli comme un frère. J'ai fait semblant de croire que sa femme s'est comportée ainsi à cause de la fatigue, à cause du carême et des souffrances endurées par Notre Seigneur en cette semaine, et qui interdisent les débordements de joie. Mais je ne m'attarderai plus ici. Ce soir, déjà, je ne suis pas resté à dîner, prétextant une visite chez un collègue.

Quant à la fameuse Giacominetta que son père m'a tant vantée, je ne l'ai, pour ainsi dire, pas vue. Elle a couru vers sa chambre sans saluer personne, je soupçonne sa mère de l'avoir délibérément cachée.

Il est temps, il est grand temps que je m'en aille.

Je passe la nuit la plus pénible alors que je ne souffre de

rien. De rien ? Si, je souffre de n'être plus le bienvenu dans cette maison. J'ai du mal à m'endormir, comme si mon sommeil lui-même était volé, ou mendié à mes hôtes. La moue qui s'est formée sur le visage de la femme de Gregorio n'a fait que s'amplifier au cours de la nuit, et s'enlaidir. Je ne peux plus rester ici. Ni jusqu'à Noël, ni même jusqu'à Pâques, qui n'est que dans deux jours. Ni même jusqu'au matin. Je vais laisser une note polie, et m'en aller sur le bout des pieds. Je dormirai dans une auberge près du port, et dès qu'il y aura un bateau, je m'embarquerai.

Pour l'Orient ou pour Londres ? J'ai toujours les mêmes hésitations. Retrouver le livre, d'abord ? Ou l'oublier et tenter plutôt de sauver Marta – mais par quel moyen ? Ou encore oublier toutes mes folies et revenir auprès des miens à Gibelet ? Plus que jamais, j'hésite.

Le 23 avril, vendredi saint

Je suis dans ma nouvelle chambre, à l'auberge dite *La Croix de Malte*. De ma fenêtre, je vois le bassin du port, des dizaines d'embarcations aux voiles ramenées. Peut-être ai-je déjà sous les yeux le navire qui me portera. Je suis encore à Gênes mais je l'ai déjà quittée. C'est sans doute pour cela que, déjà, elle me manque, et que je retrouve ma nostalgie d'émigré.

J'ai donc mis ma menace à exécution, j'ai fui la maison de Gregorio, malgré les imprévus qui, au dernier moment, se sont élevés sur ma route. De bon matin, de très bon matin, j'ai rassemblé mes rares bagages, j'ai laissé une note brève le remerciant de son hospitalité, une note dont j'ai banni tout sous-entendu malveillant, ou même ambigu, rien que des remerciements, des mots de gratitude et d'amitié. Pas même une promesse de rembourser les trois cents livres que je lui dois, ce qui l'aurait froissé. J'ai posé la lettre bien en évidence, lestée par quelques pièces pour les gens de maison ; j'ai remis la chambre en ordre comme si je ne l'avais jamais habitée ; je suis sorti.

Dehors, il commençait à faire jour, mais la maison restait sombre. Et silencieuse. Si les domestiques devaient être levés, ils se gardaient bien de faire du bruit. La chambre où je dormais se trouve à l'étage, au haut d'un escalier de bois que je me promettais de descendre avec précaution de peur qu'il ne crissât trop.

J'étais encore sur la marche du haut, tenant bien la rampe pour ne pas trébucher dans le noir, lorsqu'une lumière apparut. Sortie de je ne sais où, une jeune fille, qui ne pouvait être que Giacominetta. Elle portait un bougeoir à deux branches, qui éclaira soudain les marches de l'escalier ainsi que son propre visage. Elle souriait. D'un sourire amusé, complice. Il n'était pas question de battre en retraite. Elle m'avait vu, portant mon bagage, et je n'eus d'autre choix que de poursuivre mon chemin. En souriant comme elle, et en clignant de l'œil comme pour lui faire partager mon secret. Elle était aussi rayonnante que sa mère était terne, et je ne pus que me demander si la fille était différente par nature, ayant acquis la jovialité de son père, ou bien si c'était l'âge seul qui expliquait le comportement de chacune.

Arrivé en bas, je la saluai simplement de la tête, sans un mot, puis me dirigeai vers la porte, que j'ouvris, puis refermai doucement derrière moi. Elle m'avait suivi avec la lumière, mais n'avait rien dit, rien demandé, ni cherché à me retenir. Je traversai l'allée jusqu'à la grille, que le jardinier m'ouvrit. Je lui glissai une pièce dans la main, et m'éloignai.

De peur que Gregorio, averti par sa fille, ne cherchât à me rattraper, j'empruntai les ruelles les plus obscures, en marchant vite, droit devant moi, jusqu'au port. Jusqu'à l'auberge dite, dont j'avais repéré l'enseigne la semaine dernière.

Ayant écrit ces quelques lignes, je vais rabattre les tentures, me déchausser, et m'étendre sur ce lit. Dormir, ne serait-ce qu'une poignée de minutes, me ferait le plus grand bien. Il règne ici une odeur de lavande sèche, et les draps semblent propres.

Il était midi, j'avais dormi deux ou trois bonnes heures lorsque je fus réveillé dans un vacarme de damnation. C'était Gregorio qui tambourinait à ma porte. Il avait écumé, m'a-t-il dit, toutes les auberges de Gênes pour me retrouver. Il pleurait. A l'en croire, je l'avais trahi, je l'avais poignardé, je l'avais humilié. Depuis trente-trois générations, les Mangiavacca sont unis aux Embriaci comme la main est soudée au bras, et en un moment d'irritation, j'avais tranché d'un coup sec les nerfs, les veines et les os. Je lui dis de se calmer, de s'asseoir, qu'il n'y avait ni trahison, ni amputation, ni rien de la sorte, ni même de l'amertume. Au début, je me retins de lui dévoiler mes véritables sentiments, la vérité se mérite, et en se comportant ainsi il ne la méritait pas. Je prétendis donc que je voulais le laisser avec sa famille retrouvée, et que je partais de chez lui avec le meilleur souvenir qui soit. Ce n'est pas vrai, me dit-il, c'est la froideur de sa femme qui m'avait fait partir. Las de nier, je finis par admettre que oui, c'est vrai, l'attitude de son épouse ne m'avait pas encouragé à rester. Alors il s'assit sur le lit, et pleura comme je n'avais jamais vu un homme pleurer.

"Elle est ainsi avec tous mes amis, dit-il enfin, mais ce n'est qu'une apparence. Quand tu auras appris à mieux la connaître..."

Il insista et insista pour que je revienne. Mais je tins bon. Je ne me voyais pas rentrer tout penaud au bercail après un tel départ, je me serais déconsidéré aux yeux de tous. Je promis seulement d'aller prendre le repas de Pâques à leur table, et c'est un honorable compromis.

Le 24 avril, samedi saint

Je suis repassé aujourd'hui chez Melchione Baldi, pour lui confirmer mon choix de la statue de Bacchus, et lui demander s'il pouvait la faire livrer chez Gregorio. Il m'invita à m'asseoir, mais il y avait dans son magasin une personne de haut rang – une dame Fieschi, je crois – avec sa nombreuse suite; je préférai donc m'éclipser en promettant de revenir à un autre moment, et en laissant à mon collègue le nom de mon auberge, qui se trouve à deux pas de chez lui, pour le cas où il souhaiterait me rendre visite.

J'aurais voulu que le cadeau parvienne à mes hôtes demain en fin d'après-midi, en guise de remerciement après le déjeuner de fête que j'aurai passé en leur compagnie. Mais Baldi n'est pas sûr de trouver des livreurs le dimanche de Pâques, et m'a prié de patienter jusqu'au lundi.

Le 25 avril, jour de Pâques

Croyant aller au-devant de mes désirs, Melchione Baldi m'a mis aujourd'hui dans la honte et dans l'embarras.

Ne lui avais-je pas demandé de faire porter la statue à mes hôtes dimanche en fin d'après-midi ? J'espérais ainsi qu'au moment où j'aurais quitté leur demeure, en ayant partagé leur repas pascal, ils recevraient le cadeau par lequel j'exprimerais ma reconnaissance. Comme la livraison ne semblait pas possible un tel jour, je m'étais dit que mon geste pourrait parfaitement avoir lieu le lendemain, et que ce serait même plus délicat ainsi. La politesse s'accommode bien d'une certaine lenteur.

Mais Baldi ne voulait point courir le risque de me décevoir. Aussi s'arrangea-t-il pour trouver quatre jeunes porteurs qui vinrent frapper à la porte de mes hôtes alors que nous étions encore au milieu du repas. Tout le monde se leva, on se mit à courir dans tous les sens, et il en résulta un tel branle-bas, une telle cohue... Je ne savais plus sous quelle nappe dissimuler mon visage, surtout lorsque les porteurs, tous inexpérimentés et peut-être un peu saouls, renversèrent dans le jardin un banc de pierre qui se fendit en deux, et se mirent à piétiner les parterres de fleurs comme une horde de sangliers.

Ma honte !

Gregorio rougissait de rage contenue, sa femme persiflait, et leurs filles riaient. Ce qui devait être un geste élégant s'était transformé en une bruyante bouffonnerie !

Cette journée m'avait déjà réservé quelques autres étonnements.

Dès que j'eus franchi, vers l'heure de midi, — et pour la dernière fois, peut-être — le seuil de la maison Mangiavacca, Gregorio m'avait reçu comme un frère, et m'avait pris par le bras pour m'entraîner dans son cabinet, où nous avions devisé en attendant que sa femme et ses filles fussent prêtes. Il me demanda si j'avais pris une décision concernant mon départ, et je répondis que j'étais toujours déterminé à m'en aller dans les jours suivants, et que je penchais toujours pour un retour vers Gibelet, même s'il m'arrivait encore d'hésiter sur ma destination.

Il me répéta alors qu'il souffrirait de mon départ, que je serais toujours le bienvenu chez lui, et que si je décidais malgré tout de rester à Gênes, il ferait en sorte que je n'aie jamais à le regretter; puis il me demanda si j'excluais désormais de me rendre à Londres. Je répondis que je ne l'excluais pas encore, mais qu'en dépit de l'attirance qu'exerçait sur moi le livre du *Centième Nom*, la sagesse me commandait de revenir vers l'Orient, pour reprendre en main mon commerce délaissé depuis trop longtemps, et pour m'assurer que ma sœur avait bien retrouvé ses enfants.

Gregorio, qui ne semblait m'écouter qu'à moitié, se mit à faire cependant l'éloge des villes par lesquelles je passerais si jamais je prenais le bateau pour l'Angleterre, telles Nice ou Marseille ou Agde, Barcelone ou Valence, et surtout Lisbonne.

Puis il me demanda, sa main lourdement posée sur mon épaule :

"Au cas où tu changerais d'avis, pourrais-tu me rendre un service?"

Je lui répondis, en toute sincérité, que rien ne me ferait plus plaisir que de lui rembourser un peu de ma dette morale après tout ce qu'il avait fait pour moi. Il m'expliqua alors que la situation qui s'était créée ces derniers temps à cause de la guerre anglo-hollandaise avait quelque peu perturbé ses affaires, et qu'il aurait eu un message important à faire parvenir à son agent à Lisbonne, un certain Cristoforo Gabbiano. Il sortit alors de son tiroir une lettre déjà écrite, et cachetée à son sceau.

"Prends-la, me dit-il, et garde-la précieusement. Si tu choisis de partir pour Londres par voie de mer, tu passeras forcément par Lisbonne. Et alors, je te serais infiniment reconnaissant de porter cette lettre à Gabbiano en mains propres. Tu me rendrais un immense service! En revanche, si tu optais pour une autre destination, et que tu ne trouvais pas le temps de me rendre cette lettre, promets-moi de la brûler sans même l'avoir décachetée!"

Je le lui promis.

Une autre surprise, plutôt agréable, ce fut lorsque, peu avant que nous ne nous mettions à table, Gregorio invita sa fille aînée à me faire faire le tour du jardin. Ces quelques minutes confirmèrent mes meilleures impressions au sujet de cette jeune fille. Toujours souriante, marchant avec grâce, et qui connaissait le nom de chaque fleur. Je l'écoutais parler en me disant que si ma vie s'était déroulée autrement, si je n'avais pas rencontré Marta, si je n'avais pas ma maison, mon commerce et ma sœur à l'autre bout de la mer, j'aurais pu être heureux avec la fille de Gregorio... Mais il est trop tard, et je lui souhaite d'être heureuse sans moi.

Je ne sais si, pour conclure cette énumération des vaines péripéties de ma journée pascale, je devrais signaler le fait que l'épouse de mon ami, la vertueuse dame Orietina, m'a accueilli aujourd'hui avec le sourire, et une certaine manifestation de joie. C'est sans doute parce qu'elle me sait sur le point de partir pour ne plus revenir.

Le lundi 26 avril 1666

J'étais assis dans ma chambre, devant la fenêtre, mon regard au loin, lorsque ma porte s'ouvrit brusquement. Je me retournai. Il y avait dans l'embrasure un très jeune marin qui me demandait en haletant, sans lâcher la poignée, si je voulais partir pour Londres. Grisé, dans l'instant même, par ce qui m'apparut comme un appel du destin, je dis oui. Il me supplia alors de me dépêcher, parce qu'on allait bientôt retirer l'échelle. Je rassemblai vite mes maigres bagages en deux ballots qu'il emporta sous les bras comme des ailes d'ange. Le garçon avait de longues mèches blondes que retenait un bonnet mou. Je le suivis dans les escaliers, puis dans le vestibule, m'arrêtant juste pour lancer à la femme de l'aubergiste quelques pièces et un mot d'adieu.

Nous courûmes ensuite par les ruelles, puis sur le quai, jusqu'à la passerelle, que je montai la langue à terre. "Ah, vous voilà enfin, me lança le capitaine, nous allions partir sans vous." J'étais trop essoufflé pour lui poser la moindre question, seuls mes yeux s'arrondirent d'étonnement, mais personne ne s'en aperçut.

J'écris ces lignes à bord du *Sanctus Dionisius*. Oui, je suis déjà en mer.

Arrivé à Gênes sans l'avoir projeté, je la quitte un mois plus tard de la même manière, ou presque. J'en étais encore à peser les inconvénients et les avantages d'un retour rapide vers Gibelet, et ceux d'un passage, d'abord, par Smyrne, ou par Chio, ou par quelque autre détour, alors que ma route était déjà tracée par la Providence à mon insu.

Affalé sur une caisse pour reprendre mon souffle, je

n'arrêtais pas de me demander si c'était bien moi qu'on attendait. N'était-ce pas plutôt un autre voyageur que le jeune matelot avait mission de quérir à l'auberge de *La Croix de Malte*? Je me levai donc, et balayai des yeux le quai sur toute sa longueur, m'attendant à voir un homme accourir en criant, en agitant les mains. Mais aucun homme ne courait. Il n'y avait là que des porteurs voûtés, des douaniers tranquilles, des commis, des badauds, des promeneurs endimanchés.

Parmi ces derniers je reconnus un visage familier. Baldi. Melchione Baldi. Que j'ai cent fois maudit hier chez Gregorio. Adossé à un mur, il me faisait signe. Son visage luisait de sueur et de contentement. Il m'avait bien dit qu'il passait ses dimanches, ses jours de fête et toutes ses heures oisives sur le port, à voir arriver et repartir les navires, et à faire parler les marins. Commerçant et rêveur, "voleur" ou plutôt "receleur de voyages"... Après l'embarras qu'il m'a causé hier, j'aurais eu envie de lui adresser des reproches plutôt que des sourires, et je faillis détourner les yeux pour éviter qu'ils ne croisent les siens. Mais c'eût été mesquin d'agir de la sorte, alors que je m'apprête à quitter Gênes pour toujours. L'homme croyait me faire plaisir, et il doit encore s'imaginer, à l'heure qu'il est, que tout s'est bien passé avec la statue de Bacchus, et que je lui en sais gré. Alors, oubliant mon ressentiment, je lui adressai un signe d'amitié, chaleureux et empressé comme si je venais tout juste de le reconnaître de loin. Il s'anima, s'agita de tous ses membres, manifestement heureux de cette ultime rencontre. Moi aussi – et c'est un trait que je me suis souvent reproché – j'étais soulagé de cette muette réconciliation.

Lentement, le navire commença à s'éloigner du quai. Baldi me faisait encore des signes avec un mouchoir blanc, et je lui faisais aussi, par intermittence, un petit signe de la main. Dans le même temps, je regardais un peu partout autour de moi, cherchant toujours à comprendre par quel prodige je me retrouvais sur ce bateau. Je n'étais, et ne suis encore à l'instant où j'écris ces lignes, ni triste ni joyeux. Seulement intrigué.

Peut-être serait-il sage d'écrire au bas de cette page "Que Sa volonté soit faite!", puisque de toute manière elle le sera...

En mer, le 27 avril

J'ai parlé hier de Providence, parce que c'est ainsi que j'ai vu écrire les poètes et les grands voyageurs. Mais je ne suis pas dupe. Sauf à considérer que nous sommes tous — puissants ou faibles, habiles ou naïfs — ses instruments aveugles, la Providence n'est pour rien dans ce voyage! Je sais parfaitement quelle main a tracé ma route, quelle main m'a conduit vers la mer, vers le ponant, vers Londres.

Sur le moment, dans l'essoufflement, dans la surprise, dans le brouhaha du départ, je n'avais pas compris. Ce matin, en revanche, tout est clair à mes yeux. En disant tout, je n'exagère qu'un peu. Je sais qui m'a ainsi poussé, je devine par quelles habiletés Gregorio m'a fait accepter l'idée de partir pour l'Angleterre, mais je ne discerne pas encore tous ses calculs. Je suppose qu'il cherche toujours à me faire épouser sa fille, et qu'il a voulu éviter que je ne reparte vers Gibelet, dont je ne serais probablement jamais revenu. Ce voyage de quelques mois de l'autre côté du monde lui donne peut-être le sentiment de me garder un peu encore dans son giron.

Mais je n'en veux pas à Gregorio, ni à qui que ce soit

d'autre. Personne ne m'a forcé à partir. Il aurait suffi que je dise non à l'émissaire blond, et je serais encore à Gênes, ou bien en route vers l'Orient. Mais j'ai couru pour rattraper cette nave !

Si Gregorio est coupable, je suis au nombre de ses complices, comme le sont la Providence, l'année de la Bête, et *Le Centième Nom*.

En mer, le 28 avril

Hier soir, alors que je venais d'écrire mes quelques lignes résignées, je vis passer sur le pont le jeune marin blond qu'on avait envoyé me quérir à l'auberge. Je lui fis signe de s'approcher, avec l'intention de lui poser deux ou trois questions pressantes. Mais il y avait dans ses yeux une peur enfantine ; aussi me contentai-je de lui mettre dans la main un gros d'argent, sans dire mot.

La mer est calme, depuis notre départ, mais je n'ai pu m'empêcher d'être malade. A croire que c'est la contrariété qui me secoue en mer plus que les vagues.

En cet instant, ma tête ne tourne pas, et mes entrailles non plus. Mais je n'ose me pencher encore trop longtemps au-dessus de mes pages. L'odeur de l'encre, que d'ordinaire je ne sens pas, aujourd'hui m'incommode.

Je m'arrête sec.

Le 3 mai

Ce lundi matin, alors que, pour la première fois depuis une semaine, je marchais sur le pont d'un pied à peu près ferme, le chirurgien du bateau vint me demander si j'étais bien le futur gendre du sieur Gregorio Mangiavacca. Amusé de cette description plutôt abusive, et pour le moins prématurée, je répondis que j'étais en effet de ses amis mais nullement de sa parenté, et m'enquis de la manière dont il avait pu savoir que nous nous connaissions. Il se montra soudain gêné, comme s'il s'en voulait de m'avoir dit cela, et s'éclipsa aussitôt sous prétexte que le capitaine l'avait mandé.

Cet incident m'a révélé que bien des choses doivent se chuchoter dans mon dos. Peut-être même se gausse-t-on sur mon compte à l'heure de la soupe. Je devrais me fâcher, mais je dis : peu importe ! qu'on se moque ! Il ne coûte rien de railler le brave et bedonnant Baldassare Embriaco, négociant en curiosités. Alors qu'on risquerait le fouet si l'on raillait le capitaine. Pourtant, Dieu sait s'il mériterait les sarcasmes, et bien plus que cela !

Qu'on en juge : au lieu de suivre la route habituelle, s'arrêter à Nice et à Marseille, ou du moins dans l'un des deux ports, il a décidé de cingler droit vers Valence, en Espagne, sous prétexte que le vent du nord-est nous y porterait dans cinq jours. Mais le vent s'est avéré capricieux. Après nous avoir poussés jusqu'au large, il s'est essoufflé ; puis il a changé de sens chaque nuit. Si bien qu'au huitième jour du voyage, nous ne sommes encore nulle part ! Nous ne voyons ni la côte espagnole ni la côte française, ni même la Corse, la Sardaigne ou les îles Baléares. Où sommes-nous à présent ? Mystère ! Le capitaine prétend le savoir, et personne à bord n'ose le contredire. Nous verrons bien. Certains voyageurs n'ont plus de vivres, et la plupart n'ont presque plus d'eau.

Nous n'en sommes pas encore au désastre, mais nous y allons, toutes voiles déployées!

Le 5 mai

A bord du *Sanctus Dionisius*, lorsque deux personnes chuchotent en aparté, c'est qu'elles parlent du capitaine. Certains lèvent alors les yeux au ciel, d'autres osent maintenant rire. Mais pour combien de temps son inconscience nous fera-t-elle seulement rire et chuchoter?

S'agissant de moi, je suis parfaitement rétabli, je me promène, je mange abondamment, je discute avec les uns et les autres, et je regarde déjà avec condescendance ceux qui, autour de moi, souffrent encore du mal de mer.

Pour mes repas, je n'ai rien prévu d'autre que d'acheter ce qui se vendrait ici. Je regrette de n'avoir pas engagé un cuisinier, ni fait de provisions, mais tout s'est passé tellement vite! Je regrette surtout de n'avoir plus Hatem. Pourvu qu'il ne lui soit pas arrivé malheur et qu'il se trouve sain et sauf à Gibelet...

... où, soit dit incidemment, j'aurais dû aller moi-même. Aujourd'hui, je le pense; tant que je n'étais pas encore parti dans la direction opposée, je ne le pensais pas. C'est ainsi. Je hausse les épaules. J'évite de me lamenter. Je fredonne face à la mer une chanson génoise. Je consigne dans mon cahier, entre deux arrêts du destin, mes intenses tergiversations... Oui, c'est ainsi, je me résigne. Puisque de toute manière tout aboutit sous terre, qu'importe le chemin! Et pourquoi devrais-je emprunter les raccourcis plutôt que les détours?

Le 6 mai

"Un bon capitaine transforme l'Atlantique en Méditerranée ; un mauvais capitaine transforme la Méditerranée en Atlantique" – c'est ce qu'a osé dire aujourd'hui à voix haute l'un des passagers du navire, un Vénitien. Ce n'est pas à moi qu'il s'adressait mais à tous ceux qui étaient rassemblés près du bastingage. Si j'ai évité de lui parler, j'ai néanmoins retenu sa formule en me promettant de la reproduire dans ces pages.

Il est vrai que nous avons tous le sentiment d'être perdus au milieu de l'immensité marine, et que nous attendons avec angoisse l'instant où quelqu'un va crier : "Terre !" Alors que nous nous trouvons dans les eaux les plus familières, et à la meilleure saison.

Selon la dernière rumeur, nous devrions accoster demain soir entre Barcelone et Valence. On nous aurait dit "Ce sera Marseille", ou "Aigues-Mortes", ou "Mahon", ou "Alger", nous l'aurions cru, tant nous avons perdu tous nos repères.

Quelque part en Méditerranée, le 7 mai 1666

J'ai échangé aujourd'hui quelques phrases avec le capitaine. Il a quarante ans, il s'appelle Centurione, et je peux écrire en toutes lettres que c'est un fou !

Je n'écris pas "fou" en voulant dire téméraire, ou imprudent, ou lunatique, ou extravagant... J'écris "fou"

324

en voulant dire fou. Il se croit poursuivi par des démons ailés, et pense leur échapper en suivant des routes sinueuses!

Si un passager m'avait tenu de semblables propos, ou un matelot, ou le chirurgien, ou le charpentier, j'aurais couru chez le capitaine pour qu'il le mette aux fers et le descende à terre dès la prochaine escale. Mais que faire quand c'est le capitaine qui est fou?

Si au moins c'était un enragé, un furieux, un fou hurlant, un fou manifeste, nous nous serions rassemblés pour le maîtriser, nous aurions averti les autorités du port où nous allions faire relâche.

Mais rien de tout cela! L'homme est un fou paisible, il déambule dignement, discute, plaisante, et distribue ses ordres avec l'assurance des chefs.

Jusqu'à ce jour, je ne lui avais presque pas adressé la parole. Juste deux mots, à Gênes, lorsque j'étais arrivé en courant et qu'il m'avait dit que le navire avait failli appareiller sans moi. Mais ce matin, alors qu'il déambulait sur le pont, il passa près de moi; je le saluai poliment, et ses premières paroles furent des plus conventionnelles. Comme cela se fait entre Génois qui se respectent, nous avons d'abord parlé de nos familles, et il eut des paroles sensées pour évoquer la renommée des Embriaci et le passé de Gênes.

J'avais commencé à me dire que tous ces sarcasmes qui circulaient à son propos étaient injustes, lorsqu'un oiseau vint à voler très bas au-dessus de nos têtes. Son cri nous fit lever les yeux, et je remarquai que mon interlocuteur était inquiet.

"Quel oiseau est-ce? demandai-je. Une mouette? Un goéland? Un albatros?"

Le capitaine répondit, soudain nerveux: "C'est un démon!"

Je crus d'abord que c'était là une manière de maudire ce

volatile, à cause des nuisances qu'il pourrait causer. Puis je me demandai s'il n'y avait pas une variété d'oiseaux que les gens de mer surnomment ainsi.

Cependant que l'homme enchaînait, de plus en plus agité : "Ils me poursuivent! Où que j'aille, ils me retrouvent! Ils ne me laisseront jamais en paix!"

Il avait suffi d'un battement d'ailes pour qu'il sombrât dans son délire.

"Depuis des années, ils me poursuivent, sur toutes les mers..."

Ce n'était plus à moi qu'il parlait, il me prenait seulement à témoin dans son obscure conversation avec lui-même, ou avec ses démons.

Au bout de quelques secondes, il me quitta en marmonnant qu'il allait donner des ordres pour que nous changions de cap afin de dérouter nos poursuivants.

Dieu du Ciel, où cet homme nous conduira-t-il?

De ce qui est arrivé, j'ai décidé de ne parler à personne, du moins pour le moment. A qui parler, d'ailleurs? et pour quoi dire? et quoi faire? Fomenter une rébellion? Propager sur le navire la peur, la suspicion, la sédition, et prendre la responsabilité du sang qui pourrait être versé? Tout cela est bien trop grave. Et même si le silence n'est pas la solution la plus courageuse, il me semble que je dois attendre, observer, réfléchir, en gardant l'esprit en éveil.

Heureusement que j'ai ce cahier pour lui murmurer les choses que je dois taire.

Le 8 mai

J'ai eu ce matin une conversation avec le passager vénitien. Il s'appelle Girolamo Durrazzi. Ce fut bref, mais courtois. Si mon regretté père pouvait lire ces lignes, j'aurais écrit "ce fut courtois, mais bref"...

Il y a également avec nous un Persan que les gens du bateau surnomment à mi-voix "le prince". Je ne sais s'il est prince, mais il en a la démarche, et deux hommes corpulents le suivent de près, qui surveillent à droite à gauche à droite à gauche comme s'ils craignaient pour sa vie. Il porte une courte barbe et un turban noir si mince, si aplati, qu'on dirait un simple bandeau de soie. Il ne parle à personne, même pas à ses deux gardes, se contente de marcher en regardant droit devant lui, et ne s'arrête parfois que pour contempler l'horizon, ou le ciel.

Le dimanche 9 mai 1666

Nous avons enfin jeté l'ancre. Ni à Barcelone, cependant, ni à Valence, mais sur l'île de Minorque, dans les Baléares, et plus précisément au port de Mahon. A relire mes dernières pages, je constate qu'il s'agit en effet de l'une des nombreuses destinations prévues par la rumeur. C'est un peu comme si ce nom était inscrit sur la face du dé lancé à notre intention par la Providence.

Plutôt que de chercher, au cœur de la folie, un dernier signe de cohérence, pourquoi ne pas quitter cette nave démente? Je devrais dire : qu'ils aillent tous se perdre sans moi! Le capitaine, le chirurgien, le Vénitien, et le "prince" persan! Pourtant, je ne m'en vais pas. Pourtant, je ne m'échappe pas. La survie de ces inconnus m'importerait-elle encore? Ou bien serait-ce ma propre survie qui ne m'importe plus? Courage suprême ou suprême résignation? Je ne sais, mais je reste.

Au dernier moment, voyant la cohue autour des barques, j'ai même décidé de ne point descendre à terre, d'appeler plutôt le jeune matelot blond et de le charger de faire les achats pour moi. Il se prénomme Maurizio, et il a le sentiment de me devoir quelque chose à cause du tour qu'il m'a joué. A dire vrai, je ne lui en veux plus du tout; la vue de ses mèches blondes m'apporte même un certain réconfort – mais il vaut mieux qu'il ne le sache pas.

J'avais écrit pour lui la liste de tout ce que je voulais; à son embarras, je compris qu'il n'avait jamais appris à lire. Je la lui fis donc retenir et réciter, et lui donnai largement de quoi payer. A son retour, je lui laissai le restant de la somme, ce dont il se montra comblé. Je crois qu'il viendra désormais chaque jour me demander si je n'ai besoin de rien, et se mettre à mon service. Il ne remplacera pas Hatem, mais il a l'air, comme lui, à la fois futé et honnête. Que demander de plus à un commis?

Un jour je soutirerai à Maurizio le nom de la personne qui l'avait envoyé me quérir à l'auberge de *La Croix de Malte*. En ai-je vraiment besoin, alors que je sais exactement ce qu'il va me dire? Oui, à y réfléchir, j'en ai besoin. Je veux entendre de mes propres oreilles que Gregorio Mangiavacca l'a payé pour qu'il m'appelle ce jour-là, et me fasse courir jusqu'au bateau qui m'emporte en cet instant vers l'Angleterre! Vers l'Angleterre, ou vers Dieu sait où...

Cela dit, je ne suis aucunement pressé. Nous sommes

ensemble sur ce bateau pour des semaines encore, et il suffira que je me montre patient et habile pour que ce gamin
finisse par tout avouer.

Le 11 mai

Jamais je n'aurais cru que je deviendrais l'ami d'un Vénitien !

Il est vrai qu'en mer, lorsque deux négociants se rencontrent au cours d'une longue traversée, une conversation
s'installe. Mais les choses avec lui sont allées au-delà, nous
avons trouvé dès les premières phrases tant de préoccupations communes que j'en oubliai aussitôt toutes les préventions que mon père m'avait inculquées.

Sans doute le contact entre nous a-t-il été facilité par le
fait que Girolamo Durrazzi, bien que né à Venise, a vécu
depuis l'enfance sous divers cieux d'Orient. D'abord à
Candie, puis à Tsaritsyne, sur le fleuve Volga. Et, depuis
peu, à Moscou même, où il semble bénéficier d'un grand
prestige. Il réside au Faubourg des Étrangers, qui devient,
me dit-il, une ville dans la ville. On y trouve des traiteurs
français, des pâtissiers viennois, des peintres italiens ou
polonais, des militaires danois ou écossais, et bien entendu,
des négociants et des aventuriers de toutes origines. On a
même aménagé, à l'extérieur de la ville, un terrain où des
équipes de joueurs s'affrontent, ballon au pied, à la façon
d'Angleterre. Le comte de Carlisle, ambassadeur du roi
Charles, y assiste parfois en personne.

Le 12 mai

Mon ami vénitien m'a invité à souper hier dans ses quartiers. (Je continue à hésiter et à sourire d'embarras chaque fois que j'écris "mon ami vénitien", mais je continuerai à le faire, et un jour je m'y habituerai !) Il a avec lui un cuisinier, un valet et un autre serviteur encore. C'est ainsi que j'aurais dû m'équiper, plutôt que de m'embarquer seul, comme un vagabond, comme un banni !

Au cours du repas, mon ami m'a révélé les raisons de son voyage à Londres. Il a pour mission de recruter des artisans anglais pour qu'ils aillent s'établir à Moscou. Il n'est pas, à proprement parler, mandaté par le tsar Alexis, mais il a obtenu de lui protection et encouragements. Tous les hommes habiles seront les bienvenus, quel que soit leur métier, à la seule condition qu'ils ne s'adonnent pas au prosélytisme. Le souverain, qui est un sage, ne voudrait pas que sa ville devienne le repaire des fanatiques, adeptes de la république chrétienne, que l'on dit nombreux en Angleterre, mais qui se cachent ou s'exilent depuis le retour du roi Charles, il y a six ans.

Girolamo a essayé de me convaincre d'aller moi-même m'établir à Moscou. Il m'a encore fait une description attrayante de la vie au Faubourg des Étrangers. Je lui ai dit "peut-être", par politesse, et pour l'encourager à poursuivre son récit, mais sa proposition ne m'a guère tenté. J'ai quarante ans, je suis trop vieux pour recommencer ma vie dans un pays dont j'ignore la langue et les usages. J'ai déjà deux patries, Gênes et Gibelet, et si je devais quitter l'une ce serait pour rejoindre l'autre.

De plus, j'ai l'habitude de contempler la mer, elle me manquerait si je devais un jour m'en éloigner. Il est vrai que je ne me sens pas à l'aise sur un bateau, je préfère que mes deux pieds se trouvent sur la terre ferme. Mais au voisinage de la mer! J'ai besoin de ses odeurs âcres! J'ai besoin de ses vagues qui meurent et naissent et meurent! J'ai besoin que mon regard se perde dans son immensité!

Je conçois bien que l'on puisse s'accommoder d'une autre immensité, celle du sable du désert, ou celle des plaines enneigées, mais pas lorsqu'on a vu le jour où j'ai vu le jour, et que l'on a dans ses veines du sang génois.

Cela dit, je comprends aisément ceux qui quittent un jour leur pays et tous leurs proches, et qui changent même de nom, pour commencer une nouvelle vie dans un pays sans limites. Que ce soit dans les Amériques ou en Moscovie. Mes ancêtres n'ont-ils pas fait cela même? Mes ancêtres, mais aussi tous les ancêtres de tous les humains. Toutes les villes ont été fondées et peuplées par des gens venus d'ailleurs, tous les villages aussi, la terre ne s'est remplie que par migrations successives. Si j'avais encore le cœur flottant et les jambes légères, je me serais peut-être détourné de ma mer natale pour rejoindre ce Faubourg des Étrangers dont le seul nom me tente.

Le 13 mai

Est-il vrai que le roi de France a formé le projet d'envahir les terres du sultan ottoman, et qu'il a même fait préparer par ses ministres un plan d'attaque détaillé? Girolamo me l'assure, en citant à l'appui de ses dires divers témoignages que rien ne m'autorise à mettre en doute. Il affirme même que le roi a pris langue avec le sophi de

Perse afin que celui-ci, grand ennemi du sultan, suscite des troubles à une date convenue pour attirer les armées turques vers la Géorgie, l'Arménie et l'Atropatène. Pendant ce temps, avec l'aide des Vénitiens, le roi Louis s'emparerait de Candie, des îles Égée, des Détroits, et peut-être même de la Terre Sainte.

Bien que la chose ne me paraisse nullement impensable, je m'étonne que mon Vénitien en parle aussi ouvertement à un homme qu'il a rencontré depuis peu. C'est un bavard, assurément, mais j'aurais tort de l'en blâmer, alors que grâce à lui j'apprends tant de choses, et alors que la seule raison de son indiscrétion est son amitié pour moi et la confiance qu'il me témoigne.

J'ai ressassé toute la nuit les projets du roi de France, et je ne peux guère m'en réjouir. Bien entendu, si le sort des armes lui était favorable, et s'il pouvait s'emparer durablement des îles, des Détroits, et de l'ensemble du Levant, je ne saurais m'en plaindre. Mais s'il se lançait avec les Vénitiens dans quelque entreprise téméraire et sans lendemain, c'est sur moi et mes semblables, oui sur nous les marchands d'Europe établis dans les Échelles, que s'abattrait la vengeance du sultan. Plus j'y pense plus je me persuade qu'une telle guerre serait, dès son déclenchement, une calamité pour moi et pour les miens. Veuille le Ciel qu'elle n'ait jamais lieu!

Je viens de relire ces dernières lignes, ainsi que celles qui précèdent, et je me demande soudain s'il n'est pas dangereux d'écrire de telles choses et de formuler de pareils souhaits. Bien entendu, j'écris tout avec mon charabia propre, que nul autre que moi ne pourrait déchiffrer. Mais cela ne vaut que pour mes écrits intimes, que je dissimule de la sorte à mes proches, et à d'éventuels fouineurs. Si les autorités s'en mêlaient un jour, si un wali quelconque, un pacha, un cadi, se mettait en tête de découvrir ce que j'y ai consigné, et qu'il me menaçait du pal ou me soumettait à la torture pour que je lui livre mes clefs, comment pourrais-je lui tenir tête ? Je lui dévoilerais le secret de mon code, et il pourrait alors lire que je serais bien aise si le roi de France venait à s'emparer du Levant.

Peut-être devrais-je déchirer cette page le jour où je reviendrai en Orient. Et éviter même, à l'avenir, de parler de choses semblables. Je fais preuve sans doute d'une prudence excessive, aucun wali ni aucun pacha ne va venir fouiller dans mes notes. Mais quand on est dans ma position, quand on est en pays étranger depuis tant de générations, à la merci de n'importe quelle avanie, de n'importe quelle dénonciation, la prudence n'est plus seulement une attitude, elle est l'argile dont je suis fait.

Le 14 mai

J'ai échangé aujourd'hui quelques mots avec le Persan qu'on surnomme le prince. Je ne sais toujours pas s'il est prince ou marchand, il ne me l'a pas dit.

Il se promenait, comme à l'ordinaire, et je me trouvais sur son chemin. Il me sourit, et je vis là un encouragement à l'aborder. Lorsque je fis un pas dans sa direction, ses hommes s'alarmèrent, mais d'un geste il leur intima de rester cois, et s'employa à me saluer d'une légère courbette. Je prononçai alors des paroles d'accueil en arabe, et il m'adressa les réponses adéquates.

A l'exception des formules consacrées que tout musulman connaît, l'homme parle l'arabe avec difficulté. Nous pûmes néanmoins nous présenter l'un à l'autre, et nous pourrons je crois, à l'occasion, avoir une conversation. Il me dit s'appeler Ali Esfahani et qu'il voyage pour ses affaires. Je doute que ce soit là son vrai nom. Ali est chez eux le prénom le plus répandu, et Ispahan est leur capitale. A vrai dire, ce "prince" ne m'a pas révélé grand-chose sur lui-même. Mais nous sommes maintenant présentés l'un à l'autre, et nous reparlerons.

Quant à Girolamo, mon ami vénitien, il continue à me vanter Moscou et le tsar Alexis, qu'il tient en grande estime. Il le décrit comme un souverain préoccupé du sort de ses sujets, et désireux d'attirer vers son royaume commerçants, artisans et hommes de savoir. Mais tout le monde en Russie ne regarde pas les étrangers avec autant de bienveillance. Si le tsar semble ravi de ce qui arrive dans sa capitale, qui n'avait été jusque-là qu'un vaste village morne, s'il pose volontiers pour les peintres, se met au courant des dernières excentricités, et souhaite avoir désormais sa propre troupe de comédiens, comme le roi de France, il y a à Moscou même, et surtout dans le reste du pays, des milliers de popes grincheux qui croient voir dans toutes ces nouveautés la marque de l'Antéchrist. Ce qui se passe au Faubourg des Étrangers n'est à leurs yeux que débauche, corruption, impiété et blasphème, tous signes annonciateurs du règne imminent de la Bête.

A ce propos, Girolamo m'a rapporté un incident des plus révélateurs. Une troupe de Napolitains était allée, l'été dernier, se produire à Moscou chez un cousin du tsar. Il y avait là des comédiens, des musiciens, des jongleurs, des ventriloques... A un moment, un homme nommé Percivale Grasso a présenté un spectacle fort impressionnant : un polichinelle à tête de loup, d'abord couché à terre, et qui s'est relevé, puis s'est mis à parler, à chanter, à marcher en se dandinant, à danser enfin, sans qu'on voie à un seul mo-

ment la main de l'homme qui l'animait du haut d'un esca-
beau caché par une tenture. Tout le monde dans
l'assistance paraissait subjugué. Et soudain, un pope s'est
levé, et a commencé à hurler que c'était le démon lui-
même que l'on avait devant soi; il citait des phrases de
l'Apocalypse qui disaient "et il lui fut donné le pouvoir
d'animer l'image de la bête, et de faire parler cette image".
Il sortit alors de sa poche une pierre, qu'il lança vers la
scène. Quelques autres personnes, qui étaient venues avec
lui, firent de même. Puis ils se mirent tous à proférer des
imprécations contre les Napolitains, contre les étrangers, et
contre ceux qui s'associaient, de quelque manière, à ce
qu'ils estiment être des sataneries et des impiétés. Et à
annoncer l'imminence de la fin des temps, et du Jugement
dernier. Les spectateurs commencèrent à s'enfuir, les uns
après les autres; même le cousin du tsar n'osa pas s'opposer à ces enragés; et la troupe dut quitter Moscou le lendemain à l'aube.

Pendant que mon ami me racontait tout cela, avec force
détails, je me suis rappelé ce visiteur qui était venu chez
moi à Gibelet, il y a quelques années, porteur d'un livre où
l'on annonçait la fin du monde, justement, pour cette
année même, pour 1666. Il s'appelait Evdokime. Je parlai
de lui à Girolamo. Ce nom ne lui dit rien, mais il connaît
bien *Le Livre de la Foi une, véritable et orthodoxe*, et il ne se
passe pas un jour sans qu'on évoque devant lui cette
prédiction. Lui-même la prend à la légère, parlant de sottise
épaisse, d'ignorance et de superstition, ce qui m'a gran-
dement réconforté; mais il ajoute que là-bas, la plupart des
gens y croient ferme. Certains avancent même une date
précise. Ils prétendent, sur la foi de je ne sais quel comput,
que le monde ne vivra pas au-delà de la Saint-Siméon,
laquelle tombe le premier septembre, et qui est pour eux le
jour de l'an.

Le 15 mai 66

Je crois avoir gagné aujourd'hui la confiance du "prince" d'Ispahan, ou plutôt, devrais-je dire, éveillé son intérêt.

Nous nous étions croisés, lors d'une promenade, et nous avions fait quelques pas ensemble, au cours desquels j'avais énuméré les diverses villes que j'ai traversées au cours des derniers mois. A chaque nom, il acquiesçait poliment de la tête, mais lorsque je mentionnai Smyrne, je remarquai un changement dans son regard. Pour m'inciter à en parler un peu plus, il répéta d'un ton évocateur "Izmir, Izmir", qui est le nom turc de la ville.

Je lui dis que j'y ai passé quarante jours, et que j'y ai vu de mes propres yeux, et par deux fois, le juif qui se prétend messie. Mon interlocuteur me prit alors par le bras, m'appela son honorable ami, et m'avoua qu'on lui avait rapporté bien des choses contradictoires sur ce "Sabbataï Levi".

Je rectifiai :

"Le nom, tel que j'ai entendu des juifs le prononcer, serait plutôt Sabbataï Zevi, ou Tsevi."

Il me remercia d'avoir corrigé ainsi son erreur, et me pria de lui dire ce que j'avais exactement vu, afin qu'il sache distinguer, dans tout ce qu'on entend sur ce personnage, le fil noir du fil blanc.

Je lui racontai certaines choses et lui en promis davantage.

Le 16 mai

Hier, j'avais parlé de la confiance du "prince", que j'aurais gagnée, puis je m'étais ravisé, pour parler plutôt de sa curiosité que j'avais éveillée. J'avais eu raison de faire cette distinction, mais aujourd'hui je peux reprendre le mot "confiance". Car si, hier, l'homme m'avait seulement fait parler, aujourd'hui il a parlé lui-même.

Il ne m'a pas fait de véritables confidences, – pourquoi me les aurait-il faites, d'ailleurs ? Mais, venant de lui, je veux dire d'un personnage qui se trouve en pays étranger et qui, à l'évidence, cultive le secret, le peu qu'il m'a dit est un témoignage d'estime, et une marque de confiance.

Il m'a dit notamment qu'il ne voyageait pas pour affaires, au sens où on l'entend d'ordinaire, mais pour observer le monde, et pour se mettre au fait des choses étranges qui s'y produisent. Je suis persuadé, sans qu'il me l'ait dit, qu'il s'agit d'un très haut personnage, peut-être le propre frère du grand sophi, ou un cousin.

J'ai pensé le présenter à Girolamo. Mais mon ami vénitien est quelque peu volubile, l'autre pourrait s'en effrayer, et au lieu de s'ouvrir peu à peu comme une rose timide, il risque de se refermer sec.

Je les fréquenterai donc séparément, à moins qu'ils ne se rencontrent d'eux-mêmes, sans mon intermédiaire.

Le 17 mai

Le prince m'a invité aujourd'hui dans son "palais". Le mot n'est pas excessif si l'on considère la relativité des

337

choses. Les marins couchent dans une grange, moi dans une cabane, Girolamo et sa suite dans une maison, et Ali Esfahani, qui occupe toute une succession de pièces, et qui les a habillées de tapis et de coussins à la mode persane, est comme dans un palais. Il compte parmi ses gens un majordome, un traducteur, un cuisinier et son marmiton, un valet habilleur, et quatre hommes à tout faire, en plus des deux gardes qu'il appelle "mes fauves".

Le traducteur est un ecclésiastique français, originaire de Toulouse, qui se fait appeler "père Ange". Sa présence auprès d'Ali n'a pas manqué de m'étonner, d'autant qu'ils se sont parlé en persan. Je n'ai rien pu savoir de plus, car l'homme s'est éclipsé dès que son maître lui eut dit que nous pourrions nous comprendre en arabe.

Au cours de la soirée, mon hôte me raconta une fable des plus étranges, selon laquelle chaque nuit, depuis le début de cette année, plusieurs étoiles disparaissent du ciel. Il suffirait, dit-il, que l'on observe la voûte dans l'obscurité, en fixant les endroits où il y a une grande concentration d'étoiles, pour constater que certaines d'entre elles s'éteignent soudain pour ne plus se rallumer. Il semble persuadé que le ciel va peu à peu se vider tout au long de l'année jusqu'à devenir entièrement noir.

Pour vérifier ses dires, je me suis assis sur le pont une bonne partie de la nuit, la tête en arrière, à observer le ciel. J'ai essayé de fixer des points précis, mais chaque fois mes yeux se brouillaient. Au bout d'une heure, j'ai eu froid et je suis parti me coucher avant d'avoir pu m'assurer de quoi que ce fût.

Le 18 mai

J'ai rapporté la fable des étoiles à mon ami vénitien, qui a éclaté de rire avant même que j'en eusse terminé. Heureusement que je ne lui ai pas dit de qui je tenais cette histoire. Et heureusement que j'ai eu la sagesse de ne pas présenter ces deux compagnons l'un à l'autre.

Tout en continuant à se moquer des rumeurs de fin du monde, Girolamo m'a appris des choses qui n'ont pas manqué de m'inquiéter. J'éprouve en sa compagnie ce même malaise que j'éprouvais naguère en conversant avec Maïmoun; d'un côté, j'ai grande envie de partager sa sérénité, son mépris à l'égard de toute superstition, ce qui m'amène à approuver ostensiblement ses propos; mais dans le même temps, je ne parviens pas à empêcher ces superstitions, même les plus aberrantes d'entre elles, de faire leur nid dans mon esprit. "Et si ces gens avaient raison?", "Et si leurs prédictions se vérifiaient?", "Et si le monde était vraiment à moins de quatre mois de son extinction?" – de telles questions voltigent dans ma tête, malgré moi, et bien que je sois persuadé de leur inanité, je ne parviens pas à m'en défaire. Ce qui m'afflige et me fait honte, doublement honte. Honte de partager les frayeurs des ignorants, et honte d'adopter avec mon ami une attitude aussi fourbe, l'approuvant par des hochements entendus tout en le démentant dans mon cœur.

J'ai éprouvé ces mêmes sentiments une fois de plus hier, pendant que Girolamo me parlait de certains Moscovites que l'on appelle les Capitons, et qui aspirent à la mort, dit-il, "parce qu'ils sont persuadés que le Christ va revenir bientôt en ce monde pour y établir son royaume et qu'ils voudraient être au nombre de ceux qui apparaîtront avec lui, dans son cortège, plutôt qu'au milieu de la multitude des pécheurs qui subiront ses foudres. Ces gens vivent à l'écart de toute autorité, par petits groupes éparpillés dans l'immensité du territoire. Ils trouvent que le monde entier est à présent gouverné par l'Antéchrist, que la terre entière est peuplée de damnés, même la Moscovie, et même son Église dont ils ne reconnaissent plus les prières ni les rites. Leur chef leur recommande de se laisser mourir de faim, parce que ainsi ils ne se rendent pas coupables de suicide. Mais d'autres, se sentant pressés par le temps, n'hésitent plus à transgresser la loi divine de la pire manière. Il ne se passe plus une semaine sans qu'on rapporte, de telle ou telle région de ce vaste pays, les récits les plus effarants. Des groupes plus ou moins nombreux se rassemblent dans une église, ou même dans une vulgaire grange, bloquent les portes et mettent délibérément le feu, s'immolant ainsi par familles entières, au milieu des prières et des hurlements des enfants".

Ces images me hantent depuis l'instant où Girolamo les a évoquées. J'y songe de jour comme de nuit, et je n'arrête pas de me demander s'il est concevable que tous ces gens meurent pour rien. Peut-on vraiment se tromper à ce point et sacrifier sa vie de manière aussi cruelle par simple erreur de jugement ? Je ne peux qu'avoir du respect pour eux, mais mon ami vénitien me dit qu'il n'en a aucun. Il les compare à des bêtes ignorantes, et juge leur comportement à la fois stupide, criminel et impie. Tout au plus ressent-il envers eux un peu de pitié, mais de cette pitié qui est seulement la croûte du mépris. Et lorsque je lui avoue que je trouve son attitude cruelle, il me rétorque qu'il ne sera jamais aussi cruel envers eux qu'ils le sont envers eux-mêmes, envers leurs femmes et envers leurs enfants.

Le 19 mai

Si l'extinction des étoiles me paraît difficile à vérifier, ce que la fable de mon ami persan démontre sans l'ombre d'un doute, c'est qu'il est préoccupé comme moi par tout ce qui se dit à propos de cette année maudite.

Non, pas comme moi, bien plus que moi. Moi je demeure partagé entre mes amours, mes affaires, mes rêves banals, mes soucis ordinaires, et dois faire violence chaque jour à mon tempérament apathique pour ne pas renoncer à poursuivre *Le Centième Nom*. Je pense à l'apocalypse par intermittence, je crois aux choses sans trop y croire, le sceptique que mon père a élevé en moi me préserve des grands débordements de Foi – ou peut-être devrais-je dire qu'il m'interdit toute constance, que ce soit dans le maintien de la raison ou dans la quête des chimères.

Mais pour en revenir à mon "prince" et ami, il m'a énuméré aujourd'hui les prédictions qu'il a recensées au sujet de l'année en cours. Venues de tous les coins du monde, elles sont fort nombreuses. Certaines que je connaissais, d'autres pas, ou imparfaitement. Il en sait bien plus que moi, mais je sais aussi des choses qu'il ignore.

Il y a avant tout, bien sûr, les prédictions des Moscovites et des juifs. Celles des sectateurs aleppins et des fanatiques anglais. Celles, toutes récentes, d'un certain jésuite portugais. Et puis celles – à ses yeux les plus inquiétantes – des quatre plus grands astrologues de Perse, qui ne s'accordent jamais d'ordinaire et se disputent les faveurs de leur souverain, et qui auraient tous affirmé d'une même voix qu'en cette année des hommes appelleront Dieu par son nom hébraïque, comme l'avait fait Noé, et que des choses se produiront qui ne s'étaient plus produites depuis Noé.

"Un nouveau déluge inonderait le monde?" demandai-je.

"Oui, mais cette fois un déluge de feu!"

La manière dont mon nouvel ami a prononcé cette dernière phrase m'a rappelé mon neveu Boumeh. Ce ton triomphateur pour annoncer les pires calamités ! Comme si le Créateur, en les mettant dans la confidence, leur avait implicitement promis l'immunité.

Le 20 mai

J'ai repensé, pendant la nuit, aux paroles des astrologues persans. Pas tant la menace d'un nouveau déluge, qu'on rencontre dans toutes les prédictions sur la fin du monde, mais plutôt l'allusion au nom de Dieu, et singulièrement à son nom hébraïque. Je suppose que celui-ci est le tétragramme sacré que nul n'est censé prononcer – si j'ai correctement lu la Bible – à la seule exception du grand prêtre, et une seule fois par an, dans le Saint des Saints, au jour des Expiations. Que devrait-il se passer lorsque, à la demande de Sabbataï, des milliers d'hommes à travers le monde se mettront à articuler à voix haute le nom ineffable ? Le Ciel n'en sera-t-il pas courroucé, au point d'anéantir la terre et ceux qui l'ont peuplée ?

Esfahani, avec lequel j'ai longuement discuté aujourd'hui, ne voit pas du tout les choses de la même manière. Pour lui, si le nom ineffable est prononcé par les hommes, ce n'est pas pour défier les desseins de Dieu, mais au contraire pour hâter leur accomplissement, pour hâter la fin des temps, pour hâter la délivrance ; et il m'a semblé qu'il n'est nullement incommodé par le fait que le soi-disant messie de Smyrne préconise cette universelle transgression.

Je lui demandai alors si, à son avis, le tétragramme révélé à Moïse pourrait ne faire qu'un avec le centième nom d'Allah que recherchent certains exégètes du Coran. Ma question lui plut, à tel point qu'il m'entoura les épaules de sa main droite et me fit faire quelques pas ainsi, en me poussant presque, et cette sorte de familiarité, venant de lui, me fit rougir.

"C'est un plaisir, dit-il enfin avec une certaine émotion dans la voix, c'est un plaisir de voyager en compagnie d'un érudit."

Je me gardai bien de le détromper, bien qu'à mes yeux, un érudit fût l'homme capable de répondre à une telle question, plutôt que l'homme qui la pose.

"Venez! Suivez-moi!"

Il me conduisit vers une toute petite pièce qu'il appela "mon cabinet des secrets". Je suppose qu'avant que ce personnage n'embarque sur cette nave, cet endroit n'avait même pas de nom, ni "cabinet" ni "chambre" ni "cabane", juste un lieu vague pour y oublier quelques sacs éventrés. Mais les cloisons en bois sont maintenant couvertes de tentures, mais le sol est couvert d'un petit tapis à sa taille, mais l'air est couvert d'encens. Nous nous assîmes face à face sur deux coussins épais. Au plafond était suspendue une lampe à huile. On nous apporta du café et des sucreries, qu'on posa sur un coffre à ma gauche. De l'autre côté, il y avait une large ouverture irrégulière donnant sur l'horizon bleu. J'avais la douce impression d'avoir réintégré ma chambre d'enfant, là-bas, à Gibelet, face à la mer.

"Dieu a-t-il un centième nom, caché, qui viendrait s'ajouter aux quatre-vingt-dix-neuf que nous connaissons? S'il en a un, quel est-il? Est-ce un nom hébreu? un nom syriaque? un nom arabe? Comment le reconnaître si on le voyait dans un livre ou si on l'entendait? Qui, par le passé, l'a connu? Et quels pouvoirs ce nom confère-t-il à ceux qui le détiennent?"

Mon ami s'était mis à aligner les questions sans hâte. Me regardant, parfois; mais le plus souvent tourné vers le large. Je contemplais alors à loisir son profil d'aigle maigre et ses sourcils fardés.

"Depuis l'aube de l'islam, les savants débattent autour d'un verset du Coran, qui revient par trois fois dans des termes similaires, et qui souffre diverses interprétations."

Esfahani le cita en égrenant soigneusement les syllabes : "fa sabbih bismi rabbika-l-azîm"; ce qui pourrait être traduit dans notre langue par : "Glorifie le nom de ton Seigneur, le très-grand."

L'ambiguïté vient du fait que, dans la construction de la phrase arabe, l'épithète "l-azîm", "le très-grand", pourrait se rapporter soit au Seigneur, soit à son nom. Dans le premier cas, il n'y aurait dans ce verset qu'une exhortation bien normale à glorifier le nom du Seigneur. Mais si c'est la deuxième interprétation qui est la bonne, le verset pourrait être compris comme s'il disait : "glorifie ton Seigneur par son nom le plus grand", ce qui laisserait entendre qu'il existe, parmi les différents noms de Dieu, un nom majeur, supérieur à tous les autres, et dont l'invocation aurait des vertus particulières.

"Le débat se poursuivait ainsi depuis des siècles, les partisans de chaque interprétation trouvant ou croyant trouver dans le Coran, ou dans les divers propos attribués au Prophète, de quoi étayer leur thèse et infirmer celle des autres. Lorsqu'un nouvel argument, un argument puissant, fut avancé par un érudit de Baghdad, connu sous le nom de Mazandarani. Je ne dis pas qu'il a convaincu tout le monde, les gens demeurent aujourd'hui encore sur leurs positions divergentes, d'autant que cet homme n'était pas un personnage des plus recommandables, on disait de lui qu'il pratiquait l'alchimie, écrivait avec des alphabets magiques et cultivait diverses sciences occultes. Mais il avait de nombreux disciples, et sa maison ne désemplissait pas, dit-on ; aussi son argument a-t-il ébranlé les certitudes, et éveillé l'appétit des savants comme des profanes."

D'après "le prince", l'argument de Mazandarani pourrait se résumer comme suit : si le verset en question a pu être compris de deux manières différentes, c'est que Dieu – qui est, pour les musulmans, l'auteur même du Coran – a voulu cette ambiguïté.

"De fait, insista Esfahani sans pour autant indiquer clairement qu'il approuvait cette opinion, si Dieu a choisi cette formulation et pas une autre, et s'Il l'a répétée par trois fois en des termes à peu près identiques, ce ne peut évidemment être par erreur ni par maladresse ni par inadvertance ni par méconnaissance de la langue – toutes ces hypothèses sont impensables s'agissant de Lui. S'Il l'a fait, c'est forcément à dessein !

"Ayant ainsi transformé, en quelque sorte, le doute en certitude et l'obscurité en clarté, Mazandarani s'est demandé : pourquoi Dieu a-t-Il voulu cette ambiguïté ? pourquoi n'a-t-Il pas dit clairement à Ses créatures que le nom suprême n'existe pas ? Et il a répondu : si le Créateur a choisi de s'exprimer de manière ambiguë sur la question du nom suprême, ce n'est évidemment pas pour nous tromper, pour nous abuser – de tels desseins, venant de Sa part, seraient, encore une fois, impensables ; Il n'a pas pu nous laisser croire que le nom suprême pourrait exister alors qu'il n'existerait pas ! Par conséquent, le nom suprême existe, nécessairement ; et si le Très-Haut ne nous le dit pas de manière plus explicite, c'est que Son infinie sagesse Lui commande de montrer le chemin seulement aux hommes qui le méritent. A la lecture du verset déjà cité – 'Glorifie le nom de ton Seigneur, le très-grand' –, comme pour beaucoup d'autres versets coraniques, la multitude demeurera persuadée d'avoir compris tout ce qu'il y avait à comprendre ; alors que les élus, les initiés, pourront se glisser par la porte subtile qu'Il aura entrouverte à leur intention.

"Estimant qu'il avait établi ainsi, sans l'ombre d'un doute, que le centième nom existe, et que Dieu ne nous interdit pas de chercher à le connaître, Mazandarani avait promis à ses disciples de dire dans un livre ce que ce nom n'est pas, et ce qu'il est."

"Ce livre, l'a-t-il écrit?" demandai-je, d'une voix un peu honteuse.

"Là encore, les opinions divergent. Certains prétendent qu'il ne l'a jamais écrit, d'autres affirment qu'il l'a écrit, et qu'il s'intitule *Le Livre du centième nom*, ou *Le Traité du centième nom*, ou encore *Le Dévoilement du nom caché*."

"J'ai vu passer dans mon magasin un livre qui s'intitule ainsi, mais je n'ai jamais su s'il était de la main de Mazandarani." – C'était encore ce que je pouvais dire de moins faux sans me trahir.

"L'avez-vous encore?"

"Non. Avant même d'avoir pu le lire, un émissaire du roi de France me l'a demandé, et je le lui ai donné."

"A votre place, je n'aurais pas donné ce livre, pas avant de l'avoir lu. Mais ne regrettez rien, c'était certainement un faux..."

Je crois avoir reproduit assez fidèlement les propos d'Esfahani, du moins l'essentiel, car nous avons bien conversé pendant trois heures entières.

Il m'a parlé avec sincérité, je crois, et j'envisage de lui parler avec autant de sincérité lors de nos prochaines rencontres. Tout en continuant à l'interroger, car il sait, j'en suis sûr, infiniment plus de choses qu'il ne m'en a appris.

Le 21 mai

Mièvre, mièvre journée.

Autant celle d'hier m'avait apporté des joies, des connaissances, celle-ci ne m'a apporté que des déceptions et
des raisons de m'irriter.

Au réveil, déjà, je me sentais l'humeur nauséeuse. Un
retour du mal de mer, dû aux secousses du navire, ou
peut-être avais-je abusé, la veille, des sucreries persanes à
base de pignons, de pistaches, de pois chiches et de carda-
mome.

Ne me sentant point en forme ni en appétit, je décidai
de faire la diète la journée entière dans mes étroits quartiers, à lire.

J'aurais aimé poursuivre avec "le prince" notre conversation, mais je n'étais pas en état de me présenter devant
qui que ce fût ; je me dis, pour me consoler, qu'il valait
peut-être mieux que je ne me montre pas trop pressant,
trop curieux, comme si je voulais lui tirer les vers du nez.

Lorsque, en tout début d'après-midi, à l'heure où chacun
fait la sieste, je décidai d'aller faire un tour, le pont était
effectivement désert. Mais je vis soudain, à quelques pas de
moi, le capitaine, adossé au bastingage, qui semblait plongé
dans quelque méditation. Si je n'avais aucune envie de lui
parler, je ne voulais pas non plus avoir l'air de le fuir. Alors
je poursuivis ma promenade du même pas, et en arrivant à
sa hauteur je le saluai courtoisement. Il fit de même, mais
d'un air quelque peu absent. Pour ne pas trop prolonger le
silence, je lui demandai quand nous allions accoster, et
dans quel port.

C'était, me semble-t-il, la question la plus ordinaire, la
plus banale qu'un passager puisse poser au capitaine. Mais
le dénommé Centurione tourna vers moi un menton soupçonneux.

"Pourquoi, cette question? Que cherchez-vous à savoir?"

Pourquoi diable un voyageur voudrait-il savoir où va le navire sur lequel il est embarqué? Mais je gardai le sourire pour expliquer, en m'excusant presque :

"C'est que je n'ai pas acheté suffisamment de vivres à notre dernière escale, je commence à manquer de certaines choses..."

"Vous avez eu tort! Un voyageur doit se montrer prévoyant."

Pour un peu, il m'aurait corrigé. Je rassemblai tout ce qu'il me restait de patience et de politesse pour prononcer une formule de congé, et m'éloigner.

Une heure plus tard, il m'envoyait avec Maurizio une soupe.

Même si je me sentais en parfaite santé, je ne m'en serais pas approché; à plus forte raison aujourd'hui, alors que j'avais les entrailles fragiles.

Tout en demandant au jeune matelot de transmettre mes remerciements, je décochai à l'intention du capitaine quelques sarcasmes bien sentis. Mais Maurizio s'obstina à faire comme s'il n'avait rien entendu, et je n'eus d'autre choix que de faire comme si je n'avais rien dit.

Telle fut ma journée, et à présent je suis devant ma page, mon calame à la main, et dans mes yeux des larmes. Soudain, tout me manque, ici. La terre ferme et Gibelet et Smyrne et Gênes et Marta et même Gregorio.

Mièvre journée, mièvre.

UN CIEL SANS ÉTOILES

Le 24 mai

Nous avons jeté l'ancre au port de Tanger, qui se trouve au-delà de Gibraltar et des Colonnes d'Hercule, et qui appartient depuis peu à la couronne d'Angleterre – ce que j'ignorais, je l'avoue, jusqu'à ce matin. Il est vrai qu'il a appartenu deux siècles durant au Portugal, qui l'avait conquis de haute main ; mais lorsque l'infante Catherine de Bragance fut mariée il y a quatre ou cinq ans au roi Charles, elle lui apporta deux places en guise de dot, l'une étant celle-ci, l'autre Bombay, dans les Indes. On me dit que les officiers anglais envoyés ici ne s'y plaisent guère, et tiennent des propos désobligeants sur ce qu'ils estiment être un cadeau sans valeur.

Pourtant, la ville m'est apparue coquette, ses principales rues sont droites et larges, et bordées de maisons solidement bâties. J'y ai vu également des champs d'orangers et de citronniers, qui dégagent un parfum des plus entêtants. Il règne ici une douceur liée à la proximité de la Méditerranée, de l'Atlantique, du désert qui n'est pas loin, et des montagnes de l'Atlas. Nulle autre contrée, me semble-t-il, ne se situe ainsi au carrefour de ces quatre climats. A mes yeux, c'est là une terre que n'importe quel roi serait heureux de posséder. En me promenant, j'ai rencontré un vieux bourgeois portugais qui est né dans cette ville et qui a refusé de la quitter avec les soldats de son roi. Il s'appelle Sebastiao Magalhaes. (Ne serait-il pas un descendant du célèbre navigateur ? Non, il me l'aurait dit, assurément...) C'est lui qui m'a rapporté ce qui se chuchotait, et il s'est dit persuadé que les persiflages des officiers anglais sont uniquement dus au fait que l'épouse de leur souverain est "papiste" ; certains d'entre eux pensent que le pape lui-même a favorisé ce mariage en sous-main pour tenter de ramener l'Angleterre à son giron.

Mais, s'il faut en croire mon interlocuteur, cette alliance s'expliquerait autrement : le Portugal est constamment en guerre contre l'Espagne, laquelle n'a pas renoncé à le reconquérir, et il cherche à renforcer ses liens avec les ennemis de son ennemi.

Je m'étais promis qu'à la première escale, j'inviterais royalement mes deux amis persan et vénitien, n'ayant pas la possibilité de les traiter à bord. Je pensais m'enquérir des meilleures tables de l'endroit, et lorsque j'eus la chance de rencontrer le sieur Magalhaes, je lui demandai conseil. Il répondit aussitôt que j'étais le bienvenu chez lui ; je l'en remerciai, et lui expliquai sincèrement que j'avais plusieurs invitations à rendre, et que je me sentirais mal à l'aise si je remontais à bord sans avoir remboursé ma dette envers mes amis. Mais il ne voulut rien entendre.

"Si vous aviez votre frère dans cette ville, ne les auriez-vous pas invités à sa table ? Considérez qu'il en est ainsi, et soyez sûr que nous serons bien mieux pour converser entre amis dans ma bibliothèque que dans une taverne du port."

Le 25 mai

Je n'ai pu reprendre la plume hier soir. Au retour de chez Magalhaes, il faisait noir, et j'avais trop mangé et trop bu pour pouvoir me remettre à écrire.

Notre hôte avait même insisté pour que nous passions la nuit chez lui, ce qui n'aurait pas été de refus après tant de nuits passées sur des lits mouvants. Mais j'eus peur que le capitaine ne décide d'appareiller avant l'aube, et préférai prendre congé.

Il est midi à présent, et le bateau est toujours à quai. Tout paraît si paisible autour de nous. Il me semble que nous ne sommes pas sur le point de partir.

La soirée d'hier s'est passée agréablement, mais il n'y avait entre nous aucune langue commune, ce qui a ôté à notre réunion une partie de son intérêt. Bien sûr, le père Ange avait accompagné son maître pour lui servir d'interprète, mais il ne s'acquitta de sa tâche que paresseusement. Parfois, il était occupé à manger ; parfois, il n'avait pas écouté, et demandait que l'on répétât ; et parfois encore il traduisait en deux mots lapidaires une longue explication, soit parce qu'il n'avait pas tout retenu, soit parce que certaines choses qui s'étaient dites ne lui convenaient pas.

Ainsi, à un moment donné, Esfahani, qui avait montré un grand intérêt pour la Moscovie et tout ce que le Vénitien racontait de ses gens et de leurs habitudes, voulut s'enquérir des différences religieuses qui pouvaient exister entre les orthodoxes et les catholiques. Girolamo se mit à lui expliquer tout ce que le patriarche de Moscou reprochait au pape. Le père Ange n'appréciait guère d'avoir à répéter des choses pareilles, et lorsque Durrazzi eut dit que les Moscovites, comme les Anglais, se plaisaient à appeler le Saint-Père "antéchrist", notre ecclésiastique se congestionna, lâcha bruyamment son couteau, et lança au Vénitien d'une lèvre tremblotante :

"Vous feriez mieux d'apprendre le persan pour dire ces choses de vous-même, moi je ne désire souiller ni ma bouche ni l'oreille du prince."

La colère avait fait parler le père Ange en français, mais toutes les personnes présentes, quelles que soient leurs langues, avaient compris le mot "prince". L'ecclésiastique eut beau tenter de se reprendre, le mal était fait. Je ne sais si c'est à un incident similaire qu'avait songé celui qui avait dit jadis "traducteur, traître".

Ainsi, au bout d'un mois de navigation, je sais enfin qu'Esfahani est bien prince. Avant de débarquer à Londres, j'aurai peut-être fini par savoir qui il est exactement, et pour quelle raison il voyage.

Hier soir, à table, alors que nous venions de parler une fois encore de la cession de Tanger par les Portugais, il se pencha vers moi pour me demander de lui expliquer un jour, dans le détail, les affinités et les inimitiés entre les diverses nations chrétiennes. Je lui promis de lui dire le peu que je savais. Et, en manière d'avant-propos, je lui expliquai, en plaisantant à moitié, que si l'on voulait comprendre quoi que ce soit à ce qui se passe autour de soi, il fallait garder à l'esprit que les Anglais détestent les Espagnols, que les Espagnols détestent les Anglais, que les Hollandais détestent l'un et l'autre, que les Français les détestent abondamment tous les trois...

Soudain, Girolamo, qui avait compris Dieu sait comment ce que je venais de dire en aparté, et en arabe, me lança :

"Explique-lui aussi que les Siennois maudissent les Florentins, et que les Génois préfèrent les Turcs aux Vénitiens..."

Je traduisis fidèlement, avant de protester avec la plus hypocrite des véhémences.

"La preuve que nous n'avons plus aucun ressentiment contre Venise, c'est que nous nous parlons, toi et moi, comme des amis."

"Maintenant, oui, nous nous parlons comme des amis. Mais au début, chaque fois que tu me saluais, tu regardais autour de toi pour t'assurer qu'aucun autre Génois ne t'avait vu."

Je niai encore. Mais peut-être n'a-t-il pas tort. Sauf que je regardais moins autour de moi que vers le Ciel, où sont censés se trouver mes ancêtres, paix à leur âme.

UN CIEL SANS ÉTOILES

J'ai traduit notre échange à "son altesse" mais je ne sais s'il l'a compris. Si, probablement, il a compris. N'y a-t-il pas du côté de la Perse des Gênes et des Venise, des Florence et des Sienne, des schismatiques, des fanatiques, ainsi que des royaumes et des peuples qui se querellent comme nos Anglais, nos Espagnols et nos Portugais?

C'est seulement à la tombée du jour que le *Sanctus Dionisius* a appareillé. Nous aurions pu passer la nuit dernière dans les draps accueillants que nous proposait Magalhaes. C'eût été une nuit des plus réparatrices! Mais j'ai tort de quitter Tanger en formulants des regrets au lieu de bénir le Ciel pour une rencontre inespérée qui a illuminé cette escale. J'espère que nous avons donné à notre hôte autant de bonheur qu'il nous en a donné. Et que notre passage a quelque peu atténué sa mélancolie. Du temps des Portugais, c'était un personnage respecté ; depuis que les Anglais ont pris possession de la place, il a le sentiment d'avoir perdu toute considération. Mais que faire, me dit-il? Il ne peut tout de même pas, à soixante ans passés, quitter sa maison et ses terres pour aller recommencer sa vie ailleurs. D'autant que les Anglais ne sont pas des ennemis, mais des alliés, et que leur reine s'appelle Catherine de Bragance.

"Me voilà devenu exilé sans avoir quitté mon pays."

Ce sont des propos qu'un Génois d'Outremer peut comprendre, n'est-ce pas?

Béni sois-tu, Sebastiao Magalhaes, et que Dieu t'arme de patience!

Peut-être y a-t-il après tout une certaine cohérence dans la folie du capitaine.

A en croire Girolamo, si Centurione a choisi de s'arrêter à Tanger en évitant tous les ports de la côte espagnole, c'est parce qu'il transporte en Angleterre une cargaison importante et qu'il craint qu'elle ne soit saisie. C'est pour cette raison qu'il se dirige à présent vers Lisbonne, n'envisageant de s'arrêter ni à Cadix ni à Séville.

Je n'ai toujours pas raconté à Durrazzi – ni à qui que ce fût – l'épisode des démons volants, mais je veux bien supposer que la folie puisse être simulée par le capitaine pour masquer son itinéraire erratique.

Si je ne parviens pas encore à m'en persuader, j'aimerais tant que ce soit vrai. Je préfère savoir le navire commandé par un homme diaboliquement rusé, plutôt que par un pur aliéné.

Le prince Ali nous a invités aujourd'hui à sa table, Girolamo et moi. Je m'attendais à ce que le père Ange soit avec nous, mais notre hôte nous expliqua que son truchement avait fait vœu de jeûner toute cette journée et de garder le silence en se consacrant à la contemplation. Je crois surtout qu'il n'avait pas envie de traduire des propos impies. C'est donc à moi qu'il incomba de convertir l'italien en arabe, et l'arabe en italien. Je possède évidemment les deux langues et n'éprouve aucune gêne à passer de l'une à l'autre, mais je n'avais jamais eu à traduire ainsi, tout au long d'un repas, chaque mot qui se disait, et je trouvai la tâche épuisante. Je ne pus apprécier ni la cuisine ni la conversation.

En plus de l'effort lié à la traduction elle-même, je dus faire face, comme le père Ange, à l'embarras que Durrazzi s'ingénie à causer.

Il fait partie de ces hommes incapables de retenir les mots qui arrivent au seuil de leur langue. Ainsi, il ne put s'empêcher de reparler des projets du roi de France concernant la guerre contre le sultan, et du fait que le sophi de Perse se serait engagé à prendre les Ottomans à revers. Il voulait que notre hôte lui dise si une telle alliance avait bien été conclue. Je tentai de dissuader mon ami de poser cette trop délicate question, mais il s'entêta, d'une manière qui frisait la grossièreté, pour que je la traduise mot à mot. Par excès de politesse, ou par faiblesse, je le fis, et comme je m'y attendais, le prince refusa sèchement de répondre. Pire que cela, il se dit soudain fatigué, ensommeillé, et nous dûmes nous lever aussitôt.

J'ai le sentiment d'avoir été humilié, et d'avoir perdu d'une pierre deux amis.

Ce soir, je me demande si mon père n'avait pas raison, après tout, de détester les Vénitiens, de les dire arrogants et fourbes, et d'ajouter — surtout quand il avait chez lui d'autres visiteurs italiens — que c'est lorsqu'ils portent leurs masques qu'ils se dissimulent le moins !

Le 27 mai

Ce matin, lorsque j'ouvris les yeux, un des "fauves" du prince Ali se dressait devant moi. Je dus pousser un cri de frayeur, mais l'homme ne broncha pas. Il attendit que je me sois assis, et frotté les yeux, pour me tendre un mot où son maître me priait de venir boire le café chez lui.

J'espérais qu'il me parlerait encore du *Centième Nom*,

mais je compris assez vite qu'il voulait seulement effacer l'impression que j'avais pu avoir hier lorsqu'il nous avait presque mis à la porte.

En m'invitant sans Girolamo, il voulait aussi marquer la différence.

Je ne prendrai plus l'initiative de les réunir...

Le 1er juin

Je viens de me souvenir de la prédiction faite par Sabbataï et selon laquelle l'ère de la Résurrection commencerait au mois de juin, dans lequel nous entrons ce matin même. Quel jour, en juin? Je l'ignore. C'est le frère Egidio qui m'avait parlé de cette prédiction, et je ne crois pas qu'il m'ait précisé la date.

Je viens de relire la page concernée, celle du 10 avril, et je constate que je n'y ai pas parlé de cette prédiction. Pourtant, je me souviens de l'avoir entendue. Mais peut-être n'était-ce pas ce jour-là.

A présent, je m'en souviens, c'était à Smyrne peu après mon arrivée dans cette ville. Oui, j'en suis sûr, même s'il ne m'est pas possible de le vérifier, n'ayant plus mon cahier...

Durrazzi n'avait pas entendu parler d'une fin du monde annoncée pour juin. Il en rit, comme pour le premier septembre des illuminés moscovites.

"La fin du monde, pour moi, c'est si je tombe à la mer", dit-il irrévérencieusement.

Une fois de plus, je me demande si c'est là sagesse, ou bien aveuglement...

A Lisbonne, le 3 juin

Après huit jours de navigation, le *Sanctus Dionisius* a jeté l'ancre ce midi en rade de Lisbonne. Et à peine étions-nous arrivés, je dus faire face à une grave déconvenue, qui faillit tourner au désastre. Je n'ai commis aucune faute, si ce n'est d'ignorer ce que d'autres savaient déjà ; mais il n'est pas de pire faute que l'ignorance...

Peu avant que nous n'allions à terre, et alors que je m'apprêtais à me rendre avant toute chose auprès du sieur Cristoforo Gabbiano, à qui je devais remettre la lettre dont m'a chargé Gregorio, Esfahani me fit parvenir un mot de sa belle écriture me priant de venir le voir dans ses appartements. Il était en colère contre le père Ange, qu'il accusait d'irrespect envers lui, d'étroitesse d'esprit et d'ingratitude. Peu après, je vis le religieux sortir à son tour d'une cabane, portant ses affaires, et se montrant tout aussi courroucé. La cause de leur querelle, c'est que le prince souhaitait se rendre auprès d'un jésuite portugais dont il m'avait déjà parlé au cours du voyage, le père Vieira, qui aurait fait certaines prophéties ayant trait à la fin du monde, et certaines autres qui annonçaient l'écroulement imminent de l'Empire ottoman. Depuis qu'il avait appris, il y a quelques mois, l'existence de ce prêtre, le Persan s'était promis de le rencontrer sans faute si jamais il passait par Lisbonne, et de lui demander plus de détails sur ces prédictions qui

357

l'intéressaient au plus haut point. Mais lorsqu'il invita le père Ange à l'accompagner pour cette visite et à lui servir d'interprète, le religieux se rebiffa, affirmant que ce jésuite était un hérétique, un impie, qui avait péché par orgueil en prétendant connaître l'avenir, et qu'il refusait de le rencontrer. N'ayant pu lui faire changer d'avis, le prince espérait que je pourrais le remplacer. Je n'y vis aucun inconvénient, bien au contraire. J'étais tout aussi intéressé que lui par ce que pourrait nous dire cet homme. Tant sur la fin des temps que sur le sort de l'empire sur le territoire duquel je réside. Je m'empressai donc d'accepter, et profitai de la joie que j'avais ainsi causée à Esfahani pour lui faire promettre de ne point tenir rigueur aù père Ange, qui se devait d'obéir à sa Foi et aux vœux qu'il avait prononcés, et de voir dans son attitude la preuve d'une loyauté rigoureuse plutôt qu'une trahison.

A peine avions-nous mis pied à terre, nous nous dirigeâmes, le prince, ses "fauves" et moi, vers une grande église du quartier du port. Devant laquelle je croisai un jeune séminariste, à qui je demandai si, par chance, il connaissait le père Vieira et s'il pouvait m'indiquer l'endroit où il résidait. Son regard s'assombrit un peu, mais il me pria de le suivre au presbytère. Ce que je fis, tandis que le prince et ses hommes demeurèrent dehors.

Une fois à l'intérieur, le séminariste m'invita à m'asseoir, et promit d'aller chercher un supérieur qui pourrait me renseigner plus convenablement. Il s'absenta quelques minutes, puis revint me dire que "le vicaire" allait arriver. J'attendis, j'attendis, puis je commençai à m'impatienter, d'autant que le prince était toujours dans la rue. A un moment, n'y tenant plus, je me levai, et ouvrit la porte par laquelle le jeune homme était sorti. Il se trouvait là, à m'épier par la fente, et il sursauta comme un damné en me voyant.

"Peut-être suis-je venu à un moment qui ne vous convient pas, lui dis-je poliment. Si vous voulez, je reviendrai demain. Notre bateau vient tout juste d'arriver, et nous restons à Lisbonne jusqu'à dimanche."

"Êtes-vous des amis du père Vieira?"

"Non, nous ne le connaissons pas encore, mais nous avons entendu parler de ses écrits."

"Les avez-vous lus?"

"Non, hélas, pas encore."

"Savez-vous où il réside en ce moment?"

Je commençais à le trouver irritant. Et à me dire que j'étais sans doute tombé sur un faible d'esprit.

"Si je savais où réside le père Vieira, je ne serais pas venu vous le demander!"

"Il est en prison, sur ordre du Saint-Office!"

Mon interlocuteur commença à m'expliquer pour quels motifs le jésuite avait été interné sur ordre de l'Inquisition, mais je prétextai la hâte pour quitter le bâtiment au plus vite, et priai Esfahani et ses hommes de presser le pas sans regarder en arrière. Je ne saurais pas dire de quoi au juste j'ai eu peur. Quoique persuadé qu'on ne pouvait rien me reprocher, je n'avais nullement envie, le jour même de mon arrivée dans cette ville, d'avoir à comparaître devant un vicaire, un évêque, un juge, ou quelque autre représentant de l'autorité, et surtout pas devant le Saint-Office!

Lorsque, de retour à bord, je racontai à Durrazzi ce qui nous était arrivé, il me dit qu'il savait, quant à lui, que l'Inquisition avait condamné Vieira, et qu'il se trouvait en prison depuis l'année dernière.

"Tu aurais dû me dire que tu voulais rencontrer ce prêtre, je t'aurais mis en garde. Si tu te montrais avec moi aussi bavard que je le suis avec toi, tu te serais évité cette déconvenue!" me sermonna-t-il.

Sans doute. Mais je m'en serais probablement attiré mille autres.

Par ailleurs – et pour évoquer un instant les bons côtés des voyages – je me suis informé ce soir sur les meilleures tables de Lisbonne, afin de pouvoir inviter mes amis demain soir, comme je n'avais pu le faire lors de notre escale à Tanger. On m'a parlé d'une taverne fort réputée où l'on accommode les poissons avec des épices venues de tous les coins du monde. Je m'étais promis ne ne plus réunir le Persan et le Vénitien, mais à présent le prince sait faire la différence entre Girolamo et moi, et je dois faire taire mes préventions et mes délicatesses. Nous ne sommes pas si nombreux à pouvoir deviser entre gentilshommes sur ce bateau !

En mer, le 4 juin 1666

Ce matin je suis allé de bonne heure chez le sieur Gabbiano, et cette visite qui aurait dû être brève, courtoise et somme toute banale a changé le cours de mon voyage – ainsi que celui de mes compagnons.

J'ai trouvé son adresse sans aucune difficulté, puisqu'il a ses bureaux au voisinage du port. Il est de père milanais et de mère portugaise, et réside à Lisbonne depuis plus de trente ans, où il s'occupe à présent des intérêts de nombreux négociants de toutes origines, en plus de ses propres affaires. Lorsque Gregorio m'avait parlé de lui, j'avais eu l'impression que c'était un agent à son service, et quasiment son commis ; mais peut-être avais-je mal interprété ses propos. L'homme, en tout cas, semble être un armateur prospère, et ses bureaux occupent tout un immeuble de quatre étages, où s'affairent en permanence une soixantaine de personnes. La chaleur était étouffante, malgré l'heure matinale, et Gabbiano se faisait éventer par une mulâtresse qui se tenait derrière lui; et comme cela ne lui suffisait apparemment pas, il agitait de temps en temps les feuilles qu'il lisait pour qu'elles lui rafraîchissent les paupières.

Bien que sollicité par cinq autres visiteurs qui lui parlaient tous à la fois, il se montra empressé à l'énoncé de mon nom comme à celui de Mangiavacca, et décacheta immédiatement la lettre avant de la parcourir en silence, les sourcils froncés; il appela aussitôt son secrétaire pour lui glisser gravement quelques mots à l'oreille, et s'excusa auprès de moi d'avoir à s'occuper un moment des autres personnes. L'employé s'absenta quelques minutes, puis revint porteur d'une somme considérable – près de deux mille florins.

Comme je manifestais ma surprise, Gabbiano me tendit la lettre, que j'avais reçue déjà cachetée. Outre les formules d'usage, Gregorio lui demandait seulement de me confier en mains propres ladite somme, que je devais lui rapporter à Gênes.

Que cherche à faire mon soi-disant "beau-père"? Me contraindre à repasser chez lui en revenant de Londres? Sans doute. De tels calculs lui ressemblent bien!

Je tentai d'expliquer à mon hôte que j'hésitais à porter sur moi une somme importante, d'autant que je n'avais aucunement l'intention de repasser par Gênes. Mais il ne voulut rien entendre. Il devait effectivement cette somme à Gregorio, et puisque celui-ci la lui réclamait, il n'était pas question de ne pas la lui envoyer. Après cela, m'a-t-il fait comprendre, libre à moi de passer par Gênes ou de trouver un autre moyen de faire parvenir cet argent à son destinataire.

"Mais je n'ai, sur le bateau, aucun endroit sûr..."

Tout en demeurant courtois, l'homme m'adressa un

sourire légèrement agacé, et me montra d'un geste tous ces gens autour de lui, qui s'impatientaient. En clair, il ne pouvait, en plus de ses propres problèmes, s'encombrer des miens!

Je mis la lourde bourse dans mon sac en toile. Puis je me levai, résigné, soucieux, et lui lançai comme si je me parlais à moi-même :

"Dire que je vais transporter une telle somme jusqu'à Londres!"

Cette dernière flèche, lancée à l'aveuglette, fut celle qui porta.

"A Londres, dites-vous? Non, croyez-moi, ce serait folie, n'y allez pas! Je viens de recevoir des nouvelles très sûres selon lesquelles plusieurs navires qui se dirigeaient vers l'Angleterre ont été arraisonnés par les Hollandais. De plus, une grande bataille se déroule en mer, sur votre route. Ce serait folie d'appareiller maintenant."

"Le capitaine a l'intention de partir après-demain, dimanche."

"C'est bien trop tôt! Allez lui dire de ma part qu'il ne faut pas y aller. Il mettrait son vaisseau en péril. Ou, mieux, dites-lui de venir me voir cet après-midi, sans faute, que je lui explique ce qu'il en est. Qui est votre capitaine?"

"Il s'appelle Centurione, je crois. Capitaine Centurione."

Gabbiano fit une moue qui signifiait qu'il ne le connaissait pas. Je faillis le prendre à part pour lui parler de la folie du capitaine, mais je sentis que ce serait maladroit. Les gens autour de nous s'agitaient, en me lançant des regards agacés; ce que j'avais à dire était délicat; et puis, si cet homme parlait directement à Centurione, nul doute qu'il percevrait de lui-même ce que j'allais m'efforcer de lui expliquer.

Je courus donc au bateau, où je me dirigeai droit vers les

quartiers du capitaine. Il était seul, plongé dans quelque méditation, ou dans quelque conversation muette avec ses démons. Il me pria poliment de m'asseoir en face de lui, et leva la tête vers moi avec une lenteur de grand sage.

"Que se passe-t-il?"

Pendant que je lui faisais part de ce que j'avais appris, il eut l'air de m'écouter intensément; et quand je lui eus dit que le sieur Gabbiano souhaitait lui parler en personne pour l'informer de toutes les circonstances qui rendaient périlleux le voyage vers Londres, Centurione arrondit les yeux, se leva de son siège, me tapota l'épaule en me priant de l'attendre à ma place sans bouger, car il devait s'absenter pour donner quelques ordres à ses hommes, puis nous irions ensemble voir ce Gabbiano.

A un moment, tandis que j'étais encore à l'attendre, le capitaine repassa en coup de vent dans ses quartiers, juste pour m'assurer qu'il était en train de prendre toutes ses dispositions pour que nous puissions partir. J'étais convaincu qu'en disant cela, il entendait "pour que nous puissions partir lui et moi chez Gabbiano". J'avais mal compris, ou alors il m'avait abusé. Ce qu'il venait de faire, pendant que je l'attendais, c'était d'ordonner à ses hommes de larguer les amarres et de déployer les voiles pour quitter Lisbonne au plus vite.

Il revint m'en informer cette fois sans ambiguïté aucune :

"Nous allons vers le large!"

Je sautai de mon siège comme un fou. Et l'autre, calmement, me pria de reprendre ma place afin qu'il puisse m'expliquer la vérité des choses.

"N'avez-vous rien remarqué chez cet individu que vous êtes allé voir?"

J'avais remarqué bien des choses, mais je ne voyais pas à quoi il voulait faire allusion. Ni pourquoi il se permettait d'appeler un tel personnage "cet individu".

Alors le capitaine reprit :
"N'avez-vous rien remarqué chez ce Gabbiano?"

A la manière dont il venait de prononcer ce nom, je compris enfin. Et je fus horrifié. Si le fou que j'avais devant moi était entré dans son délire rien qu'en voyant passer une mouette ou un goéland, dans quelle démence n'allait-il pas sombrer en apprenant que l'homme qui lui demandait de retarder son voyage s'appelait justement "gabbiano[1]"? Encore heureux qu'il m'ait considéré comme un ami venant l'avertir du complot, plutôt que comme un démon déguisé en voyageur génois. Et heureusement que mon nom est Embriaco, plutôt que Marangone[2], comme s'appelait un marchand amalfitain avec lequel mon père, jadis, faisait affaires !

Ainsi, nous venions de quitter Lisbonne !

Ma première pensée ne fut pas pour moi et pour mes compagnons d'infortune, qui allions devoir naviguer au milieu des canonnières déchaînées, et qui risquions la mort ou la captivité ; non, ma première pensée fut – étrangement – pour plaindre les malheureux que nous venions d'abandonner à Lisbonne. Je trouvais inadmissible que le capitaine n'ait pas voulu attendre leur retour à bord, alors même que je savais que cette coupable négligence allait peut-être leur préserver la vie, et leur éviter les malheurs qui vont inexorablement s'abattre sur nous.

Je songeai en premier, bien évidemment, aux deux amis que je m'étais faits au cours de ce voyage, Durrazzi et Esfahani. Je les avais vus partir l'un et l'autre ce matin, en même temps que moi, et je pus vérifier, hélas, qu'ils n'étaient pas revenus à bord. Ils m'avaient promis d'être mes invités ce soir, et je me promettais de les traiter d'une manière qui fût digne de leur rang comme de notre amitié, et qu'ils n'oublieraient pas...

Mais tout cela était maintenant dépassé, moi je vogue

vers l'inconnu sous la houlette d'un fou, et mes amis sont peut-être déjà à se lamenter sur le quai en voyant le *Sanctus Dionisius* s'éloigner inexplicablement.

Ce soir, à bord, je ne suis pas le seul à être désemparé. Les rares passagers, comme tous les membres de l'équipage, ont le sentiment d'être devenus des otages dont personne jamais n'acquittera la rançon. Otages du capitaine ou des démons qui le pourchassent, otages du destin, futures victimes de la guerre – nous avons le sentiment de n'être plus, tous, négociants ou mariniers, riches ou pauvres, nobles ou serviteurs, qu'un ramassis de vies perdues.

---

1. Le mot italien « gabbiano » désigne aussi bien la mouette que le goéland. (Note du traducteur.)
2. Cormoran. (N.d.T.)

En mer, le 7 juin 1666

Au lieu de cingler vers le nord et de longer les côtes portugaises, le *Sanctus Dionisius* se dirige depuis trois jours vers l'ouest, droit vers l'ouest, comme s'il partait pour le Nouveau Monde. Nous sommes à présent au milieu de l'immensité atlantique, la mer devient houleuse et à chaque secousse j'entends des hurlements.

Je devrais être épouvanté, je ne le suis pas. Je devrais être courroucé, je ne le suis pas. Je devrais m'agiter, courir, poser mille questions au capitaine fou, et je suis assis en tailleur dans ma cabane sur une couverture pliée en huit. J'ai la sérénité des brebis. J'ai la sérénité des vieux mourants.

En cet instant, je ne redoute ni le naufrage ni la captivité, je redoute seulement le mal de mer.

Le 8 juin

Au soir du quatrième jour, le capitaine, estimant peut-être qu'il avait suffisamment dérouté les démons qui le traquent, vient de changer de cap pour retrouver le nord.

Quant à moi, je ne parviens pas encore à me défaire de mes vertiges ni de mes nausées. Je garde la chambre, et j'évite de trop écrire.

Maurizio m'a apporté ce soir l'ordinaire des marins. Je n'y ai pas touché.

Le 12 juin

En ce jour, le neuvième de notre voyage vers Londres, le *Sanctus Dionisius* s'est immobilisé pendant trois heures en haute mer – mais je serais incapable de dire en quel point de l'océan nous nous trouvions, et au large de quelles côtes.

Nous venions de croiser un autre navire génois, l'*Alegrancia*, qui nous avait fait des signes, et qui nous envoya un émissaire que l'on hissa à bord. Aussitôt, des rumeurs se sont répandues, qui confirment qu'une bataille acharnée se déroulerait entre Hollandais et Anglais, rendant hasardeuse la route que nous avons empruntée.

Le messager ne resta que quelques minutes dans les quartiers du capitaine. Après quoi ce dernier s'enferma un long moment, seul, ne donnant aucun ordre à ses hommes, tandis que notre nave était ballottée sur place, les voiles enroulées. Sans doute Centurione hésitait-il sur la décision à prendre. Fallait-il rebrousser chemin? Fallait-il s'abriter quelque part et guetter les nouvelles? Ou modifier la trajectoire pour contourner la zone des combats?

D'après Maurizio, que j'ai interrogé ce soir, nous aurions repris quasiment le même cap, en nous rabattant très légèrement vers le nord-est. Je lui ai clairement dit que je trouvais déraisonnable, de la part du capitaine, qu'il prenne de tels risques, mais à nouveau le jeune matelot fit mine de ne pas m'avoir entendu. Cette fois encore, je n'insistai pas, ne voulant pas faire peser sur ses épaules de gamin d'aussi lourdes inquiétudes.

Le 22 juin

La nuit dernière, souffrant d'insomnie, et d'un retour du mal de mer, je sortis me promener sur le pont, et remarquai au loin, sur notre droite, une lumière suspecte, qui à mes yeux apparut comme un vaisseau en feu.

Au matin, je dus constater que personne d'autre que moi n'avait vu cela. J'en étais même à me demander si mes yeux ne m'avaient pas abusé lorsque, dans la soirée, j'entendis au loin le son des canonnières. Cette fois, tout le navire est en émoi. Nous allons allègrement vers le champ de bataille, et nul ne songe à raisonner le capitaine ni à contester son autorité.

Serais-je le seul à le savoir fou ?

Le 23 juin

Les bruits de guerre s'intensifient, devant nous et aussi derrière nous, mais nous avançons toujours, imperturbables, vers notre destination – vers notre destinée.

Je serais bien étonné si nous arrivions à Londres sains et saufs... Dieu merci, je ne suis ni astrologue ni devin, et je me trompe souvent. Pourvu que je me trompe cette fois encore. Je n'ai jamais demandé au Ciel qu'il me préserve de l'erreur, seulement qu'il me préserve du malheur.

J'aimerais que ma route soit encore longue et jalonnée d'égarements. Oui, que je vive longtemps et commette encore mille erreurs, mille fautes, et même un certain nombre de péchés mémorables...

C'est la peur qui me fait écrire ces lignes insensées. Je vais sécher mon encre et ranger mon cahier sans tarder pour écouter calmement comme un homme les bruits de la guerre proche.

Le samedi 26 juin 1666

Je suis encore libre, et je suis prisonnier.

Ce matin, à l'aube, une canonnière hollandaise est venue vers nous, et nous a ordonné de ramener nos voiles et de hisser le drapeau blanc, ce que nous avons fait.

Des soldats sont montés à bord, qui ont pris possession du navire et le conduisent à présent, me dit Maurizio, en direction d'Amsterdam.

Quel sort nous sera réservé là-bas ? Je l'ignore.

Je suppose que la cargaison entière sera confisquée, ce dont je me moque.

Je suppose également que nous serons détenus comme prisonniers, et que nos biens seront pris. Ainsi, je perdrai la somme que m'a confiée Gabbiano, de même que mon propre argent, de même que cet écritoire, de même que ce cahier...

Tout cela m'ôte l'envie d'écrire.

En captivité, le 28 juin 1666

Deux marins ont été jetés à la mer par les Hollandais. L'un était anglais mais l'autre sicilien. Il y a eu des cris de terreur, et un grand tumulte. J'avais couru aux nouvelles, puis, en voyant l'attroupement, et les soldats en armes qui gesticulaient et hurlaient dans leur langue, j'ai rebroussé chemin. C'est Maurizio qui m'a rapporté, un peu plus tard, ce qui était arrivé. Il tremblait de tous ses membres, et je m'efforçai de le consoler bien que je ne sois nullement rassuré moi-même.

Jusqu'ici, les choses s'étaient passées sans grande émotion. Nous étions tous résignés à ce détournement vers Amsterdam, d'autant que nous étions persuadés que la conduite du capitaine ne pouvait demeurer jusqu'au bout impunie. Mais la tuerie d'aujourd'hui nous a fait comprendre que nous étions bien prisonniers, que nous pourrions le rester indéfiniment, et que les plus imprudents parmi nous – ainsi que les plus malchanceux – pourraient subir le pire des sorts.

Imprudent, le matelot anglais, qui, ayant sans doute un peu bu, avait cru bon de dire aux Hollandais que leur flotte serait finalement vaincue. Et malchanceux le Sicilien, qui se trouvait là par hasard, et qui voulut intercéder en faveur de son camarade, que l'on s'apprêtait à tuer.

En captivité, le 29 juin

Désormais, je ne sors plus de ma cabane, et je ne suis pas le seul à réagir ainsi. Maurizio me dit que les ponts sont déserts, que seuls les Hollandais y déambulent, et que les membres de l'équipage ne quittent plus leurs quartiers que pour exécuter les ordres qui leur sont donnés. Le capitaine a maintenant à ses côtés un officier hollandais qui le surveille et lui commande – mais de cela, je ne me plaindrai pas.

Le 2 juillet

La nuit dernière, après avoir soufflé ma lampe, j'ai soudain eu froid, alors que j'étais aussi couvert que la veille et que l'avant-veille, et alors que la journée avait été plutôt douce. Peut-être était-ce, plus que le froid, la peur... Dans mon rêve, d'ailleurs, je me suis vu empoigné par les marins hollandais, traîné au sol, puis dépouillé et fouetté jusqu'au sang. Je crois bien que j'ai hurlé de douleur, et que c'est ce hurlement qui m'a réveillé. Je ne me suis plus rendormi. J'ai pourtant essayé de trouver le sommeil, mais ma tête était comme un fruit qui refuse de mûrir, et mes yeux ne se refermaient plus.

Le 4 juillet

Un marin hollandais a poussé aujourd'hui la porte de ma cabane, a inspecté les lieux d'un regard circulaire, puis s'en est allé sans dire mot. Un quart d'heure plus tard, un de ses collègues a fait exactement les mêmes gestes, mais ce dernier a marmonné un mot qui doit vouloir dire "bonjour". Il m'a semblé qu'ils cherchaient quelqu'un, plutôt que quelque chose.

Nous ne devrions plus être très loin de notre destination, et je ne cesse de me demander quelle attitude adopter lorsque nous y serons. Que faire, surtout, de l'argent qu'on m'a confié à Lisbonne, de mon propre argent, et de ce cahier?

A vrai dire, j'ai le choix entre deux attitudes.

Soit j'estime que je vais être traité comme un négociant étranger, avec des égards, et peut-être même la permission d'entrer aux Provinces-Unies – auquel cas je devrais porter tout mon "trésor" sur moi lorsque je descendrai à terre.

Soit j'estime que le *Sanctus Dionisius* sera traité comme une prise de guerre, que sa cargaison sera confisquée, que les hommes qui se trouvent à bord, dont moi-même, seront détenus quelque temps avant d'être chassés avec leur navire – auquel cas j'aurais intérêt à laisser mon "trésor" dans une cachette, en priant le Ciel que personne ne l'y découvre, et que je puisse le récupérer à la fin de cette épreuve.

Après deux heures d'hésitation, c'est pour la seconde attitude que je penche. Pourvu que je ne la regrette pas !

Je vais ranger dès à présent mon cahier et mon écritoire dans la cachette où se trouve déjà l'argent de Gregorio – dans la paroi, derrière une planche mal scellée. J'y déposerai également la moitié de l'argent qui me reste : il faut qu'on trouve sur moi une somme raisonnable, sinon on soupçonnera mon subterfuge, et on me contraindra à le dévoiler.

Je suis un peu tenté de garder mon cahier. L'argent se gagne ou se perd, mais ces pages sont la chair de mes jours, et surtout mon ultime compagnon. J'ai des scrupules à m'en séparer. Mais sans doute le faudra-t-il..

Le 14 août 1666

Depuis plus de quarante jours je n'avais pas écrit une

ligne. J'étais à terre, séquestré, et mon cahier en mer dans sa cachette. Dieu soit loué! nous sommes indemnes l'un et l'autre, et enfin réunis.

Aujourd'hui, je suis trop secoué pour écrire. Demain, ma joie sera domptée, et je raconterai.

Non. S'il m'est difficile d'écrire dans l'état où je suis, il m'est plus difficile encore de me retenir d'écrire. Je vais donc raconter cette mésaventure qui se termine au mieux. Sans trop de détails, mais seulement comme on traverse un ruisseau en sautant d'une pierre à l'autre.

Le mercredi 8 juillet, le *Sanctus Dionisius* entra au port d'Amsterdam la tête basse, comme une bête captive tirée par une corde au cou. J'étais sur le pont, mon sac de toile à l'épaule, mes mains appuyées sur le bastingage, mes yeux posés sur les murs rosâtres, les toits brunâtres, les chapeaux noirs sur le quai – cependant que toutes mes pensées étaient ailleurs.

Dès que nous eûmes accosté, on nous ordonna, sans violence mais sans égards, de quitter le navire, et de marcher jusqu'à un bâtiment au bout du quai où nous fûmes enfermés. Ce n'était pas à vrai dire une prison, juste un enclos à toiture, avec des hommes en faction devant les deux portes, qui nous interdisaient la sortie. Nous fûmes divisés en deux groupes, ou peut-être en trois. Avec moi il y avait les quelques rares passagers restants, et une partie de l'équipage, mais pas Maurizio, ni le capitaine.

Au troisième jour, un dignitaire de la ville vint inspecter les lieux, qui prononça, en me regardant, des paroles rassurantes; cependant, son visage demeura sévère, et il ne formula aucune promesse précise.

Une semaine plus tard, je vis arriver le capitaine, accompagné de diverses personnes que je ne connaissais pas. Il appela par leur nom les marins les plus vigoureux, et je compris que c'était pour décharger la marchandise qui était à bord. On les ramena à "l'enclos" en fin de journée, pour revenir les chercher le lendemain, et encore le surlendemain.

Une question me brûlait les lèvres : au moment de vider le navire, avait-on fouillé aussi les cabanes des passagers ? Longtemps, je cherchai une manière de la poser qui pût satisfaire ma curiosité sans attirer les soupçons ; mais à la fin, j'y renonçai. Dans la situation où je me trouvais, l'impatience était la pire conseillère.

Au cours de ces longues journées d'angoisse et d'attente, que de fois j'ai pensé à Maïmoun, à tout ce qu'il me disait à propos d'Amsterdam, et à tout ce que j'avais pris l'habitude d'en dire moi aussi. Cette cité alors lointaine était devenue pour nous un lieu de rêverie complice, et un horizon d'espérance. Nous nous promettions quelquefois d'y venir ensemble, d'y vivre quelque temps, et peut-être Maïmoun s'y trouve-t-il, d'ailleurs, comme il le projetait. Quant à moi, je regrette à présent d'y avoir posé les pieds. Je regrette d'être venu en prisonnier au pays des hommes libres. Je regrette d'avoir passé à Amsterdam tant de nuits tant de jours sans avoir vu autre chose que l'envers de ses murs.

Deux semaines s'écoulèrent encore avant qu'on ne nous fît remonter sur le *Sanctus Dionisius*. Sans d'ailleurs nous autoriser encore à lever l'ancre. Nous étions toujours privés de liberté, mais à bord de notre navire, sur lequel patrouillaient à toute heure des détachements de soldats.

Pour mieux nous surveiller, on nous confina tous dans une partie du navire. Ma cabane était de l'autre côté, et par prudence je m'imposai de ne point m'y rendre pour ne pas trahir mon secret.

Et même lorsque le navire appareilla enfin, je me retins encore quelque temps d'aller dans mes anciens quartiers, vu qu'un détachement hollandais demeura à bord jusqu'à ce que nous ayons quitté le Zuiderzee, qui est une sorte de mer intérieure, pour atteindre la mer du Nord.

C'est seulement aujourd'hui que j'ai pu vérifier que mon trésor était encore intouché, dans sa cachette. Je l'y ai laissé, me contentant de reprendre mon écritoire et ce cahier.

Le 15 août

A bord, tous les marins s'enivrent, et moi-même j'ai un peu bu.

Curieusement, je n'ai pas eu le mal de mer, cette fois, en quittant le port. Et malgré tout ce que j'ai ingurgité, je marche sur le pont d'un pied ferme.

Maurizio, qui est aussi éméché que ses aînés, m'a appris que le capitaine, lorsque notre navire fut arraisonné, avait prétendu que le tiers seulement de sa cargaison était destiné à Londres, et les deux autres tiers à un marchand d'Amsterdam. Arrivé dans cette dernière ville, il aurait fait appeler l'homme, qu'il connaissait fort bien. Celui-ci n'étant pas en ville, il fallut attendre son retour. Après quoi les choses se dénouèrent très vite. Comprenant ce qui venait de se passer, et ne voyant que bénéfice à l'opération, le négociant confirma les dires de Centurione et prit livraison de la marchandise. Les autorités se contentèrent de saisir le tiers restant, avant de relâcher hommes et navire.

Fou — je n'en démords pas! — mais apparemment habile,

notre capitaine! A moins qu'il n'y ait, dans cet homme, deux âmes superposées, qui tour à tour se cachent l'une l'autre.

Le 17 août

Selon Maurizio, notre capitaine aurait, encore une fois, trompé les Hollandais, leur faisant croire qu'il repartait pour Gênes, alors qu'il cingle maintenant droit sur Londres!

Le 19 août

Nous remontons l'estuaire de la Tamise, et je n'ai plus aucun compagnon à bord – je veux dire personne avec qui avoir une conversation d'honnête homme. N'ayant rien d'autre à faire, je devrais écrire, mais j'ai l'esprit vide, et ma main ne s'échauffe pas.

Londres, j'y arrive sans en avoir jamais rêvé.

Le lundi 23 août 1666

Nous avons atteint le débarcadère du pont de Londres aux premières lueurs de la journée, après avoir été intercptés par trois fois en remontant l'estuaire, tant les Anglais demeurent sur leurs gardes après leurs derniers affrontements avec les Hollandais.

A peine arrivé, j'ai déposé mes maigres affaires dans une auberge au bord de la Tamise, près des docks, pour partir à la recherche de Cornelius Wheeler. Je savais, par le pasteur Coenen, que son magasin était proche de la cathédrale Saint Paul, et il me suffit de poser quelques questions aux autres commerçants pour qu'ils m'y conduisent.

Lorsqu'en entrant je demandai à voir le sieur Wheeler, un jeune commis me conduisit à l'étage chez un très vieil homme au visage maigre et triste, qui s'avéra être le père de Cornelius. Celui-ci se trouve à Bristol, me dit-il, et il ne reviendra que dans deux ou trois semaines ; si j'avais besoin cependant d'un renseignement ou d'un livre, il serait heureux de me donner satisfaction.

Je m'étais déjà présenté, mais comme mon nom ne lui disait apparemment rien, je lui expliquai que j'étais ce Génois auquel Cornelius avait confié sa maison de Smyrne.

"J'espère qu'il n'est pas arrivé malheur", s'inquiéta le vieil homme.

Non, la maison n'a souffert de rien, qu'il se rassure, je n'ai pas fait le voyage pour lui annoncer un sinistre, je suis à Londres pour mes propres affaires. Je lui parlai un peu de mon négoce, qui ne pouvait que l'intéresser puisqu'il s'apparente au sien. J'évoquai les ouvrages qui se vendent, et ceux qu'on ne me demande plus.

A un moment de la conversation, je glissai un mot sur le livre du *Centième Nom*, en laissant entendre que je n'ignorais

377

pas que Cornelius l'avait rapporté de Smyrne. Mon interlocuteur ne sursauta pas ostensiblement, mais je crus deviner dans son regard une lueur de vive curiosité. Et peut-être de méfiance.

"Je ne lis pas l'arabe, hélas. Pour l'italien, le français, le latin, et le grec, je pourrais vous dire exactement quels livres nous avons sur ces étagères. Mais pour l'arabe et le turc, il faudra attendre Cornelius."

Je lui décrivis avec insistance l'aspect de l'ouvrage, sa taille, les dorures en forme de losanges concentriques sur sa reliure de cuir vert... C'est alors que le jeune commis, qui traînait là à nous écouter, crut utile d'intervenir.

"Ne serait-ce pas le livre que le *chaplain* est venu prendre ?"

Le vieux Wheeler le transperça du regard, mais le mal, si je puis dire, était fait. Il ne servait à rien de dissimuler.

"En effet, ce doit bien être ce livre, nous l'avons vendu il y a quelques jours, mais regardez autour de vous, je suis sûr que vous trouverez de quoi vous intéresser."

Il demanda à l'employé d'apporter tels et tels ouvrages, dont je n'ai même pas voulu retenir les noms ; il n'était pas question de lâcher prise.

"J'ai fait un long trajet pour acquérir ce livre, je vous serais reconnaissant de m'indiquer où je pourrais trouver ce *chaplain*, je vais essayer de le lui racheter."

"Veuillez m'excuser, je ne suis pas censé vous dire qui a acheté quoi, ni surtout vous donner l'adresse de nos clients."

"Si votre fils m'a fait suffisamment confiance pour me confier sa maison avec tout ce qu'elle contient..."

Je n'eus pas besoin de poursuivre.

"C'est bon, Jonas va vous conduire."

En chemin, le jeune garçon, abusé sans doute par les quelques mots d'anglais qu'il avait entendus de ma bouche, déversa sur moi un flot de confidences dont je ne saisis presque rien. Je me contentais de hocher la tête en contemplant la cohue des ruelles. J'ai juste appris de lui que l'homme que nous allions voir avait été autrefois un aumônier dans l'armée de Cromwell. Jonas n'a pu me dire son vrai nom, il paraissait même ne pas comprendre ma question, il n'avait jamais entendu d'autre nom que *chaplain*.

Vu que l'acheteur de mon livre était un homme d'Église, j'étais persuadé que nous allions vers la cathédrale voisine, ou quelque chapelle, ou un presbytère. Quelle ne fut pas ma surprise lorsque le commis s'arrêta devant la porte d'un débit de bière, – "ale house", disait l'enseigne. Lorsque nous entrâmes, douze paires d'yeux embrumés nous dévisagèrent un long moment. Il faisait sombre comme au crépuscule alors qu'il n'était pas encore midi. Les conversations s'étaient muées en murmures dont j'étais indiscutablement l'unique sujet. On ne doit pas voir souvent dans ce lieu des vêtements génois. Je saluai de la tête, et Jonas demanda à la patronne, – une grande femme potelée à la chevelure chatoyante, aux seins à moitié découverts –, si le *chaplain* était là. Elle fit simplement un geste du doigt, indiquant l'étage. Nous empruntâmes aussitôt un couloir, au bout duquel se trouvait un escalier aux marches grinçantes. Puis, tout en haut, une porte close à laquelle le commis frappa, avant de tourner la poignée en appelant à mi-voix :

"*Chaplain !*"

Ledit chapelain n'avait, à mes yeux, rien d'un homme d'Église. En disant "rien", j'exagère. Il avait, à n'en pas douter, une sorte de solennité naturelle. Sa haute taille, déjà, et aussi cette abondante barbe qui le faisait ressembler à un pope orthodoxe, sinon à un ecclésiastique anglais. Une mitre, une chasuble sur les épaules, une crosse à la main, et il serait devenu évêque au-dessus de ses ouailles. Mais il ne répandait autour de lui ni piété, ni parfum de chasteté, ni aucune tempérance. Bien au contraire, il m'apparut d'emblée comme un ripailleur païen. Sur la table basse, devant lui, il y avait trois chopes de bière, deux vides et une aux trois quarts pleine. Il venait sans doute de prendre une gorgée, puisqu'on voyait sur sa moustache quelques blanches bulles de mousse.

D'un large sourire, il nous invita à nous asseoir. Mais Jonas s'excusa, il devait revenir chez son maître. Je lui mis une pièce dans la main, et le chapelain le pria de nous commander deux pintes en sortant. Bientôt, la patronne monta elle-même les deux bières, fort empressée et respectueuse, et l'homme de Dieu la remercia d'une bonne tape sur les fesses, non une tape discrète, mais si ostensible qu'elle semblait seulement faite pour me choquer. Je ne cherchai pas à dissimuler mon embarras, je crois qu'ils auraient été fort vexés l'un et l'autre si j'avais trouvé la chose banale.

Avant qu'elle ne montât, j'avais eu le temps de me présenter, et de dire que je venais d'arriver à Londres. Je m'étais efforcé de parler en anglais, péniblement. Pour m'épargner d'autres souffrances, l'homme me répondit en latin. Un latin d'érudit qui résonnait étrangement en ce lieu. Je suppose même qu'il a voulu paraphraser Virgile ou quelque autre poète antique en me lançant :

"Ainsi, vous avez quitté un pays arrosé par la Grâce, pour venir dans cette contrée labourée par la Malédiction !"

"Le peu que j'en ai vu jusqu'ici ne me donne guère cette impression. Je constate, depuis que je suis arrivé, une certaine liberté d'attitude, et une indéniable jovialité..."

"C'est bien cela, un pays maudit ! On doit s'enfermer à l'étage, et boire dès le matin pour se croire libre. Si un voisin jaloux prétend que vous avez blasphémé, vous êtes fouetté en public. Et si vous paraissez trop bien-portant pour votre âge, on vous soupçonne de sorcellerie. J'aimerais mieux être prisonnier chez les Turcs..."

"Si vous dites cela, c'est que vous n'avez jamais goûté aux geôles du sultan !"

"Peut-être", admit-il.

Après le passage de la patronne, et malgré l'embarras que j'avais éprouvé sur le moment, l'atmosphère s'était détendue, et je me sentis suffisamment en confiance pour avouer à ce personnage, sans détour, les raisons de ma visite. Dès que j'eus mentionné *Le Centième Nom,* son visage s'illumina et ses lèvres frémirent. Croyant qu'il s'apprêtait à me dire quelque chose à propos de ce livre, je me tus, le cœur battant, mais d'un geste de sa chope de bois il m'invita à poursuivre, tout en souriant de plus belle. Alors, jouant franc jeu, je lui dis exactement pour quelle raison je m'y intéressais. En cela, je prenais des risques. Si cet ouvrage contient effectivement le nom qui sauve, comment pourrais-je demander à ce saint homme de me le céder ? Et à quel prix ? Un meilleur commerçant aurait parlé de ce livre et de son contenu en termes plus mesurés, mais je sentais d'instinct qu'il eût été malhabile de jouer au plus fin. Moi qui cherche le livre du salut, comment pourrais-je, sous l'œil de Dieu, l'obtenir par la duperie ? Serai-je jamais plus rusé que la Providence ?

Je m'imposai donc de révéler clairement au *chaplain* la valeur de ce texte. Je lui parlai de tout ce qui se dit parmi les libraires à son propos, des doutes concernant son authenticité, et des diverses spéculations sur ses vertus supposées.

"Et vous, demanda-t-il, quel est votre sentiment ?"

Il conservait invariablement ce même sourire, que je ne parvenais pas à déchiffrer, et que je commençais à trouver irritant. Mais je m'efforçai de n'en rien laisser paraître.

"Mon opinion n'a jamais été tranchée. Un jour, je me dis que ce livre est la chose la plus précieuse au monde, et le lendemain j'ai honte d'avoir été si crédule et si superstitieux."

Sur son visage, le sourire s'était effacé. Il souleva sa chope et la tendit vers moi en un geste d'encensoir, puis la vida d'une traite. Il voulait par ce geste, me dit-il, rendre hommage à ma sincérité, à laquelle il ne s'attendait pas.

"Je croyais que vous alliez me servir quelque boniment de marchand, prétendre que vous cherchiez ce livre pour un collectionneur, ou bien qu'il vous a été recommandé par votre père sur son lit de mort. Je ne sais si vous avez été honnête par nature ou par suprême habileté, je ne vous connais pas assez pour en juger, mais votre attitude me plaît."

Il se tut. Empoigna sa chope vide, puis la reposa aussitôt sur la table basse avant de dire, abruptement :

"Écartez cette tenture, derrière vous ! Le livre est là !"

Je demeurai un moment hébété, à me demander si j'avais bien compris. Je m'étais tellement habitué aux embûches, aux déceptions, aux rebondissements, que de m'entendre dire aussi simplement que le livre était là me désemparait. Je me demandai même si ce n'était pas l'effet de la bière, que j'avais avalée d'une traite tant j'avais soif.

Néanmoins, je me levai. J'écartai cérémonieusement la tenture sombre et poussiéreuse qu'il m'avait désignée. Le livre était bien là. *Le Centième Nom.* Je me serais attendu à le voir dans une sorte d'écrin, entouré de deux cierges, ou bien ouvert sur un lutrin. Non, rien de tout cela, il était posé à plat sur une étagère, avec quelques autres ouvrages, ainsi que des plumes, deux encriers, une rame de feuilles blanches, une trousse d'épingles, et divers objets en pagaille. Je le pris d'une main hésitante, l'ouvris à la page de titre, m'assurai que c'était bien celui que m'avait offert le vieil Idriss l'année dernière, et que j'avais cru irrémédiablement englouti.

Surpris ? Oui, surpris. Et légitimement secoué. Tout cela tient du miracle ! C'est mon premier jour à Londres, mon pied s'est à peine habitué à la terre ferme, et le livre que je poursuis depuis un an est déjà dans mes mains ! Mon hôte m'accorda le temps de l'émotion. Il attendit que je sois revenu lentement m'asseoir, le livre serré contre mes battements de cœur. Puis il me dit, sans aucune intonation interrogative :

"C'est bien celui que vous cherchiez..."

Je dis oui. A vrai dire, je ne pouvais pas distinguer grand-chose, il ne faisait pas clair dans la pièce. Mais j'avais vu le titre, et avant cela même j'avais reconnu le livre de l'extérieur. Je n'avais pas une once de doute.

"Je suppose que vous lisez parfaitement l'arabe."

Je dis encore oui.

"Alors j'ai un marché à vous proposer."

Je relevai les yeux tout en me cramponnant au trésor retrouvé. Le chapelain avait l'air de cogiter intensément, et sa tête me sembla encore plus imposante, encore plus volumineuse, même en faisant abstraction de sa barbe et de sa crinière blanchissantes.

"J'ai un marché à vous proposer, répéta-t-il, comme pour se ménager encore quelques secondes de réflexion. Vous voulez ce livre, et moi je veux seulement comprendre ce qu'il contient. Lisez-le-moi, de bout en bout, ensuite vous pourrez l'emporter."

Là encore, je dis oui, sans l'ombre d'une hésitation.

Que j'ai bien fait de venir jusqu'à Londres ! C'est ici que ma bonne étoile m'attendait ! Ma ténacité a payé ! L'entêtement que j'ai reçu en héritage de mes ancêtres m'a servi ! Je suis fier d'être de leur sang, et de n'avoir point démérité !

A Londres, le mardi 24 août 1666

Ma tâche ne sera pas facile, je le sais.

Il me faudra un certain nombre de séances pour lire ces quelque deux cents pages, pour les traduire de l'arabe au latin, et plus que tout pour les expliciter alors que l'auteur n'a jamais voulu être explicite. Mais j'ai tout de suite vu dans la proposition inattendue du chapelain une chance, pour ne pas dire un signe. Ce qu'il m'offre, ce n'est pas seulement de récupérer le livre de Mazandarani, c'est aussi de m'y plonger studieusement comme je ne l'aurais pas fait de moi-même. Devoir lire ce texte phrase après phrase, devoir le traduire mot après mot afin de le rendre intelligible pour un auditeur exigeant, voilà assurément la seule manière de savoir, une fois pour toutes, si une grande vérité secrète habite ses pages.

Plus j'y pense, plus je suis à la fois perplexe et exalté. Ainsi, il aura fallu que je suive ce livre de Gibelet jusqu'à Constantinople, puis de Gênes jusqu'à Londres, jusqu'à cette taverne, jusqu'à la tanière de ce curieux aumônier, pour m'atteler enfin à la tâche la plus nécessaire. J'ai presque l'impression que tout ce que j'ai vécu depuis un an n'était qu'un prélude, une série d'épreuves que le Créateur a voulu me faire traverser avant que je sois digne de connaître Son nom intime.

Au dernier paragraphe, j'ai écrit : "Depuis un an". Ce n'est pas une approximation, cela fait exactement un an, jour pour jour, que mon voyage a commencé, puisque c'est le lundi 24 août de l'année dernière que j'ai quitté Gibelet. Je n'ai plus sous la main le texte que j'avais écrit à cette occasion – j'espère que Barinelli l'aura retrouvé, et conservé, et qu'il pourra un jour me le faire parvenir !

Mais je m'égare... Je disais donc que si j'avais sous les

yeux les pages que j'avais écrites au commencement du voyage, je n'aurais pas trouvé grand-chose de commun entre mon projet initial et l'itinéraire que j'ai dû suivre. Je ne pensais pas aller au-delà de Constantinople, et certainement pas en Angleterre. Et je ne pensais pas me retrouver ainsi tout seul, sans aucune des personnes qui étaient parties avec moi, ne sachant même pas ce que les uns et les autres ont pu devenir. Au cours de cette année, tout a changé autour de moi et en moi. Seul n'a pas varié, me semble-t-il, mon désir de retrouver ma maison de Gibelet. Non, à y songer de plus près, je n'en suis pas si sûr. Depuis mon passage à Gênes, il m'arrive de penser parfois que c'est là que je devrais retourner. En un sens c'est de là que je suis parti. Sinon moi-même, du moins ma famille. En dépit de l'abattement qu'avait éprouvé mon lointain aïeul Bartolomeo lorsqu'il avait voulu s'y réinstaller, il me semble que c'est seulement là qu'un Embriaco peut se sentir chez lui. A Gibelet je serai toujours l'étranger... Pourtant, c'est au Levant que vit ma sœur, c'est là que sont enterrés mes parents, c'est là qu'est ma maison, c'est là qu'est le magasin qui assure ma relative prospérité. J'ai failli écrire que c'est là aussi que vit la femme que je me suis mis à aimer. Mon esprit s'embrouille, assurément. Marta n'est plus à Gibelet, je ne sais si elle pourra y revenir un jour, et je ne sais même pas si elle est encore en vie.

Peut-être devrais-je cesser d'écrire, pour ce soir...

Le 25 août

Au réveil je reprends mon cahier pour reparler de dates. Je m'apprêtais à en traiter hier soir, lorsque l'évocation de

385

Marta me l'a fait oublier. C'était pour dire qu'à Londres, il existe une confusion que je ne soupçonnais pas avant d'arriver. Nous sommes aujourd'hui le 25 août, mais pour les gens d'ici c'est seulement le 15! Par haine du pape, que chacun ici est censé appeler "l'antéchrist", les Anglais ont – comme les Moscovites – refusé de s'aligner sur le calendrier grégorien qui prévaut chez nous depuis plus de quatre-vingts ans.

J'aurais encore diverses choses à dire sur cette question, mais on m'attend au débit de bière. C'est là que se dérouleront nos séances de lecture, et c'est là que j'habiterai désormais. J'ai promis d'y porter mes bagages ce matin même.

A plusieurs reprises depuis lundi, le chapelain, ainsi que Bess, la tenancière, m'avaient invité à venir vivre sur place, afin d'éviter les va-et-vient que la police du roi pourrait trouver suspects. Au début, j'avais refusé, voulant un peu garder mes distances à l'égard de ces personnes fort accueillantes mais que je ne connais pas depuis assez longtemps pour partager toutes leurs journées et leurs nuits. Seulement, hier soir, lorsque après dîner je sortis pour rejoindre mon auberge, j'eus le sentiment d'être épié. C'était même plus qu'un sentiment, une certitude. Étaient-ce des voyous? Étaient-ce des agents du gouvernement? Dans l'un comme l'autre cas, je n'avais nulle envie de revivre la même épreuve chaque soir.

Je sais qu'il n'est pas prudent de côtoyer de si près un homme comme le chapelain, qui fut jadis un personnage influent, et dont les autorités continuent à se méfier. Si je ne songeais qu'à ma sécurité, j'aurais effectivement dû garder mes distances. Mais ma préoccupation première n'est pas la prudence, sinon, je ne serais pas venu jusqu'à Londres à la recherche du *Centième Nom*, et il y a bien d'autres choses que je me serais abstenu de faire. Non, mon souci aujourd'hui est de récupérer ce livre, et de partir d'ici dès que possible en l'emportant sous le bras. Et c'est en vivant au voisinage de cet homme, et en remplissant mon contrat envers lui, que je pourrai le plus rapidement atteindre mon objectif.

Après m'avoir installé dans une chambre au dernier étage, juste au-dessus de celle de l'aumônier et loin du vacarme de la grande salle, Bess a monté l'escalier par trois fois pour s'assurer que je ne manquais de rien.

Ces gens sont de commerce agréable, accueillants, généreux, aimant le rire et la bonne chère. Il me semble que le séjour ici sera fort agréable, mais je n'ai pas l'intention de m'y éterniser.

Le 26 août

J'aurais dû commencer aujourd'hui ma lecture à voix haute du *Centième Nom*. Mais j'ai dû m'interrompre très vite, pour une raison étrange qui m'inquiète et me perturbe au plus haut point.

Nous étions quatre dans la pièce où vit le chapelain, celui-ci ayant fait venir deux jeunes gens qui semblent être ses disciples et qui font office de scribes. L'un d'eux, nommé Magnus, devait s'occuper de transcrire soigneusement la traduction latine du texte; l'autre, qui se prénomme Calvin, devait noter les commentaires.

J'écris "aurais dû", "devait", parce que les choses ne se sont pas passées comme nous le prévoyions. J'avais commencé par lire et traduire le titre intégral, *Dévoilement du nom caché du Maître des créatures*; puis le nom complet de Mazandarani, Abou-Maher Abbas fils d'Untel, fils d'Untel, fils d'Untel... Mais à peine avais-je tourné la première page, la pièce s'est assombrie, comme si un nuage de suie était venu voiler le soleil, empêchant les rayons de parvenir jusqu'à nous. Jusqu'à moi, devrais-je dire, car les autres personnes dans la pièce ne semblaient pas avoir remarqué ce qui venait de se produire.

Au même moment, Bess poussa la porte pour nous apporter des bières, ce qui me donna un court répit. Mais aussitôt, les regards se tournèrent à nouveau vers moi, et le chapelain, intrigué par mon silence, me demanda ce que j'avais et pourquoi je ne poursuivais pas la lecture. Je répondis que j'étais en proie à la migraine, que j'avais l'impression d'avoir la tête dans un étau qui l'enserrait, et que mes yeux s'en trouvaient obscurcis. Il me conseilla d'aller me reposer, pour que nous puissions reprendre la lecture demain.

Dès qu'il prononça ces paroles, je refermai le livre et eus à l'instant même le sentiment d'être revenu à la lumière. J'éprouvai un immense bien-être, que je pris soin de dissimuler, de peur que mes hôtes ne s'imaginent que mon malaise était simulé.

Et à l'heure où j'écris ces lignes dans mon cahier, j'ai l'impression que cet obscurcissement n'a jamais eu lieu, que je l'ai seulement rêvé. Mais je sais, sans l'ombre d'un doute, qu'il n'en est rien. Quelque chose m'est arrivé, dont je ne sais quoi penser, ni quoi dire – c'est pour cela que je n'ai pas avoué la vérité au chapelain lorsqu'il m'a demandé pourquoi je m'étais interrompu. Quelque chose dont la nature m'échappe, mais qui ramène à mon souvenir un incident vieux de plus d'un an, qui ne m'avait semblé sur le moment contenir aucun mystère. J'étais revenu de chez le vieil Idriss avec le livre qu'il m'avait offert, et je l'avais feuilleté dans mon magasin ; il me semblait alors que la lumière était suffisante, mais je n'avais pas réussi à lire. La veille aussi, d'ailleurs, le même phénomène s'était produit, et il m'avait encore moins frappé. Lorsque je me trouvais chez Idriss, justement, dans sa masure. Bien sûr, celle-ci était fort sombre, mais pas au point de rendre les pages intérieures de ce livre totalement indéchiffrables, alors que j'avais pu lire sans problème la page de titre, dont les caractères n'étaient pas sensiblement plus gros.

Il y a là un phénomène que je ne m'explique pas, qui m'inquiète et me perturbe et m'effraie.

Serait-ce une malédiction liée à ce texte?

Serait-ce ma propre terreur de voir se dessiner devant moi les caractères du nom suprême?

Je me demande si tous ceux qui ont abordé *Le Centième Nom* n'ont pas éprouvé la même sensation, la même cécité. Peut-être ce texte est-il placé sous l'empire d'un charme protecteur, d'une amulette nouée, d'un talisman, – que sais-je?

Si c'est le cas, je n'irai jamais jusqu'au bout. A moins que la malédiction ne soit, d'une façon ou d'une autre, levée, ou "dénouée".

Mais la présence d'un tel nœud, d'une telle malédiction, n'est-elle pas aussi, en elle-même, la preuve qu'il ne s'agit pas là d'un livre comme les autres, et qu'il contient effectivement les vérités les plus précieuses, les plus indicibles, les plus redoutables, les plus interdites?

Le 27 août 1666

Hier soir, pendant que j'écrivais mon journal de voyage à la lumière du jour, qui tombe ici très tard, j'eus la surprise de voir Bess entrer dans ma chambre. La porte était entrouverte, elle avait frappé, puis l'avait poussée du même mouvement. Je rangeai mon cahier sous le lit, sans avoir l'air de me hâter, et en me promettant de le reprendre quand elle serait partie. Mais elle resta un long moment, après lequel je n'avais plus à l'esprit ce que je m'apprêtais à écrire.

Elle se montra inquiète de ma migraine, dont elle se promettait, dit-elle, de me débarrasser. Elle parla de "dénouer" quelque chose dans mes épaules ou dans ma nuque, et ce mot a éveillé ma curiosité. Elle m'invita à m'asseoir sur une chaise basse, elle derrière moi qui, de ses doigts et de ses paumes, me pétrissait patiemment la chair et les os. N'ayant pas la douleur que je prétendais, mais un mal sournois et inavouable, je ne pus juger de l'efficacité de sa méthode. Son application était néanmoins émouvante, et pour ne point la froisser je lui dis que je me sentais soudain ragaillardi. Elle proposa alors de venir exercer son art de la même manière lorsque je serais plongé dans la lecture. Je m'empressai de refuser. Et dès qu'elle fut sortie de ma chambre, je me surpris à rire seul. Je m'imaginais en train de lire, de traduire, entouré du chapelain et de ses deux disciples, pendant qu'une brave femme me labourait les épaules et le dos et la nuque de ses mains guérisseuses. La sérénité de l'auditoire en pâtirait, j'imagine...

Cela dit, il faudra bien que je finisse par trouver un remède à mon infirmité, sans quoi ma lecture devra bientôt s'interrompre. Aujourd'hui, il y eut comme une brève éclaircie qui me permit de lire quelques lignes de la présentation de Mazandarani, puis l'obscurcissement revint. Je m'approchai un peu de la fenêtre, et j'eus l'impression que les pages étaient plus lisibles, mais cela ne dura guère, la lumière ne tarda pas à faiblir, et bientôt je ne vis plus rien. Enveloppés, mes yeux et moi, dans d'épaisses ténèbres. Le chapelain et ses disciples se montrèrent déçus, et agacés, mais ils ne m'accusèrent de rien, et acceptèrent de remettre la lecture à demain.

A présent, j'ai la certitude qu'une volonté puissante protège ce texte contre les regards avides. Le mien en fait partie. Je ne suis pas un être saint, je n'ai pas plus de mérite qu'un autre, et si j'étais assis à la place du Très-Haut, ce n'est certainement pas à un individu comme moi que j'aurais révélé le secret le plus précieux! Moi, Baldassare Embriaco, négociant en curiosités, tout juste honnête mais sans grande piété, sans sainteté aucune, sans souffrances ni sacrifices à faire valoir ni pauvreté, pourquoi diable aurais-je le privilège d'être choisi par Dieu comme dépositaire de Son nom suprême? Pourquoi me prendrait-Il ainsi dans son intimité à l'instar de Noé, d'Abraham, de Moïse ou de Job? Il me faudrait beaucoup d'orgueil, et beaucoup d'aveuglement, pour m'imaginer un seul instant que Dieu pourrait voir en moi un être d'exception. Certaines de Ses créatures sont remarquables par leur beauté, par leur intelligence, par leur piété, par leur dévouement, par leur tempérament, Il pourrait se vanter, si j'ose dire, d'en être l'auteur. De m'avoir créé, moi, Il ne peut se vanter ni se lamenter. Il doit me contempler du haut de Son trône céleste sinon avec dédain, du moins avec indifférence...

Et pourtant me voici à Londres, ayant traversé la moitié du monde à la poursuite de ce livre, et l'ayant retrouvé contre toute attente! Est-ce fou de penser que, malgré tout ce que je viens de dire, le Très-Haut me suit du regard, et qu'Il me guide dans certaines voies que sans Lui je n'aurais pu connaître? Chaque jour, je porte dans mes mains *Le Centième Nom*, j'y ai déjà débroussaillé quelques pages, j'avance pas à pas dans son labyrinthe. Seule cette étrange cécité retarde ma progression, mais ce n'est peut-être qu'un obstacle après d'autres, une épreuve après d'autres, que je finirai par franchir. Grâce à ma persévérance, à mon entêtement, ou par la volonté insondable du Maître des créatures...

Le 28 août 1666

Aujourd'hui encore, il y a eu une éclaircie, un peu moins brève que celle d'hier. Il me semble que ma persévérance porte des fruits. Tout au long, il y avait sur le livre ou sur mes yeux comme un voile d'ombre, mais qui n'obscurcissait pas les mots. Je pus donc lire trois pages entières avant que l'ombre ne s'épaississe, et que les lignes se brouillent.

Dans ces pages, Mazandarani s'efforce de réfuter l'opinion fort répandue selon laquelle le nom suprême, s'il existe, ne devrait pas être prononcé par les hommes, parce que les êtres et les objets que l'on peut nommer sont ceux sur lesquels on peut exercer une certaine autorité, alors que Dieu ne peut, de toute évidence, subir une quelconque domination. Pour écarter cette objection, l'auteur entreprend de comparer l'islam au judaïsme. Si la religion de Moïse sanctionne effectivement ceux qui prononcent le nom ineffable, et s'ingénie à trouver les moyens d'éviter toute mention directe du Créateur, la religion de Mahomet a pris résolument le contre-pied de cette attitude, exhortant les croyants à prononcer jour et nuit le nom de Dieu.

De fait, confirmai-je au chapelain et à ses disciples, il n'y a, en pays d'islam, pas une conversation où ne revienne dix fois le nom d'Allah, pas une tractation où les deux parties ne jurent sans arrêt par Lui, "wallah", "billah", "bismillah", pas une formule d'accueil, ou d'adieu, ou de menace, ou d'exhortation, ou même de lassitude, dans laquelle Il ne soit explicitement invoqué.

Cet encouragement à répéter sans cesse le nom de Dieu ne s'applique pas seulement à Allah, mais aux quatre-vingt-dix-neuf noms qui lui sont attribués, ainsi qu'au centième pour ceux qui le connaîtraient. Mazandarani cite d'ailleurs le verset qui est à l'origine de tous les débats sur le nom suprême – "Glorifie le nom de ton Seigneur, le très-grand" – en faisant remarquer que le Coran ne se contente pas de nous apprendre qu'il existe un nom "très-grand", mais nous appelle clairement à glorifier Dieu par ce nom...

En lisant ce passage, je me suis souvenu des propos que m'avait tenus, en mer, le prince Ali Esfahani, et je me suis dit qu'en dépit de ses dénégations, je suis persuadé qu'il a déjà eu l'occasion de lire l'ouvrage de Mazandarani. Je me suis alors demandé si, pendant qu'il le feuilletait, il avait éprouvé, comme moi, cette cécité passagère. Et c'est au moment précis où cette interrogation traversa mon esprit que l'obscurcissement revint, qui m'empêcha de poursuivre ma lecture... Je pris ma tête dans mes mains, simulant une forte migraine, et mes amis s'employèrent à me plaindre, à me rassurer et à me suggérer des remèdes. Le plus efficace, me dit Magnus, qui souffre parfois de ces douleurs, serait de me plonger... dans l'obscurité la plus totale. Ah, s'il savait!

Bien que la séance eût été courte, mes amis sont aujourd'hui moins déçus. Je leur ai lu, je leur ai traduit, je leur ai expliqué, et si je pouvais faire de même jour après jour, ce livre n'aurait bientôt plus aucun secret pour eux – ni pour moi.

Nous ne reprendrons pas la lecture demain, mais lundi. Pourvu que je puisse "officier" dans les mêmes conditions qu'aujourd'hui. Je ne demande pas au Ciel de déchirer une fois pour toutes ce voile qui obscurcit mes yeux, je Lui demande seulement de le lever un peu chaque jour. Est-ce encore trop demander?

Dimanche, 29 août

Ce matin, ils sont tous allés de bonne heure à la messe, qui est ici obligatoire au point que les récalcitrants, fréquemment dénoncés par leurs voisins, sont punis de prison, du fouet parfois, et de tracasseries diverses. Moi-même, en tant qu'étranger et "papiste", j'en suis dispensé. Mais j'ai intérêt, m'a-t-on dit, à ne pas trop pavaner ma tête d'impie dans les rues. Je suis donc resté dans ma chambre à me délasser, à lire et à écrire, à l'abri des regards. J'ai trop rarement l'occasion de paresser pour ne point l'apprécier.

Ma chambre est comme une tourelle au-dessus de la ville, donnant par la droite sur un alignement de toits, et par la gauche sur la cathédrale Saint Paul qui, en raison de ses dimensions, paraît toute voisine. L'espace aménagé autour de mon lit est réduit, mais il suffit d'enjamber quelques caisses et de se faufiler entre les poutres pour se retrouver dans de vastes combles où règne la fraîcheur. Je m'y suis assis dans la pénombre un long moment. Peut-être y a-t-il des rats et des punaises, mais je n'en ai pas vu. J'étais, tout au long de la matinée, d'humeur sereine, content qu'on m'ait oublié et souhaitant qu'on m'oublie encore longtemps longtemps, dussé-je jeûner jusqu'au soir.

Le 30 août

Nous devions reprendre la lecture, mais le *chaplain* s'est absenté ce matin sans m'avoir prévenu. Ses jeunes disciples aussi. Bess me dit qu'ils reviendront dans trois ou quatre jours. Bien qu'elle se soit montrée inquiète, elle ne m'a fait aucune confidence.

Encore une journée d'oisiveté, donc, et je ne m'en plains pas. Seulement, au lieu de paresser dans ma chambre ou dans ses dépendances, j'ai décidé de me promener à travers Londres.

Que je me sens étranger dans cette ville ! J'ai constamment l'impression d'attirer les regards, des regards sans aménité, nulle part les voyageurs ne sont épiés avec autant d'hostilité. Est-ce à cause de la guerre qui se poursuit encore avec les Hollandais et avec les Français ? Est-ce à cause des vieilles guerres intestines, qui ont dressé le frère contre son frère, le fils contre son père, et installé durablement dans les esprits l'amertume et la suspicion ? Est-ce à cause des Fanatiques, qui sont encore légion, et que l'on s'empresse de pendre dès qu'ils sont repérés ? Peut-être tout cela à la fois, au point que les ennemis − réels ou supposés − sont ici innombrables.

J'avais envie de visiter la cathédrale Saint Paul, mais j'y ai renoncé, de peur qu'un sacristain ne prenne la mouche et ne me dénonce. Tout "papiste" est suspect, surtout s'il est originaire d'Italie ; c'était du moins mon impression tout au long de ma promenade. J'ai dû lutter chaque instant avec moi-même pour surmonter le sentiment de malaise qui m'accompagnait à chaque pas.

Le seul endroit où je me sois senti en confiance, c'était chez les libraires qui tiennent boutique au voisinage du cimetière Saint Paul. Auprès d'eux, je n'étais plus un étranger, je n'étais plus un papiste, j'étais un confrère et un client.

Je l'ai toujours pensé, mais aujourd'hui je le pense encore plus : le négoce est la seule activité respectable, et les marchands sont les seuls êtres civilisés. Ce ne sont point les marchands que Jésus aurait dû chasser du Temple, mais les soldats et les prêtres !

Je m'apprêtais à sortir pour aller refaire un tour du côté des libraires, lorsque Bess m'a invité à boire une bière en sa compagnie, et nous nous sommes attablés dans un coin de la taverne comme si nous étions l'un et l'autre des clients. Elle s'est levée à plusieurs reprises pour servir des boissons ou échanger quelques mots avec les habitués. Mais dans l'ensemble, il y eut peu de va-et-vient, et le bruit était juste ce qu'il fallait, ni trop bas pour que nous soyons contraints de chuchoter, ni trop haut pour que nous ayons à nous époumoner.

Certains des mots de Bess m'ont échappé, mais il me semble que j'ai presque tout saisi, et elle aussi m'a compris. Même lorsque, emporté par mon récit, je mettais dans mes phrases plus d'italien que d'anglais, elle hochait la tête de plus belle pour me signifier qu'elle avait tout compris. Je le crois volontiers. Tout être doué de raison et de bonne volonté peut comprendre un peu d'italien !

Nous avons bien bu deux ou trois pintes chacun, – elle, un peu plus peut-être ; mais ce n'était pas l'ivresse qui nous guidait. Ni l'ennui, d'ailleurs, ni la seule curiosité, ni le désir de bavardage. Nous avions l'un et l'autre besoin de retrouver une oreille amie, et une main amie. J'en parle avec émerveillement, parce que je viens seulement de découvrir, après quarante ans d'existence, quel sentiment de plénitude peuvent procurer quelques heures passées en communion intime et chaste avec une inconnue.

Au départ de notre longue conversation, il y eut une sorte de jeu d'enfants. Nous étions assis, nos chopes dans les mains, que nous venions d'entrechoquer en prononçant quelque formule ; elle souriait, et je me demandais déjà si nous aurions quelque chose d'autre à nous dire, lorsqu'elle sortit de la poche de son tablier un canif, avec lequel elle traça sur le bois un rectangle.

"C'est notre table", dit-elle.

Elle dessina un petit rond de mon côté, un autre de son côté.

"C'est moi, c'est toi."

J'avais deviné, j'attendais la suite.

Elle tendit la main jusqu'au bout de la table et creusa sans ménagement un sillon tortueux qui aboutit au petit rond qui me représentait ; puis, à partir du bout opposé, un sillon encore plus tortueux qui aboutit chez elle.

"Moi je suis arrivée d'ici, et toi de là. Aujourd'hui nous sommes assis à la même table. Je te raconterai mon chemin, tu me raconteras le tien ?"

Je ne pourrai jamais me remémorer avec suffisamment d'exactitude tout ce que Bess m'a appris aujourd'hui, sur elle-même, sur Londres et l'Angleterre de ces dernières années, – les guerres, les révolutions, les exécutions, les massacres, les Fanatiques, la grande peste... Avant de l'écouter, je croyais savoir des choses sur ce pays ; à présent je sais que je ne savais rien.

Que devrais-je consigner de tout cela dans ces pages ? D'abord ce qui concerne les personnes que je côtoie depuis mon arrivée. Et aussi ce qui se rapporte à l'objet de mon voyage, les rumeurs et les croyances qui prédisent la fin des temps. Rien d'autre.

Ce que je songe à rapporter, je ne l'écrirai pas ce soir. J'ai la tête lourde, soudain, et je ne me sens plus capable d'aligner les mots et les idées de façon cohérente. Je vais me mettre au lit, sans attendre qu'il fasse nuit. Demain, je me lèverai tôt, et je me remettrai à écrire, l'esprit clair.

Le mercredi 1ᵉʳ septembre 1666

Ce matin, je me suis réveillé en sursaut. Je venais de me souvenir de ce que m'avait dit mon ami vénitien sur le bateau qui nous convoyait de Gênes, et que j'ai dû rapporter dans ce même cahier. N'avait-il pas dit que les Moscovites attendaient la fin du monde pour ce jour, le premier de septembre, qui est pour eux le commencement de la nouvelle année ? C'est seulement après m'être aspergé le visage d'eau froide que je me suis rappelé qu'à Moscou, comme à Londres, la journée qui vient de commencer est celle du mercredi 22 août. Ce n'est donc qu'une fausse alerte. La fin du monde est seulement dans dix jours. J'ai encore le temps de me prélasser, de bavarder avec Bess, et de visiter les libraires.

J'espère que dans dix jours, je prendrai encore la chose d'un cœur aussi léger !

Mais trêve de rodomontades, il faudrait que je consigne sur-le-champ ce que j'ai appris de Bess, avant que je ne l'oublie. Déjà, après une journée et une nuit, certaines phrases s'embrouillent.

Elle m'a d'abord parlé de la peste. Un très jeune homme venait d'entrer dans la grande salle de la taverne, et elle me dit en le désignant du menton qu'il était le dernier survivant de sa famille. Et qu'elle-même avait perdu tel et tel de ses proches. Quand était-ce ? L'été dernier. Elle baissa la voix et se pencha à mon oreille pour chuchoter : "Aujourd'hui encore, des gens meurent de la peste, mais on vous cherche noise si vous le dites tout haut." Le roi a même fait célébrer des messes pour remercier le Ciel d'avoir mis fin à l'épidémie. Quiconque oserait prétendre que ce n'est pas fini serait presque en train d'accuser de mensonge et le roi et le Ciel ! La vérité, cependant, c'est que la peste rôde encore dans la cité, et qu'elle tue. Une vingtaine de personnes chaque semaine, quand ce n'est pas deux ou trois vingtaines. Il est vrai que ce n'est pas grand-chose quand on pense qu'il y a un an, la peste tuait à Londres plus de mille personnes chaque jour! Au début, on enterrait les victimes de nuit, pour éviter que la population n'en soit épouvantée; lorsque les choses s'étaient aggravées, on ne pouvait même plus prendre cette précaution-là. On s'était mis alors à ramasser les cadavres de jour comme de nuit. Des tombereaux passaient même dans les rues, sur lesquels les gens balançaient les corps de leurs parents, ou de leurs enfants, ou de leurs voisins, comme s'il s'agissait de matelas pourris!

"Au début, on a peur pour ses proches, me dit Bess. Mais, à mesure que les gens meurent et meurent, on n'a plus qu'une seule idée en tête : se sauver! survivre! et que meure le monde entier! Je n'ai pleuré ni ma sœur, ni mes cinq neveux et nièces, ni mon mari – Dieu me pardonne! Je n'avais plus de larmes! J'ai l'impression d'avoir traversé cette période les yeux hagards, comme une somnambule. En me demandant seulement si cela finirait un jour..."

Les riches et les puissants avaient déserté la ville, à commencer par le roi et les chefs de l'Église. Les pauvres étaient restés, parce qu'ils n'avaient nul endroit où aller; ceux qui erraient sur les routes mouraient de faim. Mais il y eut aussi quelques êtres nobles qui s'obstinèrent à vouloir combattre le mal, ou tout au moins alléger les souffrances des autres. Quelques médecins, quelques hommes de religion. Notre *chaplain* en faisait partie. Il aurait pu s'en aller, lui aussi, m'expliqua-t-elle. Il n'est pas démuni, et l'un de ses frères possède une maison à Oxford qui a été, de toutes les villes du royaume, la plus épargnée. Il n'a pas voulu s'enfuir. Il est resté dans le quartier, s'obstinant à rendre visite aux malades, à les réconforter. Il leur disait que le monde était sur le point de s'éteindre, et qu'eux-mêmes s'en allaient un peu avant les autres; dans quelque temps, lorsqu'ils seraient logés dans les jardins du paradis, entourés des fruits délicieux de l'Éden, ils verraient le reste des gens arriver, et ce serait à eux de les réconforter.

"Je l'ai vu au chevet de ma sœur, il lui tenait la main et parvenait à la rasséréner, et même à lui soutirer un sourire de béatitude. Il agissait de la même manière avec tous ceux qu'il visitait. Il ignorait les conseils de ses amis, et bravait même la quarantaine. Il fallait le voir, en ces temps de misère, marcher dans les rues quand les gens se terraient, une immense silhouette toute blanche, avec ses habits tout blancs, ses longs cheveux blancs, sa longue barbe blanche, on aurait dit Dieu le Père! Quand les gens apercevaient une croix rouge dessinée sur une maison, ils se signaient et faisaient un détour pour l'éviter. Lui se dirigeait droit vers la porte, Dieu le récompensera un jour..."

Mais les autorités ne lui témoignèrent aucune gratitude pour tant de dévouement, et la populace encore moins. A la fin de l'été dernier, alors que la peste commençait à faiblir, il fut arrêté par un hallebardier qui l'accusa d'aider à la propagation du mal par les visites qu'il rendait aux pestiférés; et lorsqu'il fut relâché huit jours plus tard, il trouva que sa maison avait été incendiée jusqu'au sol. On avait répandu le bruit qu'il avait une potion secrète lui permettant de survivre, mais qu'il refusait d'en faire bénéficier les autres. Pendant sa détention, une horde de va-nu-pieds entra dans sa maison pour retrouver la prétendue potion, saccagea tout, emporta tout ce qui pouvait être emporté, puis mit le feu à tout le reste, tant pour manifester sa rage que pour dissimuler son forfait.

On voulait le contraindre à quitter la ville, assure Bess. Mais elle lui a offert le logis, par reconnaissance, et elle en est fière. Pourquoi en veut-on au vieil homme? A cause de ses activités passées. Elle m'en a longuement entretenu, en citant d'innombrables noms dont je ne connaissais pas la moitié ni le tiers ; aussi n'ai-je pas pu retenir grand-chose. Tout au plus que le *chaplain*, qui avait été aumônier dans l'armée de Cromwell, s'était ensuite querellé avec ce dernier, et avait tenté de fomenter une rébellion contre lui. C'est d'ailleurs pour cette raison qu'à la restauration de la monarchie, il y a maintenant six ans, lorsque les dignitaires de la révolution furent tous persécutés, ou condamnés à l'exil, et que le cadavre de Cromwell lui-même fut déterré pour être pendu et brûlé en public, le *chaplain* fut relativement épargné. Mais nullement pardonné, comme ne sera jamais totalement pardonné quiconque s'est rebellé contre la monarchie, et quiconque a trempé, de près ou de loin, dans l'exécution du roi Charles. Le *chaplain* fait partie, et — aux dires de Bess — fera toujours partie, jusqu'à sa mort et au-delà, de ces mal-aimés.

Avant d'interrompre mon compte rendu, une dernière chose, que je mentionne rapidement de peur qu'elle ne glisse hors de ma mémoire, et sur laquelle je me promets de revenir : les malheurs de l'Angleterre ont commencé — eux aussi, devrais-je dire — en 1648. Cette date revient constamment sous ma plume : la fin des guerres d'Allemagne ; l'avènement de l'année juive de la Résurrection et le début des grandes persécutions dont m'a longuement parlé Maïmoun ; la publication du livre russe de la Foi, qui fixait la date de la fin du monde pour cette année ; et en Angleterre la décapitation du roi, événement dont le pays entier porte encore la malédiction, et qui s'est déroulé, selon le calendrier d'ici, à la fin de l'année 1648 ; de même, pour moi, cette année-là fut celle de la visite d'Evdokime, le pèlerin de Moscovie, qui est à l'origine de mes malheurs, ainsi que celle de la mort de mon père, en juillet...

C'est à croire qu'une porte s'est ouverte cette année-là, une porte maléfique par laquelle sont arrivées — au monde et à moi — diverses calamités. Je me souviens que Boumeh avait parlé des trois dernières marches, trois fois six ans, qui allaient conduire de l'année de prologue à l'année d'épilogue.

Ma raison me redit qu'en alignant des chiffres et des chiffres on suggère toute sorte de choses sans rien prouver. Et pour le moment, pour ce soir du moins, j'essaie d'écouter encore ce que dit ma raison.

Le 2 septembre

Avant-hier je parlais, à propos de ma longue conversation avec Bess, d'une communion intime et chaste. Depuis la nuit dernière, elle est un peu plus intime, et moins chaste.

J'avais passé la journée entière à écrire, et j'avançais très lentement. Avec le procédé que j'ai adopté, je n'avance jamais très vite. J'écris dans ma langue, mais en lettres arabes, et avec le code qui m'est propre, ce qui fait bien des transactions avant que chaque mot ne soit consigné. Lorsque, en plus de cela, j'essaie de me souvenir de ce que Bess m'a raconté en anglais, l'exercice devient épuisant.

J'ai cependant progressé, à preuve tout ce texte que j'ai aligné hier, écrit durant la matinée, puis terminé dans l'après-midi. Non que j'aie fixé sur ces pages tout ce que j'avais l'intention de retenir, mais j'ai allégé ma mémoire de bien des choses qui auraient pu s'égarer.

Par deux fois, Bess m'a apporté de quoi manger et de quoi boire, et s'est attardée un peu à me regarder tracer ces lettres mystérieuses, de droite à gauche. Je ne cache plus mon cahier quand je l'entends venir, elle est dans tous mes secrets, à présent, et je lui fais confiance. Seulement, je lui laisse croire que j'écris en arabe ordinaire, jamais je ne lui révélerai – ni à personne d'autre! – que j'utilise un langage déguisé qui m'est propre.

Lorsque la salle du bas se fut vidée à l'heure de la fermeture, Bess vint me proposer que nous dînions ensemble et bavardions encore comme nous l'avions fait la veille. Je lui promis de la rejoindre en bas, à la même table qu'hier, dès que j'aurais achevé le paragraphe que j'étais en train d'écrire.

Mais le paragraphe s'est allongé, et je n'osais trop m'interrompre ni écourter, de peur de ne plus me souvenir, après une nouvelle conversation, des choses que j'avais entendues auparavant. Oubliant ma promesse, j'écrivais, donc, j'écrivais en ne pensant plus à rien d'autre, si bien que ma logeuse eut le temps de tout ranger dans la salle du bas, puis de remonter sans que j'aie lâché ma plume.

Loin de manifester une quelconque irritation, elle s'en alla sur la pointe des pieds, pour revenir quelques minutes plus tard avec un plateau qu'elle posa sur mon lit. Je lui promis que j'en étais aux toutes dernières lignes, et qu'après nous dînerions ensemble; elle me fit signe de ne pas me presser, et ressortit.

Mais je me replongeai aussitôt dans ma relation, oubliant à nouveau la femme et le dîner, et persuadé qu'elle aussi m'avait oublié. Pourtant, lorsque je l'appelai, elle entra de suite, comme si elle attendait derrière la porte; elle avait toujours le même sourire et ne manifestait aucune impatience. Tant de délicatesse me touchait et m'étonnait. Je l'en remerciai, et elle rougit. Elle qui ne rougissait pas d'une grosse tape sur les fesses, elle rougissait d'une parole de remerciement!

Sur le plateau qu'elle avait apporté, il y avait de la viande séchée coupée en tranches fines, un fromage, du pain tendre et de cette bière qu'elle appelle "beurrée", mais qui est surtout fort épicée. Je lui demandai si elle ne voulait pas manger avec moi, elle me dit qu'elle avait grignoté tout au long de la journée en servant ses clients, ce qui était son habitude, et qu'elle n'avait jamais faim à l'heure des repas. Elle s'était juste pris une bière identique pour que nous puissions heurter nos chopes. Aussi, après m'avoir regardé écrire, me regarda-t-elle manger. Un regard en toutes choses comparable à celui de ma sœur Plaisance, ou autrefois de ma pauvre mère, regard qui enveloppe de toutes parts le mangeur et sa nourriture, qui accompagne des yeux chaque bouchée, et qui fait redevenir enfant. J'étais soudain chez moi dans la maison de cette étrangère. Je ne pus m'empêcher de songer même à la parole de Jésus, "J'avais faim et tu m'as nourri". Je n'étais pourtant pas menacé par la famine; j'ai souffert, tout au long de ma vie, de mon intempérance plutôt que de la disette; mais il y avait dans la manière dont cette femme m'a nourri un relent de sein maternel. J'éprouvai sur le moment envers elle, envers son pain, envers sa bière beurrée, envers sa présence, envers son sourire attentif, sa posture patiente, son tablier maculé, ses rondeurs maladroites, une affection illimitée.

Elle se tenait debout, pieds nus, adossée au mur, sa chope dans la main. Je me levai avec ma propre bière pour trinquer, puis je la saisis tendrement par les épaules en lui disant encore merci à mi-voix, avant de poser un baiser léger sur le bas de son front, entre les sourcils.

En m'écartant, je vis que ses yeux étaient noyés de larmes; que ses lèvres, tout en esquissant un sourire, frémissaient d'attente. Elle prit gauchement mes doigts dans sa main potelée, en serrant fort. Je l'attirai alors vers moi, et lui lissai lentement de ma paume les cheveux et la robe. Elle se laissa aller contre moi et se blottit comme sous une couverture par temps de grand froid. Je l'enveloppai alors pleinement de toutes mes mains, de tous mes bras, sans trop serrer, en l'effleurant plutôt, comme si, du bout des doigts et des deux paumes, je vérifiais à tâtons les limites de son corps, de son visage tremblant, de ses paupières qui cachaient des yeux mouillés, et jusqu'aux hanches.

Entre ses deux passages dans ma chambre, elle avait changé de robe, celle qu'elle portait à présent était vert sombre, avec des reflets moirés et un toucher de soie. J'étais tenté de m'étendre contre elle sur le lit tout proche, mais je choisis de rester debout. J'appréciais le rythme des choses et je ne voulais surtout pas l'accélérer. La nuit n'était pas encore tombée, dehors il faisait presque jour, et nous n'avions aucune raison d'abréger nos plaisirs comme à d'autres moments on voudrait abréger ses souffrances.

Même lorsqu'elle voulut se jeter sur le lit, je la maintins debout; elle en fut surprise, je crois, et dut se poser des questions, mais elle me laissa mener la danse. Quand les amants s'étendent trop tôt, ils perdent la moitié des délices. Le premier temps de l'amour se passe debout, lorsqu'on vogue agrippés l'un à l'autre, étourdis, aveuglés, chancelants; ne vaut-il pas mieux que la promenade se prolonge, que l'on se parle à l'oreille et qu'on se frôle des lèvres debout, que l'on se déshabille l'un l'autre lentement et debout, en se serrant éperdument après chaque vêtement écarté?

Nous demeurâmes donc ainsi, un long moment, à dériver autour de la chambre, avec des murmures lents et des caresses lentes. Mes mains se sont appliquées à la dévêtir, puis à l'envelopper, et mes lèvres choisissaient patiemment sur son corps frémissant où butiner, où se poser, où butiner encore, des paupières qui voilaient ses yeux, aux mains qui dissimulaient ses seins, à ses hanches larges blanches dénudées. L'amante, un champ de fleurs, et mes doigts et mes lèvres un essaim d'abeilles.

A Smyrne, un certain mercredi au couvent des capucins, j'avais connu un moment de jouissance intense, lorsque avec Marta nous nous étions aimés en craignant à chaque instant une intrusion de mes neveux, ou de Hatem, ou de quelque moine. Ici, à Londres, ce mercredi d'étreintes avait une saveur tout aussi envoûtante, mais sur un mode inverse. Là-bas, la hâte et l'urgence donnaient à chaque instant une intensité rageuse ; tandis qu'ici, le temps illimité donnait à chaque geste une résonance, une durée, des échos qui l'enrichissaient et l'intensifiaient. Là-bas, nous étions des bêtes traquées, traquées par les autres et par le sentiment de braver l'interdit. Ici, rien de tout cela, la ville nous ignorait, le monde nous ignorait, et nous ne nous sentions nullement en faute, nous vivions à l'écart du mal et du bien, dans la pénombre de l'interdit. En marge du temps, aussi. Le soleil complice se couchait avec une douce lenteur, et la nuit complice promettait d'être longue. Nous allions pouvoir nous épuiser l'un et l'autre goutte à goutte, jusqu'au dernier délice.

Le 7 septembre

Le chapelain est revenu, ainsi que ses disciples. Ils étaient déjà dans la maison quand je me suis levé. Il ne m'a rien dit des raisons de son absence, et je ne lui ai rien demandé. Tout juste a-t-il marmonné une excuse.

Autant l'écrire dès le commencement de cette page, quelque chose s'est pourri aujourd'hui dans mes relations avec ces gens. Je le regrette et j'en souffre, mais je ne crois pas que j'aurais pu empêcher ce qui est arrivé.

Le chapelain est revenu contrarié, irritable, et il a fait montre aussitôt d'une grande impatience.

"Il faut que nous avancions aujourd'hui même sur ce texte, pour en tirer la substance, si substance il y a. Nous resterons ici, de jour comme de nuit, et celui qui se fatiguera n'est pas des nôtres."

Surpris par ces paroles, comme par le ton, et par les visages fermés qui m'entouraient, je répondis que je ferais tout ce qui était en mon pouvoir pour aller au bout de la lecture, mais précisai aussi que les souffrances qui avaient retardé ma lecture n'étaient pas de mon fait. Je crus déceler çà et là des rictus dubitatifs, que je ne relevai pas, étant persuadé d'être dans mon tort. Bien sûr, je n'avais pas menti sur l'essentiel, puisque je ne suis pour rien dans ces accès de cécité qui ont retardé la lecture ; mais j'avais menti sur les symptômes, et simulé quelquefois les maux de tête. Peut-être aurais-je dû avouer dès le début quel mal m'affecte, aussi mystérieux soit-il. A présent, il est trop tard, je confirmerais leurs pires soupçons si je reconnaissais que j'avais menti, et si je me lançais dans la description de symptômes aussi inouïs. Je décidai donc de ne pas me dédire, et de m'efforcer à lire du mieux que je pouvais.

Seulement, en cette journée, le Ciel ne s'est pas fait mon allié. Au lieu de me faciliter un peu la tâche, il l'a compliquée. Dès que j'eus ouvert le livre, les ténèbres se sont installées. Ce n'était pas uniquement le livre qui m'était celé, la pièce entière, les gens, les murs, la table, et même la fenêtre étaient à présent couleur d'encre.

L'espace d'un instant, j'eus le sentiment d'avoir perdu pour toujours l'usage de mes yeux, et je me dis que le Ciel, après m'avoir adressé plusieurs avertissements que je m'étais entêté à ignorer, avait décidé de me faire subir le châtiment que j'avais mérité.

Je refermai précipitamment le livre, et à l'instant, je pus voir à nouveau. Non pas la pleine vue que j'aurais pu attendre à midi, mais comme s'il était déjà le soir et que la chambre était éclairée par un chandelier. Un léger voile a persisté, et il persiste encore à l'heure où j'écris ces lignes. C'est à croire qu'il y a dans le ciel un nuage dont moi seul recueille l'ombre. Les pages de ce cahier ont bruni à mes yeux comme si elles avaient vieilli de cent ans en un jour. Plus j'en parle, plus je m'inquiète, et plus il m'est difficile de poursuivre mon récit.

Il le faut pourtant.

"Qu'y a-t-il encore?" demanda le chapelain lorsqu'il me vit refermer le livre.

J'eus la présence d'esprit de répondre :

"J'ai une proposition à vous faire. Je vais monter dans ma chambre, lire le livre à tête reposée, et prendre des notes, puis je reviendrai ici demain matin avec le texte en latin. Si ce procédé me permet d'éviter les migraines, nous le renouvellerons chaque jour et pourrons ainsi avancer régulièrement dans la lecture."

Je sus être convaincant, et le vieil homme accepta, sans grand empressement il est vrai, et non sans m'avoir fait promettre de revenir avec vingt pages traduites, pas une de moins.

Je montai donc, suivi me semble-t-il par l'un ou l'autre des disciples, que j'entendis faire les cent pas devant ma porte. Je fis mine de ne pas remarquer cette attitude de méfiance, pour ne pas être contraint de m'en montrer offusqué.

Une fois assis à ma table, je plaçai *Le Centième Nom* devant moi, ouvert en son milieu mais face contre terre, et me mis à feuilleter plutôt ce cahier, où je fus heureux de retrouver, à la journée du 20 mai, le compte rendu que j'avais fait des propos de mon ami persan. Me basant sur ce qu'il m'avait dit du débat sur le nom suprême et de l'opinion de Mazandarani, je rédigeai ce que demain je prétendrai être une traduction de ce que ce dernier a écrit, m'étant également inspiré, pour imiter le style, du peu que j'avais pu lire au début du livre maudit...

Pourquoi ai-je écrit "maudit"? Est-il maudit? est-il béni? est-il ensorcelé? je n'en sais rien encore. Je sais seulement qu'il est protégé par un bouclier. Protégé de moi, en tout cas.

Le 8 septembre

Tout s'est bien passé. J'ai lu mon texte en latin, et Magnus l'a copié mot à mot. Le chapelain a dit que c'est ainsi que nous aurions dû procéder depuis le commencement. Il m'a seulement incité à aller plus vite dans ma lecture.

J'espère que c'est là seulement une manifestation de son enthousiasme retrouvé, et qu'il modérera ses attentes. Sinon, je crains le pire. Car le subterfuge auquel j'ai eu recours ne peut se poursuivre indéfiniment. Aujourd'hui, j'ai puisé dans ce que m'a dit Esfahani, et un peu aussi dans ma mémoire. Je pourrais encore me souvenir de certaines autres choses que j'ai entendues à propos du *Centième Nom*, mais je ne peux poursuivre indéfiniment ce stratagème. Un jour ou l'autre, il faudra parvenir au bout de ce livre, et citer le nom attendu, qu'il soit véritablement le nom intime du Créateur, ou seulement ce que suppose Mazandarani.

Peut-être devrais-je faire, dans les jours qui viennent, une nouvelle tentative de lecture...

J'avais commencé cette page plein d'espoir, mais ma confiance en l'avenir s'est amenuisée en quelques lignes, comme s'amenuise la lumière chaque fois que j'ouvre le volume interdit.

409

Le 9 septembre

J'ai passé la soirée d'hier et cette matinée à noircir des pages en latin qui prétendent interpréter le texte de Mazandarani. Pour cela, je n'ai plus le temps ni la force de reprendre la plume pour mes propres écrits, et me contenterai de notes brèves.

Le chapelain m'a demandé combien de pages j'avais pu traduire jusqu'ici, j'ai répondu quarante-trois comme j'aurais pu répondre dix-sept ou soixante-six. Il m'a demandé combien de pages il restait et j'ai répondu cent trente. Il m'a redit alors qu'il espérait que j'achèverais la lecture dans quelques jours, et certainement avant la fin de la semaine prochaine.

Je le lui ai promis, mais je sens le piège se refermer. Peut-être devrais-je m'enfuir d'ici...

Le 10 septembre

Dans la nuit, Bess est venue me rejoindre. Il faisait noir, et elle s'est glissée près de moi. Elle n'était plus jamais venue depuis le retour du chapelain. Elle est repartie avant l'aube.

Si je décidais de m'enfuir, devrais-je l'en avertir?

Le matin, j'ai terminé mon texte de la journée. Mon imagination a pris le relais de mes connaissances, qui s'épuisent. Les autres m'ont écouté toutefois avec plus d'attention encore. Il est vrai que j'ai fait dire à Mazandarani que le nom suprême de Dieu, quand il l'aura révélé, remplira d'étonnement et d'effroi tous ceux qui croyaient le connaître.

J'ai sans doute gagné, auprès de mes trois auditeurs, du temps et du crédit. Mais ce n'est pas en augmentant la mise qu'on met la chance de son côté !

Le 11 septembre

C'est aujourd'hui que commence la nouvelle année russe, et je n'ai cessé d'y repenser tout au long de la nuit. J'ai même vu en songe le pèlerin Evdokime qui me menaçait des foudres et m'incitait au repentir.

Lorsque nous nous réunîmes vers midi dans la chambre du chapelain, je commençai par évoquer cette date dans l'espoir de créer une diversion. Exagérant à peine, je relatai les propos que m'avait rapportés sur le *Sanctus Dionisius* mon ami Girolamo, à savoir qu'en Moscovie bien des gens sont persuadés que ce jour de la Saint-Siméon, qui marque pour eux l'année nouvelle, sera le dernier. Et que le monde va être détruit par un déluge de feu.

Malgré les regards insistants que lui adressaient ses disciples, le chapelain demeura silencieux. Ne m'écoutant que distraitement, et presque avec indifférence. Et bien qu'il évitât de mettre en doute ce que je disais, il profita d'un moment de silence pour me ramener à nos moutons. De mauvaise grâce, je lissai mes feuilles et commençai à lire mes mensonges du jour...

Le dimanche 12 septembre 1666

Seigneur! Seigneur! Seigneur!
Que dire d'autre?
Seigneur! Seigneur!
Se peut-il que la chose soit arrivée?

Au milieu de la nuit, Londres a commencé à flamber. Et à présent on me dit que les quartiers s'embrasent l'un après l'autre. De ma fenêtre je vois l'apocalypse rougeoyante, des rues montent les hurlements des créatures épouvantées, et le ciel est dépourvu d'étoiles.

Seigneur! Se peut-il que la fin du monde soit ainsi? Non pas l'irruption subite du néant, mais un feu qui se répand de proche en proche, un feu que je verrais monter comme monte l'eau du déluge, et par lequel je me sentirais submergé?

Est-ce ma propre fin que je contemple par la fenêtre, que je vois s'approcher, et que, penché au-dessus de ma page, je m'évertue à décrire?

Le feu s'avance, qui va tout dévorer, et moi qui suis assis à cette table en bois, dans cette chambre en bois, à confier mes dernières pensées à une liasse de papier inflammable! Folie! Folie! Mais cette folie n'est-elle pas un raccourci de ma condition de mortel? Je rêve d'éternité quand ma tombe est déjà creusée, en confiant pieusement mon âme à celui qui s'apprête à me l'arracher. A la naissance quelques années me séparaient de la mort, aujourd'hui m'en séparent quelques heures peut-être; mais au regard de l'éternité, qu'est-ce qu'une année? qu'est-ce qu'une journée? qu'est-ce qu'une heure? qu'est-ce qu'une seconde? Ces mesures n'ont de sens que pour un cœur qui bat.

Bess était venue dormir auprès de moi. Nous étions encore serrés l'un contre l'autre, lorsque des cris sont montés du voisinage. Par la fenêtre, on voyait au loin, mais pas si loin, en direction de la Tamise, le rougeoiement monstrueux, et parfois quelques langues de feu qui jaillissaient puis retombaient.

Pire encore que les flammes et que le rougeoiement, ce sinistre crissement, comme si une gigantesque gueule de bête mordait dans le bois des maisons, broyait, mâchait, mâchait encore, puis crachait.

Bess courut à sa chambre pour se couvrir, car elle était venue chez moi à moitié dévêtue, ensuite elle revint, bientôt rejointe par le chapelain et par ses deux disciples qui avaient couché dans la maison. Tous se retrouvèrent à l'aube chez moi, car c'est de ma fenêtre, la plus haute de la maison, que l'incendie se voit le mieux.

Au milieu des interjections, des pleurs, des prières, l'un ou l'autre mentionnait une rue ou un bâtiment haut que le feu avait atteint, ou contourné. Ne connaissant pas tous ces lieux, je ne savais pas très bien à quel moment je devais m'émouvoir, ou m'inquiéter, ou me rassurer quelque peu. Et je ne voulais pas les harceler de mes questions d'étranger. Alors je me mis en retrait, à l'écart de la fenêtre, que je laissai à leurs yeux d'habitués, me contentant d'enregistrer dans mon coin leurs commentaires, leurs frayeurs, leurs gestes.

Au bout de quelques minutes, nous descendîmes ensemble l'un après l'autre par les fragiles escaliers en bois vers la salle du bas, où nous n'entendions plus la clameur du feu mais celle de la foule qui grossissait sans arrêt et qui paraissait en colère.

Si je survis assez longtemps pour cultiver des souvenirs, je garderai en mémoire quelques scènes triviales. Magnus, qui était sorti un moment dans la rue, puis était revenu annoncer, en larmes, que son église, celle de son protecteur, Saint Magnus, près du Pont de Londres, était en train de flamber. Au cours de cette journée de malheur, il allait y avoir mille nouvelles de ce genre, mais jamais je n'oublierai la détresse infinie de ce jeune homme si dévoué à sa Foi, et qui accusait muettement le Ciel de l'avoir trahi.

La porte du *ale house* ne s'ouvrit pas de toute la matinée. Lorsque Magnus, ou Calvin, ou Bess allaient aux nouvelles, on l'entrouvrait pour les laisser sortir, puis à nouveau pour les laisser entrer. Le chapelain ne se leva pas une seule fois du fauteuil où il avait lourdement jeté l'ancre. Quant à moi, je me gardai bien de me montrer dans la rue, en raison des rumeurs qui se sont répandues dès l'aube, et selon lesquelles l'incendie aurait été allumé par ceux qu'on appelle ici les "papistes".

Je viens d'écrire "dès l'aube", ce qui n'est pas exact. Je voudrais être rigoureux jusqu'à mon dernier souffle, et ce n'est pas ainsi que les choses se sont passées. Au petit matin, la rumeur disait que le feu avait pris naissance dans une boulangerie de la cité, à cause d'un four mal éteint, ou d'une servante qui se serait assoupie, laissant les flammes se propager d'abord dans cette rue, qui s'appelle Pudding Lane, et qui est toute proche de l'auberge où j'ai passé mes deux premières nuits londoniennes.

Une heure plus tard, quelqu'un dans notre rue dit à Calvin qu'il y avait eu un assaut des flottes hollandaise et française, qui ont mis le feu à la ville afin de créer une grande confusion dont ils allaient profiter pour lancer des attaques, et qu'il fallait s'attendre au pire.

Une heure encore, et ce n'étaient plus les flottes qui étaient en cause, mais les agents du pape, de "l'antéchrist", qui chercheraient "une fois de plus" à démolir ce pays de bons chrétiens. On me dit même que des gens ont été appréhendés par la foule pour la seule raison qu'ils n'étaient pas d'ici. Il ne fait pas bon être étranger quand la ville est en feu, aussi me suis-je prudemment caché tout au long de cette journée. D'abord dans la grande salle du bas, puis, lorsque des voisins sont venus auxquels on ne pouvait fermer la porte au nez, je dus me dissimuler plus loin encore, plus haut, dans ma chambre, dans mon "observatoire" en bois.

C'est pour tromper l'angoisse, entre mes longues stations à la fenêtre, que je me suis mis à écrire ces quelques paragraphes sur mon cahier.

Le soleil s'est couché, et l'incendie fait toujours rage. La nuit est rouge et le ciel paraît vide.

Se peut-il que toutes les autres villes soient en feu comme Londres? Et que chacune s'imagine, comme Londres, qu'elle est la seule Gomorrhe?

Se peut-il qu'en cette même journée, Gênes aussi soit en feu? et Constantinople? et Smyrne? et Tripoli? et même Gibelet?

La lumière faiblit, et cette nuit je n'allumerai aucun cierge. Je m'étendrai dans le noir, à respirer les odeurs hivernales du bois brûlé, et je prierai Dieu de me donner le courage de m'assoupir une fois encore.

Le lundi 13 septembre 1666

L'apocalypse n'est pas consommée, l'apocalypse se poursuit. Et pour moi l'ordalie.

Londres n'en finit pas de s'embraser et moi je me cache du feu dans un nid de bois sec.

Au réveil, pourtant, j'étais descendu dans la grande salle où j'avais retrouvé Bess, le chapelain et ses disciples, affalés chacun sur sa chaise, ils n'avaient pas bougé de toute la nuit. Mon amie n'ouvrit les yeux que pour me supplier de remonter dans ma cachette, de peur qu'on ne me voie ou m'entende. Au cours de la nuit, plusieurs étrangers auraient été appréhendés, parmi lesquels deux Génois. On ne lui a pas dit leurs noms, mais la nouvelle est sûre. Elle promit de me porter de quoi me nourrir, et je vis dans ses yeux la promesse d'une étreinte. Mais comment pourrions-nous nous aimer dans une ville qui brûle?

Au moment où je reprenais prudemment le chemin de l'escalier, le chapelain me retint par la manche.

"Votre prédiction, il semble bien qu'elle soit en train de se confirmer", dit-il avec un sourire forcé.

Ce à quoi je répondis avec véhémence que ce n'était pas ma prédiction, mais celle des Moscovites, qu'un ami vénitien m'avait rapportée en mer et dont j'avais seulement fait état. Par les temps qui courent, je ne tiens surtout pas à apparaître comme un prophète de malheur, on a brûlé d'inoffensifs bavards pour moins que cela! L'homme comprit mon inquiétude et s'excusa, disant qu'il avait eu tort de parler ainsi.

Lorsque Bess vint me rejoindre un peu plus tard, elle me répéta ses excuses, en me jurant que le chapelain n'avait parlé à personne de cette prédiction, et qu'il avait conscience du danger qu'il me ferait courir en répandant de tels bruits.

L'incident étant clos, je lui demandai des nouvelles de l'incendie. Après un court ralentissement, il aurait recommencé à se propager, alimenté par le vent de l'est; elle m'a cité une dizaine de rues qui seraient aujourd'hui la proie des flammes, et dont je n'ai pu retenir les noms. Seule nouvelle rassurante : dans notre rue, qui s'appelle pourtant Wood Street, le feu ne progresse que lentement. En conséquence, aucune évacuation n'est encore envisagée. Bien au contraire, des cousins de Bess sont venus déposer des meubles chez elle de peur que leur maison, plus proche de la Tamise, ne soit bientôt dévastée.

Mais ce n'est qu'un répit. Si cette maison est à l'abri aujourd'hui, elle ne le sera plus demain, et certainement plus après-demain. Et il suffirait que le vent souffle un peu du sud pour qu'il nous atteigne avant même que nous n'ayons pu nous enfuir. Cela, je le consigne dans ces pages, mais je ne l'ai pas dit à Bess, de peur d'apparaître à ses yeux aussi comme une sinistre Cassandre.

Le mardi 14 septembre 1666

J'ai dû me réfugier sous les combles. En sursis, comme cette maison, comme cette cité, comme ce monde.

Devant le spectacle de la ville en feu, je devrais pouvoir écrire comme Néron chantait, mais ma voix ne sort plus que par phrases désarticulées.

Bess me dit d'attendre, de ne faire aucun bruit, et de ne pas avoir peur.

J'attends. Je ne bouge plus, je ne cherche plus à contempler les flammes, et je vais même cesser d'écrire.

Pour écrire il me faut un peu d'urgence et un peu de sérénité. Trop de sérénité rend mes doigts paresseux, trop d'urgence les rend indomptables.

Il paraît que la populace fouille maintenant les maisons à la recherche des coupables cachés.

Partout où je suis allé cette année, je me suis senti coupable. Même à Amsterdam! Oui, Maïmoun, mon ami, mon frère, m'entends-tu? Même à Amsterdam!

Comment vais-je périr? par le feu? par la foule?
Je n'écris plus. J'attends.

CAHIER IV

La tentation de Gênes

A Gênes, le samedi 23 octobre 1666

J'ai longtemps hésité avant de reprendre l'écriture. Je me suis finalement procuré ce matin un cahier de feuilles cousues, dont je noircis en cet instant, non sans volupté, la toute première page. Mais je ne suis pas sûr que je continuerai.

Par trois fois, déjà, j'avais inauguré ainsi des cahiers vierges, en me promettant d'y consigner mes projets, mes envies, mes angoisses, mes impressions des villes et des hommes, quelques brins d'humour et de sagesse, comme l'ont fait avant moi tant de voyageurs et de chroniqueurs du passé. Je n'ai pas leur talent, et mes pages ne valent pas celles que j'époussetais sur mes étagères ; néanmoins, je m'étais appliqué à rendre compte de tout ce qui m'arrivait, même quand la prudence ou la fierté me poussaient à me taire, et même quand la lassitude me gagnait. Sauf lorsque j'étais en proie à la maladie, ou séquestré, j'ai écrit chaque soir, ou presque. J'ai rempli des centaines de pages dans trois cahiers différents, et il ne m'en reste aucun. J'ai écrit pour le feu.

Le premier cahier, qui racontait le commencement de mon périple, s'est perdu lorsque je dus quitter Constantinople à la hâte ; le deuxième est resté à Chio quand j'en fus expulsé ; le troisième a sans doute péri dans l'incendie de Londres. Et me voici pourtant à lisser les pages du quatrième, mortel oublieux de la mort, pitoyable Sisyphe.

Dans mon magasin de Gibelet, lorsque je devais parfois

jeter au feu un vieux livre pourrissant et décomposé, je ne pouvais m'empêcher de songer un instant avec tendresse au malheureux qui l'avait écrit. C'était parfois l'œuvre unique de sa vie, tout ce qu'il espérait laisser comme trace de son passage. Mais sa renommée deviendra fumée grise comme son corps deviendra poussière.

Je décris la mort d'un inconnu, alors que c'est de moi qu'il s'agit!

La mort. Ma mort. Quelle importance peut-elle avoir, et quelle importance les livres, quelle importance la renommée, si le monde entier va s'embraser demain comme Londres?

Mon esprit est si perturbé ce matin! Il faut pourtant que j'écrive. Il faut que ma plume se lève et marche, en dépit de tout. Que ce cahier survive ou qu'il brûle, j'écrirai, j'écrirai.

D'abord raconter comment j'ai fui l'enfer de Londres.

Lorsque l'incendie s'était déclaré, j'avais été contraint de me cacher pour échapper à la furie d'une populace écervelée qui voulait égorger des papistes. Sans autre preuve de ma culpabilité que ma qualité d'étranger, originaire de la même péninsule que "l'antéchrist", des citadins ordinaires m'auraient appréhendé, malmené, torturé, puis jeté en lambeaux dans la fournaise en ayant le sentiment de faire du bien à leurs âmes. Mais j'ai déjà évoqué cette folie dans le cahier qui s'est perdu, et je n'ai plus la force d'y revenir. Ce dont je voudrais encore dire un mot, c'est de ma peur. De mes peurs, plutôt. Car j'avais deux peurs et une troisième. Peur des flammes déchaînées, peur de la foule déchaînée, et peur aussi de ce que pouvait signifier ce drame, survenu le jour même que les Moscovites avaient désigné comme celui de l'apocalypse. Je ne voudrais pas gloser encore sur le mot "signe". Mais comment ne pas s'effrayer d'une telle concordance? Tout au long de cette maudite journée du 11 septembre – le premier du mois selon le calendrier des

Anglais –, je n'avais cessé de songer à cette prophétie de malheur, j'en avais discuté longuement avec le chapelain; je n'irai pas jusqu'à dire que nous attendions d'une minute à l'autre cet immense fracas d'un monde qui se déchire, et le tohu-bohu annoncé par les Écritures, mais nous avions les oreilles aux aguets. Et c'est à la fin de ce même jour, vers minuit, qu'est montée la clameur funeste. De ma chambre je pouvais observer la progression des flammes, et entendre les hurlements.

Dans mon infortune, pourtant, une consolation : le dévouement de ces personnes qui m'entouraient, qui étaient devenues ma famille alors que, trois semaines plus tôt, elles ignoraient mon existence comme j'ignorais la leur. Bess, l'aumônier, ainsi que ses jeunes disciples.

Qu'on n'aille pas s'imaginer que ma gratitude envers Bess est celle d'un homme esseulé qui a trouvé la consolation dans les bras nus d'une tavernière compréhensive! Ce que la présence de cette femme a apaisé en moi, ce n'est pas la soif charnelle d'un voyageur, c'est ma détresse originelle. Je suis né étranger, j'ai vécu étranger et je mourrai plus étranger encore. Je suis trop orgueilleux pour parler d'hostilité, d'humiliations, de rancœur, de souffrances, mais je sais reconnaître les regards et les gestes. Il y a des bras de femmes qui sont des lieux d'exil, et d'autres qui sont la terre natale.

Après m'avoir caché et protégé et nourri et rassuré, Bess vint me dire au troisième jour de l'incendie qu'il fallait tenter une sortie. Le feu se rapprochait inexorablement; et, de ce fait, la populace s'éloignait. Nous pouvions essayer de nous faufiler entre les deux démences pour courir jusqu'au Pont, monter à bord de la première embarcation, et nous éloigner ainsi de la fournaise.

Bess me dit que le chapelain approuvait cette conduite, même s'il préférait, quant à lui, rester encore quelque temps dans la maison. Si elle était préservée du feu, sa pré-

sence la préserverait aussi du pillage. Ses deux disciples demeureraient avec lui, pour faire le guet et le soutenir de
leurs bras s'il fallait fuir.

Au moment de prendre congé, plutôt que de penser
seulement à sauver ma vie, mon esprit était occupé par le
livre du *Centième Nom*. Tout au long de ces journées et de
ces nuits, d'ailleurs, il n'avait jamais été absent de mes pensées. A mesure que je me rendais compte que mon séjour à
Londres approchait de sa fin, je ne pouvais que me demander si je trouverais les arguments pour convaincre le chapelain de me le laisser. J'ai même songé à l'emporter contre
son gré. A le voler, oui! Ce que je ne me serais jamais cru
capable de faire en d'autres circonstances, en une année
ordinaire. D'ailleurs, je ne sais pas si je serais allé au bout
de mon détestable projet. Fort heureusement, je n'en eus
point l'occasion. Je n'eus même pas à me servir des arguments que j'avais affûtés. Lorsque je frappai à la porte de
sa chambre pour lui dire adieu, le vieil homme me demanda d'attendre un instant, puis m'autorisa à entrer. Je le
trouvai assis à sa place habituelle, tenant le livre sur ses
deux paumes tendues, geste d'offrande qui nous laissa
muets et immobiles, l'un comme l'autre, un long moment.

Puis il me dit, en latin, avec quelque solennité :

"Prenez-le, il est à vous, vous l'avez mérité. Je vous
l'avais promis, contre votre engagement de le traduire, et
j'en sais maintenant assez sur ce qu'il dit. Sans vous, je ne
saurai rien de plus. Et d'ailleurs, il est trop tard."

Je le remerciai avec des mots émus, et lui donnai
l'accolade. Puis nous nous sommes promis, sans trop y
croire, que nous nous reverrions, sinon dans ce monde du
moins dans l'autre. "Ce qui ne saurait plus tarder, en ce qui
me concerne", dit-il. "Et de nous tous!" poursuivis-je, en
désignant d'un geste éloquent ce qui se passait autour de
nous. Nous nous serions lancés, une fois encore, dans une
discussion sur le sort du monde si Bess ne m'avait pas

pressé, d'un ton suppliant. Elle voulait que nous partions sur-le-champ!

Au moment de sortir, elle se retourna une dernière fois vers moi, inspecta encore mon accoutrement d'Anglais, et me fit promettre de ne pas ouvrir une seule fois la bouche, de ne pas regarder les passants dans les yeux, et d'avoir seulement l'air triste et épuisé.

De notre *ale house* jusqu'à la Tamise, il y avait en droite ligne un quart d'heure de marche, mais il n'était pas question d'aller "en droite ligne", puisque nous aurions rencontré le feu. Bess préféra, à juste titre, contourner toute la zone embrasée. Elle commença même par emprunter, à notre gauche, une venelle qui semblait conduire dans la direction opposée. Je la suivis sans discuter. Après, il y eut une autre venelle, et une troisième, et peut-être encore quinze ou vingt autres, je n'ai pas compté, et je n'ai pas essayé de savoir où nous étions. J'avais les yeux à mes pieds pour ne pas tomber dans les trous, pour ne pas heurter les débris ni marcher dans les immondices. Je suivais la tignasse rougeâtre de Bess comme à la guerre on peut suivre un panache ou un étendard. Je lui confiais ma vie comme un enfant donne la main à sa mère. Et je n'ai pas eu à le regretter.

Une seule fois, nous eûmes une alerte. En débouchant sur une petite place, en un lieu appelé "le Fossé des chiens", près de l'enceinte, nous tombâmes sur un attroupement d'une soixantaine d'hommes qui malmenaient quelqu'un. Pour ne pas avoir l'air de fuir, Bess s'approcha d'eux, parla à une jeune femme qui se tenait là, et apprit qu'un nouvel incendie venait de se déclencher dans le quartier, et que cet étranger – un Français – avait été surpris à rôder dans les parages.

J'aurais aimé pouvoir dire que je suis intervenu auprès de ces enragés pour les dissuader de commettre un forfait.

425

A défaut de cela, j'aurais au moins aimé pouvoir dire que j'ai tenté d'intervenir et que Bess m'en a empêché. La vérité, hélas, c'est que j'ai passé mon chemin au plus vite, trop content de n'avoir pas été remarqué, et de n'être pas à la place de ce malheureux comme cela aurait bien pu être le cas. J'évitai même de regarder ces gens de peur que leur regard ne croise le mien. Et dès que mon amie se fut engagée, sans hâte, dans une ruelle à peu près déserte, je lui emboîtai le pas. La fumée montait d'une maison à colombages. Curieusement, c'est à l'étage supérieur qu'on voyait quelques langues de feu. Bess avança quand même, sans se retourner, et sans trop se presser, et je la suivis au même rythme. A tout prendre, si j'avais à choisir, je préférerais mourir cerné par le feu que cerné par la foule.

Le reste du parcours fut quasiment sans encombre. Nous respirions une odeur âcre, le ciel était voilé de fumée, et nous étions l'un et l'autre perclus et essoufflés, mais Bess avait su choisir le chemin le plus sûr. Nous atteignîmes la Tamise au-delà de la Tour de Londres, avant de revenir vers l'embarcadère situé juste au pied de celle-ci, devant l'escalier dit Irongate Stairs, ou "de la Porte de fer".

Il y avait là une quarantaine de personnes qui attendaient, parmi lesquelles des femmes en pleurs. Autour des gens s'entassaient des coffres, des ballots grands et petits, des meubles aussi, dont on se demandait comment ils avaient pu les porter jusqu'ici. Nous devions être, Bess et moi, les plus légers, puisque je n'avais dans les mains qu'un sac en toile qu'elle m'avait prêté. Nous devions paraître bien pauvres, et cependant les moins malheureux. Les autres avaient tous, à l'évidence, perdu leurs maisons, ou se résignaient à les perdre, comme la plupart des habitants de la cité. Moi j'emportais dans mon maigre bagage le livre pour lequel j'avais parcouru la moitié du monde, et je quittais l'enfer indemne.

A voir les mines défaites qui nous entouraient, nous

étions résignés à attendre longtemps une embarcation. Celle-ci arriva néanmoins au bout de quelques minutes. Elle accosta près de nous, à moitié pleine de citadins en fuite, l'autre moitié occupée par des tonnelles empilées. Il y avait encore quelques places, mais deux gaillards gardaient l'accès, deux grands diables barbus aux bras comme des cuisses, leurs têtes ceintes de mouchoirs trempés.

L'un d'eux lança, du ton le moins accueillant :

"Ce sera une guinée par personne, homme femme ou enfant, payable tout de suite. Sinon, on ne monte pas!"

Je fis signe à Bess, qui lui dit, de mauvaise grâce :

"C'est bon, nous vous paierons."

L'homme me tendit la main, je sautai dans son embarcation, qui s'était mise de biais pour qu'une seule personne puisse y accéder à la fois. Monté à bord, je me retournai, et tendis la main vers Bess pour l'aider à sauter. Elle me toucha juste la main, puis recula en faisant "non" de la tête.

"Viens!" insistai-je.

Elle fit encore "non" de la tête, et de la main un signe d'adieu. Sur son visage, un sourire triste, mais aussi, me semble-t-il, un remords, ou une hésitation.

Quelqu'un me tira en arrière par la chemise, afin que d'autres personnes puissent embarquer. Puis l'un des deux mariniers vint me réclamer le paiement. Je sortis de ma bourse deux guinées, mais lui en donnai une seule.

J'ai encore, à l'heure où j'écris ces lignes, un pincement au cœur. Ces adieux se sont passés trop vite, et trop mal. J'aurais dû parler avec Bess, avant que le bateau n'arrive, pour m'enquérir de ce qu'elle souhaitait. Je me suis comporté tout au long comme s'il était entendu qu'elle m'accompagnerait, ne serait-ce qu'un bout de chemin. Alors qu'il aurait dû être clair qu'elle ne viendrait pas, qu'elle n'avait aucune raison de quitter sa taverne et ses amis pour me suivre ; de toute manière, je ne le lui ai jamais

demandé, ni n'ai songé à le faire. D'où vient alors ce sentiment de faute qui se ranime chaque fois que je parle d'elle,
ou de Londres? C'est sans doute parce que je l'ai quittée
comme une étrangère, alors qu'elle m'a donné en quelques
jours ce que des êtres bien plus proches ne me donneront
pas en toute une vie; parce que j'ai une dette envers elle, et
que je ne la rembourserai jamais, d'aucune manière; parce
que j'ai échappé à l'enfer de Londres, et qu'elle y est
retournée sans que j'aie suffisamment essayé de l'en empêcher; parce que je l'ai quittée sur ce quai sans pouvoir lui
adresser un mot de remerciement, ni un geste de tendresse; parce qu'au dernier moment, il m'a semblé qu'elle
hésitait, et qu'un mot ferme de ma part l'aurait peut-être
décidée à sauter dans le bateau; et pour d'autres raisons
encore... Elle ne m'en veut pas, j'en suis persuadé; mais
moi je m'en voudrai longtemps.

J'entends la voix de Gregorio qui vient de rentrer du
port. Je dois aller m'asseoir avec lui, et manger quelque
chose. Je reprendrai l'écriture dans l'après-midi, pendant
qu'il fera sa sieste.

A table, mon hôte m'a entretenu de certaines affaires qui
concernent son avenir et le mien. Il cherche encore à me
convaincre de rester à Gênes. Quelquefois, je le supplie de
ne plus insister, et quelquefois je lui donne de l'espoir. C'est
que je ne sais pas moi-même où j'en suis. J'ai le sentiment
qu'il est déjà tard, que le temps presse, et lui me demande de
ne plus courir, de mettre fin à mon errance et de prendre ma
place auprès de lui, comme un fils. La tentation est grande,
mais j'ai aussi d'autres tentations, d'autres obligations,
d'autres urgences. Je m'en veux déjà d'avoir trop cavalière-
ment quitté Bess; comment me sentirai-je si j'abandonnais
Marta à son sort? Elle qui porte mon enfant, et qui ne serait
pas aujourd'hui prisonnière si je l'avais mieux protégée.

Le peu de temps qu'il me reste, je voudrais l'employer à éponger mes dettes, à réparer mes fautes, et Gregorio voudrait que j'oublie le passé, que j'oublie ma maison et ma sœur et les fils de ma sœur, que j'oublie mes anciennes amours, pour commencer à Gênes une nouvelle vie.

Nous sommes aux dernières semaines de l'année fatidique, est-ce bien le moment de commencer une nouvelle vie ?

Ces interrogations m'ont épuisé, et je devrais les écarter de mon esprit pour reprendre le fil du récit.

J'en étais donc au moment où je quittais Londres dans ce bateau. Les passagers, à mi-voix, prédisaient la potence aux malotrus qui nous convoyaient, lesquels arboraient des mines joyeuses et chantonnaient, tant l'aubaine était belle. Ils ont dû se faire, en quelques jours, plus d'argent qu'en une année entière, et ils devaient prier le Ciel d'attiser le feu pour faire durer la moisson.

D'ailleurs, non contents d'avoir extorqué de telles sommes, ils se dépêchèrent d'accoster, dès que nous fûmes sortis de la ville, et nous chassèrent de leur bateau comme on décharge un troupeau de bétail. Nous avions navigué une vingtaine de minutes, guère plus. A ceux qui osaient protester, ils déclarèrent qu'ils nous avaient éloigné de l'incendie et sauvé la vie, et que nous devrions les remercier à genoux plutôt que de discuter le prix de la course. Quant à moi, je ne protestai pas, de peur que mon accent ne me trahisse. Et pendant que nos "bienfaiteurs" repartaient vers Londres afin de récolter d'autres guinées encore, et que la plupart de mes compagnons d'infortune, après un moment d'hésitation, partaient ensemble par la route vers le village le plus proche, je décidai d'attendre le passage d'une autre embarcation. Une seule personne avait également décidé d'attendre, un grand blond plutôt corpulent qui, comme moi, ne disait mot, et qui évitait de me regarder. Dans la cohue, je ne l'avais pas remarqué plus qu'un autre, mais à présent que nous étions seuls, il allait être difficile de continuer à s'ignorer.

Je ne sais pendant combien de minutes nous restâmes muets à nous surveiller l'un l'autre par-dessus l'épaule, en faisant mine, chacun de son côté, de guetter quelque bateau à l'horizon, ou de chercher dans son sac quelque affaire qu'il aurait oublié d'emporter.

La situation me parut soudain d'un grand ridicule. J'allai donc vers lui, le sourire large, pour dire, du meilleur anglais que je pouvais :

"Comme si l'incendie ne suffisait pas, il a fallu que nous tombions sur ces vautours !"

En entendant mes propos, l'homme parut plus réjoui que de raison. Il s'avança vers moi les bras ouverts :

"Vous aussi vous êtes de l'étranger ?"

Il l'avait dit d'un drôle de ton, comme si "de l'étranger" – "from abroad" – était une provenance précise, que "l'étranger" était un pays, et que nous étions, de ce fait, des compatriotes.

Son anglais était moins rudimentaire que le mien, mais dès que je lui eus avoué mes origines, il s'essaya courtoisement à l'italien, ou plutôt à ce qu'il croyait être de l'italien et qui, à mes oreilles, ne ressemblait à aucune langue identifiable. Quand je lui eus fait répéter pour la troisième fois la même phrase, il la dit plutôt en latin, ce dont nous fûmes aises l'un et l'autre.

Je ne tardai pas à apprendre bien des choses sur lui. Qu'il était bavarois, qu'il avait cinq ans de plus que moi, et qu'il avait vécu depuis l'âge de dix-neuf ans dans diverses cités étrangères, à Saragosse, à Moscou pendant trois ans, à Constantinople, à Göteborg, à Paris, à Amsterdam pendant trois ans et demi, puis à Londres depuis neuf mois.

"Hier, ma maison a brûlé, et je n'ai rien pu en sauver. Je ne possède plus que le contenu de ce sac."

Il me dit cela d'un ton léger, apparemment amusé, et je me demandai sur le moment s'il n'était pas plus affecté par cette calamité qu'il ne voulait le montrer. Pour avoir longuement discuté avec lui depuis, je suis persuadé qu'il n'a pas menti sur ses sentiments. Contrairement à moi, cet homme est un vrai voyageur. Tout ce qui le rattache à un lieu – des murs, des meubles, une famille – finit par lui devenir insupportable ; à l'inverse, tout ce qui le pousse à partir, fût-ce une banqueroute, un bannissement, une guerre ou un incendie, est le bienvenu.

Cette frénésie s'est emparée de lui lorsqu'il était encore enfant, pendant les guerres allemandes. Il m'a décrit les atrocités qui y avaient été commises, des congrégations massacrées dans les églises, des villages décimés par la famine, des quartiers incendiés puis rasés – ainsi que les gibets, les bûchers, les gorges cisaillées.

Son père était imprimeur à Ratisbonne. L'évêché lui avait confié l'édition d'un missel qui contenait une imprécation contre Luther. Son imprimerie fut incendiée, et sa maison aussi. La famille s'en tira indemne, mais le père, obstiné, décida de reconstruire à l'identique, maison et atelier, sur le même emplacement. Il y engloutit ce qu'il lui restait comme fortune, – pour qu'on les lui démolisse encore dès qu'ils furent achevés, et cette seconde fois, son épouse périt ainsi qu'une fille en bas âge. Le fils, mon compagnon, jura alors qu'il ne construirait jamais aucune maison, ne s'encombrerait jamais d'une famille, et ne s'attacherait plus à aucun bout de terre.

Je n'ai pas encore dit qu'il se prénommait Georg, et qu'il s'est donné pour surnom Caminarius – j'ignore son vrai nom. Il semble pourvu d'une fortune inépuisable, qu'il ne dilapide pas mais dépense sans parcimonie. Sur ses revenus, il est demeuré discret, et malgré toutes mes ruses de marchand, d'ordinaire habile à subodorer l'origine de l'argent, je n'ai pu savoir s'il avait un héritage, une rente annuelle ou quelque activité lucrative. Celle-ci, s'il en a une, ne doit pas être avouable, car nous avons parlé et parlé pendant les journées suivantes sans qu'il l'évoquât une seule fois...

Mais il me faut revenir d'abord au récit de ma fuite, pour dire qu'après une attente de plus d'une heure, au cours de laquelle nous eûmes plus d'une fois l'occasion d'agiter nos bras à l'adresse des embarcations qui passaient, un petit bateau accosta enfin. Il n'y avait que deux hommes à bord, qui nous demandèrent où nous allions, en nous annonçant d'emblée qu'ils nous conduiraient jusqu'au bout du monde, si nous le souhaitions, pourvu que ce ne soit pas vers la Hollande, et pourvu que nous nous montrions généreux.

Georg leur dit que nous aimerions aller jusqu'à Douvres, et ils proposèrent de nous emmener plus loin encore, jusqu'à Calais. Ils demandèrent pour ce trajet quatre guinées, deux de chacun d'entre nous, ce qui, en temps normal, m'eût semblé exorbitant ; mais, vu la somme que nous venions de nous faire extorquer pour un trajet vingt fois plus court, nous n'avions aucune raison de marchander.

La traversée se déroula sans mauvaises surprises. Nous fîmes halte en deux endroits pour nous approvisionner en eau et en vivres, avant de déboucher par l'estuaire de la Tamise pour cingler vers les côtes françaises, que nous atteignîmes le vendredi 17 septembre. A Calais, une nuée de gamins nous entourèrent, et se montrèrent surpris et dédaigneux quand ils virent que nous n'avions aucun bagage à leur faire porter. Au port, et dans les rues, des dizaines de personnes nous abordèrent pour nous demander s'il était vrai que Londres avait été détruite par le feu. Tous semblaient abasourdis par un événement aussi inouï, sans aller toutefois jusqu'à s'en montrer attristés.

C'est à Calais, le soir, en cherchant mon cahier pour y consigner quelques notes, que j'ai découvert que je ne l'avais plus.

L'aurais-je laissé tomber par inadvertance dans ma course à travers la ville? Ou bien une main leste me l'aurait-elle volé dans la cohue, sur le bateau des deux forbans?

A moins que je ne l'aie oublié dans ma chambre, ou dans les combles où je m'étais réfugié... J'avais pourtant le sentiment de l'avoir rangé avant d'aller prendre *Le Centième Nom*. Lequel demeure en ma possession.

Devrais-je me réjouir que ce soit ma vaine prose qui ait disparu, plutôt que le livre qui m'a fait parcourir le monde?

Sans doute, sans doute...

Je suis soulagé, en tout cas, de n'avoir pas perdu les florins qu'on m'avait confiés à Lisbonne pour Gregorio, et d'avoir pu les lui rendre plutôt que d'alourdir encore ma dette envers lui.

Voilà que ma plume a repris ses habitudes, et qu'elle recommence bravement à tenir un journal de voyage, comme si je n'avais pas perdu mes trois cahiers précédents, comme si Londres n'avait pas brûlé, comme si l'année funeste n'était pas en train d'avancer inexorablement vers son accomplissement.

Comment faire autrement? La plume que je manie me manie tout autant; je dois suivre son cheminement de même qu'elle suit le mien.

Mais qu'il est tard dans la nuit! J'ai écrit comme on mange après le jeûne, et il serait temps que je me lève de table.

Le 24 octobre

Ce dimanche matin, je suis allé à l'église de la Sainte-Croix avec Gregorio et toute sa maisonnée, comme si j'étais le gendre qu'il voudrait que je sois. Sur le chemin, il m'a encore redit, en me prenant par le bras, que si je m'installais à Gênes, je deviendrais le fondateur d'une nouvelle dynastie d'Embriaci, qui ferait oublier la gloire des Spinola, des Malaspina et des Fieschi. Je ne méprise nullement le rêve généreux de Gregorio, mais je ne parviens pas à le partager.

Assistait à la messe le frère Egidio, cousin de mon hôte, avec qui j'avais déjeuné en avril et à qui j'avais confié des lettres pour les miens. Je n'ai encore reçu aucune réponse, mais il est vrai qu'il faut compter trois ou quatre mois pour qu'une lettre parvienne à Gibelet, et autant pour qu'elle en revienne

En revanche, m'a-t-il dit, il a reçu hier même par courrier des nouvelles fraîches de Constantinople, fort étonnantes et dont il aimerait m'entretenir. Gregorio l'invita aussitôt à venir "bénir notre maigre pitance", ce qu'il fit avec empressement et appétit.

La lettre, qu'il gardait sur lui, relate des faits survenus il y a six semaines, et que j'hésite encore à croire véridiques. Écrite par l'un de ses amis, religieux de son ordre, et qui se trouve en mission à Constantinople, elle rapporte que les autorités auraient appris, par un rabbin de Pologne, que Sabbataï s'apprêtait à fomenter une révolte; qu'il aurait été conduit au palais du sultan, à Andrinople, et sommé d'opérer un miracle sur-le-champ, faute de quoi il serait torturé et décapité – à moins qu'il ne renonçât à la Foi de ses pères et embrassât celle des Turcs. D'après la missive, dont le frère Egidio m'a lu plusieurs passages, le miracle qu'on exigeait de lui consistait à se tenir en quelque lieu, tout nu, afin que les meilleurs archers de la garde sultanienne le prennent pour cible de leurs flèches; s'il parvenait à empêcher les pointes de pénétrer sa chair, c'est qu'il était un envoyé du Ciel. Ne s'attendant pas à une telle exigence, Sabbataï aurait demandé un délai de réflexion, qui lui fut refusé. Alors il dit qu'il songeait depuis longtemps à adopter la foi de Mahomet, et qu'en nul endroit il ne pourrait proclamer sa conversion avec plus de solennité qu'en présence du souverain. Dès qu'il eut prononcé ces paroles, on lui demanda d'ôter son bonnet de juif, pour qu'un serviteur puisse lui ceindre la tête d'un turban blanc. On échangea également son nom juif contre celui de Mehemed efendi, et on lui octroya le titre de "capidji bachi otourak", qui veut dire "gardien honoraire des portes" sultaniennes, avec le traitement qui correspond à cette charge.

Selon le frère Egidio, l'homme n'a dû apostasier qu'en apparence, "comme ceux d'Espagne qui sont chrétiens le dimanche et juifs en cachette le samedi", ce que Gregorio approuva. Moi je doute encore que cette histoire soit vraie, mais si elle l'est, et si elle s'est produite pendant l'incendie de Londres, comment nier que ce soit là un signe troublant, un de plus?

En attendant que d'autres bruits viennent balayer mes doutes ou, au contraire, les confirmer, il me faut reprendre le récit de mon voyage, de peur que de nouveaux événements ne me fassent oublier les anciens.

A Calais, nous ne restâmes que deux journées et trois nuits dans l'hôtel qui nous accueillit, mais elles furent des plus réparatrices. Nous eûmes, Georg et moi, un lit chacun dans une grande pièce donnant sur la promenade et sur l'étendue marine. Le matin, il venta et plut sans interruption, d'une pluie oblique et fine. L'après-midi s'avéra, en revanche, ensoleillé, et l'on vit les citadins déambuler par familles entières ou par bandes d'amis. Nous eûmes plaisir à faire de même, mon compagnon et moi, non sans avoir acheté auparavant à prix d'or de nouveaux souliers ainsi que des vêtements propres chez un filou près du port. Je dis filou parce que cet homme vend des chaussures sans être cordonnier, et des habits sans être tailleur, et je ne doute pas qu'il se procure sa marchandise chez des porteurs et des mariniers qui dévalisent les voyageurs, subtilisant une malle, et feignant d'en égarer une autre. Il arrive même que des voyageurs, n'ayant plus d'habits, s'en aillent en racheter d'autres, et reconnaissent leurs propres effets. On m'avait raconté un jour l'histoire d'un Napolitain qui, ayant ainsi reconnu ses affaires, exigea qu'on les lui rende, et se fit égorger séance tenante par les receleurs qui craignaient d'être dénoncés. Mais ce n'était pas à Calais... Cela dit, et malgré le prix que nous avions dû débourser, nous n'étions pas mécontents de trouver aussi vite des vêtements seyants.

Pendant que nous déambulions le long de la promenade, en parlant de choses et d'autres, Georg me fit remarquer autour de moi les femmes accrochées aux bras des hommes, qui riaient avec eux et posaient parfois leurs têtes sur leurs épaules ; et surtout ces gens, hommes et femmes, qui se croisaient, et s'embrassaient sur les joues, deux, trois, quatre fois de suite, parfois tout près des lèvres ; je ne m'en scandalise pas, mais je me dois d'en faire état, la chose étant peu commune. Jamais à Smyrne, ni à Constantinople, ni à Londres, ni à Gênes, on ne verrait hommes et femmes se parler si librement en public, et se tenir, et s'embrasser. Et mon compagnon me confirme que dans ses diverses pérégrinations, de l'Espagne à la Hollande, et de sa Bavière natale à la Pologne et à la Moscovie, il n'avait jamais observé de telles attitudes. Lui non plus ne les désapprouvait pas, mais il ne se lassait pas de les observer et de s'en étonner.

A l'aube du lundi 20 septembre, nous prîmes place à bord du coche collectif qui relie Calais à Paris. Nous aurions sans doute mieux fait de louer voiture et voiturier, comme le souhaitait Georg ; nous eussions payé beaucoup plus cher, mais fait halte dans de meilleures maisons, avancé à plus vive allure, pu nous réveiller aux heures qui nous convenaient et converser rondement tout au long du parcours comme des gentilshommes. Au lieu de quoi nous fûmes accueillis comme des mesquins, nourris de restes – sauf à Amiens –, couchés à deux dans les mêmes draps humides et brunissants, réveillés avant l'aube ; et nous dûmes passer quatre longues journées à cahoter dans un coche qui tenait bien plus du char à bœufs que de la diligence.

Le véhicule était équipé de deux banquettes se faisant face, qui eussent été confortables pour deux voyageurs chacune, mais qui étaient prévues pour trois. Pour peu que l'un ou l'autre soit un peu corpulent, l'on se retrouvait fesse contre fesse tout au long du trajet. Or, nous étions cinq, et si deux d'entre nous pouvaient s'asseoir à peu près correctement, les trois autres ne pouvaient qu'être à l'étroit. D'autant que sur les cinq, un seul était effilé, alors que les quatre autres débordaient de santé. Moi, d'abord, qui ai toujours été bien portant, et qui me suis encore engraissé à la bière beurrée de Bess ; de même Georg, qui est un peu plus corpulent encore, même si sa grande taille dissimule son embonpoint.

Quant à nos deux derniers compagnons de voyage, ils n'étaient pas seulement gras, ils avaient d'autres lourdeurs encore. Deux prêtres, qui discutaient sans arrêt à voix haute ; quand l'un d'eux se taisait, c'est que l'autre avait déjà commencé à parler. Leurs propos remplissaient l'habitacle, et nous rendaient l'air épais et rare, au point que Georg et moi, qui avions d'ordinaire tellement de plaisir à converser, n'échangions plus que des regards excédés, et parfois quelques frêles chuchotements. Le pire, c'est que ces hommes de Dieu, ne se contentant pas de nous assener leurs opinions, nous prenaient constamment à témoins, non pour nous inviter à donner notre avis, mais comme si celui-ci leur était déjà connu, qu'il était naturellement identique au leur, au point que nous n'avions même plus besoin de l'exprimer.

Certaines personnes ne savent parler qu'ainsi. J'en ai souvent rencontré, dans mon magasin et ailleurs, qui vous déversent leur babil à grande eau, en vous sommant en quelque sorte d'acquiescer; si vous formulez quelque remarque subtile, ils sont persuadés qu'elle ne fait qu'appuyer leurs dires, et s'enflamment de plus belle; pour leur faire entendre une opinion contraire, il vous faut devenir brusque, et même désobligeant.

S'agissant de nos saints hommes, leur sujet préféré était les huguenots. Au début, je ne comprenais pas pour quelle raison ils en débattaient avec tant d'animation puisqu'ils abondaient l'un et l'autre dans le même sens. A savoir que les tenants de la Réforme n'avaient pas leur place dans le royaume de France, et qu'il faudrait qu'ils en soient chassés pour que ce pays retrouve la paix et les faveurs du Ciel. Que l'on est trop bon avec eux, et qu'on s'en mordrait les doigts; que ces gens se réjouissaient des malheurs de la France, et que le roi ne tarderait pas à se rendre compte de leur perfidie... Tout était sur le même ton, avec des imprécations, ainsi que des comparaisons entre Luther, Calvin, Coligny, Zwingli et diverses sortes de bêtes malfaisantes, serpents, scorpions ou vermines, qu'il convenait d'écraser. Chaque fois que l'un des deux émettait une opinion, son compère l'approuvait et renchérissait.

C'est Georg qui me fit comprendre les raisons d'un tel discours. Dans un de nos échanges muets, il me fit signe, discrètement, de regarder notre cinquième compagnon. L'homme s'étouffait. Ses joues émaciées étaient rouges, son front luisait de sueur, ses yeux ne décollaient jamais du sol, ou de ses jambes serrées. A l'évidence, ces propos l'atteignaient. Il était "de cette race-là", pour reprendre l'expression de nos compagnons de voyage.

Ce dont je fus attristé, et déçu, c'est que mon ami bavarois souriait de temps à autre aux cruels sarcasmes qui pleuvaient sur le malheureux huguenot. Et lors de la première nuit, nous en discutâmes âprement.

"Rien, dit Georg, ne me fera intervenir en faveur de ceux qui ont incendié par deux fois ma maison, et provoqué la mort de ma mère."

"Cet homme n'y est pour rien. Regarde-le! il n'a jamais brûlé les ailes d'une mouche!"

"Sans doute, et pour cela je ne m'en prendrai pas à lui. Mais je ne le défendrai pas non plus! Et ne me parle pas de liberté de croyance, j'ai suffisamment vécu en Angleterre pour savoir que moi, le 'papiste' comme ils disent, je n'avais ni liberté ni respect pour ma Foi. Chaque fois que j'ai été insulté, j'ai dû me forcer à sourire et passer mon chemin, avec le sentiment de n'être qu'un lâche. Et toi, pendant ton séjour, n'avais-tu pas constamment envie de cacher que tu étais 'papiste'? Et n'est-il jamais arrivé que l'on insulte ta Foi en ta présence?"

Il ne disait rien de faux. Et jurait ses grands dieux qu'il aspirait à la liberté de croyance plus que moi encore. Mais en ajoutant que pour lui, la liberté devait s'octroyer par les uns et les autres de façon réciproque; comme s'il était dans l'ordre des choses que la tolérance réponde à la tolérance, et la persécution à la persécution.

Au cours de la deuxième journée de voyage, ladite persécution ne cessa pas. Et les deux ecclésiastiques réussirent même à m'y faire participer, — malgré moi! — lorsque l'un d'eux me demanda, à brûle-pourpoint, si je ne croyais pas que notre coche avait été conçu pour quatre voyageurs, plutôt que six. Je ne pus qu'acquiescer, trop content que la discussion s'oriente vers autre chose que la querelle entre papistes et huguenots. Mais l'homme, fort de ma réponse, se mit à broder lourdement sur le fait que nous aurions tous été bien plus à l'aise si l'on nous avait fait voyager à quatre plutôt qu'à cinq.

"Certaines personnes sont de trop, dans ce pays, et elles ne s'en rendent pas compte."

Il affecta d'hésiter, avant de rectifier, en se gaussant.

"J'ai dit dans ce pays, que Dieu me pardonne, je voulais juste dire dans ce coche. J'espère que mon voisin ne s'en est pas offensé..."

Au troisième jour, le cocher s'arrêta dans une bourgade nommée Breteuil, et vint ouvrir la porte. Le huguenot se leva en s'excusant.

"Vous nous quittez déjà? Vous n'allez pas jusqu'à Paris?" s'enquirent malicieusement les deux prêtres.

"Hélas, non", maugréa l'homme, qui sortit sans un regard pour aucun d'entre nous.

Il resta un moment à l'arrière pour prendre son bagage, puis cria au cocher qu'il pouvait partir. C'était déjà le crépuscule, et l'on fouetta les chevaux de plus belle pour pouvoir atteindre Beauvais avant la nuit.

Si j'entre dans ces détails, qui ne devraient pas avoir leur place dans ce journal, c'est parce qu'il me faut raconter l'épilogue de ce pénible voyage. Arrivés donc à Beauvais, on entendit un grand cri. Nos deux prêtres venaient de découvrir que les bagages – qui, tous, leur appartenaient – étaient tombés en chemin. La corde qui les retenait avait été tranchée, et dans le vacarme de la route nous n'avions pas prêté attention à leur chute. Tout en se lamentant, ils essayèrent de convaincre le cocher de refaire la même route en sens inverse pour les retrouver, mais il ne voulut rien entendre.

Pour la quatrième journée, le coche fut enfin paisible. Nos deux bavards ne dirent plus un mot contre le huguenot, alors que, pour la première fois, ils auraient eu des raisons de lui en vouloir. Ils ne cherchèrent même pas à l'accuser, sans doute pour ne pas s'avouer que cet hérétique avait eu le dernier mot. Ils passèrent la journée à murmurer des prières, un bréviaire à la main. N'est-ce pas ce qu'ils auraient dû faire dès le commencement?

Le 25 octobre

Je m'étais promis de raconter aujourd'hui ma visite à Paris, puis mon passage par Lyon, par Avignon et par Nice, ma route jusqu'à Gênes, et comment je me suis retrouvé l'hôte de Mangiavacca alors que nous nous étions quittés sans grande amitié. Mais un événement s'est produit qui occupe tout mon esprit et je ne sais si j'aurai encore la patience de revenir en arrière.

Pour l'heure, en tout cas, je ne parlerai plus du passé – fût-il proche. Je parlerai seulement du voyage à venir.

Car j'ai revu Domenico. Il était venu rendre visite à son commanditaire, et comme Gregorio était absent, ce fut moi qui m'assis avec lui. Nous évoquâmes d'abord nos souvenirs communs – cette nuit de janvier où, tremblant de froid et de peur dans le sac où l'on m'avait enfermé, je fus hissé à bord de son navire, pour être conduit jusqu'à Gênes.

Déjà, Gênes. Après l'humiliation à Chio, au lieu de la mort que j'attendais, ce fut Gênes. Et après l'incendie de Londres, Gênes. C'est ici qu'à chaque fois je renais, comme dans ce jeu florentin où les perdants reviennent à la case initiale...

Dans ma conversation avec Domenico, j'eus le sentiment que ce capitaine contrebandier avait pour moi une admiration sans bornes, et que je crois imméritée. La raison en est que j'ai risqué ma vie pour l'amour d'une femme, alors que lui-même et ses hommes, qui jouent avec la mort à chaque voyage, le font seulement pour le gain.

Il me demanda si j'avais des nouvelles de ma bien-aimée, si elle était encore prisonnière, et si j'avais encore espoir de la récupérer. Je lui jurai que je pensais à elle jour et nuit, où que je fusse, à Gênes, à Londres, à Paris ou en mer, et que je ne renoncerais jamais à l'arracher des mains de son persécuteur.

"Par quel moyen espères-tu y parvenir ?"

Mes paroles fusèrent sans que j'y aie réfléchi :

"Un jour, je partirai avec toi, tu me déposeras à l'endroit même où tu m'avais pris, et je m'arrangerai pour lui parler..."

"Moi j'appareille dans trois jours. Si tu es encore dans les mêmes dispositions, sache que tu es le bienvenu à bord, et que je ferai tout pour t'aider."

Comme je commençais à balbutier des remerciements, il s'employa à minimiser son mérite.

"De toute manière, si les Turcs décidaient un jour de mettre la main sur moi, je serais empalé. A cause de tout le mastic que je leur prends depuis vingt ans, au mépris de leurs lois. Que je t'aide ou pas, cela ne me vaudra ni grâce ni châtiment supplémentaire. Ils ne pourront pas m'empaler deux fois."

J'étais comme enivré par tant de courage et tant de générosité. Je me levai pour lui serrer chaleureusement la main et l'embrasser comme un frère.

Nous étions ainsi enlacés lorsque Gregorio fit son entrée.

"Alors, Domenico, tu arrives ou bien tu repars ?"

"Ce sont des retrouvailles !" fit le Calabrais.

Les deux compères se mirent aussitôt à parler de leurs affaires — florins, ballots, cargaison, nave, tempête, escales... Pendant que je m'enfermais dans ma propre rêverie jusqu'à ne plus les entendre...

Le 26 octobre

Aujourd'hui je me suis saoulé comme je ne l'avais jamais fait de ma vie, sans autre raison que le fait que Gregorio venait de recevoir de son régisseur six barriques de *vernaccia*, produites sur ses propres coteaux des Cinqueterre, qu'il tenait à goûter ce vin séance tenante, et qu'il n'avait pas sous son toit d'autre compagnon d'ivresse que moi.

Quand nous fûmes l'un et l'autre bien ronds, le sieur Mangiavacca m'a soutiré une promesse dont il a formulé lui-même les termes, mais que j'ai acceptée, ma main sur l'Évangile : j'irai avec Domenico jusqu'à Chio ; si je ne parviens pas à arracher Marta à son homme, je renoncerai à la poursuivre ; puis je passerai par Gibelet pour mettre de l'ordre dans mes affaires, régler ce qui doit être réglé, vendre ce qui doit être vendu, et confier mon commerce aux enfants de ma sœur ; enfin, au printemps, je reviendrai m'installer à Gênes, épouser Giacominetta en grande pompe à l'église de la Sainte-Croix, et travailler avec celui qui sera devenu — cette fois pour de vrai — mon beau-père.

Mon avenir semble tout tracé, pour les mois à venir, et pour le reste de ma vie. Encore faut-il qu'il y ait au bas de cet accord, en plus de ma signature et de celle de Gregorio, la signature de Dieu !

Le 27 octobre

Gregorio avoue candidement qu'il m'a saoulé pour me faire promettre, et il en rit. De plus, il a réussi à me faire confirmer ma promesse au réveil, alors que j'étais sobre.

Sobre, oui, mais tout embrouillé encore, d'esprit et d'entrailles.

Quel stupide comportement j'ai eu, alors que je m'apprête à partir demain même!

M'embarquer ainsi? Porteur déjà du mal de mer? Incapable de tenir debout sur la terre ferme?

Peut-être Gregorio voulait-il justement m'empêcher de partir. De lui, rien ne me surprendrait. Mais en cela il ne réussira pas. Je partirai. Et je reverrai Marta. Et je connaîtrai mon enfant.

J'aime Gênes, c'est vrai. Mais je peux aussi bien l'aimer de là-bas, d'outre-mer, comme je l'ai toujours fait, et avant moi mes ancêtres.

En mer, le dimanche 31 octobre 1666

Un puissant vent de nord-est nous a déportés vers la Sardaigne, alors que nous allions en Calabre. Comme ce bateau, la barque de ma vie...

A l'accostage, la coque avait violemment heurté, et nous avions craint le pire. Mais des plongeurs qui sont allés sous l'eau, éclairés par le soleil oblique du matin, sont revenus nous assurer que le *Charybdos* était indemne. Nous repartons.

En mer, le 9 novembre

La mer est constamment agitée, et moi constamment malade. Beaucoup de vieux marins le sont tout autant que moi – si c'est une consolation.

Tous les soirs, entre deux nausées, je prie pour que la nature nous soit plus clémente, et voilà que Domenico m'apprend qu'il prie pour le contraire. Ses prières sont, de toute évidence, mieux entendues que les miennes. Et maintenant qu'il m'a expliqué ses raisons, je vais probablement l'imiter.

"Tant que la mer est déchaînée, me dit-il, nous sommes à l'abri. Car même si les gardes-côtes nous repéraient, ils ne se hasarderaient jamais à se lancer à notre poursuite. C'est pour cela que je navigue de préférence en hiver. Ainsi, je n'ai qu'un seul adversaire, la mer, et ce n'est pas l'adversaire que je redoute le plus. Même si elle décidait de me prendre la vie, ce ne serait pas un si grand malheur puisqu'elle m'aura fait échapper au supplice du pal qui m'attend le jour où je serai pris. Mourir en mer est un destin d'homme, comme mourir au combat. Alors que le pal te fait cracher sur celle qui t'a mis au monde."

Ses propos m'ont tellement réconcilié avec la houle que je suis allé m'appuyer sur le bastingage en livrant mon visage aux embruns, et en ramassant sur ma langue des gouttelettes salées. C'est la saveur de la vie, la bière des tavernes de Londres et les lèvres des femmes.

Je respire à pleins poumons, et mes jambes ne fléchissent pas.

445

En mer, le 17 novembre

A plusieurs reprises, ces derniers jours, j'ai ouvert ce cahier, puis je l'ai refermé. A cause du vertige qui, depuis Gênes, me débilite, et aussi à cause d'une certaine fébrilité qui m'empêche de rassembler mes pensées.

J'ai également essayé d'ouvrir le livre du *Centième Nom*, me disant que j'allais peut-être réussir cette fois à y pénétrer sans qu'il me repousse. Mais aussitôt mes yeux se sont assombris, et je l'ai refermé en me promettant de ne plus essayer de le lire à moins qu'il ne s'ouvre de lui-même devant moi !

Depuis, je me promène sur le pont, je bavarde avec Domenico et ses hommes, qui me racontent leurs plus belles frayeurs, et m'apprennent comme à un enfant les mâts, les vergues et les cordages.

Je partage tous leurs repas, je ris de leurs plaisanteries même quand je ne les comprends qu'à moitié, et quand ils boivent je fais semblant de boire — mais je ne bois pas. Depuis que Gregorio m'a saoulé au vin de ses barriques, je me sens fragile, constamment au bord de la nausée, et il me semble que la moindre gorgée me ferait basculer.

De plus, ce *vernaccia*-là était un pur élixir, alors que le vin d'ici est une espèce de vinaigre sirupeux coupé à l'eau de mer.

En mer, le 27 novembre

Nous approchons les côtes de Chio ventre à terre, comme un chasseur à l'affût. Les voiles sont ramenées, le mât a été dévissé de son socle puis lentement couché, et les marins parlent moins fort, comme si de là-bas, de l'île, on pouvait les entendre.

Hélas, il fait beau. Un soleil de cuivre s'est levé du côté de l'Asie Mineure, et le vent est tombé. Seul l'air froid qui nous reste de la nuit dernière nous rappelle que nous sommes aux portes de l'hiver. Domenico a décidé de ne pas bouger avant la nuit prochaine.

Il m'a expliqué comment il allait procéder. Deux hommes partiront vers l'île en chaloupe, sous le couvert de l'obscurité, tous les deux grecs, mais des Grecs de Sicile – Yannis et Démétrios. Arrivés au village de Katarraktis, ils prendront contact avec leur fournisseur local, qui aura déjà rassemblé la marchandise chez lui. Si tout se déroule comme prévu – le mastic déjà prêt et emballé, les douaniers "persuadés" de fermer les yeux – et si aucun traquenard n'est suspecté, les deux éclaireurs en informeront Domenico par un signal convenu : un drap blanc étalé en un certain lieu élevé, à l'heure de midi. Alors le bateau s'apprêtera à venir sur la côte, mais seulement à la nuit tombée, et pour une incursion brève ; il effectuera le chargement et le paiement, puis s'éloignera avant les premières lueurs de l'aube. Si, par malheur, le drap blanc ne paraissait pas, on resterait en haute mer en espérant le retour des Grecs. Et si, aux premières lueurs du jour, on ne les voyait toujours pas, on s'éloignerait en priant pour leurs âmes perdues. C'est ainsi que les choses se passent d'habitude.

A cause de moi, le plan ne devrait pas être, cette fois, exactement le même. La modification que Domenico a prévue...

Non, je ne devrais pas en parler, ni même y penser, avant que mes espoirs n'aient été comblés, et sans que mes amis aient eu à en pâtir. D'ici là, je me contenterai de croiser les doigts en crachant dans la mer, comme fait Domenico. Et en marmonnant, comme lui, "Ancêtres miens !"

Le 28 novembre

Je ne me souviens d'aucun autre dimanche où j'aie prié avec tant de ferveur.

Dans la nuit, on a mis à la mer la barque de Yannis et de Démétrios, que tout l'équipage a accompagnés des yeux jusqu'à ce qu'ils se soient fondus dans le noir. Mais on a continué à entendre le clapotis des rames, et Domenico s'est montré soucieux qu'il y ait tant de silence.

Un peu plus tard dans la nuit, alors que j'étais déjà couché, il y eut des éclairs, des douzaines d'éclairs successifs qui semblaient venir du nord, et qui devaient être extrêmement lointains puisque le vacarme des foudres ne nous parvenait point.

Tous ceux qui sont à bord ont passé la journée à attendre. Le matin, à attendre que s'étale le drap blanc; puis, lorsqu'on l'eut aperçu, à attendre qu'il fasse nuit pour qu'on puisse s'approcher de la côte. Moi je partage leurs attentes, et j'ai aussi les miennes, qui emplissent mon esprit à chaque minute mais que je n'ose consigner dans ces pages.

Pourvu que...

Le 29 novembre

La nuit dernière, notre bateau accosta quelque temps sur une crique, près du village de Katarraktis. Domenico m'a confirmé que c'est très précisément à cet endroit que – il y a près de dix mois – il avait pris livraison du sac où j'avais été enfermé. Cette nuit-là, j'entendais toutes sortes de bruits autour de moi, mais je ne voyais rien; alors que cette nuit-ci, je distinguais des formes, qui allaient et venaient, qui s'affairaient et gesticulaient, sur la plage comme sur le pont. Et tous ces bruits, qui en janvier avaient été pour moi inintelligibles, prenaient maintenant leur sens. La passerelle qui est jetée; le mastic qu'on apporte, qu'on vérifie, qu'on charge; le fournisseur, un certain Salih, – un Turc, ou peut-être un renégat grec – qui monte à bord pour boire un coup et se faire payer. Peut-être devrais-je rappeler ici que Chio est, à peu de chose près, le seul endroit au monde où l'on produise le mastic, mais que les autorités imposent aux paysans de leur livrer toute la récolte, afin qu'elle prenne le chemin des harems sultaniens. L'État fixe les prix à sa guise, et ne paie qu'à sa convenance, si bien que les paysans doivent attendre parfois plusieurs années le règlement de leur dû – ce qui les contraint à s'endetter dans l'intervalle. Domenico leur achète le mastic deux, trois, et même cinq fois le prix officiel, et il leur règle la somme entière à l'instant même où il prend livraison. A l'en croire, il contribue à la prospérité de l'île bien plus que le gouvernement ottoman!

Est-ce bien utile d'ajouter que, pour les autorités, ce diable de Calabrais est l'ennemi à capturer, à pendre ou à empaler? alors que pour les paysans de l'île, et pour tous ceux qui s'enrichissent à ce trafic, Domenico est une bénédiction, une manne; des nuits comme celle-ci, on les attend avec plus d'impatience que la nuit de Noël; mais également avec terreur, car il suffirait que le contrebandier ou ses correspondants soient interceptés pour que la récolte soit perdue, et des familles entières condamnées à la misère.

Tout ce branle-bas ne dura pas longtemps, deux ou trois heures tout au plus. Et lorsque je vis Salih embrasser Domenico et se faire aider pour traverser la passerelle, je crus que nous allions appareiller, et ne pus m'empêcher de demander à l'un des marins si nous partions déjà. Il me répondit, laconique, que Démétrios n'était pas encore là, et que nous l'attendrions.

Je ne tardai pas à voir une lampe sur la plage, et trois hommes qui s'approchaient, marchant l'un devant l'autre. Le premier était Démétrios ; le deuxième, qui portait la lumière, et dont le visage était le mieux éclairé, je ne le connaissais pas ; le dernier était le mari de Marta.

Domenico m'avait recommandé de rester invisible, et de ne manifester ma présence que lorsqu'il m'aurait appelé par mon nom. Je lui obéis d'autant plus volontiers qu'il m'avait installé derrière une cloison, et que je ne perdis pas un mot de leur conversation, laquelle se déroulait dans un mélange d'italien et de grec.

Je devrais dire, en préambule de ce que je vais rapporter, qu'il était évident dès les premiers mots que Sayyaf savait parfaitement qui était Domenico, et qu'il s'adressait à lui avec respect et crainte. Comme un curé de village s'adresserait à un évêque de passage. Je n'aurais sans doute pas dû recourir à cette comparaison d'impie ; je voulais juste dire qu'il règne, dans le monde de l'ombre, un sens de la hiérarchie digne des plus vénérables institutions. Lorsqu'un brigand de village rencontre le contrebandier le plus téméraire de toute la Méditerranée, il se garde bien de se conduire avec désinvolture. Et l'autre se garde bien de le traiter en égal.

Le ton fut donné dès la toute première réplique, lorsque le mari de Marta, après avoir attendu en vain que son hôte lui explique pourquoi il avait été convoqué, finit par dire lui-même, d'une voix qui me parut hésitante :

"Ton homme, Démétrios, m'a dit que tu avais un chargement de tissus, de café et de poivre, que tu étais prêt à céder à bon prix..."

Silence de Domenico. Soupir. Puis, comme on jette à un mendiant une pièce tordue :

"S'il te l'a dit, ce doit être vrai!"

Aussitôt, la conversation retomba. Et c'est Sayyaf qui dut se baisser pour la ramasser.

"Démétrios m'a dit que je pourrais payer un tiers aujourd'hui et le reste à Pâques."

Domenico, après un temps : "S'il te l'a dit, ce doit être vrai!"

L'autre, empressé : "Il a parlé de dix sacs de café, de deux barils de poivre, je les prends tous. Mais pour les tissus, il faut que je les voie avant de décider."

Domenico : "Il fait trop noir. Tu verras tout demain, au grand jour!"

L'autre : "Je ne pourrai pas revenir demain. Et même pour vous, il serait dangereux d'attendre."

Domenico : "Qui t'a parlé d'attendre, ou de revenir? Tu viens avec nous vers le large, et au matin tu pourras vérifier la marchandise. Tu pourras palper, compter, goûter..."

Parce que je ne vois pas Sayyaf, je perçois plus distinctement les tremblements de peur dans sa voix.

"Je n'ai pas demandé à vérifier la marchandise. Je fais confiance. Je voulais seulement regarder le tissu pour savoir combien je pourrais en écouler. Mais ce n'est pas la peine, je ne veux pas vous retarder, vous devez être pressés de vous éloigner de la côte."

Domenico : "Nous nous sommes déjà éloignés de la côte."

Sayyaf : "Et comment comptez-vous débarquer la marchandise?"

Domenico : "Demande-toi plutôt comment nous allons pouvoir te débarquer, toi!"

"Oui, comment?"

"Je me le demande!"

"Je peux revenir en petite barque."

"Je n'en suis pas si sûr."

"Tu veux me retenir ici contre mon gré?"

"Oh non! Il n'en est pas question. Mais il n'est pas question non plus que tu prennes l'une de mes barques contre mon gré. Il faudra que tu me demandes si je veux bien t'en prêter une."

"Veux-tu me prêter une de tes barques?"

"Il faut que je réfléchisse avant de te donner une réponse."

J'entendis alors les bruits d'une altercation brève; je devinai que Sayyaf et son sbire avaient voulu s'enfuir, et que les marins qui les entouraient les avaient très rapidement maîtrisés.

Le mari de Marta me faisait presque pitié, à cet instant-là. Mais ce fut une pitié passagère.

"Pourquoi m'as-tu fait venir? Que veux-tu de moi?" dit-il, avec un reste de cran.

Domenico ne répondit pas.

"Je suis ton invité, c'est toi qui m'as fait venir sur ton bateau, et c'est pour me retenir prisonnier. Honte à toi!"

Suivirent quelques imprécations en arabe. Le Calabrais ne disait toujours rien. Puis il se mit à parler lentement.

"Nous n'avons rien fait de mal. Nous n'avons rien fait de plus que ce que fait un brave pêcheur à la ligne. Il lance son hameçon, et quand il remonte un poisson, il doit décider s'il le garde ou s'il le rejette à la mer. Nous, nous avons lancé notre hameçon, et le poisson gras a mordu."

"C'est moi le poisson gras?"

"C'est toi le poisson gras. Je ne sais pas encore si je te garde sur le bateau, ou si je te rejette à la mer. Tiens, je vais te laisser choisir, que préfères-tu?"

Sayyaf ne dit rien – avec une telle alternative, qu'aurait-il pu dire? Les marins attroupés riaient, mais Domenico les fit taire.

"J'attends ta réponse! Je te garde ici, ou je te jette à la mer."

"Sur le bateau", bougonna l'autre.

Le ton était celui de la résignation, de la capitulation. Et Domenico ne s'y trompa, qui lui dit aussitôt :

"Parfait, nous allons pouvoir discuter tranquillement. J'ai rencontré un Génois qui m'a raconté une étrange histoire à ton propos. Il paraît que tu séquestres une femme dans ta maison, que tu la bats, et que tu maltraites son enfant."

"Embriaco! Ce menteur! Ce scorpion! Il tourne autour de Marta depuis qu'elle avait onze ans! Il est déjà venu chez moi, avec un officier turc, et ils ont pu vérifier que je ne la maltraitais pas. D'ailleurs, c'est ma femme, et ce qui arrive sous mon toit ne regarde que moi!"

C'est à ce moment précis que Domenico m'appela.

"Signor Baldassare!"

Je sortis de ma cachette, et vis que Sayyaf et son sbire étaient assis à terre, adossés à des cordages. Ils n'étaient pas attachés, mais une bonne douzaine de marins les entouraient, prêts à les assommer s'ils tentaient encore de se relever. Le mari de Marta me lança un regard bien plus chargé de menaces, me sembla-t-il, que de contrition.

"Marta est ma cousine, et quand je l'ai vue, au début de l'année, elle m'a dit qu'elle était enceinte. Si elle se porte bien, et son enfant aussi, on ne te fera aucun mal."

"Ce n'est pas ta cousine, et elle se porte bien."

"Et son enfant?"

"Quel enfant? Nous n'avons jamais eu d'enfant! Tu es sûr que c'est de ma femme que tu parles?"

"Il ment", dis-je.

Je voulais poursuivre, mais je ressentis une sorte d'étourdissement qui m'obligea à m'appuyer sur la paroi la plus proche. Et ce fut Domenico qui reprit :

"Comment savoir si tu n'as pas menti?"

Sayyaf se tourna vers son acolyte, qui confirma ses dires. Alors le Calabrais décréta :

"Si vous avez dit vrai, tous les deux, demain vous serez chez vous, et je ne vous inquiéterai plus. Mais nous devons en être sûrs. Alors voici ce que je propose. Toi, comment t'appelles-tu?"

L'acolyte répondit : "Stavro!" et regarda dans ma direction. A présent, je le reconnaissais. Je ne l'avais vu que brièvement, lorsque j'étais allé avec les janissaires dans la maison du mari de Marta. C'est à cet homme que Sayyaf avait fait signe, pour qu'il aille chercher sa femme, pendant que moi, je hurlais et hurlais. Cette fois, je me comporterais autrement.

"Écoute-moi bien, Stavro, dit Domenico sur un ton soudain moins rogue. Tu vas aller chercher la cousine du signor Baldassare. Dès qu'elle aura confirmé les dires de son mari, ils pourront repartir l'un et l'autre. Quant à toi, Stavro, si tu fais comme je te dis, tu n'auras même plus à remonter à bord; tu reviendras avec elle sur la plage, demain soir, nous irons la chercher en barque; tu pourras repartir alors chez toi, et tu n'auras plus rien à craindre. Mais si, par malheur, le diable te mettait en tête de me tromper, sache qu'il y a sur cette île six cents familles qui vivent de l'argent que je leur paie, et que les plus hautes autorités sont également mes obligées. Alors, si tu te montres bavard, ou si tu disparais sans nous avoir ramené la femme, je passerai le mot, et on te fera payer ta traîtrise. Les coups te viendront de là où tu ne les attends pas."

"Je ne te tromperai pas!"

Lorsqu'on remit la barque à l'eau, avec Stavro et trois matelots chargés de l'escorter jusqu'à la rive, je m'en fus demander à Domenico s'il croyait que cet homme allait faire ce qu'il lui avait demandé. Il se montra plutôt confiant.

"S'il disparaît sans demander son reste, je ne pourrai rien contre lui. Mais je crois lui avoir fait peur. Et je crois que ce que je lui demande n'exige pas de lui un grand sacrifice. Alors, il est possible qu'il m'obéisse. Nous verrons bien!"

A présent, nous sommes de nouveau au large, et il me semble que rien ne bouge là-bas, sur l'île. Pourtant, quelque part, derrière l'un de ces murs blanchâtres, à l'ombre de l'un ou l'autre de ces grands arbres, Marta se prépare à venir sur la plage. Lui a-t-on dit que j'étais là ? Lui a-t-on dit pour quelle raison on la convoque ? Elle s'habille, se farde, peut-être même range-t-elle quelques affaires dans son sac. Est-elle inquiète, apeurée, ou bien pleine d'espoir ? Est-ce à son mari qu'elle pense, en cet instant, ou à moi ? Et son enfant, est-il avec elle ? L'a-t-elle perdu ? Le lui aurait-on pris ? Enfin, je vais savoir. Je vais pouvoir panser ses plaies. Je vais pouvoir réparer.

La nuit commence à tomber, et je continue à écrire sans lumière. Le bateau s'avance prudemment vers l'île, qui demeure cependant lointaine. Domenico a posté tout en haut du mât un matelot d'Alexandrie, nommé Ramadane, qui a les meilleurs yeux de tout l'équipage, et qui est chargé de scruter la plage et de signaler chaque mouvement suspect. C'est par ma faute que tout le monde ici doit prendre des risques indus, mais aucun d'eux ne me le fait sentir. Pas une fois je n'ai perçu un quelconque regard de reproche, ni un soupir d'irritation. Comment diable pourrai-je jamais rembourser une telle dette ?

Nous nous rapprochons encore de la côte, mais les lumières de l'île paraissent toujours aussi frêles que les étoiles du fond des cieux. Bien entendu, il n'est pas question d'allumer ici la moindre bougie, la moindre lampe. Je ne vois presque plus ma feuille, mais je continue à écrire.

Écrire, cette nuit, n'a pas le même goût que d'habitude. Les autres jours, j'écris pour relater, ou pour me justifier, ou pour m'éclaircir l'esprit comme on s'éclaircirait la gorge, ou pour ne pas oublier, ou même tout simplement parce que je m'étais juré d'écrire. Alors que cette nuit, je m'accroche à la bouée de ces feuilles. Je n'ai rien à leur dire, mais j'ai besoin qu'elles restent près de moi.

Ma plume me tient la main, et peu importe si je la trempe seulement dans le noir de la nuit.

Devant Katarraktis, le 30 novembre 1666

Je ne pensais pas que nos retrouvailles se passeraient ainsi.

Moi du bateau, les yeux plissés, elle une vague lueur de fanal à minuit sur une plage.

Quand le fanal se mit à bouger de droite à gauche à droite comme un balancier de pendule, Domenico ordonna à trois hommes de mettre le canot à la mer. Sans lumière, et avec des consignes de prudence. Leurs yeux devaient balayer toute la côte pour s'assurer qu'il n'y avait aucun traquenard.

La mer était agitée et bruyante, sans être déchaînée. Le vent était du nord, et déjà de décembre.

Sur mes lèvres froides, du sel et des prières.

Marta.

Qu'elle était proche, et qu'elle était encore loin! Le canot mit une vie entière à atteindre la plage, et une autre vie là-bas. Que faisaient-ils? De quoi discutaient-ils? C'est pourtant simple de prendre une personne à bord, et de repartir

LA TENTATION DE GÊNES

dans l'autre sens! Pourquoi ne suis-je pas allé avec eux?
Non, Domenico ne l'aurait pas accepté. Et il aurait eu rai-
son. Je n'ai ni le savoir-faire de ses hommes, ni leur sérénité.
Puis le canot est revenu vers nous, le fanal à bord.
Domenico marmonna:
"Malheureux! J'avais dit aucune lumière!"
Comme s'ils avaient pu l'entendre de si loin, ils éteigni-
rent la flamme à l'instant même. Domenico soupira
bruyamment, me tapota sur le bras. "Ancêtres miens!"
Puis il ordonna à ses hommes de se préparer à repartir vers
le large dès que le canot et ses occupants auraient été récu-
pérés.

Marta fut hissée à bord de la manière la plus cavalière
qui fût – à l'aide d'une corde épaisse au bas de laquelle est
fixée une planche où l'on pose les pieds, sorte d'échelle
molle à une seule marche. Quand on l'eut remontée assez
haut, ce fut moi qui l'aidai à enjamber le dernier obstacle.
Elle m'avait donné la main comme à un étranger, mais dès
qu'elle fut sur ses pieds, elle se mit à chercher quelqu'un du
regard, et malgré l'obscurité je sus que c'était moi. Je dis un
mot, son nom, et elle me reprit la main pour la serrer d'une
tout autre manière. A l'évidence, elle savait que j'étais là;
j'ignore encore si c'est le sbire de son mari qui le lui a dit,
ou bien les matelots qui sont allés la chercher sur la plage.
Je le saurai dès que j'aurai eu l'occasion d'en parler avec
elle. Non, à quoi bon, nous aurons tant d'autres choses à
nous dire...
J'avais imaginé qu'au moment de nos retrouvailles, je la
prendrais dans mes bras, pour la serrer fort, un temps
illimité. Mais avec tous ces vaillants mariniers qui nous
entouraient, avec son mari retenu à bord dans l'attente
d'être jugé par notre tribunal de corsaires, il eût été déplacé
de manifester une trop grande intimité, une trop grande
impatience, et cette pression de sa main sur la mienne,

457

furtive dans le noir, fut entre nous le seul geste de connivence.

Puis elle se sentit mal. Pour l'empêcher de chanceler, je lui conseillai d'exposer son visage aux embruns froids, mais elle se mit à trembler, et les matelots lui conseillèrent plutôt de se coucher de tout son long, sur un matelas dans la cale, et de se couvrir chaudement.

Domenico aurait voulu la convoquer sur-le-champ, vérifier auprès d'elle ce qu'est devenu l'enfant qu'elle portait, prononcer son jugement et repartir vers son port d'attache. Mais elle semblait sur le point de rendre l'âme, et il se résigna à la laisser se reposer jusqu'au matin.

Dès qu'elle se fut étendue, elle s'endormit, si vite que je crus qu'elle s'était évanouie. Je la secouai un peu, pour qu'elle ouvre les yeux et dise un mot, puis, confus, je m'éloignai.

Adossé à des sacs de mastic, j'ai passé la nuit à chercher le sommeil. Sans grand succès. Il me semble que je me suis seulement assoupi quelques instants à l'approche de l'aube...

Au cours de cette interminable nuit, et alors que je n'étais ni pleinement réveillé, ni pleinement endormi, je fus assailli par les plus atroces pensées. J'ose à peine les consigner ici, tant elles m'effraient. Pourtant, elles sont nées de ma plus grande joie...

C'est que je me suis surpris à me demander ce que je devais faire de Sayyaf si j'apprenais qu'il avait fait du mal à Marta, et plus encore à l'enfant qu'elle portait.

Pourrais-je le laisser repartir chez lui, impuni? Ne devrais-je pas lui faire payer son forfait?

D'ailleurs, me dis-je encore, même si le mari de Marta n'était pour rien dans la mort de l'enfant, comment pourrais-je m'en aller avec elle, pour que nous vivions ensemble à Gibelet, en laissant cet homme derrière nous, qui va ressasser chaque jour sa vengeance, et qui reviendra un jour nous hanter?

Pourrai-je dormir tranquille si je le sais vivant?

Pourrai-je dormir tranquille si je le...

Le tuer?

Moi, tuer?

Moi, Baldassare, tuer? Tuer un homme, quel qu'il soit? Et d'abord, comment tue-t-on?

M'approcher de quelqu'un, un couteau à la main, pour le transpercer jusqu'au cœur... Attendre qu'il soit endormi, de peur qu'il ne me regarde... Seigneur, non!

Ou alors, payer quelqu'un pour...

Que suis-je en train de penser? Que suis-je en train d'écrire? Seigneur! Éloignez de moi ce calice!

Il me semble à cet instant que jamais plus je ne dormirai, ni cette nuit ni aucune de celles qui me restent!

Le dimanche 5 décembre 1666

Les dernières pages, je ne veux pas les relire, de peur d'être tenté de les déchirer. Elles sont bien de mon encre, mais je n'en suis pas fier. Je ne suis pas fier d'avoir songé à me salir les mains et l'âme, et je ne suis pas fier non plus d'y avoir renoncé.

J'avais fait état de mes idées nocturnes mardi à l'aube, pendant que Marta dormait encore, et pour tromper mon impatience. Ensuite, pendant cinq jours, je n'ai plus rien écrit. J'avais même envisagé, une fois encore, d'interrompre ce journal; mais me voici de nouveau la plume à la main, peut-être par fidélité à l'imprudente promesse que je m'étais faite au commencement du voyage.

Au cours de la semaine qui vient de s'écouler, trois vertiges se sont emparés de moi, l'un après l'autre. D'abord celui des retrouvailles, puis celui de l'extrême confusion, et maintenant cette fureur, une tempête de l'âme, qui souffle en moi et me secoue et me malmène ; comme si j'étais debout sur le pont, ne pouvant m'accrocher à rien, et ne me relevant quelquefois que pour retomber plus lourdement encore.

Ni Domenico ni Marta ne me sont plus d'aucun secours. Ni aucun être présent ou absent, ni aucun souvenir. Tout ce qui traverse mon esprit, ne fait qu'ajouter à ma confusion. Comme d'ailleurs tout ce qui m'entoure, comme tout ce que je vois et tout ce dont je parviens à me souvenir. Comme cette année, cette maudite année dont il ne reste que quatre semaines, mais quatre semaines qui me paraissent en cet instant infranchissables, un océan sans soleil ni lune ni étoiles, et pour tout horizon des vagues.

Non, je ne suis pas encore en état d'écrire !

Le 10 décembre

Notre bateau s'est déjà éloigné de Chio, et mon esprit aussi commence à s'en éloigner. Ma blessure ne se refermera pas de sitôt, mais au bout de dix jours je parviens enfin à me distraire quelquefois de ce qui m'est arrivé. Peut-être devrais-je essayer de reprendre l'écriture...

Jusqu'à présent, je n'ai pas réussi à raconter ce qui s'est passé. Mais il est temps que je le fasse, dussé-je me limiter, pour les instants douloureux, aux mots les plus dénués de passion, "il dit", "il demanda", "elle dit", "étant donné que", ou "il fut convenu".

Lorsque Marta monta sur le *Charybdos*, Domenico aurait voulu la convoquer dans la nuit, vérifier auprès d'elle ce qu'était devenu l'enfant qu'elle portait, prononcer sa sentence et repartir aussitôt en direction de l'Italie. Comme elle ne tenait pas debout, il se résigna – je l'ai dit – à la laisser dormir. Tout le monde sur le bateau prit quelques heures de repos à l'exception des guetteurs, pour le cas où quelque bâtiment ottoman s'aviserait à nous intercepter. Mais sur la mer courroucée nous devions être cette nuit-là les seuls à naviguer.

Au matin, nous nous retrouvâmes dans les quartiers du capitaine. Il y avait également Démétrios et Yannis – cinq personnes au total. Domenico demanda solennellement à Marta si elle préférait qu'on l'interroge en présence de son mari ou en son absence. Je lui traduisis la question dans l'arabe parlé à Gibelet, et elle répondit avec empressement, sur un ton quasiment suppliant :

"Sans mon mari!"

Le geste de ses deux mains et l'expression de son visage rendaient toute traduction inutile. Domenico en prit acte, et enchaîna :

"Le signor Baldassare nous a dit que lorsque vous êtes venue à Chio, en janvier dernier, vous étiez enceinte. Mais votre mari prétend que vous n'avez jamais eu d'enfant."

Le regard de Marta s'assombrit. Elle se tourna brièvement vers moi, puis se cacha le visage et se mit à sangloter. Je fis un pas vers elle, mais Domenico – prenant au sérieux son rôle de juge – me fit signe de revenir à ma place. Et aux autres il fit également signe de ne rien faire, ne rien dire, et d'attendre. Puis, estimant qu'il avait accordé au témoin le temps de se reprendre, il lui dit :

"Nous vous écoutons."

Je traduisis, en ajoutant :

"Parle, tu ne crains rien, personne ne peut te faire du mal."

Mes paroles, au lieu de l'apaiser, semblèrent la secouer encore plus. Ses sanglots se firent plus bruyants. Aussi, Domenico m'intima-t-il de ne plus rien ajouter à ce qu'il me demandait de traduire. Je le lui promis.

Quelques secondes passèrent. Les sanglots s'atténuèrent, et le Calabrais reposa sa question, avec une pointe d'impatience. Alors Marta redressa la tête et dit :

"Il n'y a jamais eu d'enfant !"

"Que veux-tu dire par là ?"

J'avais crié. Domenico me rappela à l'ordre. A nouveau, je fis des excuses, puis traduisis fidèlement ce qui s'était dit.

Alors elle répéta, d'une voix ferme :

"Il n'y a jamais eu d'enfant. Je n'ai jamais été enceinte."

"Mais c'est toi-même qui me l'avais dit."

"Je te l'avais dit, parce que je le croyais. Mais je m'étais trompée."

Je la regardai longuement, longuement, sans pouvoir rencontrer une seule fois ses yeux. J'aurais voulu y discerner quelque chose qui ressemble à la vérité, comprendre au moins si elle m'avait menti tout au long, si elle m'avait menti seulement à propos de l'enfant, pour m'obliger à la ramener au plus vite chez son voyou de mari, ou bien si elle me mentait maintenant. Elle n'a levé les yeux que deux ou trois fois, furtivement, sans doute pour vérifier si je la fixais encore, et si je la croyais.

Puis Domenico lui demanda, d'un ton très paternel :

"Dites-nous, Marta. Est-ce que vous souhaitez retourner sur la rive avec votre mari, ou bien venir avec nous."

En traduisant, j'ai dit "revenir avec moi". Mais elle répondit clairement, avec un geste de sa main pointée, qu'elle voulait repartir pour Katarraktis.

Avec cet homme qu'elle déteste ? Je ne comprenais pas. Et puis, soudain, comme une illumination :

"Attends, Domenico, je crois avoir compris ce qui se passe. Son fils doit être sur l'île, et elle a peur qu'on s'en prenne à lui si elle disait du mal de son mari. Dis-lui que si c'est cela qu'elle redoute, nous obligerons son mari à faire venir l'enfant comme on l'a obligé à la faire venir. C'est elle qui ira chercher l'enfant, et nous retiendrons son mari jusqu'à son retour. Il ne pourra rien contre elle !"

"Calme-toi ! me dit le Calabrais. Il me semble que tu te racontes une fable. Mais si tu as le moindre doute, je veux bien que tu lui répètes ce que tu viens de me dire. Et tu peux lui promettre de ma part qu'il n'arrivera aucun mal à elle ni à son fils."

Je me lançai alors dans une longue tirade passionnée, désespérée, pathétique, pour supplier Marta de me dire la vérité. Elle m'écouta les yeux baissés. Et lorsque j'en eus terminé, elle regarda Domenico pour redire :

"Il n'y a jamais eu d'enfant. Je n'ai jamais été enceinte. Je ne peux pas avoir d'enfant."

Elle le dit en arabe, puis elle répéta les mêmes affirmations en mauvais grec, en se tournant vers Démétrios. Que Domenico consulta du menton.

Le matelot, qui n'avait rien dit jusque-là, eut l'air embarrassé. Il me regarda, regarda Marta, puis à nouveau moi, et enfin son capitaine.

"Quand je suis allé dans leur maison, je n'ai pas eu l'impression qu'il y avait un enfant."

"C'était au milieu de la nuit, il dormait !"

"J'ai frappé à la porte, et réveillé tout le monde. Il y a eu un grand vacarme, et aucun enfant n'a pleuré."

Je voulais reprendre la parole, mais cette fois Domenico m'ordonna de me taire :

"Cela suffit ! Pour moi, cette femme ne ment pas ! Il faut les relâcher, elle et son mari."

"Pas encore, attends!"

"Non, je n'attendrai pas, Baldassare. L'affaire est entendue. Nous partons. Nous avons déjà pris du retard pour te satisfaire, et j'espère que tu songeras un jour à remercier tous ces hommes qui se sont mis en grand péril pour toi."

Ces paroles me blessèrent plus que Domenico n'aurait pu l'imaginer. Aux yeux de cet homme, j'avais été un héros, et à présent j'apparaissais comme un amant éconduit, pleurnichard, fabulateur. En quelques heures, en quelques minutes même, en quelques répliques, le respectable et noblissime signor Baldassare Embriaco était devenu un importun, un passager encombrant, qu'on tolère comme un malheureux, et à qui l'on ordonne de se taire.

Et si je suis allé m'isoler dans un coin sombre pour pleurer en silence, c'est autant à cause de cela qu'à cause de Marta. Qui est partie juste après l'interrogatoire. Je suppose que Domenico a fait des excuses à son mari, et je crois qu'il leur a offert le canot par lequel ils sont revenus vers la côte. Je n'ai pas voulu assister aux adieux.

Aujourd'hui, ma blessure n'est plus aussi béante, même si elle est encore douloureuse. Quant au comportement de Marta, je ne l'ai toujours pas compris. Je me pose des questions si étranges que je n'ose les consigner sur ces pages. J'ai besoin d'y réfléchir encore...

Le 11 décembre

Et si tout le monde m'avait menti?

Et si cette expédition n'avait été qu'une tromperie, une

mystification, seulement destinée à me faire renoncer à Marta?

Peut-être n'est-ce là qu'un délire, fruit de l'humiliation, de la solitude, et de quelques nuits sans sommeil. Mais peut-être est-ce aussi la seule vérité.

Gregorio, désireux de me faire renoncer à Marta une fois pour toutes, aurait dit à Domenico de m'emmener avec lui, et de faire en sorte que plus jamais je ne veuille revoir cette femme.

Ne m'a-t-on pas dit un jour, à Smyrne, que Sayyaf trempait dans la contrebande, et justement celle du mastic? Il est donc vraisemblable que Domenico le connaissait, alors qu'il a fait semblant de le voir pour la première fois. C'est peut-être pour cela aussi qu'on m'a demandé de rester derrière une cloison. De la sorte, je ne pouvais pas observer leurs clins d'œil et démasquer leur connivence!

Et sans doute Marta connaissait-elle Démétrios et Yannis, pour les avoir déjà vus chez son mari. Aussi se sentait-elle obligée de dire ce qu'elle a dit.

Mais lorsqu'on s'est trouvés ensemble, tout seuls, dans la cale, au moment où elle s'est étendue, comment se fait-il qu'elle n'en ait pas profité pour me parler en secret?

Tout cela est effectivement du délire! Pourquoi tous ces gens auraient-ils joué la comédie? Juste pour m'abuser et pour me faire renoncer à cette femme? N'avaient-ils vraiment rien de mieux à faire de leur vie que de risquer la pendaison et le pal pour se mêler de mes embrouilles amoureuses?

Ma raison s'est déboîtée comme se déboîtait jadis l'épaule de mon pauvre père, et il faudrait un choc vigoureux pour la remettre en place.

Le 13 décembre

Pendant douze jours j'ai erré sur le bateau comme si j'étais invisible, ils avaient tous ordre de m'éviter. Si l'un ou l'autre marin m'adressait la parole, c'était du bout des lèvres, et en vérifiant bien que personne ne le voyait. Je mangeais seul, et en cachette, comme un pestiféré.

Depuis aujourd'hui, on me parle. Domenico est venu vers moi, et m'a pris dans ses bras comme s'il m'accueillait tout juste sur son bateau. C'était le signal, et l'on ose de nouveau me fréquenter.

J'aurais pu me rebiffer, refuser la main tendue, laisser parler en moi le sang crâneur des Embriaci. Je ne le ferai pas. Pourquoi mentir ? ce retour en grâce me soulage. Cette quarantaine me pesait.

Je ne suis pas de ceux qui se complaisent dans l'adversité.

J'aime être aimé.

Le 14 décembre

D'après Domenico, je devrais remercier le Très-Haut d'avoir ordonnancé les choses à Sa manière plutôt qu'à la mienne. Ces propos d'un contrebandier de Calabre devenu directeur de conscience m'ont amené à réfléchir, à peser, à comparer. Et au bout du compte, je ne lui donne pas entièrement tort.

"Imagine si cette femme avait dit ce que tu espérais qu'elle dise. Que son mari la maltraitait, qu'à cause de lui elle avait perdu son enfant, et qu'elle aimerait le quitter. Je suppose que tu l'aurais gardée auprès de toi, pour l'emmener dans ton pays."

"Assurément!"

"Et son mari, qu'aurais-tu fait de lui?"

"Qu'il aille au diable!"

"J'entends bien. Mais encore? L'aurais-tu laissé repartir chez lui, au risque de le voir frapper un jour à ta porte pour te sommer de lui rendre sa femme? Et qu'aurais-tu dit à ses proches? Qu'il était mort?"

"Crois-tu que je n'ai jamais pensé à tout cela?"

"Oh non, je suis persuadé que tu y as pensé mille fois. Mais j'aimerais savoir de ta bouche quelle solution tu avais trouvée."

Il se tut pendant quelques secondes, et moi aussi.

"Je ne veux pas te torturer, Baldassare. Je suis ton ami et j'ai fait pour toi ce que ton propre père n'aurait pas fait. Alors je vais te dire ce que tu n'oses me dire toi-même. Cet homme, ce porc de mari, il aurait fallu le tuer. Non, ne fais pas cette grimace, ne te montre pas effarouché, je sais que tu y as pensé, et moi aussi. Parce que si cette femme avait décidé de le quitter, ni toi ni moi n'aurions voulu qu'il reste en vie et revienne nous hanter. Moi, je me serais dit qu'il y a un homme à Chio qui ne rêve que de se venger, et à chaque passage par cette île je l'aurais redouté. Et toi aussi, bien entendu, tu aurais préféré le savoir mort."

"Sans doute!"

"Mais aurais-tu été capable de le tuer?"

"J'y ai réfléchi", avouai-je enfin, mais sans rien dire de plus.

"Il ne suffit pas d'y réfléchir, et encore moins de le souhaiter. Chaque jour il peut t'arriver de souhaiter la mort de quelqu'un. Un serviteur malhonnête, un client retors, un voisin importun, et même ton propre père. Mais ici, il n'aurait pas suffi de souhaiter. Aurais-tu été capable de prendre un couteau, par exemple, d'avancer vers ton rival, et de le lui planter dans le cœur ? Aurais-tu été capable de lui attacher les mains et les pieds, puis de le lancer par-dessus bord ? Tu y a pensé, et j'y ai pensé pour toi. Je me suis demandé quelle serait la solution idéale pour toi. Et je l'ai trouvée. Tuer cet homme, le balancer par-dessus bord n'aurait pas suffi. Tu n'avais pas seulement besoin de le savoir mort, tu avais aussi besoin que les gens de ton quartier le voient mort. Il aurait fallu que nous allions en direction de Gibelet, en gardant cet homme vivant au milieu de nous. Arrivés à quelques encablures de la côte, nous lui aurions attaché les pieds solidement avec une corde, et l'aurions balancé par-dessus bord. Là, nous l'aurions laissé s'étouffer dans l'eau pendant, disons, une heure, puis nous l'aurions remonté noyé. Nous aurions alors défait ses liens, nous l'aurions placé sur un brancard, et vous seriez descendus, cette femme et toi, en ayant l'air affligés, avec mes hommes pour transporter le cadavre jusqu'à terre. Vous auriez raconté qu'il était tombé du bateau le jour même, qu'il s'était noyé, et j'aurais confirmé vos dires. Puis vous l'auriez enterré, et un an plus tard tu aurais épousé sa veuve.

"Moi, c'est comme cela que j'aurais fait. J'ai déjà tué des dizaines d'hommes, et aucun d'eux n'est jamais revenu me hanter dans mon sommeil. Mais toi, dis-moi, aurais-tu été capable d'agir ainsi ?"

Je lui avouai que j'aurais certainement remercié le Ciel si notre équipée s'était conclue ainsi qu'il venait de l'imaginer. Mais que j'aurais été incapable de tremper mes mains dans un tel crime.

"Alors, sois heureux que cette femme n'ait pas prononcé les mots que tu espérais !"

Le 15 décembre

Je repense encore aux paroles de Domenico. S'il était à ma place, je ne doute pas qu'il aurait agi exactement de la manière qu'il m'a décrite. Quant à moi, je suis né marchand et j'ai une âme de marchand, pas celle d'un corsaire ni celle d'un guerrier. Ni celle d'un brigand – peut-être est-ce pour cela que Marta m'a préféré l'autre. Lui, comme Domenico, n'aurait pas hésité à tuer pour obtenir ce qu'il voulait. Aucun scrupule ne les retient. Mais auraient-ils dévié de leur route pour l'amour d'une femme ?

Je ne l'ai pas encore oubliée, je ne sais si je l'oublierai un jour... Si, un jour je l'oublierai, et sa trahison m'y aidera.

Cela dit, je ne puis m'empêcher d'avoir encore un doute. M'a-t-elle vraiment trahi, ou bien a-t-elle parlé ainsi pour préserver son enfant ?

Voilà que je reparle de cet enfant, alors que tous me disent qu'il n'existe pas, et qu'il n'a jamais existé.

Et s'ils me mentaient tous ? Elle pour protéger son enfant, et les autres pour... Ah non ! Cela suffit ! Je ne vais pas revenir à mon délire ! Même si je ne devais jamais connaître toute la vérité, il faut que je tourne le dos à ma vie passée, et que je regarde devant moi, devant moi.

De toute manière, l'année s'achève...

Le 17 décembre

J'ai observé le ciel la nuit dernière, et il me semble que les étoiles sont véritablement de moins en moins nombreuses.

Elles s'éteignent, les unes après les autres, et sur terre les incendies.

Le monde a commencé au paradis, et il finira en enfer.

Pourquoi y suis-je venu si tard?

Le 19 décembre

Nous venons de passer le détroit de Messine en évitant ce gouffre bouillonnant qu'on appelle Charybde. Domenico a donné ce nom à son bateau pour conjurer ses frayeurs, mais il prend tout de même soin de ne jamais s'en approcher.

Nous allons remonter maintenant le long de la péninsule italienne jusqu'à Gênes. Où, me jure le Calabrais, une nouvelle vie m'attend. A quoi me sert-il d'inaugurer une nouvelle vie si le monde est sur le point de s'éteindre?

J'ai toujours cru que c'est à Gibelet que je passerais les derniers jours de "l'année de la Bête", pour que tous les miens soient ensemble dans la même maison, serrés les uns contre les autres, réconfortés par des voix familières, s'il devait arriver ce qui doit arriver. J'étais tellement sûr d'y retourner que je n'en parlais presque pas, je m'interrogeais seulement sur les dates et les itinéraires. Devais-je y aller en avril, directement, au lieu de suivre *Le Centième Nom* jusqu'à Londres? Devais-je, sur le chemin du retour, passer par Chio? ou par Smyrne? Même Gregorio, lorsqu'il m'avait fait promettre de revenir chez lui, avait bien compris que je ne pourrais l'envisager qu'après avoir mis de l'ordre dans mes affaires à Gibelet.

Et pourtant, me voici déjà sur la route de Gênes. J'y serai pour Noël, et c'est là que je me trouverai lorsque s'achèvera l'année 1666.

Le 20 décembre 1666

La vérité, c'est que je me suis constamment caché la vérité, même dans ce journal qui aurait dû être mon confesseur.

La vérité, c'est qu'en retrouvant Gênes, j'ai su que je ne retournerais plus à Gibelet. Je me le suis murmuré quelquefois, sans jamais oser l'écrire, comme si une pensée aussi monstrueuse ne pouvait être consignée sur papier. Car à Gibelet se trouvent ma sœur bien-aimée, mon commerce, la tombe de mes parents, et ma maison natale où était né déjà le père de mon grand-père. Mais j'y suis étranger comme un Juif. Alors que Gênes, qui ne m'avait jamais connu, m'a reconnu, m'a embrassé, m'a serré contre sa poitrine comme l'enfant prodigue. Je marche dans ses ruelles la tête haute, déclame mon nom italien à voix haute, souris aux femmes et ne crains pas les janissaires. Les Embriaci ont peut-être eu un ancêtre taxé d'ébriété, mais ils ont aussi une tour à leur nom. Toute famille devrait avoir quelque part sur terre une tour à son nom.

Ce matin j'ai écrit ce que j'ai cru devoir écrire. J'aurais pu tout aussi bien écrire le contraire.

Je me vante d'être chez moi à Gênes, rien qu'à Gênes, alors que je vais y être, jusqu'à la fin de mes jours, l'invité de Gregorio, et son obligé. Je vais quitter mon propre toit

471

pour vivre sous le sien, quitter ma propre affaire pour m'occuper de la sienne.

Serai-je fier de vivre ainsi? Dépendre de lui et de sa générosité alors que je pense de lui ce que je pense? Alors que je m'agace de son empressement, que je me gausse de sa dévotion, et que je me suis déjà glissé en catimini hors de sa maison parce que je ne supportais plus ses allusions ni la figure de sa femme? Je vais recevoir la main de sa fille comme on reçoit l'hommage d'un vassal, comme par droit de cuissage, parce que je porte le nom des Embriaci et que lui-même ne porte que son nom. Sa vie entière il n'aura travaillé que pour moi, il n'aura bâti son affaire, armé ses bâtiments, arrondi sa fortune, fondé sa famille, que pour moi. Il aura planté, arrosé, taillé, soigné, pour que je vienne mordre dans le fruit. Et j'ose me dire fier de porter le nom que je porte, et de me pavaner dans Gênes! En ayant abandonné ce que j'ai bâti et ce que mes ancêtres ont bâti pour moi!

Peut-être deviendrai-je à Gênes le fondateur d'une dynastie. Mais j'aurai été le fossoyeur d'une autre dynastie, plus glorieuse encore, instaurée au commencement des croisades, disparue avec moi, éteinte.

Je finirai cette année à Gênes, mais si d'autres années suivaient, je ne sais pas encore où je les passerais.

Le 22 décembre 1666

Nous nous sommes abrités de la houle sur une crique au nord de Naples, en un endroit presque désert, et en demeurant tous aux aguets par crainte des naufrageurs.

Il paraît qu'on a vu du bateau un grand incendie sur la côte, aux confins de Naples. Moi j'étais couché et je n'ai rien vu.

J'ai à nouveau le mal de mer. Et aussi le vertige sournois de l'année finissante.

Dans dix jours le monde aura déjà résolument passé le cap, ou aura fait naufrage.

Le 23 décembre 1666

Ni Marta ni Giacominetta – en me réveillant ce matin je n'avais à l'esprit que la chevelure rousse de Bess, son odeur de violette et de bière, et son regard de mère déchue. Londres ne me manque pas, mais je ne puis sans tristesse songer à son terrible destin de Gomorrhe. Si j'ai détesté ses rues et ses foules, j'ai trouvé dans cette ville au voisinage de cette femme une tribu d'étranges amis.

Que sont-ils devenus? Qu'est devenu leur *ale house* vétuste, avec ses escaliers de bois et ses combles? Qu'est devenue la Tour de Londres? Et la cathédrale Saint Paul? Et tous ces libraires avec leurs monticules d'ouvrages? Cendres, cendres. Et cendres aussi le fidèle journal que j'étais en train de nourrir chaque jour. Oui, cendres cendres tous les livres, à l'exception de celui de Mazandarani; qui répand la désolation autour de lui, mais s'en tire chaque fois indemne. Partout où il s'est trouvé, ce ne furent qu'incendies et naufrages. Incendie à Constantinople, incendie à Londres, naufrage pour Marmontel; et ce navire maintenant qui paraît sur le point de chavirer...

Malheur à qui s'approche du nom caché, ses yeux sont

473

assombris, ou éblouis – jamais éclairés. Dans mes prières, j'ai désormais envie de dire :

Seigneur, ne sois jamais trop loin de moi! Mais ne sois pas non plus trop proche!

Laisse-moi admirer les étoiles sur les pans de Ta robe! Mais ne me montre pas Ton visage!

Permets-moi d'entendre le bruissement des rivières que Tu fais couler, le vent que Tu fais souffler dans les arbres, et les rires des enfants que Tu fais naître! Mais, Seigneur! Seigneur! ne permets pas que j'entende Ta voix!

Le 24 décembre 1666

Domenico avait promis que nous serions à Gênes pour Noël. Nous n'y serons pas. Si la mer était calme, nous pourrions arriver demain soir. Mais le *libeccio* qui souffle du sud-ouest redouble de violence, nous contraignant à nous réfugier de nouveau sur la côte.

Libeccio... J'avais oublié ce mot de mon enfance, que mon père et mon grand-père évoquaient avec un mélange de nostalgie et d'effroi. Ils l'opposaient toujours à *scirocco*, pour dire – si je me souviens bien – que Gênes s'est protégée de l'un mais pas de l'autre, et que c'est à cause de l'incurie des familles qui la dirigent aujourd'hui, lesquelles dépensent des fortunes pour édifier leurs palais mais sont prises d'avarice dès qu'il s'agit du bien commun.

De fait, le Calabrais m'a dit que, il y a vingt ans encore, aucun navire ne voulait passer l'hiver à Gênes, car le *libeccio* y provoquait d'abominables carnages. Chaque année on dénombrait vingt bateaux coulés, ou quarante, et une fois plus de cent, naves et barques et frégates. Surtout en novembre et décembre. Depuis, une nouvelle jetée a été construite, du côté du ponant, qui abrite le port.

"Lorsque nous y serons, nous ne craindrons plus rien. Le bassin est devenu un lac paisible. Mais pour y arriver, en cette saison, ancêtres miens !"

Le 25 décembre 1666

Nous avons tenté ce matin une sortie vers la haute mer, puis nous nous sommes rabattus sur la côte. Le *libeccio* soufflait de plus en plus fort, et Domenico savait qu'il ne pourrait aller loin. Mais il voulait que nous nous abritions dans l'anse qui se trouve derrière la péninsule de Portovenere, du côté de Lerici.

Je suis las de la mer, constamment malade. Et j'aurais volontiers poursuivi par la route jusqu'à Gênes, qui n'est plus qu'à une journée d'ici. Mais, après ce que le capitaine et son équipage ont fait pour moi, j'aurais honte de les abandonner ainsi. Je me dois de partager leur sort comme ils ont partagé le mien, dussé-je cracher mes entrailles.

Le 26 décembre

A un vieux marin grincheux qui lui reprochait de ne pas avoir tenu sa promesse, Domenico a répondu : "Mieux vaut arriver trop tard à Gênes que trop tôt en enfer !"

Nous avons tous ri, sauf le vieux marin, trop proche sans doute de son trépas, et que l'évocation de l'enfer ne fait plus rire.

Le lundi 27 décembre 1666

Enfin, Gênes!

Sur le port, Gregorio m'attendait. Il avait posté un homme près du phare, pour qu'il l'avertisse lorsque notre navire poindrait.

En le voyant, de loin, qui agitait les deux mains, je me suis souvenu de ma première arrivée dans ma cité d'origine, il y a neuf mois. Je venais sur le même bateau, en provenance de la même île, convoyé par le même capitaine. Mais c'était alors le printemps, et le port grouillait de navires qu'on chargeait, qu'on déchargeait, avec des douaniers, des porteurs, des voyageurs, des commis, des badauds. Aujourd'hui, nous étions seuls. Aucun autre bateau n'arrivait, aucun ne partait, personne n'était là pour dire adieu ou pour ouvrir les bras ou pour contempler béatement le va-et-vient. Personne, pas même Melchione Baldi – en vain je l'ai cherché des yeux. Rien que des bateaux à l'arrêt, vides, et des quais quasiment vides aussi.

Dans ce désert de pierre et d'eau, malmené par le vent froid, un homme se tenait debout, réjoui, rougeoyant, chaleureux et cependant inébranlable. Le sieur Mangiavacca venait prendre livraison de huit cents litrons de mastic et d'un gendre prodigue.

Je continue à le moquer mais je ne cherche plus à lui tenir tête. Et je le bénis plus que je ne le maudis.

Giacominetta a rougi en me voyant entrer dans la maison en compagnie de son père. A l'évidence, on lui a déjà dit que si je revenais à Gênes, je demanderais sa main, et qu'elle me serait donnée. Quant à ma future belle-mère, elle était souffrante, à cause du froid, et n'a pas quitté son lit depuis deux jours, m'a-t-on dit. Après tout, il se peut que ce soit vrai...

Trois choses me déplaisent en Giacominetta : son prénom, sa mère, et une certaine ressemblance d'allure avec Elvira, ma première épouse, la tristesse de ma vie.

Mais d'aucune de ces trois tares je ne puis rendre responsable la brave fille de Gregorio.

Le 28 décembre

Mon hôte est venu me voir de bon matin dans ma chambre, ce qu'il n'avait jamais fait jusqu'ici. Il a prétendu qu'il préférait que personne ne sache que nous avions cette conversation, mais il me semble qu'il voulait surtout donner à sa démarche un caractère de solennité.

Il venait me réclamer ma dette de parole comme il ne me réclamera jamais ma dette d'argent. Bien entendu, je m'y attendais, mais peut-être pas aussi vite. Ni de cette manière.

"Il y a des promesses entre nous", dit-il, d'entrée de jeu.

"Je ne les ai pas oubliées."

"Moi non plus je ne les ai pas oubliées, mais je ne voudrais pas que tu te sentes contraint – par obligation envers moi, ou même par amitié – de faire ce que tu ne souhaites pas. Pour cette raison, je te délie de ton serment jusqu'à la fin de cette journée. J'ai dit aux cuisines que tu étais arrivé fatigué, et que tu allais garder ta chambre jusqu'au soir. On t'apportera ici tes repas, et tout ce que tu demanderas. Prends une journée de repos et de méditation. A mon retour, tu me donneras ta réponse, et je l'accepterai quelle qu'elle soit!"

Il essuya une larme, et sortit sans attendre ma réponse.

Dès qu'il eut refermé la porte, je m'assis à ma table pour écrire cette page, dans l'espoir qu'elle m'aiderait à réfléchir.

Réfléchir – quel mot présomptueux! Jeté à l'eau, on barbote, on nage, on flotte, ou on coule. On ne réfléchit pas.

J'ai ici, près de moi, sur la table, *Le Centième Nom*... Dois-je m'estimer privilégié de l'avoir en ma possession alors que s'achève l'année fatidique? Sommes-nous réellement aux derniers jours du monde? Aux trois ou quatre jours qui précèdent le Jugement dernier? L'univers va-t-il s'embraser, puis s'éteindre? Les murs de cette maison vont-ils se froisser et se recroqueviller comme un papier dans la main d'un géant? Le sol sur lequel s'élève la ville de Gênes va-t-il se dérober soudain sous nos pieds, au milieu des hurlements, comme en un gigantesque et ultime tremblement de terre? Et quand cet instant-là sera venu, pourrai-je encore saisir ce livre, l'ouvrir, trouver la bonne page, et voir s'inscrire soudain devant moi en lettres scintillantes le nom suprême que je n'ai jamais encore pu déchiffrer?

A vrai dire, je ne suis persuadé de rien. J'imagine toutes ces choses, j'en redoute certaines, mais je ne crois en aucune. J'ai couru une année entière derrière un livre que je ne désire plus. J'ai rêvé d'une femme qui m'a préféré un brigand. J'ai noirci des centaines de pages et il ne m'en reste rien... Pourtant, je ne suis pas malheureux. Je suis à

Gênes, au chaud, je suis convoité et peut-être même un peu aimé. Je regarde le monde et ma propre vie comme un étranger. Je ne désire rien, sinon peut-être que le temps s'arrête au 28 décembre 1666.

J'attendais Gregorio, mais c'est sa fille qui est venue tout à l'heure. La porte s'est ouverte et Giacominetta est entrée, m'apportant sur un plateau du café et des sucreries. Un prétexte pour que nous parlions. Non pas, cette fois, des arbres du jardins, du nom des plantes et des fleurs. Mais de ce qui nous a été destiné. Elle est impatiente — comment pourrais-je l'en blâmer? Mes interrogations concernant notre futur mariage occupent le quart de mes pensées, alors qu'elles occupent, pour elle qui vient d'avoir quatorze ans, les quatre quarts! Je fis cependant mine de ne pas m'en apercevoir.

"Dis-moi, Giacominetta, sais-tu que ton père et moi, nous avons longuement parlé de toi et de ton avenir?"

Elle rougit et ne dit rien, sans pour autant se prétendre surprise.

"Nous avons parlé fiançailles et mariage."

Elle ne dit toujours rien.

"Sais-tu que j'ai déjà été marié, et que je suis veuf?"

Cela, elle ne le savait pas. Je l'avais pourtant dit à son père.

"J'avais dix-neuf ans, et on m'avait donné pour femme la fille d'un négociant installé en l'île de Chypre..."

"Comment s'appelait-elle?"

"Elvira."

"De quoi est-elle morte?"

"De tristesse. Elle se promettait d'épouser un jeune homme qu'elle connaissait, un Grec, et ne voulait pas de moi. On ne m'en avait rien dit. Si je l'avais su, j'aurais peut-être résisté à ce mariage. Mais elle était jeune, j'étais jeune, nous avions obéi à nos pères. Elle n'a jamais pu être heureuse et elle ne m'a pas rendu heureux. Je te raconte cette histoire triste parce que je ne voudrais pas que la même chose arrive avec nous. Je voudrais que tu me dises ce que tu souhaites. Je ne veux pas qu'on te force à faire ce que tu ne veux pas. Tu n'as qu'à me dire, et je ferai comme si c'était moi qui ne pouvais pas me marier."

Giacominetta rougit encore, et détourna le visage avant de dire :

"Si nous nous marions, je ne serai pas malheureuse..."

Puis elle s'enfuit par la porte qui était demeurée grande ouverte.

Dans l'après-midi, alors que j'attends encore le retour de Gregorio pour lui donner ma réponse, je vois par la fenêtre sa fille, qui se promène dans le jardin, qui s'approche de la statue de Bacchus que j'avais offerte, et qui s'appuie sur les épaules de la divinité étendue.

Lorsque son père reviendra, je lui demanderai sa main comme je m'y étais engagé. Si le monde survit jusqu'à mon jour de noces, je ne pourrai que m'en réjouir. Et si le monde meurt, si Gênes meurt, si nous mourons tous, j'aurai acquitté cette dette, je partirai l'âme plus sereine, et Gregorio aussi...

Mais je ne souhaite pas la fin du monde. Et je n'y crois guère – y ai-je jamais cru ? Peut-être. Je ne sais plus...

Le 29 décembre

En mon absence est arrivée la lettre que j'attendais, la lettre de Plaisance. Elle est datée du dimanche 12 septembre mais Gregorio ne l'a reçue que la semaine passée, et il ne me l'a donnée que ce matin, prétendant qu'il l'avait oubliée. Je ne crois pas à cet oubli. Je sais parfaitement pourquoi il l'a gardée jusqu'ici – il voulait être sûr qu'aucune nouvelle de Gibelet ne viendrait retarder ma décision. En agissant ainsi, il a fait preuve d'une prudence excessive, car rien dans la lettre ne pouvait affecter mon alliance avec sa fille comme avec lui. Mais cela, comment aurait-il pu le savoir?

Ma sœur m'apprend que ses deux fils sont rentrés sains et saufs; en revanche, elle n'a aucune nouvelle de Hatem, dont la famille est inquiète au plus haut point. "Je m'efforce de les rassurer, sans plus savoir quoi leur dire", m'écrit-elle, en me suppliant de lui faire parvenir des nouvelles si j'en avais.

Je m'en veux de n'avoir pas posé la question à Marta, quand je l'ai vue. Je me l'étais promis, mais la tournure prise par les événements m'avait tellement secoué que je n'y avais plus pensé. A présent, j'en ai du remords, mais à quoi le remords m'avance-t-il? et à quoi avance-t-il ce malheureux Hatem?

J'en suis d'autant plus triste que je ne m'y attendais pas. A mes neveux, je ne faisais guère confiance. L'un guidé par ses envies, l'autre par ses lubies, ils me paraissaient vulnérables, et je craignais qu'ils ne refusent de repartir pour Gibelet, ou qu'ils se perdent en route. Alors que mon commis m'avait habitué à se tirer indemne de tous les mauvais pas, au point que je souhaitais surtout qu'il puisse passer par Smyrne pour y récupérer Habib et Boumeh avant qu'ils n'en soient repartis.

Par ailleurs, ma sœur m'annonce qu'un colis est arrivé de Constantinople, par l'entremise d'un pèlerin en route vers la Terre sainte. Ce sont les affaires que j'avais dû laisser chez Barinelli. Elle me parle de certaines choses qui s'y trouvent, notamment des habits, sans un mot toutefois de mon premier cahier. Peut-être ne l'a-t-on pas retrouvé. Mais il est possible aussi que Plaisance ne l'ait pas mentionné parce qu'elle ignore son importance pour moi.

De Marta non plus, ma sœur ne me dit rien. Il est vrai que dans ma lettre j'avais juste dit qu'elle avait fait un bout de chemin en notre compagnie. Sans doute ses fils l'ont-ils mise au courant de notre idylle, mais elle a choisi de ne point en parler, et je ne m'en étonne pas.

Le 30 décembre

Je suis allé remercier le frère Egidio, par les soins duquel la lettre de Plaisance m'est parvenue. Il m'a parlé comme s'il était convenu que j'allais épouser Giacominetta, m'a loué la piété de celle-ci, de ses sœurs, de leur mère, mais pas celle de Gregorio, dont il a seulement vanté la bonhomie et la générosité. Je n'ai pas essayé de me défendre ni de nier, le sort en est jeté, le Rubicon est franchi, et il ne servirait plus à rien de gloser sur les circonstances. Je n'ai pas vraiment choisi de mettre les pieds là où je les ai mis, mais choisit-on jamais vraiment? Mieux vaut se faire complice du Ciel que de traverser la vie entière dans l'amertume et la contrariété. Il n'y a aucune honte à déposer les armes aux pieds de la Providence, le combat n'était pas égal, et l'honneur est sauf. De toute manière on ne gagne jamais la dernière bataille.

Au cours de notre conversation, qui dura plus de deux

heures, frère Egidio m'a appris que, selon des voyageurs arrivés récemment de Londres, l'incendie aurait été finalement maîtrisé. Il aurait détruit, dit-on, la plus grande partie de la cité, mais le nombre de morts n'aurait pas été très élevé.

"S'Il l'avait voulu, le Très-Haut aurait pu anéantir ce peuple mécréant. Il s'est contenté de lui adresser un avertissement, afin qu'il renonce à ses errements, et qu'il revienne au bercail miséricordieux de notre mère l'Église."

Pour le frère Egidio, c'est la dévotion secrète du roi Charles et de la reine Catherine qui a persuadé le Seigneur de se montrer clément, cette fois. Mais la perfidie de ce peuple finira par user l'infinie patience de Dieu...

Pendant qu'il parlait, mille pensées traversèrent mon esprit. Du temps où j'étais dans ma cachette, dans les combles, au dernier étage du *ale house*, on murmurait que c'est à cause du roi que Dieu a puni Londres, à cause de sa dévotion secrète à "l'antéchrist" de Rome, et à cause de ses coucheries...

Dieu a-t-Il été trop sévère envers les Anglais ? A-t-Il été trop clément ?

Nous lui prêtons l'irritation, la colère, l'impatience, ou le contentement, mais que savons-nous de ses véritables sentiments ?

Si j'étais à Sa place, si je trônais au sommet de l'univers, depuis toujours et pour toujours, maître de l'hier et du lendemain, maître de la naissance, de la vie, de la mort, il me semble que je n'aurais éprouvé ni impatience ni contentement – qu'est-ce que l'impatience pour celui qui dispose de l'éternité ? qu'est-ce que le contentement pour celui qui possède tout ?

Je ne L'imagine pas en colère, je ne L'imagine pas outré ni scandalisé, ni Se jurant de châtier ceux qui se détournent du pape, ou du lit conjugal.

Si j'étais Dieu, c'est pour Bess que j'aurais sauvé Londres.

L'ayant vue courir, s'inquiéter, risquer sa vie pour sauver un Génois, un inconnu de passage, j'aurais caressé d'une petite brise ses cheveux roux défaits, épongé son visage en sueur, j'aurais écarté les décombres qui lui barraient le chemin, dispersé la foule enragée, j'aurais éteint les feux qui cernaient sa maison. Je l'aurais laissée monter dans sa chambre, et s'étendre et s'endormir, les paupières sereines...

Se peut-il que je sois – moi, Baldassare, misérable pécheur – plus prévenant que Lui? Se peut-il que mon cœur de marchand soit plus généreux que le Sien, et plus riche de miséricorde?

A relire ce que je viens d'écrire, entraîné par ma plume, je ne puis m'empêcher d'avoir une certaine frayeur. Mais elle n'a pas lieu d'être. Le Dieu qui mérite que je me prosterne à Ses pieds ne peut avoir aucune petitesse ni aucune susceptibilité. Il doit être au-dessus de tout cela, Il doit être plus grand. Il est plus grand; plus grand, comme aiment à répéter les musulmans.

Je persiste donc – que la journée de demain soit la dernière avant la fin du monde, ou qu'elle soit seulement la dernière de l'année en cours –, je persiste dans ma crânerie d'Embriaco et ne renie rien.

Le 31 décembre 1666

De par le monde, bien des gens doivent penser ce matin qu'ils vont vivre le dernier jour de la dernière année.

Ici, dans les rues de Gênes, je ne remarque aucune frayeur, ni aucune ferveur particulière.

Mais Gênes n'a jamais prié que pour sa prospérité et pour le bon retour des navires, elle n'a jamais eu plus de Foi qu'il n'est raisonnable d'en avoir – bénie soit-elle!

Gregorio a décidé de donner cet après-midi une fête pour remercier le Ciel, dit-il, d'avoir rendu la santé à son épouse. Laquelle s'est levée du lit, hier, et semble effectivement rétablie. Cependant, j'ai idée que c'est·autre chose que mon hôte célèbre déjà. Des fiançailles voilées, en quelque sorte – voilées comme cette écriture.

Sans doute la dame Orietina n'est-elle plus souffrante, mais quand elle me voit son visage paraît endolori.
Je ne sais toujours pas si elle me regarde ainsi parce qu'elle ne veut pas de moi comme gendre, ou bien parce qu'elle aurait voulu que je sollicite humblement la main de sa fille plutôt que de la recevoir, le nez en l'air, comme un hommage qui serait dû à mon nom.

Pour la fête, Gregorio avait engagé un joueur de viole et chanteur de Crémone, qui nous interpréta les airs les plus délicieux – je note de mémoire les noms des compositeurs : Monteverdi, Luigi Rossi, Jacopo Peri, ainsi qu'un certain Mazzochi ou Marazzoli, dont le neveu aurait épousé une nièce de Gregorio.
Je n'avais pas voulu gâcher le bonheur de mon hôte en lui avouant que cette musique, même la plus allègre, était pour moi cause de mélancolie. C'est que la seule fois où j'avais entendu auparavant un joueur de viole, c'était lorsque, peu après mon mariage, j'étais parti avec les miens pour l'île de Chypre, afin de rendre leur visite aux parents d'Elvira. Je vivais déjà cette union indésirée comme une épreuve pénible, et chaque fois qu'un air m'émouvait, ma blessure se faisait plus douloureuse.
Pourtant, aujourd'hui, lorsque cet homme de Crémone

commença à jouer, lorsque la grande pièce s'emplit de sa musique, je me sentis aussitôt glisser, comme par distraction, dans une douce rêverie où il n'y avait plus de place pour Elvira, ni pour Orietina. Je n'ai plus songé qu'aux femmes que j'ai aimées, celles qui m'ont tenu dans leurs bras au cours de mon enfance – ma mère, et les femmes en noir de Gibelet – et celles que j'ai tenues dans mes bras en mon âge d'homme.

Parmi les dernières, aucune ne m'inspire autant de tendresse que Bess. Bien sûr, je pense un peu à Marta, mais elle me cause aujourd'hui autant de tristesse qu'Elvira, une blessure qui ne se refermera que lentement. Tandis que mon passage furtif dans le jardin de Bess demeurera pour moi, à jamais, un avant-goût du paradis.

Que je suis heureux que Londres n'ait pas été détruite !

Le bonheur pour moi aura toujours le goût de la bière épicée, l'odeur de la violette – et même le son grinçant des escaliers en bois qui menaient jusqu'à mon royaume des combles, au-dessus du *ale house*.

Est-il convenable de songer ainsi à Bess dans la maison de mon futur beau-père, qui est aussi mon bienfaiteur ? Mais les songes sont libres de toute maison et de toute convenance, libres de tout serment, libres de toute gratitude.

Plus tard dans la soirée, alors que l'homme de Crémone qui avait soupé avec nous venait de partir en emportant sa viole, il y eut un orage inattendu. Il ne devait pas être loin de minuit. Des éclairs, des grondements, de la pluie en rafales – alors que le ciel paraissait nuageux mais serein. Puis ce fut la foudre. Le son déchirant d'un rocher qu'on éclate. La plus jeune des filles de Gregorio, qui somnolait dans ses bras, se réveilla en pleurant. Son père la rassura en disant que la foudre paraît toujours bien plus proche qu'elle n'est, que celle-ci était tombée là-haut sur le Castello, ou dans le bassin du port.

Mais à peine avait-il terminé son explication qu'une autre foudre tomba, encore plus proche. Elle tonna en même temps que l'éclair, et cette fois nous fûmes nombreux à crier.

Avant même que nous ne soyons remis de notre frayeur, un phénomène étrange se produisit. De l'âtre autour duquel nous étions rassemblés sortit soudain, sans raison apparente, une languette de feu, qui se mit à courir sur le sol. Nous étions tous épouvantés, muets, saisis de tremblements, et Orietina, qui était assise près de moi mais qui ne m'avait adressé jusque-là ni une parole ni un regard, m'agrippa soudain le bras et le serra si fort qu'elle enfonça ses ongles dans ma chair.

Elle chuchota – mais d'un chuchotement ample que chacun put entendre :

"C'est le jour du Jugement! On ne m'avait pas menti! C'est le jour du Jugement! Que le Seigneur ait pitié de nous!"

Puis elle se jeta à terre, à genoux, et retira de sa poche un chapelet, en nous incitant à faire de même. Ses trois filles et les servantes qui étaient là se mirent à marmonner des prières. Quant à moi, je ne parvenais pas à détacher mes yeux de la languette de feu qui dans sa course atteignit une peau de mouton qu'on avait mise là, s'y agrippa, et la mit en flammes. Je tremblais de tous mes membres, je l'avoue, et dans la confusion du moment je me dis que je devrais courir rapporter de ma chambre *Le Centième Nom*.

En quelques enjambées, j'étais dans l'escalier, mais j'entendis Gregorio qui criait :

"Baldassare, où vas-tu donc? Aide-moi!"

Il s'était levé, avait saisi une grande carafe d'eau, et commencé à en déverser le contenu sur la peau de mouton embrasée. Le feu s'apaisa un peu sans s'éteindre, alors il entreprit de l'écraser de ses pieds en une danse qui, en d'autres circonstances, nous aurait tous fait rire aux larmes. Je revins vers lui en courant, et me mis à effectuer la même danse, écrasant la languette, l'étouffant quand elle se ranimait, comme si nous étions en train de décimer une colonne de scorpions.

Pendant ce temps, quelques autres personnes s'éveillèrent encore de leur terreur, une jeune servante d'abord, puis le jardinier, puis Giacominetta; ils coururent apporter divers récipients emplis d'eau, qu'ils déversèrent sur tout ce qui brûlait encore, ou rougeoyait, ou fumait.

Ce branle-bas ne dura qu'une poignée de minutes, mais c'était aux environs de minuit, et il me semble que c'est par cette farce que s'est achevée "l'année de la Bête".

Bientôt, la dame Orietina, demeurée seule à genoux, se leva enfin et décréta qu'il était temps que nous allions tous nous coucher.

En montant vers ma chambre, j'ai pris un chandelier, que j'ai posé sur ma table en arrivant, afin d'écrire ces quelques lignes.

Ultime superstition, je vais attendre le lever du jour pour consigner la nouvelle date.

Nous sommes le premier janvier de l'an mil six cent soixante-sept.

L'année dite "de la Bête" s'est achevée, mais le soleil se lève sur ma ville de Gênes. De son sein je suis né il y a mille ans, il y a quarante ans, et à nouveau ce jour.

Depuis l'aube je suis dans l'allégresse, et j'ai envie de regarder le soleil et de lui parler comme François d'Assise. On devrait se réjouir chaque fois qu'il recommence à nous éclairer, mais aujourd'hui les hommes ont honte de parler au soleil.

Ainsi, il ne s'est pas éteint, ni les autres corps célestes. Si je ne les ai pas vus la nuit dernière, c'est que le ciel était couvert. Demain, ou dans deux nuits, je les verrai, et je n'aurai pas besoin de les compter. Ils sont là, le ciel n'est pas éteint, les villes ne sont pas détruites, ni Gênes, ni Londres, ni Moscou, ni Naples. Nous devrons vivre encore jour après jour au ras du sol avec nos misères d'hommes. Avec la peste et les vertiges, avec la guerre et les naufrages, avec nos amours, avec nos blessures. Nul cataclysme divin, nul auguste déluge ne viendra noyer frayeurs et trahisons.

Il se peut que le Ciel ne nous ait rien promis. Ni le meilleur ni le pire. Il se peut que le Ciel ne vive qu'au rythme de nos propres promesses.

Le Centième Nom est à mes côtés, qui apporte encore de temps à autre le trouble dans mes pensées. Je l'ai désiré, je l'ai trouvé, je l'ai repris, mais lorsque je l'ai ouvert il est demeuré clos. Peut-être ne l'ai-je pas assez mérité. Peut-être avais-je trop peur de découvrir ce qu'il cache. Mais peut-être aussi n'avait-il rien à cacher.

Désormais, je ne l'ouvrirai plus. Demain, j'irai l'abandonner discrètement dans le fouillis de quelque bibliothèque, pour qu'un jour, dans de nombreuses années, d'autres mains viennent s'en emparer, d'autres yeux viennent s'y plonger, qui ne seraient plus voilés.

Sur les traces de ce livre, j'ai parcouru le monde par mer et par terre, mais au sortir de l'année 1666, si je faisais le bilan de mes pérégrinations, je n'ai fait qu'aller de Gibelet à Gênes par un détour.

Il est midi au clocher de l'église voisine. Je vais poser ma plume pour la dernière fois, refermer ce cahier, replier mon écritoire, puis ouvrir grande cette fenêtre pour que le soleil m'envahisse avec les bruits de Gênes.

TABLE

Cet ouvrage a été réalisé par la
SOCIÉTÉ NOUVELLE FIRMIN-DIDOT
Mesnil-sur-l'Estrée
pour le compte des Éditions Grasset
en mars 2000

Imprimé en France
dépôt légal : mars 2000
N° d'édition : 11453 - N° d'impression : 50556
ISBN : 2-246-58601-1